원전으로 읽는 우리 고전 4

이씨 집안 이야기

이씨세대록

❸

원전으로 읽는 우리 고전 4

이씨 집안 이야기

이씨세대록 ❸

장시광 옮김

이담북스

이 연구는 2018년도 경상대학교 발전기금재단 재원으로 수행되었음

역자 서문

<쌍천기봉>을 2020년 2월에 완역, 출간했는데 이제 그 후편인 <이씨세대록>을 번역해 출간한다. <쌍천기봉>을 완역한 그때는 역자가 학교의 지원을 받아 연구년제 연구교수로 유럽에 가 있을 때였다. 연구년은 역자에게 부담 없이 번역에만 전념할 수 있는 환경을 만들어 주었다. 덕분에 역자는 <쌍천기봉>의 완역 이전부터 이미 <이씨세대록>의 기초 작업을 동시에 수행할 수 있었다. 이 번역서 2부의 작업인 원문 탈초와 한자 병기, 주석 작업은 그때 어느 정도 되어 있었다. <쌍천기봉>의 완역 후에는 <이씨세대록>의 기초 작업에 박차를 가했다. 당시에 유럽에 막 퍼지기 시작한 코로나19는 작업에 속도를 내도록 했다. 한국에 우여곡절 끝에 귀국한 7월 중순까지 전염병 덕분(?)에 집안에만 틀어박혀 있을 기회가 많았기 때문이다.

<쌍천기봉>이 역사적 사실에 허구를 덧붙인 연의적 성격이 강한 소설이라면 <이씨세대록>은 가문 내의 부부 갈등에 초점을 맞춘 가문소설이다. 세세한 갈등 국면은 유사한 면이 적지 않지만 이처럼 서술의 양상은 차이가 난다. 조선 후기의 독자들이 각기 18권, 26권이나 되는 연작소설을 흥미롭게 읽을 수 있었던 데에는 이처럼 작품마다 유사하면서도 특징적인 면이 있기 때문이었을 것으로 짐작된다.

역자가 대하소설에 흥미를 가지게 된 것도 이러한 면과 무관하지 않다. 흔히 고전소설을 천편일률적이라고 알고 있는데 꼭 그렇지만은 않다. 같은 유형인 대하소설이라 해도 <유효공선행록>처럼 형제 갈등이 두드러진 작품이 있는가 하면, <완월회맹연>이나 <명주보월빙>처럼 종법제로 인한 갈등을 다룬 작품도 있다. 또한 <임씨삼대록>처럼 여성의 성욕이 강하게 부각되어 있는 작품도 있다. <쌍천기봉> 연작만 해도 전편에는 중국의 역사적 사실을 토대로 군담이 등장하고 <삼국지연의>와의 관련성도 서술되는 가운데 남녀 주인공이 팔찌를 매개로 하여 갖은 갈등 끝에 인연을 맺는 과정이 펼쳐져 있다면, 후편에는 주로 가문 내에서 발생할 수 있는 다양한 부부 갈등이 등장함으로써 흥미의 제고와 함께 가부장제 사회의 질곡이 더욱 적나라하게 드러나게 하는 효과를 내고 있다.

이 책은 현대어역과 '주석 및 교감'의 2부로 구성되어 있다. 책의 순서로는 현대어역이 먼저지만 작업은 주석 및 교감을 먼저 했다. 주석 및 교감 부분에서는 국문으로 된 원문을 탈초하고 모든 한자어에는 한자를 병기했으며 어려운 어휘나 고유명사에는 주석을 달고 문맥이 이상하거나 틀린 부분은 이본을 참조해 바로잡았다. 이 작업은 현대어역을 하는 것보다 훨씬 공력이 많이 든다. 이 작업이 다 이루어지면 현대어역은 한결 수월해진다.

역자는 이러한 토대 작업이 누군가에 의해서는 반드시 이루어져야 한다고 생각한다. 물론 미흡한 점도 있을 것이다. 그러나 이러한 작업이 많아질수록 연구는 활성화하고 대중 독자들은 대하소설에 어렵지 않게 접근할 수 있을 것이다. 일은 고되지만 보람을 찾는다면 바로 그러한 이유에서일 터이다.

<쌍천기봉>을 작업할 때와 마찬가지로 이 작업도 여러 분에게서

도움을 받았다. 해결되지 않은 병기 한자와 주석을 상당 부분 해소해 주신 황의열 선생님께 고마운 마음을 전한다. <쌍천기봉> 작업 때도 많은 도움을 주셨는데 어려운 작업임에도 한결같이 아무 일 아니라는 듯이 도움을 주셨다. 연구실의 김민정 군은 역자가 해외에 있을 때 원문을 스캔해 보내 주고 권20 등의 기초 작업을 해 주었다. 대학원생 남기민, 한지원 님은 권21부터 권26까지의 기초 작업을 해 주었다. 감사드린다. 대학원 때부터 역자를 이끌어 주신 이상택 선생님, 한결같이 역자를 지켜봐 주시고 충고를 아끼지 않으시는 정원표 선생님과 박일용 선생님께는 늘 빚진 마음을 지니고 있다. 못난 자식을 묵묵히 돌봐 주시고 늘 사랑으로 대해 주시는 양가 부모님께 감사드린다. 끝으로 동지이자 아내 서경희에게 사랑과 감사의 마음을 전한다.

차례

제1부

현대어역

☘ 일러두기 ☘

1. 번역의 저본은 제2부에서 행한 교감의 결과 산출된 텍스트이다.
2. 원문에는 소제목이 없으나 내용을 고려하여 권별로 적절한 소제목을 붙였다.
3. 주석은 인명 등 고유명사나 난해한 어구, 전고가 있는 어구에 달았다.
4. 주석은 제2부의 것과 중복되는 것은 가급적 삭제하거나 간명하게 처리하였다.

이씨세대록 권5

이성문은 감옥 속의 여빙란을 구해서 혼인하고 여빙란은 아버지를 따라가다가 수신에게 잡히다

화설. 이 어사가 밤낮으로 길을 가 절강에 이르러 본관(本官)에게 말을 먼저 전하고 안원(按院)[1]으로 부임했다. 고을의 벼슬아치들이 모두 황망히 행렬을 갖추어 관아에 이르고 남방 모든 고을의 수령들이 다 와서 대령해 공사(公事)를 아뢰었다. 어사가 이에 일일이 결단을 내리니 밝은 정사가 신명과 같아서 어긋나는 것이 없었다. 하루에 결단해야 하는 일이 수천 개가 넘었으나 누락하는 것이 없어 죄 있는 자에게는 죄를 주고 아무 짓도 안 했으나 죄를 얻은 자는 놓아주었는데 이를 마치 자신이 본 것처럼 결정을 내리니 백성들이 길을 막아 칭송하는 소리가 귀를 어지럽혔다.

어사가 하루는 본관과 함께 절강의 자운봉을 보고 석양에 돌아오고 있었다. 그런데 갑자기 늙은 사내종이 길을 막고 달려들어 크게 소리치는 것이었다.

"현명하신 안원 어르신께서는 억울한 사정을 살펴 주옵소서."

문득 아전들이 크게 성을 내어 큰 매로 사내종을 쫓아내려 했다. 어사가 명령해 그리 말라 하고 사내종을 데리고 관아에 이르거든 대

---

1) 안원(按院): 여러 곳을 돌아다니며 살피고 조사하는 어사의 다른 이름.

령시키라 했다. 아전들이 늙은 종을 데리고 뒤에 이르니 어사가 관
청에 앉아서 부리는 종들에게 명령해 사내종을 잡아들이라 했다. 그
리고 눈을 들어서 보니 이는 분명한 여인이었다. 보통 사람은 몰랐
으나 어사와 같이 마음속까지 비추어 보는 눈을 지닌 사람이 그것을
어찌 몰라보겠는가. 크게 의아해 한참을 흘겨보다가 물었다.

"네 모습을 보니 사내종이 아닌 것 같은데 내시가 아니더냐?"

사내종이 이 말을 듣고 매우 놀라 가만히 혀를 차고 짐짓 대답했다.

"소인은 과연 내시입니다."

어사가 말했다.

"그러면 무슨 원통한 일이 있단 말이냐?"

그 사람이 눈물을 흘리고 말했다.

"이 종의 일이 예삿일과 다르니 잠깐 자리를 가까이 하게 해 주시
면 세세하게 고하겠나이다."

이에 모든 아역(衙役)[2]이 꾸짖어 말했다.

"안원 어르신이 어떠하신 몸이라고 너처럼 천한 것을 가까이 하
시겠느냐?"

어사가 명령해 그리 말라 하고 계단에 자리를 주고 말했다.

"품은 말을 한마디도 숨기지 말고 자세히 고하라."

그 사람이 좋아해 날뛰며 스스로 손을 묶어 하늘을 향해 네 번 절
하고 사례해 말했다.

"천지가 너르신 것에 힘입어 오늘 현명하고 자상하신 어르신을
만났나이다."

어사가 그 행동을 보며 다만 지켜보고 있더니 그 사내종이 길게

---

2) 아역(衙役): 수령이 지방 관아에서 사사롭게 부리던 사내종.

사연을 고했다.

"이 종은 경사 사람이옵니다. 마침 주인을 모시고 멀리 갔다가 도적의 화를 만나 여기에 이르러 주인과 종이 겨우 한 목숨을 보전하고 있었사옵니다. 그러다가 읍내 석호촌 유간의 집에 하룻밤을 머물렀습지요. 그런데 유간이 주인에게 얼마간의 미모가 있는 것을 보고 그 딸과 혼인시키려 했나이다. 이에 작은주인이 죽기로써 사양하자, 유가가 노해서 하룻밤 사이에 황금 수백 냥을 없애고는 주인의 짓이라 해 관아에 진정했나이다. 그러자 관아의 어르신께서 주인을 잡아 옥중에 가두고 한편으로 주인의 행낭을 뒤지니 과연 황금 두 덩이가 있었나이다. 유가가 재물을 흩어 관아의 어르신과 옥졸에게 뇌물로 주니 주인께서 마침내 함정에 빠지게 되었습지요. 관아의 어르신이 주인에게 무거운 형벌을 주려 하다가 나이가 젊은 것을 불쌍히 여겨 형벌을 그치고 황금을 물어 유가에게 주라 했나이다. 그러나 황금을 어디에 가 얻을 수 있겠나이까? 모든 옥졸이 유간의 뇌물을 받고 우리 주인을 참혹히 모욕하니 주인의 죽음이 조석(朝夕)에 있나이다. 그러니 어찌 서럽지 않겠나이까?"

그러고서 마침내 가슴을 두드리고 크게 울었다. 어사가 놀라서 다시 물었다.

"네 주인의 성명이 무엇이냐?"

사내종이 가만히 있다가 말했다.

"주인의 성명을 모르나이다."

어사가 말했다.

"부모는 있으며 어디를 가다가 도적의 화란을 만난 것이냐?"

사내종이 말했다.

"큰주인 경 시랑이 귀양을 가 조주에 계시다가 상황(上皇)께서 즉위하시어 옛 벼슬로 부르시니 일가를 거느려 경사로 가시다가 이곳에서 도적의 화를 만나 분주히 달아났나이다. 어르신이 경사로 가셨는지 안 가셨는지는 알지 못하고 작은주인도 또한 강포한 자에게 잡혀 삼 년이 되도록 옥에서 고초를 면치 못하고 계시니 경사 소식이 아득해 날개가 돋지 못한 것을 한스러워하나이다."

어사가 자세히 듣고 사내종을 물러가라 하고는 조용히 결정하려 했다.

원래 여 소저가 한밤중에 급히 도망쳐 유모와 함께 마을에 와 여 소사가 머무는 곳을 찾았는데 절강이 본디 넓어 사람들이 여 소사를 알지 못한다고 하는 것이었다. 소저가 망극해 손에 끼고 있던 가락지를 빼 시장에 가 남자 옷을 사 오라 해서 입고 유모와 함께 사흘 만에 소사가 머무는 곳을 찾아 이르니 이웃 사람이 일렀다.

"그날 소사께서 길을 떠나셨소."

원래 소저와 유랑이 길을 몰라 두루 헤매다가 사흘 만에 소사 머무는 곳을 찾았는데 기껏 이십 리 정도만 온 것이었다. 소저가 더욱 망극했으나 부모가 도적의 화를 벗어나 무사히 간 것을 알고는 매우 기뻐했다. 그리고 '이제 요행히 독수(毒手)를 벗어났으니 경사가 비록 멀지만 조금씩 빌어먹고 간다면 일 년 정도면 도달하지 못할까 근심하겠는가.'라 생각했다.

날이 저물었으므로 마을사람 유간의 집에서 더새려[3] 했다. 유간이 소저의 옥 같은 얼굴과 봉황 같은 자태를 보고는 크게 놀라 소저를 극진히 대접하고 작은딸을 소저에게 맡기려 하자 소저가 사양하며 말했다.

"존옹(尊翁)의 후의(厚誼)는 감사하나 부모께서 천 리 밖에 계시니

---

3) 더새려: 길을 가다가 날이 저물어 정한 곳 없이 들어가 밤을 지내려.

어찌하겠습니까?"

유간이 말했다.

"그렇다면 후에 영친(令親)께 아뢰어 혼례를 하고 빙채(聘采)⁴)는 먼저 행하는 것이 어떠하오?"

소저가 군이 사양하고 핑계하며 거절해 듣지 않았다. 유간이 이에 크게 화가 나 소저를 짐짓 만류해 머무르게 하고 밤에 가만히 황금 수백 냥을 묻어 놓고 거짓으로 여 소저가 한 짓이라 해 본부에 진정했다. 또 뇌물을 무궁히 들여 옥리와 한통속이 되니 수령이 유간을 가만히 두고 소저를 가두어 황금값을 물어 주라 했다. 소저는 옥에 갇혀 고초를 겪으며 밤낮으로 울고 유모는 동서(東西)로 두루 돌아다녔으나 어디에 가 한 푼 은전을 얻을 수 있겠는가.

유모가 하루는 소저를 보고 말했다.

"여 소사의 이름을 수령에게 이르고 돌아오겠나이다."

소저가 말리며 말했다.

"저 사람이 아버님의 이름을 듣는다면 내가 혹 원한을 갚을까 해 이곳에서 나를 가만히 죽여 없앨 것이니 이는 범의 수염을 당기는 것이네."

유모가 옳게 여겨 수령에게 가지 못하고 삼 년을 길거리에서 울며 돌아다녔다. 그러다가 안찰사를 만나 제 품은 바를 다 고했으니 스스로 크게 기뻐해 하늘에 사례하기를 마지않은 것이다.

이튿날 어사가 좌기(坐起)⁵)하고 아역(衙役) 중 정예를 가려 유간을 잡아 오도록 해 매를 몇 차례 때리며 경 공자 잡은 일의 전말을

---

4) 빙채(聘采): 빙물(聘物)과 채단(采緞). 빙물은 결혼할 때 신랑이 신부의 친정에 주던 재물이고, 채단은 신랑 집에서 신부 집으로 미리 보내는 푸른색과 붉은색의 비단임.

5) 좌기(坐起): 관아의 으뜸 벼슬에 있던 이가 출근하여 일을 시작함.

물었다. 유간이 속이려고 했으나 어사가 귀신처럼 밝게 벌을 주고 그 늠름한 위엄이 가을하늘과 같았으므로 스스로 머리털과 뼈가 곤두서서 일일이 승복했다.

어사가 대로해 태장을 세 차례 친 후 유간을 변방에 충군(充軍)6)했다. 뇌물을 받은 옥졸들에게는 무거운 벌을 준 후 벌금을 물게 하고 수령을 질책했다.

"족하(足下)가 한 고을의 임자가 되어 이런 일을 다스리지 않았으니 어찌 나라를 치욕스럽게 한 게 아니겠소? 이후에는 공사를 이처럼 흐릿하게 하지 마오."

수령이 크게 부끄러워하며 사죄했다.

"소관(小官)이 비록 용렬하나 이 일을 자세히 알았다면 유간을 옳다고 했겠나이까? 제가 참으로 용렬해 소인들에게 속은 것이니 이제 후회해도 어찌할 수가 없나이다."

어사가 정색하고 대답하지 않았다.

어사가 경생을 놓아 주지 않고 그날 밤에 사람을 시켜 경생을 청했다. 여 소저가 비로소 액운을 벗어난 차에 어사의 부름에 놀라고 두려워 사양해 말했다.

"시골의 미천한 아이가 어찌 안찰사 어르신의 안전에 나아갈 수 있겠나이까?"

어사가 그 말을 아름답게 여겨 소저를 재삼 청했다. 또 하리(下吏)들이 끊임없이 이르러 재촉하며 말했다.

"안원 어르신께서는 벼슬이 참으로 높으신 분인데 소상공이 그 명령을 여러 번 거역하시는 것이오? 우리가 업어서 가겠소."

---

6) 충군(充軍): 죄를 범한 자를 벌로서 군역에 복무하게 하던 제도. 신분의 고하와 죄의 경중에 따라 차등이 있었는데 대개 천역(賤役)인 수군(水軍)이나 국경을 수비하는 군졸에 충당하였음.

소저가 이 말을 듣고는 할 수 없이 담을 크게 하고 유모와 함께 청사에 이르렀다. 이 어사가 의관을 정제하고 섬돌에서 내려와 맞으니 소저가 사양하며 말했다.

"안찰사 큰어르신께서 소인을 이처럼 지나치게 공손히 대접하시는 것입니까?"

안원이 잠시 웃고 말했다.

"학생의 썩은 공명(空名)[7]을 족히 어진 선비의 안전에서 이를 수 있겠소?"

드디어 팔을 밀어 오를 것을 청했다. 소저가 부득이해 섬돌을 올라가 서로 예를 마치고 동서로 자리를 이루자 어사가 물었다.

"족하의 귀한 성과 큰 이름을 듣고 싶소."

소저가 창졸간에 꾸미지 못해 다만 말했다.

"여문입니다."

이처럼 고한 후 다시 말했다.

"감히 귀한 성과 높은 이름을 알고 싶나이다."

어사가 듣고 매우 놀라서 대답했다.

"학생은 경사의 문정공 장자 이성문이오. 어제는 사내종이 형의 성을 경 씨라 했는데 어찌 여 씨라 하는 것이오?"

그러고서 가을물결과 같은 두 눈을 들어 소저를 보았다. 수려하고 윤택한 기질이 산천의 맑은 경치를 받은 듯, 빼어난 안색이 비할 데가 없었으니 이는 분명한 여자였다. 이 사람이 비록 남복을 했으나 여리여리한 기질과 미인의 눈썹이 그려진 자태를 몰라보겠는가. 어사가 자못 놀라 생각했다.

---

7) 공명(空名): 실제에 맞지 않는 명성.

'내 부질없이 남의 여자를 청해 이 지경에 이르렀으니 필경을 장차 어찌할꼬?'

그러고서 그 모습을 보았다.

여 씨는 '성문' 두 자를 듣고 매우 놀라 옥 같은 얼굴을 붉히고 묵묵히 있다가 한참 뒤에야 대답했다.

"천한 종이 잘못 고한 것입니다."

어사가 그 기색을 보고 의아해하며 생각했다.

'이 사람이 여 씨가 아닌가?'

그러고서 시험해 물었다.

"족하의 성이 여 씨라 하니 그렇다면 소사 여 모의 일가인 것이오?"

여 씨가 대답했다.

"바로 맞는 말씀입니다."

어사가 말했다.

"존형(尊兄)이 장차 어찌하려 하오?"

여 씨가 대답했다.

"경사로 가려 하나이다."

어사가 또 물었다.

"행색을 보니 형이 한 필의 나귀도 없는데 어찌 수만 리 길을 갈 수가 있겠소?"

소저가 눈썹을 찡그리고 말했다.

"천천히 가려 하나이다."

어사가 가만히 헤아렸다.

'이 사람은 여 씨가 틀림없다. 공교롭게 만나서 여 씨를 버리고 돌아간다면 의지할 데 없는 여자가 또 큰 화를 만나기 쉬울 것이니 차라리 모른 체하고 권도(權道)[8]로 데려가는 것이 묘하겠다.'

그러고서 말했다.

"학생이 곧 경사로 갈 것인데 족하가 함께 경사에 가는 것이 어떻겠소?"

여 씨가 한참을 생각하다가 대답했다.

"소생이 본디 몸에 괴이한 병이 있어 수레와 종들이 많으면 길을 가지 못하니 명령을 받들지 못하겠나이다."

어사가 다 듣고는 잠시 웃고 말했다.

"형의 병이 그토록 괴이하다면 평안한 수레로 모시면 어떻겠소?"

여 씨가 사례해 말했다.

"후의는 감사하나 이처럼 하시는 것이 더욱 불안합니다."

어사가 말했다.

"족하가 옳지 않소. 학생이 감히 옛사람의 의로운 기상을 따르지는 못하오. 그러나 시절의 경박한 자와는 다르니 족하의 존귀한 몸을 범하지 않을 것이오. 그러니 족하는 다만 생에게 얽매이지 말고 평안히 교자(轎子)로 가시는 것이 어떠하오?"

여 씨가 이 말을 듣고 거절할 말이 없어 단정히 사례했으나 평안하지 않은 기색이 얼굴에 넘쳐났다. 어사가 눈을 흘려서 보고 또한 마음이 불안해 여 씨를 내보내고 싶었다. 그러나 밤이 깊어 관아의 문을 다 잠갔으므로 매우 답답해 또한 손을 꽂아 단정히 앉아서 다시 말을 묻지 않았다. 토인9)이 잠 잘 것을 고하니 어사가 문득 물러가라 하고 소저를 향해 말했다.

"족하가 잠시 쉬시는 것이 어떠하오?"

소저가 초조해 급히 공손히 사양하며 말했다.

---

8) 권도(權道): 상황에 따라 변통하는 도리.

9) 토인: 수령(守令)의 잔심부름을 하던 구실아치.

"안원 어르신께서 쉬지 않으시는데 소생이 어찌 방자하게 쉬겠나이까? 밤이 깊었으니 잠시 앉아 있다가 머무는 곳으로 돌아가겠나이다."

어사가 또한 자지 않고 등불을 돋워 두 사람이 말없이 동서로 앉아 있으니 기이한 얼굴이 서로 빛나 그 쌍을 잃지 않은 듯했다. 유모가 그 모양을 보고 참으로 기뻐했다. 소저는 바늘 위에 앉은 듯 두려움을 이기지 못하고 어사는 묵묵히 단정하게 앉아 또한 눈을 드는 일이 없었다. 이윽고 닭 우는 소리가 들려오고 동방에서 날이 새어 왔다. 그러자 소저가 일어나 하직하고 머무는 곳으로 가니 어사가 공경해 이별하며 말했다.

"돌아가는 날 당당히 모시고 갈 것이니 족하는 기일을 어기지 마시오."

소저가 사례하고 돌아와 유모를 대해 말했다.

"내 이제 규방 여자의 몸으로 이생과 하룻밤을 같이 있었으니 크게 잘못된 일이네. 하물며 이생과 같이 길을 가는 것은 심히 옳지 않으니 이 일을 장차 어찌할꼬?"

유모가 말했다.

"소저의 이 말씀이 예의에 마땅하시나 어찌 널리 생각지 못하시나이까? 우리가 절강에서 십여 리를 갈 적에도 변을 만났습니다. 그런데 더욱이 경사까지 수천 리를 가다 보면 두려움이 많을 것입니다. 이씨 어르신께서 호방한 남자가 아니요, 이미 소저와 빙례(聘禮)를 행해 연고 없는 남이 아니니 이씨 어르신을 따라가는 것이 무방합니다."

소저가 말했다.

"어미 말도 옳으나 스스로 부끄러움이 많으니 살기를 탐해 이생을 따라가지는 못할 것이네."

유랑이 말했다.

"소저께서 이 어사 몰래 가더라도 길에서 낯을 감추지 못하시는 것이 하나요, 외로이 가다가 포악한 자를 만나 몸을 버리면 무익함이 둘이요, 혹 여자라는 것이 드러나 치욕이 몸에 미치면 해로운 것이 셋입니다. 하물며 어사께서 소저를 교자로 데려간다고 했으니 해로움이 없거늘 소저께서 작은 고집 때문에 몸을 버리면 무슨 유익함이 있겠습니까?"

소저가 한참을 생각하는데 이윽고 관아의 하리(下吏)가 양식을 올리고 어사의 말을 전해 말했다.

"공적인 일이 많아 친히 와 보지 못하니 몸을 조리하시어 돌아가는 날 함께 가자고 하셨나이다."

소저가 억지로 사례해 돌려보냈으나 불안한 마음이 가득했다.

한 달이 지나 어사가 남쪽 지방을 다스리고 절월(節鉞)10)을 돌려 경사로 향했다. 각 지방의 수령이 술과 고기를 마련해 십 리 장정(長亭)11)에 와 송별하니 그 행렬이 도로에 이어졌다.

어사가 편안하게 보이는 한 교자를 얻어 소저를 데려가니 소저가 마지못해 함께 갔다. 어사가 매양 머무는 곳을 각각 해 소저를 끝내 한 번도 보지 않으니 소저가 또한 매우 다행으로 여겼다.

어사가 무사히 길을 가 남창에 이르니 아역을 물리치고 유씨 집안에 이르러 경문을 찾았다. 이때 경문은 어사를 보내고 밤낮으로 글

---

10) 절월(節鉞): 절부월(節斧鉞). 관리가 지방에 부임할 때에 임금이 내어 주던 물건. 절은 수기(手旗)와 같이 만들고 부월은 도끼와 같이 만든 것으로, 군령을 어긴 자에 대한 생살권(生殺權)을 상징함.

11) 장정(長亭): 먼 길을 떠나는 사람을 전송하던 곳.

을 부지런히 읽고 있었다. 그러다가 이날 어사를 보고는 크게 반기며 어사를 청해 서헌(書軒)에 들어가 말했다.

"한 번 손을 나눈 후 소식이 요원해 가는 구름을 스스로 바라보며 형을 생각하고 있더니 형이 어디로부터 여기에 이른 것입니까?"

어사가 대답했다.

"소제(小弟)가 절강의 오나라, 초나라 산천을 구경하고 돌아가는 길에 잠깐 형을 보고 가려고 온 것입니다. 그사이 몸은 어떠합니까?"

경문이 대답했다.

"영락하고 외로운 한 몸이 무사히 있으나 심사야 어느 때인들 즐겁겠습니까?"

그러고서 두 사람이 이별의 회포를 그윽이 일렀다. 경문이 여러 날 묵기를 청하니 어사가 말했다.

"마침 길이 바쁘고 경사에 가 할 일이 있어 머무르지 못할 것이니 훗날 서로 보기를 원합니다."

드디어 손을 나누니 경문이 슬피 눈물을 흘리고 말했다.

"소제가 용렬한 위인으로 형의 사랑을 입고 갚을 길이 없으니 슬픈 마음을 이기지 못하겠습니다."

어사가 위로해 말했다.

"어찌 이런 불길한 말을 하는 것입니까? 내년에 알성과(謁聖科)[12]가 있을 듯하니 형이 그때 이르러 저를 찾으십시오."

경문이 슬픈 빛으로 응낙했다.

어사가 급히 달려 풍성현에 이르니 날이 반밤[13]이나 되었다. 이때

---

12) 알성과(謁聖科): 황제가 문묘에 참배한 뒤 실시하던 비정규적인 과거 시험.
13) 반밤: 하룻밤의 절반.

위란 등이 어사를 보내고 밤낮으로 기다리는 마음이 날로 마르더니 이에 어사를 보고 크게 기뻐하며 반기기를 마지않고 함께 가려 했다. 행장을 차려 이튿날 길을 떠나 황성으로 가니 벌써 해가 지나고 봄이 깊었다.

어사가 문밖에 이르면 모든 형제가 이를 줄 헤아리고 여 씨의 행차를 먼저 여 소사 집안으로 모시라 하고 분부해 다음과 같이 전하라 했다.

"여 상공께서 먼 길에 피곤해 몸이 평안하지 않으실 것이니 다시 뵙지 못합니다. 돌아가신 후에 당당히 나아가 뵐 것입니다."

이처럼 다 이르니 모든 하리(下吏)가 명령을 듣고 돌아갔다.

이윽고 예부 이흥문 등 형제 네 명이 철 한림과 두 철씨 형제, 여생 등과 함께 이르러 한꺼번에 예를 마치고 각각 어사가 천 리 길에 무사히 경사에 돌아온 것을 치하했다. 어사는 예부 등을 대해 집안 어르신들과 부모의 안부를 물으며 이별의 회포를 그윽이 베풀었다.

잠깐 쉬고 도성에 들어가 대궐에 나아가 사은했다. 임금께서 어사가 소년으로서 남방 수천 리 땅을 능히 순무(巡撫)[14]하고 어렵지 않게 돌아온 것에 크게 흡족해 어사를 매우 칭찬하시고 벼슬을 올려 이부시랑으로 삼으셨다. 이에 생이 굳이 사양하며 말했다.

"신이 나이 어리고 재주가 용렬하오니 어찌 감히 이부의 큰 소임을 감당하겠나이까?"

임금께서 웃으며 말씀하셨다.

"경은 사양 말라. 경의 재주를 보건대 이부의 으뜸 소임이 마땅하되 나이가 어린 것에 구애되어 능히 쓰지 못하니 더욱이 이부의 낮

---

14) 순무(巡撫): 왕명을 받들어 난을 진정시키고 백성을 위무함.

은 소임을 감당하지 못하겠는가?"

드디어 조회를 파하고 들어가셨다.

생이 마지못해 물러나 의복을 고치고 집에 돌아와 집안 어른들을 뵈었다. 헌걸찬 풍채와 빼어난 골격이 수려하고 시원해 일 년 내에 더욱 윤택하고 뛰어난 모습이 되어 있었다. 복색이 이미 높아 얼굴의 아름다움을 도왔으니 집안 어른들과 숙부들이 눈을 기울여 새로이 기이하게 여겼다. 공의 부부는 기쁜 빛을 띠어 바삐 이별의 회포를 이르고, 승상은 성문을 나아오라 해 그 손을 잡고 낮에는 즐거워하는 빛이 가득했다.

승상이 말했다.

"내 아이가 어린 나이에 남방 수천 리 땅을 능히 다스렸으니 참으로 아비보다 낫다고 하겠구나. 그래, 정사를 베푼 일이 어떠했더냐?"

시랑이 두 번 절하고 자리를 피해 각 고을의 공사(公事)와 자신이 결단한 바를 일일이 고했다. 그 행동거지가 평안하고 말하는 것마다 정대한 가운데 붉은 입술과 옥처럼 흰 이 사이로 옥이 부서지는 듯한 낭랑한 소리가 가득하며 시원했다. 기이한 행동이 온 자리를 압도하니 모두 크게 사랑해 기뻐하는 소리가 자자했다.

시랑이 비록 모친의 어질고 밝은 덕을 알고 있었으나 머뭇거리는 바가 있고 또 최 부인의 성품은 어려서부터 익히 알고 있었으므로 위란 등을 밖에 머무르게 했다. 말이 다 끝난 후에 시랑이 자리에 꿇어 고했다.

"천지가 생긴 이래로 부자 사이는 무엇보다도 큽니다. 접때 아버님과 숙부께서 풍악을 받들게 하셨던 기녀 교 씨와 위 씨가 먼 지방에 가 각각 자식을 낳았는데 교 씨는 요행히 아들을 얻었고 위 씨는 딸을 낳았습니다. 두 아이가 이제 다 열 살이 넘었는데 풍채와 용모가 참으로 아름답습니다. 제가 마침 풍성현에 이르러 만났으니, 천 리 밖에서 대인과 숙부의 높은 명령을 알지 못했으나 골육을 천 리 객지에서 떠돌게 두는 것이 옳지 않으므로 거두어 돌아왔습니다. 그러니 장차 명령해 주시기를 청하나이다.”

말을 마치자, 최 부인은 놀란 마음이 급했으나 어른 앞이었으므로 놀란 마음을 진정해 기운을 참아 정색하고, 개국공 이몽원은 놀라고 기뻐하는 마음이 눈썹을 움직였으나 부인을 두려워해 눈을 기울여 부인을 보았다. 문정공 이몽창은 아들의 말을 들으니 비록 자기라도 정대하고 분명함이 이보다 더하지는 못할 것이었으므로 그윽이 기쁜 마음을 지니고 말이 없다가, 이 일에 다다라서는 웃음을 머금고 말했다.

“내 아이의 처치가 그르지 않으니 데려오는 것이 무방하다.”

소부 이연성이 개국공을 돌아보아 말했다.

“조카는 정을 둔 사람이 천 리 밖에서 따라왔고 없던 자식이 생겨 아비를 찾아왔는데 어찌 불러 보지 않는 것이냐?”

개국공이 웃으며 말했다.

“제 이제 들어와서 볼 것이니 구태여 불러 무엇하겠습니까?”

그러고서 즐겁게 웃으니 모든 형제가 박장대소했다. 여자들은 그 모습에 웃음을 머금었으나 최 부인만 홀로 차가운 눈이 뚜렷한 채 눈을 들지 않으니 모두 자못 살피고 속으로 웃었다. 소 부인을 보니 온화한 기운이 은은해 예전보다 더 즐기는 것도 없고 드러내 보이는 모습도 없어 끝내 한결같으니 모든 사람이 탄복했다.

이윽고 빙주와 소문이 들어와 각각 섬돌 아래에서 네 번 절하고 부친을 우러러보며 목이 쉬도록 울었다. 이에 문정공이 온화한 안색으로 빙주를 나아오라 해 손을 쥐어 보고 어루만지며 말했다.

"내 공사에 여가를 내지 못해 너를 찾는 일이 더뎠으나 이제 천행으로 네가 여기에 이르렀으니 너는 슬퍼 말거라."

개국공이 소문의 손을 잡고 슬픈 안색으로 말을 안 하니 최 부인이 더욱 분노해 성문을 그윽이 한스러워했다.

소부가 말했다.

"이제 빙주와 소문을 보니 보통 아이가 아니라 각각 그 어미를 천인으로 두는 것이 옳지 않습니다. 형님과 형수님은 그들을 불러서 보시고 처소를 정해 머무르도록 하는 것이 좋겠습니다."

승상 이관성이 고개를 끄덕이니 소부가 드디어 위란과 교란을 불러서 보았다. 두 사람이 들어와 좌중에 절하고 각각 부인을 향해 네 번 절하고 뵈었다. 유 부인이 기쁜 빛으로 말을 전해 자식 잘 낳은 것을 칭찬하고 문정공과 개국공을 돌아보아 말했다.

"저 창녀는 볼 것이 없으나 자식이 있으니 버리지 못할 것이다. 너희가 각각 거두어 후하게 베풀고 상하의 높고 낮음을 명백히 정해 요란한 행동이 있도록 하지 마라."

두 공이 두 번 절해 명령을 듣고 시녀에게 분부해 후미진 방을 가려 그들에게 거처하도록 했다.

시랑이 모친의 안색을 자주 들어서 보고는 그윽이 탄복하고, 최 부인의 기색을 보고는 안심하지 못했다.

이윽고 자리를 파해 흩어지니 빙주는 소 부인을 모셔 숙현당으로 가고 소문은 개국공의 장자 원문과 함께 최 부인을 모셔 채원각이몽원이 개국공이 된 후 최 부인이 이곳으로 옮김에 이르렀다. 부인이 사나운 안색으로 소문에게 말했다.

"네 이제 어미와 마음을 같이해 우리 모자(母子)를 해치려 하느냐?"

소문이 황공해 눈물을 흘리고 말했다.

"천한 이 자식이 세상에 난 지 십일 년 만에 겨우 아버님을 만났으니 다행으로 여겨 쓰레질하는 노복 무리에 두시기를 바랐거늘 어찌 감히 공자(公子)의 자리를 엿보겠나이까?"

부인이 이 말을 듣고는 본디 인자한 마음을 지녔으므로 분노를 돌이켜 말했다.

"네 말이 어여쁘니 내 다시 의심하지 않을 것이다. 네 아비는 자못 세상 물정을 잘 모르고 망령되니 조금도 그 명령하는 말을 듣지 말고 내 명령을 좇는다면 그 사랑이 원문이와 다름이 있겠느냐?"

드디어 향기로운 과실을 내어 소문을 먹이고 원문을 경계해 말했다.

"어린아이가 비록 천하나 네게는 형제의 의리가 있으니 조금도 가볍게 보지 마라."

원문이 사례하고 소문을 만나 크게 즐거워했다.

이날 밤에 개국공이 숙소에 들어오니 최 부인이 문안 자리에서 개국공이 한 행동을 생각해 더욱 용렬하게 여기고 밉게 생각해 정색하고 말을 하지 않았다. 공이 이날은 더욱 은근한 안색으로 부인의 손을 잡고 말했다.

"전날 대해(大海)의 부평초(浮萍草) 같던 교란이 어찌 자식을 낳아 이를 줄 알았겠소? 이미 어른의 명이 있으셔서 교란을 버리지 못할 것이니 부인은 어떻게 여기시오?"

부인이 손을 뿌리치고 낯빛을 고쳐 대답하지 않았다. 이에 공이 다시 달래 말했다.

"부자 사이의 정은 귀천이 없어 소문이를 사랑하는 마음이 있으나 내가 부인에게 품은 산과 바다 같은 정과 여러 자식들에 대한 정을 한 명의 소문이에게 옮길 것이 아닌데 부인은 무슨 까닭으로 이처럼 순종하지 않는 것이오?"

부인이 말을 다 듣고는 정색해 말했다.

"명공(明公)은 가소로운 말을 마십시오. 내 이미 명공이 교란과 정을 둔 날부터 명공과 교란의 인연이 길 줄 알았으니 내 이제 이르러 투기를 하는 것이 가소로운 일이 아니겠습니까? 하물며 소문이에 대해서는 아비와 아들 사이의 인륜을 온전히 하는 것이 떳떳한 일이니 첩이 감히 무슨 말을 할 것이라고 어른의 명이라며 첩에게 유세하는 것입니까? 첩이 이제 나이가 삼십이 거의 다 되었고, 자녀가 족하니 명공은 오늘부터 교란과 함께 즐기고 이곳에는 이르지 마십시오."

공이 기쁜 빛으로 웃고 일렀다.

"부인의 말이 다 옳으니 그대로 하겠지만 오늘은 마지못해 이곳에서 자야겠소."

말을 마치고는 부인을 이끌어 자리에 나아가니 새로운 은정이 산과 바다처럼 깊었다. 그러나 부인은 끝내 그것을 즐겁게 받아들이지 않고 밤이 새도록 매섭고 독한 노기(怒氣)가 그치지 않았다. 이에 공이 재삼 빌며 말했다.

"소씨 형수님의 행동을 보고 형님의 엄격하심을 생각하면 우리 부부의 행동이 부끄럽지 않소? 부인은 진중하게 처신하시오."

그러나 부인은 정색하고 대답하지 않았다.

이날 빙주가 부인을 모셔 침소에 이르니 부인이 속으로 매우 기뻐해 여러 자녀를 모아 각각 차례를 이르고 빙주를 어루만지며 지극히 사랑했다. 이윽고 공이 들어와 부인의 그와 같은 덕에 탄복하며 빙주의 어여쁨을 사랑해 말했다.

"학생의 욕심이 심해 부인에게 여러 옥 같은 자녀를 두고도 빙주를 생각했으니 부인이 학생을 과도하다고 여기시는 것이 아니오?"

부인이 옷깃을 여미고 대답했다.

"아비와 자식 사이의 정은 귀천이 같거늘 어찌 이런 말씀을 하시는 것입니까?"

공이 즐겁게 웃고 일주를 안아 사랑하더니 이윽고 생에게 일렀다.

"네 아내가 잉태한 줄도 알지 못했더니 며칠 전에 순산했는데 딸을 낳았으니 참으로 볼 것이 없구나. 그러나 그 병세가 가볍지 않으니 전처럼 고집하지 말고 들어가서 네 아내를 보라."

시랑이 엎드려서 공의 말을 다 듣고는 놀라고 의아해 자리를 피해 명령을 들었다. 물러나 서당에 돌아오니 예부 이흥문 등이 맛있는 술과 성대한 안주를 차리고서 시랑에게 권하고 술을 썩 많이 마셨다. 예부가 이에 말했다.

"아우는 딸아이를 보았느냐?"

시랑이 대답했다.

"보지 않았습니다."

예부가 말했다.

"숙부모께서 그 아들이 아닌 것을 서운하게 여기셨으나 한편으론 처음으로 손아를 두셔서 매우 기뻐하시더라."

자리에 철 학사가 있어 웃고 말했다.

"현보는 모름지기 딸을 온순하게 가르쳐 지아비 유모를 두드리는 폐단이 없게 하라."

남생이 이어서 웃고 말했다.

"유랑을 치는 것도 흠이지만 살아 있는 지아비의 옷을 불 지르는 일이 없게 가르치라."

기문이 웃으며 말했다.

"그것도 그것이지만 자주 세간을 치는 위엄을 꺾으라."

그러고서 세 사람이 박장대소했다. 시랑이 이들의 말을 듣고 영문을 몰랐으나 벌써 임 씨의 소행인 줄 짐작하고 웃으며 말했다.

"요사이에 그런 노릇을 하는 사람이 누가 있나이까?"

철생이 웃으며 말했다.

"멀리 있지 않다."

예부가 미미히 웃으며 생들을 꾸짖어 말했다.

"오래 떠났다가 오면 좋게 해 줄 말이 많거늘 부질없는 말들로 시작하는 것입니까?"

시랑이 또한 웃고 말했다.

"그런 여자가 있어 형님들이 이처럼 구시니 그 남편 되는 사람을 매우 치는 것이 마땅합니다."

세 사람이 말했다.

"실로 현보의 말이 옳구나."

세문이 말했다.

"남 이기는 부질없는 말은 그치고 이별의 회포를 펴는 것이 옳습니다."

사람들이 각각 웃고 다른 말을 하다가 흩어졌다.

다만 홀로 예부가 머물러 있으니 시랑이 조용히 말했다.

"제가 의심하는 바를 형님께 여쭙니다. 임 씨가 진실로 아까 철형 등이 이른 세 가지 죄를 지은 일이 있습니까?"

예부가 정색하고 말했다.

"철 형과 남생이 희롱하는 말을 한 것인데 네 어찌 임씨 제수에게 의심을 두는 것이냐?"

시랑이 잠시 웃고 말했다.

"형이 저를 속이시나 제가 잘 압니다. 임 씨의 행동이 그러하다면 제가 또한 용서하지 못할 것입니다. 그러니 형님은 자세히 일러 주십시오."

예부가 낯빛을 고치고 말했다.

"아우가 매사에 자못 현명하되 처자에게는 너무 가혹하니 그것이 큰 흠이다. 임씨 제수에게 설사 종전에 그런 잘못이 있었다 한들 이제 우리가 시비하는 것이 옳지 않거늘 하물며 오늘 말은 듣느니 처음이라 이 형이 대답할 말이 없구나."

드디어 소매를 떨쳐 일어났다.

시랑이 자못 우울해 이날 저녁에 내당에 들어가 일부러 일주를 보고 물었다.

"내 들으니 임 씨가 내 옷을 불 지르고 홍아를 난타하며 세간을 다 두드렸다 하니 맞느냐?"

일주가 정색하고 말했다.

"오라버니께 묻겠습니다. 누가 그런 말을 합니까?"

시랑이 말했다.

"자연히 들은 것이다. 말의 뿌리를 찾아 무엇하겠느냐?"

일주가 잠깐 웃고 말했다.

"일없는 오빠들이 괴이한 말을 해 오라버니의 귀에 들리게 한 것 같습니다. 임 형이 실성하지 않았으니 그런 놀라운 행동을 했겠나이까? 제가 하도 괴이하게 여기니 대답할 말이 없습니다. 임 형의 성품이 매섭고 굳세나 자못 예의를 알 것입니다. 부모 시하에서 그런 노릇을 한다면 부모님이 용서하실 리가 있겠나이까?"

시랑이 누이의 진중한 말을 듣고 반신반의해 일어났다. 일주가 시랑의 행동을 보고 임 씨를 위해 크게 근심해 급히 백문 등 아이들을 불러 속여 말했다.

"큰오라버니가 이러이러한 말을 물을 때 너희 중에 옳다 하고 대답하는 아이가 있으면 아버님께 고해 태장 30대씩 맞게 해 주고 하루에 글 수천 번씩 더 읽게 할 것이니 조금도 그 말을 거들 생각을 마라."

아이들이 이 말을 듣고 두려워 응락하고 물러났다.

시랑이 과연 백문을 이끌고 서헌에 가 그런 일이 있었는지 물으니 백문이 일주의 당부를 들었으므로 끝까지 그런 일이 없었다고 일렀다. 시랑이 다시 물을 곳이 없어 잠잠했으나 의심이 깊은 채 이날 밤에 서당에 돌아왔다.

소 부인이 일주의 전하는 말을 듣고 시랑의 마음을 알고 즉시 시녀를 시켜 시랑을 불렀다. 시랑이 빨리 내당에 들어가 명을 좇으니 부인이 한참 동안 생각하다가 말했다.

"내 아이는 어미가 불러 이르게 한 이유를 알겠느냐?"

시랑이 자리를 피해 절하고 말했다.

"제가 소견이 어리석어 깨닫지 못하겠습니다."

부인이 정색하고 말했다.

"너는 어려서부터 글을 읽어 식견이 밝다. 임 씨가 비록 종전에 과실이 있었으나 대단하지 않고 지금은 깨달은 것이 중요하다. 하물며 임 씨에게는 골육이 있거늘 너는 군자가 되어 한 번 임 씨에게 불쾌한 마음을 먹어 해가 지나고 세월이 오래도록 풀지 않으니 그 뜻이 장차 어디에 있는 것이냐?"

시랑이 잠자코 절하고 말을 하지 않으니 부인이 말했다.

"네 행동을 보니 네가 괴이한 말을 들었기 때문이로구나. 원래 임 씨에게 그런 허물이 있어도 너의 부친과 내가 움직이기 전에는 그

처자를 버리지 않는 것이 사람의 자식으로서 할 노릇이다."

시랑이 사죄해 말했다.

"제가 소견이 좁아 미처 깨닫지 못했으니 죄가 깊습니다. 이후에는 삼가 어머님의 명을 받들겠습니다."

그러고서 물러나 채운당에 이르렀다. 임 소저는 혼곤해 비단이불에 싸여 잠든 듯 보였고 유모는 곁에 있다가 시랑을 보고 놀라 물러났다. 시랑이 천천히 자리를 정하고 딸을 내오게 해 한번 보니 어여쁜 자태와 옥 같은 바탕이 완연히 붉은 옥을 씻은 듯했다. 그러니 아비와 자식의 정이 어찌 평범하겠는가. 잠깐 눈썹 사이에 기쁜 빛을 띠어 딸을 어루만지며 사랑했다. 이윽고 소저가 몸을 움직여 돌아누우며 아파하는 소리가 미미하니 시랑이 나아가 소리를 낮추어 물었다.

"학생이 집을 떠난 지 오래 지나서야 여기에 이르렀는데 그사이에 어찌 부인의 병세가 가볍지 않을 줄 알았겠소?"

소저가 이 소리를 듣고는 놀라고 부끄러워 길이 탄식하고 대답하지 않으니 시랑이 그 깨닫는 마음이 있음을 스쳐 알고 속으로 기뻐해 은근히 병세를 물었다. 소저가 또한 대답하지 않으니 시랑이 문득 정색해 말했다.

"부인의 종전 과실은 칠거(七去)[15]의 죄를 넘었으니 마땅히 벌을 받을 법한 일이었으나 부모께서 너그러우셔서 부인의 죄를 다스리지 않으시고 학생이 용렬해 법을 쓰지 못했소. 그래서 스스로 부끄러워 피차 얼굴을 보지 않은 지 열 달 남짓 되었소. 부인이 조금이나마 염치가 있다면 마땅히 시부모와 지아비의 덕을 알아 깨닫는 바가 있을 것이나 지금까지 오히려 원망하는 마음을 독하게 품은 것이 없

---

15) 칠거(七去): 예전에, 아내를 내쫓을 수 있는 이유가 되었던 일곱 가지 허물. 시부모에게 불손함, 자식이 없음, 행실이 음탕함, 투기함, 몹쓸 병을 지님, 말이 지나치게 많음, 도둑질을 함 따위.

지 않으니 생이 대장부가 되어 이처럼 순종하지 않는 지어미를 대해 말을 할 수 있겠소?"

말을 마치자 눈썹 사이에 성난 기색이 뚜렷해 딸을 놓고 의관을 풀어 자리에 나아갔다. 유모가 멀리서 이 거동을 보고 놀라고 근심하며 임 소저는 더욱 서글퍼 밤이 새도록 우는 눈물이 강물을 보탤 정도였다. 시랑이 이를 자못 알았으나 모르는 듯이 밤을 지냈다.

시랑이 다음 날 새벽에 서당에 나와 세수하고 대궐에 들어가 조회한 후에 임씨 집안에 이르러 공의 부부를 보았다. 상서 부부가 시랑을 크게 반겨 내당에 청해 이르게 해 시랑이 무사히 돌아온 것을 치하하고 새로이 사랑하는 마음을 이기지 못했다. 생이 또한 은근히 말하다가 하직하고 돌아오다가 잠깐 생각난 일이 있어 여 소사 집안에 이르렀다.

이때, 여 소저가 이 어사의 힘을 입어 빨리 집안에 이르렀다. 소사 부부가 마침 중당에 있다가 홀연 한 서생이 면전에 이르러 절하고 눈물을 흘리는 모습을 보고 깜짝 놀라 물었다.

"소년은 어떤 사람이오?"

소저가 울며 말했다.

"부모께서 어찌해 불초 소녀를 몰라보시는 것입니까? 저는 곧 도적의 환란 때 도망쳐 부모님과 헤어졌던 빙란입니다."

여 공 부부가 이 말을 듣고 매우 놀라고 기뻐해 바삐 소저의 손을 잡고 정신을 차려서 보니 이는 정말로 삼 년 동안을 죽은 줄로만 여겼던 빙란 소저였다. 다만 정신이 어린 듯해 소저에게 이곳에 이른 곡절을 물었다. 소저가 오열하며 한참을 말을 못 하다가 드디어 전후에 있었던 변란을 일일이 고하고 목이 쉬도록 울었다. 공의 부부가 듣는 말마다 뼈가 놀라고 마음이 서늘한 듯해 다만 소저의 등을 두드리고 머리카락을 쓰다듬으며 탄식해 말했다.

"가문의 운세가 불행하고 너의 액운이 비할 데 없이 무거워 규방의 약한 여자가 길에서 돌아다니다가 몸이 거의 없어질 뻔했으니 어찌 정신이 없음을 면하겠느냐? 그러나 이 현보의 큰 덕에 힘입어 네가 무사히 와 모였으니 이것이 다행한 일이구나. 그러니 지난 운액은 일러 무익하다."

소저가 눈물을 거두어 절한 후 여복으로 갈아입고 조용히 부모, 형제들과 담소하고 있는데 하리(下吏)가 아뢰었다.

"이 시랑 어른이 이르러 계시나이다."

여 공이 말을 듣고는 반가움을 머금고 일어나며 말했다.

"제 만일 너를 찾으면 무엇이라 할꼬?"

소저가 말했다.

"제 이미 소녀를 알아보았다면 할 수 없고 요행히 알아보지 못해 소녀를 찾거든 이리이리 이르소서."

공이 응락하고 나가서 이생을 보았다.

이생이 기이한 풍채에 재상의 복색을 더했으니 공이 생을 더욱 사랑해 웃음을 띠어 손을 잡고 일렀다.

"조카가 먼 길에 고생을 겪어 돌아왔으나 내 마침 몸에 생긴 병이 다 낫지 않아 나아가 보지 못했구나. 조카가 신의 있게 찾아와 주었으니 고마운 마음이 많구나."

시랑이 사례하고 이별의 회포를 베푼 후 공에게 고했다.

"전날에 한 벗과 이곳에 와서 만나기로 언약했더니 벗이 어디에 있나이까?"

공이 웃고 말했다.

"과연 이르렀더니 아침에 다른 데로 갔다."

시랑이 미소하고 다시 묻지 않고 말하다가 하직했다.

집으로 돌아가 내당에 들어가니 소문이 눈물을 흘리며 채원각에서 나오는 것이었다. 시랑이 우는 까닭을 물으니 소문이 말했다.

"부인이 아침부터 이 천한 아우를 대해 온갖 꾸짖는 말씀을 하셨으니 아우가 설움을 이기지 못하겠습니다."

시랑이 듣고 속으로 분개해 즉시 채원각으로 갔다. 최 부인이 시랑을 보고 성난 기색이 뚜렷해 안색이 좋지 않았다. 시랑이 낯빛을 바로 하고 손을 꽂아 자리에 나아갔으나 부인이 앉으라 명하지 않았다. 시랑이 한 가에 시립(侍立)해 한참을 서 있으니 부인이 잠깐 분노를 참고 일렀다.

"조카가 무슨 까닭으로 누추한 집에 이르러 괴롭게 서 있는 것인고?"

시랑이 바야흐로 꿇어 대답했다.

"마침 숙모께 뵈러 이르렀습니다."

부인이 냉랭히 웃고 말했다.

"교란이 네 아주머니니 네가 나와 같은 숙모를 찾은 것은 의외로구나."

시랑이 자약히 일렀다.

"조카가 우연히 교 씨를 만나 골육을 세상 끝에 던지는 것을 차마 못 하고, 그 자식은 거두는데 그 어미를 용납하지 않는 것은 의리가 아니므로 교 씨를 데려온 것입니다. 그러나 어찌 교 씨를 숙모보다 위로 공경하는 일이 있겠나이까? 이 말을 들으니 황공해서 죽으려 해도 죽을 땅이 없습니다."

부인이 분노해 말했다.

"저 음탕한 창녀를 교 씨라 칭하는 것이냐? 네 아저씨가 본디 방자하고 방탕해 나에게 조만간 위후(衛后)의 환란[16]이 있을 것인데 네가 어찌 창녀를 얻어다 주어 그 마음을 돋우는 것이냐? 만일 내가 소 부인[17]과의 우애가 없었다면 너를 가만히 안 두었을 것이다."

시랑이 웃고 사례해 말했다.

"숙모의 소견이 또한 이치가 있으시나 숙부께서 15, 16살의 호방한 남자가 아니시니 어찌 저 교 씨 한 명 때문에 숙모의 권위를 옮기시겠습니까? 또 교 씨가 비록 창녀지만 간악한 무리는 아니고, 소문이가 숙부의 골육으로서 저렇게까지 자랐으니 숙모께서 위에 계셔서 한 간의 방을 저들에게 빌려주시고 두텁게 어여삐 여기신다면 이는 숙모의 덕이 큰 것이 아니겠습니까? 이 조카가 저들을 마음대로 거두어 온 죄는 비록 죽어도 갚기 어려우나 이미 물이 쏟아진 것 같은 일이니 시원하게 이 조카의 죄를 다스리시고 소문이를 거두시기를 바라나이다. 또 교 씨가 비록 천한 창녀나 숙부께서 돌아보신 후에는 저희 조카들이 교 씨의 이름을 부르는 것이 옳지 않으니 이를 살펴 주십시오."

최 부인이 이 말을 듣고 한참을 생각하다가 분노를 머금어 대답하지 않았다. 시랑이 재삼 사죄하고 조용히 간언하고 물러났다.

시랑이 위란을 이회당에 들이고 대여섯 명의 여종을 시켜 모시게 했다. 또 말끝마다 위란을 지극히 공경하고 집안사람들에게는 위란을 부인이라 부르게 했으니 위란의 빛나는 복록이 비길 데가 없었다. 소 부인은 아들의 영리함에 기뻐하고 공은 그의 처치에 웃을 뿐이었다.

---

16) 위후(衛后)의 환란: 위후는 중국 한(漢)나라 무제(帝紀)의 황후. 무제가 후궁인 이부인(李夫人)을 총애해 위후(衛后)를 폐함. 위후는 후에 선제(宣帝) 때 사후(思后)로 추존됨.

17) 소 부인: 시랑 이성문의 어머니 소월혜를 이름. 소월혜는 이몽창의 아내로 이몽원의 아내 최 부인과 동서 사이임.

이때 교란은 외실에 있으면서 위란을 매우 부러워했다. 최 부인이 또한 시랑의 말이 옳은 줄로 헤아려 다시는 소문과 교란을 괴롭히지 않고 버려두었다.

시랑이 이후에는 매양 서실에 있고 채운당에 가지 않으니 소 부인이 매우 탐탁지 않게 여겼다.

하루는 운아를 불러 생의 침구를 내당으로 들이라 하니 시랑이 모친의 뜻을 스쳐 알고 스스로 불효를 깨달았다. 즉시 채운당에 들어가 희롱하는 말을 하며 함부로 어루만지지는 않았으나 이전과 다름이 없이 은근하고 곡진한 태도가 비길 데가 없었다.

이때 여 소사가 시랑을 보내고 내당에 들어가 생의 말을 전하니 경 부인이 기뻐하며 일렀다.

"참으로 잘 대답하셨으니 자기 아내인 줄 의심하지 않은 것 같습니다. 빨리 훌륭한 사윗감을 택하시는 것이 어떠합니까?"

소사가 놀라 말했다.

"부인이 이 무슨 말이오? 이생과 언약이 자못 굳고 하물며 이생이 딸아이를 구렁 가운데에서 건져내 은혜가 더욱 크니 이를 버리고 누구를 얻겠소?"

부인이 정색하고 말했다.

"이생이 이미 아내를 얻었으니 하나밖에 없는 딸을 남의 재실로 줄 수 있겠나이까?"

소사가 성을 내어 말했다.

"부인이 그르오. 당초에 저 집에서 아내를 얻을 마음이 없었는데 내가 권해 아내를 얻었소. 그런데 그 집에서 신의를 지키고 있고 더욱이 이생과 딸아이는 어려서부터 맹세가 굳으니 일시에 약속을 어길 수 있겠소?"

부인이 대로해 말했다.

"처음에 상공이 부질없이 임 상서가 달래는 말을 듣고 대사(大事)를 어설프게 해 옥 같은 사위를 남의 손에 두고, 오늘날 딸아이를 임 씨 여자의 아래 사람으로 만들려 하니 자식 사랑하지 않음이 이처럼 심한 것입니까? 첩이 차라리 딸아이를 안고 멱라(汨羅)[18]에 떨어질지언정 이씨 집에는 보내지 않을 것입니다."

말을 마치고 목이 쉬도록 우니 소사가 어이없어 소저에게 말했다.

"딸아이는 어미를 옳다고 여기느냐?"

소저가 일이 순탄하지 않을 줄 알고 속으로 탄식하고 평안한 빛으로 조용히 대답했다.

"소녀의 처음 뜻이 이제 어찌 변하겠나이까?"

부인이 대로해 말했다.

"딸아이가 이생의 용모를 흠모해 이렇듯 당돌한 말을 하니 이는 음탕한 여자라 내 눈에 보이지 마라."

소저가 이 말을 들으니 진실로 헤아렸던 일이었다. 자기 모친이 이처럼 하니 다른 사람의 비웃음을 더욱 면치 못할 줄로 알아 부끄러움을 띤 채 잠자코 물러나 침소로 돌아갔다. 소사가 크게 불쾌해 한참을 생각하다가 택일단자(擇日單子)[19]를 쓰니 부인이 달려들어 빼앗아 구겨서 버리고 큰 소리로 꾸짖어 말했다.

"만일 이생을 맞이하는 날이면 내가 죽을 것입니다."

그러고는 드디어 칼을 들고 날뛰니 소사가 어이없어 일렀다.

---

18) 멱라(汨羅): 중국 호남성(湖南省) 상음현(湘陰縣)의 북쪽에 있는 강의 이름. 초(楚)나라 굴원(屈原)이 나라의 장래를 근심하고 회왕(懷王)을 사모하여 노심초사한 끝에 <회사부(懷沙賦)>를 짓고 빠져 죽은 곳임.

19) 택일단자(擇日單子): 혼인 날짜를 정하여 상대편에게 적어 보내는 쪽지.

"제 만일 물으면 어찌하려 하오?"

부인이 말했다.

"저들이 알지 못했는데 구태여 들춰 구차히 결혼하는 것이 무익하니 상공은 내 하는 대로 버려두소서."

소사가 할 수 없이 다시는 그렇게 하지 말라며 타이르니 부인이 수건을 들고 죽으려 날뛰었다. 소사가 한심해 외당으로 나가 침상에 기대 음식을 먹지 않고 우려했다.

이때 부인의 아우 중 한 명이 병부시랑 최강의 며느리였다. 최강의 셋째아들 병은 열다섯의 재주 있는 선비로서 얼굴이 매우 아름다운 사람이라 일컬어졌다. 부인이 마음에 두었다가 그 아우에게 부탁해 그가 지은 시를 얻어 왔는데 문체가 호방하고 기발해 참으로 사랑스러웠다. 부인이 매우 기뻐하며 공을 대해 말했다.

"최생이 아름다운 소년으로 재주가 이와 같으니 이 사람을 놓아두고 누구를 얻겠습니까? 마땅히 정혼해 딸아이의 일생을 편히 해야겠습니다."

소사가 말했다.

"이는 절대로 옳지 않으니 이 공이 듣는다면 오죽 괘씸하게 여길 것이며 최생이 비록 아름답다 하나 이생에게 미치겠소?"

부인이 성을 내어 말했다.

"이생이 인간 세상에 없는 천상의 신선이라도 아내를 두었으니 차마 한 딸을 그 재실(再室)로 줄 수 있겠나이까?"

소사가 말했다.

"이는 결코 안 될 일이니 전에 문정공이 준 비녀를 어찌할 것이며 저 집에서 딸아이를 윗자리로 높일 것이니 해 될 것이 없고 설사 재실이 된들 이생 같은 사위를 얻는다면 어찌 통쾌하지 않겠소?"

부인이 꾸짖어 말했다.

"말 못 하는 비녀를 지켜 딸아이의 일생을 불안하게 하는 것입니까? 내 이미 최씨 집에 기별을 했으니 약속을 고치지 못할 것입니다."

소사가 대답하지 않자 부인이 초조해 서두르며 최 시랑 집을 부추겨 급히 구혼하라 했다.

최씨 집에서 즉시 좌시랑 고신을 청해 여씨 집안에 보내 구혼했으나 여 공이 허락하지 않았다. 그러자 부인이 마음이 몹시 급해 크게 성을 내어 곡기를 끊고 머리를 뜯으며 울었다. 그리고 최씨 집을 부추겨 날마다 구혼하는 중매가 오게 하고 공을 보채 혼인을 허락하라 했으나 공이 듣지 않았다.

공이 이씨 집에 기별을 하려 했으나 부인의 행동이 괴이했으므로 요란한 폐단 때문에 일이 겸연쩍어질 일을 생각해 기별하지도 못했다. 부인은 행동이 날로 이상해지고, 좋은 계교를 생각하지 못해 우울해하고 소저는 필경을 보아 생사를 결정하려 해 부모의 시시비비에 간섭하지 않았다.

최 시랑이 하루는 소부 임 공을 청해 여씨 집에 중매해 줄 것을 간절히 부탁했다. 임 소부는 곧 문정공의 첩 임 씨의 적형(嫡兄)이고 이 공과는 목을 내어 줄 정도로 사귐이 두터웠으니 이씨 집안의 일을 자세히 알고 있었다. 더욱이 여 소사 딸과 정혼의 약속이 굳은 줄을 알고 있었으므로 최 시랑의 말에 매우 놀랐으나 내색하지 않았다.

임 소부가 즉시 이씨 집안에 이르러 문정공을 보고는 이 일을 이르고 의심하니 문정공이 놀라서 물었다.

"여 형은 충직한 사람이네. 만일 그 딸이 생존해 있다면 즉시 우리 집에 말했을 것이니 어찌 다른 사람과 혼인을 의논하겠는가? 어쨌거나 형이 여씨 집안에 가 기색을 탐지해 돌아와서 말해 주게.”

임 소부가 응락하고 돌아갔다.

공이 임 소부를 보낸 후 의심을 이기지 못했는데 시랑은 벌써 짐작하고 시비를 하지 않았다. 시랑이 여 씨 얻어 온 것을 부모에게도 알리지 않은 것은 여 씨의 절개를 아껴서이고 앞일이 어떻게 될지 몰라 자기가 아내를 얻을지 알 수 없는데 이 일을 입에 올리는 것이 옳지 않아 발설하지 않았던 것이니 참으로 군자라 할 만하다.

임 공이 여씨 집안에 이르러 최 시랑의 뜻을 이르고 짐짓 간절히 구혼하니 여 공이 말했다.

“현공(賢公)에게 수고로이 부탁하니 돌아가서 최 형께 이렇게 사죄하는 말을 전해 주게. ‘약한 딸이 일찍이 문정공의 장자 이성문과 정혼했으니 어른의 명령을 받들지 못하나이다.’”

임 소부가 놀라서 말했다.

“내가 또 이씨 집안의 일을 아는데 이씨 집안에서 형의 딸을 기다리는 것이 넋을 잃는 데까지 이르렀거늘 형이 어찌 이르지 않은 겐가?”

여 공이 말했다.

“내 마침 요사이 병이 들고 딸아이가 온갖 고초를 겪어 신음하므로 낫기를 기다려 기별하려 했네.”

임 공이 고개를 끄덕여 응하고 돌아가 문정공에게 그 사실을 일렀다.

공이 놀라고 기뻐 즉시 여씨 집안에 이르러 공을 보고 하례하기를 마지않으며 말했다.

“내 밤낮으로 근심하던 바는 영녀(令女)가 중도에 요절해 낙창(樂昌)의 거울[20]이 모이지 못할까 하는 것이었는데 오늘날 이런 경사가 있을 줄 알았겠는가?"

여 공이 역시 기쁨을 이르고 어서 혼인날 잡을 것을 언약하고 헤어졌다.

부인이 이 말을 듣고 공을 잡고 발작하며 소리를 크게 질러 말했다.

"이가 도적놈이 자기 집 문에 들어가지 못한 채 죽으리라."

여 공이 민망해 부인을 속여 일렀다.

"최 공이 중매를 너무 빈번히 보낸 탓으로 문정공이 듣고 대로해 법부에 소장을 올리려 했소. 만일 일이 발각된다면 나와 딸아이가 크게 고초를 겪을 것이므로 마지못해 허락했으나 내 즐겨서 한 것이 아니오."

부인이 그 말을 듣고 할 수 없어 다만 일렀다.

"비록 친영(親迎)21)을 하더라도 딸아이를 시가에 보내지는 않을 것입니다."

소사가 말했다.

"그것은 저 집의 처치에 달린 일이니 부인이 어찌 마음대로 할 수 있겠소?"

부인이 마침내 듣지 않고 말했다.

"만일 즉시 친영해 데려간다면 법부에 소장을 올리는 것이 아니라 어전에 송사를 한다 해도 허락하지 못할 것입니다."

소사가 부인이 허락한 것을 기뻐해 다음 날 이씨 집을 찾아 보고 말했다.

"딸아이가 길에서 고생을 해 약질이 깊이 상해 병이 아직 낫지 않

---

20) 낙창(樂昌)의 거울: 부부가 헤어짐을 이름. 중국 진(陳)나라 말의 낙창공주(樂昌公主)가 깨진 반쪽 거울로 헤어졌던 남편 서덕언(徐德言)을 찾은 이야기에서 유래함.

21) 친영(親迎): 육례의 하나로, 신랑이 신부의 집에 가서 신부를 직접 맞이하는 의식.

앉으니 현형(賢兄)은 큰 덕을 드리워 혼례는 정한 날에 하고 시부모 보는 대례(大禮)는 잠깐 늦추는 것이 어떠한고?"

공이 기쁜 낯빛으로 시원하게 허락하니 소사가 기뻐하며 돌아갔다.

이씨 온 집안이 여 씨 얻은 것을 다 기뻐해 공의 부부에게 치하하는 빛이 있었다. 그러나 임 씨는 이 말을 한 번 듣고 놀란 넋이 하늘에 오르고 서러운 한에 구곡간장이 무너져 침소에 돌아가 감히 예전처럼 대악(大惡)을 부리지는 못했으나 조급한 성이 불같아 저녁밥을 물리치고 오열했다.

이날 밤에 시랑이 침소에 들어가니 소저가 놀라 급히 눈물을 거두고 일어나 맞이해 낯을 등잔 뒤로 감추고 앉았다. 생이 잠깐 눈을 올려 보고 그 인물과 위인의 조급한 성격을 개탄해 알은체하지 않고 안석(案席)22)에 기대 딸을 어루만지며 사랑하더니 한참 후에 불을 물려 놓고 눈을 들어 임 씨를 보고 말했다.

"생이 비록 어리석으나 아직 목숨이 반석과 같은데 부인이 무슨 까닭으로 때도 없이 곡을 해 이처럼 요란히 구는 것이오?"

임 씨가 이 말을 듣고 놀라고 염려해 눈물을 거두고 말을 하지 않으니 시랑이 탄식해 말했다.

"부인이 학생을 경박하고 신의 없는 탕자로 아는 것이오? 부인이 윗사람과 황영(皇英)23)의 꽃다운 우애를 맺는다면 생이 군자의 큰 덕은 없으나 편벽되게 부인과의 삼 년 은정을 잊겠소?"

말을 마치고는 의관을 풀고 침석에 나아갔다. 임 씨 또한 전날의 과오를 경계함이 있었으므로 슬픔을 참아 이불 속에 몸을 의지하니

---

22) 안석(案席): 벽에 세워 놓고 앉을 때 몸을 기대는 방석.
23) 황영(皇英): 중국 고대 요(堯)임금의 두 딸이자, 순(舜)임금의 두 왕비인 아황(娥皇)과 여영(女英)을 이름. 두 사람은 왕비로서 우애 좋게 지낸 것으로 유명함.

시랑의 은애(恩愛)가 예전에 비해 조금도 부족한 것이 없었다.

그럭저럭 혼삿날이 다다랐다. 소 부인이 임 씨의 사람됨을 알았으므로 운아에게 명령해 생의 관복을 짓도록 했다. 임 씨는 영리했으므로 자기의 도리로 관복을 짓지 않는 것이 그른 일임을 알았으나 차마 스스로 청해 관복을 짓겠다는 말을 못 했다.

정해진 날에 일가 사람들이 한 당에 모여 시랑을 보냈다. 소 부인이 임 씨의 유모를 불러 관복을 맡기며 이리이리 하라 하니 유모가 은혜에 감격함을 이기지 못해 스스로 함에 담아서 내어놓았다. 이에 자리에 있던 사람들이 놀라고 의아해 모두 칭찬해 말했다.

"누가 임 씨에게 투기가 있다고 하던고? 오늘 보니 참으로 숙녀로다."

유 부인이 웃고 말했다.

"이것이 다 며느리가 어질게 가르쳐서이니 그 공이 참으로 크구나."

소 부인이 옷깃을 여미어 사례하고 문정공은 부인의 어진 덕을 속으로 칭찬해 기쁘게 웃을 뿐이었다.

날이 늦어지니 시랑이 길복(吉服)을 입었다. 개국공 이몽원이 예식을 미리 익히라 하니 하남공 이몽현이 웃으며 말했다.

"아이 아비가 신랑이 된 모습도 가소로운데 이미 아는 예식을 익혀 가증스러운 추태를 좌중에 뵈게 할 수 있겠습니까?"

시랑이 웃고 말했다.

"비록 딸 한 명이 있으나 이 조카의 나이를 헤아리면 사위로서는 도리어 어립니다."

개국공이 크게 웃으며 말했다.

"대개 나이가 어려도 자식 낳는 수단이 어려울까 봐 예법을 익히라 했던 것이다."

시랑이 미소 짓고 대답하지 않으니 예부 흥문이 웃고 문정공에게 고했다.

"현보가 매사에 진중하고 단엄하려고 애쓰니 이 조카가 헤아리건 대 처자에게도 그럴까 했습니다. 그런데 어린 나이에 자식을 쉽사리 낳았으니 몸이 상한 데가 있는지 우려됩니다. 또 현보의 평상시 기색과도 다름을 괴이하게 여기나이다."

공이 미미히 웃으며 말했다.

"조카가 잘못 안 것이다. 네 말과 같다면 공자(孔子)24)께서 어찌 자사(子思)25)를 두셨겠느냐? 이는 성인도 면치 못하신 것이니 내 아이만 홀로 괴이하게 여긴단 말이냐?"

예부가 크게 웃고 안두후 이몽상이 시랑의 손을 잡고 희롱해 말했다.

"십 년을 사모하던 숙녀를 오늘 저녁에 대하니 풍류의 즐거운 일은 이르지 않아도 알 것이다. 알지 못하겠으나, 너는 잠시 감정을 억제해 형님과 형수님께서 너를 길러 주신 귀한 몸을 조심하거라."

시랑이 웃음을 머금고 말이 없으니 문정공이 말했다.

"아우들은 젊은 아이를 너무 곤하게 보채지 마라."

그러고서 시랑을 재촉해 보내니 공들이 웃고 함께 일어나 생과 여씨 집안으로 갔다.

여 공이 잔치를 크게 베풀고 신랑을 맞이해 전안(奠雁)26)을 마치고 내당에 들어가 신부와 합근(合巹)27)하고 교배(交拜)하는 예를 마

---

24) 공자(孔子): 공구(孔丘, B.C.551~B.C.479)를 높여 부른 말. 중국 춘추시대 노나라의 사상가·학자로 자는 중니(仲尼). 인(仁)을 정치와 윤리의 이상으로 하는 도덕주의를 설파하여 덕치 정치를 강조하여 유학의 시조로 추앙받음.

25) 자사(子思): 중국 전국시대 노(魯)나라의 유학자(B.C.483?~B.C.402?). 공자의 손자로, 이름은 급(伋). 증자의 제자임. 성(誠)을 천지와 자연의 법칙으로 삼고 천인합일(天人合一)의 철학을 제창함. 저서에 『중용(中庸)』이 있음.

26) 전안(奠雁): 혼인 때 신랑이 신부 집에 기러기를 가져가서 상위에 놓고 절하는 예.

쳤다. 소저의 뛰어나게 아름다운 외모는 구름 속의 밝은 달과 물 속의 연꽃과 같았고 시랑의 시원한 골격은 형산(荊山)의 백옥(白玉)[28] 같아 참으로 천정배필이요 일세의 좋은 짝이었다. 좌우의 사람들 중에 칭찬하지 않는 이가 없어 치하가 분분하니 소저의 어머니 경 부인이 바야흐로 기뻐했다.

교배를 마치고 여 소사가 하남공 등 네 명과 소 참정을 청해 중헌(中軒)에 와 신부를 보았다. 공들이 여 소저의 용모를 보고 크게 놀라며 기뻐해 조카가 짝을 맞이한 것을 치하하고 여 소저를 사랑하는 것이 친며느리보다 덜하지 않았다.

이윽고 소저가 일어나 들어간 후 소사가 시랑의 손을 잡고 기쁨을 금하지 못하며 말했다.

"사위의 비단과 같은 문장은 내 안 지 오래지만 오늘 최장시(催裝詩)[29] 짓는 것은 마지못할 것이니 한 번 붓을 들어 어두운 눈을 상쾌하게 하는 것이 어떠냐?"

시랑이 겸손히 사양해 말했다.

"소생이 본디 식견이 고루하고 학식이 어두운 가운데 이런 일은 일찍이 소릉(少陵)[30]이 아니라 명령을 받들지 못하겠나이다."

하남공이 말을 이어 웃으며 말했다.

"자고로 신랑의 최장시는 떳떳한 법이라 하나 재주 있는 선비들의 경박한 수단이네. 조카가 본디 경서를 읽어 성현의 남은 풍모를 따르니 존공의 명을 받들지 못하는가 하네."

---

27) 합근(合巹): 혼인날에 신랑과 신부가 술을 나눠 마시는 예.

28) 형산(荊山)의 백옥(白玉): 중국 춘추시대 초(楚)나라 형산(荊山)에서 난 화씨벽(和氏璧)을 이름.

29) 최장시(催裝詩): 신부에게 옷 입기를 재촉하는 시.

30) 소릉(少陵): 중국 성당(盛唐) 때의 시인 두보(杜甫, 712~770)의 호. 율시에 특히 능해 시성(詩聖)으로 불림.

소사가 사례해 말했다.

"제가 또한 알지만 사위의 높은 시구를 구경하려 했던 것입니다."

남공이 웃으며 말했다.

"긴 날이 무궁하니 어찌 구태여 오늘 시를 지어 경박한 거동을 하겠는가?"

이윽고 뭇 공들이 일어나 돌아간 후 소사가 생을 인도해 소저 침소 옥설각에 이르렀다. 여 한림 형제가 서로 대해 말하다가 밤이 깊은 후 흩어지고 생만 홀로 있게 되었다.

이윽고 소저 유모가 일개 미녀를 데리고 이르러 생에게 말했다.

"소저가 석양에 혼례를 지내고 기운이 불편해 몸을 움직이지 못하시므로 부인께서 어르신이 홀로 지내시는 것을 불안해하셔서 이 여자를 보내 시중을 들도록 하셨나이다."

이는 원래 부인이 시랑을 시험해 미색에 뜻이 깊은지 보려 해 보낸 여자였다.

시랑이 연고는 알지 못했으나 여종의 무리를 소저 대신 보낸 것을 매우 불쾌해해 아무렇지 않은 표정으로 대답하지 않았다. 즉시 의관을 풀고 침상에 나아가니 유모가 미녀를 밀어 방에 넣고 문을 닫고서 나갔다. 경 부인이 밤이 새도록 창밖에서 엿보았으나 시랑이 깊이 잠들어 미녀를 조금도 가까이하지 않으니 부인이 매우 기뻐하며 돌아갔다.

이튿날 시랑이 세수하고 내당에 들어가 장모를 보니 부인이 즐거운 빛으로 시랑을 사랑하고 기뻐하며 시랑을 친자식처럼 친근하게 대했다.

시랑이 이에 집에 돌아오니 집안의 어른들과 부모가 여 씨의 어짊 여부를 물었다. 시랑이 미소 짓고 여 씨를 보지 못했다고 대답하니 문정공이 말했다.

"며느리가 어린 나이에 고초를 두루 겪었으니 어찌 큰 병이 나지 않았겠느냐?"

숙부들이 기롱해 말했다.

"여 씨가 병들어 네 몸을 보호했거니와 임 씨의 밤새 다 탄 간장을 어찌 위로하지 않을 수 있겠느냐?"

시랑이 머리를 숙이고 잠깐 웃을 뿐이었다.

이윽고 물러나 모친을 모시고 숙현당으로 돌아가 좌우를 시켜 딸아이를 데려오라 해 부인 앞에서 웃으며 즐겼다. 시랑이 아비와 딸 사이의 정이 지극했으나 본디 위인이 무던해 그 자식이라 해도 구구하게 사랑에 빠지지 않았다. 그런데 부인이 수심이 있다가도 자기가 딸을 안고 희담을 하면 부인이 기뻐하며 만사를 잊었으므로 매양 어머니 앞에서는 평안히 웃으며 딸을 어루만지며 사랑한 것이다. 부인이 이날도 매우 기뻐해 딸과 며느리 들을 모아 말하니 임 씨는 부은 눈이 낫지 않았으나 마지못해 자리에 있었다. 시랑이 눈을 들지 않았으나 이미 알고 잠깐 불쌍히 여기는 마음이 있었다.

저녁에 여씨 집안에서 청하지 않으므로 시랑이 채운당에 들어가 밤을 지냈다. 은애가 가득해 즐거운 정이 평소보다 배나 더하니 임 씨가 속으로 괴이하게 여겨 시기하는 마음이 잠깐 줄어들었다. 이는 모두 시랑이 아랫사람 다스리는 법을 엄정하게 한 결과였다.

이때 여 소저가 과연 하룻밤 사이에 큰 병이 나 자주 기절하고 증세가 위독했다. 공의 부부가 경황없이 소저를 붙들어 구호하며 매우 급히 서둘렀으므로 시랑을 청하지 못했다.

다음 날 이른 아침에 소저가 기운이 막혀 쉬 깨어나지 못했다. 소사가 망극해 급히 시랑을 청했다.

시랑이 임 씨 방에 있다가 이 말을 듣고 우선 놀란 마음이 없지 않아 황급히 의관을 고치고 나와 부모가 놀랄까 봐 바로 고하지 않고 다만 하직하고 여씨 집안으로 향했다.

소사가 눈물이 얼굴에 가득한 채 시랑을 급히 이끌고 소저의 방에 이르렀다. 소저의 낯 덮은 것을 열고 보니 기절한 지 오래였으므로 옥 같은 얼굴이 찬 재와 같이 되어 있었다. 시랑이 놀라움을 이기지 못해 안색을 고치고 소저의 손을 잡아 맥을 보고 즉시 주머니에서 침을 빼, 두어 곳을 시험했다. 이윽고 소저가 문득 숨을 내쉬고 정신을 차리니 소사 부부가 매우 기뻐하며 소저를 친히 붙들어 진정하게 하고 즐거움을 이기지 못했다. 소저는 생이 있는 것을 꺼려 말을 안 하니 소사 부부가 기뻐해 딸을 위로하고 생을 머무르게 하고 나갔다.

소저가 민망해 몸을 움직여 일어나 앉았다. 시랑이 눈을 들어서 보고 그 슬픈 듯하며 아름다운 모습에 소저를 가엾게 여기고 사랑해 천천히 일렀다.

"병든 사람이 몸조리를 잘 못하기 쉬우니 부인은 움직이지 마시오."

소저가 부끄러워 말이 없고 소사 부인이 창밖에서 엿보고 크게 기뻐해 밥상을 갖추어 대접했다. 소사가 머무르기를 청하니 생이 말했다.

"가친께 고하지 않고 왔으니 오늘은 돌아가 고하고 훗날 오겠나이다."

소사가 섭섭히 여겼으나 딸이 병들었으므로 생을 머무르게 하지 못하고 돌려보냈다.

며칠 후에 소저가 잠깐 나았다. 부인은 소저의 병이 아직 회복되지 않은 줄 알았으나 신방에서 함께 노니는 것을 어서 보고 싶어서 소사를 재촉해 생을 청하도록 했다.

시랑이 이르니 소사가 시랑을 이끌어 소저와 함께 방안으로 들였다. 시랑이 정대했으나 여 씨 같은 숙녀를 만나 어찌 무심하겠는가. 휘장을 지우고 등불을 물려 소저를 붙들어 침상 위 수놓은 이불에 나아가려 했다. 그러자 소저가 바삐 자리를 물리고 얼굴을 가다듬고 옷깃을 여미어 장차 말을 하려 했으나 부끄러운 빛이 은은해 말을 하지 못했다. 시랑이 이를 괴이하게 여겨 물었다.

"부인이 학생을 대해 무슨 말을 하고 싶은 것이오?"

소저가 다시 얼굴을 가다듬고 소리를 조용히 해 말했다.

"소첩이 액운이 비할 데 없이 크고 시운이 불리해 여자의 몸으로 길에서 돌아다니며 여자의 행실을 크게 잃어 더러움이 지극하나 군(君)이 백량(百兩)[31]으로 거두어 주시니 은혜가 자못 크다 할 것입니다. 그러나 소첩의 부끄러움은 낯 둘 땅이 없으니 군자는 큰 덕을 드리우셔서 첩을 마음에 두지 마시기를 바라나이다."

시랑이 다 듣고는 그 마음이 얼음과 옥 같음을 속으로 칭찬하며 이에 공경해 일렀다.

"부인의 허다한 소회가 다 사리에 옳으니 학생이 어찌 작은 정을 참지 못해 부인의 높은 뜻을 저버리겠소? 그러나 자기 마음이 옥 같은 후에야 길에서 떠돌아다닌 것을 마음에 둘 필요가 있겠소?"

소저가 사례하고 다시 말을 하지 않았다. 시랑이 그 낭랑한 옥성을 한 번 듣자 자못 기이하게 여겨 시험해 물었다.

"부인이 원래 어디에 있다가 누구 덕분에 경사에 온 것이오?"

소저가 부끄러워 묵묵히 있으니 시랑이 잠깐 웃고 또 물었다. 소저가 시랑을 대해 말했다.

---

31) 백량(百兩): 신부를 맞아 오는 일. 백 대의 수레로 신부를 맞이한다 하여 이와 같이 씀.

"여자의 행실을 잃은 후 그사이의 곡절은 베풀 말이 없을까 하나이다."

시랑이 다 듣고는 웃음을 머금었다. 밤이 깊었으므로 부부가 각 침상에서 밤을 지내고 시랑은 다음 날 새벽에 돌아갔다.

시랑이 간 후 부인이 급히 소저의 팔뚝을 보고는 크게 놀라고 괴이하게 여겨 소사에게 말했다.

"이생이 건장한 남자로서 딸아이 같은 미색을 대해 마음이 이러하니 장래를 알 수 있습니다. 상공이 내 말을 듣지 않아 마침내 딸아이를 이렇게 만들었으니 무엇이 좋나이까? 이는 반드시 임 씨와 정분이 심상치 않아 정을 다른 여자에게 옮기지 않으려 해서인가 싶습니다."

소사가 말했다.

"이 현보는 크게 어진 사람이니 까닭 없이 딸아이를 박대하겠소? 이는 반드시 뜻이 있어서니 부인은 너무 조급히 굴지 마시오."

부인이 이 말을 들었으나 이치에 맞는 말로 여기지 않아 날이 저물도록 초조히 서둘렀다.

석양에 생이 이르러 공을 모시고 말하니 말마다 이치의 근본이 깊어 공이 더욱 사랑했다.

밤이 깊어 방에 이르니 소저가 가벼운 옷차림으로 일어나 맞이했다. 기이한 용모에 어두운 방이 밝았고 한가하고 전아한 기질은 사람의 눈과 귀를 놀라게 했다. 시랑이 마음이 더욱 즐거웠으나 소저가 스스로 시부모를 뵙기 전에는 정을 나누기를 원하지 않는 줄을 알고 그 뜻을 높이 여겨 마침내 소저를 침범하지 않았다.

다음 날에는 부인이 더욱 급해 식음을 폐하고 번뇌했다. 시랑이 삼사 일을 왕래했으나 소저를 상대해 구태여 말이 없었다. 시녀가 침상을 바로 한 후에 시랑이 나아가 소저를 객처럼 공경하고 소저의 앵혈은 희미하지도 않으니 부인이 크게 노해 염증을 내어 참지 못했다.

하루는 시랑이 밤을 지내고 아침에 일어나 돌아갈 적에 들어와 하직하니 부인이 이르러 말했다.

"낭군은 내 딸을 어떻게 여기는 것입니까?"

시랑이 잠깐 눈길을 옮겨서 보고 대답하지 않으니 부인이 울고 말했다.

"딸아이는 본디 규방의 옥나무와 같거늘 그릇 이롭지 않은 운수를 만나 길에서 떠돌아다니다 사위의 수레를 따라와 몸은 구차하지만 저의 한 조각 마음은 옥과 얼음과 같습니다. 그런데 그대는 그것을 조금도 돌아보아 생각지 않고 마음에 더럽게 여겨 빈 규방에서 원망 품은 모습을 달게 보니 이 어찌 군자의 도리라 하겠습니까? 딸아이의 팔자가 벌써 그만하니 심규에서 고요히 늙게 하고 사위는 겉으로만 정이 있는 것처럼 꾸미니 앞으로 이곳에 오지 말기를 바랍니다. 만일 오늘 간 후에 다시 이른다면 이 늙은이가 사위의 띠 끝에 피를 묻힐 것입니다."

말을 마치자, 눈이 독하고 이를 가는데 눈물이 줄줄 흘러내렸다. 시랑이 다 듣고는 어이없어하고 부인의 행동에 놀라 기운이 빠져 한마디 말을 하지 않고 문득 일어나 절하고 돌아갔다. 소저가 이 광경을 보고 크게 부끄러워 가만히 눈물을 흘리고 매우 애달파했다.

시랑이 돌아간 후에 소사가 만일 시랑을 청하려 하면 부인이 죽기로 막으며 말했다.

"그 사람을 청하는 것은 딸아이를 위해서입니다. 그런데 그 사람의 딸아이 향한 마음이 저렇듯 소원하니 자신이 스스로 왔어도 그 행동이 밉고 괘씸한데 어찌 차마 그를 청하겠습니까?”

이렇게 말하며 소사의 말을 듣지 않았다.

시랑이 돌아가 여 부인의 행동을 생각하고 그윽이 개탄해 그 딸이 어머니를 닮지 않은 것을 괴이하게 여겨 말했다.

“내 일찍이 처자에게 굴복하는 사람을 용렬하게 여겼더니 내가 또 어찌 저 부인의 뜻을 좇겠는가? 여 씨가 비록 임사(姙姒)[32]와 같아도 다시는 가지 않을 것이다.”

그러고서 이후에는 다시 가지 않고 여씨 집안에서도 시랑을 청하지 않았다. 또 소저가 날마다 문안하는 예를 삼사 일 끊으니 소 부인이 괴이하게 여겼으나 생에게는 내색하지 않았다.

문정공이 여 씨를 빨리 보지 못해 우울해하다가 길일을 가려 여씨 집안에 고하고 소저 보낼 것을 재촉했다. 소저가 또한 명령을 받들어 짐을 꾸렸으나 부인이 죽기로 막으며 공의 명령을 듣지 않았다. 소저가 이에 초조해 말했다.

“소녀, 사람의 며느리가 되어 문안하는 예를 폐하고 또 시가에서 부르는데 어찌 가지 않을 수 있겠나이까? 천한 무리라도 이보다 더 하지는 않을 것이니 모친은 생각하소서.”

부인이 크게 꾸짖어 말했다.

“네 한갓 어리석은 소견으로 이렇듯 괴이한 말을 하니 다시는 내 눈에 뵈지 마라.”

소저가 다시 얼굴을 가다듬고 간하려 하자 부인이 더욱 노해 금척(金尺)[33]을 들어 던졌다. 그 금척이 우연히 소저의 손에 맞아 소저의

---

32) 임사(姙姒): 중국 고대 주(周)나라 문왕(文王)의 어머니 태임(太姙)과, 문왕의 아내이자 무왕(武王)의 어머니인 태사(太姒)를 아울러 이르는 말로 이들은 현모양처로 유명함.
33) 금척(金尺): 금빛이 나는 자.

살이 찢어지고 피가 마구 흘렀다. 부인이 놀라서 소저를 붙들고 당황하고 초조해했으나 소저는 안색이 변하지 않았다. 소사가 말을 안 하다가 말했다.

"부인의 행동이 딸아이의 일생을 마치려 하는 계교로다. 문정공이 만일 이를 안다면 학생을 장차 어떤 사람으로 여길까 싶소?"

부인이 크게 꾸짖어 말했다.

"이가(李哥) 한 무리 음탕한 것들이 이 일을 그리 대수롭게 여기겠습니까? 딸아이를 보내려면 부녀가 나를 죽이고 보내야 할 것입니다."

소사가 잠자코 나가고 소저는 한마디 말을 안 했다.

길일이 다다르니 부인이 소저를 못 보내겠다고 우겨 짐을 차리지 않고 공은 차마 문정공에게 이 일을 전하지 못했다. 이씨 집안에서는 이 사실을 까마득히 알지 못하고 큰 잔치를 열어 빈객을 모으고 한편으로는 행렬을 갖추어 여씨 집안에 보냈다. 부인이 소저를 붙들고 깊은 방에 들어가 나오지 않으니 소사가 온갖 말로 애걸했으나 부인이 듣지 않았다. 소사가 할 수 없이 이씨 집안에는 딸이 불의에 병이 들었다고 기별했다. 이씨 집안에서 그 소식에 크게 놀랐으나 시랑은 이미 짐작한 일이라 여 소사의 약함에 분노해 즉시 운아에게 명령했다.

"어미는 여씨 집안에 가 여 씨에게 다음과 같이 내 말을 이르게. '병이 고황(膏肓)[34]에 들었어도 죽지 않았다면 오늘 대례(大禮)를 폐하지 못할 것이오.'"

운아가 놀라서 말했다.

"여 소저께 진짜 병이 있으시다면 어찌 일어나 움직일 수 있겠나

---

34) 고황(膏肓): 심장과 횡격막의 사이. 고는 심장의 아랫부분이고, 황은 횡격막의 윗부분으로, 이 사이에 병이 생기면 낫기 어렵다고 함.

이까? 어른 말씀이 과도하신가 하나이다."

시랑이 대답하지 않고 운아를 재촉해 어서 가라고 했다.

운아가 즉시 여씨 집안에 이르러 자신이 왔음을 고했다. 부인이 어서 들어오라 해서 보니 소저가 또한 있었다. 운아가 들어가 섬돌 아래에서 절하고 우러러 소저를 보고는 크게 놀라고 소저의 복을 일컬으며 시랑의 밝은 식견에 또한 놀랐다. 부인이 말했다.

"유랑이 오늘 무슨 일로 이른 것인가?"

운아가 말했다.

"오늘 소저께서 본부에 이르러 대례를 행하실 것이므로 빈객이 집에 가득해 소저를 기다리고 계십니다. 그런데 소저께서 뜻밖에도 병이 생겼다 하시니 시랑 어른께서 이리이리 일러 보내셨나이다."

부인이 발끈 성을 내어 말했다.

"이 시랑이 사람을 너무 천하게 여기는구나. 딸아이에게는 과연 병이 없네. 그러나 시랑의 박대가 너무 심하니, 여자는 본디 남편 때문에 시부모를 아는 법인데 남편과 남이 된 후에야 어찌 시부모를 알겠는가? 그러므로 오늘은 내 딸을 못 보내겠네."

운아가 이 말을 듣고는 놀라고 괴이하게 여겨 부인을 잠깐 속여 일렀다.

"내려 주시는 말씀은 마땅하십니다. 그러나 만일 그러한 뜻이 있으셨다면 진작에 이르시는 것이 옳거늘 오늘 빈객이 집에 가득하고 허다한 술과 안주를 장만한 날 이렇듯 하시는 것은 괴이하지 않나이까? 소저께서 비록 시랑께 정을 얻지 못하고 계시나 시랑 어른과 동상(東床)35)에서 자하상(紫霞觴)36)을 나누고 빙채(聘采)37)를 받으셨

---

35) 동상(東床): 동쪽 평상이라는 뜻으로 사위를 높여 부르는 말. 중국 진(晉)나라의 태위 극감이 사윗감을 고르는데 왕도(王導)의 집 동쪽 평상 위에 엎드려 음식을 먹고 있는 왕희지를 골랐

으니 그런 후에는 시랑 어른에게 정을 얻지 못했다 해서 우리 문정공 어른의 며느리가 아니라 하겠나이까? 이후에는 안 보내시더라도 오늘은 마지못해 소저를 보내시는 것이 좋겠나이다. 이런 말을 남이 듣는다면 어찌 비웃지 않겠나이까?"

부인이 운아의 흐르는 듯한 말을 듣고 잠깐 깨달아 이에 소저의 옥 같은 팔뚝을 내어 운아에게 보이고 울며 말했다.

"자식 사랑은 귀천이 한가지인데 유랑은 이를 보게. 내 마음이 어디에 갈 것이며 서럽지 않겠는가?"

운아가 놀라서 다만 말했다.

"우리 어른은 어질고 현명한 것이 다른 무리와 다르시니 어찌 소저의 빼어난 미색과 어진 덕을 모르고 박대하시겠나이까? 이는 반드시 생각하는 바가 있어 그러신 것이니 부인께서는 한스러워하지 마시고 오늘은 예를 거행해 주변 사람들의 비웃음을 사지 마소서. 또 소저가 본부에 가시면 시랑 어른이 정말로 박대하셔도 큰어른과 부인께서 권유하시면 아름다운 정을 맺으실 것입니다."

부인이 그 말을 듣고 그럴듯하게 여겨 즉시 소저를 단장시켜 채색 가마에 올렸다. 소저는 일이 이처럼 요란하고 모친이 졸렬한 모습을 뚜렷이 보이는 것을 속으로 부끄러워하고 애달파해 가만히 탄식했다. 그러고는 부인이 시키는 대로 곱게 화장하고 행렬을 갖추었다.

소저가 이씨 집안에 이르니, 운아가 시랑이 전날에 맡겼던 봉관화리(鳳冠花履)[38]를 받들어 예복을 갖추게 했다. 소저가 시부모와 유

다는 고사에서 온 말. 여기에서는 동쪽 평상의 의미로 쓰임.

36) 자하상(紫霞觴): 자하주가 담긴 술잔. 자하주는 신선들이 마신다는 술.

37) 빙채(聘綵): 빙물(聘物)과 채단(采緞)으로, 빙물은 결혼할 때 신랑이 신부의 친정에 주던 재물이고, 채단은 신랑 집에서 신붓집으로 미리 보내는 푸른색과 붉은색의 비단임.

38) 봉관화리(鳳冠花履): 봉황을 장식한 예관(禮冠)과 아름다운 신발. 고관부녀의 복식.

부인 등에게 폐백을 내오니 자리의 사람들이 모두 신부가 오지 않는 것에 실망했다가 신부를 보고 크게 기뻐하고 공의 부부 역시 매우 기뻐해 부모를 모시고 상석에 앉았다. 그리고 비단으로 수놓은 쟁반에 붉은 비단보를 덮어 놓고 신부의 예를 받았다.

여 소저가 칠 척의 키와 일 척의 가는 허리에 단장한 긴 옷을 끌고 너른 평상에서 앞뒤로 왔다 갔다 하며 대추와 밤을 드리고 예를 행했다. 맑은 눈매는 공산(空山)의 샛별을 우습게 여기고 그린 나비 눈썹은 여덟 빛깔이 영롱하며 연꽃 같은 보조개에는 오색 빛이 어른거리고 살빛이 부드럽고 아름다워 연꽃의 빛을 앗았으니 의심컨대 요지(瑤池)[39]의 선녀 같았다. 단정하고 엄숙한 용모와 탐스럽고 시원스러운 행동은 목란꽃이 빗방울을 머금은 듯하고 붉은 연꽃이 푸른 물결 위에 솟은 듯해 맑고 깨끗한 골격이 뚜렷했다. 임 씨가 비록 아름다웠으나 여 소저와 비교하면 많이 떨어졌으니 자리의 사람들이 매우 놀라고 공의 부부가 매우 기뻐해 웃는 입을 다물지 못했다. 승상과 정 부인이 더욱 환희해 말했다.

"신부가 복된 기운이 완전하니 가문의 행운이요, 우리 아들과 소 씨 며느리의 덕이로구나."

문정공과 부인이 자리에서 내려가 절해 사례하고 하남공 등이 일시에 공과 부인에게 치하하니 공이 웃고 말했다.

"오늘 며느리를 보니 이는 다 부모님의 은덕이라 저의 기쁨을 물어 아실 바가 아닙니다."

임 씨가 이때 자리에 있다가 신부를 보고 속으로 불쾌했으나 하릴없어 먼저 돗자리 밖에 두 손을 마주 잡고 서니 좌우의 사람들이 영

---

39) 요지(瑤池): 중국 곤륜산(崑崙山)에 있다는 연못으로 서왕모(西王母)가 사는 곳으로 전해짐.

리함을 칭찬하고 시부모가 매우 기뻐해 신부에게 두 번 절하라 명령했다. 임 씨가 즉시 그대로 하니 신부가 자연스럽게 답례했다. 신부가 동서, 시누이 들과 한꺼번에 예를 마치고 다시 형제 항렬로 나아갔다. 예를 행하는 모습이 엄숙하고 걸음걸이가 나는 듯해 일생을 익힌 자 같으니 좌우의 사람들이 더욱 기이하게 여기고 시부모와 유 부인 등이 통쾌함을 이기지 못했다.

종일 즐거움을 다하고 석양에 잔치를 파했다. 신부를 채성각으로 보낸 후 유 부인이 기쁨이 지극해 이를 능히 금하지 못했다. 자식과 손자 들이 저녁문안할 적에 등불을 밝히고 말하는데 신부가 또한 문안에 참석했으므로 태부인이 신부를 나아오라 해 손을 잡고 운환(雲鬟)40)을 쓰다듬으며 말했다.

"이 할미가 죽지 않고 질기게 살아왔는데 오늘 이런 기이한 보배를 얻을 줄 알았겠느냐?"

그러고서 시랑을 불러 또한 손을 잡고 그 풍채와 용모가 어울림을 기뻐해 승상에게 말했다.

"임 씨가 비록 매우 아름다우나 성문이의 짝이 아니더니 오늘날 좋은 금과 훌륭한 옥이 그 쌍을 잃지 않을 줄 알았겠냐?"

승상은 모친이 기뻐하는 것에 더욱 기뻐해 즐거운 낯빛을 하고 대답했다.

"선조들께서 쌓으신 덕으로 자손이 복을 받았으니 오늘 신부의 어짊은 그로부터 비롯된 것입니다."

부인이 웃고 두 사람을 가로 앉혀 기뻐했다. 시랑이 비록 소저와 자리가 붙어 있었으나 눈을 낮춘 채 얼굴빛이 단엄하고 소저는 놀라

---

40) 운환(雲鬟): 여자의 탐스러운 쪽 찐 머리.

고 부끄러워 몸 둘 바를 몰랐다. 그런 가운데 좌우로 모든 소년, 남자 들이 삼을 늘어놓은 듯했니 더욱 부끄러워했다. 예부 홍문이 참지 못해 웃고 유 부인에게 고했다.

"할머님께서 저놈의 뜻을 저리 받으시나 제수씨는 정말로 편안해 하지 않아 하나이다."

유 부인이 웃으며 말했다.

"그렇다면 각각 자리로 가거라."

두 사람이 즉시 자리로 나아가니 철 한림 수가 크게 웃으며 말했다.

"현보가 성보⁴¹⁾를 속으로 미워하겠구나. 좋은 때를 얻어 연리지 (連理枝)⁴²⁾가 되어 있는 것을 떨어지게 하는 것이냐?"

예부가 역시 크게 웃고 시랑을 보며 말했다.

"이 형이 우연히 실언해 아우의 좋은 일을 희지었으니 이를 사죄한다."

시랑이 미소 짓고 말했다.

"창징 형은 어찌 이따금 실성한 말을 하는 것입니까?"

개국공이 웃으며 말했다.

"두 아이의 말이 자못 옳거늘 너는 어찌 거짓 변명을 하는 것이냐?"

강음후가 웃으며 말했다.

"네 진실로 여 씨 같은 아리따운 미녀를 귀하게 여기지 않는 것이냐? 혼례를 올린 지 한 달에 네 오장이 다 썩은 줄을 내가 안다."

시랑이 미소하고 고개를 숙이니 문 학사 부인 빙옥이 낭랑히 웃으

---

41) 성보: 이홍문의 자(字).
42) 연리지(連理枝): 두 나무의 가지가 서로 맞닿아서 결이 서로 통한 것이라는 뜻으로 화목한 부부나 남녀 사이를 비유적으로 이르는 말.

며 말했다.

"조카가 말을 안 하나 기색이 하도 부끄러우니 아무튼 허실을 알고 싶구나."

신국공 부인 빙성이 웃으며 말했다.

"언니가 무슨 능력으로 남의 부부 사이의 깊은 정을 아실 수 있습니까?"

문 부인이 낭랑히 크게 웃고 여 씨에게 고개를 돌려 말했다.

"그대에게 가만히 물어볼 말이 있으니 그대는 잠깐 내 앞으로 오라."

여 소저가 이때 부끄러움이 온몸에 넘쳐 옥 같은 얼굴에 붉은빛이 찬란해 고개를 숙이고 단정히 앉아 있다가 문 부인의 말을 듣고 더욱 부끄러움이 얼굴에 가득해 묵묵히 주저하니 빼어난 광택이 좌중에 독보했다. 유 부인은 흡족한 웃음을 띠어 사랑함과 즐거움을 이기지 못하고 문 학사 부인이 낭랑히 즐겁게 웃고 말했다.

"여 씨가 오지 않으니 내 친히 가 허실을 알아야겠다."

그러고서 몸을 일으켜 여 씨의 곁에 나아가 앉아 소저의 손을 쥐고 팔뚝을 빼니 눈 같은 살 위에 앵두 한 알이 찬란했다. 부인이 이를 보고 앵혈이 그대로 있을 줄은 생각지 못했으므로 놀라고 의심해 시랑을 돌아보아 말했다.

"이처럼 어진 처를 두고 네가 무슨 마음으로 이 홍점(紅點)을 그저 있도록 한 것이냐?"

좌우의 사람들이 놀라고 모두 생을 추궁해 그 뜻을 물었다. 시랑이 대답하지 않자 하남공이 웃으며 말했다.

"성문아, 내 묻겠다. 여 씨의 어느 곳이 부족하기에 혼례를 올린 지 오래되었는데도 주표(朱標)[43]가 그대로 있으니 어찌 된 일이냐?"

시랑이 천천히 잠깐 웃고 대답했다.

"이 조카가 무슨 재주로 어찌 본디 있던 점을 없앨 수 있겠나이까?"

공들이 모두 크게 웃고 말했다.

"이놈이 능란한 말로 형님을 속이니 중벌을 면치 못할 것이다."

하남공이 웃고 말했다.

"네가 숙부를 어둡게 여기니 다른 말은 않겠다. 잠깐 꽃가지의 나비가 되어 밭의 무를 가져다 홍점을 씻으라."

문정공이 말을 이어 웃으며 말했다.

"형님이 평소에는 냉담하시더니 저 어린아이를 대해 부질없는 말씀을 하십니까?"

공이 이에 웃었다.

이윽고 어린 여자들과 생들이 다 물러간 후 모두 여 씨의 주표를 보고 생을 그르다 하니 승상이 말했다.

"너희는 괴이한 말을 마라. 성문이는 크게 어진 인물이요, 여 씨는 현명한 며느리다. 반드시 연고가 있어 서로 정을 참은 것이니 성문이가 까닭 없이 박대한 것은 아닐 것이다."

모두가 듣고는 옳다 여기고 물러났다.

시랑 부부가 소 부인을 모시고 숙현당으로 돌아갔다. 부인은 여 씨의 특이함을 기뻐할 뿐만 아니라 아들이 반평생 상심하던바 뚜렷했던 파경(破鏡)과 낙창(樂昌)의 거울44)이 온전하게 되었으니 환희하는 것이 꿈 같았다. 그래서 기뻐하는 기운이 눈썹을 움직여 미미

---

43) 주표(朱標): 붉은 표지(標識). 앵혈을 이름.
44) 낙창(樂昌)의 거울: 부부가 헤어짐을 이름. 중국 진(陳)나라 말에 낙창공주(樂昌公主)가 깨진 반쪽 거울로 헤어졌던 남편 서덕언(徐德言)을 찾은 이야기에서 유래함.

한 웃음이 낭랑하니 시랑이 그윽이 다행으로 여기고 기뻐했다.

이윽고 시랑이 물러나 신방에 가지 않고 채운각에 이르렀다. 임 씨가 딸을 안고 등불 아래에서 가벼운 차림으로 앉아 있다가 시랑이 들어가자 놀라 일어나서 시랑을 맞이했다. 시랑이 말을 않고 즉시 침상에 나아가 소저의 손을 잡고 딸을 어루만지니 그 지극한 정이 하해(河海)와 같았다. 이에 임 씨가 속으로 여 씨 같은 처자를 두고는 그녀를 찾지 않고 자기를 후하게 대우하는 것에 감격해 원한이 풀어졌다.

여 소저가 이튿날 일어나 아침문안을 한 후 소 부인을 모시고 옆에 앉으니 기이한 태도와 찬란한 기질이 비길 곳이 없었다. 소 부인이 크게 사랑해 잠깐 말을 물으니 옥 같은 소리가 한가하고 나직하며 낭랑한 중에 대답하는 말이 다 세속 사람의 생각을 넘는 것이었다. 부인이 본디 묵묵해 가슴속에 품은 천지건곤의 조화를 나타내는 일이 없었으나 마음이 서로 합치되는 사람을 아무도 보지 못하다가 여 씨의 기이한 모습에 여 씨를 더욱 사랑하고 어루만지는 것이 딸들보다 덜하지 않았다. 일주 소저는 여 소저에게 마음으로 복종해 소저와 지극히 친하게 지내고 백문 등 아이들도 넘나들며 놀아 소저를 구경했다.

이윽고 임 씨가 딸을 안고 들어와 자리에 앉았다. 여 소저가 기쁜 빛으로 사랑하고 아끼는 마음이 동해 온화한 기운이 가득했다. 임 씨는 비록 뉘우치는 마음이 있었으나 그렇다 해도 본래의 성품이 없지 않아 기색이 매우 좋지 않았다. 그러나 여 소저는 그것을 모르는 사람처럼 자연스럽게 은은히 담소를 하니 소 부인이 여 씨의 모습에 더욱 기뻐했다.

이날 여 부인이 사람을 시켜 소 부인에게 소저 보내 줄 것을 청했다. 이에 소 부인이 회답했다.

'여자가 한 번 친정 문을 하직해 백 리 밖에 있다면 친정 초상에 가지 않아도 됩니다. 그러나 부인의 마음이 그러하시다면 두어 달 후에 보내겠습니다.'

여 부인이 이 말을 듣고 초조해 서간을 베풀어 잡스러운 말을 끝없이 써서 보냈다. 소 부인이 서간을 다 보고는 잠시 웃었다. 그리고 여 부인이 자신의 말에 화답해 꾸짖은 것에 대해 사죄하고 심부름꾼에게 소저를 곧 보내겠다 일러 보냈다. 여 부인이 이에 잠깐 마음을 놓고 다음 날 소저를 데려오려 했다.

문정공이 여 씨와 임 씨를 쌍으로 앞에 두니 기뻐하고 만사가 뜻과 같아 두 사람을 아주 이곳에 두어야겠다고 마음을 먹었다. 그러다 이튿날 여씨 집안에서 소저를 데려가려는 행렬이 이르자 놀라서 내당에 들어가 부인을 보고 일렀다.

"며느리가 그저께 갓 왔는데 어찌 보내겠소? 부인이 이 뜻으로 기별해 주시오."

부인이 응해 즉시 이 말로써 회보(回報)했다. 여 부인이 이에 매우 놀라고 한스러워해 급히 서간을 써 이씨 집안에 보냈다. 소 부인이 편지를 보고 그 말이 매섭고 독한 데 개탄하고 또 이에 대답하는 것이 민망해 다만 온순히 사죄하고 천천히 어른에게 아뢰고 소저를 보내겠다는 내용을 써서 보냈다.

이날 시랑이 어머니 안전에 와서 말하다가 우연히 편지 만 것을 펴서 보았다. 여 부인이 보낸 세 통의 편지를 보고는 놀라고 어이없어 잠자코 말을 안 했다. 소 부인이 그 기색을 보고 천천히 일렀다.

"여 부인이 한 딸을 사랑하는 정이 간절해 미처 대의(大義)를 살피지 못해 그런 것이니 너는 다른 생각을 먹지 마라."

시랑이 평안한 소리로 대답했다.

"장모의 패악을 따질 것은 아니나 편짓글 속에 어머님이 천륜을 끊고 모녀의 정을 살피지 못하는 무도한 여자라 하였으니 어른에 대한 모욕이 가볍지 않습니다. 또 말마다 그 딸에 대한 제 정의 두텁고 그렇지 못한 것을 말했으니 제가 부모님의 밝으신 교훈을 받들어 어찌 음탕한 남자가 여자를 끼고 희롱하는 모습을 좋겠나이까? 더욱이 모친께 치욕이 이른 것은 저의 불효 때문입니다."

부인이 정색하고 말했다.

"이 아이가 망령되구나. 당당한 남자로서 편협한 여자가 우연히 실언한 것을 시비해 나의 며느리에게 벌을 쓰도록 할 수 있겠느냐? 내 평소에 남자가 소소한 곡절을 다 가혹하게 살피는 것을 불쾌하게 여겼으니 너는 조금도 이상한 생각을 두지 마라."

시랑이 억지로 사죄하고 나직이 아뢰었다.

"장모의 행동을 따질 것은 아니나 매양 잠자코만 있으면 훗날이 두렵습니다. 잠깐 이를 제어하려 하니 어머님은 소자의 행동을 막지 마시기를 바라나이다."

부인이 고개를 끄덕였다.

시랑이 즉시 일어나 채성당으로 가니 소저가 공경해 맞이해 자리를 잡았다. 시랑이 눈썹 사이에 가을 하늘의 찬 기운이 모여 눈썹을 잠깐 찡그리고 두 눈을 낮추어 한참 동안을 말을 안 하다가 소저에게 물었다.

"부인이 일찍이 예의를 아시오?"

소저가 몸을 낮추어 대답했다.

"첩이 일찍이 비루한 몸으로 식견이 어두워 공자(孔子)의 70명 제자를 본받지 못했으니 군자께서 물으시는 것은 무엇 때문입니까?"

시랑이 낯빛을 바로 하고 소리를 가다듬어 일렀다.

"학생이 어찌 70명의 제자가 공자 문하에서 도학 숭상한 것을 부인에게 묻겠소? 무릇 무식한 여자들도 시부모가 귀중한 줄을 알아 시부모 속이는 일이 없고 불경(不敬)하지 않소. 그런데 부인은 어떤 사람이기에 시부모를 뵙는 대례 날에 병을 핑계해 뵙는 것을 사양하고 생의 유모가 비는 행동을 본 후에야 움직이는 것이오? 또 성전(聖典)에 여자가 시집가서 백 리 밖에 있으면 초상이 나도 친정에 가 조문하지 않는다 했소. 그런데 집에 온 지 이삼일도 안돼 친정에 가기를 청하는 말이 매우 무도하고 패악해 잡스러운 말이 어머님께 이르렀으니 이것이 무슨 도리요? 부인의 생각이 어떠하기에 어머님께 불효를 끼치는 것이오? 학생이 비록 용렬하나 여자 한 명은 족히 제어할 수 있으니 부인이 그것을 아시오? 만일 생을 비루히 여긴다면 아주 의리를 끊어 오늘 친정에 돌아가고 만일 이씨 문중을 바라보고 늙겠다면 이처럼 방자한 행동을 그치시오."

말을 마치고 여 부인이 보낸 서간들을 소매에서 내어 소저 앞으로 밀었다. 소저가 뜻밖에 시랑의 꾸짖는 말과 모친의 무례한 서간을 보니 놀랍고 부끄러워 낯 둘 땅이 없었다. 그래서 다만 자리를 떠나 손을 꽂고 죄를 청해 말했다.

"천첩(賤妾)이 본디 무식함이 유달라 전날 저지른 일이 큰 죄에 빠진 줄을 깨닫지 못했더니 오늘 예의로 가르치시는 것을 들으니 후회해도 미칠 수 없고 그 지은 죄는 법으로 처벌 받아 마땅합니다. 그러니 어찌 입술을 놀려 옳고 그름을 따지는 일이 있겠나이까? 천한 몸이 한 번 귀한 가문의 거두어 주심을 입었으니 백골이라도 문하에서 썩을 것입니다. 그러니 구구한 사정(私情) 때문에 감히 물러나겠나이까?"

말을 마치자 부끄러워하는 안색과 행동이 몸 둘 곳이 없는 듯했고 낭랑히 옥을 부수는 듯한 목소리는 협곡에 눈물이 떨어지는 듯했다. 시랑이 다 듣고는 인사를 차리는 것이 이와 같음을 속으로 칭송했으나 일단의 불쾌한 마음이 없지 않아 한참을 정색하고 일어나 나갔다.

소저가 어머니의 서간을 자세히 살펴보고는 부끄러워서 죽으려 해도 죽을 땅이 없을 정도였다. 그래서 유모를 보내 어머니에게 간절히 애걸하도록 했다.

유모가 본부에 이르러 부인에게 소저가 우울해하고 시랑이 소저를 매서운 말로 꾸짖고 잘 대우하지 않음을 고했다. 이에 부인이 가슴을 부여잡고 울며 말했다.

"아까운 딸아이가 이리 굴에 들었구나. 불효한 녀석이 어찌하여 딸아이에게 박대를 심하게 하며 준절히 꾸짖기조차 한다는 말이냐? 딸아이는 어린 것이 철을 모르고 저리 굴다가 적국(敵國)의 독한 수단을 만날 것이다."

유랑이 말했다.

"제가 저곳에 가 보니 소 부인은 성품이 넓고 커 기쁨과 분노의 표정을 보이지 않으시고 문정공 어르신은 엄격하고 진중하신 가운데 예법이 매우 삼엄합니다. 그러니 부인께서는 예법에 어그러진 사사로운 감정을 드러내 보이시면 안 될 것입니다. 아직 참으시고 소저를 내년에 귀녕(歸寧)하시게 하소서."

부인이 그 말을 이치가 있는 것으로 여겨 잠잠했다.

유랑이 돌아가 소저에게 고하니 소저가 잠깐 마음을 놓아 시부모를 효도로 받들기를 못 미칠 듯이 하고 사람들에게는 지극히 자신을 낮추고 공손하게 대했다. 그러나 임 씨는 소저를 따라 감화하지 않고 속으로 못마땅하게 여겨 어른 앞에서는 소저를 무심히 볼 따름이고 사사로이 모여 온화하게 말하는 일이 없었다.

하루는 일주 소저가 임 씨의 딸 화소를 안고 채성당에 이르렀다. 여 소저가 그 아이의 용모를 사랑해 스스로 안고 얼렀다. 임 씨가 딸을 찾다가 채성당에 간 것을 알고 노해서 친히 채성당에 이르렀는데 여 씨가 아이를 안고 있는 것을 보고 낯을 붉히고 일렀다.

"부인께는 원수의 자식이니 안고 계시는 것이 부질없나이다."

여 소저가 이 말을 듣고 안색이 자약해 대답하지 않고 화소를 일주에게 주었다. 일주가 아이를 임 씨에게 주니 임 씨가 받아서 안고 훌쩍 돌아갔다. 일주 소저가 그 위인을 애달프게 여겨 여 씨를 돌아보니 여 씨는 옥 같은 얼굴이 자약해 모르는 사람처럼 있었다.

일주가 탄복함을 이기지 못해 돌아가 모친에게 일의 수말을 고하니 부인이 입을 열어 시비하지 않았다.

소저가 시가에 있은 지 몇 십 일이 되었다. 여 부인이 마음이 어지럽고 애가 타 거짓으로 병이 났다 핑계하고 소 부인에게 사정을 애걸해 소저를 보고 죽기를 빌었다. 또 여 한림 박이 이르러 문정공에게 애걸하니 공과 부인이 마지못해 허락해 여 씨를 돌려보냈다.

소저가 큰 덕에 사례하고 한림과 함께 친정에 갔다. 부인이 급히 소저의 팔뚝을 보고는 큰 소리로 울며 말했다.

"네 팔자가 어찌 반첩여(班婕妤)45)의 기박한 운명을 감수할 줄 알았겠느냐? 차라리 모녀가 의지해 여생을 평안히 마치는 것이 옳거늘 너는 무슨 일로 시가에 구차히 있으면서 미워하는 적국과 박정한 남편의 행동을 본단 말이냐?"

---

45) 반첩여(班婕妤): 중국 한(漢)나라 성제(成帝)의 궁녀. 시가(詩歌)에 능한 미녀로 성제의 총애를 받다가 궁녀 조비연(趙飛燕)의 참소를 받고 물러나 장신궁(長信宮)에서 지내며 <자도부(自悼賦)>를 지어 자신의 처지를 하소연함.

소저가 이 광경을 보고 속으로 탄식하고 조용히 간했다.

"소녀가 몸이 여자가 되어 남편이 박대한다 해서 시가를 버리고 그런 괴이한 마음을 먹겠나이까? 모친은 소녀가 이미 사람에게 목숨이 매인 줄 생각하시어 이런 말씀을 마소서."

부인이 대로해 꾸짖어 말했다.

"옛사람은 어버이의 뜻을 못 미칠 듯이 좋았는데 너는 어미가 길러 준 은혜를 홍모(鴻毛)같이 여기고 패악한 지아비를 귀하게 여기니 너의 음탕함은 창녀보다도 심하구나. 아무리 길에서 떠돌아다녔다 해도 마음이 이렇게까지 천박하고 비루하게 되었단 말이냐?"

소저가 다시 말을 안 하고 어머니를 온순히 위로해 친정에 머물렀다.

십여 일 후에 이씨 집안에서 부르는 명령이 이르렀다. 여 부인이 글월을 써 자신이 소저를 데리고 죽을 때까지 있을 것이라 기별하고 죽기 전에는 맹세코 소저를 못 보내겠다고 썼다. 소 부인이 서간을 다 보고 어이없어 눈썹을 찡그리고 잠잠했다. 이에 운아가 나아가 전날의 말로 고하고 말했다.

"시랑 어른의 행동이 원래부터 괴이하셨으니 여 소저 같은 미인을 무슨 마음으로 홀대하시는지 알지 못하겠나이다. 시랑이 여 소저를 후대하시기 전에는 소저가 돌아오시기 어려울까 하나이다."

부인이 말했다.

"어미가 내 아이를 알지 못하는가? 무슨 마음으로 며느리를 박대하겠는가마는 여 씨가 길에서 걸식했다 해 스스로 부부의 은정을 사양한 것이니 아들이 그것을 아름답게 여겨 여 씨의 뜻을 좋은 것이라 여 씨를 박대한 것이 그 어찌 본심이겠는가? 여 부인의 괴이함이 도리어 며느리의 액운인가 하니 아직 찾지 말고 나중을 보는 것이 옳겠네."

말이 끝나기 전에 공이 밖에서 들어왔다. 부인이 일어나 맞고 운아가 물러나니 공이 말했다.

"여 씨를 데리러 행렬을 보냈으나 빈손으로 돌아왔으니 연고를 알지 못하겠소."

부인이 다른 말을 않고 여 부인의 일을 대강 전하니 공이 웃으며 말했다.

"여자가 사사로운 정 때문에 시가를 버릴 수 있겠소? 이는 결코 좋지 못할 일이오."

부인이 잠자코 대답하지 않았다.

이윽고 시랑이 들어오니 공이 짐짓 정색하고 말했다.

"네가 용렬해 집안을 엄히 다스리지 못해 네 아내가 시아비 있는 줄을 알지 못하는구나. 내가 친히 수레를 보냈으나 네 아내가 까닭 없이 오지 않으니 이 어찌 된 도리냐?"

시랑이 다 듣고 황송해 바삐 자리에서 물러나 죄를 청해 말했다.

"여 씨가 무식해 아버님의 엄명을 거역했으니 그 죄가 등한치 않습니다. 소자가 불러 이르게 해 죄를 다스리려 하나이다."

공이 정색하고 대답하지 않았다.

시랑이 물러나 소저에게 크게 불쾌해, 즉시 하관 공손술에게 명령해 여씨 집안에 가 여 공에게 여 씨 보내기를 청하는 자신의 서간을 전하도록 했다.

공손술이 여씨 집안에 이르러 여 공에게 서간을 드리니 공이 다 보고 즉시 내당에 들어가 부인을 타일러 딸을 보내려 했다. 그러자 부인이 딸을 붙들고 끈을 들어 말했다.

"딸아이가 간다면 내 반드시 죽어서 염려를 그치게 할 것입니다."

여 한림 형제가 민망해 재삼 간하고 말했다.

"누이가 비록 이씨 가문에 의리를 못 지킨다 한들 모친이 저러시는 지경에 어찌 시가에 갈 수 있겠느냐? 잠깐 가는 길을 늦추는 것이 옳다."

소저가 두루 난처한 광경을 보고 살아 있음을 한스러워해 다만 말했다.

"오라버니 말씀이 옳으시니 이씨 가문에서 저를 내친들 설마 어찌하겠나이까?"

소사가 역시 하릴없어 공손술을 돌려보냈다.

공손술이 돌아가 시랑에게 회보했다. 시랑이 어이없어 즉시 들어가 부모에게 사연을 고하고 말했다.

"여 씨의 방자함이 이와 같으니 거두어 부질없으니 버려두소서."

공이 또한 어이없이 여겨 말을 안 했다. 이는 대개 공이 현명하여 소저가 오지 않는 것이 소저의 뜻이 아닌 줄을 알아 남의 부녀의 일을 시비하지 않으려 해서였다.

이때 여 소저는 공손술이 또 빈손으로 돌아가는 것을 보고 하늘을 우러러 탄식해 스스로 죄를 알고 죽으려 해도 죽을 땅이 없었다. 이후에는 밤낮으로 모친에게 애걸해 보내 주기를 고하니 부인이 대로해 심하게 꾸짖었다. 여 공이 또한 소저를 보내자는 말을 하면 공의 옷을 조각조각 찢으며 발악했다. 이런 일을 이웃 중에 모르는 사람이 없어 이 일이 두루 전파되니 성안에 유명했다.

여 공이 부끄러워 두문불출하고 문정공 등도 보지 않았다. 이씨 집안에서는 이 일을 자세히 알고 크게 놀랐다. 개국공이 시랑을 놀리며 보채니 시랑이 겉으로는 웃었으나 속으로는 저런 괴이한 집의 사위가 된 것을 불쾌하게 여겨 여씨 집과 아주 인연을 끊으려 계교했다. 그러나 문정공은 며느리의 기이한 용모를 덧없이 보다가 며느리가 앞에 없으니 우울해 즐겁지 않았다. 그래서 계교를 생각했으나 남의 부녀가 하는 일을 꺾어 내모는 것이 옳지 않으므로 함구했다.

하루는 동궁시강학사 이기문이 여씨 집안에 이르러 소사를 뵈고 말하다가 이어 물었다.

"노선생께서 무슨 까닭으로 제수씨를 시가에 보내지 않으시는 것입니까?"

소사가 말했다.

"내가 안 보내는 것이 아니라 아내가 괴이해 딸을 붙잡고 보내지 않으니 어찌하겠는가?"

학사가 웃고 대답했다.

"어르신께서 그렇게 하는 것을 금하시고 제수씨를 꾸짖어 보내소서."

소사가 또한 웃고 말했다.

"이 늙은이가 또한 자네의 소견만 못한 것이 아니네. 내 아내가 한 딸을 과도히 사랑하는 가운데 현보46)가 무슨 생각인지 부부의 정을 맺지 않자 아내가 편협한 마음에 딸과 함께 늙을 것을 생각했다네. 만일 우김질로 아내를 핍박한다면 아내가 죽을 것이 분명하네. 내 비록 대장부지만 아내가 운남에 따라가 온갖 고초를 두루 겪고 또 딸아이를 잃고 아들이 죽었으니 드디어 횟병이 되어 저런 것이라네. 만일 어려서부터 천성이 그랬다면 내 어찌 받아들였겠는가마는 이제 성품이 상해 저런 것이니 편벽되게 힐책해 그 명을 그치도록 하는 것은 옳지 않네. 자네는 현보에게 일러 편협하고 무식한 여자를 개의치 말고 잠깐 우리 집에 와 딸과 신방에서 함께 노닐도록 한

---

46) 현보: 이성문의 자(字).

다면 매사가 다 순탄하게 될 것이네. 내 비록 용렬하나 한 부인을 제어하지 못하겠는가? 다만 그 하는 일이 대단한 것이 아니라 부녀와 겨루는 것이 역시 같은 행동을 하는 듯해 함구하고 있었던 것이니 자네는 행여나 비웃지 말게나."

학사가 다 듣고는 문득 웃고 사례해 말했다.

"어르신 말씀을 들으니 이는 다 제 아우가 불초해서 벌어진 일 같습니다. 제가 마땅히 돌아가 이 일을 자세히 전하고 아우를 타이르겠습니다."

그러고서 하직하고 돌아가 궁에 이르렀다. 마침 하남공이 시랑을 데리고 그곳에 있었으므로 학사가 붉은 도포와 옥대를 벗고 자리에 나아가 시랑에게 말했다.

"오늘 여 소사의 지극한 말씀을 들으니 진실로 이치가 그럴 듯하니 아우는 어찌하려 하느냐?"

시랑이 이 말을 듣고 속으로 불쾌했으나 눈썹에 가득한 온화한 기운을 바꾸지 않은 채 대답했다.

"무슨 일입니까?"

학사가 여 공의 말을 다 옮겨 이르고서 말했다.

"그 말이 다 옳으니 너는 어찌하려 하느냐?"

시랑이 다 듣고 잠자코 있으니 남공이 말했다.

"여 공의 말이 옳다. 네 또한 당당한 장부로서 부인 여자와 겨루는 것이 옳으냐?"

시랑이 잠깐 웃고 대답했다.

"이는 어리석은 남자라도 안 할 것이니 천하에 딸을 앗아 감춰 두고 사위를 낚는 법이 어디에 있나이까?"

남공이 웃고 말했다.

"옳지는 않으나 이미 매사에 순탄하게 하려 한다면 편협된 고집을 부리는 것이 부질없지 않겠느냐?"

시랑이 대답했다.

"이 조카가 아뢰는 말씀은 고집이 아닙니다. 문왕(文王)⁴⁷⁾의 관관(關關)⁴⁸⁾한 말씀을 따라 남편은 온화하고 아내는 순종하는 것이 충족되지 못했다 한들 차마 딸을 앗아 감추어 두었는데 남자 되어 구차하게 따라가 함께 즐기겠나이까? 이는 조카가 결코 하지 못할 일입니다."

남공이 웃고 그 말을 옳게 여기니 이는 원래 남공과 성문의 성품이 같기 때문이었다.

이날 남공이 문정공을 보고 이 말을 이르니 공이 즉시 숙현당에 돌아가 시랑을 불러 말했다.

"네 아비가 본디 여 소사로부터 지우(知遇)⁴⁹⁾를 지극히 입고 네 어미는 여 소사가 아니었다면 소흥에서 동경까지 이르지 못했을 것이다. 그러니 너의 도리로 여 씨에게 허물이 있으나 가볍게 죄를 주지는 못할 것이다. 오늘부터 여씨 집에 가 며느리와 함께 머무르며 저의 지극한 뜻을 좇으라."

시랑이 다 듣고 자리를 떠나 절하고 조용히 고했다.

"제가 구태여 저와 부부의 즐거움을 싫어하는 것이 아닙니다. 장모의 전후 행동이 괴이하고, 지금은 저를 싫어하는 것이 지극한 정

---

47) 문왕(文王): 중국 주(周)나라 인물로, 이름은 창(昌). 기원전 12세기경에 활동한 사람으로 은나라 말기에 태공망 등 어진 선비들을 모아 국정을 바로잡고 융적(戎狄)을 토벌하여 아들 무왕이 주나라를 세울 수 있도록 기반을 닦아 줌. 고대의 이상적인 성인 군주의 전형으로 꼽힘.

48) 관관(關關): 물수리가 우는 소리. 부부 사이가 좋음을 이름. 『시경(詩經)』, <관저(關雎)>에서 유래함.

49) 지우(知遇): 남이 자신의 인격이나 재능을 알고 잘 대우함.

도에 이르렀으니 구차하게 그곳에 가면 반드시 모욕을 받을 것입니다. 아버님께서는 아직 나중을 보시고 제가 어리석은 사나이가 되는 것을 면하도록 해 주소서."

공이 본디 이를 자못 아는 바였으나 여 공의 뜻을 좇으려 했으므로 문득 노해 말했다.

"네 사람의 자식이 되어 좋건 좋지 않건 아비의 뜻을 거스르니 이 무슨 도리냐? 너의 뜻대로 하고 이후에는 아비가 있는 줄을 알지 마라."

시랑이 황공해 절하고 물러났다.

시랑이 여씨 집안에 가는 것을 매우 불쾌해해 속으로 여 씨 얻은 것을 불행하게 여겨 괴로움이 마음속에 가득했다. 눈썹을 찡그리고는 억지로 의관을 고쳐 여씨 집에 이르렀다. 소사가 매우 반기며 시랑의 손을 잡고 일렀다.

"근래에 불안한 일이 많아 청하지 못했더니 오늘은 무슨 까닭으로 이른 것인가?"

시랑이 억지로 인사를 마치고 앉았더니 소사가 또 말했다.

"영대인께서 딸아이를 여러 번 부르셨으나 내 아내가 고집해 예를 범했으니 그대는 들어가서 보고 타일러 어서 같이 돌아가도록 하게."

시랑이 미처 대답하지 않아서 소사의 막내아들 만이 이때 몇 살 정도 되었는데 문득 시랑에게 와 안기며 일렀다.

"형님은 우리 모친께 누님을 보내 달라고 이르지 마소서. 누님이 밤낮으로 형님 집에 가기를 청하니 모친께서 큰 매로 매우 쳐 몸이 성한 곳이 없나이다."

시랑이 이 말을 듣고 잠자코 있으니 소사가 또 웃고 말했다.

"자네 장모가 참으로 괴팍하니 타이를 길이 없네. 딸아이의 평생이 염려스럽지 않은가?"

시랑이 또한 대답하지 않더니, 여 부인이 시랑이 왔다는 말을 듣고 크게 노해 시녀를 통해 말을 전했다.

"낭군이 내 집에 이를 의리가 없고 분수가 없으니 빨리 돌아가소서. 아니면 내 명을 재촉하려 온 것입니까?"

이밖에도 좋지 않은 말을 연이어 시녀를 통해 전해 왔다. 시랑이 본디 이곳에 머무르지 않는 것이 소원이었으므로 즉시 일어나 돌아가니 소사가 머무르게 하지 못했다.

시랑이 집으로 돌아가니 문정공이 놀라 연유를 물었다. 시랑이 사실로써 고하고 명령을 어긴 것에 죄를 청하니 공이 어이없어 도리어 웃고 말했다.

"이런 기괴한 일은 듣는 바 처음이라 이는 또 네 부부의 액운이로구나. 잠깐 참아 나중을 보아야겠다."

시랑이 절하고 물러나 이후에는 여씨 집에 자취를 끊었다.

여 부인에 대한 괴이한 소문이 장안에 퍼지니 드디어 탄핵 의논이 일어나 십삼 성의 어사가 연계해 상소했다.

'소사 여현기가 어리석고 용렬해 한 부인을 제어하지 못해 비상한 변고가 집안에 자주 일어났으니 결코 태자소사의 큰 소임을 맡기지 못할 것입니다. 그 죄를 다스려 주소서.'

임금께서 보시고 여 공을 직책에서 내려 하남 절도사에 임명해 내치셨다. 여 공이 즉시 관면(冠冕)[50]을 고치고 내당에 들어가 부인을 보고 말했다.

---

50) 관면(冠冕): 갓과 면류관이라는 뜻으로 벼슬아치를 이르는 말.

"부인이 내 말을 듣지 않아 오늘 부끄럽게 되었으니 무엇이 좋소?"

부인이 매우 놀라 말을 못 했다.

즉시 행장을 차려 길을 날 적에 부인이 빙란 소저를 데려가려 했다. 소사가 이에 크게 막으며 말했다.

"전후에 괴이하게 서둘러 일이 이처럼 크게 되었는데 또 어찌 딸아이를 데려가겠소?"

부인이 울고 말했다.

"첩이 전날에는 잘못했지만 딸아이와 서울에서 떨어진다면 차마 한 시각을 살지 못할 것입니다. 이후 상경하면 그때는 아주 시가에 보내겠습니다."

소사가 여러 번 옳지 않다고 일렀으나 부인이 큰 소리로 울며 죽겠다고 하니 소사가 매우 걱정했다.

이때 문지기가 문정공이 이르렀음을 고했다. 여 공이 급히 일어나 맞이해 인사를 마치자 문공이 말했다.

"형이 뜻밖에도 남방을 다스리게 되니 허전함을 이기지 못하겠네."

소사가 사례해 말했다.

"아우가 용렬해 본디 맑은 조정에 욕되었는데 마침내 집안을 엄히 다스리지 못해 대간(臺諫)의 붓끝을 수고롭게 했으니 부끄러움을 참지 못하겠네."

공이 위로했다.

"이 어찌 영부인(令夫人) 탓이겠는가? 형의 액운이요, 간관이 풍문으로 전하는 말을 잘못 들어서 이렇게 된 것이지. 천자께서는 현명하시니 살피시는 일이 있을 것이네. 그러나 며느리가 이곳에 온 지 오래나 아우에게 일이 연이어 일어나 이르러 보지 못했으니 며느리를 보고 싶네."

소사가 말했다.

"딸아이는 형의 가문 사람이 되었으니 내 슬하에 두기를 바라지 않았네. 그러나 내 아내의 한 딸 사랑이 과도해 형 집에서 여러 번 불렀으나 거역했으니 딸아이가 죄를 헤아리고 내가 부끄러움을 이기지 못하겠네."

드디어 시비에게 명령해 소저를 불렀다. 소저는 시아버지가 이르렀음을 알고 스스로 뵙기를 감히 청하지 못하다가 아버지의 명령을 따라 이에 이르렀다. 말석에서 시아버지를 배알(拜謁)하고 얼굴을 가다듬고 옷깃을 여며 안부를 물은 후 나직이 죄를 청해 말했다.

"소첩이 인사에 민첩하지 못해 오랫동안 댁을 떠나와 문안을 폐했으니 태만한 죄는 비록 죽어도 갚기가 어렵나이다."

문공이 여 씨를 보니 타고난 빛나는 자태와 예절에 맞는 몸가짐을 했으므로 새로이 기이하게 여겼다. 기쁜 낯빛으로 사랑하는 마음을 가지고 소저를 나아오라 해 자리를 가까이 하고 어루만지기를 마지 않았다. 여 공이 또한 기뻐해 담소하다가 문공을 향해 말했다.

"내 아내가 편협해 예법을 알지 못하고 딸아이를 데려가려 하니 그대의 뜻은 어떠한고?"

공이 매우 놀라 말했다.

"전날에는 한 성안에 있었으니 비록 이곳에 오래 있어도 찾지 않았으나 어찌 여자를 남방 천 리 땅에 보내겠는가? 이는 결코 따르지 못하겠네."

소사가 말했다.

"아우가 또한 옳지 않은 줄을 아나 아내가 죽겠다며 고집을 부리니 참으로 어찌할 줄을 모르겠네."

공이 미처 대답하지 않는데 문득 안에서 여남은 명의 시녀가 한 명의 부인을 모시고 이에 나오는 것이었다. 공이 매우 놀라 빨리 일어나 피하려 하더니 그 부인이 자신의 두 손을 맞잡고 서서 말했다.

"천첩이 오늘 명공(明公)께 뵈옵고 절박한 사정을 청하려 하니 용납하시겠나이까?"

공이 마지못해 황망히 꿇어 두 번 절하고 말했다.

"부인이 소관을 대해 무슨 말씀을 하문(下問)하려 하십니까?"

경 부인이 답례하고 멀리 단정하게 앉아 옷깃을 여미고 소리를 낮춰 말했다.

"소첩이 규방에 깊이 있는 몸으로 오늘 여기에 나와 명공께 뵈온 것이 크게 무례한 일인 줄 모르는 것이 아닙니다. 그러나 명공께서는 제 남편과 금란(金蘭)51)의 지극한 사귐과 관포(管鮑)52)의 사귐보다 더한 친구이시니 소첩이 어찌 수숙(嫂叔)53)과는 다르다 헤아려 간절한 회포가 있는데도 한갓 부끄러움 때문에 대인 안전에 회포를 고하지 않을 수 있겠나이까? 소첩이 외로운 삶을 보내다 남편을 좇으니 한 일도 영화를 보지 못하고 중도에 화란을 만나 아들은 죽고 딸을 잃었습니다. 한 치의 간장이 녹아 재가 되었더니 하늘이 도우시고 귀신이 살핌을 입어 영랑(令郎)이 딸아이를 데리고 돌아와 어미와 자식이 만나게 했으니 은혜가 망극합니다. 그런 가운데 아름다운 영랑을 소첩의 딸과 쌍을 지어 대접하는 것이 분수에 넘으니 첩은 복이 없어

---

51) 금란(金蘭): 친구 사이의 매우 두터운 정을 이르는 말. 『주역』에서 나온 말임. "두 사람이 마음을 같이하면 그 날카로움이 쇠[金]를 끊고, 마음을 같이해서 나온 말은 그 향기가 난초[蘭]와 같다. 二人同心, 其利斷金, 同心之言, 其臭如蘭."

52) 관포(管鮑): 관중(管仲, ?~B.C.645)과 포숙아(鮑叔牙, ?~?). 관중은 중국 춘추시대 제(齊)나라의 재상으로 이름은 이오(夷吾). 환공(桓公)이 즉위할 무렵 환공의 형인 규(糾)의 편에 섰다가 패전하여 노(魯)나라로 망명하였는데, 당시 환공을 모시고 있던 친구 포숙아의 진언(進言)으로 환공에게 기용되어 환공을 중원의 패자(霸者)로 만드는 데 일조함. 관중과 포숙아는 잇속을 차리지 않은 사귐으로 유명하여 이로부터 관포지교(管鮑之交)라는 말이 나옴.

53) 수숙(嫂叔): 형제의 아내와 남편의 형제.

질까 두려웠습니다. 첩이 도리에 어두워 남편에게 죄를 얻게 해 변방의 수졸이 되게 했으니 부끄러움이 낯 둘 땅이 없습니다. 그러나 차마 한 딸을 던지고 돌아갈 마음은 없습니다. 불과 삼 년 후면 남편이 돌아올 것이니 대인께서는 여자의 외로운 사정을 불쌍히 여기셔서 딸아이를 데리고 가도록 허락하는 것이 어떠하십니까?"

문정공이 돗자리 밖에 국궁(鞠躬)[54]해 꿇어 부인의 말을 다 들었다. 공이 본디 예법에 정통한 위인으로서 여 부인이 친히 와서 이처럼 구는데 자기 도리로 감히 막지 못해 다만 계속 머리를 조아려 사례하고 말했다.

"소관이 비록 무식하나 존부인(尊夫人)의 이러하신 사정을 살피지 않겠나이까? 며느리를 속히 데려가소서."

부인이 다 듣고 크게 기뻐 두 번 절해 사례하고 들어갔다. 공이 바야흐로 자리를 편히 하고 소사와 말할 적에 소사가 조금도 부인의 체면 잃은 행동에 대해 사죄하지 않았다. 문정공이 여 공이 여자에게 빠졌음을 알고 여 부인을 그윽이 개탄하고 속으로 불쾌해했다.

문정공이 즉시 일어나 집으로 돌아가 모든 사람에게 여 씨를 하남으로 보내기로 했다고 고하니 승상이 기뻐하지 않으며 말했다.

"여자가 어찌 작은 사정으로 시가를 떠나 몇 천 리 밖으로 갈 수 있단 말이냐? 네가 또 일의 이치를 알 텐데 가벼이 허락한 것이냐?"

하남공이 더욱 공의 처사를 그르다 생각해 말했다.

"아우가 원래 어질어서 풀어진 것이 병이 되었구나. 여 씨가 비록 제 부모의 한 딸로서 부모와 헤어지는 사정이 딱하다 한들 그 시아비가 되어 망령되게 가도록 허락한 것이냐? 하물며 여 씨는 너의 총

부(冢婦)[55]다. 지위의 중함이 막대하거늘 네가 경솔해 경중을 살피지 않았으니 이 무슨 도리냐?"

공은 본디 여자의 행동에 대해 시비하지 않는 사람이었다. 좌우에 여러 수씨(嫂氏)와 조카 들이 나란히 앉아 있고 더욱이 시랑이 있었으므로 여 부인에 대해 말하기가 온당하지 않아 손을 꽂고 아버지 앞에 꿇어 잠자코 있었다. 승상이 한참 뒤에 또 꾸짖었다.

"이씨 가문의 가법을 네가 풀어져 떨어트렸으니 네 장차 어찌하려 하느냐?"

문정공이 문득 황송해 급히 사죄하고 말을 안 했다.

이윽고 모든 사람들이 물러나고 형제들만 있게 되자 문정공이 경 부인의 행동을 고하고 말했다.

"제가 또한 며느리를 남방에 보내고 싶은 마음이 있겠나이까? 다만 여 부인이 소자를 친히 보고 간절히 애걸하기에 인사에 차마 허락하지 않을 수 없었으나 불쾌함을 이기지 못하겠나이다."

승상이 다 듣고 놀라서 잠깐 웃고 말했다.

"원래 그사이의 사정이 그랬구나. 그렇다면 허락한 것은 자못 인사를 차린 것이니 잘못한 일이 아니다."

하남공이 불쾌해 말했다.

"여현기는 참 현명한 군자인데 그 아내의 버릇은 이와 같단 말이냐?"

문공이 웃고 대답했다.

"무릇 남자가 정이 중하면 아내를 꺾어 꾸짖는 것이 쉽지 않습니다. 제가 그 부인을 잠깐 보니 안색과 예법이 세속의 여자들보다 크게 뛰어났으니 여 형이 부인에게 쥐인 것이 괴이하지 않았습니다. 그

---

55) 총부(冢婦): 종자(宗子)나 종손(宗孫)의 아내. 곧 종가(宗家)의 맏며느리.

러나 여 공은 본디 현명하니 남쪽 지방을 다스리고 오래지 않아 이부에서 벼슬을 주어 부를 것이니 며느리 보내는 것은 상관없습니다."

개국공이 웃으며 말했다.

"이러나저러나 형님의 사돈은 마음에 들지 않습니다. 그런 사리에 어두운 부인이 어디에 있단 말입니까?"

승상이 문득 경계해 말했다.

"둘째아이의 처사는 지극히 옳으니 너희가 어찌 남의 부인 여자의 단점을 시비하느냐? 삼가 입을 병마개 막듯이 꽉 막으라."

공들이 말없이 명령에 순종해 물러났다.

문공은 속으로 며느리를 천 리 밖 먼 지방에 보내는 것을 기뻐하지 않았다. 소 부인은 더욱 여 부인의 괴이함과 며느리의 신세가 순탄하지 못한 것을 탄식했다. 시랑은 여 씨가 하남에 간다는 말을 듣고 마음에 놀라 생각했다.

'이런 여자가 고금에 흔하지 않으니 장차 어찌 처치할꼬? 내 남자가 되어 한 여자를 마음대로 하지 못하니 사람 보기가 부끄럽구나. 여자가 어찌 괴롭지 않은가?'

그러고서 마음에 분함과 원망이 있어 겉으로 나타내지 않았으나 속으로는 기뻐하지 않았다.

이때 여 부인이 문정공의 허락을 얻고 크게 기뻐해 태연히 행장을 차렸다. 소저는 모친의 괴이함을 마음에 개탄하고 모친의 졸렬함이 이씨 가문에 가득하게 된 것을 부끄러워했으나 시비를 하지 않았다. 어머니에게 나아가 이씨 집안에 하직하겠다 하였으나 부인은 행여 생이 막는 일이 있을까 해 소저를 보내지 않았다. 소저가 두어 번 간했으나 부인이 듣지 않았으므로 하릴없어 했다. 이윽고 이씨 집안에서 수레가 이르니 부인이 더욱 놀라 발악하고 소저를 보내지 않으려 했다. 이에 소사가 말했다.

"문정공은 군자이니 무엇하러 부인을 속이겠소? 이제 보내고 내일 새벽에 오게 하시오."

부인이 마지못해 허락했다.

소저가 화장을 하고 이씨 집안에 이르러 바로 정당(正堂)에 들어가 모든 사람에게 절하고 자리에 나아가니 유 부인이 기쁜 낯빛을 하고 말했다.

"며느리를 얻은 지 오래지 않아 덧없이 떠나니 허전함을 이기지 못하겠구나."

소저가 자리를 옮겨 사죄하고 감히 말을 못 했다. 개국공이 참지 못해 일렀다.

"여자가 본디 사람에게 몸을 허락한 후에는 백 리 밖에 있으면 친정에 초상이 나도 가서 조문하지 못하는 법이다. 그런데 그대는 우리 형님의 총부(冢婦)가 되어서 시부모와 남편을 버려두고 천 리 먼 지방에 가는 것이 옳으냐?"

여 씨가 재빨리 엎드려 옥 같은 얼굴에 부끄러워하는 기색이 은은하니 이는 참으로 붉은 연꽃 한 가지가 가랑비에 젖은 듯, 얼굴색이 참으로 어여뻤다. 이에 문정공이 기뻐해 말했다.

"아우는 부질없는 말을 마라. 며느리가 제 마음대로 가는 것이 아니라 내 허락해 보내는 것이니 아우가 어찌 괴이한 말을 하는 것이냐?"

개국공이 잠깐 웃고 말을 안 했다.

이윽고 소저가 소 부인을 모시고 숙현당으로 돌아가 부인을 모셔 말했다. 지극한 정성이 대단하고 먼 이별을 슬퍼하며 자기가 도리를 무너뜨린 것을 부끄러워해 깊은 염려가 안색에 은은히 나타났다. 소 부인이 크게 어여삐 여기며 시운이 불행해 이 같은 며느리를 기약

없이 떠나보내는 것을 매우 슬퍼하고 며느리 사랑하는 마음이 진정으로 지극했다.

밤이 깊으니 부인이 소저에게 침소로 가라 하고 홍벽을 불러 생의 이불을 채성당으로 옮기라 했다. 시랑이 비록 여 씨의 착함을 잘 알고 여 씨가 떠나는 것이 그 마음이 아닌 줄을 꿰뚫어 알았으나 장모를 좋아하지 않아 소저 향한 마음이 부족해 소저와 같이 있을 생각이 없었다. 그러나 어머니의 명령을 감히 거역하지 못해 걸음을 옮겨 채성당에 이르렀다.

소저가 시랑을 보고 놀랍고 부끄러워 더욱 죽고 싶어도 죽을 땅이 없어 몸을 일으켜 생을 맞아 멀리 앉았다. 옥 같은 얼굴에 붉은 기운이 오르고 눈길이 가늘어 근심스러운 기색을 감추지 못했다. 시랑이 잠깐 두 눈을 들어 살피고 그윽이 어여삐 여기는 마음이 동했으나 이 사람은 곧 철석같은 심장을 가지고 있었으므로 한 번 뜻을 정한 후에야 여 소저와 같은 절색이 앞에 있으나 마음이 동하겠는가. 한참을 앉아 있다가 선뜻 자리에 나아갔으나 소저는 박힌 듯이 앉아 움직이지 않았다. 시랑은 모친이 그릇 여길까 두려워 즉시 몸을 일으켜 소저를 이끌어 침상에 올렸다. 그러나 장모를 괘씸히 여겨 부부의 정은 이루지 않았다. 그래도 본디 어려서부터 장인에게서 은혜를 두터이 받고 여 씨의 정숙함과 현명함을 마음으로 허여한 지 오래였으므로 비단이불과 요 위에서 소저와 몸을 가까이하니 사랑하는 정이 가득해 소저의 손을 잡고 연꽃 같은 뺨을 접해 애틋한 정이 하해와 같았다. 소저가 부끄럽고 두려워 마음을 놓지 못하니 생이 경계해 말했다.

"부인이 행하는 것이 자신의 마음대로 한 것이 아니나 큰 도리를 잃은 것은 분명하니 만일 아버님이 허락하시지 않았다면 생이 용렬하나 어찌 부인을 용서했겠소? 모름지기 마음을 갈수록 조심해 이후에는 요란한 일이 없도록 하시오."

소저가 대답하지 않았다.

부부가 잠깐 잠들었더니 동방에 새벽빛이 비쳤다. 부부가 일어나 세수하고 시랑은 밖으로 나가고 소저는 정당에 가 모든 사람에게 하직했다. 일가 사람들이 매우 허전해하고 시부모와 유 부인은 손을 잡고 연연하기를 마지않았다. 소저가 눈물을 흘려 절하고 손을 나누니, 소 부인이 난간에 나와 소저의 손을 잡고 눈썹에는 물결이 요동쳐 재삼 보중(保重)할 것을 이르고 어서 모이기를 원했다. 소저가 절해 은혜에 사례하고 덩에 드니 문정공이 시랑을 불러 말했다.

"너는 며느리를 데리고 여씨 집안에 가 장인, 장모를 배송하고 오라."

시랑이 명령을 듣고 소저와 함께 여씨 집안에 이르러 공과 부인을 뵈었다. 공은 좋은 낯빛으로 반겨 먼 이별을 슬퍼하고 부인은 성난 기색으로 말했다.

"낭군의 마음을 시원하게 하느라 딸아이를 데리고 돌아가니 오늘부터 거칠 것 없이 즐기소서."

생이 자신의 두 손을 맞잡고 대답하지 않았다.

날이 늦어 일행이 움직이니 시랑이 여 한림 형제와 함께 십 리 장정(長亭)56)에 가 배송하고 돌아왔다.

여 소사가 일가 사람들을 거느려 하남을 향해 며칠을 갔는데 하인이 아뢰었다.

"요사이 남쪽으로 내려가는 물결이 참으로 순하니 배를 타신다면

---

56) 장정(長亭): 먼 길을 떠나는 사람을 전송하던 곳.

십여 일이 안 돼 하남에 이르실 것입니다."

소사가 기뻐해 즉시 명령해 한 척 대선(大船)을 꾸몄다. 일행이 배에 올라 돛을 높이 달자 순풍이 가득해 순식간에 백 리를 가니 모두 기뻐했다.

두어 날을 가자, 문득 큰 바람이 일어나 바닷물이 뒤끓고 배가 큰 바다에 떠서 파도 가운데로 들락날락했다. 배에 있던 사람들이 놀라고 경황이 없어 울음을 터트리는데 이윽고 물 가운데로부터 한 여자가 두어 귀졸(鬼卒)을 거느리고 배 위에 치달아 와 말했다.

"이곳에 옥녀성이 있으니 그저 보내 주지 못하겠다."

그러고는 소저를 이끌고 물속으로 들이달았다. 천지가 아득해 지척을 구분하지 못하니 모두 눈을 뜨지 못하고 정신이 황홀해 어찌할 줄 모르고 거꾸러져 있었다.

새벽에 바람이 자고 일기가 청명해졌다. 다만 소사와 부인이 정신을 진정해 일어나 앉아 보니 모두 무사했으나 소저는 간 곳이 없었다. 크게 놀라 소저가 이미 죽은 줄로 알고 부부가 목 놓아 크게 통곡하고 혼절했다. 모두 급히 구하니 소사가 겨우 정신을 차려 소저의 남은 옷으로 초혼(招魂)[57]하고 큰 소리로 통곡하며 배의 우두머리를 지휘해 소저의 주검을 찾았으나 자취가 없었다. 소사가 이에 크게 서러워 말했다.

"무릇 사람이 괴이한 후에는 큰일을 만나는 법이오. 부인이 근래에 행동이 괴이해 실성한 사람 같더니 대개 딸아이를 죽이려 해 그처럼 굴었던 것 같소."

---

57) 초혼(招魂): 사람이 죽었을 때에, 그 혼을 소리쳐 부르는 일. 죽은 사람이 생시에 입던 윗옷을 갖고 지붕에 올라서거나 마당에 서서, 왼손으로는 옷깃을 잡고 오른손으로는 옷의 허리 부분을 잡은 뒤 북쪽을 향하여 '아무 동네 아무개 복(復)'이라고 세 번 부름.

부인이 크게 뉘우치고 서러워하며 이씨 집안에 면목이 없을 것을 생각했다. 부끄러움과 서러움, 깊은 한이 뼛속 깊이 새겨져 가슴을 두드리며 울어 말했다.

"딸을 대저 지레 죽였으니 무슨 낯으로 살리오?"

그러고서 스스로 죽으려 하였으나 작은아들 만이 붙들고 울며 모친이 죽으면 자신도 좇아 죽기를 원한다 하니 부인이 차마 정을 끊어 죽지 못하고 다만 부르짖어 슬피 통곡하기를 마지않았다. 소사가 임금의 명령을 늦추지 못해 소저의 허위(虛位)[58]를 배설해 함께 배에 실어 하남으로 향했다.

사람을 시켜 이씨 집안에 이 사실을 기별하도록 하고 자신들은 배를 놓아 남쪽으로 향했다. 소사 부부가 한 딸을 참혹히 강 물고기의 배를 채우고 상번(喪幡)[59]과 허위를 거느려 가는 마음이 어찌 마디마디 끊어짐을 면하겠는가? 부부가 식음을 물리치고 목 놓아 통곡하며 소사는 부인의 탓이라 하고 부인은 뉘우치는 한이 뼈에 새겨져 죽기만을 원하고 살고 싶은 마음이 조금도 없었다.

이때 이씨 집안에서는 문정공과 소 부인이 여 씨를 보내고 마음이 매우 평안하지 않아 허전함을 이기지 못했다. 시랑이 여 공을 송별하고 돌아와 부인을 뵈니 공이 바야흐로 물었다.

"내 일찍이 알지 못했더니, 들으니 네가 여 씨를 얻어 돌아왔다 하는데 그것이 맞는 말이며 나에게는 그것을 어찌 일찍이 이르지 않은 것이냐?"

시랑이 두 손을 맞잡고 대답했다.

"과연 전날에 남쪽으로 순무(巡撫)[60]하고 돌아올 적에 만났으니

---

58) 허위(虛位): 빈 신위(神位).
59) 상번(喪幡): 상가(喪家)에서 매다는 흰색의 좁고 긴 모양의 깃발.

여 씨인가 의심했으나 자세히 알지 못해 발설하지 못했습니다. 그 후에 여 공의 말을 듣고 채 깨달음이 있었으나 여 씨가 소자에게 올지 모르는데 발설하는 것이 마땅하지 않아 아버님께 고하지 못했습니다."

공이 아들이 범사에 이처럼 정대한 것을 기뻐해 말없이 미소 지었다.

여 공이 간 지 오래지 않아 홀연 사내종이 이르러 소저가 물에 빠져 죽었음을 고했다. 공의 부부가 매우 놀라 한참이나 말을 못 하다가 소사의 서간을 차려 보고 소저가 죽은 것이 의심 없음을 알고 크게 애통해했다. 일가 사람들이 매우 놀라 그 재주와 용모, 자질을 크게 아까워해 여 부인의 처사가 잘못돼 여 씨를 죽인 것을 매우 한스러워했다. 공이 또한 자기가 경솔히 허락해 여 씨 보낸 것을 뉘우치며 한했으나 그런들 어찌할 도리가 있겠는가.

공이 한갓 슬퍼해 성복(成服)[61]을 지내니 공의 부부가 크게 슬퍼하며 유 부인이 참혹히 여겨 슬퍼하기를 마지않으니 부인과 공이 더욱 심사를 진정하지 못했다. 부인은 그 뛰어난 재주와 덕, 그리고 선천적으로 타고난 바가 기이하던 줄을 더욱 아끼고 불쌍히 여겨 눈물이 맺힐 사이가 없었다. 그러다가 속으로 의심해 생각했다.

'며느리가 본디 골격이 은은해 일찍 죽을 그릇이 아니더니 길에서 맥없이 돌아갈 줄 알았겠는가. 혹시 중도에 잃은 것이 아닌가.'

이렇게 생각했으나 여 공의 서간에 분명히 여 씨가 풍랑을 만나 물에 빠졌다고 했으니 도로 살아나는 것이 매우 일어나기 어려운 일이라 다만 슬퍼 애도할 뿐이었다.

여 한림 형제가 누이의 부음(訃音)을 듣고 애통하기를 마지않고

---

60) 순무(巡撫): 왕명을 받들어 난을 진정시키고 백성을 위무함.
61) 성복(成服): 초상이 나서 처음으로 상복을 입음. 보통 초상난 지 나흘 되는 날부터 입음.

부모가 과도히 슬퍼할 줄 생각해 형제가 나라에 말미를 얻어 하남으로 갔다.

이때 시랑이 여 씨와 겉으로는 냉담했으나 귀중하게 여기는 마음이 하해와 태산 같았다. 처음에는 소저의 곧은 뜻을 앗지 못해 동침의 즐거움을 이루지 못하고 그 후에는 장모의 행동이 괴이해 심사가 평안하지 않았으므로 마침내 부부의 정을 펴지 못했다. 그러다가 여 씨가 맥없이 구천에 영결하니 너그럽고 어진 마음에 어찌 아끼는 마음과 슬픔이 없겠는가. 한 번 흉한 소식을 듣자 매우 슬펐으나 부모가 과도히 애통해했으므로 마음을 굳이 참아 조금도 여 씨를 연연해 생각하는 기색을 드러내지 않았다.

성복 날 상복과 흰 띠를 하고 허위를 배설해 제사를 지냈다. 일가 사람들이 모두 참여하니 통곡하는 소리가 하늘을 흔들었다. 시랑이 슬픔을 참지 못해 눈물이 옥 같은 얼굴에 가득하니 자연히 눈이 붓는 것을 면하지 못했다.

제사를 다 지내고 내당에 들어가 모든 사람들에게 뵈니 승상공의 서매 숙인이 성문을 위로해 말했다.

"이씨 문중에 아내를 잃은 것이 벌써 기록할 정도가 되었구려. 대대로 젊은 아기네가 저 흉한 복색을 하는 것이 무슨 일인고? 그러나 낭군의 어짊은 가문에 뛰어나구려. 소부 상공은 혼례를 올린 부인이 죽었어도 서러워하기는커녕 상복과 흰 띠를 벗어 천 리 밖에 던지시며 죽은 부인을 꾸짖으시더니 상공은 눈이 부어 계시니 작은할아버지보다 낫구려."

자리에 있던 사람들이 크게 웃고 소부도 웃고 말했다.

"내 청 씨가 죽었을 때 오죽 서러워하지 않았더냐?"

숙인이 말했다.

"그렇다면 천한 누이가 거짓말한 것입니다. 그러나 어른은 두건과 띠를 풀어 던지며 꾸짖던 사람을 욕하는 것이 어떠합니까?"

소부가 말없이 미소하고 좌우의 사람들이 모두 웃었다.

시랑이 서당에 돌아오니 철 한림,[62] 남 학사[63] 등이 모여 그 마음을 위로하며 즐겁게 웃었다. 예부 홍문이 말했다.

"아우가 여 씨 제수가 죽으신 후에 저리 서러워 말고 살아 계실 때 후하게 대접했다면 오늘 같은 일이 일어났겠느냐?"

남관이 웃으며 말했다.

"성보가 저놈의 흉계를 모르는가? 살았을 적에는 박대하고 죽은 후에 서러워하니 그 어짊을 모든 사람에게 자랑하려 해서이네."

철 한림이 말했다.

"이거의 말이 옳으니 대개 그런 것 같다. 죽은 여 부인만 불쌍하다. 너야 집에 옥 같은 부인이 있고 옥 같은 부인이 스스로 돌아올 것이니 근심하랴? 서러워하는 것이 부질없구나."

시랑이 고개를 숙이고 대답하지 않으니 세문이 말했다.

"너는 그 앵혈이나 없앴더냐?"

시랑이 이 말을 듣고 눈썹을 열어 옥 같은 이를 비치고 말했다.

"형님은 이르소서. 앵혈을 어떻게 하면 아내 팔 위에 있는 것을 없앨 수 있나이까?"

좌우의 사람들이 한꺼번에 크게 웃고 남생이 말했다.

"차보[64]의 말이 괴이하니 어쨌거나 우리가 배워야겠다. 아내의 앵혈을 어찌하면 없어지게 할 수 있느냐?"

---

62) 철 한림: 이몽현의 장녀인 이미주 남편 철수를 이름.

63) 남 학사: 이몽현의 차녀인 이초주 남편 남관을 이름.

64) 차보: 이세문의 자(字).

세문이 우연한 말을 냈다가 두루 보챔을 당하니 어찌하지 못해 다만 웃고 말했다.

"처자와 시원하게 한번 잠자리를 하면 없앨 수 있네."

자리에 있던 사람들이 크게 웃고 기문이 말했다.

"나는 한 번 잠자리를 안 했어도 자식이 생기더라."

남생이 크게 웃고 말했다.

"경보65)의 말은 더욱 능란하게 속이는 말이다. 그렇다면 내시 중에 자식을 낳지 못하는 이가 없을 것이다."

기문이 말했다.

"너는 어쨌거나 말해 보라. 어떻게 하는 것이냐?"

남생이 말했다.

"네가 먼저 이르고 내가 하는 행동을 네 누이에게 물으라. 그러면 허실을 알 것이다."

기문이 말했다.

"나는 이를 말이 없고 우리 둘째형이 잘 아니 형에게 물으라."

철 한림이 붙잡고 학사를 괴롭게 보채며 말했다.

"차보가 아내의 앵혈을 없어지게 하는 술법을 가장 잘 아니 어쨌거나 가르쳐 다오."

학사가 민망해 미미히 웃고 말했다.

"내가 말은 안 하지만 창징 형은 스스로 시원한 척 마소서. 이것이 더욱 오만합니다. 어린 누이가 형의 굳센 기골에 넋을 빼앗겨 연약한 기질로 점점 녹아 가니 오래지 않아 죽을 것입니다."

한림이 소매를 들어 학사를 치며 말했다.

---

65) 경보: 이기문의 자(字).

"네 누이가 어찌해 나 때문에 죽겠느냐? 갈수록 실성한 말을 하는 것이냐?"

모두 크게 웃었으나 시랑은 은은히 미소를 머금고 눈썹을 가지런히 하니 예부가 말했다.

"너희가 생각 없이 굴지 마라. 짝 잃은 남자가 경황없어 한다."

철생이 말했다.

"그렇다면 그치는 것이 옳다."

남생이 말했다.

"현보야 너무 서러워 마라. 내 본디 작은 술법이 있으니 오늘밤에 여 부인 유령을 불러 네게 보이랴?"

시랑이 잠깐 웃고 말했다.

"형은 이런 괴이한 말을 어찌 하는 것입니까? 아우가 여 씨의 넋을 보고 싶어 실성이라도 했습니까?"

남생이 말했다.

"네가 하도 서러워하니 그렇게 말한 것이다."

시랑이 웃고 말했다.

"잠시 한 번 본 사람도 죽으면 슬프니 두어 번 얼굴 익은 사람이 죽어 눈물 두어 방울 떨어뜨리는 것이 그 무슨 농담거리입니까?"

모두 말이 능란하다고 꾸짖었다.

시랑이 여 씨가 물에 빠져 죽은 것이 참으로 슬퍼 임 씨 방에도 들어가지 않고 밤낮으로 슬퍼했다.

이씨세대록 권6

이몽창은 유적(流賊)을 무찌른 공으로 연왕이 되고
이경문은 위홍소와 혼인하고 여빙란은 물에 뛰어들다

이때 천하가 태평하고 국가가 무사해 나라에 일이 없더니 강주 땅에 유적(流賊)[1]이 일어나 백성을 심하게 노략질하는데 그 세력을 감당하지 못했다.

변란이 일어났다는 보고가 눈 날리듯 하니 임금께서 놀라 문무 대신을 모아 계교를 물으시니 이 승상이 아뢰었다.

"유적의 세력이 커 대적하기 어려우니 지혜와 용맹이 있는 좋은 장수를 가려서 유적을 쳐야 할 것입니다."

임금께서 대답하셨다.

"이 말이 가장 옳으니 장차 누구를 보내리오?"

말이 끝나기 전에 한 대신이 붉은 도포, 옥띠에 아홀(牙笏)[2]을 받들고 무리에서 나와 아뢰었다.

"미신(微臣)이 본디 재주와 덕이 없어 조그마한 공이 없었는데 성상께서 발탁하시어 벼슬이 후백에 이르렀으나 국가를 위해 조그마한 것도 갚은 일이 없었나이다. 이제 성상의 권위를 빌려 작은 도적을 치려 하나이다."

---

1) 유적(流賊): 떠돌아다니며 사람을 해치고 재물을 빼앗는 도둑.
2) 아홀(牙笏): 상아로 만든 홀. 홀은 신하가 임금을 만날 때 손에 쥐던 물건.

임금께서 얼굴에 기쁜 빛을 하고 말씀하셨다.

"경이 전날 세운 대공(大功)이 자못 희한하였으나 경이 높은 절개와 맑은 마음으로 작록을 받지 않아 과인이 그 공을 조금도 갚은 일이 없었도다. 그런데 경이 이제 남창의 풍토병을 무릅써 전쟁터에 나아가려 하니 충성은 참으로 고금에 없는 일이나 짐이 그윽이 불안하도다."

공이 고개를 조아리고 절해 말했다.

"임금이 욕을 당하면 신하가 죽는 것은 자고로 떳떳한 일입니다. 이제 지방이 어지러워 용체(龍體)가 평안하지 못한데 신하가 되어서 조정에 평안히 있을 수 있겠나이까?"

임금께서 매우 기뻐하시고 옥으로 만든 잔에 향온(香醞)3)을 부어 사주(賜酒)하시고 조서를 내려 공을 정남대원수에 임명하시어 어영군 삼만 명을 거느려 가게 하셨다. 공이 사은하고 물러나니 이부시랑 이성문이 반열에서 나와 아뢰었다.

"신이 비록 조정의 벼슬자리에 머릿수를 채웠으나 아비가 불모지를 향해 가니 자식의 마음이 평안하지 못합니다. 본직을 드리고 따라가고 싶나이다."

임금께서 말씀하셨다.

"경의 말이 자식의 정으로 당연하니 어찌 허락하지 않겠는가?"

즉시 이부시랑 작위를 거두시고 안무사를 시켜 공의 행렬을 따르게 하셨다. 공의 부자가 사은하고 물러나 삼 일 뒤에 군대를 거느리고 가기로 했다.

공이 집에 돌아가 일가 사람들과 유 부인에게 이 말을 고하니 모

---

3) 향온(香醞): 궁중 사온서(司醞署)에서 빚은 어용(御用)의 술.

두 놀라며 염려하기를 마지않았다. 승상이 따라 들어와 모친이 근심하는 것을 보고 풀어 아뢰었다.

"신하가 되어 매양 높은 집에서 평안히 누리는 것은 옳지 않습니다. 하물며 둘째아이는 기상이 당당하니 초개 같은 도적을 근심할 바가 아닙니다."

유 부인이 말했다.

"노모가 또한 아는 바나 늙은 나이에 이별이 잦은 것이 슬프구나."

문정공이 태연히 대답했다.

"소손이 몸을 나라에 허락해 미처 사사로운 정을 살피지 못해 존당에 불효가 크니 이것이 절박한 일입니다."

유 부인이 탄식하고 말했다.

"노모가 나이 많은 뒤에는 마음이 약함을 면치 못해 이별에 연연함을 참지 못하나 일이 다 결정되었으니 설마 어찌하겠느냐?"

공이 사례하고 종일토록 유 부인을 모셔 말했다.

날이 저물자 서헌에 돌아가 아우와 담소를 즐겁게 했다. 시랑은 어머니 방에 들어가 이별이 기약 없음을 슬퍼 근심하는 빛이 은은하니 소 부인이 안색을 자약히 하고 경계해 말했다.

"네 이미 몸을 나라에 허락한 터에 자잘한 이별을 거리끼는 것은 옳지 않다. 모름지기 너의 부친을 따라 효를 오로지 세우는 것이 옳으니 어미 떠나는 것을 슬퍼 마라."

시랑이 자리를 피해 절하고 말했다.

"어머님의 가르치심이 지극하시니 마땅히 마음속에 새기겠습니다. 다만 어머님의 심사가 본디 안 좋은데 저를 지나치게 염려하시어 몸이 좋지 않아지실까 마음을 놓지 못하겠나이다."

부인이 잠깐 웃고 말했다.

"네 어미가 본디 목숨이 질겨 차마 견디지 못할 곤경도 겪었으나 목숨이 끊어지지 않고 평소처럼 몸이 건강하다. 이제 네가 영화의 길로 가니 마땅히 죽든지 살든지 간에 이름을 조정에 세울 것이다. 네 어미가 비록 어리석으나 편협하게 이별을 슬퍼하겠느냐?"

시랑이 절해 명령을 듣고 이날 밤에 부인을 모시고 잤다. 부인이 비록 입으로는 말을 시원하게 했으나 마음은 슬픔을 이기지 못했다.

다음 날, 문정공과 시랑이 하루 종일, 밤새도록 부모를 모시고 부모의 슬픔에 마음 아파 하며 이별을 고했다. 그 다음 날 새벽에 갑옷을 갖추고 교장(敎場)[4]으로 갈 적에 승상과 정 부인은 안색을 바꾸지 않고 일가 사람들도 조금도 슬퍼하는 빛이 없었다. 공의 부자가 또한 화평한 안색으로 이별하고 문을 났으나 모두 부인을 돌아보지 않았다. 시랑은 본디 털털한 위인이지만 문정공은 소 부인 향한 정을 가지고도 큰일에 이처럼 훌쩍 떠나니 어찌 기특하지 않은가.

문정공이 교장에 이르러 군사를 점고하고 대오를 정돈하니 천자가 남쪽 교외에 와 전송하시고 후하게 위로하셨다. 공이 백배 사은하고 날이 늦어 삼군을 거느려 남쪽으로 향했다. 행렬이 삼엄하고 창과 칼은 햇빛을 가리며 군대의 사기는 씩씩하고 갑옷이 선명해 대오가 조금도 어긋나지 않았다. 만조백관이 문정공의 기이한 재주를 안 지 오래였으나 다시 보니 더욱 눈이 부셔 공에 대한 칭찬이 끊임없었다.

각설. 경문이 이 어사를 이별하고 홀로 집에 머무르며 집안일을

---

4) 교장(敎場): 군사 교육 또는 군사 훈련을 위한 교육 시설을 갖추어 놓은 곳.

다스렸으나 오로지 부친을 생각해 눈물을 흘리지 않는 날이 없고 유모 취향을 의지해 세월을 보냈다.

생의 나이가 열세 살이 되니 풍채와 재주가 일세의 영걸이었다. 온 고을에서 생을 아는 사람들이 구름처럼 구혼했으나 생은 바야흐로 부친이 세상에서 버림받은 사람인 것을 서러워해 만사가 꿈과 같아 아내를 취할 마음까지 돌아가지 않아 구혼에 응하지 않았다.

유 공이 강주에 있으며 각정에게 넋을 빼앗겼으나 아들 생각이 있어 하루는 다음과 같은 내용으로 글을 부쳤다.

'네 나이가 이미 찼고 홀로 제사를 맡는 것이 옳지 않으니 네 스스로 여자를 가려 아내로 삼으라.'

생이 서찰을 보았으나 진실로 아내를 취할 마음이 없었다.

이보다 앞서 이부상서 위공부가 3자1녀를 낳으니 딸 홍소 소저는 나면서부터 용모와 자질이 매우 기이해 온몸에 향이 어리고 옥 같은 얼굴과 꽃 같은 자태는 천하에 독보하며 팔 위에는 '홍소' 두 글자가 있었다.

원래 위 공이 남창에 부임했을 적에 소저를 낳으니 그 고움이 대단한 것을 보고 혹 오래 살지 못할까 해 진인(眞人) 소원진에게 보이니 진인이 말했다.

"이 아이는 기상이 매우 너그럽고 자태의 고움이 미진함이 없으나 너무 맑고 깨끗함은 없어 얌전하고 착하니 귀인의 배필이 되어 장수하고 자식을 많이 낳는 데 흠될 것이 없습니다. 다만 초년 운수가 불리해 고생을 심하게 할 것이나 나중에는 무사할 것입니다."

이에 공의 부부가 마음을 놓고 소저를 길렀다.

소저가 다섯 살이 되니 이때는 위 공이 벼슬해서 경사에 와 있을 때였다. 소저는 역질(疫疾)에 걸리지 않았더니 마침 세 아들의 유랑이 역질을 시작했다. 공의 부부가 놀라고 두려워 소저를 유모에게 맡겨 멀리 우환을 피해 보냈다. 그래서 유모 구취가 소저를 데리고 여염집으로 갔다.

하루는 유모가 소저를 데리고 길가에 가 놀다가 마침 목이 말라 우물에 가 물을 떠먹었다. 그런데 소저가 곁에 가서 보다가 발을 헛디뎌 우물에 빠졌다. 유모가 매우 놀라고 두려워 두 상전이 이를 안다면 반드시 자신을 죽일 줄로 알아 급히 달음박질을 해 먼 지방으로 달아났다.

소저가 물속에서 거의 죽어가더니 남창 사람 원용이란 이가 마침 서울을 다녀갈 일이 있어 왔다가 이곳에 다다라 목이 말라 우물을 들이밀어 보니 작은 아이가 빠져 물을 토하고 있었다. 원용이 매우 불쌍히 여겨 친히 우물에 들어가 아이를 건져 내니 곧 옥 같은 계집아이였다. 비록 죽었으나 얼굴이 기이했으니 이런 얼굴은 본 바 처음이었다.

원용이 크게 불쌍히 여겨 아이를 데리고 주점에 이르러 더운 물을 쳐 구호했다. 그러자 아이가 반일 만에 인사를 차리니 원용이 매우 기뻐해 젖은 옷을 벗기고 마른 옷을 입히며 물었다.

"너는 어디에 있던 아이냐?"

소저가 대답했다.

"알지 못합니다."

원용이 또 물었다.

"이름이 무엇이냐?"

소저가 말했다.

"내 부모가 부르길 홍소라 하고 나이는 다섯 살이라 했습니다."

원용이 마침 자식이 없었다. 그래서 소저의 이와 같은 기질을 보고 그윽이 기뻐했다.

아이를 데리고 남창에 이르러 그 아내를 대해 수말을 이르고 소저를 보이니 그 아내 채 씨가 매우 기뻐해 한가지로 귀하게 기르며 천금같이 귀중하게 여겼다.

소저가 당초에는 나이가 어려 집을 생각지 않고 평안히 머물렀다. 원용이 마침 글을 했으므로 소저를 가르쳤다. 소저가 하나를 들으면 열을 깨달아 일취월장하는 재주가 있어 총명함이 유다르고 문장이 탁월하기가 위부인(衛夫人)5)이 자리를 사양할 정도였다. 이에 원용 부부가 소저를 더욱 사랑했다.

소저가 점점 자라 열 살이 넘었다. 바야흐로 자기가 이전에는 큰 집에서 자라던 일과 두역(痘疫)을 피해 갔던 일이 역력히 기억났으니 분명히 서울의 권력 있는 집 딸이었다. 그런데 이처럼 천한 집에서 자라니 서러운 마음이 있었다. 비록 원용 부부를 대해 억지로 온화한 낯빛을 했으나 한 구석 마음이 풀리지 않아 부모를 찾아야겠다고 생각했다.

나이가 열두 살이 되어 얌전하고 아름다운 자태는 참으로 부상(扶桑)6)의 붉은 해가 푸른 하늘에 솟은 듯했고, 엄숙하고 시원한 골격은 표연히 속세에 물들지 않아 두루 기이하고 착하고 아름다워 조금도 나쁜 데가 없었다. 원용 부처가 더욱 사랑해 동서로 재주 있는 남자를 구했으나 걸맞은 이를 만나지 못해 고민했다.

유씨 집안의 유모 취향은 원용의 사촌 누이였다. 원용이 유씨 집안에 자주 왕래해 경문의 풍채를 보고 사랑하고 흠모해 하루는 취향

---

5) 위부인(衛夫人): 중국 진(晉)나라의 위삭(衛鑠). 이구(李矩)의 아내였으므로 이부인(李夫人)이라고도 했는데, 종요(鍾繇)에게 사사하여 예서(隷書)와 정서(正書)를 잘 썼고, 왕희지(王羲之)를 가르쳤음.
6) 부상(扶桑): 해가 뜨는 동쪽 바다.

을 보고 말했다.

"내게 어린 딸이 있는데 자색은 누이가 보는 바와 같으니 내 딸로 공자의 수건을 받들게 하는 것이 어떠한고?"

취향이 기뻐하며 말했다.

"내 참으로 이러한 마음이 있은 지 오래였으나 오라버니의 높은 뜻을 알지 못해 고민하고 있었습니다. 오라버니에게 이 뜻이 있다면 공자께 고해 보겠습니다."

원용이 기뻐 돌아간 후 취향이 경문을 보고 말했다.

"이제 큰어르신께서 공자에게 명령하시어 마음대로 아내를 얻도록 허락하셨습니다. 스스로 큰일을 주관해야 할 것이나 시골에 아름다운 여자가 없으니 공자께서 아내를 얻기가 어렵습니다. 고을 사람 원용에게 한 딸이 있는데 미색과 덕은 진실로 평민에게서 난 것이 아깝더니 또 평민에게 시집가는 것은 마땅치 않습니다. 공자께서 저 여자를 아직 첩의 자리로 맞이하시는 것이 어떠합니까?"

경문이 한참을 생각하다가 대답했다.

"아버님이 아내를 마음대로 얻으라 하셨거늘 아내를 얻기 전에 어찌 첩을 얻겠는가? 이는 부질없는 일인가 하네."

취향이 말했다.

"공자 말씀도 옳으시나 저 여자의 기이함은 공자보다 위에 있으니 차마 놓치기가 아깝습니다. 어르신이 아내를 얻으신들 한 명의 첩이야 못 거느리시겠습니까? 재삼 생각하소서."

경문은 모친이 일찍 죽은 것을 슬퍼해 매사에 취향의 말은 듣고 경계를 받아들이던 터였다. 또 본디 도량이 넓었으므로 다음과 같이 생각했다.

'이처럼 작은 일에 고집을 부리는 것이 부질없다.'

그러고서 허락했다.

취향이 기뻐 원용에게 기별하니 원용이 매우 기뻐해 혼수를 차렸다. 소저가 이 기미를 알고 크게 슬퍼 속으로 결정하기를,

'처자가 되어 혼인 일을 차마 입에 올리지 못하나 시집간 후에 한 목숨을 마칠 것이니 무엇이 두려워 더럽게 굴겠는가.'

하고 모르는 듯이 처하면서 원용이 하는 대로 있었다.

길일이 다다르자, 경문이 의관을 고치고 원용의 집에 이르렀다. 소저의 예를 받고 즉시 돌아가 교자 하나를 보내 소저를 데려왔다. 소저가 이 모습을 보고 모욕과 통한을 이기지 못했으나 생각한 것이 있었으므로 태연히 유씨 집안으로 갔다.

취향이 방을 깨끗이 치워 소저를 들이고 기쁨과 기이함을 이기지 못했다. 등불을 켜자 공자가 이에 들어와 바야흐로 눈을 들어 소저를 보니 이 어찌 보통의 미색으로 의논하겠는가. 천지 해와 달의 정기가 다 모인 듯했다. 공자가 매우 기이하게 여기고 소년 남아의 마음이 없지 않아 기뻐하는 빛이 눈썹을 움직였다.

이윽고 몸을 일으키며 옷을 벗기라 했다. 소저는 벌써 죽으려 했으므로 마음에 좋은 넋이 되기를 생각해 빨리 자리를 피해 말했다.

"천첩이 본디 키가 작으니 명령을 받들지 못하나이다."

공자가 그 소리를 듣고 놀라며 더욱 어여뻐 여겨 스스로 옷을 벗고 침상에 나아가 베개에 누우며 소저에게 말했다.

"나아와 내 손을 만지라."

소저가 더욱 한스러워해 대답하지 않았다. 공자는 소저가 부끄러워 그런가 해 즉시 나아가 소저를 안아 침상에 올렸다. 그러자 소저가 급히 손을 떨치고 침상에서 내려오며 말했다.

"어른은 용서하소서. 천첩이 본디 질병이 있더니 오늘은 더하니

다. 그러니 어른은 소첩이 오늘 편히 쉬게 하소서.”

공자가 기뻐하지 않으며 말했다.

“네 안색이 봄꽃 같으니 무슨 병이 있단 말이냐? 이 말은 핑계한 것이다.”

그러고서 다시 나아가 옥 같은 손을 잡아 얼굴을 비비고 귀를 깨물며 매우 사랑해 함께 원앙금침에 나아가려 했다. 소저가 초조해 몸이 바로 없어지지 못하는 것을 한스러워하고 간절히 빌어 말했다.

“소첩이 진실로 몸을 움직이지 못하니 어른은 오늘만 허락해 주소서. 그러면 백 년을 한가지로 모실 것이니 구태여 몸이 평안하지 않은 날 겁박(劫迫)[7]하시나이까?”

공자가 그 슬프고 원망하는 듯한 자태를 보고 더욱 사랑해 즉시 웃고 손을 놓고는 자기 자리에서 잠들었다. 소저가 때를 틈타 깁수건을 가져 목을 매니 눈물이 삼삼해 말했다.

“부모님은 어느 곳에 계시기에 오늘 더러운 욕을 보고 남겨 주신 몸을 부질없이 버리는고?”

말을 마치고 목을 맸다. 공자가 이때 비몽사몽간에 김 부인이 나타나 말했다.

“경문아, 네 아내 위 씨가 죽어 가니 빨리 구하라.”

공자가 놀라서 깨달으니 등불은 희미한데 괴이한 소리가 났다. 놀라서 급히 앉아서 보니 소저가 수건을 들어 목을 맨 것이었다. 크게 놀라 급히 나아가 소저를 안아 침상 위에 놓고 목맨 것을 겨우 풀고 몸을 만져 보니 온몸은 얼음 같고 옥 같은 얼굴과 꽃 같은 뺨에는 눈물이 마르지 않은 채 있었다. 공자가 크게 안타까워하고 슬퍼해

---

7) 겁박(劫迫): 으르고 협박함.

그 회포가 중함을 스쳐 알고 행여 소저를 구하지 못할까 겁이 나 자연히 눈물이 솟아나는 것을 깨닫지 못했다. 친히 옷을 벗기고 몸 가운데 품어 기운을 진정시키고 등불을 가까이 해 맥을 보는데 오른쪽 팔뚝 위에 앵혈이 찍혀 있고 가늘게 '위홍소'라 써져 있었다. 원래 소저의 백부 최량이 희롱으로 앵혈을 찍고 남은 피로 '홍소'라 써져 있는 곳 위에 '위' 자를 이처럼 쓴 것이었다. 공자가 앵혈을 보고 놀라 생각했다.

'이 사람은 원용의 딸이 아니구나. 반드시 사족의 딸로서 나의 천대를 받지 않으려 목숨을 가볍게 여겼으니 이는 더욱 얻기 어려운 여자다.'

이렇게 생각하고 있는데 이윽고 소저가 숨을 내쉬고 인사를 차려 눈을 떴다. 자기가 생의 품에 안겨 누워 있는데 생의 눈에는 놀라고 두려워해 흘린 눈물이 오히려 마르지 않은 상태였다. 소저가 놀라고 부끄러워 더욱 서러워 눈물을 흘리고 말을 안 하니 생은 소저가 정신 차린 것을 크게 기뻐해 이에 물었다.

"그대는 무슨 까닭으로 목을 맨 것인가?"

소저가 살아난 것이 새로이 분하고 한스러워 몸을 일으켜 앉으려 했다. 생이 이에 굳이 소저를 안고 말했다.

"그대가 만일 품은 회포를 이른다면 그대를 침범하지 않고 그대의 본성을 완전하게 해 다시 육례(六禮)[8]를 갖춰 혼인하기를 기다릴

---

8) 육례(六禮): 『주자가례』를 따른 혼인의 여섯 가지 의식. 곧 납채(納采)·문명(問名)·납길(納吉)·납징(納徵)·청기(請期)·친영(親迎)을 말함. 납채는 신랑 집에서 청혼을 하고 신부 집에서 허혼(許婚)하는 의례이고, 문명은 납채가 끝난 뒤에 남자집의 주인(主人)이 서신을 갖추어 사자를 여자 집에 보내어 여자 생모(生母)의 성(姓)을 묻는 의례며, 납길은 문명한 것을 가지고 와서 가묘(家廟)에 점쳐 얻은 길조(吉兆)를 다시 여자집에 보내어 알리는 의례이고, 납징은 남자 집에서 여자 집에 빙폐(聘幣)를 보내어 혼인의 성립을 더욱 확실하게 해주는 절차이며, 청기는 성혼(成婚)의 길일(吉日)을 정하는 의례이고, 친영은 신랑이 신부 집에 가서 신부를 맞이하여 신랑 집에 돌아오는 의례임.

것이고 만일 이르지 않는다면 오늘 밤에 그대와 시원하게 정을 맺을 것이다.”

소저가 이 말을 듣고 바야흐로 경문이 군자인 줄 깨달아 다만 울고 말했다.

“군자께서 진실로 소첩을 처자로 두신다면 소회를 고할 것이고 만일 언약을 저버리신다면 이제 죽어도 고하지 못할 것입니다.”

생이 말했다.

“군자의 한마디 말은 천 년이 지나도 바꾸지 않는 법이오. 소생이 비록 불민하나 아녀자를 대해 언약을 배반하겠소? 어쨌거나 어서 연고를 듣고 싶소.”

소저가 눈물을 흘리고 탄식하며 말했다.

“첩이 어려서 부모를 잃었으니 성씨와 거주했던 곳은 모르나 잠깐 생각해 보면 그때 아버지를 시랑이라 부르고 집이 크며 위로 세 형이 있던 기억이 역력하며 첩의 팔 위에 기록한 것을 보니 위 씨인가 싶으나 일찍이 아버지 이름을 알지 못하니 아버지를 어디에서 찾을 수 있겠나이까? 한갓 천인의 집에서 욕을 참아 세월을 보내고 있더니 오늘날 군자에게 몸을 허락하게 되었습니다. 천한 몸이 군자께 의탁하는 것을 거역함이 아니라 아버지가 명한 혼인이 아니고 어머니가 알지 못해 그런 것이니 저는 천지간 죄인입니다. 이런 까닭에 목숨을 버리려 했던 것인데 군자의 말씀이 이와 같으니 이는 참으로 죽은 나무에 잎이 돋은 격입니다.”

말을 마치자 눈물을 줄줄 흘리며 오열을 했다. 공자가 다 듣고는 즉시 소저의 손을 놓고 물러앉아 공경해 말했다.

“원래 소저의 소회가 이러했던 것임을 알게 되었습니다. 소생이 일찍 알지 못하고 실례를 많이 했으니 용서해 주시기를 청하나이다.

그러하나 당초에 이런 사연을 이르시고 귀한 몸을 수고롭게 하지 않으시는 것이 옳았을까 하나이다. 소생이 비록 용렬하나 인연이 깊어 소저를 만났으니 소저는 두 번 한스러워 마시고 훗날 영친(슈親)을 찾아 친영(親迎)⁹⁾ 혼례를 이룬 후 부부의 정을 이루기를 원합니다. 소생이 소저의 뜻을 좇아 서로 노니는 것은 그치지만 오늘부터 같이 지내다가 같이 죽기를 원합니다. 소저는 어찌 여기십니까?"

소저가 두 눈을 낮추고 자리를 피해 절하고 말했다.

"군자께서 만일 첩의 사정을 이처럼 헤아리신다면 첩이 마땅히 몸을 빻아 은혜를 갚을 것이나 군자께서 중도에 첩을 저버리는 일이 있을까 두렵나이다."

공자가 위로해 말했다.

"소저께서 어찌 이런 말씀을 하시는 것입니까? 소생이 학식이 고루하나 소저의 마음을 앎이 있으니 소저는 너무 의심하지 마소서."

말을 마치고 다시 자리에 나아가나 소저는 단정히 앉아 잘 생각이 없었다. 생이 스스로 소저를 붙들어 자리에 눕히고 권해 말했다.

"소생이 결단코 소저를 침범하지 않을 것이니 소저는 안심하고 쉬소서."

그러고서 드디어 원앙 베개에 기대 소저의 옥 같은 손을 어루만지며 매우 사랑했다. 소저가 놀라고 겁을 내 자기의 굳은 마음을 지키지 못할까 우려하니 생이 웃고 낯을 대어 말했다.

"소저는 근심하지 마시오. 생이 소년 남아로서 그대 같은 여자를 대해 앵혈을 그대로 두는 것이 지극히 어려우니 손을 잡는 것까지야 개의하겠소? 비록 함께 즐기지는 않으나 그대는 내 뜻을 좇아 생을

---

9) 친영(親迎): 육례의 하나로, 신랑이 신부의 집에 가서 신부를 직접 맞이하는 의식.

너무 멀리하지 마시오."

소저가 불쾌해 대답했다.

"군자께서 이미 첩의 구구한 사정을 살피시는 뜻을 가지고서 소저의 손을 잡고 몸을 접하는 것은 결코 옳지 않습니다. 청춘은 길고 머리가 검으니 군자는 훗날을 기다리시고 아녀자를 이처럼 대하지 않으신다면 다행일까 하나이다."

공자가 흔쾌히 말했다.

"그대 말이 다 옳으니 생이 어찌 그 뜻을 빼앗겠소? 부부의 즐거움을 안 하는 것은 그대의 뜻을 높이 여겨서이고 손을 잡는 것은 그대를 사랑하는 마음을 참기 어려워서라오. 맹세코 벼슬이 제후에 이르러도 다른 데 정을 옮기지 않을 것이니 행여 그대는 생을 비루히 여기지 말고 죽어도 생을 저버리지 마시오."

소저가 이 말을 듣고 잠깐 감동해 잠자코 있었다.

이윽고 날이 새니 생이 일어나 취향을 대해 위 씨의 거취를 이르고 사람들에게 위 씨를 첩이라 이르지 말라 하니 향이 놀라고 기뻐해 일렀다.

"이 종이 원래 소저가 저와 같은 기질로 상공의 소희(小姬)가 되시는 것을 아까워했나이다. 연고가 이렇다면 이 어찌 어르신의 복이 아니겠습니까?"

그러고서 소저를 지극히 존경하고 생도 소저를 귀한 아내로 대접했다. 소저에게 집안일을 맡기고 하룻밤도 처소를 다른 데서 하지 않으나 소저를 다만 공경해 각각 평안히 자고 생이 혹 손을 잡을 뿐이었다. 취향이 이를 괴이하게 여겨 생에게 말했다.

"소저의 기질이 무심한 남이라도 사랑하는 마음을 참지 못할 것인데 상공께서 소저를 어려운 사람처럼 대하시는 것은 어째서입니까?"

생이 웃으며 말했다.

"위 씨는 스스로 부모를 찾아 다시 육례를 치르기를 원하네. 그 뜻이 아름다우니 내가 어찌 그 뜻을 빼앗겠는가?"

향이 그 부부의 높은 뜻을 마음으로 칭송하고 복종했다.

위 씨가 생의 정대한 행동을 보고 적이 마음을 놓아 집안일을 힘써 다스리며 제사를 정성으로 받들어 편안하고 정숙한 행실이 옛날 어진 부인이라도 미치지 못할 정도였다. 생이 이에 더욱 소저에게 빠져 사랑하고 귀중하게 여기는 마음이 때로 더했다.

이때 유 공이 강주에 있으면서 재물이 많았으므로 밤낮으로 각정과 잔치하며 즐기니 본관 수령이 매우 불쾌하게 여겼다.

독부 위공부가 그해에 도임해 내려와 군병과 수자리 사는 군졸을 점고했다. 유 공이 마침 대취해 자기 대신 노자(奴子)도 보내지 않으니 치부한 수에 유 공이 없었다. 위 상서가 본디 성품이 정대해 그른 일은 미세한 일이라도 심하게 배척했으므로 이에 대로해 본관 수령을 매로 치려 했다. 수령이 초조해 유 공의 패악함을 아뢰고 이와 같은 행동이 이루 헤아릴 수 없어 금지하지 못하는 것임을 자세히 고했다. 위 공이 대로해 유 공을 잡아다 태장하고 냉옥에 가두었다. 유 공이 별생각이 없는 상태에서 이 변을 만나 급히 남창으로 편지해 경문에게 오라 했다.

경문이 이 기별을 듣고 낯빛이 변하고 간담이 서늘해 총총히 위씨, 취향과 이별하고 밤낮을 잊은 채 강주에 이르렀다. 옥 밖에 가 유 공을 보려 하니 옥졸이 위 공의 엄한 경계를 받았으므로 엄히 막아 옥에 들이지 않았다. 이에 경문이 망극해 어찌할 줄을 몰랐다.

오래지 않아 도적이 지경을 범하니 위 공이 유 공을 다시 수십 장을 친 후 놓아 주고 군중 참모의 말 모는 소임을 맡겼다. 경문이 크게 슬퍼하고 분노해 사람을 헤치고 앞에 달려들어 외쳤다.

"독부께서는 천자의 조서를 받들어 지방을 다스리면서 상벌이 고르지 않은 것이 이와 같습니까?"

위 공이 눈을 들어서 보니 경문의 행동이 거만하고 그 빼어난 골격은 표연히 속세에 물들지 않았다. 이를 보고 크게 놀라 물었다.

"너는 어떤 사람이냐?"

경문이 사나운 소리로 말했다.

"나는 전 조정 승상 유 모의 아들이오. 아버님이 비록 국가에 죄를 얻어 변방의 수자리 서는 군졸이 되어 있으나 일찍이 상사와 원한 맺은 일이 없거늘 피차 유학의 한줄기인데 이처럼 참혹히 곤욕하는 것이오? 이것이 내가 분개하는 바요."

위 공이 이 말을 듣고 벌컥 성을 내어 말했다.

"유 씨 놈의 아들이 어찌 사람 무리에 들어 천자께서 파견한 대신에게 이처럼 모욕을 준단 말이냐? 네 아비가 전날에 재상이라 이르지 말고 일국의 왕이었어도 오늘날에는 이 땅의 미천한 사람이 되어 군중의 수졸이 되어 있거늘 네 어찌 이런 어지러운 말을 하는 것이냐? 하물며 네 아비는 지금 황제 폐하를 저버리고 어리석은 임금을 도와 대역부도(大逆不道)[10]한 죄악이 이와 같으니 그 죄는 마땅히 동쪽 시장에서 목 베이기를 면치 못할 것이다. 그런데 성천자(聖天子)께서 큰 덕을 지녀 살육을 싫어하시므로 한 목숨을 용서하신 것도 족하니 너희 쥐무리는 마땅히 머리를 움키고 죽을 날을 기다리는 것이 옳다. 그러하거늘 너 어린 것이 스스로 죄를 모르고 이처럼 당

---

10) 대역부도(大逆不道): 임금이나 나라에 큰 죄를 지어 도리에 크게 어긋나 있음. 또는 그런 짓.

돌하니 그 죄는 죽고도 남아 있지 못할 것이다."

경문이 위 공의 늠름한 말을 들으나 조금도 요동하지 않고 큰 목소리로 소리쳐 말했다.

"내 이제 보니 공이 오관칠정(五官七情)[11]이 갖추어졌고 또 성천자(聖天子) 특지(特旨)를 받아 한 지방을 다스리신다면 마땅히 어진 덕을 행해 한 번 머리 감을 때 세 번 머리를 움켜쥐는[12] 도리를 지녀야 할 것이오. 그런데 한갓 사람을 전날의 죄상으로 미루어 모욕을 너무 심하게 주고 스스로 천자께서 파견하신 대신이라 자랑하며 유세해 같은 사족을 철없이 태장하니 이 무슨 지방의 상사라 하겠소? 이는 사람을 속이는 도적이오. 족하가 또 두 눈이 밝으니 성리(性理)를 잘 알 것이오. 공자께서 말씀하시기를, '누가 허물이 없겠는가마는 고치는 것이 귀하다.'라고 하셨소. 그런데 공은 아버님의 전날 죄상을 계속해 일컬으며 말을 막으니 족하가 스스로 천자께서 파견하신 대신이라 유세하나 내가 보기에는 사리를 모르는 포학한 관원이오."

위 공이 이 말을 듣고 대로해 즉시 유 공을 잡아들여 수십 대를 쳐 자식 못 가르친 죄를 따져 꾸짖고 경문을 또 수십 대를 쳐 가두었다. 그리고 표(表)를 지어 유영걸을 목 벨 것을 아뢰니 차관(差官)이 표를 가지고 경사를 향해 갔다.

차관이 마침 오고 있던 문정공의 행렬을 만났다. 공이 경사로 가

---

11) 오관칠정(五官七情): 오관과 칠정. 오관은 다섯 가지 감각 기관으로 눈, 귀, 코, 혀, 피부를 이르고, 칠정은 사람의 일곱 가지 감정으로 기쁨(喜)·노여움(怒)·슬픔(哀)·즐거움(樂)·사랑(愛)·미움(惡)·욕심(欲), 또는 기쁨(喜)·노여움(怒)·심(憂)·생각(思)·슬픔(悲)·놀람(驚)·두려움(恐)을 이름.

12) 한 번~움켜쥐는: 훌륭한 선비를 맞이하는 자세. 중국 주(周)나라의 주공(周公)이 아들 백금(伯禽)에게 한 말로, 그가 일찍이 성왕(成王)을 도와 섭정(攝政)할 때 현사(賢士)를 만나는 것을 중시해 이렇게 하며 손님을 맞았다는 것임.

는 연고를 물으니 차관이 자세히 고했다. 공이 이에 웃으며 말했다.

"이제 도적의 형세가 대단해 고을이 어지러운데 독부가 군사를 정돈해 힘써 막을 도리를 생각지 않고 부질없는 일에 군관을 수고롭게 하는 것인가?"

이렇게 말하고 드디어 차관을 데리고 강주로 갔다. 위 독부가 십리 밖에 나와 공을 맞이해 관아에 이르러 이별의 회포를 풀었다. 위 공은 본디 문정공과 의기가 서로 맞아 문경지교(刎頸之交)[13]가 진번(陳蕃)이 걸상 내리는 것[14]을 비웃을 정도였다. 서로 손을 잡고 매우 반겨 각각 안부를 물었다. 위 공이 유적(流賊)의 세력이 커서 대적하기 어려움을 이르니 공이 말했다.

"유적이 한때 창궐하나 깊이 염려할 것은 없어 두렵지 않네. 두어 날 쉬고 접전해야겠네."

그러고서 또 물었다.

"형이 경사에 차관을 무슨 일로 보냈는가?"

위 공이 성을 내어 말했다.

"도적놈 유영걸 죽이기를 아뢰도록 보낸 것이네."

공이 또 물었다.

"유영걸이 또 법을 범한 일이 있는 겐가?"

위 공이 이에 경문의 행동을 자세히 전하고 한탄하며 말했다.

---

13) 문경지교(刎頸之交): 친구를 위해 목을 베어 줄 정도의 사귐. 중국 전국(戰國)시대 조(趙)나라 염파(廉頗)와 인상여(藺相如)의 고사. 인상여(藺相如)가 진(秦)나라에 가 화씨벽(和氏璧) 문제를 잘 처리하고 돌아와 상경(上卿)이 되자, 장군 염파(廉頗)는 자신이 인상여보다 오랫동안 큰 공을 세웠으나 인상여가 자기보다 높은 지위에 앉았다 하며 인상여를 욕하고 다님. 인상여가 이에 대해 대응하지 않자 제자들이 그 까닭을 물으니, 두 사람이 다투면 국가가 위태로워지고 진(秦)나라에만 유리하게 되므로 대응하지 않은 것이었다 하니 염파가 그 말을 전해 듣고 가시나무로 만든 매를 지고 인상여의 집에 찾아가 사과하고 문경지교를 맺음.

14) 진번(陳蕃)이 걸상 내리는 것: 진번은 중국 후한(後漢) 때의 인물. 진번이 예장(豫章) 태수(太守)로 있을 적에 다른 빈객은 맞지 않고 오직 서치(徐稚)만을 위해서 걸상 하나를 준비하여 서치가 와 담소를 하고 떠나면 걸상을 다시 위에 올려놓았다는 고사가 전함.

"저 어린 유 씨 놈의 아들 현명이란 자의 행동이 괘씸하고 유 씨 놈이 적소에 와서조차 뉘우칠 줄을 모르고 미녀와 풍악으로 소일한다 하니 어찌 괘씸하지 않은가?"

문정공이 이 말을 듣고 웃으며 말했다.

"유 씨 아들의 말이 다 옳으니 형이 어찌 성을 내는 것인가? 형처럼 현명한 사람이 이 일은 잘못했네. 유 씨 아들의 말이 말마다 옳으니 내 소견에 대해 무어라 할 말이 없을 것이네."

위 공이 웃으며 말했다.

"형은 과연 풀어진 사람이네. 형이 남의 일이라 이러하나 형이 당해보면 어린 녀석에게 그런 욕을 듣고 참을까 싶겠는가?"

문정공이 웃으며 말했다.

"내가 30년 글을 읽어 잠깐 이치를 아니 또 어찌 편협하게 저 유 씨만 옳다고 하겠는가? 다만 내 이전에 유현명을 보니 얼굴은 기린 각(麒麟閣)15)의 주인이 될 법하고, 그 말과 재주의 특이함은 고금에 둘이 없었네. 그래서 매양 흠모하던 차에 이 말을 들으니 유현명을 참으로 기특히 여기네. 유 씨의 죄는 죽여도 갚기 어려우나 순(舜)임금이 우(禹)를 거두어 쓰시던 법(法)16)으로 그 자식의 기특함을 차마 저버리지 못할 것이니 형은 작은 분노를 참고 과도하게 굴지 말게나."

위 공이 잠자코 잠깐 웃었으나 마음이 좋지는 않았다.

문정공이 즉시 유 공을 놓아주고 군중 참모를 시켜 소임을 맡겼다.

---

15) 기린각(麒麟閣): 중국 한(漢)나라의 무제가 장안의 궁중에 세운 전각. 선제 때 곽광 외 공신 11명의 초상을 그려 각상(閣上)에 걸었다고 함.

16) 순(舜)임금이~법(法): 요(堯)임금 때 우(禹)의 아버지 곤(鯀)이 치수 사업에 실패하였으나 순임금이 우(禹)를 중용하여 치수 사업을 맡기자 우(禹)가 성공한 일을 이름. 곤(鯀)은 어리석으나 아들 우(禹)는 현명한 것을 유영걸과 유현명 부자에 비긴 것임.

유 공 부자가 풀려나 문정공의 덕에 크게 감격해하고 먼저 안무사 앞에 가 점고를 맞았다. 안무사가 군대의 모든 장사를 일일이 점고 하다가 경문을 보고 크게 반기고 놀랐다.

안무사가 점고를 파한 후 하리(下吏)를 시켜 경문을 청했다. 경문 이 장막에 이르자 안대(按臺)가 경문의 손을 잡고 일렀다.

"유 형, 그간 무양했나이까?"

경문이 눈을 들어 안대를 보고 매우 놀라 말했다.

"형이 어디에서 여기에 이른 것입니까?"

안대가 말했다.

"마침 임금님의 은혜를 입어 여기에 이르렀는데 형이 유 승상의 아드님인 줄은 이제야 깨달았습니다."

경문이 읍(揖)하고 말했다.

"과연 전날에 거리끼는 일이 있어 바로 고하지 못했으니 용서하 소서. 그러나 존형의 근본도 자세히 알고자 하나이다."

안대가 사례해 말했다.

"소제(小弟)는 과연 문정공의 장자 이성문이라 합니다. 전날 현보 라 한 것은 그때 형을 유 승상 공자이신 줄을 짐작해 형이 저를 혹 원수로 지목할까 해서였습니다. 한때 실언한 죄를 당할지언정 한번 군자와 화답해 금란(金蘭)[17]의 사귐을 맺으려 한 것일 뿐 다른 뜻은 없었습니다. 현형은 행여 소제의 당돌함을 용서해 주시기를 바라나 이다."

경문이 이 말을 듣고는 놀라고 당황해 재빨리 국궁(鞠躬)[18]하고

---

17) 금란(金蘭): 친구 사이의 깊은 사귐. 금란지교(金蘭之交). 『주역(周易)』의 "두 사람이 마음을 같 이하면 그 날카로움이 쇠를 끊고, 마음을 같이해 나오는 말은 그 향기가 난초와 같다. 二人同 心, 其利斷金, 同心之言, 其臭如蘭."는 어구에서 유래함.

18) 국궁(鞠躬): 윗사람이나 위패(位牌) 앞에서 존경하는 뜻으로 몸을 굽힘.

두 번 절해 말했다.

"소인은 곧 안원(按院)[19] 어르신의 막하(幕下) 군졸입니다. 당초에 어르신을 모르고 소홀히 대한 죄는 만 번 죽어도 오히려 가벼울 지경입니다."

안대가 정색하고 경문을 붙들어 그치라 하며 말했다.

"형이 이 무슨 행동입니까? 이는 소제를 낮게 여겨서인가 합니다. 그 뜻이 소제를 원수로 지목해서이니 소제가 무슨 낯이 있겠습니까?"

경문이 피눈물을 흘리며 말했다.

"소인이 무슨 몸이라고 안무사 어르신을 공경하지 않을 수 있겠나이까? 스스로 생각건대, 소인이 죄인의 자식으로서 어르신 막하의 군졸이 되었으니 감히 낯을 치밀어 어르신과 말하지 못할 것이라 어르신은 용서하소서."

안대가 정색하고 탄식하며 말했다.

"형이 그 하나를 알고 둘을 모릅니다. 접때 사숙(舍叔)[20]께서 영친(令親)을 다스리셨으나[21] 사사로이 한 일이 아니었고 더욱이 아버님께서는 그 일에 간섭하지 않고 영친을 구하셨습니다. 그대가 그 은혜에 감동해 복종하는 것이 옳거늘 사숙에 대한 원한을 나에게 품는 것은 더욱 옳지 않습니다. 형이 소제를 비록 저버리려 해도 소제는 구구함을 잊고 형을 따라다니며 교분을 맺을 것이니 형은 그것을 어떻게 여기십니까?"

경문이 이 시랑의 총명하고 신기한 말에 대답할 말이 없어 다만

---

19) 안원(按院): 여러 곳을 돌아다니며 살피고 조사하는 어사의 다른 이름.

20) 사숙(舍叔): 남에게 자기의 삼촌을 이르는 말.

21) 접때~다스리셨으나: 이성문의 숙부인 이몽원이 형부상서로서 유영걸을 심문하고 옥에 가둔 일을 말함.

엎드려 잠자코 말을 안 했다. 안무가 나아가 경문의 손을 잡고 타일러 말했다.

"형은 이치에 달통한 장부로서 이처럼 속이 좁은 것입니까? 형이 소제를 외대(外待)[22]하나 소제는 글을 하는 선비가 되어 말을 속에 품고 벗을 속이겠습니까? 영대인(슈大人)께서 지난날 저지른 죄악으로 이미 군법에 올라 천자께서 진노하신 데 미쳤고 만조백관이 마땅히 법을 어긴 행위에 대해 벌을 주어야 하는 것으로 알았으니 사숙께서 성지(聖旨)를 받들어 다스린 것은 외람된 일이 아니었습니다. 설사 사사로운 원한으로 영존(슈尊)을 해쳤어도 아버님은 영존을 구하셨으니 형이 소제에게 벌 쓸 일은 없는가 합니다."

경문이 이 말을 듣고 눈물을 무수히 흘리며 말했다.

"아버님의 죄가 없다 하는 것이 아니고 영숙(슈叔)이 다스린 것을 절치(切齒)하는 것이 아닙니다. 다만 그 자식이 되어 마음이 서늘함을 이길 수 없어서입니다. 마음이 이러하니 합하(閣下)의 높은 의기를 따라 감화하지는 못하나 합하의 은혜야 소인이 백골이 진퇴 된들 어찌 잊겠나이까?"

안대가 다 듣고는 하릴없어 다시 일렀다.

"그대의 고집이 이와 같으니 학생이 어찌 다시 입술을 놀리며 그대의 마음을 어지럽게 하겠습니까?"

경문이 땅에 엎드려 또한 대답하지 않았다. 문득 일어나 두 번 절해 하직하고 나가니 안무가 저의 뜻이 높은 것을 칭찬하고 마음으로 복종했다.

안대가 이윽고 공의 장막에 들어가 뵈고 경문의 말을 고하니 공이

---

22) 외대(外待): 정성을 들이지 않고 아무렇게나 대접을 함.

탄식하고 말했다.

"이는 매우 어진 사람이니 너는 그 사람을 등한히 보지 말거라."

위 공이 좋지 않은 낯빛으로 말했다.

"조카가 당당한 재상 집안의 공자요, 벼슬이 이부시랑 안무사의 직위를 가진 사람으로서 저 임금을 배신한 반역자의 자식에게 몸을 굽혀 교도(交道)를 맺을 수 있겠느냐? 저의 그 행동이 더욱 괘씸하구나."

안무가 웃고 대답했다.

"곤(鯀)의 자식을 순(舜)임금이 거두어 쓰시고[23] 초(楚)나라의 장왕(莊王)은 후궁(後宮)과 간통한 자를 용서했습니다.[24] 유 씨가 비록 몸가짐을 잘못했으나 반역을 모의한 죄는 없고 그 아들은 곧 사람을 놀라게 하고 세상을 구제할 만한 도리를 품었고 기상이 당당하며 인물이 거룩하니 아비에 대한 벌로써 어진 자를 버릴 수 있겠습니까?"

위 공이 크게 웃고 말했다.

"현보가 어려서부터 뜻이 작은 일에 얽매이지 않고 대범해서 사람을 잘 안 사귀더니 저 한 명의 반역한 신하에게 마음을 기울여 사랑하니 알지 못할 일이구나. 유현명이 훗날 왕이 된들 조카의 문미(門楣)와 집안 권세를 가지고 저 사람에게 몸을 낮출 일이 무엇이 있겠는가?"

---

23) 곤(鯀)의~거두어 쓰시고: 곤의 자식은 곧 우(禹)인바, 곤이 어질지 않아도 우(禹)가 어질었으므로 발탁한 것을 이름.

24) 초(楚)나라의~용서했습니다: 중국 춘추시대 초(楚)나라 장왕(莊王)이 신하들과 잔치를 벌일 적에 등불이 갑자기 꺼졌는데 한 신하가 왕의 총희 옷을 잡아당기자 미인이 그 사람의 관끈을 끊고서 그 사실을 왕에게 고하고 불을 밝혀 관끈이 끊어진 사람을 색출하도록 요청하였으나 왕은 신하들에게 모두 관끈을 끊게 한 후 불을 켜고서 실컷 즐기다가 술자리를 파한 일을 말함. 3년 후에 초나라가 진(晉)나라와 싸우는데 한 초나라 장수가 진나라 군대를 격퇴하는 데 앞장서니 왕이 그에게 묻고서 비로소 그 자가 전에 미인의 옷을 잡아당겨 관끈이 끊겼던 자임을 알게 됨.

안무가 손을 꽂고 자리를 피해 말했다.

"조카가 어찌 저 유현명이 장래에 귀하게 될 것이라고 사귀겠나이까? 그 인물이 지금 세상에 쉽지 않아 한번 보니 정이 기울고 마음이 돌아가 차마 절교하지 못하는 것입니다. 그러니 대인께서는 편협하게 폄하하지 마소서. 훗날 혹 저 사람에게 비시는 일이 있을까 하나이다."

위 공이 부채를 쳐 박장대소하고 말했다.

"현보가 망령든 것이 아니냐? 내 어찌 저 무리에게 빌 일이 있겠느냐?"

안무가 다만 미소 짓고 물러났다.

장막에 들어가 즉시 유 공을 집으로 돌려보내고 대신 노자(奴子)를 점고에 참여하게 하며, 경문이 대신해서 군중의 문서를 맡게 했다.

경문이 자기 소원에 맞아 자리에 가 절을 했다. 안무가 불쾌하게 여겨 경문이 허리를 숙여 두 번 절하는 모습을 보고 부채로 낯을 가리고 교의(交椅)에서 내려가 돌아앉았다. 경문이 비록 감격했으나 이씨 집안과는 원한이 맺혔으니 안무와 벗의 도리를 이루는 것이 맞지 않아 마침내 알은체하지 않았다. 경문이 참모의 소임을 다하니 그 총명하고 신기한 결단은 일취월장했다. 안무가 크게 사랑해 마음을 한때도 경문에게서 놓지 않았다.

하루는 경문이 앞에 와 문서를 보고하는 때에 참지 못하고 경문을 방 안으로 들어오라 했다. 경문이 이에 뜰에서 절하고 말했다.

"소인은 졸개니 어찌 안무사 어르신과 마주 앉을 수 있겠나이까?"

그러고서 즉시 물러갔다.

안무가 불쾌해 즉시 작은 종이에 적어 말했다.

'참모 유영걸을 오늘 내로 장막 앞으로 대령하도록 하라.'

그러자 경문이 속으로 놀라 즉시 장막 앞으로 가 아뢰었다.

"아비가 상관에게서 매를 맞은 후 병이 자못 위중하므로 소인이 비록 재주가 없고 바탕이 둔하나 늙은 아비를 대신했거늘 어르신이 어찌 노쇠한 아비를 찾으시는 것입니까?"

안무가 정색하고 말했다.

"상사가 유 공에게 참모를 시킨 것은 공을 세워 죄를 갚게 하려 한 것인데 그대가 비록 그 아들이나 몸을 오랫동안 대신한 것은 자못 법을 범한 것이로다."

말을 마치고는 정색하고 방 안으로 들어가니 경문이 할 수 없이 물러났다.

중군대장이 즉시 유 공을 불러 참모 소임을 맡겼다. 유 공이 감히 거스르지 못해 맡은 일을 하니 본디 주색에 몸이 상한 지 오래되었으므로 정신이 없어 미처 일을 깨우치지 못해 잘못한 일이 무궁했다. 그러나 안대는 모르는 체하고 유 공에게 대접을 극진히 하니 경문이 더욱 감격스러워했다.

두어 달 후에 유적(流賊)[25]이 군대를 내어 싸움을 청했다. 문정공이 대군을 움직이지 않고 유격 참모 수십여 명에게 군사 오천씩 주어 막으라 했다. 모두 명령을 듣고 나아가 적과 접전하니 다 각각 공은 이루지 못했으나 군사와 갑옷을 온전히 해 돌아왔다.

유 공이 동쪽 면으로 나아가 적과 서로 싸우다가 적의 세력이 큰 것을 보고 미리 겁을 내 패주했다. 적이 세차게 따라와 치니 대패해 군사를 다 죽이고 유 공만 필마로 돌아왔다. 경문이 이 소식을 듣고는 경황이 없어 어찌할 줄 몰라 급히 장막 앞으로 나아가 통곡하고

---

25) 유적(流賊): 떠돌아다니며 사람을 해치고 재물을 빼앗는 도둑.

아비 대신 죽기를 비니 안무가 놀라며 어이없어 말했다.

"승패는 병가의 상사이니 편벽되게 책망할 수 있겠는가? 그러나 독부가 성품이 너무 각박해 영존(令尊)의 목숨이 위태하니 어찌 힘써 구하지 않겠는가?"

즉시 군대 안으로 들어가니 법률 맡은 관원이 벌써 이르러 유 공에게 벌을 줄 것을 청했다. 문정공은 희미히 웃고 말을 안 했으나 위공이 대로해 무사를 꾸짖고 밀어내며 유 공을 내어 가 목을 베라 했다. 문정공은 이미 군대의 원수로서 유 공이 이미 패군한 죄는 죽여 족했으므로 마침내 말리지 않았다. 그러나 한편으로는 유생을 아끼는 마음이 가득해 눈으로 안무를 보니 안무가 빨리 나아가 간했다.

"자고로 승패는 병가의 상사요, 하물며 유영걸은 한 문사니 적의 계교를 어찌 알겠나이까? 또 군사를 처음으로 내었는데 장수를 죽이는 것은 더욱 옳지 않으니 상사께서는 용서하소서."

독부가 큰소리로 매우 꾸짖으며 말했다.

"그대는 고금의 일을 널리 아는 어진 선비요, 천자께서 특별히 흠차안무사로 명령해 보낸 사람이 되어 이처럼 의논이 녹록한가? 유영걸이 지은 예전 죄상이 대역부도(大逆不道)²⁶)해 하늘과 귀신이 한가지로 노하고 국법이 사지(死地)에서 벗어나는 것을 용서하기 어렵거늘 승상 대인께서 사물을 아끼시고 목숨을 좋아하시는 마음에 유영걸을 풀어주어 죽이지 않았다. 그런데 유씨 집 어린아이가 망령되게 천자의 위엄을 범해 헛것을 이로운 말로 꾸며내므로 성천자께서 마침내 슬퍼하시고 한 목숨을 용서해 먼 땅에 내치셔 천지호생지덕(天地好生之德)²⁷)을 베푸셨다. 도적놈이 생각이 짧으나 오장과 염통이

---

26) 대역부도(大逆不道): 임금이나 나라에 큰 죄를 지어 도리에 크게 어긋나 있음. 또는 그런 짓.
27) 천지호생지덕(天地好生之德): 하늘과 땅만큼 큰, 사형에 처할 죄인을 특사하여 살려 주는 제왕

생겨 있다면 임금님의 은혜에 감격해 마음을 돌이켜 잘못을 뉘우치고 몸을 못 미칠 듯이 닦음 직하거늘 갈수록 흉해 독한 육부(六腑)[28]가 줄어들지 않고 흉악한 일을 저지르는 것을 고칠 줄 알지 못하는구나. 자기는 죄를 지어 귀양 온 죄인이요, 위리안치(圍籬安置)[29]된 졸개로서 애첩을 끼고 술 마시고 방탕하게 놀기를 그치는 날이 없고 관아의 법을 무너뜨렸으며 자기 어린 아들은 천자의 흠차 대신을 면전에서 매우 심하게 모욕했다. 내가 속으로 분노가 극에 달해 저를 죽이려 했으나 대원수께서 간절히 타이르시므로 분을 참아 죄를 용서해 참모라는 큰 소임을 맡겼다. 그런데 저 도적이 조금도 조심하는 일이 없어 오천여 명의 군사로 장평(長平)에서의 환란(患亂)[30]을 끼치고 대국의 위엄을 손상시켰으며 도적에게는 예리한 기운이 오르도록 했으니 이 죄는 참으로 네 손발을 나누어 훗사람을 경계할 만한 일이다. 그런데 조카가 무슨 마음으로 군법을 무너뜨리려 하는 게냐? 성천자께서 다스리시는 세상에 어진 재상과 이름난 선비가 무수하며 이치를 아는 대신이 거재두량(車載斗量)[31]이라 이루 셀 수 없다. 유현명이 잠깐 재주가 뛰어나나 쓸 곳이 없거늘 도적놈을 살려 무엇에 쓰겠느냐? 그대가 비록 어진 마음이 깊으나 이는 결코 용서하지 못할 일이다."

말을 마치자, 길고 굽은 눈썹이 관(冠)을 가리키고 봉황의 눈이 뚜

의 덕.

28) 육부(六腑): 배 속에 있는 여섯 가지 기관. 위, 큰창자, 작은창자, 쓸개, 방광, 삼초를 이름.

29) 위리안치(圍籬安置): 유배된 죄인이 거처하는 집 둘레에 가시로 울타리를 치고 그 안에 가두어 두던 일.

30) 장평(長平)에서의 환란(患亂): 중국 전국시대 조(趙)나라 조괄(趙括)이 진(秦)나라 대장군 백기(白起)와 장평에서 전투할 때 자신을 포함해 40만 명이 포로로 잡혀 생매장당한 일.

31) 거재두량(車載斗量): 수레에 싣고 말로 셈한다는 뜻으로, 물건이나 인재 따위가 많아서 그다지 귀하지 않음을 이르는 말.

렷하니 이는 참으로 용이 물속에서 날뛰는 것 같았다. 좌우에 있던 모든 장수가 놀라고 두려워 숨을 쉬 쉬지 못하고 무사는 유 공을 밀어내어 갔다. 안무가 정색하고 무사를 불러 멈추라 했다. 위 공이 더욱 분노했으나 안무가 비단 갑옷 차림으로 중간 섬돌에 두 손을 마주 잡고 서서 눈을 낮춰 정색하니 기상이 엄정하고 엄숙해 가을하늘 높은 것을 낮게 여길 정도였다. 위 공이 속으로 이를 꺼려 잠깐 깊이 생각하고 있으니 안무가 이에 소리를 고요하고 평안히 해 위 공을 대해 말했다.

"상사께서 내려 주시는 말씀이 다 사리에 당연하시니 소생이 감히 혀를 놀려 위엄을 범해 높은 분노를 돋게 하겠나이까? 다만 유영걸의 한 목숨을 귀중히 여겨 이러는 것이 아닙니다. 돌아보건대, 오늘이 어떻게 중요한 날입니까? 적의 형세가 성해 무찌르는 데 이르지 못했는데 군대를 처음으로 내는 날 대장을 죽이신다면 군사들의 마음이 반드시 변할 것이요, 만일 군사들의 마음이 변한다면 독부와 군중의 대소 장졸이 목숨을 보전하지 못할 것입니다. 소생이 비록 민첩하지 못하나 형세가 지극히 중요한데 상사 관아에 잘못 아뢰어 죄를 얻겠나이까? 예전에 제갈(諸葛) 승상(丞相)[32]이 칠종칠금(七縱七擒)[33]하여 모진 오랑캐에게서 항복을 받았으니 후세의 의논이 승상을 약하다 하지 않았습니다. 오늘 상사께서 한때 격분하시는 것이 그윽이 이롭지 않은가 합니다. 상사께서 마땅히 유가에게 군사 오천명을 주어 오늘밤에 그가 적의 머리 오천 명을 얻지 못한다면 소생이 당당히 머리를 드리겠나이다."

---

32) 제갈(諸葛) 승상(丞相): 중국 삼국시대 촉한 유비의 책사인 제갈량(諸葛亮, 181~234)을 이름. 와룡은 별호이고 자(字)는 공명(孔明). 그가 승상 벼슬을 했으므로 이와 같이 부름.

33) 칠종칠금(七縱七擒): 일곱 번 놓아 주고 일곱 번 붙잡음. 나관중, <삼국지연의>.

위 공이 다 듣고 속으로 불쾌했으나 성문의 벼슬이 높고 위인이 중도를 취하는 군자였으므로 잠깐 분노를 돌이켜 대답했다.

"그대가 저 유 씨 죄인의 한 목숨을 이처럼 도모하니 내 어찌 듣지 않겠는가? 그대의 말대로 오늘밤에 유 씨 죄인이 적군의 머리 오천을 얻는다면 풀어 주어 이전의 죄를 다 없는 것으로 해 귀양을 풀어 경사에 돌려보내고 만일 얻지 못한다면 즉시 참할 것이니 그대가 그때에도 다투겠는가?"

안무가 자리를 피해 절하고 말했다.

"소생이 비록 지식이 없어 어리석고 위인이 믿을 것이 없으나 오늘 막중한 큰일에 다다라 상사 관아에 두 번 죄를 얻겠나이까?"

드디어 물러나니 위 공이 즉시 유 공을 풀어 주어 참모를 시켜 군사 오천을 주어 적의 머리 오천을 얻어 들이라 했다. 유 공이 비록 놓여났으나 크게 근심해 경문을 대해 말했다.

"안무사의 큰 덕에 힘입어 이번에 목숨이 살아났으나 하룻밤 내에 적의 머리 오천을 얻는 것은 세 번 죽어도 어려운 노릇이니 너는 안무사 장막에 가 계교를 물어 오도록 하라."

경문이 역시 나이 어리고 세상의 변화에 미처 달통하지 못했으므로 안무 군중에 들어가 뵙기를 청했다.

안무가 흔쾌히 들어오라 하니 경문이 들어가 두 번 절해 머리를 두드려 사례해 말했다.

"늙은 아비가 칼끝에서 죽을 급한 목숨을 어른께서 살려 주시니 그 은혜는 잊기가 어렵습니다. 다만 오늘밤에 오천 명의 수급을 얻는 것은 양평(良平)[34]이 살아 돌아와도 어려울 것이니 어른께서는

---

34) 양평(良平): 중국 한(漢)나라 유방(劉邦)을 도와 그가 천하를 통일할 수 있도록 도운 장량(張良, ?~B.C.168)과 진평(陳平, ?~B.C.178)을 이름.

무슨 뜻으로 늙은 아비를 살리시고 또 죽을 걱정을 얻게 해 주셨나이까?"

안무가 잠깐 웃고 말했다.

"소제(小弟)가 잠깐 생각하는 일이 있어 그처럼 한 것이니 일부러 알면서 영존(令尊)을 죽게 하겠습니까? 다만 영존이 공을 세워 사는 것이 내 손에 있으니 형이 만일 소제와 관포(管鮑)35)의 지기(知己)를 열어 고집하지 않고 전처럼 형제로 지낸다면 소제가 천한 소견을 열어 영존을 도와 독부의 분을 풀려고 하겠지만 형이 전처럼 소제를 대해 '어른' 두 글자를 일컫고 원망하는 마음을 속으로 먹는다면 결단코 입을 봉할 것입니다."

경문이 이 말을 듣고 기쁘고 당황해 머리를 숙이고 사례해 말했다.

"어른이 늙은 아비를 살리신다면 소인이 죽어 그 은혜를 갚을 것이니 이런 쉬운 일을 듣지 않겠나이까?"

안무가 기뻐하지 않으며 말했다.

"접때 일껏 이르렀는데 또 저렇게 구니 소제가 마땅히 입을 봉해야겠습니다."

경문이 이 말을 듣고 문득 눈물을 무수히 흘리고 일어나 앉아 말했다.

"소제가 형을 향한 마음이 조금이라도 덜해진 것이 아닙니다. 세상일이 능히 뜻과 같지 않음을 한스러워하더니 오늘 형이 늙은 아비를 살린 지경에 이르러 존형이 소제를 기름 가마에 들라고 하셔도

---

35) 관포(管鮑): 관중(管仲, ?~B.C.645)과 포숙아(鮑叔牙, ?~?). 관중은 중국 춘추시대 제(齊)나라의 재상으로 이름은 이오(夷吾). 환공(桓公)이 즉위할 무렵 환공의 형인 규(糾)의 편에 섰다가 패전하여 노(魯)나라로 망명하였는데, 당시 환공을 모시고 있던 친구 포숙아의 진언(進言)으로 환공에게 기용되어 환공(桓公)을 중원(中原)의 패자(霸者)로 만드는 데 일조함. 관중과 포숙아는 잇속을 차리지 않은 사귐으로 유명하여 이로부터 관포지교(管鮑之交)라는 말이 나옴.

사양하지 않을 것입니다. 하물며 소제처럼 못난 위인과 미천한 몸으로 형의 말 모는 소임도 불가한데 더욱 문경(刎頸)의 지교(至交)[36]로 형제의 의리 맺는 것을 사양하겠습니까?"

안무가 기뻐 경문의 손을 잡고 말했다.

"내 처음에 그대를 보았을 때 마음이 기울고 정이 마음 깊이 맺혀 참으려 해도 참지 못했습니다. 형이 소제를 원수로 지목해 얼굴을 보지 않는 지경에 있으니 이생에는 관포지교를 이르지 못할까 한탄했습니다. 그런데 이제 형이 이처럼 시원하게 결정했으니 소제가 어찌 한 말을 아껴 형을 구하지 않을 수 있겠습니까?"

드디어 경문의 귀에 대고 두어 말을 일렀다. 경문이 매우 기뻐해 두 번 절하고 사례해 말했다.

"형의 은혜는 소제가 열 번 죽어 아홉 번 살아도 다 갚지 못할 것입니다."

안무가 기뻐하지 않으며 말했다.

"벗 사이에 이런 일은 예사니 형이 글을 읽어 이치를 통한 사람으로서 이런 녹록한 말을 하는 것입니까?"

경문이 백만 번 감격하나 다시 사례를 못 하고 물러났다.

경문이 유 공과 함께 군사를 점고해 이날 밤에 가만히 적의 진영에 이르니 적군이 바야흐로 진중에서 잠을 깊이 들어 사면이 고요했다. 경문이 군사를 재촉해 전후로 쳐서 죽이니 적이 꿈속에 이 변을

---

36) 문경(刎頸)의 지교(至交): 친구를 위해 목을 베어 줄 정도의 지극한 사귐. 중국 전국(戰國)시대 조(趙)나라 염파(廉頗)와 인상여(藺相如)의 고사. 인상여(藺相如)가 진(秦)나라에 가 화씨벽(和氏璧) 문제를 잘 처리하고 돌아와 상경(上卿)이 되자, 장군 염파(廉頗)는 자신이 인상여보다 오랫동안 큰 공을 세웠으나 인상여가 자기보다 높은 지위에 앉았다 하며 인상여를 욕하고 다님. 인상여가 이에 대해 대응하지 않자 제자들이 그 까닭을 물으니, 두 사람이 다투면 국가가 위태로워지고 진(秦)나라에만 유리하게 되므로 대응하지 않은 것이었다 하니 염파가 그 말을 전해 듣고 가시나무로 만든 매를 지고 인상여의 집에 찾아가 사과하고 문경지교를 맺음.

만나 정신없이 갑옷을 갖추지 못하고 패주했다. 적이 대오를 잃어 사방으로 흩어져 달아나니 경문이 용력을 떨쳐 긴 창을 들어 빗발치듯 목을 베니 적이 태반이나 죽고 남은 무리는 멀리 달아났다.

경문이 오십 리를 좇아 적의 머리 만여 급과 군량 마필을 무수히 얻어 상사 관아에 바쳤다. 위 공이 놀라고 의심해 말을 안 하니 문정공이 웃으며 말했다.

"예로부터 승패는 병가의 상사요 공을 세워 죄를 갚는 것은 더욱 드문 일이더니 유가가 전날 패했으나 오늘 성공한 것은 희한한 일이니 마땅히 상을 많이 주는 것이 옳도다."

위 공이 기분이 좋지 않아 끝내 잠자코 있었다. 문정공이 금과 비단을 내어 군사들에게 상 주고 유 공의 벼슬을 더해 유격장군으로 삼고 경문을 좌면호위장군으로 삼고 잔치해 대접했다. 장수와 군졸들이 그 은덕에 감격하지 않는 이가 없어 모두 만세를 부르고 물러났다.

독부가 매우 불쾌해 장막에 들어가 안무를 불러 손을 잡고 일렀다.

"그대가 어찌 만생을 너무 속이는 것인가?"

안무가 자리를 피해 두 손을 맞잡고 말했다.

"소생이 대인을 속인 것이 무슨 일이 있나이까?"

독부가 미소 짓고 말했다.

"유가 도적이 무슨 술법으로 하룻밤 사이에 적의 머리를 정한 수보다 더해 만 명의 머리를 바칠 수 있었겠느냐? 이것은 조카가 가르쳐 준 일이 아니더냐?"

안무가 역시 잠깐 웃고 손을 꽂아 말했다.

"조카가 본디 지식이 어둡고 군대의 일을 알지 못하는데 더욱이 남을 어찌 가르치겠나이까? 이는 참으로 억울하니 대인이 지레짐작하심인가 하나이다."

독부가 문득 버럭 화를 내며 말했다.

"조카가 벼슬을 믿고 이리 방자하단 말이냐? 내 비록 용렬하나 백달 형보다 몇 년 위요, 형이 나를 지극한 벗으로 대접하거늘 네 어찌 부리가 누런 새 새끼처럼 어린아이가 나를 속여 조롱하는 것이냐?"

말을 마치자 기색이 매우 좋지 않아 소매로 낯을 싸고 문정공 곁에 쓰러졌다. 안무가 급히 관을 벗고 의대를 풀어 자리 끝에 꿇고 죄를 청했다. 문정공이 웃고 위 공을 이끌어 이르게 해 말했다.

"섬야야, 네 나이가 이모지년(二毛之年)[37]에 이르러 이런 요망한 행동을 하는 것이냐?"

위 공이 일어나 앉아 정색하고 말했다.

"형이 매사에 용렬해서 현보 등이 소제를 업신여겨 유가 도적놈보다도 여기지 않으니 분통이 터지지 않겠는가?"

문정공이 크게 웃고 말했다.

"형이 일찍이 눈으로 보지 않은 일로 아이를 죄주다가 거짓으로 자백하지 않자 스스로 대로해 서두르면서 소제를 꾸짖는 것인가?"

위 공이 낯빛을 바꿔 말했다.

"소제가 비록 용렬하나 현보가 술수 부린 것을 자못 아는데 행여 유가를 벌줄까 봐 나를 속이는 것이 심하니 어찌 한스럽지 않은가?"

안무가 고개를 조아리고 죄를 청해 말했다.

"조카가 어찌 숙부를 속이는 일이 있었겠나이까? 인사를 차리는 것이 어리석어 미처 숙부의 큰 덕을 잘 알지 못한 죄가 깊습니다. 유현명의 일은 조카가 두어 말로써 싸움을 도운 일이 있으나 무릇 일

---

37) 이모지년(二毛之年): 흰 머리털이 나기 시작하는 나이라는 뜻으로, 32세를 이르는 말.

이란 것은 운이 좋아야 통하는 법이니 유현명이 달인이 아니라면 소질의 소견이 양평(良平)[38]보다 낫다 한들 빛이 있었겠나이까? 이는 모두 유현명의 지혜와 용기 덕이니 대인은 달리 알지 마소서. 당초에 부르실 때 고하지 못한 것은 조카가 구태여 저 유가를 두둔하는 것이 아니라 남의 싸움에 한 말, 한 공을 돕는 것이 옳지 않아 잠깐 주저했기 때문입니다. 그런데 대인께서 이처럼 하시니 조카의 죄가 깊습니다."

위 공이 이 안무의 온화하고 양순한 낯빛과 이치에 맞는 말을 듣고 노기가 풀어져 잠자코 있으니 문정공이 웃으며 말했다.

"형이 아까의 그처럼 굳센 노기는 어디로 가고 저렇듯 온화한고?"

위 공이 바야흐로 크게 웃고 말했다.

"부자가 물 흐르는 듯한 언변으로 소제를 너무 단속하지 말게. 현보의 밝은 말에 불통한 노기가 풀어진 것이라네."

공이 웃고 안무는 미소하고 사례할 뿐이었다.

문정공이 며칠 후에 대군을 일으켜 적과 서로 싸우니 이른바 공의 지혜가 신출귀몰하고 무장한 병사들이 날래니 적이 대적하지 못해 절강 오초(吳楚) 땅으로 달아났다. 문정공이 미리 수군도독 장옥지에게 날랜 배 천여 척을 거느려 바다에서 진을 치게 하고 계교를 가르쳤으므로 장 도독이 그 계교대로 적의 남은 무리를 낱낱이 잡아서 돌아오니 몇 개월 내로 강주가 평정되었다.

공이 이에 크게 잔치를 열어 장수와 사졸을 먹이고 군정사(軍政事)[39]를 보니 유 공의 공이 제일이었다. 이는 곧 경문의 용력과 지

---

38) 양평(良平): 중국 한(漢)나라 유방(劉邦)을 도와 그가 천하를 통일할 수 있도록 도운 장량(張良, ?~B.C.168)과 진평(陳平, ?~B.C.178)을 이름.
39) 군정사(軍政事): 군대 내의 일을 기록한 사목(事目).

혜로, 싸우면 반드시 이기고 공을 반드시 취해 대공(大功)을 이루면 유 공의 이름으로 치부했기 때문이다. 공이 이미 짐작하고 크게 아름답게 여겨 드디어 모든 장수와 사졸의 공적 치부와 승리 소식을 밤을 이어 가게 해 천자께 아뢰었다.

천자께서 승리 소식을 듣고 매우 기뻐하셨다. 승상 이 공은 비록 하늘의 운수와 기이한 계책을 알았으나 앞서 장창을 치고 돌아올 적에 이몽창이 물에 빠져 심려를 허비한 일이 있었으므로 염려가 날로 더해지다가 이 소식을 듣고 기쁨이 바란 일 밖이요, 온 집안의 사람들이 즐거워한 것은 이루 기록하지 못할 정도였다.

임금께서 이에 상방(尙房)40)의 어주(御酒)를 보내셔서 승상 부부를 위로하시고 조서를 내려 유영걸을 풀어 복직하라 하셨다. 이어 크고 작은 장수와 병졸들을 차례로 벼슬에 봉하셨다. 문정공을 연왕에 봉하시어 홍룡포(紅龍袍),41) 옥띠, 옥규(玉圭)42)와 통천관(通天冠),43) 면류(冕旒),44) 옥패(玉佩)45)를 내리시고 예부상서 이흥문에게 면복(冕服)을 가지고 가 강주에 이르러 조서를 전하도록 하고 공에게 왕의 지위로 상경하라 하셨다.

승상이 크게 놀라 즉시 대궐 앞에서 처분을 기다리며 표를 올려 사양하니 임금께서 내시를 시켜 승상을 불러오도록 해 만나 승상에

---

40) 상방(尙房): 임금의 의복과 궁내의 일용품, 보물 따위의 관리를 맡아보던 관아.

41) 홍룡포(紅龍袍): 붉은 용이 그려진 도포.

42) 옥규(玉圭): 제후가 드는 홀.

43) 통천관(通天冠): 원래 황제가 정무(政務)를 보거나 조칙을 내릴 때 쓰던 관으로, 검은 깁으로 만들었는데 앞뒤에 각각 열두 솔기가 있고 옥잠(玉簪)과 옥영(玉纓)을 갖추었음. 여기에서는 이몽창이 제후에 제수되었으므로 이와 같이 표현한 것임.

44) 면류(冕旒): 면류관의 앞뒤에 드리우는 주옥을 꿴 술.

45) 옥패(玉佩): 왕과 왕비의 법복이나 문무백관의 조복(朝服)과 제복의 좌우에 늘이어 차던 옥. 패옥(佩玉).

게 축하하며 말했다.

"선생이 일찍이 국가에 세운 희한한 공은 이루 다 이르지 못할 것이오. 더욱이 연왕은 소년 때로부터 공적이 잦은 것은 이르지도 말고 추운 겨울을 맞아 천 리 험한 길에 짐을 찾아왔고 수군도독이 되었을 적에 고금에 무쌍한 지혜로 주빈 같은 용감한 적을 오래지 않아 초개같이 무찔렀소. 그때 짐이 연왕으로 봉하자 경이 이르기를 후에 공이 있거든 봉해 주기를 청하며 굳이 사양하므로 짐이 그친 바 있소. 그런데 이제 또 연왕이 강주를 평정했으니 하나의 왕작(王爵)을 못 주겠소? 또 지금 군무(軍務)가 찬란해 바로 연으로 향했으니 이것이 연왕에게 속한 상서로운 일이 아니겠소? 선생이 또한 천시(天時)를 알 것이니 부질없이 입술을 허비해 천명을 어기지 마오."

승상이 임금의 지당하신 말씀을 듣고 또한 문정공의 풍채가 좋고 근래에 천문(天文)을 보니 왕의 별이 당당하므로 문정공이 왕이 되는 것이 옳은 줄을 알았다. 다만 집안이 번창하고 임금의 총애가 지극한 것을 두려워해 눈물이 흐름을 깨닫지 못하고 머리를 조아려 사은하며 말했다.

"어린아이가 세운 미미한 공을 가지고 오늘 폐하의 처분이 이렇듯 과도하시고 더욱이 왕의 벼슬을 주셔서 복이 없어지는 것을 더하게 하시나이까? 이것이 늙은 신이 근심하는 바입니다."

임금께서 웃으며 말씀하셨다.

"선생처럼 천하를 통일하려는 뜻을 가진 이가 이런 녹록한 말을 하는 것이오? 연왕처럼 높게 솟은 왼쪽 이마와 용의 얼굴, 봉황의 모습을 가진 사람이 어찌 제왕(帝王)의 관상으로 적합하지 않음이 있겠소?"

드디어 옥술잔에 어온(御醞)46)을 부어 내리시니 승상이 성은이 이 같으신 데 망극해했다. 또 연왕이 만일 천명을 받지 않았다면 죽기로 다툴 것이었으나 이미 하늘의 운수가 굳게 정해졌으므로 어온을 두 손으로 받들어 다 마시고 다시 고개를 조아려 절하고 말했다.

"늙은 신이 성상(聖上)을 곁에서 도운 공이 없고 네 조정47)에서 은혜만 두텁게 입었사오니 후세 사람의 의논이 부끄럽나이다. 평생을 돌아보건대 두려움이 어찌 없겠나이까?"

임금께서 잠시 웃고 말씀하셨다.

"선생이 이 무슨 말이오? 선생의 공덕을 헤아린다면 이름을 죽백(竹帛)48)에 드리워 만세토록 전해야 할 것이니 이는 너무 과도한 말이로다."

승상이 머리를 두드려 배무(拜舞)49)하고 물러나 집으로 돌아갔다.

하객이 문에 메어 문정공이 왕으로 봉해진 것을 치하하니 승상이 기뻐하지 않으며 말했다.

"임금께서 자식의 불초함을 알지 못하시고, 자식의 작은 공으로 오늘날 큰 일이 있게 되었으니 반드시 문호를 보전하지 못할 것이라 어찌 큰 불행이 아니겠는가?"

소 상서, 장 상서, 최 상서 등 뭇 공이 치하하며 말했다.

"연왕이 제후가 될 상임은 연왕이 어려서부터 알았으나 소년 때부터 국가에 큰 공을 자주 세우고 또 이제 강주를 평정해 몸이 군왕이 되었으니 다복(多福)함은 다른 사람이 미칠 바가 아니로다."

---

46) 어온(御醞): 궁중 사온서(司醞署)에서 빚은 어용(御用)의 술.

47) 네 조정: 이관성이 제3대 황제인 성조(成祖) 영락제(永樂帝, 1402~1424)부터 제6대 현 황제인 영종(英宗) 정통제(正統帝, 1435~1449)까지 벼슬한 것을 이름.

48) 죽백(竹帛): 서적(書籍) 특히, 역사를 기록한 책을 이르는 말. 종이가 발명되기 전에 대쪽이나 헝겊에 글을 써서 기록한 데서 생긴 말.

49) 배무(拜舞): 엎드려 절하고 춤을 추는 행위로 조정에서 절을 하는 예식.

승상이 잠깐 웃고 말했다.

"뭇 형이 연로한 대신으로서 이런 근거 없는 말을 하는 것인가? 더욱이 소 형의 치하는 며느리의 뜻이 아니네. 며느리는 이 소식을 한 번 들으면서부터 식음을 폐하고 우려하고 있네. 소제가 생각하건 대 며느리가 욕심 없고 마음이 깨끗한 것이 형에게서 내린 것인가 했더니 이 말을 들으니 아비와 딸의 사람됨이 다른 것이 하늘과 땅처럼 차이가 나네그려."

소 공이 크게 웃고 말했다.

"소제는 본디 위인이 맑지 못해 사위의 영화를 기뻐하나 딸아이와 형은 기뻐하지 않으니, 내 헤아리기를 딸아이가 형의 덕을 따라 본받은 것인가 하고 먼저 말하려 했더니 형이 이 말을 하는 것인가?"

장 상서가 또한 웃고 말했다.

"조카는 평범한 사람이 아니라 얼굴을 의논하는 것은 보통 일이지만 그 덕행은 십 년을 옷 짓지 않고 십 일을 밥 짓지 않던 일을 따를 것이니 이 어찌 임금의 어엿한 짝이 아니겠는가? 이러므로 군자와 숙녀가 금(琴)과 슬(瑟)이 합쳐 여러 자녀가 하나하나 곤륜산의 아름다운 옥과 같고 더욱이 현보의 기이함은 공안(孔顔)[50]의 도덕이 가득하니 한 제후의 벼슬은 작은 일이로다."

승상이 미소를 지으며 말했다.

"며느리의 큰 덕은 형의 말 같으나 내 아들에 대해서는 거짓으로 보탠 것이 심하도다. 아들은 소년 때로부터 위인이 미치고 망령돼 취할 것이 없었으나 천우신조하여 이제 요행히 사람의 도리에 들고

---

50) 공안(孔顔): 공구(孔丘)와 안회(顔回)를 합쳐 부른 말. 공구(孔丘, B.C.551~B.C.479)는 중국 춘추시대 노나라의 사상가·학자로 자는 중니(仲尼)임. 인(仁)을 정치와 윤리의 이상으로 하는 도덕주의를 설파하여 덕치 정치를 강조하여 유학의 시조로 추앙받음. 안회(顔回, B.C.521~B.C.490)는 공자의 수제자로서, 자는 자연(子淵). 학덕이 뛰어났다고 전해짐.

미미한 공을 세워 크게 봉해졌으니 불행하지 않은가?"

소 공이 웃고 말했다.

"연왕의 너른 도량과 나라를 안정시킬 재주며 궁리하고 계획하는 기상으로 어찌 한 왕 되는 것이 마땅치 않겠는가?"

말을 마치자, 공들이 웃고 말했다.

"연왕의 기이함을 그 장인이 다 일렀으니 우리가 할 말이 없네."

소 공이 크게 웃고 장 상서와 함께 숙현당에 들어가 소 부인을 보았다. 부인이 자녀를 거느려 부친과 숙부를 맞아 인사를 마쳤다. 장 상서가 먼저 문정공이 왕에 봉해진 것을 치하하니 부인이 눈썹을 찡그리고 대답했다.

"조카가 불민한 위인으로 영화와 부귀가 분수를 넘어 밤낮으로 얇은 얼음을 밟은 듯해 근심하고 두려워했습니다. 이번에는 더욱이 미미한 공을 가지고 크게 봉해 주심을 이처럼 입었으니 조카의 옅은 복으로 어찌 제후 국모라는 외람함을 감당하겠습니까? 낮은 분수를 지키는 것이 소원입니다."

소 공이 또한 문공의 당당한 기상이 군왕이 될 상인 줄 일러 딸의 과도함을 타이르고 손자들을 어루만지며 조용히 한담하다가 돌아갔다.

이때 이 예부 흥문이 면복(冕服)을 가지고 밤낮으로 가 강주에 이르렀다. 문정공이 벼슬이 높고 낮은 장수와 병졸 들을 거느리고 십 리 밖에 나와 황제의 사신을 맞았다. 함께 관아에 이르러 공이 향안(香案)을 배설(排設)[51]하고 전지(傳旨)를 들었다. 예부가 누른 보를 열고 칙서(勅書)[52]를 내어 읽었다.

---

51) 배설(排設): 연회나 의식(儀式)에 쓰는 물건을 차려 놓음.

52) 칙서(勅書): 임금이 특정인에게 훈계하거나 알릴 내용을 적은 글이나 문서.

'예로부터 공을 상 주고 죄를 벌한 것은 떳떳한 일이었도다. 그러므로 예전에 한나라 고제가 한신(韓信)53)을 초왕(楚王)에 봉했고 우리나라 태조께서는 유기(劉基)54)를 성의백(誠意伯)에 봉하셨도다. 돌이켜 생각건대 경은 소년 때로부터 국가에 세운 공적이 한신, 유기보다 배는 더했으나 경이 맑고 깨끗해 작은 벼슬을 과도하게 사양하므로 짐이 비록 경의 군부(君父)나 그 뜻을 앗지 못했도다. 또 이제 유적(流賊)을 소멸하고 강주를 평정했으니 전후에 다섯 번 대공(大功)을 세웠도다. 경의 뜻이 비록 소나무와 잣나무 같으나 짐이 벼슬을 내리지 않는다면 후세 사람들이 시비해 짐을 그릇 여길 것이다. 특별히 경을 연왕에 봉해 왕의 벼슬을 내리니 경은 사양하지 말고 짐의 뜻을 저버리지 말라.'

공이 꿇어앉아 다 듣고는 크게 놀라 북쪽을 향해 사은하고 바야흐로 몸을 펴 예부를 대해 부모와 어른들의 안부를 물은 후에 말했다.

"내 본디 나라를 위한 마음이 주검을 말가죽에 싸려55) 했으므로 여러 번 조그마한 도적을 쳤으나 이는 모두 국가의 큰 복으로 말미암은 것이었다. 그런데 오늘날 왕에 봉해진 일은 네 아저씨의 몸을 보전하지 못하게 할 것이다. 그러니 내 차마 늙으신 부모님께 불효를 끼치겠느냐? 그러나저러나 아버님께서는 무엇이라 하시더냐?"

---

53) 한신(韓信): 중국 전한의 무장(武將, ?~B.C.196). 회음(淮陰)의 평민 집안에서 태어나 진(秦)나라 말에, 초나라를 세운 항우(項羽) 밑에 들어갔으나 항우가 자신을 미관말직으로 두자, 유방의 휘하에 들어감. 한신은 자신의 재능을 눈여겨본 유방의 부하 소하(蕭何)에게 발탁되어 유방을 도와 조(趙)·위(魏)·연(燕)·제(齊) 나라를 차례로 멸망시키고 항우를 공격하여 큰 공을 세움. 한신은 통일이 된 후 초왕(楚王)에 봉해졌으나 한 고조는 그를 경계하여 회음후(淮陰侯)로 강등시키고, 한신은 결국 후에 여태후에게 살해됨.

54) 유기(劉基): 중국 명(明)나라의 개국공신. 자(字)는 백온(伯溫). 태조를 섬긴 공으로 성의백(誠意伯)에 책봉되었음.

55) 주검을 말가죽에 싸려: 말가죽으로 자기 시체를 싼다는 말로 싸움터에 나가 살아 돌아오지 않겠다는 결의를 비유적으로 이르는 말. 마혁과시(馬革裹屍). 중국 후한(後漢) 때 장군 마원(馬援)이 한 말.

예부가 대답했다.

"조부님 또한 대궐에 처분을 기다리시며 상소를 올리셨습니다. 천자께서 조부님을 불러서 보시고 이리이리 이르시고 두텁게 위로하시니 조부님이 또한 사양하지 못하시고 물러나셨으나 다만 문호가 번창함을 근심하셨습니다."

공이 잠자코 있다가 홀연 부채로 무릎을 쳐 탄식하고 독부 위 공을 향해 군중의 큰 일을 일일이 맡기고 예부를 대해 말했다.

"군부의 명령이 비록 이와 같으시나 내 장차 무슨 몸이라고 왕이라 칭하겠느냐? 금주 고향으로 갈 것이니 조카는 부모님께 이 뜻으로 고하라."

또 조서 가운데 안무사 이성문은 몇 달을 더 머물러 고을을 안정시키고 상경하라 하셨으므로 공이 안무를 불러 경계했다.

"내 비록 고향으로 가나 몸은 무사할 것이다. 너는 조금도 아비를 염려하지 말고 국사를 힘써 다스려 나라의 은혜를 갚으라."

드디어 상소를 지어 예부에게 맡기고 천리마를 이끌어 금주로 향했다. 예부가 절해 하직하고 조금도 간하는 일이 없으니 그 마음에 그렇게 하는 것이 좋다고 똑같이 생각했기 때문이었다.

삼군(三軍)의 장졸들이 문정공이 왕에 봉해진 것을 기뻐하지 않는 이가 없다가 이 광경을 보고 놀라지 않는 이가 없었으나 홀로 호위장군 유현명은 그 높은 뜻을 칭송하고 복종했다. 하물며 군중에서 오래 모셔서 공의 사랑이 자못 두텁고 자기를 높은 손님처럼 대접했으므로 그 높은 의기와 은혜가 마음속 깊이 맺혀 연왕에게 감격하던 차였다. 그래서 연왕의 말을 따라 진문(陣門) 밖에 나와 말 아래에서 절하고 하직하며 말했다.

"대인께서 이제 소생이 하늘의 태양을 보게 하시고 홀로 봉작을 사양하셔서서 홀연히 자취를 산간에 감추시니 대인을 뵐 날이 길이 없을 것이므로 소생이 우울함을 이기지 못하겠나이다.”

공이 흡족한 모습으로 경문의 손을 잡고 일렀다.

“몇 달을 그대와 자리를 나란히 해 정이 아비, 아들에 덜하지 않았더니 내 이제 잠깐 고향으로 돌아가나 부모 시하에 있으면서 끝까지 이 뜻을 지킬 수는 없을 것이다. 영친을 복직시켰으니 그대는 경사로 갈 것이라 어찌 만나는 일이 없겠는가? 그사이에 몸을 보중하도록 하라.”

경문이 두 번 절해 사례하고 공이 말머리를 돌리니 경문의 마음이 홀연히 슬퍼 눈물이 비처럼 쏟아짐을 깨닫지 못했다. 한참이나 지난 후에 문득 깨달아 일렀다.

“내 본디 슬픔과 걱정을 두루 겪어서 이러한가? 마음이 어찌 이처럼 약해졌는가? 저가 비록 벗의 가친이요, 평소에 날 지극히 사랑했으나 내 눈물을 이토록 허비하는 것은 가당치 않다. 남이 본다면 어찌 비웃지 않겠는가?”

이에 즉시 눈물을 거두었으나 마음이 슬픈 것을 참지 못하니 이를 매우 괴이하게 여겨 아무리 생각하고 아무리 참으려 해도 연왕이 잊히지 않으니 스스로 괴이하게 여겼다.

이때 안무는 성지(聖旨)를 받들어 이에 머무르고 독부 위 공이 군사들을 거느려 회군할 때 크게 잔치를 베풀어 황제의 사신을 대접했다. 예부 홍문이 말했다.

“내 전날 유현명을 보니 매우 비범한 아이라, 불러서 보는 것이 어떻습니까?”

위 공이 웃으며 말했다.

"연왕과 안무사 현보가 유씨 집안 어린아이에게 크게 빠져 있더니 조카가 또 미혹된 것이냐? 사람으로서 차마 유영걸의 자식과 마주 앉을 수 있겠느냐?"

상서가 웃으며 말했다.

"명공은 그리 이르지 마소서. 어진 선비는 세대마다 나기 쉽지 않습니다. 성인께서 이르시기를, '허물이 있으나 고치는 것이 귀하다.'라고 하셨으니 유영걸에게 죄가 있으나 허물을 고친 후에는 이전의 죄를 일컫는 것이 옳지 않습니다. 하물며 그 아들에 이르러는 해로움이 없으니 대인은 부질없는 말씀을 하셔서 남을 미워하지 마소서."

독부가 크게 웃고 말했다.

"그대가 비록 연왕의 조카요, 현보의 사촌인들 의논이 이토록 같단 말인가? 명공네가 하도 현혹되었으니 오늘을 유씨 집 아이를 청해 보고 어찌됐든 빌어 보고자 하노라."

말을 마치고 경문을 부르라 했다. 안무가 바야흐로 미소하고 말했다.

"상사께서 유현명과 원한이 맺혀 계시니 이제 불러도 안 올 것이요, 또 오늘 잔치를 연 날이라 유가를 두고 그 아들만 부를 수 있겠습니까?"

예부가 옳다 하고 다 청했다. 모시는 자가 유 공이 머무는 곳에 가 독부와 이 상서 명령을 전했다. 유 공이 이때는 복직해 몸이 달았으므로 구구한 연고가 없어 가려 하니 경문이 정색하고 간했다.

"저 위 독부는 사람이 본디 사납고 무식해 간웅(奸雄)과 한가지입니다. 어진 선비 대접하는 예의와 도리를 모르는 위인입니다. 하물며 저자는 전날 대인과 소자를 죽이려 했는데 아버님께서 그 원한을 잇고 저와 함께 차마 마주 앉을 수 있겠나이까? 이는 차마 가지 못할 일입니다."

유 공이 옳게 여겨 가려던 마음을 그쳤다. 경문이 모시는 자를 대해 병이 있어 명령을 받들지 못한다고 일러 보냈다. 그 사람이 난간 아래에서 저 부자의 말을 듣고 돌아가 독부에게 고하니 독부가 대로해 말했다.

"제 어찌 죄를 모르고 나를 원망할 수 있겠는가? 놀랍고 이상하니 잡아다가 곤장을 치리라."

이 예부가 독부의 행동을 보고 유생이 대답하는 말을 들으려 해 웃으며 말했다.

"곤장 치는 것은 옳지 않으나 그 말이 방자하니 불러서 자세히 물어보는 것이 맞겠습니다."

독부가 노기를 누르지 못해 예부의 꾀에 속아 앞에 놓인 상을 박차고 좌우의 손을 뽐내며 무사를 명해 경문을 잡아 오라 했다.

모든 군사가 명령을 들어 유 공이 머무는 곳에 이르러 명령을 전했다. 유 공이 크게 두려워하니 경문이 웃고 말했다.

"천자께서 우리 부자의 죄를 용서해 주시고 대원수가 죽이지 않았으니 제 어찌 소자를 죽일 수 있겠나이까? 가서 그 행동을 봐야겠습니다."

그러고서 즉시 의관을 고치고 관아에 이르렀다. 위 공이 소리 질러 경문을 잡아들이라 하니 무사가 경문의 몸을 밀치려 하자 경문이 노해 말했다.

"내 이제는 독부 아문에 속하지 않으니 너희가 이처럼 못할 것이다."

즉시 들어가 난간에 서서 절을 하지 않고 일렀다.

"독부께서 소생을 무슨 연고로 부르셨나이까?"

독부가 그 행동을 보고 더욱 노해 좌우 사람을 꾸짖어 경문을 잡아 내리라 하니 경문이 웃으며 말했다.

"소생이 미관말직이나 대원수 호위장군이니 처분과 꾸짖음은 대원수께 있습니다. 상사께서 오늘 무슨 까닭으로 소생을 새로이 핍박하시는 것입니까? 소생이 일찍이 상사와 원한이 없었으나 합하께서 당초부터 소생 부자를 죄 없이 죽이려 한 것이 여러 번입니다. 알지 못하겠습니다. 우리 부자가 상사께 무슨 원한이 있나이까?"

독부가 이 말을 듣고 분노해 경문을 꾸짖었다.

"네 부자의 죄는 산처럼 높고 바다처럼 깊은 것으로도 미치지 못할 것이다. 그런데 네가 나를 면전에서 심하게 모욕했고 또 네 아비는 패군한 죄가 있어 족히 죽여도 되었으니 내 천자 조서를 받들어 도적을 치는데 패군한 장수를 못 죽이겠느냐?"

경문이 냉소하고 말했다.

"패군한 죄가 있으나 공을 세워 죄를 갚았으니 독부가 일컫는 것이 부질없습니다. 이전의 죄를 뉘우친 것으로도 미치지 못할 죄를 독부께 지은 것이 어느 때입니까? 자세히 이르시는 것이 옳고 오늘은 무슨 죄로 소생을 수레 모는 소졸(小卒) 꾸짖듯 하시는 것입니까?"

독부가 꾸짖었다.

"산처럼 높고 바다처럼 깊은 죄를 나에게 지은 것은 없다. 그러나 네 아비가 국가에 지은 죄와 남창에 가 백성에게 사납게 굴고 폐단을 지은 일은 장차 머리를 보전치 못할 죄다. 그런데도 네 한갓 담이 큰 체하고 언변 좋은 것을 자랑해 네 아비의 허물을 덮는 것이냐? 오늘은 내 너의 큰 죄를 용서하고 잔치에 참여하도록 청했으나 너는 나를 모욕하고 오지 않았다. 내 어찌해 간웅이요, 네 아비를 옆으로 보고 모로 본들 어느 면에서 어진 선비란 말이냐? 나의 청함을 들으면 마땅히 감복해 나아오기를 못 미칠 듯이 함이 옳거늘 이처럼 외람한 말을 하고 오지 않으니 너를 잡아다가 물으려 한 것이다. 네 진실로 죄가 없느냐?"

경문이 미소하고 대답하지 않으니 이 상서가 스쳐 물었다.

"오늘 독부의 노기가 과도하시나 실상은 그대가 잘못한 것이다. 벗으로만 말해도 청하면 오는 것을 늦추지 못할 것인데 하물며 흠차 독부임에랴?"

경문이 상서를 향해 절하고 바야흐로 말석에 앉아 예부를 대해 용모를 가다듬고 말했다.

"독부 위 공은 아는 바가 없는 재상이시라 소생이 말을 여는 것이 쓸모없습니다. 이런 까닭에 입을 잠그고 있었더니 황사(皇使)께서 하문(下問)하셨습니다. 소생이 또한 황사를 한 번 보니 눈썹 사이가 맑고 강직하시니 고서를 살피셔서 이치를 통달하셨을 것입니다. 평생 사무치도록 원통한 회포를 잠깐 열고자 하니 당돌함이 많으므로 죄를 청하나이다.

가친께서 어려서부터 초토(草土)56)를 지내시고 병에 걸린 적이 여러 번이라 정신이 많이 쇠모하셔서 '혼암(昏闇)' 두 글자를 면치 못하셨습니다. 중간에 국가의 큰일을 맡으셔서 정신이 많이 소모되시어 드디어 그릇하신 일이 있었으나 이는 모두 탐욕스러운 관원이 달래어 무도한 데 여러 번 드신 것이었습니다. 스스로 깨달으셔서 고향에 돌아가셨는데 경태(景泰) 황제(皇帝)57)께서 남창백으로 봉하셨

---

56) 초토(草土): 거적자리와 흙 베개라는 뜻으로, 상중에 있음을 이르는 말.
57) 경태(景泰) 황제(皇帝): 중국 명나라 제7대 황제인 대종(代宗)의 연호(1449~1457). 이름은 주

습니다. 늙은 아비가 스스로 외람함을 알지 못해 민간 여자를 뽑아 시비의 수를 채운 것이 큰 외람된 일은 아닌데, 남창 인심이 사리에 밝지 않아 늙은 아비가 감옥에 갈 때 이 일을 얽어 아뢸 적에 크게 보탠 것이 많으니 드디어 이 상서가 형벌을 몇 차례에 걸쳐 행하고 심지어 죽을죄로 계사(啓辭)[58]했습니다. 하늘과 귀신이 살피지 않는 다면 누가 능히 늙은 아비의 본뜻을 알겠나이까? 소생이 차마 앉아 서 늙은 아비가 참혹히 죽는 것을 보지 못해 더러운 글이 한 번 대 궐에 오르니 성천자께서 미미한 신하의 참혹하고 원통한 사정을 살 피시고 승상 합하께서 좋게 아뢰셔서 외롭고 쇠잔한 목숨이 태장 아 래 남아 강주의 위리안치(圍籬安置)한 죄인이 되니 길을 가는 사람 들도 눈물을 흘릴 정도였습니다. 강주에 이르니 늙은 아비가 육십 살이라 길에서의 고생과 풍토를 이기지 못해 한 병이 고황(膏肓)에 스며드니 죽음이 조석에 있었습니다. 그래서 미처 정신을 차리지 못 해 군병 점고하는 데 대령하지 못했으나 같은 사족으로서 두터운 예 로 위로하기는커녕 아비를 잡아다 매우 쳐 차가운 감옥에 가뒀으니 그 사나움은 참으로 비할 데가 없습니다. 소생이 혈기 넘친 분노를 참지 못해 두어 말을 하니 문득 아비와 소생을 매우 쳐 옥에 가두고 차관을 시켜 죽일 것을 경사에 아뢰니 만일 대원수께서 차관을 도로 데려오지 않으셨다면 우리 부자가 어찌 살아 앉아 있었겠습니까? 더 욱이 오천 명의 군사를 데리고 패해 아비가 칼 아래에 죽게 될 뻔한 목숨을 생각하면 설사 아비의 죄가 무거우나 그 자식 된 자가 차마

기옥(朱祁鈺). 제5대 황제인 선종(宣宗) 선덕제(宣德帝, 1425~1435)의 아들이며 제6대 황제인 영종(英宗) 정통제(正統帝, 1435~1449)의 이복아우임. 1449년에 오이라트족의 침략으로 정통 제가 직접 친정을 나가 포로로 잡힌, 이른바 토목(土木)의 변(變)으로, 황제로 추대됨. 정통제 가 풀려나 돌아온 뒤에도 황위를 물려주지 않다가 정통제를 옹립하려는 세력이 일으킨 정변으 로 폐위되고 폐위된 지 한 달 후에 급사함.

58) 계사(啓辭): 논죄(論罪)에 관하여 임금에게 올리던 글.

그 아비 죽이려 하던 자를 마주하겠나이까? 이런 까닭에 접때 부르시는 명을 듣고 늙은 아비가 천성이 시원스러운 데다 예전의 한을 생각하지 않아 이에 이르려 했으나 과연 소생이 막아 오시지 못하게한 것입니다.

황사께서는 또한 경서를 읽으셨을 것이니 부자의 대의(大義)로 아비가 비록 그르나 자식이 되어 아비 해친 원수를 잊을 것이며 더욱이 가친의 죄 없음이 백옥에 티 없는 것과 같음에랴? 소생이 비록 어리석으나 대원수께서 호위장군 인(印)을 주시고 천자께서 아비를 복직시키셨으니 이제는 아비가 강주의 죄인이 아닙니다. 그런데 독부께서는 무슨 까닭에 철없이 호령하시고 잡아 꿇리려 하니 전날에는 독부 군대의 소졸(小卒)이었으나 이제는 군문에 몸이 매이지 않았으니 섬돌 아래에서 몸을 굽혀 긴 꾸지람을 듣겠나이까? 이러므로 그 명령을 받들지 못하는 것입니다. 황사께서는 소생의 당돌함을 용서하소서."

말을 마치자 엄정한 기상이 추상같았다. 좌우의 사람들이 칭찬해 복종하고 위 공은 정색하고 성을 내 말했다.

"족하의 말이 비록 말로는 그럴듯하나 그 실상은 적도다. 영친의 허다한 허물을 족하의 물 흐르는 듯한 언변이 아니었다면 어찌 두루 무마했겠는가? 족하는 스스로 생각하고 이 늙은이를 너무 모욕하지 말라. 이 늙은이는 사납거니와 영친의 행동은 공자 문하의 칠십 제자의 행실과 같은가? 승상을 할 적에 밖에서 뇌물 받은 것이 이루 헤아릴 수 없고 시골에 물러났을 적에 사족 부녀를 청천백일 아래 겁탈하고 높이 대를 쌓아 음악 소리가 그칠 때가 없었다. 형부상서가 되었을 적에 고금에 드문 숙녀를 사지에 넣고 귀양 갔을 때에는 몸이 죄인이 되어 풍악과 미첩(美妾)을 껴 술을 마셨으니 어느 곳이 아름답다 할 수 있겠는가? 요행히 연왕의 높은 덕에 힘입어 조그만 공을 이루니 뜻이 크고 몸이 높아 말이 이처럼 시원하나 네 아비의 소행은 아는 사람들로 하여금 입에서 단침이 나오게 할 정도로 의논하게 할 만하다."

말을 마치고 한바탕 박장대소를 했다. 이때 이 예부는 경문의 말을 듣고 경문이 그 아비를 기리는 것을 보고는 한편으로는 웃음이 나고 그 위인을 존경해 미미히 웃었다. 독부의 말이 그치자 급히 말려 말했다.

"대인께서는 예로부터 성품이 너무 매섭고 굳세셔서 오늘도 참지 못하셨으나 유 공자의 말이 지극히 옳으니 불안한 말씀을 그치소서."

그러고서 드디어 경문의 손을 잡고 칭찬해 말했다.

"그대의 세상을 뒤덮을 만한 탁월한 재주와 빼어난 풍채를 들은 지 오래나 오늘 낮을 서로 보니 이처럼 특이해 속된 사람이 아닌 줄 알았겠는가? 그대의 말이 자못 이치가 있어 우리가 우러러 칭찬함을 참지 못하니 어찌 감히 흠을 잡겠는가? 독부가 원래 천성이 매섭고 맹렬하시나 피차 유학의 한줄기요 한 나라의 신하이고, 더욱이 군대에서 서로 따라 큰 공을 이뤘으니 그대는 작은 한을 맺지 말고 좋게 온화한 기운을 이루는 것만 같지 못하도다."

경문이 사례해 말했다.

"명공께서 위로하시는 말씀은 받들어 감당하지 못하겠습니다. 그러나 위 공과 좋게 지내는 데 이르러서는 소생이 비록 숙맥불변(菽麥不辨)[59]이나 행하지 않을 것입니다. 부모를 해친 원수와는 하늘을

---

59) 숙맥불변(菽麥不辨): 콩인지 보리인지를 구별하지 못한다는 뜻으로, 사리 분별을 못 하고 세상 물정을 잘 모름을 이르는 말.

서로 함께하지 못할 것이니 더욱이 한 자리에서 마주해 즐기며 웃겠나이까?"

말을 마치자 길이 절하고 홀연히 나갔다. 상서가 경문을 진심으로 매우 존경해 독부를 돌아보아 말했다.

"대인께서 어찌하여 저 같은 군자와 원한을 심하게 맺은 것입니까? 이 사람은 지금 세상에 있지 않은 군자입니다."

독부가 웃고 말했다.

"저와 원한을 맺었으나 내가 저에게 아첨할 일은 없으니 꿈 같도다."

상서가 말했다.

"저 말씀을 이리 마소서. 장래에 혹 저에게 비실 일이 있을 줄 어찌 알겠나이까?"

독부가 크게 웃고 말했다.

"성보는 천 리 밖에서 현보의 말을 자세히도 배웠구나. 현보의 말이 이전에 이와 같았는데 또 조카의 말이 이와 같구나. 내게 구태여 딸이 없고 내 벼슬이 총재에 이르렀으니 유씨 자식이 왕에 봉해져도 내가 빌 일은 없다."

상서가 역시 크게 웃었다.

이날 밤에 상서가 안무와 침소를 함께해 이별의 정을 일렀다. 안무가 모친의 안부를 자세히 묻는데 끝에 상서가 웃으며 말했다.

"아우가 어찌 처자의 안부는 묻지 않느냐?"

안무가 웃으며 말했다.

"형은 이따금 이처럼 괴이한 말씀을 하십니까? 임 씨에게 병이 들었다는 소식이 없으니 평안한 줄을 알 것입니다. 그러니 괴로이 물어 무엇이 시원하겠나이까?"

상서가 크게 웃었다. 그러고서 유생을 청해 함께 술을 마셨다. 안무는 유생과 친한 벗이 된 지 오래지만 상서 또한 경문을 지극히 사랑해 말했다.

"학생이 비록 위인이 어리석어 취할 것이 없으나 한 조각 군자 사랑하는 마음은 아내를 잊는 데 미쳤소. 오늘 그대를 보니 만고(萬古)에 한 사람이므로 많이 사랑하니 족하는 더럽다 마시고 훗날 경사에 이르러 서로 관포(管鮑)의 지기를 이르는 것이 어떠하오?"

경문이 두 손을 맞잡아 사례해 말했다.

"명공께서 조정의 중신으로서 소생처럼 천한 사람을 보시고 이처럼 두텁게 대해 주시니 비록 흙과 나무와 같은 마음인들 감격할 줄을 모르겠나이까? 마땅히 높은 의기를 띠에 새겨 잊지 않겠나이다."

상서가 매우 기뻐 경문을 친하게 여겨 사랑하는 것이 지극한 정성에서 우러나오니 경문이 저의 의기에 그윽이 감동함을 이기지 못했다.

이튿날 대군이 움직이니 안무가 십 리 밖 장정(長亭)[60]에 가 배송한 후 관아로 돌아오고 경문은 부친과 함께 남창으로 갔다.

위 독부가 밤낮으로 길을 가 경사에 이르니 천자께서는 문정공이 이르는가 여기셔서 남쪽 교외에 나와 맞으셨다. 이미 구름 같은 허다한 어막(御幕)[61]을 배설(排設)[62]한 가운데 황룡과 봉황을 그린 깃발이 어지럽게 나부꼈다. 독부가 황망히 말에서 내려 임금 앞에 이르러 머리를 조아려 배무(拜舞)하고 산호만세(山呼萬歲)[63]를 부르니

---

60) 장정(長亭): 먼 길을 떠나는 사람을 전송하던 곳.
61) 어막(御幕): 임금이 쓰는 장막.
62) 배설(排設): 연회나 의식(儀式)에 쓰는 물건을 차려 놓음.
63) 산호만세(山呼萬歲): 나라의 중요 의식에서 신하들이 임금의 만수무강을 축원하여 두 손을 치켜들고 만세를 부르던 일. 중국 한나라 무제가 숭산(嵩山)에서 제사 지낼 때 신민(臣民)들이

임금께서 급히 물으셨다.

"연왕은 어디에 있는가?"

위 공이 미처 대답하지 않아서 이 상서가 문정공의 상소를 받들어 나아와 네 번 절하고 임금 앞에 바쳤다. 천자께서 크게 놀라셔서 뜯어 보시니 내용은 다음과 같았다.

'미천한 신하 정남대원수 문정공 이몽창은 성황성공(誠惶誠恐)[64]하고 고개를 조아려 백 번 절하고 황제 폐하께 표를 올리나이다. 신이 황제 폐하의 명령을 받들어 군대의 장졸을 거느려 강서에 이르러 진실로 국가에 큰 복이 있고 장수들이 힘써 싸운 덕에 작은 도적을 무찔렀으니 이는 모두 폐하의 복입니다. 그런데 이제 폐하께서 재주 없는 미천한 신으로써 연나라에 봉하셨으니 신이 그 소식을 한 번 듣고서 심담(心膽)이 무너지는 것을 면치 못해 정신과 혼백을 추스르기 어려워 북쪽을 바라보고 통곡해 감히 어전을 더럽히나이다.

신이 본디 재주가 없는데 선제(先帝)로부터 뽑혀 소년 시절에 영화와 부귀를 누린 것이 분수 밖인 데다 약관(弱冠)에 문정후에 봉해지고 서른에 문정공에 봉해져 금자옥대(金紫玉帶)[65]를 하고 봉읍(封邑)에서 산물이 나오니 이는 진실로 복을 없어지게 하는 데 가까웠습니다. 성은이 망극하고 신이 용렬해 사리에 밝지 못해 분수에 넘은 줄을 알지 못하고 즐긴 것이 족했거늘 이제 연왕이 되어 큰 나라에 도읍하게 되었습니다. 신이 비록 사리에 어두우나 분수없는 일을 참람하게 당해 이모지년(二毛之年)[66]이 넘었는데 남은 나이를 못 살

만세를 삼창한 데서 유래함.

64) 성황성공(誠惶誠恐): 진실로 황공하다는 뜻으로, 임금에게 올리는 글의 첫머리에 쓰는 표현.

65) 금자옥대(金紫玉帶): 금자(金紫)는 금인(金印)과 자수(紫綬)로, 금인은 관직의 표시로 차고 다니던 금으로 된 조각물이고 자수는 고위 관료가 차던 호패(號牌)의 자줏빛 술임. 옥대는 임금이나 관리의 공복(公服)에 두르던, 옥으로 장식한 띠임.

아 노년의 어버이에게 서하지탄(西河之歎)[67]을 끼치고 문호를 보전하지 못하게 하겠나이까?

아! 군부께서 해와 달처럼 자상하시거늘 미천한 신하의 사정을 살피지 않으시는 것이 이와 같으시나이까? 신이 조그만 공도 없이 조정에서 은혜를 망극히 받았으나 터럭 끝도 갚은 것이 없으니 평생을 보건대 부끄러움이 낯 둘 땅이 없습니다. 그런데 이제 장수와 병사들이 충성을 다하고 힘을 다해 조그만 도적을 평정한 것이 문득 신의 공이 되어 참람되게 군왕이 되었습니다. 신이 하늘을 두려워해 한 필 나귀를 이끌어 흰 갈매기와 벗이 되려 합니다.

반년을 전쟁터에서 분주히 다녀 겨우 도적을 무찌르고 돌아갈 마음이 살같이 바빠 폐하와 어버이 앞에 이를까 했더니 세상일이 뜻과 같지 않아 물과 뫼 가운데 몸을 버리게 되어 진실로 길을 가는 중에 몸이 쓰러질지 알 수가 없겠습니다. 머리를 돌려 경사를 슬피 바라보니 폐하의 얼굴이 귀와 눈을 놀라게 하므로 한 치 마음이 에는 듯합니다. 신의 아비가 나이 들어 늙어서 마음이 굳지 못해 성지(聖旨)를 다투지 않았으니 신이 이제 임금의 명령을 어긴 죄는 만 번 죽어도 오히려 가볍습니다. 그러나 또 근본을 생각하니 군부의 명령만 좇아 문호를 생각지 않을 수 있겠나이까? 신이 이제 죽기를 무릅써 한 편의 상소를 올리고 몸을 초목과 함께 깃들이게 되니 천명을 거역한 죄는 만 번 죽어도 오히려 가벼워 황공히 죄를 기다리나이다.'

임금께서 다 보시고 크게 탄식하며 말씀하셨다.

---

66) 이모지년(二毛之年): 흰 머리털이 나기 시작하는 나이라는 뜻으로, 32세를 이르는 말.

67) 서하지탄(西河之歎): 서하(西河)에서의 탄식이라는 뜻으로 부모가 자식을 잃고 하는 탄식을 이름. 서하(西河)는 지금의 섬서성(陝西省) 한성현(韓城縣)에서 화음현(華陰縣) 일대. 중국 춘추시대 공자의 제자 자하(子夏, B.C.508?~B.C.425?)가 공자가 죽은 후 서하(西河)에 은거하고 있었는데 그 자식이 죽자 슬피 울어 눈이 멀었다는 데서 유래함.

"연왕의 소나무, 잣나무와 같은 절개는 안 지 오래되었지만 어찌 이토록이나 할 줄 알았겠는가?"

즉시 승상을 가까이 부르셔서 탄식하며 말씀하셨다.

"연왕의 높은 뜻이 이러하니 장차 어찌하면 좋겠소?"

승상이 고개를 조아려 말했다.

"몽창의 도리로 이와 같이 행동한 것은 일리가 있으니 신이 아비 된 것이 부끄럽습니다. 입이 있으나 아뢸 말씀이 없나이다."

임금께서 깊이 생각하다가 말씀하셨다.

"연경의 마음을 돌이키는 것은 경이 아니면 못 할 것이니 이리이 리 하는 것이 어떠하오?"

승상이 대답했다.

"몽창이의 마음이 굳으니 직명을 환수하시고 폐하께서 부르신다 면 밤낮을 잊고 올 것이니 성상께서는 살피소서."

임금께서 이에 노해 말씀하셨다.

"연왕이 임금의 명령 거역한 것을 경이 타이르지 않고 이처럼 돋 우려 하니 짐을 너무 심하게 업신여기는 것이 아니오?"

말을 마치고 안색이 매우 좋지 않으시니 승상이 바삐 자리를 떠나 죄를 청해 말했다.

"몸이 신하가 되어 죽을 땅이라도 거역하지 못할 것인데 더욱이 영화의 길을 사양하겠나이까? 전교(傳敎)대로 하겠나이다."

임금께서 이에 크게 기뻐하셨다.

그리고 위 공을 승상에 임명하시고 많은 장수와 사졸 들에게 차례 로 벼슬을 더하시고 궁으로 돌아가셨다.

승상이 또한 본부에 돌아가니 일가 사람들은 문정공이 오지 않은 것에 낙심했다. 유 부인이 이에 말했다.

"몽창이가 만일 왕에 봉해지는 것이 천명이 아니라면 관성이가 죽기로 사양했을 것인데 몽창이가 어찌 이를 알지 못하고 괴이한 행동을 한 것이냐?"

승상이 대답했다.

"몽아가 또한 모르지 않으나 스스로 영화와 총애가 과분한 것을 두려워해서이니 마땅히 사람을 보내 불러오는 것이 좋겠습니다."

드디어 서간을 닦아 시노 소연에게 명령해 금주로 보냈다. 승상이 비록 공의 처사가 옳은 줄을 아나 길에서 고생하며 몸이 많이 상할까 근심해 편지글을 매우 엄정하게 해서 보냈다.

이때 공이 노새를 몰아 금주에 이르러 선영에 배알하고 본댁에 머무르며 세상일이 뜻과 같지 않아 자기가 군왕이 된 것을 탄식했다. 산 위를 우러러 높은 봉우리, 수많은 골짜기와 울창한 소나무, 잣나무를 보고 감회에 젖어 말했다.

"한 몸이 저 솔과 같지 못하고 마음이 저 높은 봉우리만 못해 헌신짝 같은 공명을 이처럼 마음에 두어 뜻을 펴지 못하는가?"

그러고서 길이 슬퍼 북쪽을 바라보아 임금과 어버이를 생각하는 마음이 일일여삼추(一日如三秋)였다.

두어 날 후에 시노 소연이 북경으로부터 이르러 승상의 편지를 올렸다. 공이 크게 반겨 공경하는 자세로 편지를 뜯어 보니 다음과 같은 내용이었다.

'내 본디 불초해 자식을 가르치지 않았으나 네 다섯 살 때부터 경서를 읽어 자못 임금과 신하의 의리를 알 것이다. 이제 성상께서 너를 왕으로 봉하신 것이 은택이 과도하나 운수가 정해졌으니 무익한 사양이 부질없다. 또한 사양해도 대궐에 엎드려 상소를 올릴 것이거늘 국가의 중요한 임무를 몸에 실어 가지고서 행적이 홀연해 가볍게 상소를 용정(龍廷)에 던져 임금을 업신여겼으니 내 참으로 너 때문에 부끄럽구나. 네 마음이 굳다면 한 말을 하고 금주 묘 아래에서 늙어 죽어 다시 대궐을 더럽히지 말고 아비가 있음을 알지 마라.'

공이 다 보고 크게 놀라며 두려워 소연에게 연고를 물으니 소연이 대답했다.

"다른 일은 알지 못하나 천자께서 남쪽 교외에 가셔서 어르신을 맞으셨으나 어르신이 와 계시지 않으므로 크게 낙심하셨나이다. 승상 어르신께서는 어르신이 임금의 명령을 저버린 것에 노하셔서 소복(小僕)에게 단단히 명령해 보내며 이르시기를, '만일 오지 않거든 서간을 받지 말고 빨리 돌아오라.'라고 하셨나이다."

공이 가슴이 아파 길이 탄식하며 말했다.

"임금님과 아버님의 엄한 명령이 이와 같으시니 내 죽을 일인들 어찌 사양하겠는가?"

드디어 천리마를 이끌어 말이 앞에 이르자 날래게 말에 올라 소연에게는 뒤쫓아 오라 하고 밤낮으로 가 경성에 이르렀다. 공은 부친의 엄정함을 알았으므로 감히 바로 들어가지 못해 문밖에서 처벌을 기다리며 자신이 온 것을 아뢰었다.

일가 사람들이 크게 놀라 반기고 백문 등의 아이들이 뛰놀며 바삐 나가 공을 보았다. 승상이 또한 그 효성으로 자신의 뜻을 좇은 것에 기뻐해 즉시 공을 불렀다. 공이 다행함을 머금고 들어가 섬돌 아래에서 벌을 청하니 승상이 말했다.

"네가 폐하의 명령을 거역한 죄는 막중하나 만 리 밖 전쟁터에서 말을 달린 지가 오래라 내 부자 사이의 정이 약함을 면치 못하고 할머님께서도 불안해하시니 빨리 당에 오르라."

공이 두 번 절해 사례하고 당에 올라 예를 마치고 자리에 나아갔다. 형제들이 일시에 이별의 회포를 이르고 공이 또한 즐겁고 온화한 기운이 얼굴에 가득해 분위기를 도왔다. 이에 소부공 이연성이 웃고 말했다.

"너의 기상이 비범한 줄은 안 지 오래나 이처럼 청춘에 군왕이 될 줄 알았겠느냐?"

공이 눈썹을 찡그리고 말했다.

"조카가 불행해 오늘 위태로운 시절을 만났으니 참으로 심사가 우울해 아녀자의 울음을 면치 못할 것입니다. 그러다 숙부의 말씀을 들으니 마음이 요동치나이다."

승상이 문득 경계해 말했다.

"고어에 이르기를, '하늘이 주는 것을 취하지 않으면 도리어 그 재앙을 받는다.'[68]라고 했으니 너처럼 재주 없고 자질이 둔한 사람이 군왕이 된 것은 천명이 아니면 안 되었을 것이다. 하늘의 운수가 정해져 있으니 한갓 사람의 힘으로 어찌하겠느냐? 내 아이는 또한 인사(人事)를 알 것이니 부질없는 근심을 하지 마라."

공이 고개를 조아리고 엎드려 말했다.

"밝으신 가르침이 지극히 마땅하시나 또한 생각건대 소자가 무슨 몸이라고 왕이라 칭할 수 있겠습니까? 생각할수록 의혹됨을 이기지 못하겠나이다."

하남공이 탄식하며 말했다.

"내 일찍이 다섯 살 때부터 맑은 마음을 지녀 소부(巢父),[69] 허유

---

68) 하늘이~받는다: 사마천의 『사기(史記)』, <회음후열전(淮陰後列傳)>에 나오는 말로, 괴철(蒯徹)이 한 고조 유방에 의해 제나라 제후로 봉해졌던 한신(韓信)에게, 제나라가 한나라·초나라와 삼분할 것을 권유하며 한 말.

69) 소부(巢父): 중국 요(堯)임금 때의 은사(隱士). 요 임금이 천하를 주려 했으나 거절하고 요성(聊城)에서 은거하며 방목(放牧)하면서 일생을 마침. 산속에 숨어 세상의 이익을 돌아보지 않고 나무 위에 집을 지어 그곳에서 잤다고 하여 소부(巢父)라 불림.

(許由)70)를 흠모했으나 세상일이 능히 마음과 같지 않아 큰 궁궐에 거처해 몸이 왕이 되고 헌면(軒冕)71)과 곤룡포를 하니 괴로운 마음이 가득했다. 스스로 처하기를 공변되게 하고 다른 사람이 칭찬해도 공변되게 처하라는 말이 있으나 자연히 그렇게 되지 않았으니 밤낮으로 지극히 괴롭고 싫었다. 그런데 또 생각건대 천명이 아니라면 이렇지 않았을 것이므로 혹 마음을 놓는 적이 있었으니 아우는 너무 조급하게 굴지 마라."

승상이 말했다.

"몽현이의 말이 옳으니 몽창이는 모름지기 명심하고, 몸이 비록 왕이 되었으나 뜻을 갈수록 낮추는 것이 옳은가 한다."

공이 명령을 들었으나 매우 즐기지 않아 넓은 눈썹을 찡그리고 손을 꽂아 단정히 앉았다. 가을하늘 같은 기상이 있어 공을 바라보면 두려울 정도이니 좌우의 사람들이 칭찬해 복종하지 않는 이가 없었다.

다음 날 공이 대궐에 나아가 처벌을 기다리고 표를 올려 사양하니 임금께서 공이 상경한 것을 매우 기뻐하셔서 바삐 내시를 시켜 공을 부르셨다. 공이 조복(朝服)을 갖추고 사신을 따라 태극전에 이르러 사은숙배(謝恩肅拜)72)를 마치니 임금께서 기쁜 빛으로 전쟁터에서 말 달린 것을 위로하시고 왕의 벼슬을 사양하는 뜻을 물으셨다. 공이 고개를 조아리고 절하고서 아뢰었다.

"신의 위인이 용렬한 것은 폐하께서 밝게 아실 것입니다. 이번에 강서를 평정한 것은 국가의 큰 복으로 장졸들이 힘을 다해서 그런

---

70) 허유(許由): 중국 요(堯)임금 때의 현인. 자는 무중(武仲). 요임금이 천하를 그에게 물려 주려 했으나 거절하고 기산(箕山)에 들어가 은거함. 요임금이 또 그에게 관직을 주려 하자 그 말이 자기의 귀를 더럽혔다며 곧 영수(潁水) 가에서 귀를 씻음.

71) 헌면(軒冕): 고관이 타던 초헌과 머리에 쓰던 관.

72) 사은숙배(謝恩肅拜): 임금의 은혜에 감사하며 공손하고 경건하게 절을 올리던 일.

것인데 폐하께서는 무슨 까닭으로 신을 연나라에 쉽게 봉하신 것입니까? 신이 한 번 전교를 들으니 참으로 놀라 몸을 중들 사이에 던져 인간 세상을 사절하려 했나이다. 그런데 아비가 성은을 일컬어 신을 불렀으므로 이에 이르렀으나 신이 차마 '연왕' 두 자의 명령을 받들지는 못할 것입니다."

임금께서 잠자코 계시다가 말씀하셨다.

"옛사람은 임금이 주는 것은 개나 말이라도 사양하지 않았거늘 경은 또 이치에 통달하고서 짐을 이처럼 업신여기는 것인가? 하물며 천자는 희롱하는 말이 없으니 짐이 비록 현명하지 못하나 천하의 임자가 되어 조정 신하들을 대해 두 번 말을 고치겠는가?"

공이 황공해 바삐 벌주시기를 청하며 옥섬돌에 머리를 두드려 피눈물을 흘려 몇 번을 사양하니 임금께서 내시를 시켜 공을 붙들어 나가라 하셨다. 그리고 예부에 명령해 택일해 공을 왕으로 봉하라 하시고 성 남쪽 몇 리에 큰 궁궐을 장만해 주라 하셨으며 궁비(宮婢) 수백 명을 뽑으라 하셨다. 공이 더욱 초조해 대궐에 엎드려 상소를 올리니 임금께서 중서성(中書省)[73]에 명령해 받지 말라 하셨다. 공이 할 수 없이 다시 표를 올려 말했다.

'미천한 신의 부모는 나이가 많고 앞날이 짧으니 신 등이 밤낮으로 노심초사해 노래자(老萊子)[74]의 색동옷을 본받으려 하였거늘 차마 집에서 벗어나 슬하를 떠나겠나이까? 엎드려 바라건대 폐하께서는 신의 간절한 마음을 살피셔서 빈 명호를 빌려주실지언정 어버이

---

73) 중서성(中書省): 중국 수나라·당나라·송나라·원나라 때에, 일반 행정을 심의하던 중앙 관아. 삼국 시대에 위(魏)나라에서 처음 두었으며, 원나라 때에 상서성으로 고쳤다가 명나라 초기에 없앰.

74) 노래자(老萊子): 중국 춘추시대 초(楚)나라의 인물. 노래자는 칠십이 되었어도 모친을 위해 오색 무늬의 색동옷을 입기도 하고 물을 받들고 당에 올라가다가 일부러 미끄러져 어린아이의 울음소리를 내기도 하며 모친을 즐겁게 했다고 함.

의 남은 삶을 돌보게 하소서. 더욱이 궁비의 일로 아뢴다면 지금 신에게 있는 여종으로 족하니 궁비를 다 뽑는 부끄러운 일을 개의치 않을 수 있겠나이까? 엎드려 바라건대 성상께서는 살피소서. "

임금께서 그 지극한 소원을 막지 못해 허락하시니 공이 사은하고 물러났으나 마음속이 불쾌함을 이기지 못했다.

흠천관(欽天官)이 택일하고, 정해진 날에 임금께서 예부를 시켜 행렬을 갖추도록 해 교방(敎坊)의 어악(御樂)을 대동해 유 부인에게 헌수(獻壽)[75]하도록 명하셨다. 또 소 부인에게 연나라의 정비(正妃)에 봉하시고 적의(翟衣)[76]와 관(冠)을 내려 주셨다.

예부상서 이흥문이 성지(聖旨)를 받들어 일일이 절차를 차렸다. 시각이 다다르니 이씨 집안의 외헌(外軒)에 구름 같은 차일(遮日)과 비단자리가 눈을 부시게 하는 가운데 만조백관 중에 어느 누가 모이지 않겠는가? 술잔을 몇 차례 날려 웬만큼 취하자, 예부상서 이흥문이 금포옥대(錦袍玉帶)[77]를 하고 면복(冕服)을 들어 좌중에 나아가 문정공에게 취품(就稟)[78]하니 황실의 여러 왕들이 한꺼번에 몸을 일으켜 팔을 밀어 인사했다. 문정공이 눈썹을 찡그리고 천천히 일어서서 구장면복(九章冕服)[79]을 갖춰 북쪽 대궐을 향해 머리를 조아려 네 번 절하고 승상 앞에서 두 번 절했다.

승상이 왕을 데리고 내당에 들어가 유 부인을 뵈니 소후가 또한

---

75) 헌수(獻壽): 환갑잔치 따위에서, 주인공에게 장수를 비는 뜻으로 술잔을 올림.

76) 적의(翟衣): 나라의 중요한 의식 때 왕비가 입던 예복. 붉은 비단에 청색의 꿩을 수놓아 만들었음.

77) 금포옥대(錦袍玉帶): 비단 도포와 옥으로 만든 띠.

78) 취품(就稟): 웃어른께 나아가 여쭘.

79) 구장면복(九章冕服): 구장은 임금의 면복(冕服)에다 놓은 아홉 가지의 수(繡). 의(衣)에는 산(山), 용(龍), 화(火), 화충(華蟲), 종이(宗彝)를 수놓고 상(裳)에는 마름(藻), 분미(粉米), 보(黼), 불(黻)을 수놓았음. 면복은 면류관과 곤룡포를 아울러 이르던 말.

복색을 갖춰 부부가 쌍으로 유 부인에게 절했다. 공의 시원스러운 기상과 부인의 엄숙한 태도는 진실로 군왕과 왕후의 모습이 있었다. 좌우 사람들이 눈을 쏘아 기이하게 여기고 유 부인도 비록 기쁨을 이기지 못했으나 가문이 너무 번창한 것을 두려워하고 옛일을 느껴 슬퍼하는 눈물이 뚝뚝 떨어졌다. 이에 일렀다.

"노인의 명이 질겨 오늘 이와 같은 경사를 보았으나 돌이켜 생각해 보면, 시부모의 자취가 아득한 것은 이르지도 말고 선군(先君)이 벌써 황천 아래의 사람이 되어 그림자가 묘연하니 늙은 어미의 마음이 나무나 돌이 아니라 어찌 참을 수 있겠느냐?"

말을 마치자 무수한 눈물이 수건을 적셨다. 왕이 역시 조부의 은택을 생각해 슬피 느끼는 뜻이 흘러넘쳐 아득히 두어 줄 눈물이 용포에 떨어지는 것을 깨닫지 못했다. 승상 형제가 오열해 피눈물이 흰 도포 소매에 아롱지는 것을 깨닫지 못했다. 다만 왕의 부부를 데리고 가묘(家廟)에 올라 다과를 벌여 놓고 향을 꽂아 축문을 태우니 속절없는 향내가 사당에 가늘게 피어오를 뿐이고, 검은 신주(神主)[80]가 처량했으니 참으로 마음이 느꺼움을 알 수 있었다. 하남공과 연왕 등 여러 사람이 슬피 눈물을 하염없이 흘렸다. 승상이 눈물이 무수해 기운이 거슬려 올라 피를 토하고 거꾸러졌다. 이에 여러 남자들이 황급히 구하니 한참 후에야 겨우 인사를 차렸다. 이때 승상의 서제(庶弟) 문성이 급히 돌아와 아뢰었다.

"태부인께서 큰어르신이 혼절하셨다는 말씀을 들으시고 이곳으로 향하려 하십니다."

승상이 이 말을 듣고 놀라 급히 가묘(家廟)에서 내려와 죽설각에

---

80) 신주(神主): 죽은 사람의 위패.

이르렀다. 이때 부인은 승상이 혼절했다는 말을 듣고 심신이 놀라고 정신이 없어 옥가마를 놓아 바야흐로 사당으로 향하려 하던 중이었다. 그러다가 승상이 오는 것을 보고 놀라고 기뻐하며 말했다.

"우리 아이가 아까 정신이 혼미했다 하더니 어느 사이에 쉽게 깨어난 것이냐?"

승상이 대답했다.

"아이들이 잘못 와전한 것입니다. 소자가 어찌 기절할 까닭이 있겠습니까?"

유 부인은 승상의 말이 온화했으나 혈흔이 남아 이목을 가리지 못하고 또 승상의 안색이 슬펐으니 승상이 오열했음을 알고 도리어 염려가 깊어 안색을 슬피 고치고 위로해 말했다.

"오늘을 맞이해 비록 심담(心膽)이 꺾어지는 듯하나 너의 부친은 인간 세상에 흠 될 것이 없이 오복(五福)을 누리고 나이 칠순에 세상을 떠났으니 남은 한이 없다. 그래도 사람의 자식으로서는 느꺼울 뿐이겠지만 너는 속절없이 슬퍼해 늙은 어미를 버리려 하는 것이냐?"

승상이 고개를 조아리고 절해 말했다.

"제가 어찌 그처럼 하겠나이까? 자연히 마음이 끊어지는 듯했으나 참도록 하겠나이다."

하남공 등이 또한 대의(大義)를 들어 간(諫)하니 승상이 안색을 거두었다. 바야흐로 유 부인에게 헌수하고 하남공 등이 차례로 헌수를 마쳤다. 그리고서 밖으로 나가 자리를 정하고 상을 들어 주인과 손님이 수저를 들었다. 이날 날씨는 청명하고 맑은 바람은 주렴(珠簾)을 살랑였으니 이 참으로 태평 군왕이 즉위하는 날다웠다. 뭇 손님이 각각 말을 해 승상에게 치하하니 승상이 탄식하고 말했다.

"오늘의 경사는 폐하의 은혜가 넓고 큰 데서 비롯된 것입니다. 참으로 기쁘다 할 것이나 학생의 마음이 끊어지는 것은 이르지도 말고 지하의 죽은 아우[81]를 생각하면 슬픔이 날로 더하니 어찌 기쁜 줄을 알겠습니까?"

뭇 백관이 위로하고 자리에 있던 초왕이 웃고 일렀다.

"오늘 연왕의 복색과 행동을 보니 참으로 아름다우니 연왕이 된 것이 어찌 하늘의 뜻이 아니겠는가? 더욱이 적자녀(適子·女)[82] 오자 이녀와 서자(庶子) 두 사람과 서녀(庶女) 두 사람이 낱낱이 곤륜산의 아름다운 옥과 같으니 복록(福祿)이 다 갖추어진 것을 치하하노라."

왕이 눈썹을 찡그리고 겸손히 사양해 말했다.

"오늘 일은 성상(聖上)께서 정성으로 살핀 뜻을 두셔서 마지못한 것이나 조카의 마음은 불행함이 가득하니 숙부의 치하는 귀 밖에 들립니다."

좌우의 사람들이 크게 웃고 그 청렴하고 정직한 모습을 칭송했다. 임 승상 자명이 이에 웃으며 말했다.

"오늘 연궁에 즉위하는 날을 맞아 현보가 있지 않은 것이 흠이로다. 그렇다면 현보의 아우들을 불러 대신하게 하는 것이 어떠한가?"

왕이 자신의 손을 맞잡고 대답했다.

"용렬한 아이들이 높은 눈을 더럽힐 따름이니 볼 만한 것이 있겠나이까?"

임 공이 웃으며 말했다.

"원래 그대의 집 기이한 풍습이 아들이 장가가기 전에는 남에게 보여주지 않으니 그 어찌 된 일인고?"

좌우의 사람들이 모두 일렀다.

---

81) 죽은 아우: 북흉노와의 전투에서 죽은 이한성을 이름. <쌍천기봉>에 이 이야기가 등장함.
82) 적자녀(適子·女): 처에게서 난 자식.

"우리가 비록 학식이 더러우나 오늘 대왕의 좋은 모임에 이르렀으니 또한 대왕의 덕이 어지신 줄을 알 수 있습니다. 원컨대 공들의 영랑(슈郞)을 다 내어 보여 우리의 무딘 눈을 상쾌하게 하소서."

왕이 사례해 말했다.

"공들이 다 조정의 중신들로서 이 무슨 말씀입니까? 어린아이들을 어른들 앞에 뵙도록 하는 것을 어렵게 여기나이다."

말을 마치고 서당에 가 모든 공자를 불러오라 했다. 잠시 뒤에 뭇 공자들이 푸른색의 도포와 당건(唐巾)[83]으로 일제히 나아와 좌중에 절하고 말석에 시립(侍立)했다. 이때 하남공의 여섯 아들이 다 강보를 면했는데 그중에 다섯째아들 진문의 나이가 열두 살이고 여섯째아들 유문이 열 살이었으니 다 풍채가 당당한 장부로서 행동거지에 어른의 모양이 있었다. 그 나머지 층층한 아이들이 낱낱이 곤륜산의 아름다운 옥과 바다 밑의 명주와 같았다. 연왕의 셋째아들 백문은 열 살이고 넷째아들 창문은 일곱 살이었으니 엄숙하고 위엄 있는 모습이 빼어나 주옥같았는데 백문의 기이한 거동은 더욱 빼어나 이른바 조정의 아리따운 학사가 아니요, 천 리를 다스릴 제후에 봉해질 상이었다. 비록 나이는 어렸으나 두 눈에 빛이 밝아 우주를 꿰뚫을 듯했고, 봉황의 눈에 누워 있는 누에고치 같은 눈썹은 밝게 빛나 보통 아이가 아니었다. 그 나머지 개국공의 세 아들과 안두후의 네 아들, 강음후의 다섯 아들이 각각 소나 말 가운데 기린과 같고, 까마귀와 까치 가운데 봉황과 같았다. 이중 강음후의 세 아들은 강보의 젖먹이 아이들이었다. 스물 두 명의 아이가 혹 적으며 혹 커 자리 끝에 국궁(鞠躬)[84]해 있고, 예부상서 이흥문은 비단 도포와 옥띠를 한 채

83) 당건(唐巾): 중국에서 쓰던 관(冠)의 하나. 당나라 때에는 임금이 많이 썼으나, 뒤에는 사대부들이 사용함.

상좌(上座)에 앉아 있으니 그 가문의 번성함과 거룩함은 천고에 드물었다. 이에 손님들이 일시에 치하해 말했다.

"대왕 형제의 자손이 번성한 것을 익히 들었으나 이토록 할 줄은 알지 못했습니다. 그런데 오늘 여러 공자의 기이한 모습을 보니 대왕 등의 복이 많으신 것은 이를 것도 없고 승상 어르신의 큰 복은 참으로 곽분양(郭汾陽)[85]과 만석군(萬石君)[86]보다 위에 있습니다. 그러니 우리가 하례할 바를 알지 못하겠습니다."

여러 공이 모두 사양하며 말했다.

"어린 자식들이 약간의 아름다운 얼굴이 있으나 여러 공들의 이러한 지나친 칭찬을 감당할 수 있겠습니까?"

이때 자리에 이부시랑 화진이 있었는데 잔을 잡고 연왕의 앞에 나아가 일렀다.

"학생이 당돌히 전하께 청할 말씀이 있으니 들어주시겠습니까?"

연왕이 기쁜 빛으로 대답했다.

"고(孤)[87]가 불민한 위인으로 여러 형의 지우(知遇)[88]를 입어 관포(管鮑)[89]의 지기(知己)를 허락한 지 오래 되었습니다. 서로 품은

---

84) 국궁(鞠躬): 윗사람이나 위패(位牌) 앞에서 존경하는 뜻으로 몸을 굽힘.

85) 곽분양(郭汾陽): 중국 당(唐)나라 현종(玄宗), 숙종(肅宗) 때의 명장(名將) 곽자의(郭子儀, 697~781)를 이름. 분양이라는 이름은 그가 안록산(安祿山)의 난을 평정하고 분양(汾陽王)에 봉해진 데서 유래함. 당나라 최대의 공신으로 평가받으며, 장수하고 부귀하며 자손들을 많이 두었음.

86) 만석군(萬石君): 유방(劉邦)을 도와 한나라 건국에 이바지한 석분(石奮)을 이름. 석분의 장자 건(建), 차자 갑(甲), 삼자 을(乙), 사자 경(慶)이 모두 효성스럽고 행실을 삼갔는데 녹봉이 이천 석에 이름. 이에 경제(景帝)가 석군(石君)과 네 아들의 녹봉이 모두 이천 석씩 있으니 석분을 만석군이라 부르겠다 한 데서 유래함.

87) 괴(孤): 왕이나 제후가 자기를 낮추어 이르던 말.

88) 지우(知遇): 남이 자신의 인격이나 재능을 알고 잘 대우함.

89) 관포(管鮑): 관중(管仲, ?~B.C.645)과 포숙아(鮑叔牙, ?~?). 관중은 중국 춘추시대 제(齊)나라의 재상으로 이름은 이오(夷吾). 환공(桓公)이 즉위할 무렵 환공의 형인 규(糾)의 편에 섰다가 패전하여 노(魯)나라로 망명하였는데, 당시 환공을 모시고 있던 친구 포숙아의 진언(進言)으로 환공에게 기용되어 환공을 중원(中原)의 패자(霸者)로 만드는 데 일조함. 관중과 포숙아는 잇

생각을 속이지 않는 것이 옳으니 주저하실 일이 있습니까?"

화 공이 사례하고 말했다.

"대왕이 이처럼 시원하게 말씀해 주시니 학생이 어찌 구구한 소
회를 속이겠습니까? 학생이 늦게야 한 딸을 얻었는데 이제 열 살입
니다. 용모와 행동거지가 비록 옛날의 숙녀와 나란히 하지는 못하나
군자를 곁에서 모심 직합니다. 학생이 그윽이 생각해 보니 군자와
숙녀의 좋은 짝은 세대마다 나기 쉽지 않아서 스스로 한 딸의 평생
을 근심해 오던 차였습니다. 그런데 이제 영랑을 보니 참으로 학생
의 훌륭한 사위라 할 것이니 대왕의 높은 뜻은 어떠하십니까?"

연왕이 다 듣고는 용모를 가다듬고 사례해 말했다.

"고(孤)가 불민한 위인으로 여러 아이를 두었으나 다 용렬하여 이
백(李白)90)의 한 말의 술에 시 백 편 짓는 재주가 없고 아이들이 부
모의 사랑으로 자라 학식이 고루합니다. 그런데 현형이 향기로운 규
방의 귀한 딸로써 허락하고자 하시니 평생 얻지 못할 영화입니다. 다
만 가친께서 위에 계시니 고(孤)가 마음대로 결정할 일이 아닙니다."

화 공이 미처 말을 하지 않아서 승상이 사례해 말했다.

"명공(明公)처럼 맑은 덕과 빛나는 행실을 지닌 분이 낮게 굽어보
아 불초한 손자를 구하시니 제가 어찌 사양하며 고집을 부리겠습니
까? 맹약을 두터이 했다가 몇 년 뒤에 혼례를 이루는 것이 좋은 일
이 아니겠습니까?"

화 공이 매우 기뻐해 급히 몸을 굽혀 감사해하며 말했다.

"소생이 오늘 연국 전하의 귀한 아들을 보고 스스로 문호의 한미

속을 차리지 않은 사귐으로 유명하여 이로부터 관포지교(管鮑之交)라는 말이 나옴.

90) 이백(李白): 701~762. 호는 청련이고 본명은 이태백(李太白)임. 중국 당나라 때의 시인으로 시
성(詩聖) 두보(杜甫)에 대하여 시선(詩仙)으로 칭해짐.

함과 딸아이의 재주 없는 것을 살피지 않고 높이 우러러 혼사를 구했더니, 어르신께서 이처럼 시원하게 허락해 주시니 소생이 은혜에 감격해 행동거지에 실수가 있을 정도입니다."

승상이 그 말을 감당하지 못한다며 사양하고 왕이 말했다.

"가친께서 허락해 주셨으니 백 년이 지나도 언약을 배반하지 못할 것입니다. 존형이 또한 군자의 한마디는 천 년이 지나도 바꿀 수 없음을 생각하소서."

화 공이 더욱 기뻐해 웃고 일렀다.

"소제가 비록 사리에 어두우나 한 번 말을 냈는데 비록 백 년이 지난들 고치겠습니까? 오늘부터 제 딸아이는 대왕의 며느리니 어찌 중도에 약속을 어기는 일이 있겠습니까?"

드디어 백문을 나오게 해 손을 잡고 훌륭한 사위라 칭찬하니 연왕이 그윽이 웃고 딸 둔 이는 모두 화 공에게 백문을 쉽게 빼앗긴 것을 매우 애달파했다.

이때 자리에 감찰어사 김운이 있었는데 승상에게 고했다.

"소생이 당돌하나 네 딸을 두었는데 위로는 다 혼례를 이루었고 막내딸이 있어 이제 나이 열두 살입니다. 얼굴이 비록 볼 만하지는 않으나 성품이 유순하니 개국공의 귀한 아드님을 사위로 구할 만합니다."

승상이 김 공의 벼슬이 낮았으나 위인이 강직하고 분명해 금옥같은 군자인 줄을 흠모해 왔으므로 기쁜 빛으로 시원하게 허락했다. 이에 김 공이 매우 기뻐해 개국공을 향해 웃고 말했다.

"소생이 영랑(令郎)을 보아 문득 당돌함을 잊고 승상 어르신께 번거롭게 청해 혼사를 허락받았으니 합하께서 불쾌히 여기실지도 모르겠습니다."

개국공이 김 공의 군자다움과 그 형제 여럿의 빛나는 이름과 문장이 독보함을 익히 들은 데다 부친이 허락했으니 어찌 다른 말을 하겠는가. 이에 사례해 말했다.

"명공께서 더러온 제 아들을 보시고서 규방의 귀한 딸을 며느리로 허락하시고 가친께서도 허락하셨으니 소제가 어찌 사양하겠습니까? 다만 제 아들녀석이 비록 어리석으나 소제에게는 자못 귀중한 아이니 명공이 살피시는 일이 있으리라 생각합니다."

김 공이 웃고 말했다.

"제 딸아이의 얼굴은 정말 볼 만한 것이 없으나 성품이 유순해 희로(喜怒)의 감정을 얼굴에 드러내지 않으니 진실로 합하의 가문을 그릇되게 하지는 않을 것입니다."

승상이 웃고 말했다.

"여자는 덕이 귀하고 미색이 중요하지 않으니 만일 명공의 말씀 같다면 우리 집안의 큰 행운이라 녹록한 얼굴을 의논하겠습니까?"

김 공이 사례하고 물러났다.

이때 자리에 태학사 조 공과 집금오 오 공이 있었는데 모두 하남공을 대해 진문과 유문 두 공자와의 혼사를 청하니 하남공이 기뻐하지 않으며 대답했다.

"더러운 아이들이 이와 터럭이 채 마르지 않았으니 혼사를 의논할 바가 아닙니다. 훗날 두 아이가 나이가 차기를 기다릴 것이고 오늘은 번거로우니 어지럽게 굴 수 있겠습니까?"

말을 마치자, 두 사람이 공의 냉정하고 엄격한 말에 무료해 다시 말을 못 하고 물러났다. 이에 승상이 말했다.

"학사와 금오가 귀한 딸로써 몸을 낮춰 구혼하시니 우리 가문에 얻지 못할 영화거늘 너는 어찌 이처럼 매몰차게 구는 것이냐?"

드디어 두 공을 향해 은근히 사례하고서 훗날을 기약하니 모두 그 어진 도량에 탄복하고 조, 오 두 공이 사례하고 물러났다.

종일토록 즐거움을 다하고 석양에 잔치를 파하니 손님들이 흩어지고 공들은 취했으므로 각각 침소로 돌아갔다. 연왕이 또한 몸이 피곤했으므로 숙현당으로 갔다.

이때 소후는 평생 자잘한 것에 구애받지 않는 성품에 뜻밖에도 왕후가 되어 자리가 요란스럽고 의복이 황홀한 것을 참으로 기뻐하지 않았다. 침소로 돌아와 의복을 벗고서 쉬고 있다가 홀연히 마음이 슬퍼져서 일렀다.

"원하지 않은 일은 이처럼 쉽게 되는데 나의 아들 경문이는 어느 때나 찾아 어미와 아들이 만날꼬?"

그러고서 옥 같은 눈물이 뚝뚝 떨어졌다. 그러다가 왕이 들어오는 것을 보고 놀라서 급히 눈물을 거두고 침상에서 내려와 맞았다. 왕이 넓은 소매를 들어 자리를 정하고 눈을 들어 소후를 보았다. 옥 같은 얼굴에 눈물 흘린 흔적이 있으니 이 참으로 푸른 하늘의 흰 달이 광풍(光風)[91]을 만난 듯했다. 왕이 그 마음을 짐작하고 역시 마음이 슬펐으나 새로이 즐거운 마음으로 천천히 일렀다.

"성은이 망극하시어 오늘날 이 광경이 있게 되었으니 두려움이 깊은 못에 임하고 얇은 얼음을 디디는 것 같소. 이제는 근심해 하릴 없게 되었으니 후(后)는 다만 마음을 진정해 이비(二妃)[92]의 뒤를 따르소서."

소후가 슬픈 마음을 참고 잠시 웃고 천천히 말했다.

---

91) 광풍(光風): 비가 갠 뒤에 맑은 햇살과 함께 부는 상쾌하고 시원한 바람.
92) 이비(二妃): 두 왕비. 중국 고대 요(堯)임금의 두 딸이자, 순(舜)임금의 두 왕비인 아황(娥皇)과 여영(女英)을 이름. 우애가 있었던 여성들로 유명함.

"군자가 위로하시는 말씀이 지금껏 이렇게까지는 안 했습니다. 첩이 비록 어울리지 않는 몸으로 왕후의 높은 지위를 얻었으나 조금의 덕과 착함이 없으니 이비(二妃)의 덕을 우러러나 보겠나이까?"

왕이 즐겁게 웃고 소후의 옥 같은 손을 쥐어 침상에 나아갔다. 그 정성스럽고 그윽한 정이 깊은 것이 소년 때보다 더했으므로 부인은 불쾌한 마음을 가졌다.

다음 날 새벽에 연왕이 대궐에 나아가 은혜에 사례하니 임금께서 바삐 인견(引見)하시고 즐겁게 웃으며 말씀하셨다.

"왕의 기상이 저렇듯 호탕해 온화한 기운이 바야흐로 드러났으니 군왕이 되는 것에 조금도 어울리지 않음이 없도다. 그러니 사양하는 것이 어찌 빈말이 아니겠는가?"

왕이 고개를 조아려 절하고 말했다.

"성은(聖恩)이 넓은 하늘처럼 끝이 없으시어 미천한 신이 어울리지 않는 몸으로 왕의 자리에 참람되게 있게 되었으니 진실로 조물의 시기를 두려워하고 복이 없어질까 염려되옵니다."

임금께서 기쁜 빛으로 웃으시고 옥술잔에 어온(御醞)[93]을 은사(恩賜)하셨다. 왕이 절해 은혜에 사례하고 물러나 스스로 임금의 은혜에 감동해 다시는 왕의 벼슬을 싫어하는 빛을 보이지 않았다. 다만 다른 사람을 대할 때 베옷 입은 선비처럼 겸손하게 하고 옷에는 조금도 비단을 더하는 일이 없이 선비의 옷과 같이 하였는데 다만 임금께서 하사하신 용포(龍袍)만이 영롱하게 빛날 따름이었다. 모든 형제가 희롱으로 왕을 용포 입은 처사라고 말했다.

---

93) 어온(御醞): 궁중 사온서(司醞署)에서 빚은 어용(御用)의 술.

이때 여 소사가 하남에 있으면서 나랏일을 힘써 다스렸으나 부부가 밤낮으로 딸의 이름을 부르며 통곡했다. 오래지 않아 이부(吏部)에서 여 공의 재주가 뛰어난데 오래 변방에 있는 것이 국가에 해롭다 해 공을 추밀사(樞密使)로 승진시켜 불렀다. 소사가 성은을 띠어 부인과 아들들을 거느려 길에 오를 적에 딸을 생각하고 새로이 슬픔이 가득해 부인을 향해 말했다.

"이처럼 빨리 경사로 돌아갈 것을, 부질없이 딸아이를 데려와 오늘날 자취가 아득하니 경사에 가 무슨 낯으로 연왕을 보겠소?"

부인이 크게 울고 매우 뉘우쳤다.

여 공 일행이 밤낮으로 길을 가 경사에 이르러 대궐에 가 임금의 은혜에 사례하고 본가로 돌아갔다. 집의 모습은 전과 같았으나 그사이에 사람 일이 바뀐 것이 이와 같았으므로 부인은 피를 토해 혼절하고 공 역시 슬픔을 이기지 못해 난간을 두드리며 통곡하기를 그치지 않았다.

이윽고 연왕이 이르러 공을 붙들고 한바탕을 통곡하니 하늘이 이를 위해 빛이 변하고 근처의 초목이 다 슬퍼하는 듯했다. 한참 후에야 서로 울음을 그쳤다. 연왕은 흘린 눈물이 용포에 사무치고 봉황 같은 눈썹에는 슬픈 기운이 가득한 채 오열하며 말을 안 했다. 여 공이 이때 부끄러워 죽으려 해도 죽을 곳이 없어 또한 눈물을 흘리고 한참 후에야 겨우 일렀다.

"소제가 어리석어 집안을 엄격하게 다스리지 못해 서하(西河)의 슬픔94)을 보니 오늘날 대왕을 대해 입이 있으나 할 말이 없네. 소제

---

94) 서하(西河)의 슬픔: 부모가 자식을 잃은 슬픔을 이름. 서하(西河)는 지금의 섬서성(陝西省) 한성현(韓城縣)에서 화음현(華陰縣) 일대. 중국 춘추시대 공자의 제자 자하(子夏, B.C.508?~B.C.425?)가 공자가 죽은 후 서하에 은거하고 있었는데 그 자식이 죽자 슬피 울어 눈이 멀었다는 데서 유래함.

가 대장부지만 죽고 싶은 마음이 태반이고 살고 싶은 마음이 없네. 전하는 소제의 죄를 용서해 주기를 바라네. 그러나 딸아이는 복덕을 겸비한 아이니 설사 소제가 그릇 만들었으나 차마 이팔청춘에 요절해 몸이 물고기의 배를 채워 해골도 찾지 못할 수 있겠는가? 이것이 소제가 의심하는 바이고, 하늘의 뜻을 알지 못하는 이유라네. 이 모두 소제의 시운이 기박하고 운명이 어그러짐이 많아서 그런 것이니 누구를 한하겠는가?"

말을 마치자, 왕이 오열하며 길이 탄식하고 말했다.

"인형(仁兄)[95]이 어찌 이런 말을 하는 겐가? 우리 며느리처럼 비범한 기질과 어진 덕을 가진 사람이 오늘날과 같은 일이 있게 된 것은 소제의 운명이 기박해서이니 형의 탓을 삼을 수 있겠는가?"

여 공이 길이 한숨짓고 말했다.

"전하는 또 이처럼 이르지 말게. 소제가 만일 딸아이를 존부(尊府)에 두고 갔더라면 무슨 까닭으로 이 지경에 이르렀겠는가? 소제가 스스로 저질러 한 딸을 참혹히 죽였으니 사람을 대해 부끄럽지 않겠는가?"

왕이 또한 탄식하고 말했다.

"진실로 형이 이른 말과 같겠는가? 우리 며느리는 기골이 비상해 참으로 다른 무리와 같지 않아 그 죽은 것이 진짜인지 깨닫지를 못하겠네. 혹 만에 하나를 바라지만 지금 세상에 어찌 그런 일이 쉽겠는가?"

여 공은 흘린 눈물이 비단도포에 이어져 맺힐 사이가 없을 정도라 능히 말을 이루지 못했으므로 왕이 또한 위로할 말이 막혀 즉시 돌

---

95) 인형(仁兄): 친구 사이에, 상대편을 높여 이르는 이인칭 대명사.

아갔다.

여 공이 경사에 오니 슬픈 마음이 날로 더했다. 게다가 사람마다 여 공이 대의(大義)를 너무 몰라 출가한 딸을 천 리 변방에 데려가다가 죽었다 하며 의논이 한결같지 않으니 스스로 부끄러워 상소해 벼슬을 갈고 병이 났다 핑계해 두문불출했다. 이 사정을 아는 자들은 서로 말을 전하며 비웃지 않는 자가 없었다. 참으로 애달프다! 여 공이 한 명의 옥 같은 군자이지만 부인에게 쥐여 사람들의 시비를 일으켰으니 여자가 어찌 두렵지 않은가.

각설. 여 소저가 한 번 수신(水神)에게 이끌려 물 가운데로 들어가니 문득 물은 없고 큰 궁전이 있었는데 웅장해 눈이 부셨다. 그 여자가 소저를 데려다가 문에 세워 두고 들어가 옷을 고쳐 나오니 붉은 생사 치마에 수놓은 붉은 생사 옷을 입고 머리에는 금봉관(金鳳冠)을 썼다. 소저를 맞이해 당으로 올려 소저에게 절하며 지극히 사례하고 공순히 대했다. 소저가 이에 괴이하게 여겨 일렀다.

"나는 지나가는 객인데 그대는 어떤 사람이기에 속세 사람을 물 속에 들여와 이처럼 과도한 예를 차리는 것인가?"

그 여자가 다시 절하고 사례해 말했다.

"저는 전생에 동해 용왕의 딸이었습니다. 그런데 궁궐에서 실수로 용주(龍珠)를 태워 서왕모(西王母)96)께서 노하셔서 저를 죽이려 하셨습니다. 이때 부인께서 서왕모의 요지연(瑤池宴)97)에 와 계시다가 저를 힘써 구해 이 땅의 수신으로 삼게 하셨습니다. 그래서 제가 그

---

96) 서왕모(西王母): 『산해경(山海經)』에서는 곤륜산에 사는 인면(人面)·호치(虎齒)·표미(豹尾)의 신인(神人)이라고 하나, 일반적으로는 불사(不死)의 약을 가지고 있는 아름다운 선녀로 전해짐.
97) 요지연(瑤池宴): 요지에서의 잔치. 요지는 중국 곤륜산(崑崙山)에 있다는 연못으로 서왕모(西王母)가 사는 곳으로 전해짐.

은혜를 기리고 마음속에 머금어 은혜 갚을 날을 바라고 있었습니다. 그런데 오늘날 부인께서 천한 곳을 지나시게 되었으니 어찌 그저 보내 드릴 수 있겠습니까? 제 마음에 우울함을 이기지 못해 부인을 당돌히 뫼셔 여기에 이르시도록 했으니 부인은 용서하소서.”

소저가 말했다.

“속세 사람이 비록 전생의 일을 모르나 인간과 천상이 다르거늘 그대는 무슨 까닭에 사람을 유인해 물 가운데로 들여온 것인가? 원컨대 나를 내보내 부모의 행차를 따르게 하도록 하라.”

그 여자가 말했다.

“비록 그러하나 부인께서 이곳에 와 계시니 그저 보내 드리지 못할 것입니다. 물 위에서 여기까지 오는 데 천 리나 하니 소사의 행차는 벌써 하남으로 가 계실 것입니다. 부인께서는 근래 잠깐 고난을 만날 운이 계시니 잠시 고생을 면하지 못하실 것입니다.”

드디어 모든 시녀에게 명령해 맛있는 음식으로 소저를 대접하도록 했다. 그러나 소저가 즐기지 않으며 재삼 나가기를 청하자, 그 여자가 마지못해 모든 수족(水族)에게 명령해 소저를 교자에 태워 앞세우고 자기는 뒤에서 입으로 두어 진언(眞言)[98]을 염(念)했다. 그러자 문득 큰 바람이 일어나 햇빛을 가리고 천지가 아득하니 소저가 정신을 차리지 못해 한참을 혼미하게 있었다.

홀연히 심신이 맑아져 눈을 떠 보니 자기가 한 배 위에 있는 것이었다. 여남은 명의 비구니가 불경을 외다가 소저가 몸을 움직이고 눈을 뜨는 것을 보고는 크게 놀라 빨리 일시에 합장하고 말했다.

“어진 선녀께서는 원컨대 저희의 도덕을 살펴 주소서.”

---

98) 진언(眞言): 진실하여 거짓이 없는 말이라는 뜻으로, 비밀스러운 어구를 이르는 말.

그러고서 모두 머리를 바닥에 두드리니 소저가 괴이하게 여겨 일어나 앉아 말했다.

"그대들이 어디에 있다가 내 몸을 여기에 건져 내었는가?"

비구니들이 모두 무릎을 꿇고 대답했다.

"저희는 이 땅 자악산에 있는 도사들입니다. 오늘이 중하(仲夏) 명절이라 배를 타고 여기에 와 수신(水神)께 제사를 지내고 있었습니다. 그런데 신령께서 응해 주신 것이 기이해, 선녀께서 당초에는 물 위에서 여기에 담기시고 후에 말씀을 이처럼 분명히 하시니 이 어찌 도덕이 높은 분이 아니겠습니까? 소승 등이 일찍이 공을 닦은 지 오래 되었으니 이런 영험한 일은 처음입니다. 원하건대 선녀께서는 대자대비하시어 제자들이 극락세계로 가도록 해 주소서."

소저가 이 광경을 보고 슬픈 중에도 웃음이 났으므로 잠자코 말을 하지 않았다. 그러자 그중에서 늙은 비구니가 말했다.

"전날에 혜정 비구니가 탐욕스러운 마음이 많더니 선녀께서 용서하지 않아 말씀을 하지 않으시니 혜정은 어서 배에서 내리는 것이 옳겠네."

혜정이 낯을 붉히고 말을 안 하니 소저가 천천히 일렀다.

"나는 귀신이 아니네. 모일(某日)에 배를 타고 하남으로 가다가 수신에게 몸을 잡혀 물 가운데 들어갔다가 겨우 다시 살아나 여기에 이른 것이네. 그러니 선사(禪師)[99]들이 잘못 안 것이네. 그러나 오늘은 중하 초하루인데 어느 사이에 중하 명절이라 하는 겐가?"

모든 비구니가 한꺼번에 손뼉 치며 크게 웃고 말했다.

"낭자는 미친 것이 아닙니까? 오늘이 명절임이 분명한데 초하루라

---

99) 선사(禪師): 승려의 높임말.

함은 어째서입니까? 그러나저러나 어느 곳에 있던 사족으로서 물에 떨어진 것입니까?"

소저가 말했다.

"나는 경사 사람으로서 부모가 마침 하남 고향으로 가시다가 초하루에 물에 빠져 물 가운데 가 밤을 지내지 않았으니 오늘이 명절인 줄은 생각지 못했네."

비구니가 말했다.

"그렇다면 낭자께서는 수신의 도술에 속은 것입니다. 옛말에 이르길, 인간 세상 한 달이 천상에서는 하루라고 했습니다. 이제 장차 거취를 어찌하려 하십니까?"

소저가 말했다.

"물에 빠져 정신과 혼백이 몸에 없으니 생각지 못했으나 요사이에 들으니 소사 여 공이 하남 절도사에 임명돼 간다 하더니 벌써 이곳을 떠나신 것인가?"

비구니가 말했다.

"여 소사 어른께서는 벌써 하남으로 가셨는데 사내종이 경사로 간다 하며 어제 배를 타고 이리로 지나갔습니다."

소저가 다 듣고는 낙담해 말을 안 하니 비구니들이 물었다.

"여 소사 어르신이 낭자에게 어떤 사람입니까?"

소저가 사실대로 이르니 비구니들이 듣고 공경하는 태도로 말했다.

"요사이에 하남으로 부는 바람이 좋지 않으니 저희 작은 암자에 가서 바람이 잦아들기를 기다리시면 우리가 배를 수습해 하남으로 모시고 가겠습니다."

소저가 감사해 마지않아 말했다.

"외롭고 쇠잔한 목숨이 모든 사부의 돌봄을 입게 되었으니 풀을 맺어 갚는 날이 있을 것이네."

비구니들이 말했다.

"소저께서는 절도사 귀한 자녀시니 저희가 어찌 공경하지 않을 수 있겠습니까?"

드디어 소저를 데리고 배를 저어 자악산 아래로 가 배를 댄 후 모두 절에 이르렀다. 비구니 백여 명이 있다가 소저를 보고 놀라 연고를 묻고 비구니들이 사연을 듣고는 그중 으뜸 비구니 정심이 소저를 지극히 사랑해 한 곳에서 날마다 바람이 잔잔해지기를 기다렸다. 그러나 소저의 액운이 깊어 장맛비가 계속 내려 밤으로부터 낮까지 그치지 않았다. 하염없이 늦여름을 지내고 초가을에 이르도록 비가 개지 않으니 소저가 하루 지내기를 삼추(三秋)같이 여겼다. 그러나 하릴없는 데다 이곳이 고요한 곳이었으므로 시름을 잊고 머물렀다.

초가을 염간(念間)[100]에 바야흐로 비는 갰으나 미친 바람이 일어나 바닷물이 요란해 배를 놓지 못했다. 그래서 정심이 염려했으나 소저가 이곳에 오래 있는 것이 매우 기뻐 소저에게 공경을 다했다.

혜정 비구니는 그 스승의 의기를 밉게 여긴 데다 당초에 배 위에서 소저 때문에 다른 비구니들이 자기의 졸렬함을 이른 것을 싫어하고 소저의 고운 색이 저희 무리의 미색을 빼앗는 것에 분노해 한 꾀를 생각해 냈다.

그 고을 수령의 아들 호 공자라 하는 사람은 본디 무뢰배로서 돌아다니며 노는 것을 즐기고 여색을 좋아해 만일 민간에 아름다운 여자가 있으면 천금을 아끼지 않아 빼앗고 여자를 소개하는 이에게는

---

100) 염간(念間): 스무날의 전후.

큰 상을 주었다.

그래서 이날 혜정이 사부를 속이고 가만히 절에서 내려가 호 공자를 찾아서 보았다. 이때 공자는 바야흐로 아름다운 여자들을 갖추어 가무와 풍악을 낭자하게 베풀어 즐기고 있었다. 혜정이 앞을 향해 합장하고 머리를 조아리니, 혜정은 공자가 이전에 절에 다니며 안면이 익은 자였으므로 즐거운 낯빛으로 안부를 묻고 이른 연고를 물었다. 이에 혜정이 머리를 조아리며 말했다.

"공자께서 미인을 구하셔서 미인을 소개하는 사람에게는 상을 많이 주신다 하기에 이에 이르렀나이다."

공자가 이 말을 듣고는 기뻐해 물으니 혜정이 말했다.

"소리(小尼)의 절에 한 떠돌아다니는 여자가 있는데 곱기가 고금에 무쌍합니다."

공자가 문득 좌중의 미인을 가리켜 말했다.

"이 아이들과 비교해 어떠하냐?"

혜정이 웃으며 말했다.

"이 사람들은 그 여자에 비하면 티끌과 흙 같습니다."

공자가 매우 기뻐해 한번 보고 싶어하니 혜정이 가만히 계교를 일렀다. 공자가 크게 기뻐해 혜정에게 상을 많이 주었다.

이튿날, 공자가 구경을 핑계하고 절에 이르자 비구니들이 정신없이 공자를 맞이해 대접했다. 공자가 절을 둘러본다면서 각 방마다 구경하니 정심이 민망해 소저가 있는 방을 잠그고 열지 않았다. 공자가 열라고 보채니 정심이 할 수 없이 일렀다.

"양가 여자가 비를 피해 왔으니 공자께서 보실 곳이 아닙니다."

공자가 문득 구멍을 뚫어 엿보고 매우 놀라 정심을 붙잡고 근본을 물으니 정심이 말했다.

"이 분은 하남 절도사의 따님이시고 이 상서의 부인이십니다. 풍 랑에 날려 이리 와 계시나 조만간 소리(小尼) 등이 모시고 하남으로 갈 것입니다."

공자가 말을 다 듣고는 이 사람은 곧 이성문의 아내요, 여현기의 딸인 줄을 알았다. 핍박할 생각이 없었으나 소저의 용모를 보니 사 지가 다 무르녹아 정신이 어리어리했다. 그래서 다시 말을 안 하고 돌아갔다.

정심이 매우 근심해 이튿날 즉시 배를 꾸며 소저를 데리고 하남으 로 향했다. 이날은 마침 바람이 고요하고 물결이 잔잔했으므로 정심 이 기뻐해 물의 흐름을 따라 내려갔다.

이때 호 공자는 정심이 여 소저를 데리고 하남으로 간다는 소식에 매우 기뻐하고 즉시 날랜 배 한 척에 무장한 병사 수천 명을 감춰 정심의 배를 따라갔다. 정심은 날이 어두웠으므로 강 어귀에 배를 매고 소저와 한담하며 밤이 깊어가는 줄을 깨닫지 못했다. 이때 갑 자기 함성이 일어나며 무수한 병사가 손에 창검을 들고 배에 오르며 말했다.

"여 씨는 어디에 있느냐?"

소저가 이 광경을 보니 비록 제갈공명(諸葛孔明)[101]의 묘한 계책 과 사마의(司馬懿)[102]의 슬기와 한팽(韓彭)[103]의 용력(勇力)이 있다

---

101) 제갈량(諸葛亮): 중국 삼국시대 촉한 유비의 책사.(181~234) 별호는 와룡이고 자(字)는 공명 (孔明). 유비를 도와 오(吳)나라와 연합하여 조조(曹操)의 위(魏)나라 군사를 대파하고 파촉 (巴蜀)을 얻어 촉한을 세웠음. 유비가 죽은 후에 무향후(武鄕侯)로서 남방의 만족(蠻族)을 정 벌하고, 위나라 사마의와 대전 중에 오장원(五丈原)에서 병사함.

102) 사마의(司馬懿): 중국 삼국시대 위(魏)나라의 명장.(179~251) 자(字)는 중달(仲達). 촉한(蜀漢) 제갈공명의 도전에 잘 대처하는 등 큰 공을 세워, 그의 손자 사마염이 위(魏)에 이어 진(晉)을 세우는 데에 기초를 세움.

103) 한팽(韓彭): 중국 한(漢)나라 때의 명장인 한신(韓信, ?~B.C.196)과 팽월(彭越, ?~B.C.196)로, 이들은 모두 유방(劉邦)이 한나라를 세우는 데 큰 공을 세웠음.

한들 미처 벗어날 마음이 생기겠는가. 하물며 소저는 천성이 곤륜산의 옥 같아서 그 오빠가 여럿 있으나 가까이 앉아 말을 하지 않았고, 남편이 비록 중하나 자기의 손 잡는 것을 큰 두려움으로 삼았고 심지어 부부의 정도 몰랐던 터였다. 오늘 목전에 급한 화를 만나 죽어도 맑은 넋이 되기를 생각하고 급히 강물 한가운데를 향해 뛰어들었다. 아! 옥 같은 사람의 자취가 강물에 잠기고 옥이 부서지니 어찌 아깝지 않은가.

호 공자가 작은 계교로 저를 얻으려다가 속절없이 그림자도 없는 것을 보고 하릴없어 돌아갔다.

제2부

주석 및 교감

A. 원문

1. 저본은 한국학중앙연구원 소장본(26권 26책)으로 하였다.
2. 면을 구분해 표시하였다.
3. 한자어가 들어간 어휘는 한자 병기를 원칙으로 하였다.
4. 음이 변이된 한자어 및 한자와 한글의 복합어는 원문대로 쓰고 한자를 병기하였다. 예) 고이(怪異). 겁칙(劫-)
6. 현대 맞춤법 규정에 의거해 띄어쓰기를 하되, '소왈(笑曰)'처럼 '왈(曰)'과 결합하는 1음절 어휘는 붙여 썼다.

B. 주석

1. 다음과 같은 경우에 각주를 통해 풀이를 해 주었다.
   가. 인명, 국명, 지명, 관명 등의 고유명사
   나. 전고(典故)
   다. 뜻을 풀이할 필요가 있는 어휘
2. 현대어와 다른 표기의 표제어일 경우, 먼저 현대어로 옮겼다.
   예) 츄천(秋天): 추천.
3. 주격조사 'ㅣ'가 결합된 명사를 표제어로 할 경우, 현대어로 옮길 때 'ㅣ'는 옮기지 않았다. 예) 긔위(氣宇ㅣ): 기우.

C. 교감

1. 교감을 했을 경우 다른 주석과 구분해 주기 위해 [교]로 표기하였다.
2. 원문의 분명한 오류는 수정하고 그 사실을 주석을 통해 밝혔다.
3. 원문의 의미가 분명하지 않은 경우, 규장각 소장본(26권 26책)을 참고해 수정하고 주석을 통해 그 사실을 밝혔다.
4. 알 수 없는 어휘의 경우 '미상'이라 명기하였다.

니시셰디록(李氏世代錄) 권지오(卷之五)

•●

1면

화셜(話說). 니(李) 어시(御史]) 듀야(晝夜)로 힝(行)ᄒ야 졀강(浙江)의 니ᄅ러 본관(本官)의 션문(先聞)ᄒ고 안원(按院)[1]의 도임(到任)ᄒ니 부현(府縣) 관(官)이 챵황망조(倉黃罔措)[2]ᄒ야 일시(一時)의 위의(威儀)ᄅ를 ᄀ초와 아문(衙門)의 니ᄅ고 남방(南方) 일읍(一邑) 슈령(守令)들이 다 와 디령(待令)ᄒ고 공ᄉ(公事)ᄅ를 취품(就稟)[3]ᄒ니 어시(御史]) 일일(一一) 결단(決斷)ᄒ야 븕은 졍ᄉ(政事]) 신명(神明) ᄀ투야 차착(差錯)[4]디 아냐 ᄒ로 결단(決斷)ᄒᄂ 공ᄉ(公事]) 수쳔(數千) 댱(張)이 남으디 슈습(收拾)ᄒ미 업서 유죄쟈(有罪者)ᄅ를 죄(罪)ᄒ고 무망(無妄)[5]의 죄(罪)예 걸닌 쟈(者)ᄅ를 방셕(放釋)[6]ᄒ믈 보ᄂᆫ 듯시 ᄒ니 녀민(黎民)[7]이 길흘 막아 칭숑(稱頌)ᄒᄂᆫ 소리 귀ᄅ를 어즈러이더라.

어시(御史]) 일일(一日)은 본관(本官)으로 더브러 졀강(浙江) 주운봉(--峰)을 보고 셕양(夕陽)

---

1) 안원(按院): 여러 곳을 돌아다니며 살피고 조사하는 어사의 다른 이름.
2) 챵황망조(倉黃罔措): 창황망조. 경황이 없어 어찌할 바를 모름.
3) 취품(就稟): 취품. 웃어른께 나아가 여쭘.
4) 차착(差錯): 차착. 어그러져서 순서가 틀리고 앞뒤가 서로 맞지 아니함.
5) 무망(無妄): 별 생각이 없는 상태.
6) 방셕(放釋): 방석. 놓아 풀어 줌.
7) 녀민(黎民): 여민. 백성이나 민중.

의 도라오더니 홀연(忽然) 노챵뒤(老蒼頭])[8] 길흘 막아 드라드러 크게 웨여 글오듸,

"명찰(明察)ᄒ신 안원(按院) 노야(老爺)ᄂ 원억(冤抑)[9]ᄒ 졍ᄉ(情事)를 슬피쇼셔."

믄득 모든 하리(下吏) 대로(大怒)ᄒ야 큰 매로 휘죳고져 ᄒ거늘 어ᄉ(御史]) 명(命)ᄒ야 말라 ᄒ고 드려 아문(衙門)의 니르거든 듸령(待令)ᄒ라 ᄒ니, 하리(下吏) 노두(老頭)를 잇그러 뒤희 니르매 어ᄉ(御史]) 텽듕(廳中)의 좌(坐)ᄒ고 아역(衙役)[10]을 명(命)ᄒ야 챵두(蒼頭)를 잡아드리라 ᄒ니 눈을 드러 보매 완연(宛然)ᄒ 녀인(女人)이라. 범인(凡人)은 모르나 어ᄉ(御史)의 됴심경안광(照心境眼光)[11]의 어이 모르리오. 크게 의아(疑訝)ᄒ야 냥구(良久) 예시(睨視)[12]ᄒ다가 ᄆ르듸,

"네 거동(擧動)을 보니 챵뒤(蒼頭]) 아니로소니 아니 환쟨(宦者])[13]다?"

챵뒤(蒼頭]) ᄎ언(此言)을 듯고 크게 놀나 ᄀ마

---

8) 노챵뒤(老蒼頭]): 노창두. 늙은 사내종.

9) 원억(冤抑): 원통하고 억울함.

10) 아역(衙役): 수령이 지방 관아에서 사사롭게 부리던 사내종.

11) 됴심경안광(照心境眼光): 조심경안광. 마음속을 비추어 보는 눈빛.

12) 예시(睨視): 흘겨봄.

13) 환쟨(宦者]): 환자. 내시.

니 혀롤 쌔디오고 짐즛 딕왈(對曰),

"쇼인(小人)이 과연(果然) 환재(宦者ㅣ)니이다."

어싯(御史ㅣ) 왈(曰),

"그러면 므슴 원통(冤痛)ᄒᆞ미 잇ᄂᆞ뇨?"

기인(其人)이 눈믈을 흘니고 굴오딕,

"쇼복(小僕)의 졍싯(情事ㅣ) 녜ᄉᆞ(例事) 일과 다ᄅᆞ니 잠간(暫間) 좌(座)롤 갓가이 ᄒᆞ시면 심심셰셰(深深細細)14)히 고(告)ᄒᆞ리이다."

모든 아역(衙役)이 ᄭᅮ지저 왈(曰),

"안원(按院) 노얘(老爺ㅣ) 엇더ᄒᆞ신 몸이라 너 쳔인(賤人)을 갓가이 ᄒᆞ시리오?"

어싯(御史ㅣ) 명(命)ᄒᆞ야 말나 ᄒᆞ고 계(階)의 좌(座)롤 주고 굴오딕,

"품은 말을 일ᄌᆞ일언(一字一言)도 은휘(隱諱)티 말고 ᄌᆞ시 고(告)ᄒᆞ라."

기인(其人)이 용약(踊躍)ᄒᆞ매 스ᄉᆞ로 손을 믓거 ᄒᆞᄂᆞᆯ을 향(向)ᄒᆞ야 네 번(番) 졀ᄒᆞ야 샤례(謝禮) 왈(曰),

"텬디(天地) 너ᄅᆞ시믈 힘닙어 금일(今日) 명텰ᄌᆞ샹(明哲仔詳)15)ᄒᆞ신 노야(老爺)를 만나과이다."

어싯(御史ㅣ) 뎌 거동(擧動)을 보고 다만 볼

---

14) 심심셰셰(深深細細): 심심세세. 깊고 자세함.

15) 명텰ᄌᆞ샹(明哲仔詳): 명철자상. 현명하고 자상함.

만ㅎ더니 이윽고 길게 셜화(說話)를 고(告)ㅎ야 글오딕,

"쇼복(小僕)은 경스(京師) 사름이라. ᄆ츰 쥬인(主人)을 뫼셔 먼니 갓다가 적화(賊禍)를 만나 이의 니르러 노쥐(奴主ㅣ) 겨유 일명(一命)을 보젼(保全)ᄒ여습더니 읍닉(邑內) 셕호촌(--村) 뉴간의 집의 일야(一夜)를 머므니 뉴간이 쥬인(主人)의 약간(若干) 표치(標致)16)를 보고 쓸노뼈 혼인(婚姻)ᄒ고져 ᄒ니 쇼쥬인(小主人)이 죽기로 ᄉ양(辭讓)ᄒ니 뉴개(-哥ㅣ) 노(怒)ᄒ야 일야(一夜) ᄉ이 황금(黃金) 수빅(數百) 냥(兩)을 업시ᄒ고 쥬인(主人)의 작얼(作孽)17)이라 ᄒ야 관부(官府)의 명(情)18)ᄒ니 디현(知縣) 노얘(老爺ㅣ) 쥬인(主人)을 잡아 옥듕(獄中)의 가도고 일변(一邊) 쥬인(主人)의 힝탁(行橐)19)을 뒤니 과연(果然) 황금(黃金) 두 덩이 잇고 뉴개(-哥ㅣ) 직믈(財物)을 후(厚)이 부존(府尊)과 옥졸(獄卒)의게 회뢰(賄賂)20)ᄒ매 드딕여 주인(主人)

이 함해(陷害)21)ᄒ인 배 되여 부존(府尊) 노얘(老爺ㅣ) 듕형(重刑)을 더으려 ᄒ다가 나히 져믄 줄 가익(可哀)22)ᄒ야 그치고 이에 황

---

16) 표치(標致): 얼굴이 매우 아름다움.

17) 작얼(作孽): 꾸민 짓.

18) 명(情): 정. 진정(陳情). 실정이나 사정을 진술함.

19) 힝탁(行橐): 행탁. 여행용 전대나 자루. 노자나 행장(行裝)을 넣음.

20) 회뢰(賄賂): 뇌물을 주고 받음.

21) 함해(陷害): 남을 모함하여 해를 입힘.

금(黃金)을 므러 뉴가(-哥)를 주라 ᄒ딕 황금(黃金)을 어딕 가 어드
리오? 모든 옥니(獄吏) 뉴간의 회뢰(賄賂)를 밧고 쥬인(主人)을 곤
욕(困辱)ᄒ미 참혹(慘酷)ᄒ니 쥬인(主人)의 죽으미 됴셕(朝夕)의
잇ᄂ디라 엇디 셟디 아니ᄒ리잇가?"

드듸여 가슴을 두드리고 크게 우니 어싀(御史ㅣ) 히연(駭然)23)ᄒ
야 다시 므러 ᄀᆞ오딕,

"네 쥬인(主人)의 셩명(姓名)이 므어시뇨?"

창뒤(蒼頭ㅣ) 팀음(沈吟)24)ᄒ다가 ᄀᆞ오딕,

"쥬인(主人)의 셩명(姓名)을 모ᄅᆞᄂᆞ이다."

어싀(御史ㅣ) 왈(曰),

"부뫼(父母ㅣ) 이시며 어딕를 가다가 적화(賊禍)를 만나뇨?"

창뒤(蒼頭ㅣ) 왈(曰),

"대쥬인(大主人) 경 시랑(侍郞)이 찬뎍(竄謫)25)ᄒ야 됴쥐 가 계시
다가 샹황(上皇)이 즉위(卽位)ᄒ시

• •

6면

매 녯 벼슬노 브ᄅᆞ시니 일가(一家)를 거ᄂᆞ려 경ᄉᆞ(京師)로 오시다
가 이곳의셔 적화(賊禍)를 만나 분찬(奔竄)26)ᄒ니 노애(老爺ㅣ) 경
ᄉᆞ(京師)로 가시며 아니믈 아디 못ᄒ고 쇼쥬인(小主人)도 쏜흔 호

---

22) 가익(可哀): 가애. 불쌍히 여김.

23) 히연(駭然): 해연. 몹시 이상스러워 놀람.

24) 팀음(沈吟): 침음. 속으로 깊이 생각함.

25) 찬뎍(竄謫): 찬적. 벼슬을 빼앗고 귀양을 보냄.

26) 분찬(奔竄): 바삐 달아나 숨음.

강(豪强)27)흔 쟈(者)의게 잡히여 삼(三) 년(年)이 되도록 옥니(獄裏)의 고초(苦楚)를 면(免)티 못ᄒᆞ시니 경ᄉᆞ(京師) 쇼식(消息)이 아으라ᄒᆞ야 능히(能-) 늘개 도티디 못ᄒᆞᆯ 한(恨)ᄒᆞᄂᆞ이다."

어ᄉᆞ(御史ㅣ) ᄌᆞ시 듯고 창두(蒼頭)를 믈너가라 ᄒᆞ고 죠용이 결(決)ᄒᆞ려 하더라.

원ᄂᆡ(元來) 녀 쇼제(小姐ㅣ) 듕야(中夜)의 분찬(奔竄)ᄒᆞ야 유모(乳母)로 더브러 촌(村)의 와 녀 쇼ᄉᆞ(少師) 햐쳐(下處)를 ᄎᆞᄌᆞ니 졀강(浙江)이 본ᄃᆡ(本-) 널너도 녀 쇼ᄉᆞ(少師)ᄂᆞᆫ 아디 못ᄒᆞ노라 하ᄂᆞᆫ디라. 쇼제(小姐ㅣ) 망극(罔極)ᄒᆞ야 손의 ᄭᅧᆻ던 지환(指環)28)을 버서 시샹(市上)의 가 남의(男衣)를 사 오라 ᄒᆞ야 입고 유모(乳母)로 더브러 ᄉᆞᄒᆞᆯ 만의 쇼

· · ·

7면

ᄉᆞ(少師) 햐쳐(下處)를 ᄎᆞ자 니르니 닌인(隣人)이 닐오ᄃᆡ,

"그날 쇼ᄉᆞ(少師ㅣ) 발힝(發行)ᄒᆞ시니라."

ᄒᆞ니, 원ᄂᆡ(元來) 쇼져(小姐)와 유랑(乳娘)이 길흘 몰나 두로 헤디ᄅᆞ기로 사흘 만의 ᄎᆞ자시나 겨유 이십(二十) 니(里)ᄂᆞᆫ 흔디라. 쇼제(小姐ㅣ) 더옥 망극(罔極)ᄒᆞ나 부뫼(父母ㅣ) 젹화(賊禍)를 버서나 무ᄉᆞ(無事)히 가시믈 알고 대힝(大幸)ᄒᆞ야 이제 요힝(僥倖) 독슈(毒手)를 버서나시니 경ᄉᆞ(京師ㅣ) 비록 머나 촌촌(寸寸)이 비러먹고 갈딘대 일(一) 년(年)만 ᄒᆞ면 득달(得達)티 못ᄒᆞᆯ가 근심ᄒᆞ리오 ᄒᆞ고

---

27) 호강(豪强): 호방하고 강포함.
28) 지환(指環): 옥가락지.

날이 저믈므로 촌인(村人) 뉴간의 집의 더새라 드니 뉴간이 쇼져(小姐)의 옥안봉형(玉顔鳳形)[29]을 보고 크게 놀나 ᄃᆡ졉(待接)을 극진(極盡)이 ᄒᆞ고 져근ᄯᆞᆯ노 맛디고져 ᄒᆞ거ᄂᆞᆯ 쇼졔(小姐ㅣ) ᄉᆞ양(辭讓)ᄒᆞ야 ᄀᆞᆯ오ᄃᆡ,

"존옹(尊翁)의 후의(厚誼)ᄂᆞᆫ 다샤(多謝)ᄒᆞ나 부뫼(父母ㅣ) 쳔(千)니(里)의 계시니 엇디ᄒᆞ리오?"

뉴

8면

간이 왈(曰),

"그럴딘대 녕친(令親)긔 알외고 셩녜(成禮)ᄅᆞᆯ ᄒᆞ고 빙ᄎᆡ(聘采)[30]란 몬져 ᄒᆡᆼ(行)ᄒᆞ미 엇더ᄒᆞ뇨?"

쇼졔(小姐ㅣ) 구디 ᄉᆞ양(辭讓)ᄒᆞ고 밀막아 듯디 아니ᄒᆞ니 뉴간이 대로(大怒)ᄒᆞ야 짐ᄌᆞᆺ 만류(挽留)ᄒᆞ야 머므ᄅᆞ고 밤의 ᄀᆞ마니 황금(黃金) 수ᄇᆡᆨ(數百) 냥(兩)을 므더 거ᄌᆞᆺ 녀 쇼져(小姐)의 쟉용(作用)이라 ᄒᆞ야 본부(本府)의 뎡(情)ᄒᆞ고 ᄯᅩ 회뢰(賄賂)ᄅᆞᆯ 무궁(無窮)이 드려 옥니(獄吏)와 결납(結納)[31]ᄒᆞ니 디현(知縣)이 뉴간을 ᄀᆞ마니 두고 쇼져(小姐)ᄅᆞᆯ 가도와 므러주라 ᄒᆞ니 쇼져(小姐)ᄂᆞᆫ 고쵸(苦楚)히 옥(獄)의 가텨 듀야(晝夜)로 울고 유뫼(乳母ㅣ) 동셔(東西)로 헤디ᄅᆞᆫ들 어ᄃᆡ가 일(一) 픈(分) 은젼(銀錢)을 어드리오.

---

29) 옥안봉형(玉顔鳳形): 옥 같은 얼굴과 봉황 같은 모습이라는 뜻으로 아름다운 외모를 말함.

30) 빙채(聘采): 빙채. 빙물(聘物)과 채단(采緞). 빙물은 결혼할 때 신랑이 신부의 친정에 주던 재물이고, 채단은 신랑 집에서 신부 집으로 미리 보내는 푸른색과 붉은색의 비단임.

31) 결납(結納): 주로 나쁜 일을 꾸미려고 서로 한통속이 됨.

일일(一日)은 쇼져(小姐)를 보고 왈(曰), 녀 쇼ᄉ(少師) 명ᄌ(名字)를 디현(知縣)ᄃ려 니르고 도라오마 ᄒ니 쇼졔(小姐ㅣ) 말려 왈(曰),

"제 드르죽 닉 혹(或) 원(怨)을 갑흘가 이곳의셔 ᄀ마니

죽여 업시ᄒ리니 범의 나ᄅᆨ술 들의미라."

유뫼(乳母ㅣ) 올히 너겨 가디 못ᄒ고 삼(三) 년(年)을 길거리로 울고 헤디르더니 안찰ᄉ(按察使)를 만나 제 소회(所懷)를 다 고(告)ᄒ니 스ᄉ로 크게 깃거 하ᄂᆞᆯ긔 샤례(謝禮)ᄒᄆᆞᆯ 마디아니ᄒ더라.

이튼날 어ᄉᆡ(御史ㅣ) 좌긔(坐起)ᄒ고 아역(衙役)을 칙뎡(採精)[32]ᄒ야 뉴간을 잡혀 형댱(刑杖)을 쥰ᄎᆡ(準次)[33]ᄒ며 경 공ᄌ(公子) 잡은 시말(始末)을 므르니 비록 긔이고져 ᄒ나 어ᄉ(御史)의 신명(神明)이 져조믈 당(當)하야 그 위풍(威風)의 늠연(凜然)ᄒ미 ᄀᆞ을하ᄂᆞᆯ ᄀᆞᄐᆞ니 스ᄉ로 터럭과 쎄 숫그러ᄒ야 일일(一一) 승복(承服)하니,

어ᄉᆡ(御史ㅣ) 대로(大怒)ᄒ야 형댱(刑杖) 삼(三) 츠(次) ᄒ야 극변(極邊)의 튱군(充軍)ᄒ고 회뢰(賄賂) 바든 옥니(獄吏)를 듕댱(重杖)을 더어 구실을 쎠히고 디현(知縣)을 칙왈(責曰),

"족해(足下ㅣ) 일방(一方)의 님ᄌ 되

---

32) 칙뎡(採精): 채정. 정예를 가림.
33) 쥰ᄎᆡ(準次): 준차. 매를 몇 차례에 걸쳐 때림.

여 이런 일을 아니 다스리니 엇디 나라을 욕(辱)ᄒ미 아니리오? ᄎ
후(此後)ᄂ 이러툿 공ᄉ(公事)ᄅ 몽농(朦朧)이 말디어다."

디현(知縣)이 대참(大慙)[34] 샤례(謝禮) 왈(曰),

"쇼관(小官)이 비록 용녈(庸劣)ᄒ나 이 일을 ᄌ시 안 후(後) 뉴간
을 올타 ᄒ리오? 하관(下官)이 용녈(庸劣)ᄒ미 심(甚)ᄒ야 모든 쇼인
(小人)의 속이미 되니 튜회막급(追悔莫及)[35]이로소이다."

어ᄉᆡ(御史ㅣ) 졍ᄉᆡᆨ(正色) 브답(不答)이러라.

어ᄉᆡ(御史ㅣ) 경ᄉᆡᆼ(-生)을 노티 아니코 ᄎ야(此夜)의 사ᄅᆷ으로 경
ᄉᆡᆼ(-生)을 쳥(請)ᄒ니 녀 쇼졔(小姐ㅣ) 비로소 ᄋᆡᆨ(厄)을 버서나 어ᄉᆞ
(御史)의 브ᄅᆞ믈 놀나고 두려 ᄉᆞ양(辭讓) 왈(曰),

"촌야(村野) 미쳔(微賤)한 아히(兒孩) 엇디 안원(按院) 노야(老爺)
안젼(案前)의 나아가리오?"

어ᄉᆡ(御史ㅣ) 그 언ᄉᆞ(言辭)ᄅᆞᆯ 아름다이 너겨 지삼(再三) 쳥(請)ᄒ
고 모든 하리(下吏) 나역(絡繹)[36]ᄒ야 니ᄅᆞ러 지쵹ᄒ야 굴오ᄃᆡ,

"안원(按院) 노

애(老爺ㅣ) 엇디 존듕(尊重)ᄒ시관ᄃᆡ 쇼상공(小相公)이 그 명(命)

---

34) 대참(大慙): 크게 부끄러워함.

35) 튜회막급(追悔莫及): 추회막급. 잘못된 뒤에 뉘우쳐도 어찌할 수가 없음.

36) 나역(絡繹): 낙역. 왕래가 끊임이 없음.

을 여러 번(番) 거역(拒逆)ᄒ시ᄂᆞ뇨? 우리 업어 가리라.”

쇼졔(小姐ㅣ) ᄎᆞ언(此言)을 듯고 ᄒ올일업서 담(膽)을 크게 ᄒ고 유모(乳母)로 더브러 텽샤(廳舍)의 니르매 니(李) 어ᄉᆞ(御史ㅣ) 의관(衣冠)을 졍졔(整齊)히 ᄒ고 계(階)의 ᄂᆞ려 마자니 쇼졔(小姐ㅣ) ᄉᆞ양(辭讓)ᄒ야 ᄀᆞᆯ오ᄃᆡ,

“찰ᄉᆞ(察使) 대애(大爺ㅣ) 쇼인(小人)을 이러틋 과공(過恭)37)ᄒ시ᄂᆞ뇨?”

안원(按院)이 잠쇼(暫笑) 왈(曰),

“혹ᄉᆡᆼ(學生)의 셕은 공명(空名)을 죡(足)히 현ᄉᆞ(賢士) 안젼(案前)의 니ᄅᆞ리오?”

드듸여 ᄑᆞᆯ 미러 오ᄅᆞ기ᄅᆞᆯ 쳥(請)ᄒ니 쇼졔(小姐ㅣ) 브득이(不得已) 올나 피ᄎᆞ(彼此ㅣ) 녜(禮)ᄅᆞᆯ 파(罷)ᄒ고 동셔(東西)로 좌(座)ᄅᆞᆯ 일워 어ᄉᆞ(御史ㅣ) 므러 ᄀᆞᆯ오ᄃᆡ,

“죡하(足下)의 존셩(尊姓)과 대명(大名)을 듯고져 ᄒ노라.”

쇼졔(小姐ㅣ) 창졸(倉卒)의 ᄭᅮ미디 못ᄒ야 다만 ᄀᆞᆯ오ᄃᆡ,

“녀문이로소이다.”

ᄒ고 다시

12면

ᄀᆞᆯ오ᄃᆡ,

“감히(敢-) 귀셩(貴姓)과 존명(尊名)을 알고져 ᄒᄂᆞ이다.”

어ᄉᆞ(御史ㅣ) 듯고 ᄀᆞ장 놀나 답(答)ᄒᄃᆡ,

---

37) 과공(過恭): 지나치게 공손함.

"혹싱(學生)은 경수(京師) 문정공(--公) 댱주(長子) 니셩문이어니와 작일(昨日) 노뒤(老頭 ᅵ) 형(兄)의 셩(姓)을 졍 시(氏)라 ᄒ더니 엇디녀 시(氏)뇨?"

인(因)ᄒ야 츄파빵셩(秋波雙星)38)을 드러 보니 슈려윤틱(秀麗潤澤)39)ᄒ 긔딜(氣質)이 산쳔(山川)의 ᄆᆰ은 경개(景槪ᅵ) 물 품슈(稟受)40)한 ᄃᆺ ᄲᅢ혀난 안싴(顏色)이 비(比)ᄒᆯ 곳이 업ᄉ니 이 분명(分明)ᄒᆫ 녀직(女子ᅵ)라. 비록 남복(男服)을 ᄒ여시나 셤셤(纖纖)ᄒ 긔질(氣質)과 아미(蛾眉)41) 그리던 틱도(態度)를 모ᄅᆯ리오. 어싴(御史ᅵ) 주못 대경(大驚)ᄒ야 싱각ᄒᆞᄃᆡ,

'내 브졀업시 ᄂᆞᆷ의 녀주(女子)를 쳥(請)ᄒ야 이에 니ᄅᆞ러시니 필경(畢竟)을 쟝ᄎᆞ(將次ㅅ) 엇디ᄒ리오?'

ᄒ며 그 거동(擧動)을 보더니 녀 시(氏), 셩문 두 주(字)룰

...

13면

듯고 놀나오미 극(極)ᄒ야 옥안(玉顏)을 븕히고 믁믁(默默)ᄒ야 이윽ᄀᆞ야 ᄃᆡ왈(對曰),

"쳔(賤)ᄒ 죵이 그릇 고(告)ᄒ도ᄉ이다."

어싴(御史ᅵ) 그 기싴(氣色)을 보고 의아(疑訝)ᄒ야 싱각ᄒᆞᄃᆡ,

'이 아니 녀 신(氏ㄴ)가?'

---

38) 츄파빵셩(秋波雙星): 추파쌍성. 가을물결처럼 맑고 별처럼 빛나는 두 눈.

39) 슈려윤틱(秀麗潤澤): 수려윤택. 빼어나게 아름답고 윤택함.

40) 품슈(稟受): 품수. 선천적으로 타고남.

41) 아미(蛾眉): 누에나방의 눈썹이라는 뜻으로, 가늘고 길게 굽어진 아름다운 눈썹을 이르는 말. 미인의 눈썹을 이름.

ᄒ고 시험(試驗)ᄒ야 므르딕,

"족하(足下)의 셩(姓)이 녀시(-氏)라 ᄒ니 쇼ᄉ(少師) 녀 모(某)의 일개(一家 l)냐?"

녀 시(氏) 딕왈(對曰),

"졍(正)히 올흐이다."

어시(御史 l) 왈(曰),

"존형(尊兄)이 장ᄎᆺ(將次ᄉ) 엇디코져 ᄒᄂ뇨?"

녀 시(氏) 딕왈(對曰),

"경ᄉ(京師)로 가고져 ᄒᄂ이다."

어시(御史 l) ᄯᅩ 문왈(問曰),

"힝식(行色)을 보니 형(兄)이 일(一) 필(四) 나귀도 업ᄉ니 엇디 수만(數萬) 니(里) 졍도(征途)⁴²⁾룰 득달(得達)ᄒ리오?"

쇼졔(小姐 l) 미우(眉宇)룰 ᄶᅥᆼ긔고 글오딕,

"촌촌(寸寸)이 힝(行)ᄒ려 ᄒᄂ이다."

어시(御史 l) ᄀ마니 혜아리딕,

'이 반ᄃ시 녀 시(氏)라. 공교(工巧)히 만나서 더디고 도라가면 혈혈(孑孑)ᄒᆫ 녀직(女子 l) ᄯᅩ

• •

14면

대란(大亂)을 만나미 쉬오니 출하리 모르ᄂ 체ᄒ고 권도(權道)⁴³⁾로 드려가미 묘(妙)토다.'

---

42) 졍도(征途): 졍도. 여행하는 길.
43) 권도(權道): 상황에 따라 변통하는 도리.

후고 골오디,

"흑싱(學生)이 수이 경수(京師)로 갈 거시니 죡해(足下ㅣ) 흔ᄀ디로 경수(京師)의 가미 엇더뇨?"

녀 시(氏) 이윽이 팀음(沈吟)⁴⁴⁾ 디왈(對曰),

"쇼싱(小生)이 본디(本-) 고이(怪異)흔 신병(身病)이 이셔 거마(車馬) 복죵(僕從)이 여루(如縷)⁴⁵⁾ᄒ면 능히(能-) 길을 가디 못ᄒ매 존명(尊命)을 밧드디 못ᄒᄂ이다."

어싀(御史ㅣ) 텽파(聽罷)의 잠쇼(暫笑) 왈(曰),

"형(兄)의 질괴(疾痼ㅣ)⁴⁶⁾ 그러홀딘대 평안(平安)흔 술위로 뫼시미 엇더리오?"

녀 시(氏) 샤례(謝禮) 왈(曰),

"후의(厚誼) 다감(多感)ᄒ나 이러ᄒ시미 더옥 블안(不安)ᄒ여이다."

어싀(御史ㅣ) 골오디,

"죡해(足下ㅣ) 그르다. 흑싱(學生)이 감히(敢-) 고인(古人)의 의긔(義氣)를 쏠오디 못ᄒ나 그러나 시졀(時節) 효박(淆薄)⁴⁷⁾흔 쟈(者)와 다ᄅ니 이시니 죡

⌐ ●●

15면

하(足下) 존위(尊位)를 간범(干犯)⁴⁸⁾티 아니리니 죡하(足下)ᄂ 다

---

44) 팀음(沈吟): 침음. 속으로 깊이 생각함.

45) 여루(如縷): 실처럼 가늘면서도 끊어지지 아니하고 계속 이어짐. 부절여루(不絕如縷).

46) 질괴(疾痼ㅣ): 고질병.

47) 효박(淆薄): 혼탁하고 경박함.

48) 간범(干犯): 간섭하여 남의 권리를 침범함.

만 싱(生)을 구애(拘礙)티 말고 평안(平安)이 교ᄌᆞ(轎子)로 가시미 엇더ᄒᆞ뇨?"

녀 시(氏) ᄎᆞ언(此言)을 듯고 밀막을 말이 업서 응연(凝然)[49] 손샤(遜謝)[50]ᄒᆞ나 블평(不平)ᄒᆞᆫ ᄀᆡ식(氣色)이 신식(神色)의 넘찌니 어ᄉᆡ(御史 ㅣ) 츄파(秋波)ᄅᆞᆯ 흘녀 보고 역시(亦是) ᄆᆞ음이 블안(不安)ᄒᆞ야 넉여 보닉고져 ᄒᆞ나 밤이 깁허시니 아문(衙門)을 다 잠갓ᄂᆞᆫ디라 그 윽이 민울(悶鬱)[51]ᄒᆞ야 ᄯᅩᄒᆞᆫ 손을 ᄭᅩ자 단좌(端坐)ᄒᆞ야 다시 뭇ᄂᆞᆫ 말이 업더니, 토인[52]이 슉침(宿寢)[53]을 고(告)ᄒᆞᄂᆞᆫ디라 어ᄉᆡ(御史 ㅣ) 믄득 믈너가라 ᄒᆞ고 쇼져(小姐)ᄅᆞᆯ 향(向)ᄒᆞ야 ᄀᆞᆯ오ᄃᆡ,

"죡해(足下 ㅣ) 져근덧 쉬시미 엇더ᄒᆞ시뇨?"

쇼제(小姐 ㅣ) 쵸조(焦燥)ᄒᆞ야 급(急)히 손사(遜謝)ᄒᆞ야 ᄀᆞᆯ오ᄃᆡ,

"찰원(察院) 노얘(老爺 ㅣ) 쉬디 아니시니 쇼싱(小生)이 엇디

16면

방ᄌᆞ(放恣)히 쉬리오? 밤이 깁허시니 져근덧 안잣다가 햐쳐(下處)로 도라가사이다."

어ᄉᆡ(御史 ㅣ) ᄯᅩᄒᆞᆫ 자디 아니ᄒᆞ고 쵹(燭)을 도도와 냥인(兩人)이 동셔(東西)로 좌(坐)ᄒᆞ야 말이 업ᄉᆞ니 긔이(奇異)ᄒᆞᆫ 용홰(容華 ㅣ)[54]

49) 응연(凝然): 태도나 행동거지가 단정하고 듬직함.
50) 손사(遜謝): 손사. 겸손히 사양함.
51) 민울(悶鬱): 안타깝고 답답함.
52) 토인: 수령(守令)의 잔심부름을 하던 구실아치.
53) 슉침(宿寢): 숙침. 잠을 잠.
54) 용홰(容華 ㅣ): 예쁘게 생긴 얼굴.

서로 브이여 그 땅(雙)을 일티 아니ᄒᆞ엿ᄂᆞᆫ디라. 유뫼(乳母ㅣ) 보고 그윽이 두굿기믈 마디아니ᄒᆞ더라. 쇼져(小姐)ᄂᆞᆫ 침상(針上)55)의 안 즌 둣 숑구(悚懼)ᄒᆞ믈 이긔디 못ᄒᆞ고 어ᄉᆞ(御史)ᄂᆞᆫ 함믁(含黙) 단좌(端坐)ᄒᆞ야 ᄯᅩ흔 눈 들미 업더니, 이윽고 계셩(鷄聲)이 악56)악57)ᄒᆞ고 동방(東方)이 새여 오니 쇼졔(小姐ㅣ) 니러 하딕(下直)고 햐쳐(下處)로 갈ᄉᆡ 어ᄉᆞ(御史ㅣ) 공경(恭敬)ᄒᆞ야 ᄇᆡ별(拜別)ᄒᆞ고 ᄀᆞᆯ오ᄃᆡ,

"도라가ᄂᆞᆫ 날 당당(堂堂)이 뫼셔 가리니 죡하(足下)ᄂᆞᆫ 실긔(失機)58)티 말디어다."

쇼졔(小姐ㅣ) ᄉᆞ샤(謝辭)ᄒᆞ고 도라와 유모(乳母)를 ᄃᆡ(對)ᄒᆞ야 ᄀᆞᆯ오ᄃᆡ,

17면

"니 이제 규리(閨裏)의 몸으로 니ᄉᆡᆼ(李生)으로 일야(一夜) 샹슈(相隨)59)ᄒᆞ미 크게 그르고 ᄒᆞ믈며 동ᄒᆡᆼ(同行)ᄒᆞᆷ 가(可)티 아니미 더옥 심(甚)ᄒᆞ니 쟝ᄎᆞᆺ(將次ㅅ) 엇디ᄒᆞ리오?"

유뫼(乳母ㅣ) ᄀᆞᆯ오ᄃᆡ,

"소졔(小姐ㅣ) 이 말ᄉᆞᆷ이 녜의(禮義)예 맛당ᄒᆞ시나 엇디 널니 ᄉᆡᆼ각디 못ᄒᆞ시ᄂᆞ뇨? 졀강(浙江)의셔 십여(十餘) 리(里)를 ᄒᆡᆼ(行)할 제도 변(變)을 만나시니 더옥 경ᄉᆞ(京師)의 수쳔(數千) 니(里) ᄒᆡᆼ(行)ᄒᆞᆯ 적 두려오미 만흐리니 니(李) 노얘(老爺ㅣ) 호방(豪放)ᄒᆞᆫ 남지(男子ㅣ)

---

55) 침상(針上): 바늘 위.

56) 악: [교] 원문에는 '이'로 되어 있고 규장각본(5:11)에는 '아'로 되어 있으나 문맥을 고려하여 이와 같이 수정함.

57) 악악: 몹시 기를 쓰며 자꾸 소리를 내지름.

58) 실긔(失機): 실기. 기회를 잃거나 놓침.

59) 샹슈(相隨): 상수. 서로 따름.

아니오, 임의 쇼져(小姐)로 더브러 빙녜(聘禮)[60]를 힝(行)ᄒ야 무단
(無端)[61]흔 남이 아니니 쏠와가미 무방(無妨)ᄒ도소이다."

쇼졔(小姐ㅣ) 왈(曰),

"어믜 말도 올흐듸 스스로 붓그러오미 만ᄒ니 살기를 탐(貪)ᄒ야
쏠와가디 못ᄒ리로다."

유랑(乳娘) 왈(曰),

"쇼졔(小姐ㅣ) 니(李) 어ᄉ(御史)를 몰닉여 힝(行)

․ ․ ․

18면

ᄒ시나 도로(道路)의 ᄂᆞᆺ츨 굠초디 못ᄒ시믄 흐ᄀᆞ지오, 외로이 가
다가 강포(强暴)흔 쟈(者)를 만나 몸을 ᄇ리면 무익(無益)ᄒ미 둘
히오, 혹쟈(或者) 본젹(本跡)이 패루(敗漏)[62]ᄒ야 욕(辱)이 몸의 미
추면 해(害)로오미 세히라. ᄒ믈며 어ᄉ(御史ㅣ) 교ᄌ(轎子)로 ᄃ
려가마 ᄒ니 해(害)로오미 업거늘 쇼졔(小姐ㅣ) 젹은 고집(固執)으
로 인(困)ᄒ야 몸을 ᄇ리면 므어시 유익(有益)ᄒ미 잇ᄂᆞ니잇고?"

쇼졔(小姐ㅣ) 정(正)히 팀음(沈吟)ᄒ더니 이윽고 아문(衙門) 하리
(下吏) 냥찬(糧饌)[63]을 드리고 어ᄉ(御史)의 말ᄉᆞᆷ을 뎐(傳)ᄒ야 ᄀᆞᆯ
오듸,

"공ᄉ(公事ㅣ) 다ᄉ(多事)ᄒ야 친(親)히 가 보ᄋᆸ디 못ᄒᄂᆞ니 됴리

---

60) 빙녜(聘禮): 빙례. 빙채(聘采)의 예의. 빙채는 빙물(聘物)과 채단(采緞)으로, 빙물은 결혼할 때
  신랑이 신부의 친정에 주던 재물이고, 채단은 신랑 집에서 신부 집으로 미리 보내는 푸른색과
  붉은색의 비단임.

61) 무단(無端): 연고 없음.

62) 패루(敗漏): 일이 드러남.

63) 냥찬(糧饌): 양찬. 양식과 반찬.

(調理)ᄒᆞ샤 도라가는 날 ᄒᆞᆫᄀᆞ지로 가게 ᄒᆞ쇼셔."

쇼졔(小姐ㅣ) 면강(勉强)[64]ᄒᆞ야 샤례(謝禮)ᄒᆞ야 보ᄂᆞ나 블안(不安)ᄒᆞ미 ᄀᆞ득ᄒᆞ더라.

일(一) 삭(朔) 후(後) 어

· ● ●

19면

ᄉᆞ(御史ㅣ) 남방(南方)을 딘슈(鎭守)ᄒᆞ고 졀월(節鉞)[65]을 두로혈ᄉᆡ 각도(各道) 지현(知縣)이 쥬육(酒肉)을 ᄀᆞ초아 십(十) 니(里) 댱뎡(長亭)[66]의 ᄇᆡ별(拜別)ᄒᆞ니 위의(威儀) 도로(道路)의 니엇더라.

어ᄉᆞ(御史ㅣ) ᄒᆞᆫ 낫 평안(平安)ᄒᆞᆫ 교ᄌᆞ(轎子)를 어더 쇼져(小姐)ᄅᆞᆯ 드려가니 쇼졔(小姐ㅣ) 시러곰 마디못ᄒᆞ야 ᄒᆞᆫᄀᆞ디로 갈ᄉᆡ 어ᄉᆞ(御史ㅣ) ᄆᆡ양 햐쳐(下處)를 각각(各各) ᄒᆞ야 죵시(終始) ᄒᆞᆫ번(-番) 보디 아니ᄒᆞ니 쇼졔(小姐ㅣ) 역시(亦是) 다ᄒᆡᆼ(多幸)ᄒᆞᆯ믈 이긔디 못ᄒᆞ더라.

어ᄉᆞ(御史ㅣ) 무ᄉᆞ(無事)히 길을 녜여 남챵(南昌)의 니ᄅᆞ러는 아역(衙役)을 ᄯᅥᆯ치고 뉴부(-府)의 니ᄅᆞ러 경문을 ᄎᆞᄌᆞ니, 이ᄢᆡ 경문이 어ᄉᆞ(御史)ᄅᆞᆯ 보ᄂᆡ고 듀야(晝夜) 글을 브ᄌᆞ러니 ᄒᆞ더니 이날 어ᄉᆞ(御史)ᄅᆞᆯ 보고 크게 반겨 쳥(請)ᄒᆞ야 셔헌(書軒)의 드러가 ᄀᆞᆯ오ᄃᆡ,

"ᄒᆞᆫ 번(番) 손을 ᄂᆞ혼 후(後)

---

64) 면강(勉强): 억지로 함.

65) 졀월(節鉞): 절월. 절부월(節斧鉞). 관리가 지방에 부임할 때에 임금이 내어 주던 물건. 절은 수기(手旗)와 같이 만들고 부월은 도끼와 같이 만든 것으로, 군령을 어긴 자에 대한 생살권(生殺權)을 상징함.

66) 댱뎡(長亭): 장정. 먼 길을 떠나는 사람을 전송하던 곳. 과거 5리와 10리에 정자를 두어 행인들이 쉴 수 있게 했는데, 5리에 있는 것을 '단정(短亭)'이라 하고 10리에 있는 것을 '장정'이라 함.

음신(音信)[67]이 요원(遙遠)ᄒ니 스스로 가ᄂ 구름을 ᄇ라 형(兄)을 싱각ᄒ더니 형(兄)이 어듸로조차 이의 니ᄅ럿ᄂ뇨?"

어ᄉ(御史]) 듸왈(對曰),

"쇼뎨(小弟) 졀강(浙江) 오초(吳楚) 산쳔(山川)을 구경ᄒ고 도라오매 잠간(暫間) 형(兄)을 보고 가고져 ᄒ미라. 그ᄉ이 존문(尊問)[68]이 하여(何如)오?"

문이 답왈(答曰),

"녕녕고고(零零孤孤)[69] 일신(一身)이 무ᄉ(無事)이 이시나 심ᄉ(心思]) 어ᄂ 째 즐거오리오?"

인(因)ᄒ야 냥인(兩人)이 별회(別懷)를 탐탐(耽耽)[70]이 니ᄅ고 경문이 여러 날 믁으믈 쳥(請)ᄒ듸 어ᄉ(御史]) 왈(曰),

"ᄆ춤 길히 밧브고 경ᄉ(京師)의 가 ᄒ올 일이 이시니 머므디 못ᄒᆯ 거시니 타일(他日) 셔로 만나믈 원(願)ᄒ노라."

드듸여 손을 ᄂ호매 경문이 악연(愕然)[71]ᄒ야 눈믈을 흘니고 ᄀᆯ오듸,

"쇼뎨(小弟) 용녈(庸劣)

---

67) 음신(音信): 먼 곳에서 전하는 소식이나 편지.

68) 존문(尊問): 안부.

69) 녕녕고고(零零孤孤): 영영고고. 영락하고 외로움.

70) 탐탐(耽耽): 깊고 그윽한 모양.

71) 악연(愕然): 놀라는 모양.

혼 위인(爲人)으로 형(兄)의 ᄉᆞ랑ᄒᆞ믈 닙어 갑흘 날이 업ᄉᆞ니 ᄆᆞ음
의 비챵(悲愴)ᄒᆞ믈 이긔디 못ᄒᆞ리로다."

어ᄉᆞ(御史ㅣ) 위로(慰勞) 왈(曰),

"엇디 이런 블길(不吉)혼 말을 ᄒᆞᄂᆞᆫ뇨? 명년72)(明年)의 알셩(謁
聖)73)이 이실 ᄃᆞᆺᄒᆞ니 형(兄)이 그ᄯᅢ 니ᄅᆞ러 우형(愚兄)을 ᄎᆞᄌᆞ라."

경문이 참연(慘然) 응낙(應諾)ᄒᆞ더라.

어ᄉᆞ(御史ㅣ) 급(急)히 둘녀 풍74)셩현의 니ᄅᆞ니 날이 반밤(半-)75)
이나 되엿더라. 이ᄯᅢ 위란 등(等)이 어ᄉᆞ(御史)를 보ᄂᆞ고 일야(日夜)
기ᄃᆞ리ᄂᆞᆫ ᄆᆞ음이 날노 ᄆᆞᄅᆞ더니 이에 보고 크게 깃거 반기믈 마디아
니ᄒᆞ고 ᄒᆞᄅᆞ디로 가려 ᄒᆞ매 힝니(行李)76)를 출혀 이튼날 발힝(發行)
ᄒᆞ야 황셩(皇城)으로 힝(行)ᄒᆞ니 발셔 ᄒᆡ 진(盡)ᄒᆞ고 봄이 깁헛더라.

어ᄉᆞ(御史ㅣ) 문외(門外)예 니ᄅᆞ러ᄂᆞᆫ 모

든 형뎨(兄弟) 니ᄅᆞᆯ 줄 혜아리고 녀 시(氏)의 힝거(行車)를 몬져 녀
쇼ᄉᆞ(少師) 부듕(府中)으로 뫼시라 ᄒᆞ고 분부(分付)ᄒᆞ야 ᄀᆞᆯ오ᄃᆡ,

---

72) 명년: [교] 원문에는 '금츄'라 되어 있으나 이경문이 알성과에 장원급제하는 해는 시간적으로
다음 해에 일어나므로 이와 같이 수정함.

73) 알셩(謁聖): 알성. 황제가 문묘에 참배한 뒤 실시하던 비정규적인 과거 시험. 알성과(謁聖科).

74) 풍: [교] 원문에는 '죵'으로 되어 있으나 앞의 예와 규장각본(5:15)을 따라 이와 같이 수정함.

75) 반밤(半-): 하룻밤의 절반.

76) 힝니(行李): 행리. 여행할 때 쓰는 물건과 차림.

"녀 샹공(相公)이 힝니(行履)77)의 감돈(撼頓)78)ᄒ야 신긔(神氣) 블평(不平)ᄒ야 ᄒ시니 다시 보옵디 못ᄒᄂ니 도라가신 후(後) 당당(堂堂)이 나아가 뵈리이다."

니ᄅ기ᄅᆯ ᄆᄎ니 모든 하리(下吏) 텽녕(聽令)ᄒ고 도라간 후(後) 이윽고 녜부(禮部) 등(等) 형뎨(兄弟) ᄉ(四) 인(人)이 텰 한님(翰林)과 양(兩) 텰 형뎨(兄弟)와 녀싱(-生) 등(等)이 니ᄅ러 일시(一時)의 녜파(禮罷)ᄒ고 각각(各各) 어ᄉ(御史)의 쳔(千) 니(里) 도로(道路)의 무ᄉ(無事)히 환경(還京)ᄒᄆᆯ 티하(致賀)ᄒ고 어ᄉ(御史)ᄂ 녜부(禮部) 등(等)을 딕(對)ᄒ야 존당(尊堂) 부모(父母) 평부(平否)ᄅᆯ 므러 별회(別懷)ᄅᆯ 탐탐(耽耽)79)이 베프고,

잠간(暫間) 쉬여 도셩(都城)의 드러와 궐하(闕下)의 샤은(謝恩)ᄒ니 샹(上)이 어ᄉ(御史)의 쇼년(少年)

••

23면

의 남방(南方) 수쳔(數千) 니(里) ᄯ흘 능히(能-) 슌무(巡撫)80)ᄒ고 수이 도라와시믈 크게 깃거 포쟝(襃奬)81)ᄒ시믈 두터이 ᄒ시고 벼슬을 도도와 니부시랑(吏部侍郞)을 ᄒ이시니 싱(生)이 구디 ᄉ양(辭讓)ᄒ야 굴오디,

"신(臣)이 나히 어리고 직죄(才操ㅣ) 용녈(庸劣)ᄒ오니 엇디 감히

---

77) 힝니(行履): 행리. 여행.
78) 감돈(撼頓): 피곤함.
79) 탐탐(耽耽): 깊고 그윽한 모양.
80) 슌무(巡撫): 순무. 왕명을 받들어 난을 진정시키고 백성을 위무함.
81) 포쟝(襃奬): 포장. 칭찬하여 장려함.

(敢-) 니부(吏部) 큰 소임(所任)을 당(當)호리잇고?"

샹(上)이 쇼왈(笑曰),

"경(卿)은 ᄉ양(辭讓) 말나. 경(卿)의 ᄌ조(才操)를 보건대 니부텬관(吏部天官)82)의 소임(所任)이 맛당호ᄃᆡ 나히 어리믈 구애(拘礙)호야 능히(能-) 쁘디 못ᄒᆞᄂᆞ니 더옥 춘경(春卿)83)의 ᄂᆞ존 소임(所任)을 당(當)티 못ᄒᆞ리오?"

드ᄃᆡ여 됴회(朝會)를 파(罷)ᄒᆞ고 드ᄅᆞ시니,

ᄉᆡᆼ(生)이 마디못ᄒᆞ야 믈너나 의복(衣服)을 ᄀᆞᆺ티고 부듕(府中)의 도라와 훤당(萱堂)84)의 ᄇᆡ알(拜謁)ᄒᆞ니 영풍쥰골(英風俊骨)85)이 슈려샹활(秀麗爽豁)86)ᄒᆞ

24면

야 일년지ᄂᆡ(一年之內)의 더옥 윤튁(潤澤)ᄒᆞ고 쥰매(俊邁)87)ᄒᆞ며 복ᄉᆡᆨ(服色)이 임의 놉하 얼골의 아름다오믈 도으니 존당(尊堂) 졔슉(諸叔)이 눈을 기우려 새로이 긔이(奇異)히 너기고 공(公)의 부뷔(夫婦ㅣ) 두굿거오믈 ᄭᅴ여 밧비 별회(別懷)를 니ᄅᆞ며 승샹(丞相)이

---

82) 니부텬관(吏部天官): 이부천관. 이부. 천관은 육부의 으뜸이라는 뜻으로 이부를 말함. 여기에서는 이부의 으뜸 벼슬을 이름.

83) 춘경(春卿): 춘관(春官)의 장관. 춘관은 중국 주나라의 관직명인데, 육경(六卿)의 하나로 예(禮)를 담당하였음. 이로부터 후에 예부(禮部)를 춘관이라 하고 그 장관(長官), 즉 예부상서 등을 춘경이라 불렀음. 그런데 이성문이 이부시랑으로 임명되었다는 서술을 감안하면 이 부분은 서술과 맞지 않는 측면이 있음.

84) 훤당(萱堂): 남의 어머니를 높여 이르는 말. 여기에서는 가문의 어른들을 이름.

85) 영풍쥰골(英風俊骨): 영풍준골. 헌걸찬 풍채와 빼어난 골격.

86) 샹활(爽豁): 상활. 시원스럽고 활달함.

87) 쥰매(俊邁): 준매. 재주와 지혜가 뛰어남. 또는 그런 사람.

나아오라 ᄒᆞ야 손을 잡고 두굿기는 빗치 ᄂᆞ치 ᄀᆞ득ᄒᆞ야 굴오ᄃᆡ,

"닉 아ᄒᆡ(兒孩) 어린 나히 남방(南方) 수쳔(數千) 니(里) ᄯᅡ흘 딘슈 (鎭守)ᄒᆞᄆᆞᆯ 능히(能-) ᄒᆞ니 가히(可-) 승어뷔(勝於父ㅣ)라 니졍득실 (理政得失)[88]이 엇더ᄒᆞ더뇨?"

시랑(侍郎)이 두 번(番) 졀ᄒᆞ고 피셕(避席)ᄒᆞ야 각읍(各邑) 공ᄉᆞ(公 事)와 결(決)ᄒᆞᆫ 바ᄅᆞᆯ 일일이(一一-) 고(告)ᄒᆞ매 동지(動止) 안셔(安舒) ᄒᆞ고 말ᄉᆞᆷ이 ᄌᆞᄌᆞ(字字) 졍대(正大)ᄒᆞᆫ 가온대 단슌옥치(丹脣玉齒)[89] ᄉᆞ이로 쇄옥낭셩(碎玉朗聲)[90]이 아아(峨峨)[91]ᄒᆞ며 쇄연(灑然)ᄒᆞ야 긔이(奇異)ᄒᆞᆫ

25면

거동(擧動)이 일좌(一座)ᄅᆞᆯ 기우리니 모다 크게 ᄉᆞ랑ᄒᆞ야 환셩(歡 聲)[92]이 여루(如縷)ᄒᆞ더라.

시랑(侍郎)이 비록 모친(母親)의 인명(仁明)ᄒᆞ신 덕을 아나 그러나 ᄌᆞ뎌(趑趄)[93]ᄒᆞ는 배 잇고 ᄯᅩ 최 부인(夫人) 셩품(性品)은 ᄌᆞ쇼(自少) 로 닉이 아는 고(故)로 위란 등(等)을 밧긔 머믈웟더니 말이 다 뎡 (靜)ᄒᆞᆫ 후(後) 시랑(侍郎)이 좌(座)의 ᄭᅮ러 고(告)ᄒᆞᄃᆡ,

"텬디(天地) 이ᄅᆡ(以來)로 부ᄌᆞ(父子ㅣ) 크온디라. 기시(其時)의 야

---

88) 니졍득실(理政得失): 이정득실. 정사(政事)를 베풀었을 적의 득실.

89) 단슌옥치(丹脣玉齒): 단순옥치. 붉은 입술과 옥처럼 흰 이.

90) 쇄옥낭셩(碎玉朗聲): 쇄옥낭성. 옥이 부서지는 듯한 낭랑한 소리.

91) 아아(峨峨): 위엄 있고 성(盛)함.

92) 환셩(歡聲): 환성. 기뻐하는 소리.

93) ᄌᆞ뎌(趑趄): 자저. 머뭇거리며 망설임.

야(爺爺)와 슉뷔(叔父ㅣ) 풍악(風樂)을 밧들리시던 기녀(妓女) 교 시(氏)와 위 시(氏) 원방(遠方)의 가 각각(各各) 주식(子息)을 나흐니 교 시(氏)는 요힝(僥倖) 싱주(生子)ᄒ믈 엇고 위 시(氏)는 싱녀(生女)ᄒ야 두 아히(兒孩) 다 십(十) 셰(歲) 넘어 풍용(風容)[94]이 십분(十分) 슈미(秀美)ᄒ온디라. 히이(孩兒ㅣ) 므춤 풍셩현의 니르매 만나니 쳔(千) 리(里)의서 대인(大人)과 슉부(叔父)의 존명(尊命)을

· ● ●

26면

아디 못ᄒ나 그러나 골육(骨肉)을 쳔(千) 니(里) 긱탁(客度)[95]의 뉴락(流落)ᄒ야 두미 가(可)티 아니ᄒ온 고(故)로 거두어 도라와숩ᄂ니 쟝ᄎᆺ(將次ㅅ) 명(命)을 쳥(請)ᄒᄂ이다."

셜파(說罷)의 최 부인(夫人)이 놀난 ᄆᆞ음이 급(急)ᄒ디 존젼(尊前)이므로 놀란 ᄆᆞ음을 뎡(靜)ᄒ야 긔운을 참아 졍ᄉᆡᆨ(正色)ᄒ고 긔국공(--公)은 경희(驚喜)ᄒᄂ ᄆᆞ음이 미우(眉宇)를 움죽이나 부인(夫人)을 두려 눈을 기우려 부인(夫人)을 보고, 문졍공(--公)은 ᄋᆞ주(兒子)의 셜화(說話)를 드르매 비록 주긔(自己)라도 졍대명쳘(正大明哲)[96]ᄒ미 이의셔 더으디 못ᄒ리라 그윽이 두굿기믈 ᄯᅴ여 말이 업더니, ᄎ ᄉ(此事)의 다ᄃᆞ라ᄂ 함쇼(含笑)ᄒ야 ᄀᆞ오디,

"오ᄋᆞ(吾兒)의 쳐티(處置) 그르미 업ᄉ니 드려오미 무방(無妨)토다."

---

94) 풍용(風容): 풍채와 용모.

95) 긱탁(客度): 객탁. 객지.

96) 졍대명쳘(正大明哲): 정대명철. 공명정대하고 현명함.

쇼뷔(少傅ㅣ) 긔국공(--公)을 도라보와 왈(曰),

"현

딜(賢姪)은 유정인(有情人)이 쳔(千) 리(里)의셔 쫄와오며 업던 즈식(子息)이 나 아비룰 츳즈와시니 엇디 블러 보디 아닛ᄂ뇨?"

긔국공(--公)이 쇼왈(笑曰),

"제 임의 드러와 볼 거시니 구튀여 블러 므엇ᄒ리오?"

인(𡥉)ᄒ야 희연(喜然)이 우ᄉᄃ 모든 형뎨(兄弟) 박쇼(拍笑)ᄒ고 제(諸) 녀지(女子ㅣ) 그 거동(擧動)을 함쇼(含笑)ᄒᄃ 최 부인(夫人)이 홀노 닝안(冷眼)이 표표(表表)[97]ᄒ야 눈을 드디 아니ᄒ니 모다 즈못 슬피고 심하(心下)의 우으며 소 부인(夫人)을 보니 화긔(和氣) 은은(隱隱)ᄒ야 녜의셔 더 즐겨흠도 업고 볼 만흠도 업서 죵시(終始) ᄒ굴ᄀᄐ니 졔인(諸人)이 탄복(歎服)ᄒ더니,

이윽고 빙쥬와 쇼문이 드러와 각각(各各) 계하(階下)의셔 ᄉ비(四拜)ᄒ고 부친(父親)을 우러러보와 실셩톄읍(失聲涕泣)ᄒ니 문졍공(--公)이 화(和)

ᄒ 안식(顔色)으로 빙쥬룰 나아오라 ᄒ야 손을 쥐여 보고 위무(慰

---

97) 표표(表表): 뚜렷함.

撫) 왈(曰),

"닉 공亽(公事)의 여가(餘暇)티 못ᄒ야 너를 ᄎᄌ미 더듸여시나 이제 텬ᄒᆡᆼ(天幸)으로 이에 니르러시니 슬허 말나."

긔국공(--公)이 쇼문의 손을 잡고 안ᄉᆡᆨ(顔色)이 참연(慘然)ᄒ야 말을 아니ᄒ니, 최 부인(夫人)이 더옥 통흔(痛恨)[98]ᄒ야 셩문을 그윽이 흔(恨)ᄒ더라.

쇼ᄇᆔ(少傅ㅣ) 굴오ᄃᆡ,

"이제 빙쥬와 쇼문을 보니 범ᄋᆞ(凡兒ㅣ) 아니라 각각(各各) 그 어미를 쳔인(賤人)으로 두미 가(可)티 아닌디라, 형댱(兄丈)과 수수(嫂嫂)는 블러 보시고 쳐소(處所)를 뎡(定)ᄒ야 머믈미 가(可)ᄒ도소이라."

승샹(丞相)이 고개 조으니 쇼ᄇᆔ(少傅ㅣ) 드듸여 위란과 교란을 블러 볼ᄉᆡ 이(二) 인(人)이 드러와 좌듕(座中)의 ᄇᆡ례(拜禮)ᄒ고 각각(各各) 부인(夫人)을 향(向)ᄒ야 ᄉᆞᄇᆡ(四拜)

29면

현알(見謁)ᄒ니 뉴 부인(夫人)이 흔연(欣然)이 말을 뎐(傳)ᄒ야 ᄌ식(子息) 잘 나흐믈 포쟝(襃獎)ᄒ고 문졍공(--公)과 긔국공(--公)을 도라보와 굴오ᄃᆡ,

"뎌 챵녜(娼女ㅣ) 블관(不關)ᄒ나 ᄌ식(子息)이 이시니 ᄇᆞ리디 못ᄒᆯ디라. 여등(汝等)이 각각(各各) 거두어 후(厚)히 티고 샹하(上下) 존비(尊卑)를 명ᄇᆡᆨ(明白)히 뎡(定)ᄒ며 요란(擾亂)ᄒᆞᆫ 거죄(擧措ㅣ) 잇게 말라."

---

98) 통흔(痛恨): 통한. 몹시 분하거나 억울하여 한스럽게 여김.

냥공(兩公)이 지비(再拜) 슈명(受命)하고 시녀(侍女)를 분부(分付)하야 유벽(幽僻)[99]한 방(房)을 굴히여 거쳐(居處)하라 하다.

시랑(侍郎)이 모친(母親)의 안색(顏色)을 조로 드러 보고 그윽이 탄복(歎服)하고 최 부인(夫人) 긔색(氣色)을 안심(安心)티 아니커 너기더니,

이윽고 파(罷)하야 흐터질식, 빙쥐 소 부인(夫人)을 뫼셔 슉현당(--堂)으로 가고 쇼문이 긔국공(--公) 댱즈(長子) 원문으로 더브러 최 부인(夫人)

• •

30면

을 뫼셔 치원각(--閣)의 긔국공(--公)이 된 후(後) 최 부인(夫人)이 이에 올므니라 니르니 부인(夫人)이 안색(顏色)이 밍녈(猛烈)하야 쇼문드려 왈(曰),

"네 이제 어미로 동심(同心)하야 나의 모즈(母子)를 해(害)하려 하는다?"

쇼문이 황공(惶恐)하야 눈물을 흘리고 굴오디,

"천지(賤子ㅣ) 싱어(生於)하연 디 십일(十一) 년(年) 만의 겨유 부군(府君)을 만나오니 다힝(多幸)하오미 쓰레질하는 노복(奴僕) 뉴(類)의나 두시믈 브라옵거늘 엇디 감히(敢-) 공즈(公子)의 위(位)를 여어 보리잇고?"

부인(夫人)이 츠언(此言)을 듯고 본디(本-) 인즈(仁慈)한 마음이라 노(怒)를 도로혀 굴오디,

---

99) 유벽(幽僻): 궁벽함.

"네 말이 어엿브니 다시 의심(疑心)티 아니려니와 네 아비 주못 오활(迂闊)[100]호고 망녕(妄靈)되니 싱심(生心)도 그 명(命)호는 말을 듯지 말고 너의 녕(令)을 조출딘대 수랑이 원오(-兒)

•••

31면

로 다르미 이시리오?"

드듸여 향긔(香氣)로온 실과(實果)를 니야 먹이고 원문을 경계(警戒) 왈(曰),

"쇼의(小兒ㅣ) 비록 쳔(賤)호나 네게는 형우지의(兄友之義) 이시니 싱심(生心)도 가부야이 보디 말나."

원문이 샤례(謝禮)호고 쇼문을 만나 크게 즐겨호더라.

추야(此夜)의 긔국공(--公)이 이에 드러오니 최 부인(夫人)이 셕샹(席上) 거동(擧動)을 싱각고 더옥 용녈(庸劣)이 너기고 믜이 너겨 정식(正色)고 말을 아니호더니, 공(公)이 이날은 더옥 은근(慇懃)혼 안식(顔色)으로 부인(夫人)의 손을 잡고 글오딕,

"셕일(昔日) 대히(大海)의 부평초(浮萍草) ズ던 교란이 어이 주식(子息)을 나하 니룰 줄 알리오? 임의 존명(尊命)이 계시니 부리디 못훌디라, 부인(夫人)은 엇더킈 너기느뇨?"

부인(夫人)이 손을 쎌리티

---

100) 오활(迂闊): 우활. 사리에 어둡고 세상 물정을 잘 모름.

고 변식(變色) 브답(不答)ᄒᆞᄃᆡ 공(公)이 다시 다래여 ᄀᆞᆯ오ᄃᆡ,

"부ᄌᆞ지졍(父子之情)은 귀쳔(貴賤)이 업ᄂᆞᆫ 고(故)로 쇼문을 가챠ᄒᆞ미 이시나 부인(夫人)의게 산ᄒᆡ(山海) ᄀᆞᆺᄐᆞᆫ 졍(情)과 여러 아ᄒᆡ(兒孩)들의 졍(情)을 ᄒᆞᆫ 쇼문을 보고 옴길 거시 아니어든 므슴 연고(緣故)로 이러ᄐᆞᆺ 블슌(不順)이 구ᄂᆞ뇨?"

부인(夫人)이 텽파(聽罷)의 졍식(正色) 왈(曰),

"명공(明公)은 가쇼(可笑)로온 말 말나. ᄂᆡ 임의 교란을 유졍(有情)ᄒᆞ던 날브터 인연(因緣)이 길 줄 아라시니 이제 다ᄃᆞ라 투긔(妬忌)ᄒᆞ미 가쇼(可笑ㅣ) 아니리오? ᄒᆞ믈며 쇼문이 부ᄌᆞ(父子) 텬졍(天情)을 온젼(穩全)ᄒᆞ미 뎟뎟ᄒᆞ니 쳡(妾)이 감히(敢-) 무슴 말을 ᄒᆞᆯ 거시라 존명(尊命)을 유셰(誘說)ᄒᆞᄂᆞ뇨? 쳡(妾)이 이제 나히 삼십(三十)이 거의오 ᄌᆞ녜(子女ㅣ) 죡(足)ᄒᆞ니 금일(今日)로

브터 교란으로 더브러 동낙(同樂)ᄒᆞ고 이에 니ᄅᆞ디 말나."

공(公)이 환연(歡然)이 웃고 닐오ᄃᆡ,

"부인(夫人)의 말이 다 올흐니 그ᄃᆡ로 ᄒᆞ려니와 오늘은 마디못ᄒᆞ야 이에셔 자리로다."

셜파(說罷)의 부인(夫人)을 잇그러 자리의 나아가니 새로온 은애(恩愛) 여산약ᄒᆡ(如山若海)[101]ᄒᆞᄃᆡ 부인(夫人)이 죵시(終始) 가랍(嘉

納)[102]디 아니 ᄒ고 죵야(終夜)토록 초독(楚毒)[103] ᄒᆫ 노긔(怒氣) 긋디 아니 ᄒ니 공(公)이 ᄌᆡ삼(再三) 비러 굴오ᄃᆡ,

"쇼수(-嫂)의 ᄒᆡᆼᄉᆞ(行事)ᄅᆞᆯ 보옵고 형댱(兄丈)의 엄듕(嚴重) ᄒ시믈 ᄉᆡᆼ각ᄒ니 우리 부부(夫婦)의 ᄒᆡᆼᄉᆞ(行事ㅣ) 븟그럽디 아니랴? 부인(夫人)은 존듕(尊重) ᄒ라."

부인(夫人)이 변ᄉᆡᆨ(變色) 브답(不答)이러라.

이날 빙쥬, 부인(夫人)을 뫼셔 침소(寢所)의 니ᄅᆞ매 부인(夫人)이 ᄆᆞᄋᆞᆷ의 심(甚)히 깃거 여러 ᄌᆞ녀(子女)ᄅᆞᆯ 모화 각각(各各) ᄎᆞ례(次例)ᄅᆞᆯ 니ᄅᆞ고

무인(撫愛) ᄒ믈 지극(至極)히 ᄒ더니 이윽고 공(公)이 드러와 부인(夫人)의 뎌 ᄀᆞᄐᆞᆫ 덕(德)을 탄복(歎服) ᄒ며 빙쥬의 교염(嬌艶) ᄒ믈 ᄉᆞ랑ᄒ야 굴오ᄃᆡ,

"ᄒᆞᆨᄉᆡᆼ(學生)의 욕심(慾心)이 심(甚) ᄒ야 부인(夫人)의게 여러 옥(玉) ᄀᆞᄐᆞᆫ ᄌᆞ녀(子女)ᄅᆞᆯ 두고 빙쥬ᄅᆞᆯ 뉴렴(留念) ᄒ니 부인(夫人)이 아니 과도(過度)이 너기시ᄂᆞ냐?"

부인(夫人)이 졍금(整襟)[104] ᄃᆡ왈(對曰),

"부ᄌᆞ지졍(父子之情)은 귀쳔(貴賤)의 ᄒᆞᆫ ᄀᆞ디어늘 엇디 이런 말ᄉᆞᆷ을 ᄒ시ᄂᆞ니잇고?"

---

101) 여산약ᄒᆡ(如山若海): 여산약해. 산처럼 높고 바다처럼 깊음.

102) 가납(嘉納): 가납. 기꺼이 받아들임.

103) 초독(楚毒): 매섭고 독함.

104) 졍금(整襟): 정금. 옷깃을 여미어 모양을 바로잡음.

공(公)이 흔연(欣然)이 웃고 일쥬를 안아 스랑ᄒ더니, 이윽고 싱(生)ᄃ려 닐오ᄃᆡ,

"네 안해 잉ᄐᆡ(孕胎)흠도 아디 못ᄒ더니 수일(數日) 젼(前) 슌산(順産)ᄒ나 싱녀(生女)ᄒ니 극(極)히 무광(無光)ᄒ도다. 연(然)이나 그 병셰(病勢) 가ᄇᆞ얍디 아니ᄒ니 젼(前)ᄐᆞ로 고집(固執)디 말고 드러가 보라."

시랑(侍郞)이 부

복(俯伏)ᄒ야 듯기를 ᄆᆞᆺ고 경아(驚訝)ᄒ야 피셕(避席) 슈명(受命)ᄒ고 믈너 셔당(書堂)의 도라오매 녜부(禮部) 등(等)이 호쥬셩찬(好酒盛饌)105)을 나와 시랑(侍郞)을 권(勸)ᄒ고 통음(痛飮)ᄒ더니,

녜부(禮部ㅣ) 왈(曰),

"현뎨(賢弟) 녀ᄋᆞ(女兒)를 보냐?"

시랑(侍郞)이 ᄃᆡ왈(對曰),

"보디 아냣ᄂᆞ이다."

녜부(禮部ㅣ) 왈(曰),

"슉부뫼(叔父母ㅣ) 그 아들이 아니믈 서운이 너기시나 처음으로 손ᄋᆞ(孫兒)를 두시니 ᄀᆞ장 깃거ᄒ시더라."

좌샹(座上)의 뎔 ᄒᆞᆨ시(學士ㅣ) 웃고 ᄀᆞᆯ오ᄃᆡ,

"현뵈 모ᄅᆞ미 ᄯᅩᆯ을 온슌(溫順)이 ᄀᆞᄅᆞ쳐 지아븨 유모(乳母) 두ᄃᆞ리ᄂᆞᆫ 폐(弊) 업게 ᄒᆞ라."

---

105) 호쥬셩찬(好酒盛饌): 호주성찬. 맛 좋은 술과 잘 차린 음식.

남싱(-生)이 니어 웃고 왈(曰),

"유랑(乳娘) 티기도 흠(欠)이어니와 사랏는 지아븨 옷 블 디루는 일 업게 フ르치라."

긔문이 쇼왈(笑曰),

"그도 긔어니와 뉴로106) 셰간 티는 위엄(威嚴)을 것그라."

인(囚)호야 삼(三) 인(人)

••

36면

이 박쟝대쇼(拍掌大笑)호니 시랑(侍郎)이 추언(此言)을 듯고 묘믹(苗脈)107)을 몰나 볼셔 임 시(氏) 쇼힝(所行)인 줄 짐쟉(斟酌)고 웃고 골오듸,

"요스이 뉘 그런 노룻 호니 잇느니잇고?"

텰싱(-生)이 우어 왈(曰),

"먼니 아니 잇느니라."

녜뷔(禮部ㅣ) 미미(微微)히 우스며 졔싱(諸生)을 꾸지저 왈(曰),

"오래 쩌낫다가 됴흔 말이 만커놀 브졀업슨 말들을 시쟉(始作)호느뇨?"

시랑(侍郎)이 쏘흔 웃고 골오듸,

"그런 녀쥐(女子ㅣ) 이실시 졔형(諸兄)이 이러 구루시느니 그 댱뷔(丈夫ㅣ) 되니룰 가히(可-) 듕티(重治)108)호미 맛당호이다."

---

106) 뉴로: '자주'의 뜻인 듯하나 미상임.

107) 묘믹(苗脈): 묘맥. 일의 실마리. 또는 일이 나타날 단서.

108) 듕티(重治): 중치. 엄히 다스림.

삼(三) 인(人)이 골오디,

"실로(實-) 현보의 말이 올타."

셰문이 골오디,

"남 이긔는 브졀업슨 말 그치고 별회(別懷)를 펴미 올흐니라."

졔인(諸人)이 각각(各各) 웃고 다른 말 ᄒᆞ다가 흐터딘

· ● ●

37면

후(後) 홀로 녜뷔(禮部ㅣ) 머므러 잇거늘 시랑(侍郞)이 죠용이 골
오디,

"쇼뎨(小弟) 의혹(疑惑)ᄒᆞ는 바를 형댱(兄丈)긔 뭇ᄌᆞᆸᄂᆞ니 임 시(氏)
진실로(眞實-) 앗가 텰 형(兄) 등(等)의 니ᄅᆞ던 세 가지 죄(罪)를 지
으미 잇ᄂᆞ니잇가?"

녜뷔(禮部ㅣ) 정ᄉᆡᆨ(正色) 왈(曰),

"텰 형(兄)과 남 이게[109] 희롱(戲弄)ᄒᆞ는 말을 네 어이 임수(-嫂)긔
티의(致疑)ᄒᆞᄂᆞᆫ다?"

시랑(侍郞)이 잠쇼(暫笑) 왈(曰),

"형(兄)이 쇼뎨(小弟)를 긔이시나 쇼뎨(小弟) ᄌᆞ못 아ᄂᆞ니 임 시(氏)의 ᄒᆡᆼᄉᆞ(行事ㅣ) 이러ᄒᆞ니 쇼뎨(小弟) ᄯᅩᄒᆞᆫ 능히(能-) 용샤(容赦)
티 못ᄒᆞᆯ디라 형댱(兄丈)은 ᄌᆞ시 니ᄅᆞ쇼셔."

녜뷔(禮部ㅣ) 변ᄉᆡᆨ(變色) 왈(曰),

"현뎨(賢弟) ᄆᆡᄉᆞ(每事ㅣ) ᄌᆞ못 명찰(明察)ᄒᆞ디 쳐ᄌᆞ(妻子)의게 너
모 가찰(苛察)[110]ᄒᆞ니 큰 흠(欠)이라. 임쉬(-嫂ㅣ) 셜ᄉᆞ(設使) 이런

---

109) 이게: 이거. 남관의 자(字)로 보이나 앞에서는 나오지 않았음.

과악(過惡)이 종젼(從前)의 이신들 이제 다ᄃᆞ라 우리 등(等)이 시비(是非)ᄒᆞ미 가(可)티 아

• •

38면

니ᄒᆞ거늘 ᄒᆞ믈며 ᄎᆞ언(此言)을 듯ᄂᆞ니 처엄이니 우형(愚兄)이 되답(對答)ᄒᆞᆯ 말이 업노라.”

드듸여 ᄉᆞ매ᄅᆞᆯ ᄯᅥᆯ텨 니러나니,

시랑(侍郎)이 ᄌᆞ못 울울(鬱鬱)ᄒᆞ야 이날 져녁의 ᄂᆡ당(內堂)의 드러가 짐줏 일쥬ᄅᆞᆯ 보고 므ᄅᆞ되,

“너 드ᄅᆞ니 임 시(氏) 우형(愚兄)의 오슬 블 디ᄅᆞ고 홍ᄋᆞᄅᆞᆯ 난타(亂打)ᄒᆞ고 셰간을 다 두ᄃᆞ리다 ᄒᆞ니 올흐냐?”

일쥬 정ᄉᆡᆨ(正色) 왈(曰),

“형댱(兄丈)긔 뭇줍ᄂᆞ니 뉘 뎌런 말ᄉᆞᆷ을 ᄒᆞ더니잇가?”

시랑(侍郎) 왈(曰),

“ᄌᆞ연(自然) 드른 배라 언근(言根) ᄎᆞ자 므엇ᄒᆞ리오?”

일쥬 잠쇼(暫笑)ᄒᆞ고 굴오되,

“일업슨 거거(哥哥) 등(等)이 고이(怪異)ᄒᆞᆫ 말도 ᄒᆞ야 형(兄)의 귀예 들녓닷다. 임 형(兄)이 실셩(失性)티 아녓거늘 그런 히연(駭然)[111]ᄒᆞᆫ 거죠(擧措)ᄅᆞᆯ ᄒᆞ시리오? 쇼ᄆᆡ(小妹) 하 고이(怪異)ᄒᆞ니 되답(對答)ᄒᆞᆯ

110) 가찰(苛察): 까다롭게 따지어 살핌.
111) 히연(駭然): 해연. 몹시 이상스러워 놀람.

말이 업서이다. 임제(-姐ㅣ) 셩되(性度ㅣ)[112] 쵸강(楚剛)[113]ㅎ나 즈
못 녜의(禮義)를 알 거시어든 부모(父母) 시하(侍下)의서 그런 노
ᄅ슬 홀딘대 부뫼(父母ㅣ) 용샤(容赦)ㅎ실가 시브니잇가?"

시랑(侍郞)이 쇼미(小妹)의 단듕(端重)[114]ᄒᆫ 말을 듯고 반신반의
(半信半疑)ᄒᆞ야 니러나거늘 일쥬 시랑(侍郞)의 거동(擧動)을 보고 임
시(氏)를 위(爲)ᄒᆞ야 크게 근심ᄒᆞ야 급(急)히 빅문 등(等) 졔ᄋᆞ(諸兒)
를 블러 소겨 닐오되,

"빅형(伯兄)이 이러이러ᄒᆫ 말을 뭇거든 너희 올타 ᄒᆞ고 되답(對答)
ᄒᆞᄂᆞ니는 야야(爺爺)긔 고(告)ᄒᆞ고 틱(笞) 삼십(三十)식 어더 주고 ᄒᆞ
로 글 수쳔(數千) 번(番)식 더 낡게 홀 거시니 싱심(生心)도 그다히
말을 거드디 말나."

졔ᄋᆞ(諸兒ㅣ) 츠언(此言)을 듯고 두려 응낙(應諾)고 믈너나니,

시랑(侍郞)이 과연(果然) 빅문을 잇글고 셔헌(書軒)의 가

이 말로뻐 므르니 빅문이 일쥬의 당보(當付)를 드럿ᄂᆞᆫ 고(故)로 죵
시(終始) 그런 일이 업스믈 니르니 시랑(侍郞)이 다시 므를 고디
업서 좀좀(潛潛)ᄒᆞ나 의심(疑心)이 깁허 이날 밤의 셔당(書堂)의

---

112) 셩되(性度ㅣ): 셩도. 셩품과 도량.

113) 쵸강(楚剛): 초강. 매섭고 굳셈.

114) 단듕(端重): 단중. 단엄하고 진중함.

도라왓더니,

소 부인(夫人)이 일쥬의 뎐어(傳語)로조차 시랑(侍郞)의 뜻을 알고 즉시(卽時) 시녀(侍女)로 브르니, 시랑(侍郞)이 셜리 닉당(內堂)의 드러와 슈명(受命)ᄒ매 부인(夫人)이 팀음(沈吟)[115]ᄒ기를 오래ᄒ다가 굴오ᄃᆡ,

"너 아ᄒᆡ(兒孩) 능히(能-) 어믜 블러 닐위믈 아는다?"

시랑(侍郞)이 피셕(避席) 빈샤(拜謝) 왈(曰),

"ᄒᆡ이(孩兒ㅣ) 소견(所見)이 우몽(愚蒙)[116]ᄒ야 ᄭᆡ듯디 못ᄒᄂ이다."

부인(夫人)이 졍ᄉᆡᆨ(正色)고 굴오ᄃᆡ,

"네 ᄌᆞ쇼(自少)로 글을 넓어 식니(識理)를 통(通)ᄒ니 임 시(氏) 비록 죵젼(從前) 과실(過失)이 이시나 대단티 아니ᄒ고 이제

∶●●

41면

ᄭᆡ드ᄅᆞ미 듕(重)ᄒ고 ᄒᆞ믈며 골육(骨肉)이 잇거늘 군ᄌᆡ(君子ㅣ) 되야 한 번(番) 미안(未安)ᄒᆫ 뜻을 ᄒᆡ 디나고 세월(歲月)이 오라도록 프디 아니ᄒ니 쟝ᄎᆞ(將次ㅅ) 그 뜻이 어ᄃᆡ 잇ᄂ뇨?"

시랑(侍郞)이 믁연(默然) 빈샤(拜謝)ᄒ고 말을 아니커늘 부인(夫人) 왈(曰),

"네 거동(擧動)을 보니 고이(怪異)ᄒᆫ 말을 드른 연괴(緣故ㅣ)라. 원ᄅᆡ(元來) 임 시(氏) 그런 허믈이 이실디라도 너의 부친(父親)과 너

---

115) 팀음(沈吟): 침음. 속으로 깊이 생각함.
116) 우몽(愚蒙): 어리석음.

동(動)티 아닌 젼(前)은 그 쳐즈(妻子)를 브리디 아니미 인즈(人子)의 홀 배라."

시랑(侍郞)이 샤례(謝禮) 왈(曰),

"히이(孩兒ㅣ) 소견(所見)이 협칙(陜窄)[117]ᄒ야 미쳐 씨둣디 못ᄒ니 죄(罪) 깁도소이다. 츠후(此後) 삼가 존명(尊命)을 밧들리이다."

인(因)ᄒ야 믈러 취운당(--堂)의 니ᄅ니, 임 쇼졔(小姐ㅣ) 혼곤(昏困)ᄒ야 금금(錦衾)의 ᄡ여 줌든 둣ᄒ고 유뫼(乳母ㅣ) 겨팅셔 스후(伺候)[118]ᄒ다

．．

42면

가 시랑(侍郞)을 보고 놀나 믈너나거늘 시랑(侍郞)이 날호여 좌(座)를 뎡(定)ᄒ고 녀ᄋ(女兒)를 나오혀 ᄒ번(-番) 보매 교즈옥질(嬌姿玉質)[119]이 완연(宛然)이 ᄒ 자옥(紫玉)[120]을 시ᄉ 둣ᄒ니 부즈(父子)의 졍(情)이 엇디 범연(凡然)ᄒ리오. 잠간(暫間) 미우(眉宇)의 깃브믈 ᄯᅴ여 어ᄅᆞᆷ져 가챠ᄒ더니, 이윽고 쇼졔(小姐ㅣ) 몸을 움즉여 도라누으며 통셩(痛聲)이 미미(微微)ᄒ거늘 시랑(侍郞)이 나아가 소리를 ᄂᆞ초와 므ᄅᆞ딕,

"흑싱(學生)이 집을 ᄯᅥ난 디 오래거야 이에 니ᄅ니 그ᄉ이 엇디 부인(夫人)의 병셰(病勢) 가ᄇᆞ얍디 아닐 줄 알리오?"

쇼졔(小姐ㅣ) 이 소리를 듯고 놀나고 붓그려 기리 탄식(歎息)ᄒ고

---

117) 협칙(陜窄): 협착. 매우 좁음.
118) 스후(伺候): 사후. 웃어른의 분부를 기다림.
119) 교즈옥질(嬌姿玉質): 교자옥질. 어여쁜 자태와 옥처럼 맑은 자질.
120) 자옥(紫玉): 붉은 옥.

답(答)디 아니호니 그 씨듯는 뜻이 이시믈 슷치고 ᄆᆞᆷ의 깃거 은근
(慇懃)이 병세(病勢)를 므릭디 쏘혼 답(答)디 아니

43면

니 시랑(侍郎)이 믄득 졍식(正色)호야 글오딕,

"부인(夫人)의 죵젼(從前) 과실(過失)이 칠거(七去)[121]의 디낫는디
라 당당(堂堂)이 죄뉼(罪律)이 이실 둧호딕 부모(父母)의 관인(寬仁)
호시미 부인(夫人)의 죄(罪)를 다스리디 아니호시고 혹싱(學生)이 용
녈(庸劣)호야 법(法)을 쓰디 못호니 스스로 붓그려 피ᄎᆞ(彼此ㅣ) 얼
골을 아니 보완 디 십여(十餘) 삭(朔)이 되엿는디라. 부인(夫人)이 일
분(一分)이나 념티(廉恥) 이실딘대 맛당이 구고(舅姑)와 지아븨 덕
(德)을 아라 씨두룩미 이실 거시어늘 지금(只今)의 니록히 초독(楚
毒)혼 원심(怨心)이 오히려 업디 아냐시니 싱(生)이 대댱뷔(大丈夫
ㅣ) 되야 이러툿 블슌(不順)혼 지어미를 딕(對)호야 말을 호리오?"

셜파(說罷)의 미우(眉宇)의 온식(慍色)[122]이 표표(表表)호야 녀ᄋᆞ
(女兒)를 노코 의관(衣冠)을 글러 자리의 나아가

44면

니 유뫼(乳母ㅣ) 먼리셔 이 거동(擧動)을 보고 놀나고 근심호며 임

---

121) 칠거(七去): 예전에, 아내를 내쫓을 수 있는 이유가 되었던 일곱 가지 허물. 시부모에게 불손
함, 자식이 없음, 행실이 음탕함, 투기함, 몹쓸 병을 지님, 말이 지나치게 많음, 도둑질을 함
따위.

122) 온식(慍色): 온색. 성난 기색.

쇼져(小姐)는 이 거동(擧動)을 보고 더욱 늣겨 죵야(終夜)토록 우는 눈물이 가히(可-) 강슈(江水)를 보틸디라.

시랑(侍郞)이 주못 알오디 모르는 드시 밤을 디닉고 평명(平明)의 셔당(書堂)의 나와 관셰(盥洗)ᄒ고 대궐(大闕)가 됴회(朝會)ᄒᆫ 후(後) 임부(-府)의 니르러 공(公)의 부부(夫婦)를 볼시 샹셔(尙書) 부체(夫妻ㅣ) 크게 반겨 청(請)ᄒ야 닉당(內堂)의 니르러 무ᄉᆞ(無事)히 도라오믈 티하(致賀)ᄒ고 새로이 ᄉᆞ랑ᄒ믈 이긔디 못ᄒ니 싱(生)이 쏘ᄒᆫ 은근(慇懃)이 말ᄉᆞᆷ하다가 하딕(下直)고 도라오더니 잠간(暫間) 싱각는 일이 이셔 녀 쇼ᄉᆞ(少師) 부듕(府中)의 니르매,

이째 녀 쇼졔(小姐ㅣ) 니(李) 어ᄉᆞ(御史)의 힘을 닙어 셜니 부듕(府中)의 니르매 쇼ᄉᆞ(少師) 부뷔(夫婦ㅣ) 졍(正)히 듕당(中堂)의 잇더니

. . .

45면

홀연(忽然) 일개(一介) 셔싱(書生)이 면젼(面前)의 니르러 절ᄒ고 뉴톄(流涕)ᄒ믈 보고 크게 놀나 무르디,

"쇼년(少年)은 엇던 사름인다?"

쇼졔(小姐ㅣ) 울며 글오디,

"부뫼(父母ㅣ) 엇던 고(故)로 블쵸(不肖) 쇼녀(小女)를 모르시ᄂᆞ니잇고? 나는 곳 젹환(賊患)의 분찬(奔竄)[123]ᄒ엿던 빙난이로소이다."

녀 공(公) 부뷔(夫婦ㅣ) ᄎᆞ언(此言)을 듯고 대경대희(大驚大喜)ᄒ야 밧비 손을 잡고 츌혀 보니 이 졍(正)히 삼(三) 년(年)을 죽은가 녀

───────────────

123) 분찬(奔竄): 바삐 달아나 숨음.

기던 빙난 쇼졔(小姐ㅣ)라. 다만 어린 듯ᄒᆞ야 이에 니른 곡졀(曲折)을 믓ᄌᆞ니 쇼졔(小姐ㅣ) 오열(嗚咽)ᄒᆞ야 이윽이 말을 못 ᄒᆞ다가 드듸여 젼후(前後) 변난(變亂)을 일일히(一一-) 고(告)ᄒᆞ고 실셩톄읍(失聲涕泣)ᄒᆞ니 공(公)의 부뷔(夫婦ㅣ) ᄌᆞᄌᆞ(字字)히 드르오매 다 골경심한(骨驚心寒)[124]ᄒᆞ니 다만 등을 두드리고 운환(雲鬟)을 쓰다듬아

탄식(歎息)ᄒᆞ야 글오듸,

"문운(門運)이 블ᄒᆡᆼ(不幸)ᄒᆞ고 너의 익운(厄運)이 듕비(重比)[125]ᄒᆞ야 규듕(閨中) 약녜(弱女ㅣ) 도로(道路)의 분주(奔走)ᄒᆞ야 거의 망신(亡身)[126]ᄒᆞᆯ 번ᄒᆞ니 엇디 텬황실우(天荒失牛)[127]ᄒᆞᄆᆞᆯ 면(免)ᄒᆞ리오? 연(然)이나 니(李) 현보의 대덕(大德)을 힘닙어 무ᄉᆞ(無事)히 모드니 이거시 다ᄒᆡᆼ(多幸)ᄒᆞᆫ디라. 디난 바 운익(運厄)을 닐너 무익(無益)ᄒᆞ도다."

쇼졔(小姐ㅣ) 눈믈을 거두워 비샤(拜謝)ᄒᆞ고 녀복(女服)을 글고 죠용이 부모(父母)와 제(諸) 형데(兄弟)로 담쇼(談笑)ᄒᆞ더니 하리(下吏)보왈(報曰),

"니(李) 시랑(侍郞) 노얘(老爺ㅣ) 니ᄅᆞ러 계시이다."

녀 공(公)이 텽파(聽罷)의 반가오믈 머음고 니러나며 글오듸,

---

124) 골경심한(骨驚心寒): 뼈가 놀라고 마음이 서늘함.

125) 듕비(重比): 중비. 무겁고 거듭됨.

126) 망신(亡身): 몸을 없앰.

127) 텬황실우(天荒失牛): 천황실우. 혼돈 상태에서 본성을 잃음. '소을 잃음'은 인간의 본성을 잃은 것의 비유임.

"뎨 만일(萬一) 너를 추줄딘대 므어시라 ᄒᆞ리오?"

쇼졔(小姐ㅣ) 굴오딕,

"뎨 임의 쇼녀(小女)를 아라보와시면 홀일업고 요힝(僥倖) 아라보
디 못ᄒ

야 춋거든 여ᄎᆞ여ᄎᆞ(如此如此) 니ᄅᆞ쇼셔."

공(公)이 응낙(應諾)고 ᄂᆞ가 니싱(李生)을 볼ᄉᆡ 긔이(奇異)ᄒᆞᆫ 풍신
(風神)의 직샹(宰相)의 복식(服色)을 가(加)ᄒᆞ여시니 더옥 ᄉᆞ랑ᄒᆞ야
우음을 찍여 손을 잡고 닐오딕,

"현딜(賢姪)이 원노(遠路) 풍상(風霜)을 겻거 도라오딕 므춤 신질
(身疾)이 미류(彌留)[128]ᄒᆞ야 나아가 보디 못ᄒᆞ더니 유신(有信)[129]이
춋ᄌᆞᆯ 닙으니 다샤(多謝)ᄒᆞ여라."

시랑(侍郞)이 샤례(謝禮)ᄒᆞ고 별회(別懷)를 베픈 후(後) 고(告)ᄒᆞ야
굴오딕,

"작일(昨日) 일(一) 개(個) 붕우(朋友)로 더브러 이에 와 모드믈 언
약(言約)ᄒᆞ엿더니 쟝ᄎᆞ(將次ᄉ) 어딕 잇ᄂᆞ니잇가?"

공(公)이 웃고 굴오딕,

"과연(果然) 니ᄅᆞ럿더니 아춤의 다른 딕로 가니라."

시랑(侍郞)이 미쇼(微笑)ᄒᆞ고 다시 뭇디 아니ᄒᆞ고 말ᄉᆞᆷᄒᆞ다가 하
딕(下直)고,

---

128) 미류(彌留): 병이 오래 낫지 않음.

129) 유신(有信): 신의가 있음.

도라와 닉당(內堂)으로

드러가더니 쇼문이 눈믈을 흘리고 치원각(--閣)으로조차 나오거늘 시랑(侍郎)이 연고(緣故)를 므른디 쇼문 왈(曰),

"부인(夫人)이 아젹130)브터 천뎨(賤弟)를 디(對)ᄒ샤 만단칙언(萬端責言)131)을 ᄒ시니 셜우믈 이긔디 못ᄒᆯ소이다."

시랑(侍郎)이 드르매 심하(心下)의 가연(慨然)ᄒ야 즉시(卽時) 치원각(--閣)의 니르니 최 부인(夫人)이 시랑(侍郎)을 보고 노식(怒色)이 표연(飄然)ᄒ야 쟝ᄎᆞ(將次ㅅ) 됴치 아니ᄒᄃᆡ, 시랑(侍郎)이 ᄂᆞᆺ빗 출 졍(正)히 ᄒ고 손을 고자 좌(座)의 나아가ᄃᆡ 부인(夫人)이 안즈믈 명(命)티 아니니 시랑(侍郎)이 ᄒᆞᆫ ᄀᆞ의 시립(侍立)ᄒ야 식경(食頃)이나 셔시니, 부인(夫人)이 잠간(暫間) 노(怒)를 춤아 닐오ᄃᆡ,

"현딜(賢姪)이 므슴 연고(緣故)로 누샤(陋舍)의 니르러 괴로이 셧ᄂᆞ뇨?"

시랑(侍郎)이 ᄇᆞ야흐로 ᄭᅮ러 ᄃᆡ왈(對曰),

"므

춤 숙모(叔母)긔 뵈오라 니르럿ᄂᆞ이다."

---

130) 아젹: 아침.
131) 만단칙언(萬端責言): 만단책언. 온갖 꾸짖는 말.

부인(夫人)이 닝쇼(冷笑) 왈(曰),

"교란이 네 아즈미니 날 굿튼 슉친(叔親) 츳즈믄 의외(意外)로다."

시랑(侍郞)이 즈약(自若)히 닐오디,

"쇼딜(小姪)이 우연(偶然)이 교 시(氏)를 만나 골육(骨肉)을 텬애
(天涯)[132]예 더디믈 츠마 못 ᄒ고 그 즈식(子息)을 거두매 어미를 용
납(容納)디 아니미 의(義) 아닌 고(故)로 드려오미 이시나 엇디 슉모
(叔母) 우흐로 공경(恭敬)ᄒ미 이시리잇가? 츠언(此言)을 듯즈오니
황공(惶恐)ᄒ미 욕ᄉ무디(欲死無地)[133]로소이다."

부인(夫人)이 노왈(怒曰),

"뎌 음탕(淫蕩)흔 챵녀(娼女)를 교 시(氏)라 칭(稱)ᄒᄂ뇨? 네 아자
미 본디(本-) 방즈방탕(放恣放蕩)ᄒ니 닉 조만(早晚)의 위후(衛后)의
환(患)[134]이 이실 거시어늘 네 엇디 챵녀(娼女)를 어더다가 주어 그
ᄆ음을 도도ᄂ뇨? 만일(萬一) 부

50면

인(夫人)의 우이(友愛)곳 아니면 너를 ᄀ마니 아니 둘러니라."

시랑(侍郞)이 웃고 샤례(謝禮) 왈(曰),

"슉모(叔母)의 소견(所見)이 쏘흔 유리(有理)ᄒ시나 슉뷔(叔父ㅣ)
삼오(三五) 이팔(二八) 풍뉴랑(風流郞)이 아니시니 엇디 뎌 교 시(氏)
일(一) 인(人)으로 인(因)ᄒ야 슉모(叔母) 위권(威權)을 옴기시며 교

---

132) 텬애(天涯): 천애. 하늘 끝.

133) 욕ᄉ무디(欲死無地): 욕사무지. 죽으려 해도 죽을 곳이 없음.

134) 위후(衛后)의 환(患): 위후의 환란. 위후는 중국 한(漢)나라 무제(帝紀)의 황후. 무제가 후궁인
이부인(李夫人)을 총애해 위후(衛后)를 폐함. 위후는 후에 선제(宣帝) 때 사후(思后)로 추존됨.

시(氏) 비록 챵녜(娼女ㅣ)나 간악(奸惡)흔 뉴(類)는 아니오 쇼문이 슉부(叔父) 골육(骨肉)으로 녀ᄉ디 ᄌ라시니 슉뫼(叔母ㅣ) 우희 계샤 흔 간(間) 방(房)을 빌리시고 어엿비 너기시믈 두터이 ᄒ실딘대 덕(德)이 크디 아니리잇고? 쇼딜(小姪)이 천ᄌ(擅恣)[135]히 거두워 온 죄(罪) 슈ᄉ난쇽(雖死難贖)[136]이나 임의 물이 업팀 ᄀᆞ트니 쾌(快)히 죄(罪)를 다ᄉ리시고 쇼문을 거두시믈 ᄇ라ᄂ이다. 지어(至於) 교 시(氏) 비록 천챵(賤娼)이나 슉뷔(叔父ㅣ) 도라보신 후(後)

●●●

51면

는 쇼딜비(小姪輩) 일홈 브ᄅ미 가(可)티 아니ᄒ오니 슬피쇼셔."

최 부인(夫人)이 ᄎ언(此言)을 듯고 팀음(沈吟)[137] 함노(含怒)ᄒ야 답(答)디 아니니 시랑(侍郎)이 ᄌ삼(再三) 샤죄(謝罪)ᄒ고 죠용히 간(諫)ᄒ고 믈러와,

위란을 이회당(--堂)의 드리고 오뉵(五六) 개(個) 차환(叉鬟)으로 뫼시게 ᄒ며 언단(言端)의 공경(恭敬)ᄒ믈 지극(至極)히 ᄒ고 가듕인(家中人)이 칭명희(稱名姬)[138]라 ᄒ게 ᄒ니 위란의 영요(榮耀)흔 복녹(福祿)이 비길 ᄃᆡ 업순다. 소 부인(夫人)은 ᄋ주(兒子)의 영오(穎悟)ᄒ믈 두굿기고 공(公)은 그 쳐티(處置)를 우을 분이러라.

교란이 외실(外室)의 이셔 위란을 블워ᄒ믈 이긔디 못ᄒ고 최 부인(夫人)이 ᄯᅩ흔 시랑(侍郎)의 말이 올흔 줄 혜아려 다시 쇼문과 교

---

135) 천ᄌ(擅恣): 천자. 멋대로 방자하게 행동함.

136) 슈ᄉ난쇽(雖死難贖): 수사난속. 비록 죽어도 속죄하기 어려움.

137) 팀음(沈吟): 침음. 속으로 깊이 생각함.

138) 칭명희(稱名姬): '부인이라 이름 부름'의 뜻으로 보이나 미상임.

란을 침노(侵擄)[139]티 아니ᄒ고

부려두엇더라.

시랑(侍郎)이 이후(以後) 민양 셔실(書室)의 잇고 치운당(--堂)의 가디 아니ᄒ니 소 부인(夫人)이 ᄀ장 미흡(未洽)ᄒ야 일일(一日)은 운아를 불러 싱(生)의 침구(寢具)를 ᄂᆡ당(內堂)으로 드리라 하니 시랑(侍郎)이 모친(母親) ᄯᅳᆺ을 슷티고 스스로 불효(不孝)를 ᄭᅵ드라 즉시(卽時) 치운당(--堂)의 드러가 희롱(戲弄)을 여러 가챠ᄒ미 업스나 은[140]이(恩愛) 이전(以前)으로 다른미 업서 은근(慇懃) 위곡(委曲)[141]ᄒ미 비길 ᄃᆡ 업더라.

이ᄯᅢ 녀 쇼ᄉᆡ(少師ㅣ) 시랑(侍郎)을 보ᄂᆡ고 ᄂᆡ당(內堂)의 드러가 싱(生)의 말을 뎐(傳)ᄒ니 졍 부인(夫人)이 깃거 닐오ᄃᆡ,

"ᄀ장 잘 ᄃᆡ답(對答)ᄒ야 계시니 혐의(嫌疑) 업ᄉᆞᆫ디라 ᄲᆞᆯ니 동상(東床)[142]의 옥낭(玉郎)을 ᄐᆡᆨ(擇)ᄒ미 엇더ᄒ니잇고?"

쇼ᄉᆡ(少師ㅣ) 놀나 ᄀᆞᆯ오ᄃᆡ,

"부인(夫人)이 이 엇던

---

139) 침노(侵擄): 성가시게 달라붙어 손해를 끼치거나 해침.

140) 은: [교] 원문에는 '운'으로 되어 있으나 오기로 보임.

141) 위곡(委曲): 찬찬하고 자세함. 자상.

142) 동상(東床): 동상. 사위. 중국 진(晉)나라의 태위 극감이 사윗감을 고르는데 왕도(王導)의 집 동쪽 평상 위에 엎드려 음식을 먹고 있는 왕희지(王羲之)를 골랐다는 고사에서 온 말.

말이뇨? 니즈(李子)로 더브러 언약(言約)이 즈못 굿고 ᄒ믈며 녀으(女兒)를 구학(溝壑)[143) 가온ᄃᆡ 건뎌 은혜(恩惠) 더옥 크니 이를 ᄇᆞ리고 눌을 어드리오?"

부인(夫人)이 졍ᄉᆡᆨ(正色) 왈(曰),

"니싱(李生)이 취쳐(娶妻)ᄒᆞ여시니 일(一) 녀(女)로써 ᄂᆞᆷ의 ᄌᆡ실(再室)을 주리오?"

쇼ᄉᆞ(少師ㅣ) 노왈(怒曰),

"부인(夫人)이 그르다. 당초(當初) 뎌 집이 취쳐(娶妻)ᄒᆞᆯ 의ᄉᆞ(意思)ㅣ 업거늘 ᄂᆡ 권(勸)ᄒᆞ야 취쳐(娶妻)ᄒᆞ나 그 신(信) 딕희미 여ᄎᆞ(如此)ᄒᆞ고 더옥 ᄋᆞ시(兒時)로브터 뎡밍(訂盟)[144)이 구드니 일시(一時)의 빗약(背約)[145)ᄒᆞ리오?"

부인(夫人)이 대로(大怒) 왈(曰),

"처엄의 샹공(相公)이 브졀업시 임 샹셔(尙書)의 다ᄅᆡ오믈 듯고 대ᄉᆞ(大事)를 소리(率爾)[146)히 ᄒᆞ야 옥(玉) ᄀᆞᄐᆞᆫ 셔랑(壻郎)을 ᄂᆞᆷ의 손의 너코 오늘날 녀으(女兒)를 임녀(-女)의 아래 사ᄅᆞᆷ을 ᄆᆡᆫ들려 ᄒᆞ니 ᄌᆞ식(子息) ᄉᆞ랑티 아니

---

143) 구학(溝壑): 구렁.

144) 뎡밍(訂盟): 정맹. 약속을 하거나 동맹을 맺음.

145) 빗약(背約): 배약. 약속을 배신함.

146) 소리(率爾): 솔이. 말이나 행동이 신중하지 못하고 가벼움.

미 이러툿 심(甚)ᄒ뇨? 쳡(妾)이 출하리 녀ᄋ(女兒)를 안고 명나(汨
羅)[147]의 ᄶ러딜디언뎡 니가(李家)의 보ᄂᆡ디 아니리라."

셜파(說罷)의 실셩톄읍(失聲涕泣)ᄒ니 쇼ᄉᆡ(少師ㅣ) 어히업서 쇼
져(小姐)ᄃ려 왈(曰),

"녀ᄋ(女兒)의 ᄯᅳᆺ은 어미를 올히 너기ᄂᆞ냐?"

쇼졔(小姐ㅣ) 일이 슌(順)티 아닐 줄 알고 심하(心下)의 탄식(歎息)
ᄒ고 안셔(安舒)히 ᄃᆡ왈(對曰),

"쇼녀(小女)ᄂᆞ 처엄 ᄯᅳᆺ이 이제 엇디 변(變)ᄒ리잇고?"

부인(夫人)이 대로(大怒) 왈(曰),

"녀이(女兒ㅣ) 니ᄉᆡᆼ(李生)의 용모(容貌)를 흠모(欽慕)ᄒ야 더러툿
당돌(唐突)ᄒᆫ 말을 ᄒ니 이ᄂᆞ 음녜(淫女ㅣ)라 내 눈의 뵈디 말라."

쇼졔(小姐ㅣ) ᄎᆞ언(此言)을 듯고 진실로(眞實-) 혜아린 일이라 자
긔(自己) 모친(母親)이 이러툿 ᄒ니 타인(他人)의 티쇼(嗤笑)[148]를 더
옥 면(免)티 못홀 줄 아라 붓그러오미 교집(交集)ᄒ야 믁연(默然)이
믈너 침

소(寢所)로 도라가니 쇼ᄉᆡ(少師ㅣ) 크게 블평(不平)ᄒ야 팀음(沈吟)

---

147) 명나(汨羅): 멱라. 중국 호남성(湖南省) 상음현(湘陰縣)의 북쪽에 있는 강의 이름. 초(楚)나라
굴원(屈原)이 나라의 장래를 근심하고 회왕(懷王)을 사모하여 노심초사한 끝에 <회사부(懷沙
賦)>를 짓고 빠져 죽은 곳임.

148) 티쇼(嗤笑): 치소. 비웃음.

ㅎ다가 튁일단ᄌ(擇日單子)[149]를 쓰거늘 부인(夫人)이 ᄃ라드러 아사[150] 믜여 ᄇ리고 대매(大罵) 왈(曰),

"만일(萬一) 니ᄉᆡᆼ(李生)을 맛ᄂᆞᆫ 날이면 닉 죽으리라."

드듸여 칼을 들고 놉드니 쇼ᄉᆞ(少師ㅣ) 어히업서 닐오듸,

"뎨 만일(萬一) 무르면 어이ᄒᆞ리오?"

부인(夫人) 왈(曰),

"아디 못ᄒᆞ엿거든 구튀야 들추워 구차(苟且)[151]히 결혼(結婚)ᄒᆞ야 무익(無益)ᄒᆞ니 샹공(相公)은 닉 ᄒᆞᄂᆞᆫ 대로 ᄇ려두쇼셔."

쇼ᄉᆞ(少師ㅣ) 홀일업서 다시 그러티 못ᄒᆞᆯ 줄노 견집(堅執)ᄒᆞ니 부인(夫人)이 슈건(手巾)을 들고 죽으려 놉ᄡᆞᄂᆞᆫ디라. 쇼ᄉᆞ(少師ㅣ) 한심(寒心)ᄒᆞ야 외당(外堂)으로 나가 침셕(寢席)의 비겨 식음(食飮)을 폐(廢)ᄒᆞ고 우려(憂慮)ᄒᆞ더니,

부인(夫人)이 그 친뎨(親弟) 일(一) 인(人)이

56면

병부시랑(兵部侍郎) 최강의 며ᄂᆞ리라. 최강의 뎨삼ᄌ(第三子) 병이 십오(十五) 직ᄉᆞ(才士)로 얼골 표치(標致)[152] 직ᄉᆞ(才士)로 일콧ᄂᆞᆫ 디라. 부인(夫人)이 유의(留意)ᄒᆞ야 그 아을 브촉(咐囑)[153]ᄒᆞ야 그 시(詩) 지[154]은 거슬 어더 오니 ᄌ톄(字體) 풍뉴(風流)롭고 경발(警

---

149) 튁일단ᄌ(擇日單子): 택일단자. 혼인 날짜를 정하여 상대편에게 적어 보내는 쪽지.

150) 사: [교] 원문에는 '시'로 되어 있으나 오기로 보임.

151) 구차(苟且): 구차. 말이나 행동이 떳떳하거나 버젓하지 못함.

152) 표치(標致): 얼굴이 매우 아름다움.

153) 브촉(咐囑): 부촉. 부탁하여 맡김.

拔)호야 가히(可-) 수랑호온디라. 부인(夫人)이 크게 깃거 공(公)을
디(對)호야 골오디,

"최싱(-生)이 쇼년(少年) 미랑(美郎)으로 지죄(才操 |) 이러툿 호니
이를 노코 눌을 어드리오? 당당(堂堂)이 명혼(定婚)호야 녀 (女兒)
의 일싱(一生)을 편(便)히 호리라."

쇼시(少師 |) 골오디,

"이는 만만(萬萬) 가(可)티 아니호니 니(李) 공(公)이 드른들 족히
무상(無狀)이 너기며 최싱(-生)이 비록 아름답다 호나 니싱(李生)의
게 미츠리오?"

부인(夫人)이 노왈(怒曰),

"니싱(李生)이 텬샹(天上) 인간(人間)의 업순 션낭(仙郎)이라도 안
해룰 두어시니 츠마 일(一) 녀(女)룰 직실(再室)

- - -

57면

을 주리오?"

쇼시(少師 |) 왈(曰),

"이는 결단(決斷)코 되디 못홀 일이니 당년(當年)의 문정공(--公)
기틴 건즙(巾櫛)을 엇디 호며 녀 집이 샹원(上元)을 존(尊)홀 거시니
무해(無害)호고 셜슈(設使) 직실(再室)이 된들 니즈(李子) マ툰 사회
룰 어드면 어이 쾌(快)치 아니리오?"

부인(夫人)이 즐매(叱罵) 왈(曰),

"말 못 호는 건즙(巾櫛)을 딕희여 녀 (女兒)의 일싱(一生)을 블안(不

---

154) 지: [교] 원문에는 없으나 문맥을 고려하여 규장각본(5:38)을 따름.

安)키 호느뇨? 니 임의 최가(-家)의 통(通)호여시니 고티디 못호리라."

쇼ᄉ(少師ㅣ) 답(答)디 아니니 부인(夫人)이 초조(焦燥)호야 셔들며 최 시랑(侍郞) 집의 쵹(促)호야 급(急)히 구혼(求婚)호라 호니,

최가(-家)의셔 즉시(卽時) 좌시랑(左侍郞) 고신을 쳥(請)호야 녀부(-府)의 보너야 구혼(求婚)호니 녀 공(公)이 허(許)티 아니호니 부인(夫人)이 탹급(着急)[155] 대로(大怒)호야 곡긔(穀氣)를 그치고 머리 ᄲᅡ뎌 울

* * *

58면

며 최가(-家)를 쵹(促)호야 날마다 구혼(求婚)호ᄂᆞᆫ 듕ᄆᆡ(仲媒) 오게 호고 공(公)을 보채여 허(許)호라 호딕 공(公)이 듯디 아니호고 니가(李家)의 통(通)코져 호나 부인(夫人)의 거동(擧動)이 고이(怪異)호니 요란(擾亂)홀 폐(弊) 이셔 무류(無聊)홀 일을 싱각고 통(通)토 못호고 부인(夫人)은 거죄(擧措ㅣ) 날노 고이(怪異)호니 됴흔 계교(計巧)를 싱각디 못호야 우수울억(憂愁鬱抑)[156]호고 쇼져(小姐)ᄂᆞᆫ 필경(畢竟)을 보와 목숨을 결(決)호랴 호야 시비(是非)를 간예(干預)[157]티 아니호더니,

최 시랑(侍郞)이 일일(一日)은 쇼부(少傅) 님 공(公)을 쳥(請)호야 녀가(-家)의 듕ᄆᆡ(仲媒)ᄒᆞᆯ 근졀(懇切)이 쳥(請)호니 님 쇼부(少傅)ᄂᆞᆫ 이 곳 문졍공(--公) 쇼희(小姐) 님 시(氏) 뎍형(嫡兄)이오, 니(李) 공(公)으로 더브러 문경(刎頸)의 사괴미[158] 두터오니 니부(李府) 일

<hr>

155) 탹급(着急): 착급. 매우 급함.

156) 우수울억(憂愁鬱抑): 근심하고 우울해함.

157) 간예(干預): 어떤 일에 간섭하여 참여함.

158) 문경(刎頸)의 사괴미: 문경의 사귐이. 친구를 위해 목을 베어 줄 정도의 친한 사귐이. 문경지

을 주시 알고 더옥 녀 쇼스(少師) 녀

59면

우(女兒)와 졍밍(訂盟)이 구든 줄 아는디라 フ장 놀나나 스식(辭
色)디 못호고,

즉시(卽時) 니부(李府)의 니르러 문졍공(--公)을 보고 이 일을 니르
고 의혹(疑惑)호거늘 문졍공(--公)이 놀나 굴오디,

"녀 형(兄)은 튱딕(忠直)혼 사롬이라. 만일(萬一) 그 녀익(女兒ㅣ)
싱존(生存)호여시면 즉시(卽時) 니르리니 엇디 다른 사롬과 의혼(議
婚)호리오? 형(兄)이 아모커나 녀부(-府)의 가 긔식(氣色)을 탐디(探
知)호여 와 니르러 회보(回報)호라."

님 쇼뷔(少傅ㅣ) 응낙(應諾)고 도라가니 공(公)이 의혹(疑惑)호믈
이긔디 못호고 시랑(侍郎)은 불셔 짐쟉(斟酌)호고 시비(是非)롤 아니
호고 녀 시(氏) 어더 오믈 부모(父母)그도 아니믄 녀 시(氏) 명졀(名
節)을 앗기미오 젼두식(前頭事ㅣ)[159] 아모랄 줄 모르고 주가(自家)의
쇽현(續絃)[160]홀 줄도 아디 못호매 치

교(刎頸之交)를 이름. 중국 전국(戰國)시대 조(趙)나라 염파(廉頗)와 인상여(藺相如)의 고사.
인상여가 진(秦)나라에 가 화씨벽(和氏璧) 문제를 잘 처리하고 돌아와 상경(上卿)이 되자, 장
군 염파는 자신이 인상여보다 오랫동안 큰 공을 세웠으나 인상여가 자기보다 높은 지위에 앉
았다 하며 인상여를 욕하고 다님. 인상여가 이에 대해 대응하지 않자 제자들이 그 까닭을 물
으니, 두 사람이 다투면 국가가 위태로워지고 진(秦)나라에만 유리하게 되므로 대응하지 않
은 것이었다 하니 염파가 그 말을 전해 듣고 가시나무로 만든 매를 지고 인상여의 집에 찾아
가 사과하고 문경지교를 맺음. 사마천, 『사기(史記)』, <염파인상여열전(廉頗藺相如列傳)>.

159) 젼두식(前頭事ㅣ): 전두사. 앞일.

160) 쇽현(續絃): 속현. 거문고와 비파의 끊어진 줄을 다시 잇는다는 뜻으로, 아내를 여읜 뒤에 다
시 새 아내를 맞는 일을 비유적으로 이르는 말. 여기에서는 아내를 맞아들임을 뜻함.

아(齒牙)의 올리미 가(可)티 아냐 발셜(發說)티 아니ᄒ니 진짓 군
지(君子ㅣ)러라.

님 공(公)이 녀부(-府)의 니르러 최 시랑(侍郞) 뜻을 니르고 짐줏
근졀(懇切)이 구혼(求婚)ᄒ니 녀 공(公) 왈(曰),

"현공(賢公)긔 슈고로이 쳥(請)ᄒᄂ니 도라가 최 형(兄)긔 샤례(謝
禮)ᄒ라. '약녜(弱女ㅣ) 일즉 문졍공(--公) 댱즈(長子) 니셩문으로 더브
러 뎡혼(定婚)ᄒ여시니 틱명(台命)161)을 밧드디 못ᄒᄂ이다.' ᄒ쇼셔."

님 쇼뷔(少傅ㅣ) 놀나 글오ᄃ,

"닉 ᄯ 니부(李府) 일을 아ᄂ니 형(兄)의 녀ᄋ(女兒)를 기ᄃ리미
망혼(亡魂)ᄒ매 니르럿거늘 엇디 니르디 아닛ᄂ뇨?"

녀 공(公) 왈(曰),

"닉 마춤 요ᄉᄋ이 병(病)들고 녀익(女兒ㅣ) 풍상간고(風霜艱苦)162)
를 겻거 신음(呻吟)ᄒ니 낫기를 기ᄃ려 통(通)ᄒ려 ᄒ더니이다."

님 공(公)이 고개 조아 응(應)ᄒ고 도라와 문

졍공(--公)을 딕(對)ᄒ야 니르니 공(公)이 경희쾌락(驚喜快樂)163)ᄒ

---

161) 틱명(台命): 태명. 지체 높은 사람의 명령.

162) 풍상간고(風霜艱苦): 찬 바람과 찬 서리를 맞는 괴로움과 아픔이라는 뜻으로, 온갖 모진 시련
과 고난을 비유적으로 이르는 말.

163) 경희쾌락(驚喜快樂): 놀라면서도 기뻐하고 즐거워함.

야 즉시(卽時) 녀부(-府)의 니르러 공(公)을 보고 하례(賀禮)ᄒᆞ믈
마디아냐 굴오ᄃᆡ,

"쇼뎨(小弟) 듀야(晝夜) 우탄(憂歎)164)ᄒᆞ는 배 녕녜(令女ㅣ) 듕도
(中途)의 요ᄉᆞ(夭死)ᄒᆞ야 낙챵(樂昌)의 거울165)이 못디 못ᄒᆞᆯ가 하더
니 오늘날 이런 경ᄉᆞ(慶事ㅣ) 이실 줄 알리오?"

녀 공(公)이 역시(亦是) 깃브믈 니르고 수이 길긔(吉期)ᄅᆞᆯ 일우믈
언약(言約)ᄒᆞ고 흣터디니 부인(夫人)이 이 말을 듯고 공(公)을 잡고
발작(發作)ᄒᆞ며 고셩(高聲) 왈(曰),

"니가(李哥) 도적놈(盜賊-)이 문(門)의 드디 아냐셔 죽으리라."

녀 공(公)이 민망(憫惘)ᄒᆞ야 소겨 닐오ᄃᆡ,

"최 공(公)이 듕ᄆᆡ(仲媒)ᄅᆞᆯ 너모 번폐(煩弊)이 보닌 타ᄉᆞ로 문졍공
(--公)이 듯고 대로(大怒)ᄒᆞ야 법문(法門)의 고장(告狀)ᄒᆞ고져 하니
만일(萬一) 일이 발각(發覺)ᄒᆞᆯ

딘대 나와 녀ᄋᆞ(女兒ㅣ) 크게 굿길 거신 고(故)로 마디못ᄒᆞ야 허
(許)ᄒᆞ여시나 즐겨ᄒᆞᆫ 배 아니니라."

부인(夫人)이 이 말을 듯고 홀일업서 다만 닐오ᄃᆡ,

---

164) 우탄(憂歎): 근심하고 탄식함.

165) 낙챵(樂昌)의 거울: 낙창의 거울. 부부가 헤어짐을 이름. 낙창공주(樂昌公主)가 깨진 반쪽 거
울로 헤어졌던 남편 서덕언(徐德言)을 찾은 이야기에서 유래함. 곧, 중국 진(陳)나라 말에 태
자사인(太子舍人) 서덕언이 왕의 누이인 낙창공주 진 씨를 아내로 맞았는데, 진나라가 곧 망
할 것임을 예감한 서덕언이 거울을 반으로 갈라 낙창공주와 나눠 가지며 신표로 삼고, 나라
가 망한다면 정월 보름에 반쪽의 거울을 도읍의 시장에서 비싼 값으로 팔라고 함. 그후 진나
라가 망해 서덕언은 도망하고 낙창공주는 양소(楊素)에게 사로잡히는데, 서덕언이 정월 보름
에 도읍의 시장에서 반쪽 거울을 비싼 가격에 파는 사람을 보고 낙창공주를 만나 양소의 배
려로 함께 고향으로 돌아감.『태평광기(太平廣記)』, <양소(楊素)>.

"비록 친영(親迎)[166]ᄒ나 구가(舅家)의 보너디 아니ᄒ리라."

쇼ᄉᆡ(少師 |) 굴오ᄃᆡ,

"이ᄂᆞᆫ 뎌 집 쳐티(處置)의 이시니 부인(夫人)이 엇디 ᄆᆞᆷ대로 ᄒ리오?"

부인(夫人)이 ᄆᆞᄎᆞᆸᄂᆡ 듯디 아냐 왈(曰),

"만일(萬一) 즉시(卽時) 친영(親迎)ᄒ야 ᄃᆞ려갈딘대 법문(法門)의 고장(告狀) 아냐 어뎐(御前)의 숑ᄉᆞ(訟事)를 ᄒ야도 허(許)티 못ᄒ리라."

쇼ᄉᆡ(少師 |) 부인(夫人)의 허(許)ᄒᄆᆞᆯ 깃거 익일(翌日)의 니(李)공(公)을 ᄎᆞ자 보고 굴오ᄃᆡ,

"녀ᄋᆡ(女兒 |) 도로(道路) 풍상(風霜)의 약질(弱質)이 샹(傷)ᄒᄆᆞᆯ 깁히 ᄒ야 신질(身狹)이 미류(彌留)[167]ᄒ니 현형(賢兄)은 대덕(大德)을 드리워 셩녜(成禮)ᄂᆞᆫ

- ● ●

63면

졍일(定日)의 ᄒᆡᆼ(行)ᄒ고 현구고(見舅姑)[168]ᄒᄂᆞᆫ 대례(大禮)ᄂᆞᆫ 잠간(暫間) 날회미 엇더ᄒ니잇고?"

공(公)이 흔연(欣然)이 쾌허(快許)ᄒ니 쇼ᄉᆡ(少師 |) 깃거 도라가다.

일개(一家 |) 녀 시(氏) 어드믈 다 깃거 공(公)의 부부(夫婦)의게 티하(致賀)ᄒᄂᆞᆫ 빗치로ᄃᆡ, 임 시(氏) ᄒᆞᆫ 번(番) 이 말을 드ᄅᆞ매 놀난 넉시 하ᄂᆞᆯ의 오ᄅᆞ고 셜운 흔(恨)이 구곡(九曲)이 믄허뎌 침소(寢所)

---

166) 친영(親迎): 육례의 하나로, 신랑이 신부의 집에 가서 신부를 직접 맞이하는 의식.

167) 미류(彌留): 병이 오래 낫지 않음.

168) 현구고(見舅姑): 신부가 예물을 가지고 처음으로 시부모를 뵙는 일.

의 도라와 감히(敢-) 젼(前)텨로 대악(大惡)을 브리디 못ᄒ고 조급(躁急)ᄒᆫ 셩이 블 ᄀᆺ투야 셕식(夕食)을 믈리티고 오열(嗚咽)ᄒ더니,

ᄎᆞ야(此夜)의 시랑(侍郎)이 이에 드러오니 쇼졔(小姐ㅣ) 놀나 밧비 눈믈을 거두고 니러 마자 ᄂᆽ츨 등잔(燈盞) 뒤흐로 곱초와 안ᄌᆞ니, 싱(生)이 잠간(暫間) 츄파(秋波)ᄅᆞᆯ 거두텨 보고 그 인믈(人物)과 위인(爲人)의 조급(躁急)ᄒ

• •

64면

믈 개탄(慨嘆)ᄒ야 아른 톄 아니ᄒ고 안셕(案席)[169]의 비겨 녀ᄋ(女兒)ᄅᆞᆯ 가챠ᄒ더니 냥구(良久) 후(後) 블을 믈녀 노코 눈을 드러 보와 ᄀᆞᆯ오ᄃᆡ,

"싱(生)이 비록 블민(不敏)ᄒ나 아직 목숨이 반셕(盤石) ᄀᆺ거늘 부인(夫人)이 하고(何故)로 무샹(無常)[170] 곡읍(哭泣)을 ᄒ야 여ᄎᆞ(如此) 요란(擾亂)이 구ᄂᆞ뇨?"

임 시(氏) ᄎᆞ언(此言)을 듯고 경녀(驚慮)ᄒ야 눈믈을 거두고 무언(無言)이어늘 시랑(侍郎)이 탄식(歎息)ᄒ야 ᄀᆞᆯ오ᄃᆡ,

"부인(夫人)이 혹 싱(學生)을 경박무신(輕薄無信)[171]ᄒᆫ 탕ᄌᆞ(蕩子)로 아ᄂᆞ냐? 웃사룸으로 더브러 황영(皇英)[172]의 ᄭᅩᆺ다오믈 미ᄌᆞᆯ딘대 싱(生)이 군ᄌᆞ(君子)의 큰 덕(德)이 업ᄉ나 일편도이 삼(三) 년(年) 은

---

169) 안셕(案席): 안석. 벽에 세워 놓고 앉을 때 몸을 기대는 방석.

170) 무샹(無常): 무상. 일정한 때가 없음. 무상시(無常時).

171) 경박무신(輕薄無信): 경박하고 신의가 없음.

172) 황영(皇英): 중국 고대 요(堯)임금의 두 딸이자, 순(舜)임금의 두 왕비인 아황(娥皇)과 여영(女英)을 이름. 두 사람은 왕비로서 우애 좋게 지낸 것으로 유명함.

정(恩情)을 니즈리오?”

셜파(說罷)의 의관(衣冠)을 그르고 침셕(寢席)의 나아가니 임 시
(氏) 쏘혼 젼일(前日)을 딩계(懲戒)

* * *

65면

흥미 잇는 고(故)로 슬프믈 춤아 금니(衾裏)의 몸을 의지(依支)흥
매 시랑(侍郎)의 은익(恩愛) 죠곰도 젼일(前日)로 감(減)흥미 업
더라.

이러구러 길일(吉日)이 다드르매 소 부인(夫人)이 임 시(氏)의 위
인(爲人)을 아는 고(故)로 운아롤 명(命)흥야 싱(生)의 관복(冠服)을
지으니 임 시(氏) 영오(穎悟)흔다라 즈긔(自己) 도리(道理) 그르믈 아
르디 초마 스스로 쳥(請)흥야 지으믈 못 흥더니,

졍일(定日)의 일개(一家ㅣ) 흔 당(堂)의 모다 시랑(侍郎)을 보닐시
소 부인(夫人)이 임 시(氏) 유랑(乳娘)을 블너 관복(冠服)을 맛디며
여츠여츠(如此如此) 흥라 흥니 유뫼(乳母ㅣ) 감은(感恩)흥믈 이긔디
못흥야 스스로 함(函)의 담아 닉여 노흐니 일좨(一座ㅣ) 경아(驚
訝)[173]흥야 일시(一時)의 칭찬(稱讚)흥야 골오디,

“뉘셔 임 시(氏) 투긔(妬忌)

---

173) 경아(驚訝): 놀라고 의아해함.

흔다 흐더뇨? 금일(今日) 보건대 진짓 슉녜(淑女ㅣ)로다.”

뉴 부인(夫人)이 쇼왈(笑曰),

“이 다 현부(賢婦)의 어디리 교훈(敎訓)ㅎ미라. 그 공(功)이 가히(可-) 크도다.”

소 부인(夫人)이 졍금(整襟)174) 샤례(謝禮)ㅎ고 문졍공(--公)은 부인(夫人)의 어진 덕(德)을 암칭(暗稱)175)ㅎ야 흔흔(欣欣)이 우을 분이러라.

날이 느즈매 시랑(侍郎)이 길복(吉服)을 닙으니 긔국공(--公)이 습녜(習禮)176)ㅎ라 ㅎ니 하람공(--公)이 쇼왈(笑曰),

“아히(兒孩) 아비 신낭(新郎)의 형샹(形狀)이 가쇼(可笑ㅣ)어늘 가지(可知)의 습녜(習禮)ㅎ야 가증(可憎)흔 취틱(醜態)177)를 좌듕(座中)의 뵈리오?”

시랑(侍郎)이 쇼이디왈(笑而對曰),

“비록 녀ᄋᆞ(女兒) 일(一) 인(人)이 이시나 쇼딜(小姪)의 나흘 혜아리건딕 동티(童穉) 셔랑(壻郎)이라 도로혀 어리도소이다.”

긔국공(--公)이 대쇼(大笑) 왈(曰),

“대강(大綱) 나히 어려도 ᄌᆞ식(子息) 낫는 슈단이 어려

---

174) 졍금(整襟): 정금. 옷깃을 여미어 모양을 바로잡음.
175) 암칭(暗稱): 속으로 칭찬함.
176) 습녜(習禮): 습례. 예법이나 예식을 미리 익힘.
177) 취틱(醜態): 추태. 추한 태도.

오미라.”

시랑(侍郎)이 미쇼(微笑) 브답(不答)이러니 녜부(禮部) 흥문이 웃고 문정공(--公)긔 고왈(告曰),

“현뵈 미亽(每事)의 온듕단엄(穩重端嚴)¹⁷⁸⁾키롤 쥬(主)ᄒ니 쇼딜(小姪)이 뼈 혜아리건딕 쳐亽(妻子)의게도 그럴가 ᄒ더니 어린 나히 ᄌ식(子息)을 쉽살이 나ᄒ니 샹(傷)ᄒ미 잇ᄂ가 우려(憂慮)ᄒ고 저의 샹시(常時) 긔식(氣色)과 다릭믈 고이(怪異)히 너기ᄂ이다.”

공(公)이 희미(稀微)히 우어 왈(曰),

“현딜(賢姪)이 그릇 아랏도다. 네 말 ᄀᆞᆺᄐᆯ딘대 공ᄌ(孔子ㅣ)¹⁷⁹⁾ 엇디 ᄌ亽(子思)¹⁸⁰⁾롤 두시뇨? 이ᄂ 셩인(聖人)도 면(免)티 못ᄒ신 배라 닉 아히(兒孩)롤 홀노 고이(怪異)히 너기ᄂ뇨?”

녜뷔(禮部ㅣ) 대쇼(大笑)ᄒ고 안두휘(--侯ㅣ) 시랑(侍郎)의 손을 잡고 희롱(戲弄) 왈(曰),

“십(十) 년(年) 亽샹(思相)ᄒ던 슉녀(淑女)롤 금셕(今夕)의 딕(對)ᄒ매 풍뉴(風流) 낙亽(樂事)롤 니릭디

---

178) 온듕단엄(穩重端嚴): 온중단엄. 진중하고 단정하며 엄숙함.

179) 공ᄌ(孔子ㅣ): 공자. 공구(孔丘, B.C.551~B.C.479)를 높여 부른 말. 중국 춘추시대 노나라의 사상가·학자로 자는 중니(仲尼). 인(仁)을 정치와 윤리의 이상으로 하는 도덕주의를 설파하여 덕치 정치를 강조하여 유학의 시조로 추앙받음.

180) ᄌ亽(子思): 자사. 중국 전국시대 노(魯)나라의 유학자(B.C.483?~B.C.402?). 공자의 손자로, 이름은 급(伋). 증자의 제자임. 성(誠)을 천지와 자연의 법칙으로 삼고 천인합일(天人合一)의 철학을 제창함. 저서에 『중용(中庸)』이 있음.

아냐셔 알리니 아디 못게라, 져근덧 졀차(節遮)[181] ᄒ야 형댱(兄丈)
과 수시(嫂氏)의 싱휵(生畜)ᄒ신 귀골(貴骨)을 조심(操心)ᄒ라."

시랑(侍郞)이 함쇼(含笑) 무언(無言)이어ᄂᆞᆯ 문졍공(--公) 왈(曰),
"졔뎨(諸弟)ᄂᆞᆫ 져믄 아ᄒᆡ(兒孩)ᄅᆞᆯ 너모 곤(困)히 보채디 말라."

인(因)ᄒ야 직쵹ᄒ야 보ᄂᆡ니 졔공(諸公)이 웃고 흔ᄀᆞ디로 니러나
싱(生)으로 더브러 녀부(-府)의 니ᄅᆞ니,

녀 공(公)이 크게 잔치ᄅᆞᆯ 베프고 신낭(新郞)을 마자 뎐안(奠雁)[182]
을 못고 ᄂᆡᆼ당(內堂)의 드러가 신부(新婦)로 더브러 합근(合졸)[183] 교
ᄇᆡ(交拜)ᄅᆞᆯ ᄆᆞᆺᄎᆞ니 쇼져(小姐)의 텬향미ᄉᆡᆨ(天香美色)[184]은 운듕명월
(雲中明月)[185]이오 슈듕년ᄒᆞ(水中蓮荷)[186] ᄀᆞᆺ고 시랑(侍郞)의 호호
(浩浩)ᄒᆞᆫ 골격(骨格)이 형산(荊山) ᄇᆡᆨ옥(白玉)[187] ᄀᆞ투야 진짓 텬뎡가
위(天定佳偶ㅣ)오 일셰(一世) 냥필(良匹)[188]이라. 좌위(左右ㅣ) 막블
칭찬(莫不稱讚)ᄒ야 티

---

181) 졀차(節遮): 절차. 절제하고 차단함.
182) 뎐안(奠雁): 전안. 혼인 때 신랑이 신부 집에 기러기를 가져가서 상위에 놓고 절하는 예.
183) 합근(合졸): 혼인날에 신랑과 신부가 술을 나눠 마시는 예.
184) 텬향미ᄉᆡᆨ(天香美色): 천향미색. 뛰어나게 아름다운 외모.
185) 운듕명월(雲中明月): 운중명월. 구름 속의 밝은 달.
186) 슈듕년ᄒᆞ(水中蓮荷): 수중연하. 물 속의 연꽃.
187) 형산(荊山) ᄇᆡᆨ옥(白玉): 형산 백옥. 중국 춘추시대 초(楚)나라 형산(荊山)에서 난 화씨벽(和氏
璧)을 이름. 초나라의 변화(卞和)라는 이가 박옥(璞玉)을 발견하여 초나라 왕인 여왕(厲王)과
무왕(武王)에게 바쳤으나 왕들이 그것을 돌멩이로 간주하여 각각 변화의 왼쪽 발과 오른쪽
발을 자름. 이후 문왕(文王)이 즉위하자 변화는 왕에게 갈 수 없어 통곡하니, 문왕이 그 소문
을 듣고 옥공(玉工)을 시켜 박옥을 반으로 가르게 해 진귀한 옥을 얻고 이를 화씨벽(和氏璧)
이라 칭함. 『한비자(韓非子)』에 이 이야기가 실려 있음.
188) 냥필(良匹): 양필. 좋은 짝.

해(致賀ㅣ) 분분(紛紛)[189]ᄒ니 졍 부인(夫人)이 ᄇ야흐로 깃거하더라.

교비(交拜)를 파(罷)ᄒ고 쇼ᄉ(少師ㅣ) 하람공(--公) 등(等) ᄉ(四)
인(人)과 소 참졍(參政)을 쳥(請)ᄒ야 듕헌(中軒)의 와 신부(新婦)를
볼ᄉ 졔공(諸公)이 녀 쇼져(小姐)의 용모(容貌)를 보고 크게 놀나며
희힝(喜幸)ᄒ야 딜ᄋ(姪兒)의 비위(配偶ㅣ) 마ᄌ믈 티하(致賀)ᄒ고
ᄉ랑ᄒ미 친식부(親息婦)의 감(減)티 아니ᄒ더라.

이윽고 쇼졔(小姐ㅣ) 니러 드러간 후(後), 쇼ᄉ(少師ㅣ) 시랑(侍郎)
의 손을 잡고 두긋기믈 금(禁)티 못ᄒ야 굴오ᄃ,

"현셔(賢壻)의 금슈(錦繡) 문쟝(文章)은 아란 디 오라거니와 금일
(今日) 최쟝시(催裝詩)[190]ᄂ 마디못ᄒ리니 ᄒ번(-番) 낙필(落筆)ᄒ야
어두온 눈을 쾌(快)히 ᄒ미 엇더뇨?"

시랑(侍郎)이 손샤(遜謝) 왈(曰),

"쇼싱(小生)이 본ᄃ(本-) 식견(識見)이 고루(固陋)ᄒ고 혹식(學識)
이 암미(暗昧)

ᄒ 가온ᄃ 이런 일은 일쥭 소릉(少陵)[191]이 아니라 명(命)을 밧드

---

189) 분분(紛紛): 어지러운 모양.

190) 최쟝시(催裝詩): 최장시. 신부에게 옷을 입기를 재촉하는 시.

191) 소릉(少陵): 중국 셩당(盛唐) 때의 시인 두보(杜甫, 712~770)의 호. 율시에 특히 능해 시성
   (詩聖)으로 불림.

디 못ᄒᄂ이다."

하람공(--公)이 말을 니어 쇼왈(笑曰),

"ᄌ고(自古)로 신낭(新郎)의 최장시(催粧詩) 덧덧ᄒᆞᆫ 규귀(規矩 ㅣ)[192]라 ᄒᆞ나 ᄌᆡᄉᆞ(才士)의 경박(輕薄)ᄒᆞᆫ 슈단(手段)이라. 딜ᄋᆡ(姪兒 ㅣ) 본ᄃᆡ(本-) 경셔(經書)를 닑어 셩현(聖賢) 유풍(遺風)을 ᄯᅩᆯ오니 존공(尊公) 명(命)을 밧드디 못ᄒᆞᄂᆞᆫ가 ᄒᆞᄂ이다."

쇼ᄉᆡ(少師ㅣ) 칭샤(稱謝) 왈(曰),

"복(僕)이 ᄯᅩᄒᆞᆫ 아ᄂᆞᆫ 배로ᄃᆡ 현셔(賢壻)의 놉흔 시귀(詩句)를 귀경코져 ᄒᆞ미라."

남공(-公)이 쇼왈(笑曰),

"긴 날이 무궁(無窮)ᄒᆞ니 엇디 구ᄐᆡ여 오늘날 시(詩)를 지어 부박(浮薄)[193]ᄒᆞᆫ 거동(擧動)을 ᄒᆞ리오?"

ᄒᆞ더라.

이윽고 제공(諸公)이 니러 도라간 후(後) 쇼ᄉᆡ(少師ㅣ) ᄉᆡᆼ(生)을 인도(引導)ᄒᆞ야 쇼져(小姐) 침소(寢所) 옥셜각(--閣)의 니ᄅᆞ러ᄂᆞᆫ 녀 한님(翰林) 형데(兄弟)

· ● ●

71면

서로 ᄃᆡ(對)ᄒᆞ야 말ᄉᆞᆷᄒᆞ더니 밤이 깁흔 후(後) 흐터디고 ᄉᆡᆼ(生)이 홀로 잇더니,

이윽고 쇼져(小姐) 유뫼(乳母ㅣ) 일(一) 개(個) 미ᄋᆞ(美兒)를 ᄃᆞ려

---

192) 규귀(規矩ㅣ): 그림쇠와 곱자라는 뜻으로 규범과 법도를 이름.

193) 부박(浮薄): 천박하고 경솔함.

234 (이씨 집안 이야기) 이씨세대록 3

이에 니르러 골오디,

"쇼졔(小姐ㅣ) 셕양(夕陽)의 대례(大禮)를 디니시고 긔운이 블평(不平)ᄒ샤 능히(能-) 운신(運身)티 못ᄒ시는 고(故)로 부인(夫人)이 노야(老爺)의 홀노 디니시믈 블안(不安)ᄒ샤 ᄎ녀(此女)를 보니여 샹딕(上直)194)ᄒ게 ᄒ시더이다."

원릭(元來) 부인(夫人)이 시랑(侍郞)을 시험(試驗)ᄒ야 셩식(聲色)의 ᄯᅳᆺ이 깁흔가 보려 ᄒ미라.

시랑(侍郞)이 연고(緣故)는 아지 못ᄒ나 ᄎ두(叉頭)195)의 무리를 쇼져(小姐) 딕신(代身)으로 보니믈 ᄀ쟝 미안(未安)ᄒ야 텬연(遷延) 브답(不答)ᄒ고 즉시(卽時) 의관(衣冠)을 그ᄅ고 샹(牀)의 나아가니 유뫼(乳母ㅣ) 미녀(美女)를 미러 방(房)의 녀코 문(門)

∷●●

72면

을 닷고 나간 후(後) 경 부인(夫人)이 새도록 챵외(窓外)예셔 규시(窺視)ᄒ디 시랑(侍郞)이 깁히 줌드러 죠곰도 갓가이 ᄒ미 업ᄂ디라 부인(夫人)이 크게 깃거 도라왓더니,

이튼날 시랑(侍郞)이 관셰(盥洗)ᄒ고 ᄂᆡ당(內堂)의 드러가 악모(岳母)를 보니 부인(夫人)이 흔연(欣然)이 ᄉ랑ᄒ고 깃거 친친(親親)이 ᄋᆡᄃᆡ(愛待)196)ᄒ믈 친ᄌ(親子)ᄀ티 ᄒ더라.

시랑(侍郞)이 이에 부듕(府中)의 도라오매 존당(尊堂) 부뫼(父母

---

194) 샹딕(上直): 상직. 집 안에 살면서 시중을 듦.

195) ᄎ두(叉頭): 차환(叉鬟)과 창두(蒼頭). 계집종과 사내종.

196) ᄋᆡᄃᆡ(愛待): 애대. 사랑으로 대우함.

|) 녀 시(氏)의 현부(賢婦)를 뭇거늘 시랑(侍郎)이 미쇼(微笑)ᄒ고 보디 아냐시므로 디(對)ᄒ니 문정공(--公) 왈(曰),

"ᄋ뷔(阿婦 |) 어린 나희 풍샹간고(風霜艱苦)를 ᄀ초 겻거시니 엇디 큰 병(病)이 나디 아니리오?"

졔슉(諸叔)이 긔롱(譏弄) 왈(曰),

"녀 시(氏)의 병(病)들미 너의 몸을 보호(保護)ᄒ엿거니와 임 시(氏)의 일야(一夜)

●●●

73면

다 튼 간댱(肝腸)을 엇디 위로(慰勞)티 아닛ᄂ다?"

시랑(侍郎)이 머리를 숙이고 잠간(暫間) 우술 ᄯᄅᆞᆷ이러라.

이윽고 믈너나 모친(母親)을 뫼셔 슉현당(--堂)의 도라와 좌우(左右)로 녀아(女兒)를 ᄃᆞ려오라 ᄒ야 부인(夫人) 알픠셔 희쇼(喜笑)ᄒᆞᆯ ᄉᆡ, 시랑(侍郎)이 부ᄌᆞ지졍(父子之情)이 지극(至極)ᄒ나 본ᄃᆡ(本-) 위인(爲人)이 낙낙(落落)[197]ᄒ야 비록 그 ᄌᆞ식(子息)이나 구구(區區)히 닉ᄋᆡ(溺愛)[198]키를 아니ᄃᆡ 부인(夫人)이 비록 수심(愁心)이 잇다가도 ᄌᆞ긔(自己) 녀ᄋᆞ(女兒)를 안고 희담(戲談)을 흔즉 두굿겨 만ᄉᆞ(萬事)를 니ᄌᆞ시ᄂᆞ니라. 고(故)로 ᄆᆡ양 모젼(母前)의셔ᄂᆞᆫ ᄌᆞ약(自若)히 우서 가챠ᄒ니 부인(夫人)이 이날도 ᄀᆞ쟝 두굿겨 녀부(女婦)[199]를 모화 말ᄉᆞᆷᄒ니 임 시(氏) 부은 눈이 ᄂᆞᆺ디 못ᄒ여시나 마디못ᄒ야 좌(座)의

---

197) 낙낙(落落): 낙락. 작은 일에 얽매이지 않고 대범함.

198) 닉ᄋᆡ(溺愛): 익애. 지나치게 사랑하거나 귀여워함.

199) 녀부(女婦): 여부. 딸과 며느리.

잇ᄂ디라

74면

시랑(侍郞)이 눈을 드디 아니ᄒ나 임의 알고 잠간(暫間) 어엿비 너기ᄂ 무옴이 잇더라.

져녁의 녀부(-府)의셔 쳥(請)티 아니ᄒ니 시랑(侍郞)이 치운당(--堂)의 드러가 밤을 디닉매 은익(恩愛) 늉흡(隆洽)[200]ᄒ야 환졍(歡情)[201]이 샹시(常時)로 비(倍)ᄒ니 임 시(氏) 그윽이 고이(怪異)히 너겨 싀심(猜心)[202]이 잠간(暫間) ᄂ즈니 이 도시(都是)[203] 시랑(侍郞)의 어하(御下)[204]ᄒ미 졍엄(正嚴)ᄒ미러라.

이쩌 녀 쇼졔(小姐ㅣ) 과연(果然) 일야(一夜) 스이로 큰 병(病)이 발(發)ᄒ야 긔졀(氣絶)ᄒ기를 즈로 ᄒ고 통셰(痛勢) 위독(危篤)ᄒ니 공(公)의 부뷔(夫婦ㅣ) 창황(倉黃)ᄒ야 븟드러 구호(救護)ᄒ며 탹급(着急)[205]히 셔도니 미처 시랑(侍郞)을 쳥(請)티 못ᄒ엿더니,

익일(翌日) 조됴(早朝)의 쇼졔(小姐ㅣ) 막혀 수이 씌디 못ᄒ니 쇼싀(少師ㅣ) 망극(罔極)ᄒ야 급(急)히 시랑(侍郞)을 쳥(請)ᄒ니,

시랑(侍郞)이 임

---

200) 늉흡(隆洽): 융흡. 매우 흡족함.

201) 환졍(歡情): 환정. 환대하는 마음.

202) 싀심(猜心): 시심. 시기심.

203) 도시(都是): 모두.

204) 어하(御下): 아랫사람을 다스림.

205) 탹급(着急): 착급. 매우 급함.

제2부 | 주석 및 교감 237

시(氏) 방듕(房中)의 잇더니 이 말을 듯고 일단(一端) 놀나온 뜻이 업디 아냐 총망(悤忙)이 의관(衣冠)을 곳티고 나와 부뫼(父母ㅣ) 놀나실가 바로 고(告)티 아니ᄒ고 다만 하딕(下直)고 녀부(-府)의 니르니,

쇼시(少師ㅣ) 눈믈이 만면(滿面)ᄒ야 급(急)히 잇글고 쇼져(小姐) 방듕(房中)의 니르러 쇼져(小姐) ᄎᆺ 덥흔 거슬 앗고 보니 긔졀(氣絶)ᄒ연 디 오란디라 옥면(玉面)이 츤 ᄌᆡ ᄀᆞ투엿더라. 시랑(侍郞)이 막블차악(莫不嗟愕)[206]ᄒ야 안식(顏色)을 곳티고 손을 잡아 믹(脈)을 보고 즉시(卽時) 낭듕(囊中)의 침(針)을 ᄲᅡ혀 두어 곳을 시험(試驗)ᄒ니, 이윽고 쇼제(小姐ㅣ) 믄득 숨을 니쉬고 인ᄉ(人事)를 출히니 쇼ᄉ(少師) 부뷔(夫婦ㅣ) 대희(大喜)ᄒ야 친(親)히 붓드러 진뎡(鎭靜)케 ᄒ고 즐거오믈 이긔디 못ᄒ며 쇼져(小姐)는 싱(生)의

이시믈 아쳐ᄒ야 말을 아니ᄒ니 쇼ᄉ(少師) 부뷔(夫婦ㅣ) 두굿겨 녀ᄋ(女兒)를 위로(慰勞)ᄒ고 싱(生)을 머므르고 나가니,

쇼졔(小姐ㅣ) 민망(憫惘)ᄒ야 몸을 운동(運動)ᄒ야 니러 안즈니 시랑(侍郞)이 눈을 드러 보고 그 ᄋᆡ원슈려(哀怨秀麗)[207]흔 틱도(態度)를 그윽이 ᄋᆡ련(愛憐)[208]ᄒ야 날호여 닐오ᄃᆡ,

---

206) 막블차악(莫不嗟愕): 막불차악. 몹시 놀라지 않음이 없음.
207) ᄋᆡ원슈려(哀怨秀麗): 애원수려. 슬프게 원망하는 듯하고 빼어나게 아름다움.

"병인(病人)이 실셥(失攝)²⁰⁹⁾기 쉬오니 부인(夫人)은 움즉이디 말라."

쇼졔(小姐ㅣ) 붓그려 무언(無言)이오, 쇼亽(少師) 부인(夫人)이 챵외(窓外)예셔 여어보고 크게 두굿겨 식반(食盤)을 ᄀ초와 디졉(待接)ᄒ고 쇼亽(少師ㅣ) 머믈기ᄅᆞᆯ 쳥(請)ᄒ니 싱(生) 왈(曰),

"가친(家親)긔 고(告)티 아니코 니르러시니 금일(今日)은 도라가 고(告)ᄒ고 후일(後日) 니르리이다."

쇼亽(少師ㅣ) 셥셥이 너기나 녀ᄋᆞ(女兒ㅣ) 병(病)드니 머므르지 못ᄒ야 도라보ᄂᆡ다.

수일(數日) 후(後), 쇼졔(小姐ㅣ) 잠간(暫間) 나으니

···

77면

부인(夫人)이 그 미차(未差)²¹⁰⁾ᄒ여시믈 아나 동방(洞房)의 ᄡᅡᆼ유(雙遊)ᄒ믈 밧비 보고져 ᄒ야 쇼亽(少師)ᄅᆞᆯ 쵹(促)ᄒ야 싱(生)을 쳥(請)ᄒ니,

시랑(侍郎)이 니르럿ᄂᆞᆫ디라 쇼亽(少師ㅣ) 잇그러 쇼져(小姐)로 더브러 방듕(房中)의 드리니 시랑(侍郎)이 졍대(正大)ᄒ나 녀 시(氏) ᄀᆞᆺ튼 슉녀(淑女)ᄅᆞᆯ 만나 엇디 무심(無心)ᄒ리오. 댱(帳)을 디우고 쵹(燭)을 믈녀 쇼져(小姐)ᄅᆞᆯ 붓드러 샹샹슈리(牀上繡裡)²¹¹⁾의 나아가고져 ᄒ니 쇼졔(小姐ㅣ) 밧비 좌(座)ᄅᆞᆯ 믈리고 념용졍금(斂容整襟)²¹²⁾

---

208) 익련(愛憐): 애련. 어리거나 약한 사람을 가엾게 여기어 사랑함.

209) 실셥(失攝): 실섭. 몸조리를 잘 하지 못함.

210) 미차(未差): 병이 아직 회복되지 않음.

211) 샹샹슈리(牀上繡裡): 상상수리. 침상 위 수놓은 이불.

212) 념용졍금(斂容整襟): 염용정금. 얼굴을 단정히 가다듬고, 옷깃을 여미어 모양을 바로잡음.

ᄒᆞ야 쟝ᄎᆞᆺ(將次ㅅ) 말을 ᄒᆞ고져 ᄒᆞ딕 참식(慙色)이 은은(隱隱)ᄒᆞ야 능히(能-) 발(發)티 못ᄒᆞ니 시랑(侍郞)이 고이(怪異)히 너겨 무러 굴오딕,

"부인(夫人)이 혹ᄉᆡᆼ(學生)을 딕(對)ᄒᆞ야 므슴 말을 ᄒᆞ고져 ᄒᆞᄂᆞ뇨?"

쇼졔(小姐ㅣ) 다시 념용(斂容)ᄒᆞ고 소리ᄅᆞᆯ 안졍(安靜)이 ᄒᆞ야 굴오딕,

∶●●

78면

"쇼쳡(小妾)이 익운(厄運)이 듕비(重比)[213]ᄒᆞ고 시운(時運)이 블리(不利)ᄒᆞ야 녀ᄌᆞ(女子)의 몸이 도로(道路)의 분주(奔走)ᄒᆞ야 크게 녀ᄒᆡᆼ(女行)을 일허 쳔누(賤陋)[214]ᄒᆞ미 극(極)ᄒᆞ딕 군(君)의 빅냥(百兩)[215]으로 거두시믈 닙으니 은혜(恩惠) ᄌᆞ못 크다 ᄒᆞ려니와 쳡신(妾身)의 붓그러오믄 ᄎᆞᆺ 둘 ᄯᅡ히 업스니 군ᄌᆞ(君子)ᄂᆞᆫ 대덕(大德)을 드리오샤 쳡신(妾身)을 뉴렴(留念)티 마ᄅᆞ시믈 ᄇᆞ라ᄂᆞ이다."

시랑(侍郞)이 듯기ᄅᆞᆯ ᄆᆞᆺ고 그 ᄆᆞ음이 빙옥(氷玉) ᄀᆞᆺᄐᆞᆷ믈 그윽이 암칭(暗稱)[216]ᄒᆞ야 이에 공경(恭敬)ᄒᆞ야 닐오딕,

"부인(夫人)의 허다(許多) 소회(所懷) 다 ᄉᆞ리(事理)의 올흐니 혹ᄉᆡᆼ(學生)이 엇디 져근 졍(情)을 ᄎᆞᆷ디 못ᄒᆞ야 부인(夫人)의 놉흔 ᄯᅳᆺ을 져ᄇᆞ리리오? 연(然)이나 ᄌᆞ긔(自己) ᄆᆞ음이 옥(玉) ᄀᆞᆫᄐᆞᆫ 후(後)야 도

---

213) 듕비(重比): 중비. 무겁고 거듭됨.

214) 쳔누(賤陋): 천루. 천하고 더러움.

215) 빅냥(百兩): 백량. 신부를 맞아 오는 일. 백 대의 수레로 신부를 맞이한다 하여 이와 같이 씀. 『시경(詩經)』, <작소(鵲巢)>에 "새아씨가 시집옴에 백량으로 맞이하도다. 之子于歸, 百兩御之."라는 구절이 있음.

216) 암칭(暗稱): 속으로 칭찬함.

로(道路)의 뉴리(流離)ᄒᄆᆯ 개회(介懷)ᄒ리오?"

쇼제(小姐ㅣ) 샤

례(謝禮)ᄒ고 다시 말을 아니ᄒ거ᄂᆯ 시랑(侍郎)이 그 낭낭(朗朗)ᄒᆫ 옥셩(玉聲)을 ᄒᆫ 번(番) 드ᄅ매 ᄌᆞ못 긔이(奇異)히 너겨 시험(試驗)ᄒ야 므ᄅ딕,

"부인(夫人)이 원릭(元來) 어딕 잇다가 눌로 인(因)ᄒ야 경ᄉ(京師)의 왓ᄂᆞ뇨?"

쇼제(小姐ㅣ) 참슈(慙羞) 믁연(默然)이어ᄂᆞᆯ 시랑(侍郎)이 잠간(暫間) 웃고 ᄯᅩ 무ᄅᆫ대 쇼제(小姐ㅣ) 딕(對)ᄒ야 ᄀᆞᆯ오딕,

"녀ᄒᆡᆼ(女行)을 일흔 후(後) 기간(其間) ᄉ에(辭語ㅣ) 베플 말이 업ᄉᆯ가 ᄒᄂᆞ이다."

시랑(侍郎)이 텽필(聽畢)의 함쇼(含笑)ᄒ고 밤이 깁흐므로ᄡᅥ 부뷔(夫婦ㅣ) 각상(各床)의셔 밤을 디닉고 평명(平明)의 시랑(侍郎)이 도라간 후(後),

부인(夫人)이 급(急)히 쇼져(小姐)의 옥비(玉臂)[217]ᄅᆯ 보고 크게 놀나고 고이(怪異)히 너겨 쇼ᄉ(少師)ᄅᆯ 딕(對)ᄒ야 ᄀᆞᆯ오딕,

"니랑(李郎)이 셩장(盛壯)[218] 남ᄌ(男子)로 녀ᄋ(女兒) ᄀᆞᆮᄐᆫ 미ᄉᆡᆨ(美色)을 딕(對)ᄒ야 ᄯᅳᆺ이 이러ᄒ니 댱닉(將來)ᄅᆯ

---

217) 옥비(玉臂): 옥 같은 팔뚝.

218) 셩장(盛壯): 성장. 혈기 왕성하고 굳셈.

가디(可知)라. 샹공(相公)이 닉 말을 듯디 아냐 무춤닉 녀ᄋ(女兒)
를 이러툿 밍그니 쟝춧(將次ㅅ) 므어시 됴흐니잇고? 이 반듯시 임
시(氏)로 졍분(情分)이 심샹(尋常)티 아냐 다른 딕 옴기디 아니려
ᄒᆞᆫ민가 시브이다."

쇼ᄉᆞ(少師ㅣ) 굴오딕,

"니(李) 현보ᄂᆞᆫ 대현(大賢)이라 무고(無故)히 녀ᄋ(女兒)를 박딕(薄
待)ᄒᆞ리오? 이 반듯시 제 ᄯᅳᆺ이 이시미니 부인(夫人)은 너모 조급(躁
急)히 구디 말라."

부인(夫人)이 ᄎᆞ언(此言)을 드르나 유리(有理)히 너기디 아냐 져므
도록 쵸조(焦燥)ᄒᆞ야 셔도더니,

셕양(夕陽)의 싱(生)이 니르러 공(公)을 뫼셔 말ᄉᆞᆷᄒᆞ매 ᄌᆞᄌᆞ(字字)
히 셩니(性理)의 근본(根本)이 깁흐니 공(公)이 더옥 ᄉᆞ랑ᄒᆞ더니,

야심(夜深)ᄒᆞ매 방듕(房中)의 니르니 쇼졔(小姐ㅣ) 가ᄇᆞ야온 단쟝
(丹粧)으로 니러 마즈니 긔이(奇異)ᄒᆞᆫ 용취(容采) 암실(暗室)이 붉고
한아(閑雅)ᄒᆞᆫ 긔

질(氣質)이 이목(耳目)을 놀닉니 시랑(侍郎)이 더옥 의ᄉᆞ(意思ㅣ)
흔연(欣然)ᄒᆞ딕 졔 스스로 현구고(見舅姑)[219] 젼(前) 친(親)ᄒᆞᄆᆞᆯ 원

---

219) 현구고(見舅姑): 신부가 예물을 가지고 처음으로 시부모를 뵙는 일.

(願)티 아니ᄒᆞᆷ믈 알고 그 ᄯᅳᆺ을 놉히 너겨 ᄆᆞ춤ᄂᆡ 침범(侵犯)티 아니ᄒᆞ니,

익일(翌日)의ᄂᆞᆫ 부인(夫人)이 더옥 탹급(着急)ᄒᆞ야 식음(食飮)을 폐(廢)ᄒᆞ고 번뇌(煩惱)ᄒᆞ더니 시랑(侍郞)이 삼ᄉᆞ(三四) 일(日) 왕ᄂᆡ(往來)ᄒᆞᄃᆡ 쇼져(小姐)로 샹ᄃᆡ(相對)ᄒᆞ야 구ᄐᆞ여 말이 업고 시녜(侍女ㅣ) 샹(牀)을 졍(正)히 ᄒᆞᆫ 후(後) 시랑(侍郞)이 나아가 공경(恭敬)ᄒᆞ미 쥬ᄀᆡᆨ(主客) ᄀᆞᆺ고 쇼져(小姐) 잉혈(鶯血)[220]은 희미(稀微)토 아니니 부인(夫人)이 크게 노(怒)ᄒᆞ야 염증(厭症)을 ᄂᆡ여 ᄎᆞᆷ디 못ᄒᆞ야,

일일(一日)은 시랑(侍郞)이 밤을 디ᄂᆡ고 아춤의 니러 도라갈 제 드러와 하딕(下直)ᄒᆞ니 부인(夫人)이 닐러 ᄀᆞᆯ오ᄃᆡ,

"낭군(郞君)이 ᄂᆡ 여ᄋᆞ(女兒)ᄅᆞᆯ 엇더키 너기ᄂᆞ뇨?"

시랑(侍郞)

82면

이 잠간(暫間) 츄파(秋波)ᄅᆞᆯ 옴겨 보고 답(答)디 아니ᄒᆞ니 부인(夫人)이 울고 ᄀᆞᆯ오ᄃᆡ,

"녀ᄋᆞ(女兒ㅣ) 본ᄃᆡ(本-) 규리(閨裏) 옥슈(玉樹ㅣ)어늘 그릇 시운(時運)이 니(利)티 아니믈 만나 도로(道路)의 뉴리(流離) 분주(奔走)ᄒᆞ고 현셔(賢壻)의 힝거(行車)ᄅᆞᆯ ᄶᆞᆯ와 몸이 구챠(苟且)[221]ᄒᆞ나 저의 ᄒᆞᆫ 조각 ᄆᆞ음은 옥결빙쳥(玉潔氷淸)[222] ᄀᆞᆺ거늘 군(君)이 죠곰도 도라

---

220) 잉혈(鶯血): 앵혈. 순결의 표식. 장화(張華)의 『박물지』에서 그 출처를 찾을 수 있음. 근세 이전에 나이 어린 처녀의 팔뚝에 찍던 처녀성의 표시를 말하는 것으로 도마뱀에게 주사(朱沙)를 먹여 죽이고 말린 다음 그것을 찧어 어린 처녀의 팔뚝에 찍으면 첫날밤에 남자와 잠자리를 할 때에 없어진다고 함.

221) 구챠(苟且): 구차. 말이나 행동이 떳떳하거나 버젓하지 못함.

싱각디 아니ᄒ고 ᄆᄋᆷ의 더러이 너겨 공규(空閨)의 함원(含怨)ᄒᆯ믈 둘게 보니 이 엇디 군ᄌ(君子)의 도리(道理)리오? 녀ᄋ(女兒)의 팔ᄌ(八字ㅣ) 불셔 그만 ᄒ니 심규(深閨)의셔 고요히 늙게 현셔(賢壻)ᄂᆞᆫ 외면가정(外面假情)223)으로 일즉 오디 말라. 만일(萬一) 금일(今日) 간 후(後) 다시 니ᄅᆞᆯ딘대 노신(老臣)이 현셔(賢壻)의 씩 싯티 피ᄅᆞᆯ 무티리라.”

셜파(說罷)의 눈이 독(毒)ᄒ고 니ᄅᆞᆯ ᄀᆞ라 눈믈이 주줄ᄒ

· · ·

83면

니 시랑(侍郎)이 듯기ᄅᆞᆯ 뭇고 어히업시 너기고 그 거지(擧止)ᄅᆞᆯ 히연(駭然)224)ᄒ야 심디(心地) 져샹(沮喪)225)ᄒ니 일언(一言)을 아니ᄒ고 믄득 니러 절ᄒ고 도라가니 쇼졔(小姐ㅣ) ᄎᆞ경(此景)을 보고 크게 붓그려 ᄀᆞ마니 눈믈을 흘리고 국골(刻骨) 애들와ᄒ더라.

시랑(侍郎)이 도라간 후(後) 쇼ᄉᆞ(少師ㅣ) 만일(萬一) 쳥(請)코져 ᄒᆞᆫ죽 부인(夫人)이 죽기로 막아 굴오ᄃᆡ,

“저ᄅᆞᆯ 쳥(請)ᄒᆞᆷ 녀ᄋ(女兒)ᄅᆞᆯ 위(爲)ᄒ미어ᄂᆞᆯ 저의 녀ᄋ(女兒) 향(向)ᄒᆞᆫ ᄯᆮ이 그러틋 소원(疏遠)ᄒ니 제 스ᄉᆞ로 와도 그 거동(擧動)이 믭고 괘심ᄒ니 엇디 ᄎᆞ마 쳥(請)ᄒ리오?”

ᄒ고 듯디 아니ᄒ더라.

시랑(侍郎)이 도라가 녀 부인(夫人) 거지(擧止)ᄅᆞᆯ 싱각고 그윽이

---

222) 옥결빙쳥(玉潔氷淸): 옥결빙청. 옥처럼 깨끗하고 얼음처럼 맑음.

223) 외면가졍(外面假情): 외면가정. 겉으로만 정이 있는 것처럼 꾸밈.

224) 히연(駭然): 해연. 몹시 이상스러워 놀람.

225) 져샹(沮喪): 저상. 기운을 잃음.

개탄(慨嘆)ᄒ야 그 ᄯᅳᆯ이 담디 아니믈 고이(怪異)히 너겨 굴오ᄃᆡ,

"닉 일즉 쳐ᄌᆞ(妻子)의게 굴(屈)

ᄒᄂᆞ니를 용녈(庸劣)이 너기ᄂᆞ니 ᄯᅩ 엇디 뎌 부인(夫人) ᄯᅳᆺ을 조ᄎᆞ리오? 녀 시(氏) 비록 임ᄉᆞ(姙姒)²²⁶⁾ ᄀᆞᇀ나 다시 가디 아니ᄒᆞ리라."

ᄒ고 ᄎᆞ후(此後) 다시 가디 아니ᄒ고 녀부(-府)의셔도 쳥(請)티 아니며 ᄯᅩ 쇼졔(小姐ㅣ) 날마다 문안(問安)ᄒᄂᆞᆫ 녜(禮)를 삼ᄉᆞ(三四) 일 ᄭᅳᆫᄒ니, 소 부인(夫人)이 고이(怪異)히 너기나 싱(生)ᄃᆞ려ᄂᆞᆫ ᄉᆞᄉᆡᆨ(辭色)디 아니ᄒ더니,

문졍공(--公)이 녀 시(氏)를 수이 보디 못ᄒᆞᄆᆞᆯ 울울(鬱鬱)ᄒ야 길일(吉日)을 ᄀᆞᆯᄒᆡ여 녀부(-府)의 고(告)ᄒ고 쇼져(小姐) 보닉믈 직쵹ᄒᆞ니 쇼졔(小姐ㅣ) ᄯᅩᄒᆞᆫ 윤죵(允從)²²⁷⁾ᄒ고 범ᄉᆞ(凡事)를 출히ᄃᆡ 부인(夫人)이 죽기로 막아 듯디 아니ᄒ니 쇼졔(小姐ㅣ) 쵸조(焦燥)ᄒ야 굴오ᄃᆡ,

"쇼녜(小女ㅣ) 사ᄅᆞᆷ의 며느리 되야 문안(問安)ᄒᄂᆞᆫ 녜(禮)를 폐(廢)ᄒ고 ᄯᅩ 구개(舅家ㅣ) 브르거늘 어이 가디 아니ᄒᆞ리잇가? 이

---

226) 임ᄉᆞ(姙姒): 임사. 중국 고대 주(周)나라 문왕(文王)의 어머니 태임(太姙)과, 문왕의 아내이자 무왕(武王)의 어머니인 태사(太姒)를 아울러 이르는 말로 이들은 현모양처로 유명함.

227) 윤죵(允從): 윤종. 남의 말을 좇아 따름.

는 샹한쳔뉴(常漢賤類)228)라도 이에 더으디 못홀 거시니 모친(母親)은 싱각ᄒ쇼셔.”

부인(夫人)이 크게 ᄭ지저 왈(曰),

“네 ᄒ갓 향암(鄕闇)229)된 소견(所見)으로 이러툿 고이(怪異)ᄒ 말을 ᄒ니 다시 닉 눈의 뵈디 말라.”

쇼졔(小姐ㅣ) 다시 슈용(收容)230)ᄒ고 간(諫)코져 ᄒ니 부인(夫人)이 익노(益怒)ᄒ야 금쳑(金尺)231)을 드러 더디니 우연(偶然)이 옥슈(玉手ㅣ) 마자 술이 믜여지고 피 급(急)히 흐르니 부인(夫人)이 놀나 붓들고 황황초조(遑遑焦燥)ᄒ야ᄒ딕 쇼졔(小姐ㅣ) 안ᄉᆡ(顏色)을 블변(不變)ᄒ고 쇼ᄉᆡ(少師ㅣ) 말을 아니타가 글오딕,

“부인(夫人)의 거동(擧動)이 녀ᄋᆞ(女兒)의 일싱(一生)을 ᄆᆞᄎᆞ려 ᄒᄂ 계교(計巧ㅣ)로다. 문공(-公)이 만일(萬一) 알딘대 흑싱(學生)을 쟝ᄎᆞᆺ(將次ㅅ) 엇더킈 너길가 시브뇨?”

부인(夫人)이 대매(大罵) 왈(曰),

“니가(李哥) ᄒ 무리 음탕(淫蕩)ᄒ 것들

---

228) 샹한쳔뉴(常漢賤類): 상한천류. 상놈과 천한 무리.

229) 향암(鄕闇): 시골에서 지내 온갖 사리에 어둡고 어리석음. 또는 그런 사람.

230) 슈용(收容): 수용. 용모를 가다듬음.

231) 금쳑(金尺): 금척. 금빛이 나는 자.

을 그리 대스(大事)로이 너기느뇨? 부녜(婦女ㅣ) 날을 죽이고 니가 (李家)로 가라."

쇼스(少師ㅣ) 믁연(默然)이 나가고 쇼져(小姐)는 흔 말을 아니터라.

길일(吉日)이 다드르니 부인(夫人)이 못 보닉기로 우겨 범스(凡事)를 아니 츌ᄒ고 공(公)은 추마 녀의게 이 스연(事緣)을 못 ᄒ니 니부(李府)의셔는 전혀 아디 못ᄒ고 대연(大宴)을 빈셜(排設)²³²⁾ᄒ고 빈긱(賓客)을 모호고 일변(一邊) 위의(威儀)를 ᄀ초와 녀부(-府)의 보닉니 부인(夫人)이 쇼져(小姐)를 붓들고 심당(深堂)의 드러 나²³³⁾디 아니ᄒ니 쇼스(少師ㅣ) 온ᄀ디로 익걸(哀乞)ᄒ딕 듯디 아니ᄒ니 홀일업서 블의(不意)예 유병(有病)ᄒ므로 긔별(奇別)ᄒ니 니부(李府)의셔 대경(大驚)ᄒ딕 시랑(侍郞)이 임의 짐쟉(斟酌)ᄒ고 녀 쇼스(少師)의 약(弱)ᄒ믈 분(憤)ᄒ야 즉시(卽時) 운아를 명(命)ᄒ야 굴오딕,

"어미 녀부(-府)의 가

녀 시(氏)ᄃ려 닉 말로 닐너 병(病)이 고황(膏肓)²³⁴⁾의 드러시나 죽디 아닌 젼(前)은 금일(今日) 대례(大禮)를 폐(廢)티 못ᄒ리라."

---

232) 빈셜(排設): 배설. 연회나 의식(儀式)에 쓰는 물건을 차려 놓음.

233) 나: [교] 원문에는 '가'로 되어 있으나 문맥을 고려하여 규장각본(5:58)을 따름.

234) 고황(膏肓): 심장과 횡격막의 사이. 고는 심장의 아랫부분이고, 황은 횡격막의 윗부분으로, 이 사이에 병이 생기면 낫기 어렵다고 함.

운애 놀나 골오디,

"녀 쇼제(小姐ㅣ) 진짓 병(病)이 계시면 어이 니러 움죽이시리오? 노야(老爺) 말솜이 과도(過度)호신가 호노이다."

시랑(侍郎)이 브답(不答)호고 지쵹호야 가라 호니,

운애 즉시(卽時) 녀부(-府)의 니르러 와시믈 고(告)호니 부인(夫人)이 즉시(卽時) 드러오라 호야 볼시 쇼제(小姐ㅣ) 쏘흔 잇더라. 운애 드러가 계하(階下)의셔 절호고 우러러 쇼져(小姐)를 보고 크게 놀나고 칭복(稱福)호며 시랑(侍郎)의 명견(明見)[235]을 항복(降服)호더니 부인(夫人)이 골오디,

"유랑(乳娘)이 금일(今日) 엇디 니르럿노뇨?"

운애 골오디,

"금일(今日) 쇼제(小姐ㅣ) 본부(本府)의 니르러 대례(大禮)를 힝(行)호실디라

• • •

88면

빈긱(賓客)이 만당(滿堂)호야 쇼져(小姐)를 기드리시더니 쇼제(小姐ㅣ) 블의(不意)예 유병(有病)타 호시니 시랑(侍郎) 노애(老爺ㅣ) 여츠여츠(如此如此) 닐너 보니시더이다."

부인(夫人)이 블연(勃然)[236] 노왈(怒曰),

"니(李) 시랑(侍郎)이 사룸을 너모 쳔(賤)히 너기닷다. 녀이(女兒ㅣ) 과연(果然) 병(病)이 업스디 시랑(侍郎)이 박디(薄待) 태심(太甚)

---

235) 명견(明見): 밝은 식견.

236) 블연(勃然): 발연. 왈칵 성을 내는 태도나 일어나는 모양이 세차고 갑작스러움.

ᄒ니 녀ᄌᆡ(女子ㅣ) 본딕(本-) 가부(家夫)로 인(因)ᄒ야 구고(舅姑)를 알거늘 가부(家夫)로 더브러 눔이 된 후(後) 엇디 구고(舅姑)를 알리 오? 그러므로 금일(今日) 못 보ᄂᆞ노라."

운애 ᄎ언(此言)을 듯고 놀나고 고이(怪異)히 너겨 잠간(暫間) 소 겨 닐오딕,

"ᄂ리오시ᄂ 말ᄉᆞᆷ이 맛당ᄒ시나 만일(萬一) 그 ᄯᅳᆺ이 계실딘대 미 리 니ᄅ시미 가(可)ᄒ거늘 금일(今日) 빈ᄀᆡᆨ(賓客)이 만당(滿堂)ᄒ고 허다(許多) 쥬찬(酒饌)을 쟝만흔 날 이러틋 ᄒ시미 고이(怪異)티 아 니ᄒ리잇가?

• •

89면

쇼졔(小姐ㅣ) 비록 시랑(侍郞)의 졍(情)을 엇디 못ᄒ여 계시나 노 야(老爺)로 더브러 동샹(東床)237)의 ᄌ하샹(紫霞觴)238)을 ᄂᆞ호고 빙ᄎᆡ(聘采)239)를 바드신 후(後) 졍(情)을 엇디 못ᄒ다 ᄒ샤 우리 문공(-公) 노야(老爺) 식뷔(息婦ㅣ) 아니리오? 부인(夫人) 말ᄉᆞᆷ ᄀ 틀딘대 쳥년슈과(靑年守寡)240)ᄒ니ᄂ 구고(舅姑)를 혜디 아닐소 이다. 이후(以後) 아니 보ᄂᆡ셔도 금일(今日)은 마디못ᄒ야 쇼져 (小姐)를 보ᄂᆡ실소이다. 이런 말을 눔이 드를딘대 엇디 웃디 아

---

237) 동샹(東床): 동상. 사위를 높여 부르는 말. 중국 진(晉)나라의 태위 극감이 사윗감을 고르는데 왕도(王導)의 집 동쪽 평상 위에 엎드려 음식을 먹고 있는 왕희지를 골랐다는 고사에서 온 말. 여기에서는 동쪽 평상의 의미로 쓰임.

238) ᄌ하샹(紫霞觴): 자하상. 자하주가 담긴 술잔. 자하주는 신선들이 마신다는 술.

239) 빙ᄎᆡ(聘采): 빙채. 빙물(聘物)과 채단(采緞)으로, 빙물은 결혼할 때 신랑이 신부의 친정에 주던 재물이고, 채단은 신랑 집에서 신붓집으로 미리 보내는 푸른색과 붉은색의 비단임.

240) 쳥년슈과(靑年守寡): 청년수과. 젊은 나이에 과부에 되어 수절함.

니리잇가?"

부인(夫人)이 운아의 흐릭는 듯한 말을 듯고 잠간(暫間) 씩드라 이에 쇼져(小姐)의 옥비(玉臂)를 닉여 운아를 뵈고 울며 굴오디,

"조식(子息) 스랑은 귀쳔(貴賤)이 흔가지어늘 유랑(乳娘)이 이를 보라. 모음이 어디 가고 셟디 아니리오?"

운애 놀나

다만 갈오디,

"우리 노야(老爺)는 인명(仁明)호시미 타류(他類)와 다릭시니 엇디 쇼져(小姐)의 텬향국식(天香國色)²⁴¹)과 슉덕(淑德)을 모릭시고 박디(薄待)호시리잇가? 이 반드시 쥬의(主義) 계시미니 부인(夫人)은 흔(恨)티 마릭시고 금일(今日) 녜(禮)를 힝(行)호고 방인(傍人)의 우음을 취(取)티 마릭쇼셔. 또 쇼제(小姐ㅣ) 본부(本府)의 가시면 진정(眞情)으로 박디(薄待)호셔도 노야(老爺)와 부인(夫人)이 권유(勸誘)호시면 냥졍(兩情)의 친(親)²⁴²)을 일우리이다."

부인(夫人)이 그 말을 듯고 과연(果然)호야 즉시(卽時) 쇼져(小姐)를 단쟝(丹粧)호야 치교(彩轎)의 올릴식 쇼제(小姐ㅣ) 일이 이러틋 요란(擾亂)호믈 보고 모친(母親)이 취졸(取拙)²⁴³)을 탐탐(耽耽)²⁴⁴)이 뵈믈 심하(心下)의 붓그리고 애돌와 マ만이 탄식(歎息)호고 부인(夫

---

241) 텬향국식(天香國色): 천향국색. 여인의 매우 아름다운 얼굴.

242) 냥졍(兩情)의 친(親): 양정의 친. 쌍방의 친함. 부부가 관계를 맺음을 말함.

243) 취졸(取拙): 취졸. 졸렬한 행동을 함.

244) 탐탐(耽耽): 깊고 그윽한 모양.

人)의 쓰으는 딕로 응장(凝粧)²⁴⁵⁾을 일우고 위

∴·•

91면

의(威儀)를 ㄱ초와,

니부(李府)의 니르러는 운애 시랑(侍郎)의 셕일(昔日) 맛딘 바 봉
관화리(鳳冠花履)²⁴⁶⁾를 밧드러 녜복(禮服)을 ㄱ초고 구고(舅姑) 존당
(尊堂)의 폐빅(幣帛)을 나오니 일좨(一座ㅣ) 모다 신부(新婦)의 아니
오믈 낙막(落寞)²⁴⁷⁾ᄒ야ᄒ다가 크게 깃거ᄒ며 공(公)의 부뷔(夫婦ㅣ)
역희(亦喜)ᄒ야 부모(父母)를 뫼셔 슈좌(首座)의 안고 금슈반(錦繡
盤)²⁴⁸⁾의 홍금보(紅錦褓)²⁴⁹⁾를 덥허 노화 녜(禮)를 바들식,

녀 쇼졔(小姐ㅣ) 칠(七) 쳑(尺) 신댱(身長)과 일(一) 쳑(尺) 셰요(細
腰)의 긴 단장(丹粧)을 쓰으고 너른 평상(平床)의 진퇴(進退)ᄒ야 조
눌(棗栗)을 드리고 녜(禮)ᄒ니 묽은 눈찌는 공산(空山)의 새별을 우
이 너기고 그린 나뷔눈섭은 팔ᄎㆎ(八彩)²⁵⁰⁾ 영농(玲瓏)ᄒ며 년화(蓮
花) ᄀ튼 보됴개의 오치(五彩) 어른기고 술빗치 연연(軟軟)ᄒ고 아아
(雅雅)²⁵¹⁾ᄒ야 연화(蓮花)의 빗

---

245) 응장(凝粧): 곱게 화장함.

246) 봉관화리(鳳冠花履): 봉황을 장식한 예관(禮冠)과 아름다운 신발. 고관부녀의 복식.

247) 낙막(落寞): 마음이 쓸쓸함.

248) 금슈반(錦繡盤): 금수반. 비단으로 수놓은 쟁반.

249) 홍금보(紅錦褓): 붉은 비단으로 만든 보.

250) 팔ᄎㆎ(八彩): 팔채. 여덟 빛깔의 눈썹이라는 뜻으로, 제왕의 얼굴을 찬미하는 말. 중국 고대 요
(堯) 임금의 눈썹에 여덟 가지 색채가 있었다는 데서 유래함. 여기에서는 여빙란 눈썹의 아름
다움을 형용한 말로 쓰임.

251) 아아(雅雅): 아름다움.

출 아사시니 의심(疑心)컨대 요디(瑤池)²⁵²⁾ 션ᄌ(仙子)²⁵³⁾ ᄀᆺ튀야
단엄(端嚴)ᄒᆫ 풍용(風容)²⁵⁴⁾과 흐억쇄락(--灑落)²⁵⁵⁾ᄒᆫ 거동(擧動)이
목난(木蘭)이 취우(翠雨)²⁵⁶⁾ᄅᆯ 마시며 홍년(紅蓮)이 녹파(綠波)의
소슨 ᄃᆺ 쳥초(淸楚)ᄒᆫ 골격(骨格)이 표연(飄然)ᄒᆞ니 임 시(氏) 비록
아ᄅᆷ다오나 쎠러디미 만흐니 좌듕(座中)이 크게 놀나고 공(公)의
부뷔(夫婦ㅣ) 크게 깃거 웃는 입을 주리디 못ᄒᆞ고 승샹(丞相)과 뎡
부인(夫人)이 더옥 환희(歡喜)ᄒᆞ야 글오ᄃᆡ,

"신뷔(新婦ㅣ) 비록 고으미 극진(極盡)ᄒᆞ나 복긔(福氣)²⁵⁷⁾ 완젼(完
全)ᄒᆞ니 가문(家門)의 힝(幸)이오 오ᄋᆞ(吾兒)와 소 현부(賢婦)의 덕
(德)이로다."

문공(-公)과 부인(夫人)이 하셕(下席) 빈ᄉᆞ(拜謝)ᄒᆞ고 하람공(--公)
등(等)이 일시(一時)의 공(公)과 부인(夫人)을 ᄃᆡ(對)ᄒᆞ야 티하(致賀)
ᄒᆞ니 공(公)이 웃고 글오ᄃᆡ,

"금일(今日) 식부(息婦)ᄅᆯ 보매 이 다 부모(父母) 은틱(恩澤)이

---

252) 요디(瑤池): 요지. 중국 곤륜산(崑崙山)에 있다는 연못으로 서왕모(西王母)가 사는 곳으로 전해짐.
253) 션ᄌ(仙子): 선자. 선녀. 서왕모(西王母)를 이름. 서왕모는 『산해경(山海經)』에서는 곤륜산에 사는 인면(人面) · 호치(虎齒) · 표미(豹尾)의 신인(神人)이라고 하나, 일반적으로는 불사(不死)의 약을 가지고 있는 아름다운 선녀로 전해짐.
254) 풍용(風容): 풍채와 용모.
255) 흐억쇄락(--灑落): 탐스럽고 윤택하며 시원스러움.
256) 취우(翠雨): 취우. 푸른 나뭇잎에 매달린 빗방울.
257) 복긔(福氣): 복기. 복된 기운.

라 쇼뎨(小弟) 깃브믈 무러 아릇실 배 아니로소이다.”

임 시(氏) 이째 좌(座)의 잇더니 신부(新婦)를 보고 심두(心頭)[258]의 앙앙(怏怏)[259]호나 홀일업서 몬져 돗 밧괴 공슈(拱手)호고 셔니 좌위(左右ㅣ) 영오(穎悟)호믈 일큿고 구괴(舅姑ㅣ) 크게 두굿겨 지비(再拜)호믈 명(命)호니 임 시(氏) 즉시(卽時) 그대로 힝(行)호니 신뷔(新婦ㅣ) 쳔연(天然) 답녜(答禮)호고 뎨〻슉미(娣姒叔妹)[260]로 일시(一時)의 녜(禮)를 뭇춘매 다시 형뎨(兄弟) 항널(行列)로 나아가니 녜뫼(禮貌ㅣ) 진슉(鎭肅)[261]호고 힝뵈(行步ㅣ) 느는 듯호야 일싱(一生) 닉인 쟈(者) 굿투니 좌위(左右ㅣ) 더옥 긔이(奇異)히 너기고 구고(舅姑) 존당(尊堂)이 쾌(快)호믈 이긔디 못호더라.

죵일(終日) 진환(盡歡)호고 셕양(夕陽)의 파연(罷宴)호고 신부(新婦)를 치셩각(--閣)으로 보닌 후(後) 뉴 부인(夫人)이 두굿기미 극(極)호매 능히(能-) 금(禁)티 못

호야 졔〻졔손(諸子諸孫)이 혼뎡(昏定)호믈 인(因)호야 쵹(燭)을 붉히고 말솜홀시 신뷔(新婦ㅣ) 쏘흔 혼뎡(昏定)의 참예(參預)호엿

---

258) 심두(心頭): 생각하고 있는 마음. 또는 순간적인 생각이나 마음.

259) 앙앙(怏怏): 매우 마음에 차지 아니하거나 야속함.

260) 뎨〻슉미(娣姒叔妹): 제사숙매. 동서와 시누이.

261) 진슉(鎭肅): 진숙. 진중하고 엄숙함.

는디라 태부인(太夫人)이 나아오라 ᄒ야 손을 잡고 운환(雲鬟)262)을 쓰다ᄃᆞ마 ᄀᆞᆯ오ᄃᆡ,

"노뫼(老母ㅣ) 미망(未亡) 여ᄉᆡᆼ(餘生)으로 지리(支離)히 사라 금일(今日) 이런 긔화(奇貨)263)를 어들 줄 알리오?"

시랑(侍郞)을 블러 ᄯᅩ흔 손을 잡고 그 풍뫼(風貌ㅣ) ᄀᆞᆺᄐᆞᆷ을 두굿겨 승샹(丞相)ᄃᆞ려 ᄀᆞᆯ오ᄃᆡ,

"임 시(氏) 비록 아름다오미 극진(極盡)ᄒ나 셩ᄋᆞ(-兒)의 비위(配偶ㅣ) 아니러니 오ᄂᆞᆯ날 냥금(良金)과 빅벽(白璧)이 그 ᄡᅡᆼ(雙)을 일티 아닐 줄 알리오?"

승샹(丞相)이 모친(母親)의 흔희(欣喜)ᄒ시믈 더옥 깃거 흔연(欣然) ᄃᆡ왈(對曰),

"조션(祖先) 젹덕(積德) 여음(餘蔭)264)으로 오ᄂᆞᆯ날 신부(新婦)의 어딜미 비로ᄉᆞ미로소이다."

부인(夫人)이 웃

• • •

95면

고 냥인(兩人)을 가로 안쳐 두굿기니 시랑(侍郞)이 비록 쇼져(小姐)로 좌ᄎᆞ(座次ㅣ) 년(連)ᄒ여시나 눈을 ᄂᆞ초고 ᄉᆞᆨ(辭色)이 단엄(端嚴)ᄒ고 쇼져(小姐)ᄂᆞᆫ 경황참괴(驚惶慙愧)265)ᄒ야 몸 둘 ᄃᆡ 업서ᄒᆞᄂᆞᆫ 듕(中) 좌우(左右)로 모든 쇼년(少年) 남ᄌᆞ(男子ㅣ) 삼 버

---

262) 운환(雲鬟): 여자의 탐스러운 쪽 찐 머리.
263) 긔화(奇貨): 기화. 진기한 보물이나 보배.
264) 여음(餘蔭): 조상의 공덕으로 자손이 받는 복.
265) 경황참괴(驚惶慙愧): 놀라고 당황하며 부끄러워함.

듯 ᄒᆞ여시니 더옥 붓그려ᄒᆞ더니 녜부(禮部) 흥문이 ᄎᆞᆷ디 못ᄒᆞ야 웃고 뉴 부인(夫人)긔 고왈(告曰),

"조뫼(祖母ㅣ) 뎌놈의 ᄠᅳᆺ을 뎌리 바드시나 수쉬(嫂嫂ㅣ) ᄀᆞ장 평안(平安)티 아냐 ᄒᆞ시ᄂᆞ이다."

뉴 부인(夫人)이 우어 왈(曰),

"그럴딘대 각각(各各) 좌(座)로 가라."

이(二) 인(人)이 즉시(卽時) 좌(座)의 나아가니 텰 한님(翰林) 쉬 대쇼(大笑) 왈(曰),

"현뵈 셩보를 듕심(中心)의 믜워ᄒᆞ리로다. 됴흔 째를 어뎌 년니지(連理枝)266) 되엿ᄂᆞᆫ 거슬 쎠나게 ᄒᆞᄂᆞ뇨?"

녜뷔(禮部ㅣ) 역시(亦是) 크게 웃고 시랑(侍郞)을 보며 글오디,

. ● ●

96면

"우형(愚兄)이 우연(偶然)이 실언(失言)ᄒᆞ야 현뎨(賢弟) 화ᄉᆞ(華事)를 희지으니 샤죄(謝罪)ᄒᆞ노라."

시랑(侍郞)이 미쇼(微笑) 왈(曰),

"챵딩 형(兄)은 잇다감 실셩(失性)ᄒᆞᆫ 말을 어이 ᄒᆞᄂᆞ뇨?"

기국공(--公)이 쇼왈(笑曰),

"두 아히(兒孩) 말이 ᄌᆞᆷ못 올커늘 네 엇디 거즛 발명(發明)을 ᄒᆞᄂᆞ뇨?"

강음휘(--侯ㅣ) 쇼왈(笑曰),

"네 진실로(眞實-) 녀 시(氏) ᄀᆞᆺᄐᆞᆫ 연연(娟娟) 미아(美兒)를 아니

---

266) 년니지(連理枝): 연리지. 두 나무의 가지가 서로 맞닿아서 결이 서로 통한 것이라는 뜻으로
화목한 부부나 남녀 사이를 비유적으로 이르는 말.

귀(貴)히 너기는다? 셩녜(成禮) 일(一) 월(月)의 네 오장(五臟)이 다 석어시믈 아노라.”

시랑(侍郞)이 미쇼(微笑)ᄒᆞ고 고개를 수기니 문 흑소(學士) 부인(夫人)이 낭낭(朗朗)이 우어 왈(曰),

“딜ᄋᆞ(姪兒ㅣ) 말을 아니나 긔ᄉᆡᆨ(氣色)이 하 민망(憫憫)ᄒᆞ야ᄒᆞ니 아모커나 허실(虛實)을 알고져 ᄒᆞ노라.”

신국공(--公) 부인(夫人) 빙셩이 쇼왈(笑曰),

“져졔(姐姐ㅣ) 므슴 능(能)으로 ᄂᆞᆷ의 부부지간(夫婦之間) 듕졍(重情)을 아ᄅᆞ시리오?”

문 부인(夫人)이

• •

97면

낭연(朗然)이 대쇼(大笑)ᄒᆞ고 녀 시(氏)를 도라보와 왈(曰),

“그ᄃᆡᄃᆞ려 ᄀᆞ만이 무를 말이 이시니 잠간(暫間) 늬 알프로 오라.”

녀 쇼졔(小姐ㅣ) 이ᄉᆡ 붓그러오미 일신(一身)의 넘ᄭᅵ니 옥면(玉面)의 홍광(紅光)이 찬란(燦爛)ᄒᆞ야 고개를 수겨 뎌슈(低首)[267] 단좌(端坐)러니 문 부인(夫人)의 말을 듯고 더옥 슈괴(羞愧) 만면(滿面)ᄒᆞ야 믁믁(默默) 듀뎌(躊躇)ᄒᆞ니 일만(一萬) 광염(光艶)이 좌듕(座中)의 독보(獨步)ᄒᆞ니 존당(尊堂)은 흔흔(欣欣)ᄒᆞᆫ 우음을 ᄯᅴ여 ᄉᆞ랑ᄒᆞ옴과 두굿거오믈 이긔디 못ᄒᆞ고 문 흑소(學士) 부인(夫人)이 희쇼(喜笑ㅣ) 낭낭(朗朗)ᄒᆞ야 골오ᄃᆡ,

“녀 시(氏) 오디 아니ᄒᆞ니 늬 친(親)히 가 허실(虛實)을 알리라.”

---

267) 뎌슈(低首): 저수. 고개를 숙임.

ᄒ고 몸을 니러 녀 시(氏)의 겨틱 나아 안자 쇼져(小姐)의 옥슈(玉
手)룰 쥐고 옥비(玉臂)룰 쌔히니 눈 ᄀᆺ튼 술 우희 잉

"∘•

98면

도(櫻桃) 일(一) 미(枚) 찬연(燦然)ᄒ더라. 부인(夫人)이 이룰 보고
머므러 이실 줄 싱각디 아녓던디라, 놀나며 의혹(疑惑)ᄒ야 시랑
(侍郞)을 도라보와 골오딕,

"이 ᄀᆺ튼 현쳐(賢妻)룰 네 므슴 ᄆᆞ음으로 이 뎜(點)268)을 그져 머
믈워 두엇ᄂᆞ뇨?"

좌위(左右ㅣ) 놀나고 일시(一時)의 싱(生)을 핍박(逼迫)ᄒ야 쥬의
(主義)룰 무른대 시랑(侍郞)이 답(答)디 아니ᄒ더니 하람공(--公)이
쇼왈(笑曰),

"성문아, 뭇ᄂᆞ니 녀 시(氏) 어ᄂ 곳이 브죡(不足)관대 셩녜(成禮)ᄒ
연 디 오라딕 쥬표(朱標ㅣ)269) 의연(依然)ᄒᄆᆞᆫ 엇딘 일이뇨?"

시랑(侍郞)이 날호여 잠쇼(暫笑) 딕왈(對曰),

"쇼딜(小姪)이 엇디 므슴 직조(才操)로 본딕(本-) 잇ᄂ 뎜(點)을 업
시ᄒ리잇가?"

제공(諸公)이 일시(一時)의 대쇼(大笑) 왈(曰),

"이놈이 능휼(能譎)270)ᄒ 말로 빅시(伯氏)룰 소기니 듕죄(重罪)룰
도망(逃亡)

---

268) 뎜(點): 점. 앵혈(鶯血)을 이름.

269) 쥬표(朱標ㅣ): 주표. 붉은 표지(標識). 앵혈을 이름.

270) 능휼(能譎): 능란하게 속임.

티 못ᄒ리라.”

하람공(--公)이 쇼왈(笑曰),

“네 쟝ᄎᆞᆺ(將次ㅅ) 우슉(愚叔)을 어둡게 너기니 다른 말 아니커니와 잠간(暫間) 화지(花枝)의 봉졉(蜂蝶)이 되야 한지(旱地)271)의 무오272)를 가져 스스라.”

문졍공(--公)이 말을 니어 쇼왈(笑曰),

“형댱(兄丈)이 샹시(常時) 닝담(冷淡)ᄒ시더니 뎌 어린 아ᄒᆡ(兒孩)를 ᄃᆡ(對)ᄒ샤 브졀업ᄉᆞᆫ 말ᄉᆞᆷ을 ᄒ시ᄂᆞ니잇가?”

공(公)이 웃더라.

이윽고 쇼년(少年) 녀ᄌᆞ(女子)와 졔ᄉᆡᆼ(諸生)이 다 믈러간 후(後) 모다 녀 시(氏)의 쥬표(朱標)를 보고 ᄉᆡᆼ(生)을 그ᄅᆞ다 ᄒ니 승샹(丞相)이 굴오ᄃᆡ,

“너희ᄂᆞᆫ 고이(怪異)ᄒᆞᆫ 말 말라. 셩문은 대현(大賢)이오 녀 시(氏)ᄂᆞᆫ 텰뷔(哲婦ㅣ)라. 반ᄃᆞ시 ᄉᆞ괴(事故ㅣ) 이셔 서로 졍(情)을 ᄎᆞᆷ으미나 무고(無故)히 박ᄃᆡ(薄待)ᄒᆞ미 아니니라.”

모다 올히 듯고 믈러나다.

시랑(侍郎) 부뷔(夫婦ㅣ) 소 부인(夫人)을 뫼셔 슉

---

271) 한지(旱地): 밭.

272) 무오: ‘무’로 보이나 미상임.

현당(--堂)의 도라오매 부인(夫人)이 녀 시(氏)의 특이(特異)ᄒᆞ믈
깃거홀 분 아냐 ᄋᆞᄌᆞ(兒子)의 반싱(半生) 상심(傷心)ᄒᆞ던 바 파경
(破鏡)이 두렷ᄒᆞ고 낙창(樂昌)의 거울273)274)이 온전(穩全)ᄒᆞ니 환
희(歡喜)ᄒᆞ미 꿈 ᄀᆞᆺᄐᆞ야 희긔(喜氣) 미우(眉宇)를 움즉여 미(微)ᄒᆞᆫ
우음이 낭낭(朗朗)ᄒᆞ니 시랑(侍郎)이 그윽이 힝희(幸喜)ᄒᆞ더라.

이윽고 믈러나매 싱(生)이 신방(新房)의 가디 아니코 치275)운각
(--閣)의 니ᄅᆞ니, 임 시(氏) 녀ᄋᆞ(女兒)를 안고 쵹하(燭下)의 표연(飄
然)276)이 안잣거늘 시랑(侍郎)이 드러가니, 임 시(氏) 놀나 니러 마
ᄌᆞ니 시랑(侍郎)이 말을 아니코 즉시(卽時) 샹(牀)의 나아가 쇼져
(小姐)의 손을 잡고 녀ᄋᆞ(女兒)를 어ᄅᆞ만져 지극(至極)ᄒᆞᆫ 뜻이 하ᄒᆡ
(河海) ᄀᆞᆺᄐᆞ니 임 시(氏) ᄆᆞ음의 싱각ᄒᆞ딕, 녀 시(氏) ᄀᆞᆺᄐᆞᆫ 쳐ᄌᆞ(妻
子)를 두고 춫디 아니ᄒᆞ고 ᄌᆞ긔(自己)를 후딕(厚待)277)

---

273) 거울: [교] 원문에는 '칼'로 되어 있으나 고사를 고려하여 이와 같이 수정함.

274) 낙창(樂昌)의 거울: 부부가 헤어짐을 이름. 낙창공주(樂昌公主)가 깨진 반쪽 거울로 헤어졌던
남편 서덕언(徐德言)을 찾은 이야기에서 유래함. 곧, 중국 진(陳)나라 말에 태자사인(太子舍
人) 서덕언이 왕의 누이인 낙창공주 진 씨를 아내로 맞았는데, 진나라가 곧 망할 것임을 예감
한 서덕언이 거울을 반으로 갈라 낙창공주와 나눠 가지며 신표로 삼고, 나라가 망한다면 정
월 보름에 반쪽의 거울을 도읍의 시장에서 비싼 값으로 팔라고 함. 그 후 진나라가 망해 서
덕언은 도망하고 낙창공주는 양소(楊素)에게 사로잡히는데, 서덕언이 정월 보름에 도읍의 시
장에서 반쪽 거울을 비싼 가격에 파는 사람을 보고 낙창공주를 만나 양소의 배려로 함께 고
향으로 돌아감. 『태평광기(太平廣記)』, <양소(楊素)>.

275) 치: [교] 원문에는 '졔'로 되어 있으나 일관성을 위해 규장각본(5:70)을 따름.

276) 표연(飄然): 바람에 나부끼는 모양이 가벼움.

277) 후딕(厚待): 후대. 후하게 대접함.

101면

ᄒᆞ믈 감격(感激)ᄒᆞ야 원ᄒᆞᆫ(怨恨)이 프러디더라.

녀 쇼졔(小姐ㅣ) 이튼날 니러 신셩(晨省) 후(後) 소 부인(夫人)을 뫼셔 시좌(侍坐)ᄒᆞ매 긔이(奇異)ᄒᆞᆫ 태도(態度)와 찬연(燦然)ᄒᆞᆫ 긔질(氣質)이 비길 곳 업ᄉᆞ니 소 부인(夫人)이 크게 년ᄋᆡ(戀愛)ᄒᆞ야 잠간(暫間) 말을 므ᄅᆞ매 옥셩(玉聲)이 한가(閑暇)ᄒᆞ고 ᄂᆞ즉ᄒᆞ며 낭낭(朗朗)ᄒᆞᆫ 듕(中) 답언(答言)이 다 쇽인(俗人)의 의ᄉᆞ(意思) 밧기라. 부인(夫人)이 본ᄃᆡ(本-) 팀믁(沈默)ᄒᆞ야 흉듕(胸中)의 텬디건곤(天地乾坤)의 조화(造化)ᄅᆞᆯ 나타ᄂᆡ미 업ᄉᆞ나 아모도 심ᄉᆞ(心思)의 암합(暗合)[278]ᄒᆞ믈 보디 못ᄒᆞ엿다가 녀 시(氏)의 긔이(奇異)ᄒᆞ믈 더옥 ᄉᆞ랑ᄒᆞ며 ᄋᆡᄃᆡ(愛待)[279]ᄒᆞ미 녀ᄋᆞ(女兒)로 감(減)티 아니ᄒᆞ고 일쥬 쇼졔(小姐ㅣ) 심복(心服)ᄒᆞ고 친친(親親)ᄒᆞ미 지극(至極)ᄒᆞ고 ᄇᆡᆨ문 등(等) 졔ᄋᆡ(諸兒ㅣ) 넘노라 쇼져(小姐)ᄅᆞᆯ 귀경ᄒᆞ더니,

이윽고 임

102면

시(氏) 여ᄋᆞ(女兒)ᄅᆞᆯ 안고 드러와 좌(座)의 안ᄌᆞ니 녀 쇼졔(小姐ㅣ) 흔연(欣然)이 ᄋᆡ셕(愛惜)[280]ᄒᆞᄂᆞᆫ ᄆᆞ음이 동(動)ᄒᆞ야 화긔(和氣) 이연(怡然)ᄒᆞᄃᆡ 임 시(氏) 비록 뉘웃ᄂᆞᆫ ᄯᅳᆺ이 이시나 그려도 본품(本-)

278) 암합(暗合): 속으로 합함.

279) ᄋᆡᄃᆡ(愛待): 애대. 사랑으로 대우함.

280) ᄋᆡ셕(愛惜): 애석. 사랑하고 아낌.

이 업디 못ᄒᆞ더라 긔ᄉᆡᆨ(氣色)이 심(甚)히 블호(不好)ᄒᆞ나 녀 쇼졔(小姐ㅣ) 모ᄅᆞᄂᆞᆫ 사ᄅᆞᆷ ᄀᆞᆺᄐᆞ야 쳔연(天然)ᄒᆞᆫ 담쇼(談笑ㅣ) 은은(隱隱)ᄒᆞ니 소 부인(夫人)이 더옥 녀 시(氏)ᄅᆞᆯ 두굿기더라.

이날 녀 부인(夫人)이 사ᄅᆞᆷ으로 ᄒᆞ여곰 쇼져(小姐) 보ᄂᆡᆷ을 소 부인(夫人)긔 쳥(請)ᄒᆞ니 소 부인(夫人)이 회답(回答)ᄒᆞ듸,

'녀ᄌᆞ(女子ㅣ) ᄒᆞᆫ 번(番) 집 문(門)을 하딕(下直)ᄒᆞ매 백(百) 니(里)의 분상(奔喪)티 못ᄒᆞ나[281] 부인(夫人) 졍니(情理) 그러ᄒᆞ시니 두어 돌 후(後) 보ᄂᆡ리이다.'

녀 부인(夫人)이 이 말을 듯고 초조(焦燥)ᄒᆞ야 셔간(書簡)을 베퍼 무궁(無窮)ᄒᆞᆫ 잡언(雜言)을 ᄡᅥ 보ᄂᆡ니 소 부인(夫人)이 보기ᄅᆞᆯ ᄆᆞᆺ고 잠

103면

쇼(暫笑)ᄒᆞ고 ᄯᅩᄒᆞᆫ 화답(和答)ᄒᆞ야 므ᄅᆞ시믈 샤례(謝禮)ᄒᆞ고 쇼져(小姐)ᄅᆞᆯ 수이 보ᄂᆡᆷ을 닐너 보ᄂᆡ니 녀 부인(夫人)이 잠간(暫間) 관심(寬心)[282]ᄒᆞ야 명일(明日) ᄃᆞ려오려 ᄒᆞ더라.

문졍공(--公)이 녀 시(氏)와 임 시(氏)ᄅᆞᆯ ᄡᅡᆼ(雙)으로 알픽 두니 두굿기미 만ᄉᆡ(萬事ㅣ) 여의(如意)ᄒᆞ야 아조 둘 ᄠᅳᆺ을 뎡(定)ᄒᆞ엿더니, 이튼날 녀부(-府)의셔 위의(威儀) 니ᄅᆞ니 공(公)이 놀나 드러와 부인(夫人)을 보고 닐오듸

---

281) 백(百) 니(里)의~못ᄒᆞ나: 백 리의 분상치 못하나. 백 리 밖에 있는 여성이 친정 상을 당하면 친정에 가지 않으나. 분상(奔喪)은 먼 곳에서 부모가 돌아가신 소식을 듣고 급히 집으로 돌아감을 의미함. 시집간 여성의 경우 부모가 백 리 밖에서 돌아가셨을 경우 분상하지 않아도 예에 어긋나지 않음. 『소학(小學)』, 「명륜(明倫)」.

282) 관심(寬心): 마음을 놓음.

"ᄋᆡ뷔(阿婦ㅣ) 직쟉일(再昨日) 갓 왓거늘 어이 보ᄂᆞ리오? 부인(夫人)이 이 ᄯᅳᆺ을 긔별(奇別)ᄒᆞ라."

부인(夫人)이 응연(應然)283)ᄒᆞ고 즉시(卽時) 이 말로 회보(回報)ᄒᆞ니 녀 부인(夫人)이 대경대흔(大驚大恨)ᄒᆞ야 급(急)히 셔간(書簡)을 닷가 니부(李府)의 보ᄂᆞ니 소 부인(夫人)이 그 ᄉᆞ에(辭語ㅣ) 쵸독(楚毒)284)ᄒᆞᆷ을 개탄(慨嘆)ᄒᆞ고 ᄯᅩ 딕답(對答)ᄒᆞᆷ을 민망(憫惘)ᄒᆞ야 다만 온슌(溫順)이

· · ·

104면

샤례(謝禮)ᄒᆞ고 날호여 췌품(就稟)285)ᄒᆞ고 보ᄂᆞᆯ 뻐 보ᄂᆞ니라.

이날 시랑(侍郎)이286) 모부인(母夫人) 안젼(案前)의 니ᄅᆞ러 말ᄉᆞᆷᄒᆞ다가 우연(偶然)이 슈지(手紙) ᄆᆞᆫ 거슬 펴 보니, 녀 부인(夫人)의 셰슌(巡) 셔간(書簡)을 보고 놀나며 어히업서 믁연(默然)이 말을 아니ᄒᆞ니 소 부인(夫人)이 그 긔식(氣色)을 보고 날호여 닐오딕,

"녀 부인(夫人)이 일(一) 녀(女) ᄉᆞ랑ᄒᆞᆫ 졍(情)이 근측(懇惻)287)ᄒᆞ매 밋쳐 대의(大義)ᄅᆞᆯ 술피디 못ᄒᆞᄂᆞᆫ디라 너는 다른 의ᄉᆞ(意思) 먹디 말라."

시랑(侍郎)이 이셩(怡聲) 딕왈(對曰),

"취모(娶母)288)의 패악(悖惡)289)ᄒᆞᆷ을 죡가홀 거시 아니나 셔ᄉᆞ(書

---

283) 응연(應然): 응당 그렇게 여김.

284) 쵸독(楚毒): 초독. 매섭고 독함.

285) 췌품(就稟): 취품. 웃어른께 나아가 여쭘.

286) 시랑이: [교] 원문에는 '샹셰'로 되어 있으나 맥락을 고려하여 이와 같이 수정함.

287) 근측(懇惻): 간측. 간절하고 지성스러움.

辭) 듕(中) 모친(母親)으로써 텬뉸(天倫)을 쓴흐며 모녀(母女)의 졍
(情)을 슬피디 못ᄒ는 무도(無道)ᄒ미라 ᄒ여시니 존젼(尊前)의 욕
(辱)이 비경(非輕)ᄒ고 언언(言言)이 ᄒ이ᄋ(孩兒)의 후박(厚薄)을 유

• • •

105면

셰(誘說)ᄒ여시니 ᄒ이이(孩兒ㅣ) 부모(父母)의 명달(明達)ᄒ신 교훈
(敎訓)을 밧ᄌ와 엇디 음탕(淫蕩)ᄒ 남ᄌ(男子ㅣ) 녀ᄌ(女子)를 씨
고 희롱(戲弄)ᄒ믈 조츠리오? 더옥 모친(母親)긔 욕(辱)이 니릭믄
ᄒ이ᄋ(孩兒)의 블회(不孝ㅣ)로소이다."

부인(夫人)이 졍ᄉᆡᆨ(正色) 왈(曰),

"아ᄒᆡ(兒孩) 망녕(妄靈)되다. 당당(堂堂)ᄒ 남ᄌ(男子ㅣ) 편협(偏
狹)ᄒ 녀ᄌ(女子)의 우연(偶然)이 실언(失言)ᄒ믈 죡가ᄒ야 ᄋ부(阿
婦)의게 벌(罰)을 쓰리오? ᄂᆡ 평ᄉᆡᆼ(平生)에 남ᄌ(男子ㅣ) 쇼쇼(小小)
곡졀(曲折)을 다 가찰(苛察)290)ᄒ믈 블쾌(不快)이 너기ᄂ니 ᄉᆡᆼ심(生
心)도 곡(曲)ᄒ 의ᄉ(意思)를 두디 말라."

시랑(侍郎)이 강잉(强仍) 샤례(謝禮)ᄒ고 ᄂᆞᄌᆨ이 주(奏)ᄒᄃᆡ,

"취모(娶母)의 ᄒᆡᆼᄉ(行事)를 죡가홀 거ᄉᆞᆫ 아니오나 ᄆᆡ양 줌줌(潛
潛)ᄒ즉 후일(後日)이 두리오니 잠간(暫間) 졔어(制御)코져 ᄒ옵ᄂ니
태태(太太)ᄂ 막디 마릭시믈 ᄇᆞ라ᄂ이다."

부인(夫人)

---

288) 취모(娶母): 취모. 장모.

289) 패악(悖惡): 사람으로서 마땅히 하여야 할 도리에 어그러지고 흉악함.

290) 가찰(苛察): 까다롭게 따지어 살핌.

이 고개 조으니,

시랑(侍郞)이 즉시(卽時) 니러 치셩당(--堂)의 니르니 쇼졔(小姐ㅣ)
공경(恭敬)ᄒ야 마자 좌(座)ᄅᆞᆯ 일우매 시랑(侍郞)이 미우(眉宇)의 츄
텬(秋天)의 ᄎᆞᆫ 거ᄉᆞᆯ 모도와 잠간(暫間) ᄲᅥᆼ긔고 냥안(兩眼)을 ᄂᆞ초고
믁믁(脈脈)291)이 말을 아니하다가 무러 ᄀᆞᆯ오ᄃᆡ,

"부인(夫人)이 일즉 녜의(禮義)ᄅᆞᆯ 아ᄂᆞ냐?"

쇼졔(小姐ㅣ) 몸을 ᄂᆞ초와 ᄃᆡ답(對答)ᄒᆞᄃᆡ,

"쳡(妾)이 일즉 비루(鄙陋)ᄒᆞᆫ 몸으로 식견(識見)이 우몽(愚蒙)292)
ᄒᆞ야 칠십(七十) ᄌᆞ(子)293)의 호예(好禮)ᄒᆞᄆᆞᆯ 효측(效則)디 못ᄒᆞᄂᆞᆫ디
라 군자(君子)의 므릇시ᄂᆞᆫ 배 어ᄃᆡ 밋쳐ᄂᆞ니잇고?"

시랑(侍郞)이 ᄂᆞᆺ빗ᄎᆞᆯ 졍(正)히 ᄒᆞ고 소릭ᄅᆞᆯ ᄀᆞ다듬아 닐오ᄃᆡ,

"혹싱(學生)이 엇디 칠십(七十) ᄌᆞ(子)의 공문(孔門)294)의 도혹(道
學)을 슝샹(崇尙)ᄒᆞᄆᆞᆯ 부인(夫人)ᄃᆞ려 무ᄅᆞ리오? ᄆᆞᆯ읏 무식(無識)ᄒᆞᆫ
녀류(女類)도 구괴(舅姑ㅣ) 듕(重)ᄒᆞᄆᆞᆯ 아라

긔망(欺罔)295)ᄒᆞ미 업고 블경(不敬)ᄒᆞᄆᆞᆯ 아니커ᄂᆞᆯ 부인(夫人)은 쟝

---

291) 믁믁(脈脈): 맥맥. 오랫동안 가만히 있음.

292) 우몽(愚蒙): 어리석음.

293) 칠십(七十) ᄌᆞ(子): 칠십 자. 공자(孔子)의 제자 70명을 이름.

294) 공문(孔門): 공자(孔子)의 문하.

295) 긔망(欺罔): 기망. 남을 속여 넘김.

춋(將次ㅅ) 엇던 사름이완듸 현구고(見舅姑)296)ᄒᆞᄂᆞᆫ 대례(大禮) 날 양병츄ᄉᆞ(佯病推辭)297)ᄒᆞ고 싱(生)의 유모(乳母)를 닐위여 비는 거동(擧動)을 본 후(後) 움죽이며 셩뎐(聖典)의 녀지(女子ㅣ) 빅(百)니(里)의 분샹(奔喪)티 못ᄒᆞᆫ다 ᄒᆞ엿거늘 ᄌᆞ가(自家)의 완 디 냥삼(兩三) 일(日)이 못 ᄒᆞ야 가기를 쳥(請)ᄒᆞᄂᆞᆫ 말이 극(極)히 무도패려(無道悖戾)298)ᄒᆞ고 난언(亂言)을 ᄌᆞ뎐(慈殿)299)의 쵹범(觸犯)300)ᄒᆞ니 쟝춋(將次ㅅ) 므슴 도리(道理)며 쥬의(主義) 엇더ᄒᆞ야 ᄌᆞ뎐(慈殿)의 블효(不孝)를 기티옵ᄂᆞ뇨? 혹싱(學生)이 비록 용녈(庸劣)ᄒᆞ나 녀ᄌᆞ(女子) 일(一) 인(人)은 죡(足)히 졔어(制御)ᄒᆞᆯ 거시니 부인(夫人)이 아ᄂᆞ냐? 만일(萬一) 싱(生)을 비루(鄙陋)히 너길딘대 아조 의(義)를 긋쳐 금일(今日) 친뎡(親庭)의 도라가고 만일(萬一) 니시(李氏)를 ᄇᆞ라고 늑

* * *

108면

을딘대 이러툿 방ᄌᆞ(放恣)ᄒᆞᆫ 거동(擧動)을 긋칠디어다."

셜파(說罷)의 녀 부인(夫人) 젼후(前後) 셔간(書簡)을 ᄉᆞ매로좃차 ᄂᆡ여 쇼져(小姐) 알프로 미니 쇼졔(小姐ㅣ) 의외(意外) 시랑(侍郞)의 쵝언(責言)과 모친(母親)의 무례(無禮)ᄒᆞᆫ 셔간(書簡)을 보니 놀납고 붓그러오미 ᄂᆞᆺ 둘 ᄯᅡ히 업셔 다만 돗글 ᄯᅥ나 손을 곳고 쳥죄(請罪)

---

296) 현구고(見舅姑): 신부가 예물을 가지고 처음으로 시부모를 뵙는 일.

297) 양병츄ᄉᆞ(佯病推辭): 양병추사. 병을 핑계해 물러나 사양함.

298) 무도패려(無道悖戾): 언행이나 성질이 도리에 어그러지고 사나움.

299) ᄌᆞ뎐(慈殿): 자전. 원래 임금의 어머니를 이르던 말이나 여기에서는 '어머니'의 뜻으로 쓰임.

300) 쵹범(觸犯): 촉범. 꺼리고 피해야 할 일을 저지름.

ᄒᆞ야 글오ᄃᆡ,

"쳔쳡(賤妾)이 본ᄃᆡ(本-) 무식(無識)ᄒᆞ미 뉴(類)달나 젼일(前日) 저
즌 죄(罪) 큰 죄(罪)예 ᄲᅡᄃᆞ믈 씻듯디 못ᄒᆞ엿더니 오늘날 녜의(禮義)
로 ᄀᆞᄅᆞ치시믈 드ᄅᆞ니 튜회막급(追悔莫及)301)이오 죄당법(罪當
法)302)이라 엇디 슌셜(脣舌)을 놀녀 변ᄇᆡᆨ(辨白)303)ᄒᆞ미 이시리잇가?
쳔신(賤身)이 ᄒᆞᆫ 번(番) 존문(尊門)의 거두시믈 닙으매 ᄇᆡᆨ골(白骨)이
라도 문하(門下)의 셕을디라 구구(區區)ᄒᆞᆫ ᄉᆞ졍(私情)으로

인(因)ᄒᆞ야 감히(敢-) 믈러가리잇고?"

말을 ᄆᆞᆺᄎᆞ며 붓그리ᄂᆞᆫ 안식(顏色)과 눗니(恧怩)304)ᄒᆞᆫ 거동(擧動)이
몸 둘 곳이 업서ᄒᆞ고 낭낭(朗朗)ᄒᆞᆫ 쇄옥셩(碎玉聲)은 산협(山峽)의
누쉬(淚水ㅣ) ᄶᅥ러디ᄂᆞᆫ 듯ᄒᆞ니 시랑(侍郞)이 듯기를 ᄆᆞᆺ고 그 인ᄉᆞ(人
事ㅣ) 뎌 ᄀᆞᆺᄐᆞ믈 칭복(稱服)ᄒᆞ나 일단(一端) 미온지심(未穩之心)305)
이 업디 아냐 졍ᄉᆡᆨ(正色) 냥구(良久)의 니러 나가니,

쇼졔(小姐ㅣ) 모부인(母夫人) 셔간(書簡)을 ᄌᆞ시 슬펴보고 참괴(慙
愧)306)ᄒᆞ미 욕ᄉᆞ무지(欲死無地)307)ᄒᆞ야 유모(乳母)를 보닉야 모부인
(母夫人)긔 쳔만이걸(千萬哀乞)ᄒᆞ니,

---

301) 튜회막급(追悔莫及): 추회막급. 이미 잘못된 뒤에 아무리 후회하여도 다시 어찌할 수가 없음.
302) 죄당법(罪當法): 지은 죄가 법에 의해 처벌받아 마땅함.
303) 변ᄇᆡᆨ(辨白): 변백. 옳고 그름을 가려 사리를 밝힘.
304) 눗니(恧怩): 육니. 부끄러워함.
305) 미온지심(未穩之心): 평온하지 않은 마음.
306) 참괴(慙愧): 매우 부끄러워함.
307) 욕ᄉᆞ무디(欲死無地): 욕사무지. 죽으려 해도 죽을 곳이 없음.

유뫼(乳母]) 본부(本府)의 니르러 쇼져(小姐)의 민울(悶鬱)308)ᄒ
여홈과 시랑(侍郎)의 쥰졀(峻截)ᄒᆫ 칙언(責言)이 요딕(饒貸)309)티 아
니믈 고(告)ᄒ니, 부인(夫人)이 가슴을 허위고 우러 왈(曰),

"앗가온 녀ᄋᆡ(女兒]) 낭혈(狼穴)310)의 드도다. 역ᄌᆡ(逆子]) 엇딘
고(故)로 녀

･●●

110면

ᄋᆞ(女兒)ᄅᆞᆯ 박딕(薄待) 태심(太甚)ᄒ며 쥰칙(峻責)311)조차 ᄒᄂᆞ뇨?
어린 거시 텰을 모르고 뎌러 구다가 뎍국(敵國)의 독슈(毒手)ᄅᆞᆯ 만
나리로다."

유랑(乳娘)이 ᄀᆞᆯ오딕,

"비ᄌᆡ(婢子]) 뎌곳의 가 보오매 쇼 부인(夫人)은 셩졍(性情)이 어
위차312) 희로(喜怒)ᄅᆞᆯ 동(動)티 아니시고 문공(-公) 노얘(老爺)ᄂᆞᆫ 엄
듕(嚴重)ᄒ신 가온대 녜법(禮法)이 삼엄(森嚴)ᄒ미 극(極)ᄒ니 부인
(夫人)의 뎐도(轉倒)ᄒ신 ᄉᆞ졍(私情)을 발뵈디 못ᄒ실디라. 아직 춤
으시고 셰ᄎᆞ(歲次)로 귀령313)(歸寧)ᄒ시게 ᄒ샤이다."

부인(夫人)이 그 말을 유리(有理)히 너겨 줌줌(潛潛)ᄒ엿거늘 유랑
(乳娘)이 도라와 쇼져(小姐)긔 고(告)ᄒ니 쇼졔(小姐]) 잠간(暫間)

---

308) 민울(悶鬱): 안타깝고 답답함.

309) 요딕(饒貸): 요대. 너그러이 용서함.

310) 낭혈(狼穴): 이리 소굴.

311) 쥰칙(峻責): 준책. 준엄하게 꾸짖음.

312) 어위차: 넓고 커.

313) 령: [교] 원문에는 '경'으로 되어 있으나 문맥을 고려하여 규장각본(5:78)을 따름.

관심(寬心)314)호야 효봉구고(孝奉舅姑)315)호믈 못 밋출 듯호고 디인(對人)호야 비약공슌(卑弱恭順)316)호미 지극(至極)호디 임 시(氏) 쌀와 감화(感化)티 아니호고

••

111면

심두(心頭)의 앙앙(怏怏)호야 존젼(尊前)의 무심(無心)히 볼 쓰름이오, 스스(私私)로이 모다 화답(和答)호미 업더니,

일일(一日)은 일쥬 쇼제(小姐ㅣ) 임 시(氏) 녀♀(女兒) 화소를 안고 치셩당(--堂)의 니르니 녀 쇼제(小姐ㅣ) 그 용모(容貌)를 스랑호야 스스로 안고 가챠호더니 임 시(氏) 녀♀(女兒)를 츳다가 치셩각(--閣)의 와시믈 알고 노(怒)호야 친(親)히 이에 니르러는 녀 시(氏) 안아시믈 보고 놋출 붉히고 닐오디,

"부인(夫人)긔는 원슈(怨讐)의 ㅈ식(子息)이니 안으시미 브졀업ᄂ이다."

녀 쇼제(小姐ㅣ) 츠언(此言)을 듯고 안식(顔色)이 ㅈ약(自若)호야 답(答)디 아니코 화소를 일쥬를 주니, 일쥬 임 시(氏)를 준대 임 시(氏) 바다 안고 표연(飄然)이 도라가니 일쥬 쇼제(小姐ㅣ) 그 위인(爲人)을 애드리 너겨 도라 녀 시(氏)를 보니 옥면(玉面)이 ㅈ

---

314) 관심(寬心): 마음을 놓음.
315) 효봉구고(孝奉舅姑): 시부모를 효성으로 봉양함.
316) 비약공슌(卑弱恭順): 비약공순. 자기 몸을 낮추고 공손히 대함.

약(自若)ᄒ야 모ᄅᆞᄂᆞᆫ 사ᄅᆞᆷ ᄀᆞᆺ더라.

일쥐 탄복(歎服)ᄒᄆᆞᆯ 이긔디 못ᄒ야 도라가 모친(母親)긔 슈말(首末)을 고(告)ᄒ니 부인(夫人)이 입을 여러 시비(是非)ᄅᆞᆯ 아니터라.

쇼제(小姐ㅣ) 이에 이션 디 수슌(數旬)이 되니 녀 부인(夫人)이 분분초조(紛紛焦燥)³¹⁷⁾ᄒ야 거즛 병(病)을 일ᄏᆞᆺ고 소 부인(夫人)긔 졍ᄉᆞ(情事)ᄅᆞᆯ 이걸(哀乞)ᄒ야 보고 죽으믈 빌고 ᄯᅩ 녀 한님(翰林) 박이 니르러 문졍공(--公)긔 이걸(哀乞)ᄒ니 공(公)과 부인(夫人)이 마디못ᄒ야 녀 시(氏)ᄅᆞᆯ 허(許)ᄒ야 도라보ᄂᆞ니,

쇼제(小姐ㅣ) 셩덕(盛德)을 샤례(謝禮)ᄒ고 한님(翰林)으로 더브러 본부(本府)의 니르니 부인(夫人)이 밧비 쇼져(小姐) 옥비(玉臂)ᄅᆞᆯ 보고 크게 울고 ᄀᆞᆯ오ᄃᆡ,

"네 팔ᄌᆞ(八字ㅣ) 엇디 ᄆᆞᄎᆞᆷ닉 반쳡여(班婕妤)³¹⁸⁾의 박명(薄命)³¹⁹⁾을 감심(甘心)ᄒᆞᆯ 줄 알리오? 출하리 모녜(母女ㅣ) 의지(依支)ᄒ야 여싱(餘生)을

평안(平安)이 ᄆᆞᄎᆞ미 올커ᄂᆞᆯ 므ᄉᆞ 일 구챠(苟且)³²⁰⁾히 이셔 뎍국(敵

---

317) 분분초조(紛紛焦燥): 마음이 어지럽고 애가 탐.

318) 반쳡여(班婕妤): 반첩여. 중국 한(漢)나라 셩제(成帝)의 궁녀. 시가(詩歌)에 능한 미녀로 셩제의 총애를 받다가 궁녀 조비연(趙飛燕)의 참소를 받고 물러나 장신궁(長信宮)에서 지내며 <자도부(自悼賦)>를 지어 자신의 처지를 하소연함.

319) 박명(薄命): 기박한 운명.

國)의 믜워홈과 박졍(薄情)흔 가부(家夫)의 거동(擧動)을 보더뇨?"

쇼졔(小姐ㅣ) 츠경(此景)을 보고 심하(心下)의 탄식(歎息)ᄒ고 죠용히 간(諫)ᄒ야 글오디,

"쇼녜(小女ㅣ) 몸이 녀직(女子ㅣ) 되여 가뷔(家夫ㅣ) 박디(薄待)흔다 ᄒ고 구가(舅家)를 ᄇ리고 이런 고이(怪異)흔 의ᄉ(意思)를 먹으리잇가? 모친(母親)은 쇼녜(小女ㅣ) 임의 사ᄅ믜게 목숨이 미인 줄 싱각ᄒ샤 이런 말ᄉᆞ믈 마ᄅ쇼셔."

부인(夫人)이 대로(大怒)ᄒ야 ᄭ지저 글오디,

"녯사ᄅᆷ은 어버의 ᄯ즐 못 미츨 ᄃᆞ시 좃거늘 너는 어미 휵양(畜養)흔 은혜(恩惠)를 홍모(鴻毛)ᄀᆞ티 너기고 패려(悖戾)흔 지아비를 귀(貴)히 너기니 음탕(淫蕩)ᄒ미 챵녀(娼女)도곤 심(甚)흔디라. 아모리 도로(道路)의 뉴리(流離)ᄒ여신

• •

114면

들 ᄆᆞ음이 이디도록 쳔누(淺陋)321)ᄒ엿ᄂ뇨?"

쇼졔(小姐ㅣ) 다시 말을 아니ᄒ고 온슌(溫順)이 위로(慰勞)ᄒ야 이에 머므더니 십여(十餘) 일(日) 후(後) 니부(李府)의셔 브ᄅᄂ 명(命)이 니ᄅ니, 녀 부인(夫人)이 글월을 ᄡᅥ 스ᄉ로 드리고 죵신(終身)ᄒ들 긔별(奇別)ᄒ고 죽디 아닌 젼(前) 밍셰(盟誓)ᄒ야 못 보닐 ᄯ즐 ᄡᅥ시니,

소 부인(夫人)이 견필(見畢)의 어히업서 미우(眉宇)를 ᄲᅥᆼ긔고 줌줌

---

320) 구챠(苟且): 구차. 말이나 행동이 떳떳하거나 버젓하지 못함.

321) 쳔누(淺陋): 천루. 천박하고 비루함.

(潛潛)ᄒ니 운애 나아가 젼일(前日) 말로 고(告)ᄒ고 ᄀᆞᆯ오디,

"시랑(侍郎) 노야(老爺)의 거동(擧動)이 원릭(元來) 고이(怪異)ᄒ시니 녀 쇼져(小姐) ᄀᆞᆺᄐᆞᆫ 미인(美人)을 므ᄉᆞᆷ 쯧으로 소디(疏待)³²²)ᄒ시ᄂᆞᆫ디 아디 못ᄒᆞᆯ소이다. 연(然)이나 시랑(侍郎)이 녀 쇼져(小姐)ᄅᆞᆯ 후디(厚待)³²³)티 아니신 젼(前)은 쇼제(小姐ㅣ) 도라오시기 어려올가 ᄒᆞᄂᆞ이다."

부인(夫人)이 ᄀᆞᆯ오디,

"어미 닌 아ᄒᆡ(兒孩)ᄅᆞᆯ 아

디 못ᄒᆞᄂᆞ냐? 므ᄉᆞᆷ 쯧으로 ᄋᆞ부(阿婦)ᄅᆞᆯ 박디(薄待)ᄒ리오마는 녀시(氏) 도로(道路)의 걸식(乞食)ᄒᆞᄆᆞ로ᄡᅥ 스스로 부부(夫婦) 은졍(恩情)을 ᄉᆞ양(辭讓)ᄒᆞ미니 ᄋᆞ직(兒子ㅣ) 아름다이 너겨 조ᄎᆞ미라 이 엇디 본심(本心)이리오? 녀 부인(夫人)의 고이(怪異)ᄒᆞ미 도로혀 ᄋᆞ부(阿婦)의 운익(運厄)인가 ᄒᆞᄂᆞ니 아딕 ᄎᆞ디 말고 나종을 보미 올토다."

언미파(言未罷)의 공(公)이 밧그로조차 드러오니 부인(夫人)이 니러 맛고 운애 믈러나니 공(公)이 ᄀᆞᆯ오디,

"녀 시(氏)ᄅᆞᆯ ᄃᆞ리라 위의(威儀)ᄅᆞᆯ 보ᄂᆞ니 공환(空還)ᄒ여시니 연고(緣故)ᄅᆞᆯ 아디 못ᄒ리로다."

부인(夫人)이 다른 말 아니코 녀 부인(夫人) 졍ᄉᆞ(情事)ᄅᆞᆯ 대강(大

---

322) 소디(疏待): 소대. 정성을 들이지 않고 아무렇게나 대접을 함.

323) 후디(厚待): 후대. 후하게 대접함.

綱) 뎐(傳)ᄒ니 공(公)이 쇼왈(笑曰),

"녀지(女子ㅣ) ᄉ졍(私情)으로 인(因)ᄒ야 구가(舅家)ᄅᆞᆯ ᄇᆞ리랴? 이ᄂᆞᆫ 결연(決然)이 좃디 못ᄒ리로다."

부인(夫人)이 믁연(默然) ᄇ

● ● ●

116면

답(不答)이러니,

이윽고 시랑(侍郞)이 드러오니 공(公)이 짐줏 졍식(正色) 왈(曰),

"너의 용녈(庸劣)ᄒ미 졔가(齊家)324)의 블엄(不嚴)ᄒ야 네 안히 싀아비 이시믈 아디 못ᄒ야 닌 친(親)히 거마(車馬)ᄅᆞᆯ 보닌디 무고(無故)히 니르디 아니ᄒ니 이 엇던 도리(道理)뇨?"

시랑(侍郞)이 텽파(聽罷)의 황괴(惶愧)ᄒ야 밧비 좌(座)ᄅᆞᆯ 믈녀 쳥죄(請罪) 왈(曰),

"녀 시(氏)의 무식(無識)ᄒ미 대인(大人) 엄명(嚴命)을 거역(拒逆)ᄒ니 죄(罪) 등한(等閑)티 아니ᄒ온디라. 쇼ᄌᆞ(小子ㅣ) 블러 닐위여 죄(罪)ᄅᆞᆯ 다ᄉᆞ리고져 ᄒᆞᄂᆞ이다."

공(公)이 졍식(正色) 브답(不答)ᄒ니 시랑(侍郞)이 믈너나 쇼져(小姐)ᄅᆞᆯ 크게 미안(未安)ᄒ야 즉시(卽時) 하관(下官) 공손슐을 명(命)ᄒ야 녀부(-府)의 보닌여 녀 공(公)긔 셔간(書簡)을 붓텨 녀 시(氏) 보닌믈 쳥(請)ᄒ니,

공손슐이 녀부(-府)의 니르러 녀 공(公)긔 셔간(書簡)

---

324) 졔가(齊家): 제가. 집안을 가지런히 함.

을 드리니 공(公)이 보기를 뭇고 즉시(即時) 닝당(內堂)의 드러가 부인(夫人)을 기유(開諭)ᄒ야 녀ᄋ(女兒)를 보닉고져 ᄒ니 부인(夫人)이 녀아(女兒)를 붓들고 노흘 드러 굴오딕,

"녀익(女兒ㅣ) 갈딘대 결단(決斷)코 닉 죽어 념녀(念慮)를 긋ᄎ리라."

녀 한님(翰林) 형뎨(兄弟) 민망(憫惘)ᄒ야 직삼(再三) 간(諫)ᄒ고 굴오딕,

"믹직(妹子ㅣ) 비록 니문(李門)의 실의(失義)ᄒᆫᄃᆞᆯ 모친(母親)이 뎌러툿 ᄒ시ᄂᆞᆫ 디경(地境)의 어이 가리오? 잠간(暫間) 힝도(行途)를 느추미 가(可)ᄒ도다."

쇼제(小姐ㅣ) 두로 난쳐(難處)ᄒᆫ 경상(景狀)을 보고 사라시믈 한(恨)ᄒ야 다만 굴오딕,

"거거(哥哥) 말ᄉᆞᆷ이 올흐시니 니문(李門)의셔 닉친ᄃᆞᆯ 현마 엇디ᄒ리잇가?"

쇼ᄉᆡ(少師ㅣ) 역시(亦是) 홀일업서 공손슐을 도라보닉니,

공손슐이 도라와 시랑(侍郎)긔 회보(回報)ᄒ니 시

랑(侍郎)이 어히업서 즉시(即時) 드러가 부모(父母)긔 ᄉ연(事緣)을 고(告)ᄒ고 굴오딕,

"녀 시(氏)의 방자(放恣)ᄒ미 여ᄎ(如此)ᄒ오니 거두워 브졀업ᄂᆞᆫ디

라 브려두사이다."

공(公)이 ᄯᅩ한 어히업시 너겨 말을 아니ᄒᆞ니 대강(大綱) 공(公)의
신명(神明)ᄒᆞ미 쇼져(小姐)의 ᄆᆞ음 아닌 줄 아ᄂᆞᆫ디라 ᄂᆞᆷ의 부녀(婦
女)의 ᄒᆡᆼᄉᆞ(行事)를 시비(是非)티 아니려 ᄒᆞ미러라.

이ᄢᅢ 녀 쇼졔(小姐ㅣ) 공손슐이 ᄯᅩ 공환(空還)ᄒᆞᆯ믈 보고 앙텬탄식
(仰天歎息)[325]ᄒᆞ야 스ᄉᆞ로 죄(罪)를 알고 욕ᄉᆞ무디(欲死無地)[326]ᄒᆞ야
ᄎᆞ후(此後) 듀야(晝夜) 모친(母親)긔 익걸(哀乞)ᄒᆞ야 가기를 고(告)ᄒᆞᆫ
즉 부인(夫人)이 대로(大怒)ᄒᆞ야 ᄭᅮ짓기를 듕(重)히 ᄒᆞ고 녀 공(公)이
ᄯᅩ한 쇼져(小姐)를 보닐 말을 ᄒᆞᆫ즉 공(公)의 오ᄉᆞᆯ 조각조각 ᄯᅳ즈며
발악(發惡)ᄒᆞ니 이런 일을 닌리(隣里) 모ᄅᆞ리 업서 두

로 뎐파(傳播)ᄒᆞ니 셩듕(城中)의 유명(有名)ᄒᆞ다라.

녀 공(公)이 붓그려 두문(杜門)ᄒᆞ고 문졍공(--公) 등(等)도 보디 아
니터니 니부(李府)의셔 이런 일을 ᄉᆞ못 알고 크게 히연(駭然)ᄒᆞ며 기
국공(--公)이 시랑(侍郎)을 긔롱(譏弄)ᄒᆞ야 보치니 시랑(侍郎)이 거ᄎᆞ
로 우으나 심하(心下)의 뎌런 고히(怪異)ᄒᆞᆫ 집 사회 되믈 블쾌(不快)
ᄒᆞ야 녀가(-家)를 아조 ᄭᅳᆫ흐려 계교(計巧)ᄒᆞ나 문졍공(--公)은 식부
(息婦)의 긔이(奇異)ᄒᆞᆫ 용ᄎᆡ(容采)를 덧업시 보고 알ᄑᆡ 업ᄉᆞ니 울울
블낙(鬱鬱不樂)[327]ᄒᆞ야 계교(計巧)를 ᄉᆡᆼ각ᄒᆞ나 ᄂᆞᆷ의 부녀(婦女)의 ᄒᆡᆼ

---

325) 앙텬탄식(仰天歎息): 앙천탄식. 하늘을 우러러 탄식함.

326) 욕ᄉᆞ무디(欲死無地): 욕사무지. 죽으려 해도 죽을 곳이 없음.

327) 울울블낙(鬱鬱不樂): 울울불락. 우울하여 즐겁지 않음.

는 일을 것딜너 구박(驅迫)ᄒ미 가(可)티 아냐 함구(緘口)ᄒ엿더니,

일일(一日)은 동궁시강흑ᄉ(東宮侍講學士) 니긔문이 녀부(-府)의 니르러 쇼ᄉ(少師)긔 뵈고 말ᄉᆞᆷᄒ더니 긔문이 인(ᄯ)

ᄒ야 ᄆᆞᆯᄃᆡ,

"노션ᄉᆡᆼ(老先生)이 므ᄉᆞᆷ 연고(緣故)로 수시(嫂氏)를 본부(本府)의 보ᄂᆡ디 아니시ᄂᆞ니잇가?"

쇼ᄉᆞ(少師ㅣ) ᄀᆞᆯ오ᄃᆡ,

"니 아니 보ᄂᆡ미 아냐 형ᄑᆡ(荊布ㅣ)[328] 고이(怪異)ᄒ야 븟잡고 보ᄂᆡ디 아니ᄒ니 엇디ᄒ리오?"

흑ᄉᆞ(學士ㅣ) 웃고 ᄃᆡ왈(對曰),

"대인(大人)이 금(禁)ᄒ시고 수시(嫂氏)를 칙(責)ᄒ야 보ᄂᆡ쇼셔."

쇼ᄉᆞ(少師ㅣ) 역쇼(亦笑) 왈(曰),

"노부(老夫ㅣ) ᄯᅩᄒᆞᆫ 현계(賢契)[329]의 소견(所見)만 못ᄒᆞᆫ 거시 아니라 형ᄑᆡ(荊布ㅣ) 일(一) 녀(女) ᄉᆞ랑이 과도(過度)ᄒᆞᆫ 가온대 현뵈 므ᄉᆞᆷ 쥬의(主義ㄴ)디 냥졍(兩情)을 밋디 아니ᄒ니 조협(躁狹)ᄒᆞᆫ ᄆᆞᄋᆞᆷ의 ᄒᆞᆫ ᄀᆞ디로 늙음을 계교(計巧)ᄒ니 만일(萬一) 위김질로 핍박(逼迫)홀딘대 죽으미 반둣ᄒ니 니 비록 대댱뷔(大丈夫ㅣ)나 형ᄑᆡ(荊布ㅣ) 운남(雲南)의 ᄶᅩᆯ와가 천만고초(千萬苦楚)를 ᄀᆞ초 겻고 ᄯᅩ 녀아(女兒)를 일

---

328) 형ᄑᆡ(荊布ㅣ): 가시나무 비녀와 베치마라는 뜻으로 아내를 이름. 형차포군(荊釵布裙). 중국 한(漢)나라 때 은사인 양홍(梁鴻)의 아내 맹팡(孟光)이 남편의 뜻을 받들어 이처럼 검소하게 착용한 데서 유래함. 『후한서(後漢書)』, <양홍열전(梁鴻列傳)>.

329) 현계(賢契): 상대를 높여 부르는 말.

ᄒ며 ᄋᄌᆞ(兒子)를 죽이니 드디여 심홰(心火ㅣ) 되여 뎌러ᄒ니 만
일(萬一) 쇼년(少年)브터 텬셩(天性)이 그럴딘대 엇디 바다시리오
마ᄂᆞᆫ 이제 셩졍(性情)이 샹(傷)ᄒ야 뎌러ᄒ니 일편도이 힐쵝(詰
責)330)ᄒ야 그 명(命)을 그츠미 가(可)티 아니ᄒ니 현계(賢契)ᄂᆞᆫ 현
보ᄃᆞ려 닐러 편협무식(偏狹無識)ᄒᆫ 녀ᄌᆞ(女子)를 ᄶᆞ가 말고 잠간
(暫間) 폐샤(弊舍)의 강굴(降屈)ᄒ야 녀ᄋᆞ(女兒)로 동방(洞房)의 ᄡᅡᆼ
유(雙遊)홀딘대 ᄉᆞᄉᆞ(事事ㅣ) 다 슌편(順便)331)ᄒ리라. 니 비록 용
녈(庸劣)ᄒ나 ᄒᆞᆫ 부인(夫人)을 못 졔어(制御)ᄒ리오마ᄂᆞᆫ 그 ᄒᆞᄂᆞᆫ
배 대단ᄒᆞᆫ 일이 아니니 부녀(婦女)와 결우미 역시(亦是) ᄀᆞᆺ튼 ᄃᆞᆺᄒ
야 함구(緘口)ᄒᆞ엿더니 ᄒᆡᆼ혀(幸-) 현계(賢契)ᄂᆞᆫ 웃디 말나."

 혹시 듯기를 ᄆᆞᆺ고 문득 웃고 샤례(謝禮) 왈(曰),

 "대인(大人) 말ᄉᆞᆷ을 듯

ᄌᆞ오니 이 다 샤뎨(舍弟) 블쵸(不肖)ᄒ미로소이다. 당당(堂堂)이
도라가 ᄌᆞ시 뎐(傳)ᄒ고 ᄀᆡ유(開諭)ᄒ리이다."

 인(因)ᄒ야 하딕(下直)고 도라와 궁(宮)의 니ᄅᆞ니 ᄆᆞ춤 하람공(--
公)이 시랑(侍郎)을 ᄃᆞ리고 이에 잇거ᄂᆞᆯ 혹시(學士ㅣ) 홍포옥ᄯᅴ(紅袍
玉-)332)를 벗고 좌(座)의 나아가 시랑(侍郎)ᄃᆞ려 ᄀᆞᆯ오딕,

---

330) 힐쵝(詰責): 힐책. 잘못된 점을 따져 나무람.
331) 슌편(順便): 순편. 마음이나 일의 진행 따위가 거침새가 없고 편함.

"금일(今日) 녀 쇼스(少師)의 지극(至極)호 말슴을 듯즈오니 진실로(眞實-) 그러호디라 현뎨(賢弟) 엇디코져 호느뇨?"

시랑(侍郎)이 추언(此言)을 듯고 심하(心下)의 블쾌(不快)호나 미우(眉宇)의 화긔(和氣) 이연(怡然)[333]호믄 변(變)티 아니호고 디왈(對曰),

"므스 일이니잇가?"

혹스(學士ㅣ) 녀 공(公)의 말을 다 옴겨 니르고 닐오디,

"그 말이 다 올흐니 네 엇디코져 호는다?"

시랑(侍郎)이 텽파(聽罷)의 줌줌(潛潛)호엿거늘 람공(-公)이 골오디,

"녀 공(公)의 말이 올

· • •

123면

흐니 네 쏘 당당(堂堂)호 댱부(丈夫)로 부인(夫人) 녀자(女子)를 결우미 가(可)호냐?"

시랑(侍郎)이 잠쇼(暫笑) 디왈(對曰),

"추(此)는 어린 남직(男子ㅣ)라도 아니리니 텬하(天下)의 쏠을 아사 굼초와 사회를 낙는 규귀(規矩ㅣ)[334] 어딕 이시리오?"

람공(-公)이 웃고 골오디,

"가(可)튼 아니커니와 임의 스스(事事ㅣ) 슌편(順便)[335]키를 취(取)코져 홀딘대 일편된 고집(固執)이 브졀업디 아니랴?"

---

332) 홍포옥쯱(紅袍玉-): 홍포옥띠. 붉은 도포와 옥으로 꾸민 띠.

333) 이연(怡然): 온화한 모양.

334) 규귀(規矩ㅣ): 그림쇠와 곱자라는 뜻으로 규범과 법도를 이름.

335) 슌편(順便): 순편. 마음이나 일의 진행 따위가 거침새가 없고 편함.

시랑(侍郞)이 디왈(對曰),

"쇼딜(小姪)의 주(奏)ᄒᄂᆫ 말슘이 고집(固執)이 아니라 문왕(文王)336)의 관관(關關)337)ᄒᆫ 말슘을 조차 부화쳐슌(夫和妻順)338)이 ᄀ죽디 못ᄒᆫ들 ᄎ마 쓸을 아사 감초ᄂᆫ딕 남ᄌᆡ(男子ㅣ) 되여 구구(區區)히 쓸와가 동낙(同樂)ᄒ리오? 쇼딜(小姪)이 이ᄂᆞᆫ 뎡(正)코 ᄒᆞ디 못ᄒ리로소이다."

남공(-公)이 웃고 그 말을 올히 너기니 원

• • •

124면

릭(元來) 셩품(性品)이 ᄀᆞᆺᄐᆫ 연괴(緣故ㅣ)러라.

이날 남공(-公)이 문졍공(--公)을 보고 ᄎ언(此言)을 니ᄅᆞ니 공(公)이 즉시(卽時) 슉현당(--堂)의 도라와 시랑(侍郞)을 블러 ᄀᆞᆯ오딕,

"네 아비 본딕(本-) 녀 쇼ᄉᆞ(少師)의 디우(知遇)339) 닙으믈 망극(罔極)히 ᄒᆞ고 네 어미 만일(萬一) 녀 쇼ᄉᆞ(少師)곳 아니면 쇼흥(紹興)의셔 동경(東京)의 득달(得達)티 못ᄒ리니 너의 도리(道理) 그 허믈이 이시나 가ᄇᆞ야이 함죄(陷罪)340)티 못ᄒᆞᆯ디라. 금일(今日)로브터 녀부(-府)의 가 ᄋᆞ부(阿婦)로 동실(同室)ᄒᆞ야 뎌의 지극(至極)ᄒᆫ ᄠᅳᆺ을 좃

---

336) 문왕(文王): 중국 주(周)나라 무왕(武王)의 아버지. 이름은 창(昌). 기원전 12세기경에 활동한 사람으로 은나라 말기에 태공망 등 어진 선비들을 모아 국정을 바로잡고 융적(戎狄)을 토벌하여 아들 무왕이 주나라를 세울 수 있도록 기반을 닦아 줌. 고대의 이상적인 성인 군주의 전형으로 꼽힘.

337) 관관(關關): 물수리가 우는 소리. 부부 사이가 좋음을 이름. 『시경(詩經)』, <관저(關雎)>에서 유래함.

338) 부화쳐슌(夫和妻順): 부화처순. 남편은 온화하고 아내는 순종함.

339) 디우(知遇): 지우. 남이 자신의 인격이나 재능을 알고 잘 대우함.

340) 함죄(陷罪): 죄에 빠뜨림.

ᄎᆞ라."

시랑(侍郎)이 텽파(聽罷)의 ᄃᆞᆺ글 써나 절ᄒᆞ고 죠용이 고왈(告曰),

"ᄒᆡᄋᆡ(孩兒ㅣ) 구ᄐᆞ여 절로 더브러 부부(夫婦) 동낙(同樂)을 염(厭)ᄒᆞ미 아니라 췌모(娶母)의 젼후(前後) 거지(擧止) 고히(怪異)ᄒᆞ고 도금(到今)ᄒᆞ야 뎌의 ᄒᆡᄋᆞ(孩兒) 염증(厭症)[341]ᄒᆞ미 극진지도(極盡之度)의

125면

니ᄅᆞ러시니 구구(區區)히 그곳의 가오미 곤욕(困辱)을 바드미 반ᄃᆞᆺᄒᆞᆫ디라. 대인(大人)은 아ᄃᆡᆨ 필경(畢竟)을 보시고 ᄒᆡᄋᆞ(孩兒)로써 어린 ᄉᆞ나ᄒᆡ 되믈 면(免)킈 ᄒᆞ쇼셔."

공(公)이 본ᄃᆡ(本-) ᄌᆞ못 아ᄂᆞᆫ 배로ᄃᆡ 녀 공(公)의 ᄯᅳᆺ을 좃고져 ᄒᆞᄂᆞᆫ디라 문득 노왈(怒曰),

"네 인ᄌᆡ(人子ㅣ) 되야 호블간(好不間) 아븨 ᄯᅳᆺ을 거ᄉᆞ리니 이 므ᄉᆞᆷ 도리(道理)리오? 너의 ᄯᅳᆺ대로 ᄒᆞ고 ᄎᆞ후(此後)란 아비 이시믈 아디 말라."

시랑(侍郎)이 황공(惶恐)ᄒᆞ야 ᄇᆡᄉᆞ(拜謝)ᄒᆞ고 믈너나,

녀부(-府)의 가기를 크게 블쾌(不快)ᄒᆞ야 ᄆᆞᄋᆞᆷ의 녀 시(氏) 어드믈 블ᄒᆡᆼ(不幸)이 너겨 괴로오미 심두(心頭)[342]의 ᄆᆡᆼ얼(萌孼)[343]ᄒᆞ니 미우(眉宇)를 ᄡᅵᆼ긔고 강잉(强仍)ᄒᆞ야 의관(衣冠)을 곳티고 녀부(-府)의

---

341) 염증(厭症): 꺼리고 싫어함.

342) 심두(心頭): 생각하고 있는 마음. 또는 순간적인 생각이나 마음.

343) ᄆᆡᆼ얼(萌孼): 맹얼. 싹틈. 생겨남.

니르니 쇼싀(少師ㅣ) 크게 반겨 손을 잡고 닐오딕,

"근일(近日)의 블안(不安)흔 일이 만흔 고(故)로 쳥(請)티 못ᄒ엿더니 금일(今日) 엇딘 고(故)로 니르럿ᄂ뇨?"

시랑(侍郎)이 강잉(强仍)ᄒ야 한훤(寒暄)[344]ᄒ고 안잣더니 쇼싀(少師ㅣ) 골오딕,

"녕대인(令大人)이 녀ᄋ(女兒)를 여러 번(番) 브르시딕 형쾌(荊布ㅣ)[345] 고집(固執)ᄒ야 녜(禮)를 범(犯)ᄒ니 그딕 드러가 보고 기유(開諭)ᄒ야 수이 도라가게 ᄒ라."

시랑(侍郎)이 밋처 답(答)디 못ᄒ여서 쇼ᄉ(少師)의 필ᄌ(畢子) 만이 수셰(數歲)라 믄득 시랑(侍郎)의게 와 안기며 닐오딕,

"형(兄)은 우리 모친(母親)긔 져져(姐姐) 보닉믈 니르디 말라. 져제(姐姐ㅣ) 듀야(晝夜) 형(兄)의 집의 가기를 쳥(請)ᄒ매 모친(母親)이 큰 매로 심(甚)히 티니 몸이 셩흔 곳이 업ᄂ니라."

시랑(侍郎)이 ᄎ언(此言)을 듯고 묵연(默然)이어눌 쇼싀(少師ㅣ) ᄯ오 웃고 왈(曰),

"네 악뫼(岳母ㅣ) 심(甚)히 고이(怪異)

---

344) 한훤(禮畢寒暄): 날씨의 춥고 더움을 말하는 예를 마침. 한훤예필(寒暄禮畢).

345) 형쾌(荊布ㅣ): 가시나무 비녀와 베치마라는 뜻으로 아내를 이름. 형차포군(荊釵布裙). 중국 한(漢)나라 때 은사인 양홍(梁鴻)의 아내 맹광(孟光)이 남편의 뜻을 받들어 이처럼 검소하게 착용한 데서 유래함. 『후한서(後漢書)』, <양홍열전(梁鴻列傳)>.

호니 기유(開諭)홀 길히 업는디라. 녀ᄋᆞ(女兒)의 평싱(平生)이 념녀(念慮)롭디 아니ᄒᆞ리오?"

시랑(侍郞)이 ᄯᅩ혼 답(答)디 아니ᄒᆞ더니 녀 부인(夫人)이 시랑(侍郞)의 와시믈 듯고 크게 노(怒)ᄒᆞ야 시녀(侍女)로 뎐어(傳語)ᄒᆞ딕,

"낭군(郞君)이 닉 집의 니룰 의(義) 업고 분(分)이 업스니 ᄲᆞ리 도라가라. 아니 닉 명(命) 지쵹ᄒᆞ라 왓ᄂᆞ냐?"

이밧 블호(不好)혼 말이 긋디 아냐 시녜(侍女ㅣ) 년낙(連絡)346)ᄒᆞ니 시랑(侍郞)이 본딕(本-) 잇디 아니미 원(願)이라 즉시(卽時) 니러 도라가니 쇼싀(少師ㅣ) 능히(能-) 머믈우디 못ᄒᆞ더라.

시랑(侍郞)이 도라가니 문졍공(--公)이 놀나 연유(緣由)룰 므르니 시랑(侍郞)이 실(實)로뼈 고(告)ᄒᆞ고 역명(逆命)ᄒᆞ믈 쳥죄(請罪)ᄒᆞ니 공(公)이 어히업서 도로혀 웃고 왈(曰),

"이런 긔괴(奇怪)혼 일이 둣

ᄂᆞ니 처엄이라 이 ᄯᅩ 너의 부부(夫婦)의 운익(運厄)이로다. 잠간(暫間) 춤아 필경(畢竟)을 보리로다."

시랑(侍郞)이 빅샤(拜謝)ᄒᆞ고 믈너나 이후(以後) 녀부(-府)의 종젹(蹤迹)을 긋츠니라.

---

346) 년낙(連絡): 연락. 연이어 옴.

녀 부인(夫人)의 고이(怪異)혼 소문(所聞)이 댱안(長安)의 퍼디니 드듸여 듸론(臺論)[347]이 니러나 십삼(十三) 어싀(御史ㅣ) 년계(連啓)ᄒ야 샹소(上疏) 왈(曰),

'쇼ᄉ(少師) 녀현기[348] 혼암용녈(昏闇庸劣)[349]ᄒ야 혼 부인(夫人)을 졔어(制御)티 못ᄒ야 비샹(非常)혼 변괴(變故ㅣ) 부뇌(府內)의 ᄌ로 니러나니 결연(決然)이 태ᄌ쇼ᄉ(太子少師) 큰 소임(所任)을 맛디디 못홀디라 그 죄(罪)를 다ᄉ려지이다.'

샹(上)이 보시고 녀 공(公)을 폄(貶)ᄒ야 하람(河南) 졀도ᄉ(節度使)를 ᄒ여 닉티시니 녀 공(公)이 즉시(卽時) 관면(冠冕)[350]을 곳티고 뇌당(內堂)의 드러와 부인(夫人)을 보고 왈(曰),

"부인(夫人)이 닉 말을 듯디 아냐

• •

129면

금일(今日) 븟그러오미 므어시 됴흐뇨?"

부인(夫人)이 대경(大驚)ᄒ야 말을 못 ᄒ더라.

즉시(卽時) 티힝(治行)[351]ᄒ야 길 날ᄉ 부인(夫人)이 빙난 쇼져(小姐)를 ᄃ려가려 ᄒ니 쇼싀(少師ㅣ) 크게 밀막아 굴오듸,

"젼후(前後)의 고이(怪異)히 셔돌기로 일이 크게 되엿거늘 ᄯ 엇디 녀ᄋ(女兒)를 ᄃ려가리오?"

---

347) 듸론(臺論): 대론. 탄핵.
348) 기: [교] 원문에는 '이'로 되어 있으나 앞의 예를 따라 이와 같이 수정함.
349) 혼암용녈(昏闇庸劣): 혼암용렬. 어리석고 변변하지 못해 졸렬함.
350) 관면(冠冕): 갓과 면류관이라는 뜻으로, 벼슬아치를 비유적으로 이르는 말.
351) 치힝(治行): 치행. 길 떠날 여장을 준비함.

부인(夫人)이 울고 골오딕,

"쳡(妾)이 젼일(前日)은 그릇ᄒ엿거니와 ᄎ마 녀ᄋ(女兒)를 경향(京鄉)의 ᄶ러나 ᄒᆫ 시각(時刻)을 사디 못ᄒ리니 이후(以後) 샹경(上京)ᄒ야 그졔ᄂᆞᆫ 아조 구가(舅家)의 보닉리라."

쇼ᄉᆞᆫ(少師ㅣ) 여러 번(番) 가(可)티 아니믈 닐오딕 부인(夫人)이 크게 울고 죽기로 마련ᄒ니 졍(正)히 우민(憂悶)ᄒ더니,

혼재(閽者ㅣ) 문졍공(--公)의 니ᄅ러시믈 고(告)ᄒ니 녀 공(公)이 급(急)히 나 마자 한훤녜

● ● ●

130면

필(寒暄禮畢)[352]의 문공(-公) 왈(曰),

"형(兄)이 의외(意外)예 남방(南方)을 진슈(鎭守)[353]ᄒ게 되니 결연(缺然)ᄒ믈 이긔디 못ᄒ리로다."

쇼ᄉᆞᆫ(少師ㅣ) 샤례(謝禮) 왈(曰),

"쇼뎨(小弟) 용녈(庸劣)ᄒ미 본딕(本-) 몱은 됴뎡(朝廷)의 욕(辱)되거놀 무ᄎᆞᆷ닉 졔가(齊家)[354]의 블엄(不嚴)ᄒ야 딕간(臺諫)의 붓긋츨 슈고롭게 ᄒ니 붓그러오믈 춤디 못ᄒᆯ소이다."

공(公)이 위로(慰勞) 왈(曰),

"이 엇디 녕부인(슈夫人) 타시리오? 형(兄)의 운익(運厄)이오 간관(諫官)이 풍문(風聞)의 뎐셜(傳說)을 그릇 드ᄅ미라. 텬ᄌᆞᆫ(天子ㅣ) 셩

---

352) 한훤녜필(寒暄禮畢): 한훤예필. 날씨의 춥고 더움을 말하는 안부를 묻는 예를 마침.

353) 진슈(鎭守): 진수. 군대를 주둔시켜 중요한 곳을 지킴.

354) 졔가(齊家): 제가. 집안을 가지런히 함.

명(聖明)ᄒ시니 슬피미 계시리라. 연(然)이나 ᄋ뷔(阿婦ㅣ) 이곳의 완 디 오래딕 쇼뎨(小弟) ᄉ괴(事故ㅣ) 년텹(連疊)355)ᄒ야 니ᄅ러 보디 못ᄒ엿더니 보고져 ᄒ노라."

쇼ᄉ(少師ㅣ) 글오딕,

"녀익(女兒ㅣ) 존문(尊門) ᄉ룸이 되여시니 쇼뎨(小弟) 슬하(膝下)의 두믈 ᄇ라디

⋯

131면

아니ᄒ딕 폐체(弊妻ㅣ) 일(一) 녀(女) ᄉ랑이 과도(過度)ᄒ야 여러 번(番) ᄇ르시믈 역(逆)ᄒ니 녀익(女兒ㅣ) 죄(罪)를 혜아리고 쇼뎨(小弟) 붓그러오믈 이긔디 못ᄒ리로소이다."

드딕여 시비(侍婢)를 명(命)ᄒ야 쇼져(小姐)를 ᄇ르니 쇼제(小姐ㅣ) 존구(尊舅)의 님(臨)ᄒ시믈 알고 스스로 뵈믈 감히(敢-) 쳥(請)티 못ᄒ더니 부명(父命)을 니어 이에 니ᄅ러 말석(末席)의셔 존구(尊舅)긔 빈알(拜謁)ᄒ고 념용정금(斂容整襟)356)ᄒ야 존후(尊候)를 뭇ᄌ온 후(後) ᄂ죽이 쳥죄(請罪) 왈(曰),

"쇼쳡(小妾)이 인ᄉ(人事ㅣ) 블민(不敏)ᄒ와 오래 존퇴(尊宅)을 쩌나와 셩뎡(省定)357)을 폐(廢)ᄒ오니 틱만(怠慢)ᄒ온 죄(罪) 슈ᄉ난쇽(雖死難贖)358)이로소이다."

---

355) 년텹(連疊): 연첩. 잇따라 겹쳐 있음. 또는 그렇게 함.

356) 념용정금(斂容整襟): 염용정금. 용모를 가다듬고 옷깃을 여미어 모양을 바로잡음.

357) 셩뎡(省定): 성정. 문안. 아침 일찍 부모의 침소에 가서 밤사이의 안부를 살피는 아침 문안 신성(晨省)과 잠자리에 들 때에 부모의 침소에 가서 잠자리를 살피고 밤 동안 안녕하기를 여쭈는 저녁 문안 혼정(昏定)을 합쳐 이른 말.

358) 슈ᄉ난쇽(雖死難贖): 수사난속. 비록 죽어도 속죄하기 어려움.

문공(-公)이 녀 시(氏)를 보매 텬틱만광(天態萬光)359)과 녜모동용 (禮貌動容)360)이 새로이 긔이(奇異)ᄒ니 흔연(欣然)이 ᄉ랑ᄒ믈 씌여 쇼져(小姐)를 나

• •

132면

아오라 ᄒ야 좌(座)를 갓가이 ᄒ고 무익(撫愛)ᄒ믈 마디아니ᄒ니 녀 공(公)이 역희(亦喜)ᄒ야 담쇼(談笑)ᄒ다가 문공(-公)을 향(向) ᄒ야 글오딕,

"형푀(荊布 ㅣ)361) 편협(偏狹)ᄒ야 녜법(禮法)을 아디 못ᄒ고 녀ᄋ (女兒)를 ᄃ려가고져 ᄒ니 틱의(台意)362) 엇더ᄒ시뇨?"

공(公)이 십분(十分) 대경(大驚) 왈(曰),

"젼일(前日)은 ᄒᆫ 셩듕(城中)의 이시니 비록 오래 이곳의 이셔도 ᄎ디 아냣거니와 엇디 녀ᄌ(女子)를 남방(南方) 쳔(千) 니(里) ᄯ히 보닉리오? 이ᄂᆫ 결연(決然)이 좃디 못ᄒ리로다."

쇼ᄉ(少師 ㅣ) 글오딕,

"쇼뎨(小弟) ᄯ한 블가(不可)ᄒ믈 알오딕 형푀(荊布 ㅣ) 죽기로 마 련ᄒ니 졍(正)히 아모리 홀 줄 모ᄅᆞᄂ이다."

공(公)이 밋처 답(答)디 못ᄒ여셔 믄득 안흐로셔 여라믄 시녜(侍女 ㅣ) 일위(一位) 부인(夫人)을 뫼셔 이에 나오니 공(公)

---

359) 텬틱만광(天態萬光): 천태만광. 타고난 빛나는 자태.

360) 녜모동용(禮貌動容): 예모동용. 예절에 맞는 몸가짐.

361) 형푀(荊布 ㅣ): 가시나무 비녀와 베치마라는 뜻으로 아내를 이름. 형차포군(荊釵布裙). 중국 한 (漢)나라 때 은사인 양홍(梁鴻)의 아내 맹광(孟光)이 남편의 뜻을 받들어 이처럼 검소하게 착 용한 데서 유래함. 『후한서(後漢書)』, <양홍열전(梁鴻列傳)>.

362) 틱의(台意): 태의. 상대방의 의견을 높여 이르는 말.

이 대경(大驚)ᄒ야 ᄲᆞᆯ니 니러 피(避)코져 ᄒ더니 그 부인(夫人)이 공슈(拱手)ᄒ고 셔서 ᄀᆞᆯ오ᄃᆡ,

"쳔쳡(賤妾)이 금일(今日) 명공(明公)긔 뵈옵고 졀박(切迫)ᄒᆞᆫ ᄉᆞ졍(事情)을 쳥(請)코져 ᄒᆞ옵ᄂᆞ니 용납(容納)ᄒᆞ시리잇가?"

공(公)이 마디못ᄒᆞ야 황망(慌忙)이 ᄭᅮ러 ᄌᆡ비(再拜)ᄒ고 ᄀᆞᆯ오ᄃᆡ,

"부인(夫人)이 쇼관(小官)을 ᄃᆡ(對)ᄒ샤 므슴 말ᄉᆞᆷ을 하문(下問)코져 ᄒ시ᄂᆞ뇨?"

경 부인(夫人)이 답녜(答禮)ᄒ고 먼니 단좌(端坐)ᄒ야 옷기슬 녑의고 소ᄅᆡ를 ᄂᆞ초와 ᄀᆞᆯ오ᄃᆡ,

"쇼쳡(小妾)이 규듕(閨中)의 깁흔 몸으로 금일(今日) 이에 나와 명공(明公)긔 뵈오미 크게 무례(無禮)ᄒᆞᆫ 줄 모ᄅᆞ디 아니나 명공(明公)이 가부(家夫)로 더브러 금난(金蘭)363)의 디ᄀᆔ(至交ㅣ), 관포(管鮑)364)의 디나시니 쇼쳡(小妾)이 엇지 슈슉(嫂叔)으로 다ᄅᆞ므로 혜여 ᄀᆞᆫ졀(懇切)ᄒᆞᆫ

---

363) 금난(金蘭): 금란. 친구 사이의 매우 두터운 정을 이르는 말. 『주역』에서 나온 말임. "두 사람이 마음을 같이하면 그 날카로움이 쇠[金]를 끊고, 마음을 같이해서 나온 말은 그 향기가 난초[蘭]와 같다. 二人同心, 其利斷金, 同心之言, 其臭如蘭."

364) 관포(管鮑): 관중(管仲, ?~B.C.645)과 포숙아(鮑叔牙, ?~?). 관중은 중국 춘추시대 제(齊)나라의 재상으로 이름은 이오(夷吾). 환공(桓公)이 즉위할 무렵 환공의 형인 규(糾)의 편에 섰다가 패전하여 노(魯)나라로 망명하였는데, 당시 환공을 모시고 있던 친구 포숙아의 진언(進言)으로 환공에게 기용되어 환공을 중원(中原)의 패자(霸者)로 만드는 데 일조함. 관중과 포숙아는 잇속을 차리지 않은 사귐으로 유명하여 이로부터 관포지교(管鮑之交)라는 말이 나옴. 사마천, 『사기(史記)』, <관안열전(管晏列傳)>.

회푀(懷抱ㅣ) 이시매 흔갓 붓그러오믈 인(因)ᄒ야 대인(大人) 안젼(案前)의 고(告)티 아니리오? 쇼쳡(小妾)이 고고(孤孤) 여ᄉᆡᆼ(餘生)으로 가부(家夫)ᄅᆞᆯ 조ᄎᆞ매 흔 일도 영화(榮華)ᄅᆞᆯ 보디 못ᄒᆞ고 듕도(中途)의 화란(禍亂)을 만나 지ᄋᆞ(-兒)ᄅᆞᆯ 죽이며 녀ᄋᆞ(女兒)ᄅᆞᆯ 일흐니 일촌(一寸) 간댱(肝腸)이 녹아 지 되엿더니 하ᄂᆞᆯ이 도으시고 귀신(鬼神)이 슬피믈 닙어 녕낭(슈郎)이 녀ᄋᆞ(女兒)ᄅᆞᆯ 드려 도라오샤 모지(母子ㅣ) 못게 ᄒᆞ시니 은혜(恩惠) 망극(罔極)흔 가온디 녕낭(슈郎)의 아름다오미 녀ᄋᆞ(女兒)로 빵(雙) 지어 디졉(待接)ᄒᆞ미 분(分)의 넘으니 쳡(妾)이 손복(損福)ᄒᆞᆯ가 두리더니 쳡(妾)의 무샹(無狀)ᄒᆞ미 가부(家夫)ᄅᆞᆯ 죄(罪)ᄅᆞᆯ 어더 녕히(嶺海) 슈졸(戍卒)을 밍그니 붓그러오미 ᄂᆞᆺ 둘 ᄯᅡ히 업스나 ᄎᆞ마 일(一) 녀(女)ᄅᆞᆯ 더디고 도라갈

ᄯᅳᆺ이 업스니 블과(不過) 삼(三) 년(年) 후(後) 가뷔(家夫ㅣ) 도라오리니 대인(大人)은 녀ᄌᆞ(女子)의 고고(孤孤)흔 졍ᄉᆞ(情事)ᄅᆞᆯ 긍측(矜惻)ᄒᆞ샤 녀ᄋᆞ(女兒)ᄅᆞᆯ 허(許)ᄒᆞ시미 엇더ᄒᆞ시니잇고?"

문졍공(--公)이 돗 밧긔 국궁(鞠躬)[365]ᄒᆞ야 ᄭᅮ러 듯기ᄅᆞᆯ ᄆᆞᄎᆞ매 본디(本-) 녜법(禮法)을 ᄉᆞᆷ논 위인(爲人)의 녀 부인(夫人)이 친(親)히 와 더러 구논디 ᄌᆞ긔(自己) 도리(道理) 감히(敢-) 막디 못ᄒᆞ야 다만

---

365) 국궁(鞠躬): 윗사람이나 위패(位牌) 앞에서 존경하는 뜻으로 몸을 굽힘.

년(連)ᄒ야 머리 조아 샤례(謝禮) 왈(曰),

"쇼관(小官)이 비록 무식(無識)ᄒ나 존부인(尊夫人)의 뎌러ᄒ신 졍
ᄉ(情事)ᄅᆞᆯ 슬피디 아니ᄒ리잇가? 쇼부(小婦)ᄅᆞᆯ 쾌(快)히 드려가쇼셔."

부인(夫人)이 셜파(說罷)의 크게 깃거 두 번(番) 졀ᄒ야 샤례(謝禮)
ᄒ고 드러가니 공(公)이 ᄇᆞ야흐로 좌(座)ᄅᆞᆯ 편(便)히 ᄒ고 쇼ᄉ(少師)
로 말ᄉᆞᆷᄒᆞᆯᄉᆡ 죠곰도 부인(夫人)의 실톄(失體)

ᄒᄆᆞᆯ 샤례(謝禮) 아닌ᄂᆞᆫ디라 문졍공(--公)이 ᄆᆞᄋᆞᆷ의 녀 공(公)이 녀
관(女官)의게 팀혹(沈惑)ᄒ여시믈 알고 녀 부인(夫人)을 그윽이 개
탄(慨嘆)ᄒ고 ᄆᆞᄋᆞᆷ의 블평(不平)ᄒ야,

즉시(卽時) 니러 도라와 모든 ᄃᆡ 녀 시(氏)ᄅᆞᆯ 하람(河南)으로 보ᄂᆡ
믈 고(告)ᄒ니 승샹(丞相)이 블열(不悅) 왈(曰),

"녀ᄌᆡ(女子ㅣ) 엇디 져근 ᄉ졍(事情)으로 구가(舅家)ᄅᆞᆯ ᄯᅥ나 여러
쳔(千) 리(里)의 가리오? 네 ᄯᅩ ᄉ리(事理)ᄅᆞᆯ 알며 소리(率爾)히 허락
(許諾)ᄒᄂᆞ뇨?"

하람공(--公)이 더옥 공(公)의 쳐ᄉ(處事)ᄅᆞᆯ 그ᄅᆞ다 ᄒ야 왈(曰),

"현뎨(賢弟) 원릭(元來) 관인(寬仁)ᄒ기로 프러디기 병(病)이 되엿
ᄂᆞᆫ디라. 녀 시(氏) 비록 제 부모(父母)의 일(一) 녀(女)로 ᄯᅥ나ᄂᆞᆫ 졍ᄉ
(情事ㅣ) 차아(嗟訝)[366]ᄒᆞᆫᄃᆞᆯ 그 싀아비 되여 망녕(妄靈)도이 가기ᄅᆞᆯ
허(許)ᄒᄂᆞ뇨? ᄒᄆᆞᆯ며 녀 시(氏) 너의 댱ᄌᆞ(長子) 춍부(冢婦ㅣ)[367]라

---

366) 차아(嗟訝): 슬프고 놀라움.
367) 춍부(冢婦ㅣ): 춍부. 종자(宗子)나 종손(宗孫)의 아내. 곧 종가(宗家)의 맏며느리.

듕(重)ᄒ미 막대(莫大)ᄒ거늘 너의 소활(疎闊)ᄒ미 경듕(輕重)을 술피디 아니ᄒ니 이 므슴 도리(道理)뇨?"

공(公)이 본디(本-) 녀ᄌ(女子)의 시비(是非)를 아닛는 고(故)로 좌우(左右)의 여러 수시(嫂氏)와 딜ᄌ(姪子) 등(等)이 녈좌(列坐)ᄒ엿고 더옥 시랑(侍郞)이 이시니 녀 부인(夫人) 말ᄒ기 블가(不可)ᄒ야 손을 곳고 부젼(父前)의 ᄭ무러 믁연(默然)ᄒ여시니 승샹(丞相)이 냥구(良久) 후(後) ᄯ 칙(責)ᄒ야 굴오디,

"니문(李門) 가법(家法)을 네 프러더 ᄡ러러브리니 쟝ᄎᆺ(將次人) 엇디코져 ᄒᄂ뇨?"

문졍공(--公)이 믄득 황연(惶然)ᄒ야 년망(連忙)이 샤례(謝禮)ᄒ고 말을 아니ᄒ더니,

이윽고 모든 ᄉ름이 믈러나고 제(諸) 형뎨(兄弟)만 머므러시매 소리를 ᄂ초와 경 부인(夫人) 거동(擧動)을 고(告)ᄒ고 굴오디,

"ᄒ이(孩兒ㅣ) ᄯ흔 식부(息婦)를 남방(南方)의

보니고져 ᄯᆺ이 이시리잇고마는 녀 부인(夫人)이 쇼ᄌ(小子)를 친(親)히 보고 근걸(懇乞)ᄒ니 인ᄉ(人事)의 ᄎ마 아니 허(許)티 못ᄒ여시나 블평(不平)ᄒ믈 이긔디 못홀소이다."

승샹(丞相)이 쳥368)파(聽罷)의 ᄒ이연(駭然)369)ᄒ야 잠쇼(暫笑)ᄒ고

골오디,

"원리(元來) 기간(其間) 수에(辭語ㅣ) 이러툿 하닷다. 연(然)즉 허락(許諾)ᄒ미 ᄌ못 인ᄉ(人事)를 츌혀시니 그ᄅ디 아니ᄒ도다."

하람공(--公)이 블쾌(不快)ᄒ야 골오디,

"녀혈긔 극(極)ᄒ 명인군지(明人君子ㅣ)로디 그 안해 버ᄅᆞ시 여ᄎᆞ(如此)ᄒ뇨?"

문공(-公)이 웃고 디왈(對曰),

"범(凡) 남지(男子ㅣ) 졍(情)이 듕(重)ᄒ야 것딜러 ᄯ지ᄌᆞ미 쉽디 아닌 고(故)로 쇼뎨(小弟) 그 부인(夫人)을 잠간(暫間) 보오니 안ᄉᆡᆨ(顏色)과 녜법(禮法)이 크게 셰쇽(世俗)의 ᄲᅱ여나니 녀 형(兄)의 쥐이미 고이(怪異)티 아니터이다. 연(然)이나 녀 공(公)이 본디(本-)

· ● ●

139면

현명(賢明)ᄒ니 남방(南方)을 딘슈(鎭守)370)ᄒ나 오라디 아냐 니뷔(吏部ㅣ) 쵸텬(超遷)371)홀 거시니 ᄋᆞ부(阿婦)를 보ᄂᆞ미 관겨(關係)티 아니ᄒ이다."

기국공(--公)이 쇼왈(笑曰),

"이러나뎌러나 형댱(兄丈)의 인친(姻親)이 뭇됴디 아니토소이다. 그런 오활(迂闊)372)ᄒ 부인(夫人)이 어디 이시리오?"

---

368) 쳥: [교] 원문에는 '평'으로 되어 있으나 오기로 보임.

369) ᄒᆡ연(駭然): 해연. 몹시 이상스러워 놀람.

370) 딘슈(鎭守): 진수. 군대를 주둔시켜 중요한 곳을 지킴.

371) 쵸텬(超遷): 초천. 승진하여 옮김.

372) 오활(迂闊): 우활. 사리에 어둡고 세상 물정을 잘 모름.

승샹(丞相)이 믄득 경계(警戒) 왈(曰),

"추ᄋᆞ(次兒)의 쳐ᄉᆞ(處事ㅣ) 극(極)히 올ᄒᆞ니 여등(汝等)이 엇디 ᄂᆞᆷ의 부인(夫人) 녀ᄌᆞ(女子)의 흔단(釁端)373)을 시비(是非)ᄒᆞ리오? 삼가 슈구여병(守口如甁)374)ᄒᆞ라."

제공(諸公)이 무언(無言) 슈명(受命)ᄒᆞ고 퇴(退)ᄒᆞ니 문공(-公)이 ᄆᆞᄋᆞᆷ의 식부(息婦)를 쳔(千) 리(里) 원방(遠方)의 보ᄂᆡ믈 블열(不悅)ᄒᆞ고 소 부인(夫人)은 더옥 녀 부인(夫人)의 고이(怪異)ᄒᆞᆷ과 식부(息婦)의 신셰(身世) 슌(順)티 못ᄒᆞ믈 탄(嘆)ᄒᆞ고 시랑(侍郞)은 녀 시(氏) 하람(河南) 가믈 듯고 ᄆᆞᄋᆞᆷ의 통히(痛駭)375)ᄒᆞ야

• • •

140면

ᄀᆞᆯ오ᄃᆡ,

'이런 녀지(女子ㅣ) 고금(古今)의 흔티 아니ᄒᆞ니 쟝ᄎᆞ(將次ㅣ) 엇디 뻐 쳐티(處置)ᄒᆞ리오? 닉 남지(男子ㅣ) 되야 일(一) 녀ᄌᆞ(女子)를 총단(總斷)376)티 못ᄒᆞ니 사름 보미 붓그러온디라. 녀지(女子ㅣ) 엇디 괴롭디 아니ᄒᆞ리오?'

ᄒᆞ고 ᄆᆞᄋᆞᆷ의 분앙(憤怏)377)ᄒᆞ야 거치 나타ᄂᆡ디 아니나 심하(心下)의 블열(不悅)ᄒᆞ더라.

어시(於時)의 녀 부인(夫人)이 문졍공(--公)의 허락(許諾)을 엇고 크

---

373) 흔단(釁端): 단점.

374) 슈구여병(守口如甁): 수구여병. 입을 병마개 막듯이 꼭 막는다는 뜻으로, 비밀을 다른 사람이 알지 못하도록 함을 이르는 말.

375) 통히(痛駭): 통해. 몹시 이상스러워 놀람.

376) 총단(總斷): 혼자서 모든 일을 판단하거나 결정함.

377) 분앙(憤怏): 분노하고 원망함.

게 깃거 주약(自若)히 힝도(行途)를 츌히니 쇼제(小姐ㅣ) 모친(母親)의 고이(怪異)ᄒᆞ시믈 ᄆᆞ음의 개탄(慨嘆)ᄒᆞ고 춤졸(取拙)378)이 니문(李門)의 편만(遍滿)379)ᄒᆞ믈 붓그리나 시비(是非)ᄅᆞᆯ 아니ᄒᆞ고 모젼(母前)의 나아가 니부(李府)의 하딕(下直)고져 ᄒᆞ니 부인(夫人)이 힝혀(幸-) 싱(生)이 조당(阻擋)380)ᄒᆞ미 이실가 ᄒᆞ야 보ᄂᆡ디 아니ᄒᆞ니 쇼제(小姐ㅣ) 두어 번(番) 간(諫)ᄒᆞ딕 듯디 아니ᄒᆞᄂᆞᆫ디

라 홀일업서 ᄒᆞ더니 이윽고 니부(李府)의셔 거매(車馬ㅣ) 니르니 부인(夫人)이 더옥 놀나 발악(發惡)ᄒᆞ고 아니 보ᄂᆡ려 ᄒᆞ거늘 쇼ᄉᆞ(少師ㅣ) ᄀᆞᆯ오딕,

"문졍공(--公)은 군ᄌᆞ(君子ㅣ)어늘 므슴ᄒᆞ라 부인(夫人)을 소기리오? 이제 가 평명(平明)의 오게 ᄒᆞ라."

부인(夫人)이 마디못ᄒᆞ야 허락(許諾)ᄒᆞ니 쇼제(小姐ㅣ) 장소(糚梳)381)ᄅᆞᆯ 일우고 니부(李府)의 니르러 바로 졍당(正堂)의 드러가 모든 딕 빅례(拜禮)ᄒᆞ고 좌(座)의 나아가매, 뉴 부인(夫人)이 흔연(欣然)이 ᄀᆞᆯ오딕,

"ᄋᆞ부(阿婦)ᄅᆞᆯ 어던 디 오래디 아냐 덧업시 쩌나니 훌연(欻然)382)ᄒᆞ믈 이긔디 못ᄒᆞ리로다."

---

378) 춤졸(取拙): 취졸. 졸렬한 행동을 함.
379) 편만(遍滿): 널리 그득 참.
380) 조당(阻擋): 나아가거나 다가오는 것을 막아서 가림.
381) 장소(糚梳): 화장하고 머리를 빗음.
382) 훌연(欻然): 어떤 일이 생각할 겨를도 없이 급히 일어나는 모양.

쇼졔(小姐ㅣ) 피셕(避席) 샤례(謝禮)ᄒᆞ고 감히(敢-) 말을 못 ᄒᆞ더니 긔국공(--公)이 춤디 못ᄒᆞ야 닐오ᄃᆡ,

"녀ᄌᆡ(女子ㅣ) 본ᄃᆡ(本-) 사ᄅᆞᆷ의게 몸을 허(許)

• •

142면

ᄒᆞᆫ 후(後)ᄂᆞᆫ 빅(百) 니(里)의 분상(奔喪)티 못ᄒᆞ거ᄂᆞᆯ 그ᄃᆡ 가형(家兄)의 통뷔(冢婦ㅣ) 되여 구고(舅姑)와 가부(家夫)ᄅᆞᆯ 더디고 쳔(千)리(里) 원방(遠方)의 가미 올흐냐?"

녀 시(氏) 셜리 부복(俯伏)ᄒᆞ야 옥안(玉顔)의 참ᄉᆡᆨ(慙色)이 은은(隱隱)ᄒᆞ니 이 졍(正)히 홍년(紅蓮) 일지(一枝) 셰우(細雨)의 저젓ᄂᆞᆫ 듯 ᄉᆞᄉᆡᆨ(辭色)이 가히(可-) 어엿븐디라. 문졍공(--公)이 두긋겨 골오ᄃᆡ,

"현뎨(賢弟)ᄂᆞᆫ 브졀업슨 말 말라. ᄋᆞ뷔(阿婦ㅣ) 제 ᄆᆞᄋᆞᆷ으로 가ᄂᆞᆫ 거시 아냐 닉 허(許)ᄒᆞ야 보닉거ᄂᆞᆯ 현뎨(賢弟) 엇디 고이(怪異)ᄒᆞᆫ 말을 ᄒᆞᄂᆞ뇨?"

긔국공(--公)이 잠간(暫間) 웃고 말을 아니터라.

이윽고 쇼졔(小姐ㅣ) 소 부인(夫人)을 뫼셔 슉현당(--堂)의 도라와 뫼셔 말ᄉᆞᆷᄒᆞ매 지극(至極)ᄒᆞᆫ 졍셩(精誠)이 근측(懇惻)383)ᄒᆞ고 원별(遠別)을 슬허ᄒᆞ고 ᄌᆞ긔(自己) 도리(道理)ᄅᆞᆯ

---

383) 근측(懇惻): 간측. 간절하고 지성스러움.

문허부리믈 황괴(惶愧)ᄒ야 심녜(心慮ㅣ) 듕(重)ᄒ매 안식(顔色)의
은은(隱隱)이 나타나니 소 부인(夫人)이 크게 어엿비 너기며 시운
(時運)이 블힝(不幸)ᄒ야 이 ᄀᆺ튼 ᄌ부(子婦)를 지속(遲速) 업시 쎠
나믈 ᄀ장 쳑감(戚感)384)ᄒ야 ᄉ랑ᄒ미 혈심(血心) 진졍(眞情)으로
지극(至極)ᄒ더니,

밤이 깁흐매 부인(夫人)이 쇼져(小姐)를 침소(寢所)로 가라 ᄒ고
홍벽을 블너 싱(生)의 침금(寢衾)을 치셩당(--堂)으로 옴기라 ᄒ니,
시랑(侍郎)이 비록 녀 시(氏)의 현슉(賢淑)ᄒ믈 붉히 알고 그 ᄆᆞ음이
아니믈 ᄉ못가이 아나 그러나 악모(岳母)를 미온(未穩)385)ᄒ매 쇼져
(小姐) 향(向)ᄒᆫ 쯧이 브죡(不足)ᄒ야 싱각이 업더니 모명(母命)을 감
히(敢-) 거역(拒逆)디 못ᄒ야 거름을 옴겨 치셩당(--堂)의 니르니,

쇼제(小姐ㅣ) 시랑(侍郎)

을 보매 놀납고 붓그러오미 더옥 욕ᄉ무디(欲死無地)386)ᄒ야 몸을
니러 마자 먼니 좌(坐)ᄒ고 옥면(玉面)이 취홍(取紅)ᄒ고 츄패(秋
波ㅣ) ᄀᄂᆞ라 슈식(愁色)을 곰초디 못ᄒ니 시랑(侍郎)이 잠간(暫
間) ᄡ영(雙星)을 거두텨 슬피고 그윽이 어엿비 너기ᄂᆞ ᄆᆞ음이 동

---

384) 쳑감(戚感): 쳑감. 슬퍼함.

385) 미온(未穩): 평온하지 않음.

386) 욕ᄉ무디(欲死無地): 욕사무지. 죽으려 해도 죽을 곳이 없음.

(動)ᄒ나 이 곳 텰셕(鐵石) ᄀᆞᄐᆞᆫ 심댱(心腸)이라 ᄒᆞᆫ 번(番) ᄯᅳᆺ을 뎡(定)ᄒᆞ매 녀 쇼져(小姐) ᄀᆞᆮᄐᆞᆫ 텬향국ᄉᆡᆨ(天香國色)387)이 알ᄑᆡ 이시나 ᄆᆞ옴을 동(動)ᄒᆞ리오. 냥구(良久)히 안잣다가 가연이 자리의 나아가니 쇼졔(小姐ㅣ) 박힌 ᄃᆞ시 안자 움죽이디 아니ᄒᆞ거늘 시랑(侍郎)이 모친(母親)이 그릇 너기실가 저허 즉시(卽時) 몸을 니러 쇼져(小姐)를 잇그러 상(牀)의 올리매 악모(岳母)를 과심이388) 너겨 부부(夫婦) 동낙(同樂)은 일우디 아니나

_{◦●●}

145면

본ᄃᆡ(本-) ᄋᆞ시(兒時)로브터 악댱(岳丈)의 슈은(受恩)을 두터이 ᄒᆞ엿고 녀 시(氏)의 안졍현텰(安靜賢哲)389)ᄒᆞᆷ믈 심복(心服)ᄒᆞ연 디 오랜디라 금금(錦衾) 요셕(-席)을 년(連)ᄒᆞ매 ᄋᆡ련(愛憐)ᄒᆞᄂᆞᆫ 졍(情)이 ᄆᆡᆼ동(萌動)390)ᄒᆞ야 옥슈(玉手)를 잡고 년협391)(蓮頰)을 졉(接)ᄒᆞ야 견권(繾綣)392)ᄒᆞᆫ 졍(情)이 하ᄒᆡ(河海) ᄀᆞᆮᄐᆞ니 쇼졔(小姐ㅣ) 븟그리고 저허 능히(能-) 방심(放心)티 못ᄒᆞ거늘 싱(生)이 경계(警戒)ᄒᆞ야 ᄀᆞᆯ오ᄃᆡ,

"부인(夫人)의 ᄒᆡᆼ(行)ᄒᆞᄂᆞᆫ 배 스스로 ᄆᆞ옴이 아니나 대도(大道)ᄂᆞᆫ 일흐미 반ᄃᆞᆺᄒᆞ니 만일(萬一) 야야(爺爺)의 허(許)ᄒᆞ심곳 아니면 싱

---

387) 텬향국ᄉᆡᆨ(天香國色): 천향국색. 여인의 매우 아름다운 외모.

388) 과심이: 괘씸히.

389) 안졍현텰(安靜賢哲): 안정현철. 차분하고 현명함.

390) ᄆᆡᆼ동(萌動): 맹동. 어떤 생각이나 일이 일어나기 시작함.

391) 협: [교] 원문에는 '힘'으로 되어 있으나 오기로 보임.

392) 견권(繾綣): 생각하는 정이 두터움.

(生)이 용녈(庸劣)ᄒ나 엇디 용샤(容赦)ᄒ리오? 모ᄅ미 ᄆ옴을 ᄀ디록 조심(操心)ᄒ야 ᄎ후(此後) 요란(擾亂)ᄒ미 업게 ᄒ라."

쇼제(小姐ㅣ) 브답(不答)ᄒ더라.

부뷔(夫婦ㅣ) 잠간(暫間) 잠드럿더니 동방(東方)

의 효ᄉ(曉色)이 빗최ᄂ디라. 부뷔(夫婦ㅣ) 니러 쇼셰(梳洗)ᄒ고 시랑(侍郎)은 밧그로 나가고 쇼제(小姐ㅣ) 정당(正堂)의 가 모든 ᄃ 하딕(下直)ᄒᄉ 일개(一家ㅣ) 크게 결연(缺然)ᄒ고 구고(舅姑) 존당(尊堂)이 손을 잡고 년년(戀戀)ᄒᄆ 마디아니ᄒ니 쇼제(小姐ㅣ) 슈루(垂淚) 빈샤(拜辭)[393]ᄒ고 손을 ᄂ호니 소 부인(夫人)이 난간(欄干)의 나와 집슈(執手)ᄒ야 봉황미(鳳凰眉)[394]의 ᄆ결이 요동(搖動)ᄒ야 지삼(再三) 보듕(保重)ᄒᄆ 니ᄅ고 수이 못기ᄅ 원(願)ᄒ니 쇼제(小姐ㅣ) 빅비(百拜) 샤은(謝恩)ᄒ고 덩의 들매 문정공(--公)이 시랑(侍郎)을 블러 ᄀ로ᄃ,

"네 가히(可-) ᄋ부(阿婦)ᄅ 드려 녀부(-府)의 가 악공(岳公) 부부(夫婦)ᄅ 빈송(陪送)ᄒ고 오라."

시랑(侍郎)이 슈명(受命)ᄒ야 쇼져(小姐)로 더브러 녀부(-府)의 니ᄅ러 공(公)과 부인(夫人)긔 뵈매 공(公)은 흔연(欣然)이 반겨 원

---

393) 빈샤(拜辭): 배사. 절하고 하직함.
394) 봉황미(鳳凰眉): 봉황의 눈썹.

별(遠別)을 슬허ᄒ고 부인(夫人)은 노ᄉᆡᆨ(怒色)고 골오ᄃᆡ,

"낭군(郎君)의 ᄆᆞ음을 쾌(快)히 ᄒ노라 녀ᄋᆞ(女兒)ᄅᆞᆯ ᄃᆞ려 도라가니 가히(可-) 금일(今日)로브터 것칠 것 업시 즐기리로다."

ᄉᆡᆼ(生)이 공슈(拱手)하고 답(答)디 아니ᄒ더라.

날이 느ᄌᆞ매 일ᄒᆡᆼ(一行)이 휘동(麾動)395)ᄒ니 시랑(侍郎)이 녀 한님(翰林) 형뎨(兄弟)로 십(十) 니(里) 댱뎡(長亭)396)의 가 ᄇᆡ송(陪送)ᄒ고 도라오니라.

녀 쇼ᄉᆞ(少師ㅣ) 일가(一家)ᄅᆞᆯ 거ᄂᆞ려 하람(河南)으로 향(向)ᄒ더니 수일(數日)은 ᄒᆡᆼ(行)ᄒ야셔 하인(下人)이 품(稟)ᄒ되,

"요ᄉᆞ이 남(南)으로 ᄂᆞ리는 믈결이 극(極)히 슌(順)ᄒ니 ᄇᆡᄅᆞᆯ ᄐᆞ신즉 십여(十餘) 일(日)이 못 ᄒ야 하람(河南)의 득달(得達)ᄒ시리이다."

쇼ᄉᆞ(少師ㅣ) 깃거 즉시(卽時) 명(命)ᄒ야 ᄒᆞᆫ 쳑(隻) 대션(大船)을 ᄭᅮ미고 일ᄒᆡᆼ(一行)이 ᄇᆡ예 올나 풍범(風帆)을

놉히 둘고 슌풍(順風)이 장녈(壯烈)397)ᄒ야 슌식(瞬息) 사이 ᄇᆡᆨ(百) 니(里)ᄅᆞᆯ 가ᄂᆞᆫ디라 모다 깃거ᄒ더니,

---

395) 휘동(麾動): 지휘하여 움직이게 함.

396) 댱뎡(長亭): 장정. 먼 길을 떠나는 사람을 전송하던 곳. 과거 5리와 10리마다 정자를 두어 행인들이 쉴 수 있게 했는데, 5리마다 있는 것을 '단정(短亭)'이라 하고 10리마다 있는 것을 '장정'이라 했음.

397) 장녈(壯烈): 장렬. 매우 세차게 붊.

두어 날은 힝(行)ᄒᆞ야 믄득 대풍(大風)이 크게 니러나 히쉬(海水
ㅣ) 뒤슬흐니 ᄇᆡ 대양(大洋)의 듕뉴(中流)ᄒᆞ야 믈 가온대 날낙들낙ᄒᆞ
니 쥬듕(舟中) 제인(諸人)이 경황(驚惶)ᄒᆞ야 우름 빗치러니 이윽고
믈 가온대로좃ᄎᆞ ᄒᆞᆫ 녀ᄌᆡ(女子ㅣ) 두어 귀졸(鬼卒)을 거ᄂᆞ리고 ᄇᆡ 우
히 티ᄃᆞ라 굴오ᄃᆡ,

"이곳의 옥녀셩(玉女星)이 이시니 가히(可-) 그져 디ᄂᆡ여 보ᄂᆡ디
못ᄒᆞ리라."

ᄒᆞ고 쇼져(小姐)를 잇글고 믈노 드리ᄃᆞᄅᆞ며 텬디(天地) 아득ᄒᆞ야
디쳑(咫尺)을 분변(分辨)티 못ᄒᆞ니 모다 눈을 ᄯᅳ디 못ᄒᆞ고 정신(精
神)이 황홀(恍惚)ᄒᆞ야 아모리 ᄒᆞᆯ 줄을 모ᄅᆞ고 졋구러뎟더

●●

149면

니,

평명(平明)의 ᄇᆞ람이 자고 일긔(日氣) 청명(晴明)ᄒᆞ거ᄂᆞᆯ 다못 쇼ᄉᆞ
(少師)와 부인(夫人)이 정신(精神)을 뎡(靜)ᄒᆞ야 니러 안자 보니 모다
무ᄉᆞ(無事)ᄒᆞᄃᆡ 쇼졔(小姐ㅣ) 간 곳이 업ᄂᆞ이다. 크게 놀나 임의 죽
은 줄로 알고 부뷔(夫婦ㅣ) 실셩댱통(失聲長慟)[398]의 혼졀(昏絕)ᄒᆞ니
모다 급(急)히 구(救)ᄒᆞ매 쇼ᄉᆡ(少師ㅣ) 겨유 정신(精神)을 출혀 쇼져
(小姐)의 남은 오ᄉᆞᆯ 초혼(招魂)[399]ᄒᆞ고 크게 통곡(慟哭)ᄒᆞ며 션두(船
頭)를 지휘(指揮)ᄒᆞ야 죽엄을 어드ᄃᆡ 형영(形影)이 업ᄉᆞ니 쇼ᄉᆡ(少師

---

398) 실셩댱통(失聲長慟): 실성장통. 목이 쉴 정도로 길이 통곡함.

399) 초혼(招魂): 사람이 죽었을 때에, 그 혼을 소리쳐 부르는 일. 죽은 사람이 생시에 입던 윗옷을
갖고 지붕에 올라서거나 마당에 서서, 왼손으로는 옷깃을 잡고 오른손으로는 옷의 허리 부분
을 잡은 뒤 북쪽을 향하여 '아무 동네 아무개 복(復)'이라고 세 번 부름.

l) 크게 셜워 굴오디,

"범(凡) 사룸이 고이(怪異)혼 후(後)는 큰일을 만나ᄂ니 부인(夫人)이 근닉(近來)예 거지(擧止) 고이(怪異)ᄒ야 실셩(失性)혼 사룸 ᄀ더니 대강(大綱) 녀ᄋ(女兒)룰 죽이려 ᄒ고 그러 구닷다."

부인(夫人)이 크게 뉘웃고 셜우며 니

· ● ●

150면

문(李門)의 무안(無顏)홀 일을 싱각고 무류(無聊)코 셜움과 유혼(幽恨)이 극골(刻骨)ᄒ야 가슴을 두드리며 우러 굴오디,

"녀ᄋ(女兒)룰 대저 즈레 죽여시니 므슴 ᄂᄎ로 살리오?"

ᄒ고 스스로 죽고져 ᄒ디 져근 ᄋᄌ(兒子) 만이 붓들고 울며 모친(母親)이 죽을딘대 좃ᄎ 죽으믈 원(願)ᄒ니 부인(夫人)이 ᄎ마 졍(情)을 긋처 죽으믈 못ᄒ야 다만 브르지져 익통(哀慟)ᄒ기룰 마디아나나 군명(君命)을 디류(遲留)⁴⁰⁰)티 못ᄒ야 쇼져(小姐)의 허위(虛位)⁴⁰¹)룰 빈셜(排設)⁴⁰²)ᄒ야 흔가디로 빈예 시러 하람(河南)을 향(向)ᄒ며 사룸으로 ᄒ여곰 니부(李府)의 통(通)ᄒ고 빈룰 노화 남(南)으로 향(向)ᄒ매 쇼ᄉ(少師) 부뷔(夫婦 l) 일(一) 녀(女)룰 참혹(慘酷)히 강어(江魚)의 복(腹)을 치우고 상번(喪幡)⁴⁰³)과 허위(虛位)룰

---

400) 디류(遲留): 지류. 오래 머무름.

401) 허위(虛位): 빈 신위(神位).

402) 빈셜(排設): 배설. 연회나 의식(儀式)에 쓰는 물건을 차려 놓음.

403) 상번(喪幡): 상가(喪家)에서 매다는 흰색의 좁고 긴 모양의 깃발.

거느려 가는 무음이 엇디 촌단(寸斷)[404]호믈 면(免)호리오. 부뷔
(夫婦ㅣ) 식음(食飮)을 믈리티고 호통(號慟)호며 쇼수(少師)는 부
인(夫人)의 타시라 호고 부인(夫人)은 뉘웃는 유한(幽恨)이 각골
(刻骨)호야 죽기를 원(願)호고 살고져 뜻이 분호(分毫)도 업더라.

이적의 니부(李府)의셔 문정공(--公)과 소 부인(夫人)이 녀 시(氏)
를 보니고 심식(心思ㅣ) 크게 블평(不平)호야 홀연(欻然)호믈 이긔디
못호더니 시랑(侍郎)이 녀 공(公)을 송별(送別)호고 도라와 부인(夫
人)긔 뵈매 공(公)이 부야흐로 므릇디,

"닉 일쭉 아디 못호엿더니 드릇니 네 녀 시(氏)를 어더 도라오다
호니 올흔 말이며 일쭉 니릇미 업더뇨?"

시랑(侍郎)이 공슈(拱手) 딕왈(對曰),

"과연(果然) 젼일(前日) 남(南)으로 슌무(巡撫)[405]호고 도라올 적
여츳여츳(如此如此) 호

야 만나니 녀 신(氏ㄴ)가 의심(疑心)호딕 즈시 아디 못호야 발셜
(發說)티 못호엿더니 그 후(後) 녀 공(公)의 말을 듯고 채 씨드릇미
잇스오나 쇼즛(小子)의게 속현(續絃)[406]홀 줄도 모릇며 발셜(發說)

---

404) 촌단(寸斷): 마디마디 끊어짐.

405) 슌무(巡撫): 순무. 왕명을 받들어 난을 진정시키고 백성을 위무함.

406) 속현(續絃): 속현. 거문고와 비파의 끊어진 줄을 다시 잇는다는 뜻으로, 아내를 여읜 뒤에 다

ᄒᆞ미 맛당티 아냐 고(告)티 못ᄒᆞ엿더니이다.”

공(公)이 ᄋᆞᄌᆞ(兒子)의 범ᄉᆞ(凡事ㅣ) 이러ᄐᆞᆺ 정대(正大)ᄒᆞ믈 두긋겨 미쇼(微笑) 무언(無言)이러라.

녀 공(公)이 간 디 오래디 아냐 홀연(忽然) 창뒤(蒼頭ㅣ)[407] 니ᄅᆞ러 쇼져(小姐)의 슈ᄉᆞ(水死)ᄒᆞ믈 고(告)ᄒᆞ니 공(公)의 부뷔(夫婦ㅣ) 대경대희(大驚大駭)ᄒᆞ야 반향(半晌)이나 말을 못 ᄒᆞ다가 쇼ᄉᆞ(少師)의 셔간(書簡)을 츌혀 보고 죽을시 의심(疑心) 업ᄉᆞ믈 알고 크게 통도(痛悼)[408]ᄒᆞ믈 마디아니며 일개(一家ㅣ) 대경(大驚)ᄒᆞ야 모다 그 ᄌᆡ용품질(才容稟質)[409]을 크게 앗겨 녀 부인(夫人) 쳐ᄉᆞ(處事ㅣ) 그릇ᄒᆞ야 죽이

🙚🙚🙙

153면

믈 크게 흔(恨)ᄒᆞ니 공(公)이 ᄯᅩᄒᆞᆫ ᄌᆞ개(自家ㅣ) 경(輕)히 허(許)ᄒᆞ야 보ᄂᆡ믈 뉘웃ᄎᆞ며 한(恨)ᄒᆞᆫᄃᆞᆯ 쇽졀 이시리오.

흔갓 ᄋᆡ샹(哀傷)ᄒᆞ야 셩복(成服)[410]을 디ᄂᆡ니 공(公)의 부뷔(夫婦ㅣ) 크게 비통(悲痛)ᄒᆞ며 존당(尊堂)이 참혹(慘酷)히 너겨 비ᄋᆡ(悲哀)ᄒᆞ믈 마디아니시니 부인(夫人)과 공(公)이 더옥 심ᄉᆞ(心思)ᄅᆞᆯ 뎡(靜)티 못ᄒᆞ며 부인(夫人)은 그 툐셰(超世)ᄒᆞᆫ ᄌᆡ덕(才德)과 품슈(稟受)[411]

시 새 아내를 맞는 일을 비유적으로 이르는 말. 여기에서는 아내를 맞아들임을 뜻함.

407) 창뒤(蒼頭ㅣ): 종살이를 하는 남자.
408) 통도(痛悼): 마음이 몹시 아프도록 슬퍼함.
409) ᄌᆡ용품질(才容稟質): 재용품질. 재주와 용모, 타고난 자질.
410) 셩복(成服): 성복. 초상이 나서 처음으로 상복을 입음. 보통 초상난 지 나흘 되는 날부터 입음.
411) 품슈(稟受): 품수. 선천적으로 타고남.

흔 배 긔이(奇異)ᄒᆞ던 줄 더옥 앗기고 잔잉ᄒᆞ야 눈믈이 믜줄 ᄉᆞ이 업ᄉᆞ나 ᄆᆞ음의 의심(疑心)ᄒᆞ야 싱각ᄒᆞ되,

'쇼뷔(少婦ㅣ) 본딕(本-) 골격(骨格)이 은은(隱隱)ᄒᆞ야 조요(早夭)ᄒᆞᆯ 그ᄅᆞ시 아니러니 듕도(中途)의 힘힘이 도라갈 줄 ᄯᅳᆺᄒᆞ여시리오? 이 아니 듕도(中途)의 차실(差失)[412]ᄒᆞ미 잇ᄂᆞᆫ가?'

ᄒᆞ나 녀 공(公)의 셔간(書簡)의 분명(分明)이

• • •

154면

풍낭(風浪)을 만나 믈의 ᄲᅡ디다 ᄒᆞ여시니 도로 사라나미 극(極)히 엇기 어려온 일이라 비챵(悲愴) 이도(哀悼)ᄒᆞᆯ ᄲᅮᆫ이러라.

녀 한님(翰林) 형뎨(兄弟) 믹ᄌᆞ(妹子)의 부음(訃音)을 듯고 통샹(痛傷)ᄒᆞ믈 마디아니ᄒᆞ고 부뫼(父母ㅣ) 과도(過度)히 샹회(傷懷)ᄒᆞ시믈 싱각고 형뎨(兄弟) 나라히 말믜ᄒᆞ고 하람(河南)으로 가니라.

이ᄯᅢ 시랑(侍郎)이 녀 시(氏)로 더브러 외면(外面)으로 닝낙(冷落)ᄒᆞ나 듕(重)히 너기는 ᄆᆞ음이 하히(河海) 태산(泰山) ᄀᆞᆺᄐᆞ되 처엄은 쇼져(小姐)의 뎡뎡(貞靜)ᄒᆞᆫ ᄯᅳᆺ을 앗디 못ᄒᆞ야 동침지락(同寢之樂)을 일우디 못ᄒᆞ고 그 후(後)ᄂᆞᆫ 악모(岳母)의 거지(擧止) 고히(怪異)ᄒᆞ믈 인(因)ᄒᆞ야 심ᄉᆞ(心思ㅣ) 블평(不平)ᄒᆞᆫ 고(故)로 ᄆᆞ참닉 부부(夫婦)의 졍(情)을 펴디 못ᄒᆞ고 힘힘이 구쳔(九泉)의 영결(永訣)ᄒᆞ니 관인(寬仁)ᄒᆞᆫ

---

412) 차실(差失): 어긋나 실수가 있음.

무음의 엇디 앗기는 무음과 슬프미 헐(歇)호리오. 혼 번(番) 흉음(凶音)을 드르매 비샹(悲傷)호믈 마디아니나 부뫼(父母ㅣ) 이통(哀痛)호시믈 과도(過度)히 호시매 무음을 구디 춤아 조곰도 뉴련(留戀)호야 싱각는 긔싁(氣色)을 아니호더니,

성복(成服) 날 복의소뒤(服衣素帶)413)로 허위(虛位)를 빙셜(排設)414)호고 제(祭)를 일우매 일개(一家ㅣ) 대회(大會)호야 참예(參預)호니 곡셩(哭聲)이 하늘을 흔드는디라. 시랑(侍郎)이 감챵(感愴)호믈 춤디 못호야 눈믈이 옥면(玉面)의 フ득호매 주연(自然)이 눈 부으믈 면(免)티 못호는디라.

제파(祭罷)의 뇌당(內堂)의 드러가 모든 뒤 뵈옵더니 승샹공(丞相公)의 셔미(庶妹) 슉인(淑人)이 티위(致慰)호고 굴오뒤,

"니시(李氏) 문듕(門中)의 샹쳐(喪妻)호미 발셔 등녹(謄錄)415)

이 되엿도다. 뒤뒤(代代)로 저믄 아기뇌 뎌 흉(凶)혼 복싁(服色)이 므스 일인고? 연(然)이나 낭군(郎君)의 인주(仁慈)호믄 가문(家門)의 쒸여나도다. 쇼부(少傅) 샹공(相公)은 쵸례(醮禮) 빅냥(百兩)혼 부인(夫人)이 죽으셔도 셜워호시믄커니와 복의소뒤(服衣素帶)를

---

413) 복의소뒤(服衣素帶): 복의소대. 상복과 흰 띠.

414) 빙셜(排設): 배설. 연회나 의식(儀式)에 쓰는 물건을 차려 놓음.

415) 등녹(謄錄): 등록. 전례를 적은 기록.

버셔 천(千) 리(里) 굿티 더디시며 꾸지즈시더니 샹공(相公)은 눈이 부어 계시니 승어방친(勝於傍親)⁴¹⁶)이로다."

일좨(一座ㅣ) 대쇼(大笑)ᄒᆞ고 쇼뷔(少傅ㅣ) 쇼왈(笑曰),

"늬 쳥⁴¹⁷) 시(氏) 죽어실 졔 즉히 셜워ᄒᆞ냐?"

슉인(淑人) 왈(曰),

"그러ᄒᆞ면 쳔미(賤妹) 거즛말ᄒᆞ도소이다. 연(然)이나 노얘(老爺ㅣ) 두건(頭巾)과 ᄯᅱ를 글러 더디며 꾸짓던 사ᄅᆞᆷ을 욕(辱)ᄒᆞ미 엇더뇨?"

쇼뷔(少傅ㅣ) 무언(無言) 미쇼(微笑)ᄒᆞ고 좌위(左右ㅣ) 기쇼(皆笑)ᄒᆞ더라.

시랑(侍郎)이 셔당(書堂)의 도라오매 털 한님(翰林), 남

· ● ●

157면

흑ᄉ(學士) 등(等)이 모다 그 ᄆᆞ음을 위로(慰勞)ᄒᆞ며 환쇼(歡笑)ᄒᆞᆯ ᄉᆡ 녜부(禮部) 흥문 왈(曰),

"현뎨(賢弟) 녀수(-嫂) 죽으신 후(後) 뎌리 셜워 말고 사라신 졔 후 딕(厚待)⁴¹⁸)ᄒᆞ더면 오ᄂᆞᆯ날이 이시랴?"

남관이 쇼왈(笑曰),

"셩뵈 뎌놈의 흉(凶)을 모ᄅᆞᄂᆞ냐? 사라신 젹 박딕(薄待)ᄒᆞ고 죽은 후(後) 셜워ᄒᆞ니 그 어딜믈 모든 딕 쟈랑ᄒᆞ랴 ᄒᆞ미라."

---

416) 승어방친(勝於傍親): 방계의 친척보다 나음. 여기에서 방친은 이성문의 작은할아버지 이연성을 이름.

417) 쳥: [교] 원문에는 '쳑'으로 되어 있으나 <쌍천기봉>(5:35~39)에 이연성의 첫째아내가 쳥길의 딸 '쳥 씨'로 나오므로 이와 같이 수정함.

418) 후딕(厚待): 후대. 후하게 대접함.

텰 한님(翰林) 왈(曰),

"이거의 말이 올흐니 대강 그러탓다. 죽은 녀 부인(夫人)이 블샹ᄒ
다[419]. 네야 샤듕(舍中)의 옥(玉) ᄀᆞᆺ튼 부인(夫人)이 잇고 옥(玉) ᄀᆞᆺ튼
부인(夫人)이 스스로 도라오리니 근심ᄒᆞ랴? 셜워ᄒᆞ미 브졀업도다."

시랑(侍郎)이 뎌슈(低首)[420] 브답(不答)이러니 셰문 왈(曰),

"네 그 싱혈(生血)이나 업시ᄒᆞ엿던다?"

시랑(侍郎)이 ᄎᆞ언(此言)을

◦••

158면

듯고 미우(眉宇)를 여러 옥치(玉齒)를 빗최고 ᄀᆞᆯ오ᄃᆡ,

"형(兄)이 니ᄅᆞ쇼셔. 싱혈(生血)을 엇디ᄒᆞ면 안히 폴 우희 잇ᄂᆞᆫ 거
슬 업시ᄒᆞᄂᆞ니잇가?"

좌위(左右ㅣ) 일시(一時)의 크게 웃고 남싱(-生) 왈(曰),

"ᄎᆞ보[421]의 말이 고이(怪異)ᄒᆞ니 아모커나 우리 빅호리라. 안해
싱혈(生血)을 엇디ᄒᆞ면 업시ᄒᆞᄂᆞ뇨?"

셰문이 우연(偶然)ᄒᆞᆫ 말을 내고 두로 보쳐이니 두로 다히디 못ᄒᆞ
야 다만 웃고 ᄀᆞᆯ오ᄃᆡ,

"쳐ᄌᆞ(妻子)를 쾌(快)히 일금(一衾) 일침(一寢)ᄒᆞ면 업스리라."

일좨(一座ㅣ) 대쇼(大笑)하고 긔문 왈(曰),

"나ᄂᆞᆫ 일금(一衾) 일침(一寢) 아냐도 ᄌᆞ식(子息)이 삼기더라."

---

419) 다: [교] 원문에는 '디'로 되어 있으나 오기로 보임.

420) 뎌슈(低首): 저수. 고개를 숙임.

421) ᄎᆞ보: 차보. 이세문의 자(字).

남싱(-生)이 대쇼(大笑) 왈(曰),

"경422)보의 말은 더옥 능휼(能譎)423)ᄒ도다. 그럴딘대 환뫼(宦母
ㅣ)424) ᄌᆞ식(子息) 아니 낫ᄂᆞ니 업ᄉᆞ리라."

긔문

. . .

159면

왈(曰),

"너ᄂᆞ 아모커나 니ᄅᆞ라. 엇디 ᄒᆞᄂᆞ뇨?"

남싱(-生) 왈(曰),

"네 몬져 니ᄅᆞ고 나의 ᄒᆞᄂᆞ 거동(擧動)을 네 누의ᄃᆞ려 므ᄅᆞ라. 허
실(虛實)을 알리라."

긔문 왈(曰),

"넉 니ᄅᆞᆯ 말이 업ᄉᆞ니 우리 ᄎᆞ형(次兄)이 잘 아니 므ᄅᆞ라."

텰 한님(翰林)이 붓잡고 혹ᄉᆞ(學士)ᄅᆞᆯ 괴로이 보채여 골오ᄃᆡ,

"ᄎᆞ뵈 안해 싱혈(生血) 업시ᄒᆞᄂᆞ 슐(術)을 ᄀᆞ장 잘 아니 아모커나
ᄀᆞᄅᆞ치라."

혹ᄉᆞ(學士ㅣ) 민망(憫惘)ᄒᆞ야 미미(微微)히 웃고 골오ᄃᆡ,

"넉 말을 아니ᄒᆞ거니와 챵딩 형(兄)이 스스로 쾌(快)한 톄 말라.
이거시 더옥 오만(傲慢)ᄒᆞ도다. 어린 누의 네 쟝(壯)ᄒᆞᆫ 긔골(氣骨)의
넉슬 아여 연연(軟軟) 약질(弱質)이 시시(時時)로 녹아 가ᄂᆞ니 오래

---

422) 경: [교] 원문에는 '슉'으로 되어 있으나 앞의 예를 따라 이와 같이 수정함.

423) 능휼(能譎): 능란하게 속임.

424) 환뫼(宦母ㅣ): 내시의 아내.

디 아냐 죽으리라."

한님(翰林)이[425] ᄉ매ᄅᆞᆯ 드러 혹ᄉ(學士)ᄅᆞᆯ 티

...

160면

며 ᄀᆞᆯ오ᄃᆡ,

"네 누의 엇디ᄒᆞ야 날로 ᄒᆞ야 죽으리오? ᄀᆞ디록 실셩(失性)ᄒᆞᆫ 말을 ᄒᆞᆫᄂᆞᆫ다?"

모다 크게 우ᄉᆞᄃᆡ 시랑(侍郞)이 은은(隱隱)이 함쇼(含笑) 제미(齊眉)[426]ᄒᆞ니 녜뷔(禮部ㅣ) 왈(曰),

"너희 혬 업시 구디 말라. ᄯᆞᆨ 일흔 남ᄌᆞ(男子ㅣ) 경(景)업서 ᄒᆞᄂᆞᆫ도다."

텰ᄉᆡᆼ(-生) 왈(曰),

"그러커든 긋치미 가(可)ᄒᆞ도다."

남ᄉᆡᆼ(-生) 왈(曰),

"현뵈야, 하 셜워 말라. 닉 본ᄃᆡ(本-) 져근 슐(術)이 이시니 금야(今夜)의 녀 부인(夫人) 유령(幽靈)을 불러 네게 뵈랴?"

시랑(侍郞)이 잠쇼(暫笑) 왈(曰),

"형(兄)은 뎌런 고히(怪異)ᄒᆞᆫ 말을 엇디 ᄒᆞᄂᆞ뇨? 쇼뎨(小弟) 녀 시(氏)의 넉술 보고져 실셩(失性)ᄒᆞ엿ᄂᆞ냐?"

남ᄉᆡᆼ(-生) 왈(曰),

"네 하 셜워ᄒᆞ니 그 말이니라."

---

425) 한님이: 원문에는 '남ᄉᆡᆼ이'라 되어 있으나 맥락을 고려하여 이와 같이 수정함.
426) 제미(齊眉): 제미. 눈썹을 가지런히 함.

시랑(侍郎)이 쇼왈(笑曰),

"잠시(暫時) 일면(一面)의 사름도 죽으면 감샹(感傷)홀

디니 두어 번(番) 얼골 닉은 사름이 죽으니 눈물 두어 방울 쩌르치미 긔 므슴 농담(弄談)이뇨?"

모다 언능(言凌)[427]ᄒᆞ다 꾸짓더라.

시랑(侍郎)이 녀 시(氏)의 슈ᄉᆞ(水死)ᄒᆞ믈 ᄆᆞ음의 근졀(懇切) 비도(悲悼)ᄒᆞ야 임 시(氏) 방듕(房中)의도 드러가디 아니ᄒᆞ고 심ᄉᆞ(心思ㅣ) 듀야(晝夜) 감샹(感傷)ᄒᆞ더라.

---

427) 언능(言凌): 언릉. 말이 공교로움.

니시셰딕록(李氏世代錄) 권지뉵(卷之六)

· ● ●

1면

이적의 텬해(天下ㅣ) 승평(昇平)[1]ᄒᆞ고 국개(國家ㅣ) 무ᄉᆞ(無事)ᄒᆞ야 나라히 일이 업더니 강쥐 ᄯᅡ히 뉴적(流賊)[2]이 니러나 크게 인민(人民)을 노략(擄掠)ᄒᆞ니 그 세(勢) 지당[3]티 못ᄒᆞᄂᆞ다라.

변뵈(變報ㅣ) 눈 놀니듯 ᄒᆞ니 샹(上)이 놀나샤 문무(文武) 대신(大臣)을 모화 계교(計巧)ᄅᆞᆯ 무ᄅᆞ시니 니(李) 승샹(丞相)이 주왈(奏曰),

"뉴적(流賊)의 세(勢) 커 딕덕(對敵)기 어려오니 가히(可-) 디용(智勇)의 냥쟝(良將)을 굴희여 틸 거시니이다."

샹(上)이 답왈(答曰),

"이 말이 ᄀᆞ장 올흐니 쟝ᄎᆞ(將次ㅅ) 누ᄅᆞᆯ 보ᄂᆡ리오?"

언미필(言未畢)의 일위(一位) 대신(大臣)이 홍포옥딕(紅袍玉帶)로 아홀(牙笏)[4]을 밧들고 츌반(出班) 주왈(奏曰),

"미신(微臣)이 본딕(本-) 브직브덕(不才不德)[5]으로 촌공(寸功)이 업스딕 셩샹(聖上)의 간발(簡拔)ᄒᆞ시믈 닙어 벼슬이 후빅(侯伯)의 니

---

1) 승평(昇平): 나라가 태평함.

2) 뉴적(流賊): 유적. 떠돌아다니며 사람을 해치고 재물을 빼앗는 도둑.

3) 지당: 지탱(支撐).

4) 아홀(牙笏): 상아로 만든 홀. 홀은 신하가 임금을 만날 때 손에 쥐던 물건.

5) 브직브덕(不才不德): 부재부덕. 재주 없고 덕이 없음.

른러시딘 촌공(寸功)도 국가(國家)를 위(爲)ᄒ야 갑흐미 업습ᄂ디라. 이제 텬위(天威)를 비러 져근 도적(盜賊)을 티고져 ᄒᄂ이다."

샹(上)이 희동안싴(喜動顔色)[6]ᄒ야 ᄀᆞᆯ으샤딘,

"경(卿)이 전일(前日) 대공(大功)이 ᄌᆞ못 희한(稀罕)ᄒ딘 경(卿)의 고절쳥심(高節淸心)[7]이 쟉녹(爵祿)을 밧디 아니므로 일분(一分) 갑흐미 업더니 경(卿)이 이졔 남챵(南昌) 쟝녀(瘴癘)[8]를 므릅뻐 젼진(戰塵)의 구티(驅馳)[9]ᄒ고져 ᄒ니 튱셩(忠誠)이 가히(可-) 고금(古今)의 업ᄉ나 딤(朕)이 그으기 블안(不安)ᄒ도다."

공(公)이 돈슈(頓首)[10] 빈샤(拜謝) 왈(曰),

"쥬욕신ᄉ(主辱臣死)[11]ᄂ ᄌᆞ고(自古)로 덧덧ᄒ니 이제 디방(地方)이 소요(騷擾)ᄒ야 뇽톄(龍體) 평안(平安)티 못ᄒᆫ 가온딘 신ᄌᆞ(臣子ㅣ) 되야 묘당(廟堂)[12]의 안안(晏晏)ᄒ리잇고?"

샹(上)이 크게 깃그샤 옥빈(玉杯)의 향온(香醞)[13]을 ᄉᆞ쥬(賜酒)ᄒ시고 됴셔(詔書)ᄒ샤 졍남대원슈(征南大元帥)를 ᄒ

---

6) 희동안싴(喜動顔色): 희동안색. 얼굴에 기쁜 빛이 나타남.

7) 고절쳥심(高節淸心): 고절청심. 높은 절개와 맑은 마음.

8) 쟝녀(瘴癘): 장려. 기후가 덥고 습한 지방에서 생기는 유행성 열병이나 학질.

9) 구티(驅馳): 구치. 말이나 수레를 타고 달림.

10) 돈슈(頓首): 돈수. 고개를 조아림.

11) 쥬욕신ᄉ(主辱臣死): 주욕신사. 임금이 욕을 당하면 신하가 죽음.

12) 묘당(廟堂): 조정.

13) 향온(香醞): 찹쌀과 멥쌀을 찐 다음 끓는 물을 부어 그 밥이 물에 잠긴 뒤에 퍼서 식히고 녹두와 보리를 섞어서 디딘 누룩을 넣고 담근 술. 궁중 사온서(司醞署)에서 빚은 어용(御用)의 술임.

이샤 어영군(御營軍) 삼만(三萬)을 거ᄂ려 가게 ᄒ시니 공(公)이 샤은(謝恩)ᄒ고 믈너나매 이[14)부시랑(禮部侍郎) 니셩문이 반녈(班列)의 나 주왈(奏曰),

"신(臣)이 비록 됴뎡(朝廷) 빅뇨(百僚)의 충수(充數)ᄒ여시나 아비 블모지디(不毛之地)를 향(向)ᄒ오니 인ᄌ(人子)의 ᄆᄋᆷ이 안안(晏晏)티 못ᄒ올디라 본직(本職)을 드리고 ᄯ롸가지이다."

샹(上) 왈(曰),

"경(卿)의 말이 인ᄌ(人子) 졍니(情理) 당연(當然)ᄒ니 엇디 허(許)티 아니리오?"

즉시(卽時) 이[15)부시랑(禮部侍郎) 쟉위(爵位)를 거두시고 안무ᄉ(按撫使)를 ᄒ이샤 공(公)의 ᄒ᯾도(行途)를 ᄯ로게 ᄒ시니 공(公)의 부ᄌ(父子ㅣ) 샤은(謝恩)ᄒ고 믈너나 삼(三) 일(日) 츌ᄉ(出師)홀ᄉ,

공(公)이 본부(本府)의 도라와 일가(一家) 존당(尊堂)의 이 말을 고(告)ᄒ니 모다 놀나며 념녀(念慮)ᄒᄆᆯ 마디아니ᄒ더니 승샹(丞相)이 미조차 드러와 모친(母親)의 근심ᄒ시믈

보고 프러 주(奏)ᄒ디,

"신ᄌ(臣子ㅣ) 되야 ᄆᆡ양 고루걸각(高樓傑閣)[16)의 평안(平安)이 누

---

14) 이: [교] 원문에는 '녜'로 되어 있으나 앞의 예를 따라 이와 같이 수정함.

15) 이: [교] 원문에는 '녜'로 되어 있으나 앞의 예를 따라 이와 같이 수정함.

리미 가(可)티 아니ᄒ고 ᄒ믈며 ᄎᄋᆡ(次兒ㅣ) 긔샹(氣像)이 당당(堂堂)ᄒ니 습개(拾芥)[17] ᄀᆞᆺ튼 도젹(盜賊)을 근심ᄒᆞᆯ 배 아니니이다.”

뉴 부인(夫人)이 ᄀᆞᆯ오ᄃᆡ,

“노뫼(老母ㅣ) ᄯᅩᄒᆞᆫ 아ᄂᆞᆫ 배로ᄃᆡ 쇠모지년(衰耗之年)[18]의 니별(離別)이 ᄌᆞᄌᆞᆷ믈 슬허ᄒᆞ노라.”

문졍공(--公)이 타연(泰然)이 ᄃᆡ왈(對曰),

“쇼손(小孫)이 몸을 나라히 허(許)ᄒᆞ오매 미쳐 ᄉᆞ졍(私情)을 슬피디 못ᄒᆞ와 존당(尊堂)의 브회(不孝ㅣ) 크오니 이거시 졀박(切迫)ᄒᆞᆫ 마ᄃᆡ로소이다.”

뉴 부인(夫人)이 탄왈(歎曰),

“노뫼(老母ㅣ) 나히 만흔 후(後)ᄂᆞᆫ ᄆᆞ음이 약(弱)ᄒᆞᆷ믈 면(免)티 못ᄒᆞ야 니별(離別)의 년년(戀戀)ᄒᆞᆷ믈 ᄎᆞᆷ디 못ᄒᆞ나 ᄉᆞᄉᆡ(事事ㅣ) 이의(已矣)[19]니 현마 엇디ᄒᆞ리오?”

공(公)이 샤례(謝禮)ᄒᆞ고 죵일(終日)토록 뫼셔 말ᄉᆞᆷᄒᆞ다가 날이 져믈매 셔헌(書軒)의

· ● ●

5면

도라와 형[20]뎨(賢弟)로 환쇼(歡笑) 단란(團欒)ᄒᆞ고 시랑(侍郎)은 모젼(母前)의 드러와 니별(離別)이 디속(遲速) 업ᄉᆞᆷᄆᆞᆯ 슬허 수ᄉᆡᆨ

---

16) 고루걸각(高樓傑閣): 높은 누대와 화려한 집.

17) 습개(拾芥): 지푸라기를 줍듯 쉬운 일.

18) 쇠모지년(衰耗之年): 쇠약한 나이.

19) 이의(已矣): 이미 그렇게 됨. 결정됨.

20) 형: [교] 원문에는 '현'으로 되어 있으나 문맥을 고려하여 규장각본(6:3)을 따름.

(愁色)이 은은(隱隱)ᄒ니 소 부인(夫人)이 안쇡(顔色)을 ᄌ약(自若)히 ᄒ야 경계(警戒)ᄒ야 글오ᄃᆡ,

"네 임의 몸을 나라히 허(許)ᄒ매 셜셜(屑屑)21)ᄒᆫ 니별(離別)을 거리ᄭᅵ미 가(可)티 아니ᄒ니 모ᄅᆞ미 너의 부친(父親)을 쫄와 효(孝)ᄅᆞᆯ 오로지 셰우미 가(可)ᄒ니 어미ᄅᆞᆯ ᄯᅥ나믈 슬허 말나."

시랑(侍郞)이 피셕(避席) 비샤(拜謝)ᄒ고 글오ᄃᆡ,

"ᄌ괴(慈敎ㅣ) 지극(至極)ᄒ시니 당당(堂堂)이 폐간(肺肝)의 사기오려니와 태태(太太) 심ᄉᆞ(心思ㅣ) 본ᄃᆡ(本-) 붕절(崩絶)22)ᄒ신ᄃᆡ ᄒᆡ우(孩兒)ᄅᆞᆯ 과렴(過念)ᄒ샤 셩톄(盛體) 블안(不安)ᄒ실가 방심(放心)티 못ᄒᄂᆞᆫ 배로소이다."

부인(夫人)이 잠간(暫間) 웃고 글오ᄃᆡ,

"네 어미 본ᄃᆡ(本-) 명완(命頑)23)ᄒ야 ᄎᆞ마 견ᄃᆡ디 못ᄒᆯ 곡경(曲境)도 겻고

‥•●

6면

목숨이 능히(能-) 긋디 못ᄒ고 완젼여구(宛轉如舊)24)ᄒ미 평셕(平昔) ᄀᆞᆺ거늘 이제 네 영화(榮華)의 길노 가니 당당(堂堂)이 ᄉᆡᆼᄉᆞ간(生死間) 일홈을 낭묘(廊廟)25)의 셰울디라 여뫼(汝母ㅣ) 비록 블쵸(不肖)ᄒ나 일편도이 니별(離別)을 슬허ᄒ리오?"

---

21) 셜셜(屑屑): 설설. 자질구레하게 부스러지거나 보잘것없이 됨.

22) 붕졀(崩絶): 붕절. 무너지고 끊어짐.

23) 명완(命頑): 목숨이 질김.

24) 완젼여구(宛轉如舊): 완전여구. 순탄하고 원활하여 예전과 같음.

25) 낭묘(廊廟): 조정의 정무(政務)를 돌보던 궁전(宮殿).

시랑(侍郎)이 비샤(拜謝) 슈명(受命)ᄒ고 ᄎ야(此夜)ᄅᆞᆯ 뫼셔 자니 부인(夫人)이 비록 입으로 말을 쾌(快)히 ᄒ나 ᄆᆞ음은 슬허ᄒᆞᆷᄋᆞᆯ 마디 아니ᄒ더라.

익일(翌日)의 문졍공(--公)과 시랑(侍郎)이 죵일죵야(終日終夜)토록 부모(父母)ᄅᆞᆯ 뫼셔 샹회(傷懷)ᄒ시믈 슬허 니별(離別)을 고(告)ᄒ고 우명일(又明日) 계명(雞鳴)의 융복(戎服)을 ᄀᆞ초고 교쟝(敎場)으로 갈ᄉᆡ 승샹(丞相)과 뎡 부인(夫人)이 안ᄉᆡᆨ(顏色)을 동(動)티 아니ᄒ고 일개(一家ㅣ) 죠곰도 비ᄉᆡᆨ(悲色)이 업고 공(公)의 부ᄌᆡ(父子ㅣ) ᄯᅩ 흔 화평(和平)ᄒᆫ 안ᄉᆡᆨ(顏色)으로 비별(拜別)ᄒ고 문(門)을 나디

공(公)과 시랑(侍郎)이 부인(夫人)을 도라보디 아니ᄒᆞ니 시랑(侍郎)은 본ᄃᆡ(本-) 낙낙(落落)²⁶⁾ᄒᆫ 위인(爲人)이어니와 공(公)의 소 부인(夫人) 향(向)ᄒᆫ 졍(情)으로 대ᄉᆞ(大事)의 표연(飄然)ᄒᆞ미 여ᄎᆞ(如此)ᄒ니 엇디 긔특(奇特)디 아니ᄒ리오.

문졍공(--公)이 교댱(敎場)의 니르러 군ᄉᆞ(軍士)ᄅᆞᆯ 뎜고(點考)ᄒ고 ᄃᆡ오(隊伍)ᄅᆞᆯ 졍졔(整齊)²⁷⁾ᄒᄆᆡ 텬ᄌᆡ(天子ㅣ) 남교(南郊)의 와 젼송(餞送)ᄒ시고 위유(慰諭)²⁸⁾ᄒ시믈 두터이 ᄒ시니 공(公)이 ᄇᆡᆨ비(百拜) 샤은(謝恩)ᄒ고 날이 느ᄌᄆᆡ 삼군(三軍)을 거ᄂᆞ려 남(南)으로 향(向)ᄒ니 위의(威儀) 슘녈(森列)²⁹⁾ᄒ고 검극(劍戟)이 일광(日光)을 ᄀᆞ

---

26) 낙낙(落落): 낙락. 작은 일에 얽매이지 않고 대범함.

27) 졍졔(整齊): 정제. 정돈하여 가지런히 함.

28) 위유(慰諭): 위로하고 타일러 달램.

29) 슘녈(森列): 삼렬. 촘촘하게 늘어서 있음.

리오며 군용(軍容)30)이 벅벅ᄒ고 딕갑(帶甲)31)이 션명(鮮明)ᄒ야 딕외(隊伍ㅣ) 호(毫)ᄅ조차 착(錯)디 아니ᄒ니 만뇌(滿朝ㅣ) 문졍공(--公)의 긔이(奇異)ᄒ 직조(才操)ᄂ 아란 디 오릭나 다시 보매 더옥 눈의 씌고 칭찬(稱讚)ᄒᄆ를 마디아니ᄒ더라.

각셜(却說). 경문이 니(李) 어

ᄉ(御史)ᄅ 니별(離別)ᄒ고 홀로 집의 머므러 가ᄉ(家事)ᄅ 다스리나 일념(一念)이 부친(父親)을 싱각ᄒ야 눈믈 아니 흘닐 적이 업고 유모(乳母) 취향을 의지(依支)ᄒ야 셰월(歲月)을 보닉더니,

싱(生)의 나히 십삼(十三)이 되니 풍신직홰(風神才華ㅣ)32) 셰(世)의 영걸(英傑)이라. 일향(一鄕) 아ᄂ니 구혼(求婚)ᄒ리 구름 ᄀᆺ틱딕 싱(生)이 ᄇ야흐로 부친(父親)이 셰외기인(世外棄人)33)이믈 셜워 만ᄉ(萬事ㅣ) 여몽(如夢)ᄒ니 취쳐(娶妻)의 ᄆᆞᆷ이 도라가디 아냐 응(應)티 아니ᄒ더니,

뉴 공(公)이 강쥐 이셔 각멍의게 혼(魂)을 아여시나 그러나 ᄋᆞ즈(兒子) 싱각이 이셔 일일(一日)은 글을 브텨 골오딕,

'네 나히 임의 찻고 홀로 졔ᄉ(祭祀)ᄅ 소임(所任)ᄒ미 가(可)티 아니ᄒ니 스스로 굴희여 취실(娶室)ᄒ라.'

ᄒ니 싱(生)이 셔찰(書札)을 보나 진실로(眞實-) 취쳐(娶妻)ᄒ 뜻이

---

30) 군용(軍容): 군대의 사기(士氣)나 기율(紀律).

31) 딕갑(帶甲): 대갑. 갑옷을 입은 장졸.

32) 풍신직홰(風神才華ㅣ): 풍신재화. 풍채와 화려한 재주.

33) 셰외기인(世外棄人): 세외기인. 세상에서 버려진 사람.

업더니,

선시(先時)의 니부샹셔(吏部尙書) 위공뷔 삼주일녀(三子一女)를 나흐니 녀으(女兒) 홍소 쇼제(小姐ㅣ) 나며브터 직용품질(才容稟質)34)이 크게 긔이(奇異)ᄒ야 만신(滿身)의 쳔향(天香)이 어리고 옥안화틴(玉顏花態)35) 텬하(天下)의 독보(獨步)ᄒ며 폴 우희 '홍소' 두 직(字ㅣ) 이시니,

원릭(元來) 위 공(公)이 남챵(南昌)의 부임(赴任)ᄒ야실 제 쇼져(小姐)를 나흐니 그 고으미 극진(極盡)ᄒ믈 보고 혹(或) 댱원(長遠)티 못ᄒᆯ가 진인(眞人) 쇼원진을 뵈니 굴오디,

"츠이(此兒ㅣ) 긔샹(氣像)이 심(甚)히 어그럽고 그 고으미 빅틴(百態) 미진(未盡)ᄒ미 업스나 쳥36)초(淸楚)37)ᄒ미 업셔 유한뎡뎡(幽閑貞靜)38)ᄒ니 귀인(貴人)의 빅필(配匹)이 되야 슈명다남ᄌ(壽命多男子)39)ᄒ미 흠(欠)ᄒᆯ 거시 업스디, 초년(初年) 운쉬(運數ㅣ) 블리(不利)ᄒ니 굿기믈 마디못ᄒ려니와 필경(畢竟)은 무ᄉ(無事)ᄒ리라."

ᄒ니 공(公)의 부뷔(夫婦ㅣ) 방심(放心)ᄒ야 기

---

34) 직용품질(才容稟質): 재용품질. 재주와 용모 및 타고난 자질.

35) 옥안화틴(玉顏花態): 옥안화태. 옥 같은 얼굴과 꽃 같은 자태.

36) 쳥: [교] 원문에는 '쳔'으로 되어 있으나 문맥을 고려하여 이와 같이 수정함.

37) 쳥초(淸楚): 청초. 너무 맑고 깨끗함.

38) 유한뎡뎡(幽閑貞靜): 유한정정. 그윽하며 곧고 고요하다는 뜻으로 부녀의 인품이 매우 얌전하고 점잖음을 말함.

39) 슈명다남ᄌ(壽命多男子): 수명다남자. 장수하고 남아를 많이 낳음.

르더니,

쇼졔(小姐ㅣ) 오(五) 셰(歲) 되매 이쎠는 위 공(公)이 벼슬ᄒ야 경
ᄉ(京師)의 왓ᄂ디라. 쇼졔(小姐ㅣ) 역질(疫疾)[40]을 아냣더니 ᄆ춤
삼ᄌ(三子) 유랑(乳娘)이 두역(痘疫)[41]을 시작(始作)ᄒ니 공(公)의 부
뷔(夫婦ㅣ) 경황(驚惶)ᄒ야 쇼져(小姐) 유모(乳母)를 맛뎌 먼니 피우
(避憂)[42]ᄒ야 보내니 유모(乳母) 구ᄎ 쇼져(小姐)를 ᄃ리고 녀염(閭
閻)의 갓더니,

일일(一日)은 ᄃ리고 길ᄀ의 가 노다가 ᄆ춤 목이 ᄆ르거늘 우믈
의 가 믈을 쩌먹으니 쇼졔(小姐ㅣ) 겨ᄐ 가 보다가 실죡(失足)ᄒ야
우믈의 ᄲ디니 유뫼(乳母ㅣ) 대경황망(大驚慌忙)[43]ᄒ야 두 샹뎐(上
典)이 알진대 필연(必然) 죽을 줄노 아라 급(急)히 ᄃ룸을 주어 원방
(遠方)으로 ᄃ라나니,

쇼졔(小姐ㅣ) 슈듕(水中)의셔 거의 죽어가더니 남챵인(南昌人) 원
용이란 사룸이 ᄆ춤 셔울 ᄃ닐 일이 이셔 왓더니 이곳의 다

---

40) 역질(疫疾): '천연두'를 한방에서 이르는 말. 천연두는 천연두 바이러스가 일으키는 급성의 법
　　정 전염병. 열이 몹시 나고 온몸에 발진(發疹)이 생겨 딱지가 저절로 떨어지기 전에 긁으면 얽
　　게 됨. 전염력이 매우 강하며 사망률도 높음.
41) 두역(痘疫): '천연두'를 한방에서 이르는 말.
42) 피우(避憂): 우환을 피함.
43) 대경황망(大驚慌忙): 크게 놀라고 당황함.

드라 목이 갈(渴)호야 우믈을 드리미러 보니 져근 아히(兒孩) 싸뎌 믈을 토(吐)호거늘 원용이 크게 블샹이 너겨 친(親)히 드러가 건뎌 닉니 옥(玉) ᄀᆞᆺ튼 겨집아희라. 비록 죽어시나 얼골의 긔히(奇異)호미 본 바 처엄이라. 크게 앗겨 드리고 쥬뎜(酒店)의 니르러 더온 믈을 치고 구(救)호니 반일(半日) 만의 인ᄉᆞ(人事)를 출히거늘 원용이 크게 깃거 저즌 오ᄉᆞᆯ 벗기고 ᄆᆞ른 오ᄉᆞᆯ 닙히며 므르딕,

"네 어딕 잇ᄂᆞᆫ 아힌(兒孩ㄴ)다?"

쇼제(小姐ㅣ) 답왈(答曰),

"아디 못호노라."

용이 우문(又問) 왈(曰),

"일홈이 므어시뇨?"

쇼제(小姐ㅣ) 왈(曰),

"닉 부뫼(父母ㅣ) 브르기를 홍쇠라 호고 나흔 다ᄉᆞᆺ 술이라 호더라."

원용이 ᄆᆞ춤 ᄌᆞ식(子息)이 업ᄂᆞᆫ디라 쇼져(小姐)의 이 ᄀᆞᆺ튼 긔질(氣質)을 보고 그윽이 희힝(喜幸)

호야 인(因)호야 드리고 남챵(南昌)의 니르러 기쳐(其妻)를 딕(對)호야 슈말(首末)을 니르고 쇼져(小姐)를 뵈니 기쳐(其妻) 채 시(氏) 크게 깃거 흔ᄀᆞᆯᄀᆞ디로 귀(貴)히 기르며 듕(重)히 너기믈 쳔금(千金)

ᄀᆞᆺ티 ᄒᆞ니,

쇼제(小姐ㅣ) 당초(當初)ᄂᆞᆫ 나히 어려 집을 싱각디 아니ᄒᆞ고 평안(平安)이 머믈며 원용이 ᄆᆞ춤 글을 ᄒᆞᄆᆞ로 쇼져(小姐)ᄅᆞᆯ ᄀᆞᄅᆞ치니, 쇼제(小姐ㅣ) ᄒᆞ나흘 드ᄅᆞ매 열흘 ᄭᅢᄃᆞ라 일취월쟝(日就月將)ᄒᆞᄂᆞᆫ 지죄(才操ㅣ) 이셔 총명(聰明)ᄒᆞ미 뉴(類)다ᄅᆞ고 문쟝(文章)의 쵸세(超世)ᄒᆞ기 위부인(衛夫人)[44]이 자리ᄅᆞᆯ ᄉᆞ양(辭讓)ᄒᆞᆯ디라 원용 부체(夫妻ㅣ) 더옥 ᄉᆞ랑ᄒᆞ더니,

쇼제(小姐ㅣ) 졈졈(漸漸) ᄌᆞ라 십(十) 셰(歲) 넘으매 ᄇᆞ야흐로 ᄌᆞ긔(自己) 이젼(以前) 큰 집의셔 ᄌᆞ라던 일과 두역(痘疫) 피(避)ᄒᆞ야 갓던 일이 녁녁(歷歷)ᄒᆞ니 분명(分明)이 경화거족지녀(京華巨族之女)[45]로ᄃᆡ 이러틋

· • •

13면

쳔가(賤家)의 ᄌᆞ라믈 셜운 ᄯᅳᆺ이 이셔 비록 강잉(强仍)ᄒᆞ야 원용 부쳐(夫妻)ᄅᆞᆯ ᄃᆡ(對)ᄒᆞ야 화ᄉᆡᆨ(和色)을 일우나 일념(一念)이 풀리디 아냐 부모(父母) ᄎᆞᆺ기ᄅᆞᆯ 계교(計巧)ᄒᆞ더니,

나히 십이(十二) 셰(歲) 되매 뎡뎡비무(貞靜緋楙)[46]ᄒᆞᆫ ᄉᆡᆨ티(色態)이 진짓 부상(扶桑)[47] 홍일(紅日)이 쳥공(靑空)의 소ᄉᆞᆫ[48] 닷 ᄲᅯᄲᅯ쇄

---

44) 위부인(衛夫人): 중국 진(晉)나라의 위삭(衛鑠). 이구(李矩)의 아내였으므로 이부인(李夫人)이라고도 했는데, 종요(鍾繇)에게 사사하여 예서(隷書)와 정서(正書)를 잘 썼고, 왕희지(王羲之)를 가르쳤음.

45) 경화거족지녀(京華巨族之女): 번화한 서울의 권력 있고 번성한 집안 딸.

46) 뎡뎡비무(貞靜緋楙): 정정비무. 얌전하고 아름다움.

47) 부상(扶桑): 해가 뜨는 동쪽 바다.

48) 슨: [교] 원문에는 '슷'으로 되어 있으나 오기로 보이므로 규장각본(6:9)을 따름.

락(--灑落)호[49] 골격(骨格)이 표연(飄然)이 진애(塵埃)의 무드디 아
냐 구초 긔히(奇異)호미 진션진미(盡善盡美)호야 일분(一分) 낫븐
곳이 업스니, 원용 부쳬(夫妻ㅣ) 더옥 스랑호야 동셔(東西)로 지랑
(才郞)을 구(求)호딕 샹뎍(相適)[50]호니룰 만나디 못호야 우[51]민(憂
悶)호더니,

뉴부(-府) 양낭(養娘) 취향은 원용의 스촌(四寸) 누의라. 즈로 왕닉
(往來)호야 경문의 풍치(風采)룰 보고 스랑 흠모(欽慕)호야 일일(一
日)은 취향을 보고 골오딕,

"내게 어린 쫄이 이셔 즈싁(姿色)은 누의 보는 배라 공

* * *

14면

즈(公子)의 슈건(手巾)을 밧들게 호미 엇더호뇨?"

취[52]향이 깃거 골오딕,

"내 졍(正)히 이 쯧이 이션 디 오래딕 거거(哥哥)의 고의(高意)룰
아디 못호야 듀스(晝思)[53]호더니 거게(哥哥ㅣ) 이 쯧이 이실딘딕 공
즈(公子)긔 고(告)호야 보리라."

원용이 깃거 도라간 후(後) 취[54]향이 문을 보고 골오딕,

"이제 대노얘(大老爺ㅣ) 공즈(公子)룰 명(命)호샤 임의(任意)로 취

---

49) 호: [교] 원문에는 '호'로 되어 있으나 오기로 보이므로 규장각본(6:9)을 따름.

50) 샹뎍(相適): 상적. 서로 걸맞음.

51) 우: [교] 원문에는 '무'로 되어 있으나 문맥을 고려하여 규장각본(6:10)을 따름.

52) 취: [교] 원문에는 '츄'로 되어 있으나 앞의 예를 따라 이와 같이 수정함.

53) 듀스(晝思): 주사. 밤낮으로 고민함. 주사야탁(晝思夜度).

54) 취: [교] 원문에는 '츄'로 되어 있으나 앞의 예를 따라 이와 같이 수정함.

쳐(娶妻)호믈 허(許)호시니 스스로 대스(大事)를 쥬댱(主掌)홀 거시로
딕 향곡(鄕曲)의 시러곰 아룸다온 녀직(女子 |) 업스니 공직(公子 |)
취실(娶室)호시미 어려온디라. 향한[55](鄕漢)[56] 원용의게 일(一) 녜(女
|) 이시니 식모덕튁(色貌德澤)이 진실로(眞實-) 샹인(常人)의게 삼겨
시미 앗갑더니 또 샹인(常人)의게 가(嫁)호미 블스(不似)호니 공직(公
子 |) 아딕 뎌를 쇼셩(小星)[57] 위(位)예 마즈시미 엇더호니잇고?"

경문이 팀음(沈吟)[58] 답

··•

15면

왈(答曰),

"야얘(爺爺 |) 취쳐(娶妻)호믈 임의(任意)로 호라 호야 계시거늘
취쳐(娶妻) 전(前) 엇디 첩희(妾姬)를 어드리오? 이는 브졀업순가 호
노라."

취[59]향이 굴오딕,

"공즈(公子) 말숨도 올흐시나 뎌 녀즈(女子)의 긔히(奇異)호미 공
즈(公子)의 우히니 츠마 노키 앗가온디라. 노얘(老爺 |) 취쳐(娶妻)
호신들 혼 첩희(妾姬)를 못 거느리시리오? 직삼(再三) 싱각호쇼셔."

경문이 모친(母親)이 조세(早逝)호믈 슬허 취[60]향의 말은 스스(事

---

55) 한: 원문에는 '환'으로 되어 있으나 문맥을 고려하여 이와 같이 수정함.
56) 향한(鄕漢): 시골 남자.
57) 쇼셩(小星): 소성. '첩'을 달리 이르는 말.
58) 팀음(沈吟): 침음. 속으로 깊이 생각함.
59) 취: [교] 원문에는 '츄'로 되어 있으나 앞의 예를 따라 이와 같이 수정함.
60) 취: [교] 원문에는 '츄'로 되어 있으나 앞의 예를 따라 이와 같이 수정함.

事) 언텽계용(言聽戒容)[61]ᄒ고 ᄯ 본듸(本-) 도량(度量)이 관홍(寬弘)
ᄒᆫ 고(故)로 싱각ᄒ듸,

'이뎌엿 쇼ᄉ(小事)ᄅᆞᆯ 견집(堅執)ᄒ기 브졀업다.'

ᄒ야 허(許)ᄒ니,

취향이 깃거 원용의게 통(通)ᄒ니 원용이 대희(大喜)ᄒ야 혼슈(婚
需)ᄅᆞᆯ 출ᄒ니 쇼졔(小姐ㅣ) 이 긔미(幾微)ᄅᆞᆯ 알고 크게 슬허 ᄆᆞᄋᆞᆷ의
뎡(定)ᄒ듸,

'쳐ᄌᆞ(處子ㅣ) 되여 혼인(婚姻) 가취(嫁娶)ᄅᆞᆯ

ᄎᆞ마 언두(言頭)의 올니디 못ᄒ나 가(嫁)ᄒᆫ 후(後) ᄒᆫ 목숨을 ᄆᆞᄎᆞᆯ
거시니 므어시 두려워 더러이 굴니오.'

ᄒ고 모르ᄂᆞᆫ ᄃᆞ시 이셔 용의 ᄒᄂᆞᆫ ᄃᆡ로 잇더니,

길일(吉日)이 다ᄃᆞ르매 경문이 의관(衣冠)을 고티고 이예 니르러
쇼져(小姐)의 녜(禮)ᄅᆞᆯ 밧고 즉시(卽時) 도라가며 ᄒᆫ 낫 교ᄌᆞ(轎子)ᄅᆞᆯ
보닉여 쇼져(小姐)ᄅᆞᆯ 드려오니 쇼졔(小姐ㅣ) 이 거죠(擧措)ᄅᆞᆯ 보매
욕(辱)됨과 통흔(痛恨)[62]ᄒᆞᆷ믈 이긔디 못ᄒ나 쥬의(主義) 잇ᄂᆞᆫ 고(故)
로 타연(泰然)이 뉴부(-府)의 니르니,

취[63]향이 방(房)을 서릇저 드리고 두굿기며 긔이(奇異)ᄒᆞᆷ믈 이긔
디 못ᄒ더니 쵹(燭)을 혀매 공직(公子ㅣ) 이에 드러와 ᄇᆞ야흐로 눈을

---

61) 언텽계용(言聽戒容): 언청계용. 말을 듣고 경계를 받아들임.

62) 통흔(痛恨): 통한. 몹시 분하거나 억울하여 한스럽게 여김.

63) 취: [교] 원문에는 '슈'로 되어 있으나 앞의 예를 따라 이와 같이 수정함.

드러 보니 이 엇디 범간미식(凡看美色)⁶⁴⁾으로 의논(議論)ᄒ리오. 텬
디건곤(天地乾坤)의 일월(日月) 졍긔(精氣) 다 모도엿ᄂ 듯ᄒ니 공ᄌ
(公子ㅣ) 크게 긔이(奇異)히 너기고 쇼

년(少年) 남ᄋ(男兒)의 ᄆᄋᆷ이 헐(歇)티 못ᄒ야 희긔(喜氣) 미우(眉
宇)ᄅᆯ 움죽이더니,

이윽고 몸을 니러셔며 오ᄉᆯ 벗기라 ᄒ니 쇼졔(小姐ㅣ) 볼셔 죽으
랴 뎡(定)ᄒ엿ᄂ 고(故)로 ᄆᄋᆷ의 조흔 넉시 되믈 싱각ᄒ야 ᄲᆯ리 피
셕(避席) 왈(曰),

"쳔쳡(賤妾)이 본ᄃᆡ(本-) 킈 젹으니 명(命)을 밧드디 못ᄒᄂ이다."

공ᄌ(公子ㅣ) 그 소ᄅᆡᄅᆯ 듯고 놀나며 더욱 어엿비 너겨 스ᄉ로 벗
고 상(牀)의 나아가 벼개의 누으며 쇼져(小姐)ᄃ려 왈(曰),

"나아와 ᄂᆡ 손을 만지라."

쇼졔(小姐ㅣ) 더욱 통혼(痛恨)ᄒ야 브답(不答)ᄒ니 공ᄌ(公子ㅣ)
그 슈ᄉᆡᆨ(羞色)ᄒ민가 ᄒ야 즉시(卽時) 나아가 안아 상(牀)의 올니니
쇼졔(小姐ㅣ) 급(急)히 ᄲᆯ티고 상(牀)의 ᄂᆞ리며 ᄀᆞ로ᄃᆡ,

"노야(老爺)ᄂ 용샤(容赦)ᄒ쇼셔. 쳔쳡(賤妾)이 본ᄃᆡ(本-) 질병(疾
病)이 잇더니 오ᄂᆞᆯ은 더ᄒ니 노야(老爺)ᄂ 금일(今日)란 편(便)히 쉬
게 ᄒ

---

64) 범간미식(凡看美色): 범간미색. 평범하게 볼 수 있는 미색.

쇼셔.”

공ᄌᆞ(公子ㅣ) 깃거 아냐 ᄀᆞᆯ오ᄃᆡ,

“네 안쇡(顏色)이 츈화(春花) ᄀᆞᆺ트니 므슴 병(病)이 이시리오? 이 거시 가탁(假託)ᄒᆞᄆᆡ라.”

ᄒᆞ고 다시 나아가 옥슈(玉手)ᄅᆞᆯ 잡아 졉안교이(接顏咬耳)65)ᄒᆞ며 극(極)히 이듕(愛重)ᄒᆞ야 ᄒᆞᆫᄀᆞ디로 원앙침(鴛鴦枕)의 나아가고져 ᄒᆞ니 쇼졔(小姐ㅣ) 초조(焦燥)ᄒᆞ야 잠시(暫時)의 스러디디 못ᄒᆞᆷ믈 한(恨)ᄒᆞ야 근졀(懇切)이 비러 ᄀᆞᆯ오ᄃᆡ,

“쇼쳡(小妾)이 진실노(眞實-) 몸을 진긔(振起)66)티 못ᄒᆞ니 노야(老爺)ᄂᆞᆫ 금야(今夜)만 허(許)ᄒᆞ쇼셔. 빅(百) 년(年)을 ᄒᆞᆫᄃᆡ 뫼실 거시니 구ᄐᆞ야 몸이 평안(平安)티 아닌 날 협박(劫迫)67)ᄒᆞ시리오?”

공ᄌᆞ(公子ㅣ) 그 ᄋᆡ원(哀怨)ᄒᆞᆫ 틱도(態度)ᄅᆞᆯ 보고 더옥 과ᄋᆡ(過愛)ᄒᆞ야 즉시(卽時) 웃고 손을 노코 ᄌᆞ가(自家) 자리의셔 잠들거ᄂᆞᆯ 쇼졔(小姐ㅣ) ᄢᆡᄅᆞᆯ 타 깁슈건(-手巾)을 가져 목을 밀시 눈믈이 슴슴(滲滲)68)ᄒᆞ야 ᄀᆞᆯ오ᄃᆡ,

“부뫼(父母ㅣ) 어ᄂᆞ 곳의 계

---

65) 졉안교이(接顏咬耳): 접안교이. 얼굴을 맞대고 귀를 깨묾.

66) 진긔(振起): 진기. 정신을 가다듬어 떨쳐 일어남.

67) 협박(劫迫): 겁박. 으르고 협박함.

68) 슴슴(滲滲): 삼삼. 눈물이 흘러내리는 모양.

시관딩 오늘날 더러온 욕(辱)을 보고 유톄(遺體)룰 힘힘이 ᄇ리
ᄂ뇨?"

셜파(說罷)의 결항(結項)[69]ᄒ엿더니 공직(公子ㅣ) 이쩍 ᄉ몽비몽
간(似夢非夢間)의 김 부인(夫人)이 뵈여 왈(曰),

"경문아, 네 안해 위 시(氏) 죽어 가니 셜니 구(救)ᄒ라."

공직(公子ㅣ) 놀나 ᄭᅵᄃᄅ니, 쵹블(燭)이 희미(稀微)ᄒ고 고이(怪
異)ᄒᆫ 소릭 나거늘 놀나 넓더 안자 보니 쇼제(小姐ㅣ) 슈건(手巾)을
드러 목을 믹엿ᄂ디라. 대경차악(大驚嗟愕)[70]ᄒ야 급(急)히 나아가
안아 상(牀) 우희 와 겨유 믹 거슬 그ᄅ고 몸을 만뎌 보니 만신(滿
身)이 어름 ᄀᆺ고 옥안화석(玉顔花顋)[71]예 눈믈이 ᄆᄅᄃ 아냐시니
공직(公子ㅣ) 크게 익련(愛憐) 비도(悲悼)ᄒ야 그 회푀(懷抱ㅣ) 듕
(重)ᄒ믈 슷티고 힝혀(幸) 구(救)티 못ᄒᆯ가 겁(怯)이 나니 ᄌ연(自然)
눈믈이 소사나믈 ᄭᅵᆺ둣디 못ᄒ야 친(親)이 오슬 벗기고 몸

가온딩 품어 긔운을 진뎡(鎭靜)케 ᄒ며 쵹(燭)을 갓가이 ᄒ야 믹(脈)
을 보더니 우비(右臂) 샹(上)의 잉혈(鶯血)[72]을 딕고 ᄀᄂᆯ게 쓰여시

---

69) 결항(結項): 목숨을 끊기 위하여 목을 매어 닮.

70) 대경차악(大驚嗟愕): 크게 놀람.

71) 옥안화석(玉顔花顋): 옥안화시. 옥 같은 얼굴과 꽃 같은 뺨.

72) 잉혈(鶯血): 앵혈. 순결의 표식. 장화(張華)의 『박물지』에서 그 출처를 찾을 수 있음. 근세 이전
에 나이 어린 처녀의 팔뚝에 찍던 처녀성의 표시를 말하는 것으로 도마뱀에게 주사(朱沙)를

딕, '위홍소'라 ᄒ여시니 원릭(元來) 쇼져(小姐)의 빅시(伯氏) 최량이
희롱(戲弄)으로 잉혈(鶯血)을 딕고 남은 피로 '홍쇠'라 잇ᄂ 우희
'위' 뜻(字)를 이리 뻣ᄂ디라 공직(公子ㅣ) 보고 놀나 싱각ᄒ딕,

'ᄎ인(此人)이 원용의 쏠이 아니로다. 필연(必然) 슈족지녀(士族之
女)로 나의 쳔딕(賤待)ᄒ믈 밧디 아니랴 목숨을 가ᄇ야이 너기니 이
더옥 엇기 어렵도다.'

ᄒ더니 이윽고 쇼제(小姐ㅣ) 숨을 니쉬고 인ᄉ(人事)를 출혀 눈을
쓰니 ᄌ개(自家ㅣ) 싱(生)의 품의 안기여 누엇고 싱(生)이 봉안(鳳眼)
의 경황(驚惶)ᄒ 눈믈이 오히려 ᄆ르디 아냐시니 놀나고 븟그리며
더옥 셜워 눈믈

을 무수(無數)히 흘니고 말을 아니커늘 싱(生)이 그 정신(精神) 출
히믈 크게 깃거 이의 므르딕,

"그딕 므슴 연고(緣故)로 결항(結項)ᄒ엿더뇨?"

쇼제(小姐ㅣ) 싀로이 사라나믈 분한(憤恨)ᄒ야 몸을 니러 안ᄌ려
ᄒ니 싱(生)이 구디 안고 굴오딕,

"그딕 만일(萬一) 소회(所懷)를 니룰딘딕 팀범(侵犯)티 아니코 그
딕 본셩(本姓)을 완젼(完全)ᄒ야 다시 뉵녜(六禮)73) 빅냥(百兩)74)ᄒ

먹여 죽이고 말린 다음 그것을 찧어 어린 처녀의 팔뚝에 찍으면 첫날밤에 남자와 잠자리를 할
때에 없어진다고 함.

73) 뉵녜(六禮): 육례.『주자가례』를 따른 혼인의 여섯 가지 의식. 곧 납채(納采)·문명(問名)·납
길(納吉)·납징(納徵)·청기(請期)·친영(親迎)을 말함. 납채는 신랑 집에서 청혼을 하고 신부
집에서 허혼(許婚)하는 의례이고, 문명은 납채가 끝난 뒤에 남자집의 주인(主人)이 서신을 갖
추어 사자를 여자 집에 보내어 여자 생모(生母)의 성(姓)을 묻는 의례며, 납길은 문명한 것을
가지고 와서 가묘(家廟)에 점쳐 얻은 길조(吉兆)를 다시 여자집에 보내어 알리는 의례고, 납징

기를 기드리고 만일(萬一) 니르디 아닐딘대 금야(今夜)의 쾌(快)히 닐압(昵狎)[75] 호리라."

쇼제(小姐 l) 추언(此言)을 듯고 브야흐로 경문이 군진(君子 l) 줄 씨드라 다만 톄읍(涕泣) 호고 골오딕,

"군직(君子 l) 진실노(眞實-) 쇼쳡(小妾)을 쳐즈(妻子)로 두실딘대 소회(所懷)를 고(告)홀 거시오, 만일(萬一) 언약(言約)을 져 브리시면 이제 죽어도 고(告)티 못홀소이다."

싱(生)이 골오딕,

"군즈(君子)

•••

22면

일언(一言)은 천년블기(千年不改)[76]라. 쇼싱(小生)이 비록 블민(不敏) 호나 으녀즈(兒女子)를 딕(對) 호야 언약(言約)을 빅반(背叛) 호리오? 아모커나 밧비 연고(緣故)를 듯고져 호노라."

쇼제(小姐 l) 휘루(揮淚)[77] 툰셩(嘆聲) 왈(曰),

"쳡(妾)이 으시(兒時)의 부모(父母)를 일허시니 성시(姓氏) 거쥬(居住)는 모르나 잠간(暫間) 싱각건딕 그째 가부(家父)를 시랑(侍郎)이

은 남자 집에서 여자 집에 빙폐(聘幣)를 보내어 혼인의 성립을 더욱 확실하게 해주는 절차이며, 청기는 성혼(成婚)의 길일(吉日)을 정하는 의례이고, 친영은 신랑이 신부 집에 가서 신부를 맞이하여 신랑 집에 돌아오는 의례임.

74) 빅냥(百兩): 백량. 신부를 맞아 오는 일. 백 대의 수레로 신부를 맞는다 하여 이와 같이 씀. 『시경(詩經)』, <작소(鵲巢)>에 "새아씨가 시집옴에 백량으로 맞이하도다. 之子丁歸, 百兩御之." 라는 구절이 있음.

75) 닐압(昵狎): 일압. 정도(正道)가 아닌 방식으로 친근히 굶.

76) 천년블기(千年不改): 천년불개. 천 년이 지나도 바꾸지 않음.

77) 휘루(揮淚): 눈물을 뿌림.

라 브르고 집이 크며 우흐로 세 형(兄)이 잇던 줄 녁녁(歷歷)ᄒᆞ며 쳡(妾)의 폴 우히 긔록(記錄)ᄒᆞᆫ 거슬 보니 위 신(氏ㄴ)가 시브듸 일즉 아븨 일홈을 아디 못ᄒᆞ니 어듸로 인(因)ᄒᆞ야 ᄎᆞᄌᆞ리오? 흐갓 쳔인(賤人)의 집의셔 욕(辱)을 춤아 셰월(歲月)을 보ᄂᆞ더니, 오늘날 군ᄌᆞ(君子)의게 몸을 허(許)ᄒᆞ매 쳔신(賤身)이 군ᄌᆞ(君子)긔 의탁(依託)을 역(逆)ᄒᆞ미 아니라, 스ᄉᆞ로 아비 명(命)ᄒᆞ미 아니오 어미 아디 못ᄒᆞ

니 텬디간(天地間) 죄인(罪人)이라. ᄎᆞ고(此故)로 목숨을 ᄇᆞ리고져 ᄒᆞ미러니 군ᄌᆞ(君子)의 말ᄉᆞᆷ이 이 ᄀᆞᆺᄐᆞ니 이 졍(正)히 죽은 남긔 닙히 도듬미로소이다.”

셜파(說罷)의 눈믈이 방방(滂滂)[78]ᄒᆞ야 오열(嗚咽)ᄒᆞ믈 마디아니ᄒᆞ니, 공ᄌᆞ(公子ㅣ) 듯기를 못고 즉시(卽時) 쇼져(小姐)의 손을 노코 믈너안자 공경(恭敬)ᄒᆞ야 굴오듸,

“원닉(元來) 쇼져(小姐)의 소회(所懷) 이러ᄒᆞ시다소이다. 쇼싱(小生)이 일즉 아디 못ᄒᆞ고 실례(失禮)ᄒᆞ미 만흐니 용샤(容赦)ᄒᆞ믈 쳥(請)ᄒᆞᄂᆞ이다. 슈연(雖然)이나 당초(當初) 이런 ᄉᆞ연(事緣)을 니ᄅᆞ시고 귀톄(貴體)를 슈고롭게 마ᄅᆞ시미 올흘넌가 ᄒᆞᄂᆞ이다. 쇼싱(小生)이 비록 용녈(庸劣)ᄒᆞ나 그러나 쳔연(天緣)이 듕(重)ᄒᆞ야 쇼져(小姐)를 만나시니 쇼져(小姐)ᄂᆞᆫ 두 번(番) 흔(恨)티 마ᄅᆞ시고 타일(他日) 녕친(令親)을 ᄎᆞ자 친영(親迎)[79] 대

---

78) 방방(滂滂): 눈물이 줄줄 흐르는 모양.

79) 친영(親迎): 육례의 하나로, 신랑이 신부의 집에 가서 신부를 직접 맞이하는 의식.

24면

례(大禮)를 일운 후(後) 냥졍(兩情)의 친(親)을 일우믈 원(願)
ᄒᆞ느니 쇼ᄉᆡᆼ(小生)이 쇼져(小姐)의 뜻을 조차 빵유(雙遊)ᄒᆞᆷᄅᆞᆯ 긋치
거니와 금일(今日)노브터 동혈동ᄉᆞ(同穴同死)ᄒᆞᆷᄅᆞᆯ 원(願)ᄒᆞ느니
쇼져(小姐)ᄂᆞᆫ 엇더케 너기시느뇨?"

쇼졔(小姐ㅣ) 빵셩(雙星)을 ᄂᆞ초고 피셕(避席) 비샤(拜謝) 왈(曰),

"군ᄌᆞ(君子ㅣ) 만일(萬一) 쳡신(妾身)의 졍ᄉᆞ(情事)ᄅᆞᆯ 이러툿 뉴렴
(留念)ᄒᆞ실딘딕 당당(堂堂)이 몸을 ᄆᆞ아 은혜(恩惠)ᄅᆞᆯ 갑흐리니 듕도
(中途)의 져ᄇᆞ리미 이시리오?"

공ᄌᆞ(公子ㅣ) 위로(慰勞) 왈(曰),

"쇼졔(小姐ㅣ) 엇디 이런 말ᄉᆞᆷ을 ᄒᆞ시느뇨? 쇼ᄉᆡᆼ(小生)이 흑식(學
識)이 비록 고루(固陋)ᄒᆞ나 쇼져(小姐)의 ᄆᆞ음을 아로미 잇느니 너모
의심(疑心)티 마ᄅᆞ쇼셔."

셜파(說罷)의 다시 자리의 나아가나 쇼졔(小姐ㅣ) 단좌(端坐)ᄒᆞ야
잘 의ᄉᆞ(意思ㅣ) 업거늘 ᄉᆡᆼ(生)이 스스로 붓드러 자리의 누이고 권왈
(勸曰),

"쇼ᄉᆡᆼ(小生)이

---

80) 졍: [교] 원문에는 '셩'으로 되어 있으나 오기로 보임.

81) 냥졍(兩情)의 친(親): 양정의 친. 쌍방의 친함. 부부가 관계를 맺음을 이름.

82) 동혈동ᄉᆞ(同穴同死): 동혈동사. 같은 곳에서 지내다가 같이 죽음.

제2부 | 주석 및 교감 329

결연(決然)이 쇼져(小姐)를 침범(侵犯)티 아니리니 안심(安心)ᄒ야 쉬쇼셔.”

드디여 원침(鴛枕)[83]의 비겨 옥슈(玉手)를 어ᄅᆞᄆᆞ져 십분(十分) 이련(愛戀)ᄒ니 쇼제(小姐ㅣ) 경겁(驚怯)[84]ᄒ야 ᄌᆞ긔(自己) 뎡심(貞心)을 딕희디 못ᄒᆞᆯ가 우려(憂慮)ᄒ니 싱(生)이 웃고 ᄂᆞᆾ출 다혀 왈(曰),

“쇼져(小姐)ᄂᆞᆫ 근심 말나. 싱(生)이 쇼년(少年) 남ᄋᆞ(男兒)로 그디 ᄀᆞᆺ튼 녀ᄌᆞ(女子)를 딕(對)ᄒ야 싱혈(生血)[85]을 머므ᄅᆞ미 극(極)히 어려온 뎡심(貞心)이니 손을 잡으믈 개회(介懷)ᄒ리오? 비록 동낙(同樂)은 아니나 그디 ᄂᆡ 뜻을 조차 너모 먼니 말나.”

쇼제(小姐ㅣ) 블열(不悅) 딕왈(對曰),

“군ᄌᆞ(君子ㅣ) 임의 쳡(妾)의 구구(區區)ᄒᆞᆫ 졍ᄉᆞ(情事)를 슬피시ᄂᆞᆫ 뜻으로 휴[86]슈졉톄(携手接體)[87]ᄒ미 만만(萬萬)코 가(可)티 아니ᄒ니 쳥츈(靑春)이 길고 녹발(綠髮)이 프ᄅᆞ러시니 군ᄌᆞ(君子)ᄂᆞᆫ 타일(他日)을 기ᄃᆞ리시고 ᄋᆞ녀ᄌᆞ(兒女子)를 이러툿 마ᄅᆞ시미

---

83) 원침(鴛枕): 원앙 베개.

84) 경겁(驚怯): 놀라고 겁을 냄.

85) 싱혈(生血): 생혈. 곧 앵혈. 앵혈은 장화(張華)의 『박물지』에서 그 출처를 찾을 수 있음. 근세 이전에 나이 어린 처녀의 팔뚝에 찍던 처녀성의 표시를 말하는 것으로 도마뱀에게 주사(朱沙)를 먹여 죽이고 말린 다음 그것을 찧어 어린 처녀의 팔뚝에 찍으면 첫날밤에 남자와 잠자리를 할 때에 없어진다고 함.

86) 휴: [교] 원문에는 ‘훅’으로 되어 있으나 오기로 보임.

87) 휴슈졉톄(携手接體): 휴수접체. 손을 잡고 몸을 접함.

힝심(幸甚)ᄒ이다.”

공ᄌ(公子ㅣ) 흔연(欣然)이 글오ᄃ,

“그ᄃ 말이 다 올흐니 싱(生)이 엇디 그 ᄯ을 아스리오? 부부지락(夫婦之樂)을 아니믄 그ᄃ ᄯ을 놉히 너기미오, 손을 잡으믄 그ᄃᄅ 인듕(愛重)ᄒᄂ 무음이 참기 어려오미라. 밍셰(盟誓)ᄒ야 벼술이 제후(諸侯)의 니ᄅ러도 다른 ᄃ 졍(情)을 아니 옴기리니 힝혀(幸-) 그ᄃᄂ 싱(生)을 비루(鄙陋)히 너기디 말고 ᄉ싱(死生)의 져ᄇ리디 말나.”

쇼졔(小姐ㅣ) ᄎ언(此言)을 듯고 잠간(暫間) 감동(感動)ᄒ야 믁연(默然)이러라.

이윽고 날이 새매 싱(生)이 니러나 ᄎ[88]향을 ᄃ(對)ᄒ야 위 시(氏)의 거ᄎ(去就)ᄅ 니ᄅ고 향인(向人)ᄒ야 쳡(妾)이라 니ᄅ디 말나 ᄒ니 향이 놀나고 깃거 닐오ᄃ,

“비ᄌ(婢子ㅣ) 원ᄅ(元來) 쇼졔(小姐ㅣ) 뎌 ᄀ튼 긔질(氣質)노 샹공(相公)의 쇼희(小姬) 되시믈 앗기더니 연괴(緣故ㅣ) 이러ᄐ 홀딘ᄃ이 엇

디 노야(老爺)의 복(福)이 아니리오?”

인(因)ᄒ야 존경(尊敬)ᄒᄆ 지극(至極)히 ᄒ고 싱(生)도 존(尊)ᄒ

---

88) ᄎ: [교] 원문에는 ‘츄’로 되어 있으나 앞의 예를 따라 이와 같이 수정함.

쳐ᄌ(妻子)로 딕졉(待接)ᄒ며 가ᄉ(家事)를 맛디고 하로밤도 쳐소(處所)를 닷호디 아니ᄒᆡᆼ디 흔갓 공경(恭敬)ᄒ야 각각(各各) 평안(平安)이 자고 싱(生)이 혹(或) 집슈(執手)홀 ᄲᅮᆫ이니 츄[89]향이 고이(怪異)히 너겨 싱(生)ᄃ려 왈(曰),

"쇼져(小姐)의 긔질(氣質)이 무심(無心)흔 남이라도 어엿브믈 춤디 못ᄒ거늘 샹공(相公)이 소딕(疏待)[90]ᄒᄆᆞᆫ 엇디뇨?"

싱(生)이 쇼왈(笑曰),

"위 시(氏) 스ᄉ로 부모(父母)를 ᄎᆞ자 다[91]시 뉵녜(六禮)를 힝(行)ᄒᄆᆞᆯ 원(願)ᄒ니 그 ᄯᅳᆺ이 아롬다오니 ᄂᆡ 엇디 아ᄉ리오?"

향이 그 부부(夫婦)의 놉흔 ᄯᅳᆺ을 칭복(稱服)ᄒ더라.

위 시(氏) 싱(生)의 졍대(正大)흔 힝ᄉᆞ(行事)를 보매 져기 ᄆᆞᄋᆞᆷ 노화 힘뼈 가ᄉ(家事)를 다ᄉ리며 졔ᄉᆞ(祭祀)를 졍셩(精誠)으로 밧드러 안졍(安靜)흔 힝실(行實)이 녜 어진 부

28면

인(夫人)이라도 밋디 못홀디라. 싱(生)이 더옥 혹(酷)ᄒ야 ᄋᆡ듕(愛重)ᄒᄂᆞᆫ ᄯᅳᆺ이 시(時)로 더ᄒ더라.

이ᄯᅥ 뉴 공(公)이 강쥐 이시나 ᄌᆡ믈(財物)이 만흔 고(故)로 듀야(晝夜) 각뎡으로 더브러 연낙(宴樂)ᄒ니 본현(本縣)이 ᄀᆞ쟝 미안(未安)이 너기더니,

---

89) 츄: [교] 원문에는 '츄'로 되어 있으나 앞의 예를 따라 이와 같이 수정함.

90) 소딕(疏待): 소대. 푸대접함.

91) 다: [교] 원문에는 '쟈'로 되어 있으나 오기로 보임.

독부(督府) 위공뷔 그히예 도임(到任)ᄒ야 ᄂᆞ려오매 군병(軍兵) 슈졸(戍卒)[92]을 뎜고(點考)ᄒᆞᆯ시 뉴 공(公)이 ᄆᆞ참 진취(盡醉)ᄒ야 딕신(代身) 노ᄌᆞ(奴子)를 보닉디 아니ᄒ니 티부(置簿)ᄒᆞᆫ 수(數)의 업ᄂᆞᆫ디라. 위 샹셰(尙書ㅣ) 본ᄃᆡ(本-) 셩품(性品)이 정대(正大)ᄒ야 그른 일은 미셰(微細)ᄒᆞᆫ 일이라도 빅쳑(排斥)ᄒᆞ믈 심(甚)히 ᄒᆞᄂᆞᆫ 고(故)로 대로(大怒)ᄒ야 본관(本官)을 결곤(決棍)[93]ᄒ고져 ᄒ니 본관(本官)이 쵸조(焦燥)ᄒ야 뉴 공(公)의 패려(悖戾)[94]ᄒ믈 주(奏)ᄒ고 니로 금지(禁止)티 못ᄒᆞᆯ믈 ᄌᆞᆺ시 고(告)ᄒ니 위 공(公)이 대로(大怒)ᄒ야 뉴 공(公)을 잡아다가 결댱(決杖)ᄒ야 닝옥(冷獄)의

<hr />

29면

가도니 뉴 공(公)이 무망(無妄)[95]의 이 변(變)을 만나 급(急)히 남챵(南昌)으로 편지(便紙)ᄒ야 경문을 오라 ᄒ니,

경문이 이 긔별(奇別)을 듯고 실식상담(失色喪膽)[96]ᄒ야 총총(悤悤)이 위 시(氏)와 취향을 니별(離別)ᄒ고 망듀야(忘晝夜)[97]ᄒ야 이에 니르러 옥(獄) 밧긔 가 뉴 공(公)을 보고져 ᄒ매 옥니(獄吏) 위 공(公)의 엄절(嚴切)ᄒᆞᆫ 경계(警戒)를 바닷ᄂᆞᆫ 고(故)로 엄(嚴)히 조댱(阻擋)[98]ᄒ야 드리디 아니ᄒ니, 문이 망극(罔極)ᄒ야 아모리 ᄒᆞᆯ 줄 모로더니

<hr />

92) 슈졸(戍卒): 수졸. 수자리 서는 군졸.
93) 결곤(決棍): 곤장으로 죄인을 치는 형벌을 집행하던 일.
94) 패려(悖戾): 언행이나 성질이 도리에 어그러지고 사나움.
95) 무망(無妄): 별생각이 없이 있는 상태.
96) 실식상담(失色喪膽): 실색상담. 낯빛이 변하고 간담이 서늘함.
97) 망듀야(忘晝夜): 망주야. 밤낮을 잊음.
98) 조댱(阻擋): 나아가거나 다가오는 것을 막아서 가림.

오라디 아냐 도적(盜賊)이 디경(地境)을 범(犯)ᄒᆞ매 위 공(公)이 뉴 공(公)을 다시 결곤(決棍)⁹⁹⁾ 수십(數十)을 ᄒᆞ야 노ᄒᆞ며 군듕(軍中) 참모(參謀)의 말 모ᄂᆞᆫ 소임(所任)을 맛디니 경문이 크게 비분(悲憤)ᄒᆞ야 사ᄅᆞᆷ을 헤티고 알픠 ᄃᆞ라드러 웨딕,

"독뷔(督府ㅣ) 텬ᄌᆞ(天子) 됴셔(詔書)ᄅᆞᆯ 밧ᄌᆞ와 디방(地方)을 졍토(征討)ᄒᆞ며 샹벌(賞罰)이 고ᄅᆞ디

· • •

30면

아니미 여ᄎᆞ(如此)ᄒᆞ뇨?"

위 공(公)이 눈을 드러 보니 경문의 거지(擧止) 언건(偃蹇)¹⁰⁰⁾ᄒᆞ고 옥골봉형(玉骨鳳形)¹⁰¹⁾이 표연(飄然)이 딘애(塵埃)의 므드디 아니ᄒᆞ믈 보고 크게 놀나 므ᄅᆞ딕,

"네 엇던 사ᄅᆞᆷ인다?"

경문이 녀셩(厲聲)¹⁰²⁾ 왈(曰),

"나ᄂᆞᆫ 젼됴(前朝) 승샹(丞相) 뉴 모(某)의 ᄌᆞ(子ㅣ)라. 가뷔(家夫ㅣ) 비록 국가(國家)의 죄(罪)ᄅᆞᆯ 어더 녕¹⁰³⁾히(嶺海)¹⁰⁴⁾ 슈졸(戍卒)¹⁰⁵⁾이 되여시나 일즉 샹ᄉᆞ(上司)의 결원(結怨)¹⁰⁶⁾ᄒᆞᆫ 일이 업거ᄂᆞᆯ 피ᄎᆞ(彼

---

99) 결곤(決棍): 곤장으로 죄인을 치는 형벌을 집행하던 일.

100) 언건(偃蹇): 거드름을 피우며 거만함.

101) 옥골봉형(玉骨鳳形): 옥 같은 골격과 봉황 같은 풍채.

102) 녀셩(厲聲): 여성. 소리를 사납게 함.

103) 녕: [교] 원문에는 '명'으로 되어 있으나 오기로 보임.

104) 녕히(嶺海): 영해. 산과 바다 밖의 곳. 멀리 떨어져 있는 곳을 말함.

105) 슈졸(戍卒): 수졸. 수자리 서는 군졸.

106) 결원(結怨): 원한을 맺음.

此) 스문(斯文)107) 일믹(一脈)으로 참혹(慘酷)히 곤욕(困辱)ᄒᆞᄂᆞ뇨?
이거시 나의 개연(慨然)ᄒᆞᄂᆞᆫ 배라."

위 공(公)이 ᄎᆞ언(此言)을 듯고 블연(勃然)108) 노왈(怒曰),

"뉴노(-奴)의 아들이 엇디 인뉴(人類)의 충수(充數)ᄒᆞ야 텬됴(天朝)
흠ᄎᆞ대신(欽差大臣)109)을 슈욕(授辱)ᄒᆞ믈 여ᄎᆞ(如此)히 ᄒᆞᄂᆞ뇨? 너의
아비 전일(前日)은 대샹(大相)이라 니ᄅᆞ디 말고 일국(一國) 왕(王)이
라도 금일(今日)은 이 ᄯᅡ 셔인(庶人)이 되여 군듕(軍中) 슈졸(戍卒)이
되엿거늘 네 엇디

···

31면

이런 난언(亂言)을 ᄒᆞ며 ᄒᆞ믈며 네 아비 금샹(今上)을 져ᄇᆞ리고 혼
군(昏君)110)을 도와 대역브도(大逆不道)111)ᄒᆞ야 죄악(罪惡)이 여산
(如山)ᄒᆞ니 그 죄(罪) 당당(堂堂)이 동시(東市)의 버히믈 면(免)티
못홀 거시어늘 셩텬ᄌᆞ(聖天子)의 대덕(大德)이 살뉵(殺戮)을 아쳐
ᄒᆞ시므로 혼 목숨 샤(赦)ᄒᆞ심도 죡(足)ᄒᆞ니 너히 쥐무리 맛당이 머
리를 움치고 죽을 날을 기ᄃᆞ리미 올커112)늘 너 쇼ᄋᆞ(小兒ㅣ) 스ᄉᆞ
로 죄(罪)를 모ᄅᆞ고 당돌(唐突)ᄒᆞ미 여ᄎᆞ(如此)ᄒᆞ니 그 죄(罪) 죽고
남디 못ᄒᆞ리라."

---

107) 스문(斯文): 사문. 이 학문, 이 도(道)라는 뜻으로, 유학의 도의나 문화를 이르는 말.

108) 블연(勃然): 발연. 왈칵 성을 내는 태도나 일어나는 모양이 세차고 갑작스러움.

109) 흠ᄎᆞ대신(欽差大臣): 흠차대신. 황제의 명령으로 파견된 대신.

110) 혼군(昏君): 어리석은 임금.

111) 대역브도(大逆不道): 대역부도. 임금이나 나라에 큰 죄를 지어 도리에 크게 어긋나 있음. 또는 그런 짓.

112) 커: [교] 원문에는 '거'로 되어 있으나 오기로 보임.

경문이 위 공(公)의 늠연(凜然)ᄒ 말을 드릭나 죠곰도 요동(搖動)
티 아니ᄒ고 고셩(高聲) 대언(大言) 왈(曰),

"닉 이제 보니 공(公)이 오관칠정(五官七情)[113]이 ᄀ잣고 ᄯᅩ 셩텬
ᄌ(聖天子) 특지(特旨)를 바다 일방(一方)을 다ᄉ리실딘딕 당당(堂堂)
이 인덕(仁德)을 힝(行)ᄒ야 일목(一沐)의 삼악(三握)[114]ᄒ

···

32면

ᄂ 되(道ㅣ) 이실 거시어늘 흔갓 사름을 젼일(前日) 죄샹(罪狀)으
로 밀위여 누욕(累辱)[115]ᄒ미 태심(太甚)ᄒ고 스스로 텬ᄌ(天子)
흠치대신(欽差大臣)이로라 쟈랑ᄒ며 유셰(誘說)ᄒ야 ᄀᆺ튼 ᄉ족(士
族)을 결곤(決棍)ᄒ믈 텰업시 ᄒ니 이 므ᄉᆷ 디방(地方) 샹ᄉ(上司
ㅣ)리오? 사름 소기ᄂᆫ 도적(盜賊)이라. 족해(足下ㅣ) ᄯᅩ 두 눈이 명
명(明明)ᄒ니 가히(可-) 셩니(性理)를 통(通)ᄒ 거시니 공ᄌ(孔子
ㅣ)[116] 글ᄋ샤딕, '뉘 허믈이 업스리오마ᄂ 고티미 귀(貴)타.' ᄒ시
거늘 가부(家父)의 젼일(前日) 죄샹(罪狀)을 일편도이 일ᄏ라 말을

---

113) 오관칠정(五官七情): 오관칠정. 오관과 칠정. 오관은 다섯 가지 감각 기관으로 눈, 귀, 코, 혀,
    피부를 이르고, 칠정은 사람의 일곱 가지 감정으로 기쁨(喜)·노여움(怒)·슬픔(哀)·즐거움
    (樂)·사랑(愛)·미움(惡)·욕심(欲), 또는 기쁨(喜)·노여움(怒)·심(憂)·생각(思)·슬픔(悲)·
    놀람(驚)·두려움(恐)을 이름.

114) 일목(一沐)의 삼악(三握): 한 번 머리 감을 때 세 번 머리를 움켜쥠. 훌륭한 선비를 맞이하는
    자세. 중국 주(周)나라의 주공(周公)이 아들 백금(伯禽)에게 한 말로, 그가 일찍이 성왕(成王)
    을 도와 섭정(攝政)할 때 현사(賢士)를 만나는 것을 중시해 이렇게 하며 손님을 맞았다는 것
    임. 『사기정의(史記正義)』 원문에는 "한 번 머리 감을 때 세 번 머리카락을 움켜잡았고, 한
    번 밥 먹을 때 세 번 밥을 뱉어냈다. 一沐三握髮, 一飯三吐哺."라 되어 있음. 『사기정의(史記
    正義)』,「노주공세가(魯周公世家)」.

115) 누욕(累辱): 여러 차례 욕을 보거나 모욕을 당함.

116) 공ᄌ(孔子ㅣ): 공자. 공구(孔丘, B.C.551~B.C.479)를 높여 부른 말. 공자는 중국 춘추시대 노
    나라의 사상가·학자로 자는 중니(仲尼)임. 인(仁)을 정치와 윤리의 이상으로 하는 도덕주의
    를 설파하여 덕치 정치를 강조하여 유학의 시조로 추앙받음.

막으니 족해(足下ㅣ) 스스로 텬즈(天子) 흠칙대신(欽差大臣)이로라 쟈세(藉勢)[117]호나 닉 보매는 무스리(無事理)[118] 포학(暴虐)혼 관원(官員)이로다."

위 공(公)이 추언(此言)을 듯고 대로(大怒)호야 즉시(卽時) 뉴 공(公)을 잡아드려 수십(數十)을 텨 즈식(子息) 못 고르친 죄(罪)를 수죄(數罪)호고 경

• • •

33면

문을 쏘 수십(數十)을 텨 가도고 표(表)를 지어 뉴영걸 참(斬)호믈 주(奏)호니 치관(差官)이 표(表)를 고디고 경亽(京師)로 가더니,

문졍공(--公)의 오는 위의(威儀)를 만나 공(公)이 연고(緣故)를 뭇거늘 치관(差官)이 즈시 고(告)호니 공(公)이 쇼왈(笑曰),

"이제 젹셰(敵勢) 셩(盛)호니 구닉(區內) 소요(騷擾)호는디라 독뷔(督府ㅣ) 군亽(軍士)를 졍돈(整頓)호야 힘뼈 막을 도리(道理)를 싱각디 아니호고 브졀업슨 일의 군관(軍官)을 슈고롭게 호느뇨?"

드듸여 치관(差官)을 드리고 강쥐 니르니 위 독뷔(督府ㅣ) 십(十) 니(里)의 나와 마자 아(衙)의 니르러 별회(別懷)를 베플식 위 공(公)이 본딕(本-) 문졍공(--公)으로 의긔(義氣) 샹합(相合)호야 문경[119](刎頸)의 지괴(至交)[120] 딘번(陳蕃)의 탑(榻) 노리믈[121] 웃는 배라. 피치

---

117) 쟈셰(藉勢): 자세. 어떤 권력이나 세력 또는 특수한 조건을 믿고 세도를 부림.

118) 무스리(無事理): 무사리. 사리를 모름.

119) 경: [교] 원문에는 '졍'으로 되어 있으나 오기로 보임.

120) 문경(刎頸)의 지괴(至交): 친구를 위해 목을 베어 줄 정도의 지극한 사귐. 문경지교(刎頸之交). 중국 전국(戰國)시대 조(趙)나라 염파(廉頗)와 인상여(藺相如)의 고사. 인상여가 진(秦)나라에 가 화씨벽(和氏璧) 문제를 잘 처리하고 돌아와 상경(上卿)이 되자, 장군 염파는 자신이 인상

(彼此ㅣ) 손을 잡고 크게 반겨 각각(各各) 평부(平否)를 뭇고 위 공(公)이 뉴적(流賊)[122]의 세(歲) 커 딕뎍(對敵)기 어려

···

34면

오믈 니르니 공(公) 왈(曰),

"뉴적(流賊)이 일시(一時) 챵궐(猖獗)[123]ᄒ나 원녜(遠慮ㅣ) 업스니 가히(可-) 두립디 아니ᄒ도다. 두어 날 쉬여 졉젼(接戰)ᄒ리라."

쏘 문왈(問曰),

"형(兄)이 경ᄉ(京師)의 치관(差官)을 므슴 일노 보ᄂ`더뇨?"

위 공(公)이 분연(憤然) 왈(曰),

"노적(奴賊) 뉴영걸 죽이믈 보품(報稟)[124]ᄒ미라."

공(公)이 우문(又問) 왈(曰),

"뉴영걸이 쏘 법(法)을 범(犯)ᄒ미 잇ᄂ냐?"

위 공(公)이 이예 경문의 거동(擧動)을 ᄌ시 뎐(傳)ᄒ고 통한(痛恨) 왈(曰),

"저 쇼ᄋ(小兒) 뉴노(-奴)의 ᄌ(子) 현명쟈(--者)의 거동(擧動)이 통

여보다 오랫동안 큰 공을 세웠으나 인상여가 자기보다 높은 지위에 앉았다 하며 인상여를 욕하고 다님. 인상여가 이에 대해 대응하지 않자 제자들이 그 까닭을 물으니, 두 사람이 다투면 국가가 위태로워지고 진(秦)나라에만 유리하게 되므로 대응하지 않은 것이었다 하니 염파가 그 말을 전해 듣고 가시나무로 만든 매를 지고 인상여의 집에 찾아가 사과하고 문경지교를 맺음. 사마천, 『사기(史記)』, <염파인상여열전(廉頗藺相如列傳)>.

121) 딘번(陳蕃)의 탑(榻) ᄂ리믈: 진번의 탑 나리믈. 진번이 걸상을 내리는 것은. 진번은 중국 후한(後漢) 때의 인물. 진번이 예장(豫章) 태수(太守)로 있을 적에 다른 빈객은 맞지 않고 오직 서치(徐稚)만을 위해서 걸상 하나를 준비하여 서치가 와 담소를 하고 떠나면 걸상을 다시 위에 올려놓았다는 고사가 전함. 『후한서(後漢書)』, <서치열전(徐稚列傳)>.

122) 뉴적(流賊): 유적. 떠돌아다니며 사람을 해치고 재물을 빼앗는 도둑.

123) 챵궐(猖獗): 창궐. 못된 세력이나 전염병 따위가 세차게 일어나 걷잡을 수 없이 퍼짐.

124) 보품(報稟): 보품. 윗사람에게 아룀.

희(痛駭)125)호고 뉴뇌(-奴ㅣ) 뎍소(謫所)의 와셔조초 회심(回心)홀 줄
모르고 미녀(美女) 풍악(風樂)으로 쇼일(消日)혼다 호니 어이 아니
통희(痛駭)호리오?"

문졍공(--公)이 추언(此言)을 듯고 우으며 굴오딕,

"뉴즈(-子)의 말이 다 올흐니 형(兄)이 엇디 노(怒)호느뇨? 형(兄)
의 명달(明達)호므로 추스(此事)는 그릇호엿도다. 뉴즈(-子)

• • •

35면

의 말이 즈즈(字字)히 올흐니 닉 쇼견(所見)은 하즈(瑕疵)홀 말이
업도다."

위 공(公)이 쇼왈(笑曰),

"형(兄)은 과연(果然) 완(緩)126)혼 사룸이로다. 형(兄)이 놉의 일이
매 더러호거니와 형(兄)이 당(當)호여는 져근 쇼ㅇ(小兒)의게 그런
욕(辱)을 듯고 춤을가 시브냐?"

문졍공(--公)이 쇼왈(笑曰),

"쇼뎨(小弟) 삼십(三十) 년(年) 글을 닑어 잠간(暫間) 식니(識理)를
통(通)호느니 또 엇디 일편도이 뎌 뉴노(-奴)를 올타 호리오마는 내
이젼(以前) 뉴현명을 보니 얼골인즉 닌각(麟閣)127)의 쥬인(主人)이오
그 말숨과 인쥐(人材) 특이(特異)호믄 고금(古今)의 둘히 업던 거시
니 믹양 흠앙(欽仰)128)호던 추(次)의 이 말을 드릭니 フ장 긔특(奇特)

---

125) 통희(痛駭): 통해. 몹시 이상스러워 놀람.

126) 완(緩): 느슨함.

127) 닌각(麟閣): 인각. 기린각(麒麟閣). 중국 한(漢)나라의 무제가 장안의 궁중에 세운 전각. 선제
    때 곽광 외 공신 11명의 초상을 그려 각상(閣上)에 걸었다고 함.

이 너기노라. 뉴노(-奴)의 죄(罪)는 슈스난쇽(雖死難贖)[129]이나 슌(舜)이 우(禹)를 거두어 쓰시던 법(法)[130]으로 그 조식(子息)의 긔특(奇特)ᄒ믈 ᄎᆞ마 ᄌᆢ리디 못ᄒᆞᄂ

• ••

36면

니 형(兄)은 져근 분(憤)을 춤고 과도(過度)이 구디 말나."

위 공(公)이 믁연(默然) 잠쇼(暫笑)ᄒᆞ나 쾌(快)티 아냐 ᄒᆞ더라.

문졍공(--公)이 즉시(卽時) 뉴 공(公)을 노화 군듕(軍中) 참모(參謀)를 ᄒᆞ이여 소임(所任)을 맛디니,

뉴 공(公)의 부지(父子ㅣ) 노혀나 문졍공(--公) 덕튁(德澤)을 크게 감격(感激)ᄒᆞ야ᄒᆞ며 몬져 안무스(按撫使) 면젼(面前)의 가 뎜고(點考)ᄆᆞᆯᄉᆡ 안디(按臺) 모든 군즁(軍中) 쟝스(將士)를 일일히(一一) 뎜고(點考)ᄒᆞ다가 경문을 보고 크게 반기고 놀나,

뎜고(點考)ᄒᆞ기를 파(罷)ᄒᆞᆫ 후(後), 하리(下吏)로 ᄒᆞ여곰 경문을 쳥(請)ᄒᆞ야 댱듕(帳中)의 니ᄅᆞ러는 안디(按臺), 손을 잡고 닐오ᄃᆡ,

"뉴 형(兄)아, 별ᄂᆡ(別來) 무양(無恙)ᄒᆞ냐?"

경문이 눈을 드러 안디(按臺)를 보고 크게 놀나 글오ᄃᆡ,

"형(兄)이 어ᄃᆡ로조차 이에 니ᄅᆞ럿ᄂᆞ뇨?"

안디(按臺) 글오ᄃᆡ,

---

128) 흠앙(欽仰): 공경하여 우러러 사모함.

129) 슈ᄉ난쇽(雖死難贖): 수사난속. 비록 죽어도 속죄하기 어려움.

130) 슌(舜)이~법(法): 순(舜)이 우(禹)를 거두어 쓰시던 법. 중국 고대 순임금이 우임금을 거두어 쓰시던 법. 요(堯)임금 때 우의 아버지 곤(鯀)이 치수 사업에 실패하였으나 순임금이 우를 중용하여 치수 사업을 맡기자 우가 성공한 일을 이름. 곤은 어리석으나 아들 우는 현명한 것을 유영걸과 유현명 부자에 비긴 것임.

"무춤 모텸텬은(冒忝天恩)[131]ᄒ야 이에 니르

• • •

37면

럿거니와 형(兄)이 뉴 승샹(丞相) 진(子ㅣ)신 줄 이제야 씨듯과라."

경문이 읍왈(揖曰),

"과연(果然) 젼일(前日)의 구애(拘礙)흔 일이 이셔 바로 고(告)티 못ᄒ엿더니 용샤(容赦)ᄒ쇼셔. 연(然)이나 존형(尊兄)의 근본(根本)도 즈시 알고져 ᄒᄂ이다."

안디(按臺) 샤왈(謝曰),

"쇼뎨(小弟)ᄂ 과연(果然) 문정공(--公)의 댱ᄌ(長子) 니셩문이니 젼일(前日) 현뵈로다 ᄒ믄 그쩍 형(兄)을 뉴 승샹(丞相) 공진(公子ㅣ)신 줄 짐작(斟酌)ᄒ미 이셔 혹(或) 원가(怨家)[132]로 지목(指目)홀가 ᄒ야 일시(一時)의 실언(失言)흔 죄(罪)를 당(當)홀디언뎡 흔번(-番) 군ᄌ(君子)로 답화(答和)ᄒ야 금난(金蘭)[133]의 교계(交契)[134]를 밋고져 ᄒ고 다른 뜻이 아니러니이다. 현형(賢兄)은 힝혀(幸-) 쇼뎨(小弟)의 당돌(唐突)ᄒ믈 용샤(容赦)ᄒ시믈 ᄇ라ᄂ이다."

경문이 ᄎ언(此言)을 듯고 놀나며 ᄀ이업시 너겨 샐니 국궁(鞠躬)[135] 진비(再拜) 왈(曰),

---

131) 모텸텬은(冒忝天恩): 모첨천은. 외람되게 임금의 은혜를 입음.

132) 원가(怨家): 원수.

133) 금난(金蘭): 금란. 친구 사이의 깊은 사귐. 금란지교(金蘭之交). 『주역(周易)』의 "두 사람이 마음을 같이하면 그 날카로움이 쇠를 끊고, 마음을 같이해 나오는 말은 그 향기가 난초와 같다. 二人同心, 其利斷金, 同心之言, 其臭如蘭."는 어구에서 유래함.

134) 교계(交契): 교분.

135) 국궁(鞠躬): 윗사람이나 위패(位牌) 앞에서 존경하는 뜻으로 몸을 굽힘.

"쇼인(小人)

은 이 안원(按院)[136) 노야(老爺) 막하(幕下) 쇼졸(小卒)이라. 당초
(當初) 모르고 만홀(漫忽)[137) 혼 죄(罪) 만ᄉ유경(萬死猶輕)[138)이로
소이다."

안디(按臺) 정식(正色)고 붓드러 그쳐 왈(曰),

"형(兄)이 이 엇던 거죄(擧措])뇨? ᄎ(此)ᄂ 쇼뎨(小弟)를 눗게 너
기미라. 그 ᄯᆺ이 쇼뎨(小弟)를 원개(怨家])로 지목(指目)ᄒ미니 쇼
뎨(小弟) 므ᄉᆷ 눗치 이시리오?"

경문이 혈읍(血泣) 뉴톄(流涕) 왈(曰),

"쇼인(小人)이 므ᄉᆷ 몸이라 안무ᄉ(按撫使) 노야(老爺)긔 공경(恭
敬)티 아니ᄒ리오? 스ᄉ로 싱각건디 죄인(罪人)의 ᄌ식(子息)으로 노
야(老爺) 막하(幕下) 쇼졸(小卒)이 되여시니 감히(敢-) 눗출 티미러
노야(老爺)긔 말ᄉᆷᄒ디 못ᄒᄂ니 노야(老爺)ᄂ 용샤(容赦)ᄒ쇼셔."

안디(按臺) 정식(正色) 탄왈(歎曰),

"형(兄)이 그 ᄒ나흘 알고 둘을 모로ᄂ도다. 당년(當年)의 샤슉(舍
叔)[139)이 녕친(令親)을 다ᄉ리시나[140) 이거시 ᄉᄉ(私私)로이 ᄒ미

---

136) 안원(按院): 여러 곳을 돌아다니며 살피고 조사하는 어사의 다른 이름.

137) 만홀(漫忽): 한만하고 소홀함.

138) 만ᄉ유경(萬死猶輕): 만사유경. 만 번 죽어도 오히려 가벼움.

139) 샤슉(舍叔): 사숙. 남에게 자기의 삼촌을 이르는 말.

140) 당년(當年)의~다ᄉ리시나: 당년의 사숙이 영친을 다사리시나. 전에 나의 삼촌이 그대의 아버
님을 벌하였으나. 이성문의 숙부인 이몽원이 형부상서로서 유영걸을 심문하고 옥에 가둔 일
을 말함.

아니오, 더옥 가친(家親)은 간섭(干涉)도

39면

아니시고 녕친(令親)을 구(救)ᄒ여시니 그딕 은혜(恩惠)를 감복(感服)ᄒ여야 올커늘 샤슉(舍叔)의 원(怨)을 나의게 품으믄 더옥 가(可)티 아니ᄒ도다. 형(兄)이 쇼뎨(小弟)를 비록 져ᄇ리랴 ᄒ야도 쇼뎨(小弟) 구구(區區)ᄒ믈 닛고 쌀와두니며 교도(交道)를 믹ᄌ리니 뼈 엇더케 너기ᄂ뇨?”

경문이 니(李) 시랑(侍郎)의 총명신긔(聰明神氣)ᄒ 말솜의 딕답(對答)홀 말이 업서 다만 업딕여 줌줌(潛潛)코 말을 아니커늘 안뮈(按撫ㅣ) 나아가 손을 잡고 기유(開諭)ᄒ야 굴오딕,

“형(兄)은 식니(識理)를 통(通)ᄒᄂ 댱뷔(丈夫ㅣ)어늘 이러툿 조ᄇ야오뇨? 형(兄)이 쇼뎨(小弟)를 외딕(外待)[141]ᄒ나 쇼뎨(小弟) 글ᄒᄂ 션빅 되야 말을 품고 벗을 소기리오? 녕딕인(令大人)이 왕셰(往歲)의 져즌 죄악(罪惡)이 임의 군뉼(軍律)의 올나 텬직(天子ㅣ) 진노(震怒)ᄒ시매 밋쳣고 만됴(滿朝ㅣ) 당

40면

형위법(當刑違法)[142]으로 아니 샤슉(舍叔)이 셩지(聖旨)를 밧드러 다스리미 남식(濫事ㅣ) 아니오, 셜ᄉ(設使) ᄉ원(私怨)으로 녕존(令

---

141) 외딕(外待): 외대. 정성을 들이지 않고 아무렇게나 대접을 함.
142) 당형위법(當刑違法): 법을 어긴 행위에 대해 형벌을 주어야 마땅함.

尊)을 해(害)ㅎ야셔도 가친(家親)은 녕존(令尊)을 구(救)ㅎ야시니 쇼뎨(小弟)의게 벌(罰) 쁠 일은 업도다."

경문이 추언(此言)을 듯고 눈믈이 무수(無數)ㅎ야 굴오디,

"가뷔(家父ㅣ) 죄(罪) 업다 ㅎ미 아니오, 녕슉(令叔)의 다스리믈 졀티(切齒)ㅎ미 아니로디 시러곰 그 주식(子息)이 되야 심긔(心氣) 셔늘ㅎ믈 마디못ㅎ미라. 무움이 이러ㅎ매 합하(閤下)의 놉흔 의긔(義氣)를 쭐와 감화(感化)티 못ㅎ나 합하(閤下)의 은혜(恩惠)야 쇼인(小人)이 빅골(白骨)이 진퇴(塵土ㅣ) 된들 엇디 니주리오?"

안되(按臺) 텽파(聽罷)의 홀일업서 다시 닐오디,

"군(君)의 고집(固執)이 여추(如此)ㅎ니 혹싱(學生)이 엇디 다시 슌셜(脣舌)을 놀려¹⁴³⁾ 심수(心思)를 어즈러

41면

이리오?"

경문이 복디(伏地)ㅎ야 쏘흔 답(答)디 아니ㅎ더니, 믄득 니러 지비(再拜)ㅎ야 하딕(下直)고 나가니 안뮈(按撫ㅣ) 뎌의 쯧이 놉흐믈 칭복(稱服)ㅎ더니,

이윽고 공(公)의 댱젼(帳前)의 드러가 뵈고 경문의 말을 고(告)ㅎ니, 공(公)이 탄왈(歎曰),

"이는 대현(大賢)이니 너는 등한(等閑)이 보디 말나."

위 공(公)이 블열(不悅) 왈(曰),

"현딜(賢姪)이 당당(堂堂)흔 샹문(相門) 공지(公子ㅣ)오, 쟉위(爵

---

143) 려: [교] 원문에는 '며'로 되어 있으나 문맥을 고려하여 규장각본(6:29)을 따름.

位) 니부시랑(吏部侍郎) 안무ᄉ(按撫使) 직명(職名)을 가지고 뎌 비
쥬역신(背主逆臣)¹⁴⁴⁾의 ᄌ(子)의게 굴강(屈强)¹⁴⁵⁾ᄒ야 교도(交道)를
미ᄌ리오? 저의 그 거동(擧動)이 더옥 괘심ᄒ도다."

안뮈(按撫ㅣ) 쇼이딕왈(笑而對디),

"곤ᄌ(鯀子)¹⁴⁶⁾를 슌(舜)이 거두어 쓰시고 초(楚) 장¹⁴⁷⁾왕(莊王)이
후궁(後宮) 통간(通姦)ᄒ 쟈(者)를 샤(赦)ᄒ니¹⁴⁸⁾ 뉴뇌(-奴ㅣ) 비록
몸 가지기를 그릇ᄒ여시나 모역(謀逆)ᄒ 죄(罪) 업습고 그 아ᄃᆯ인즉
경인졔셰(驚人濟世)¹⁴⁹⁾ᄒᆯ

•••

42면

도(道)를 품엇고 긔샹(氣像)이 당당(堂堂)ᄒ며 인믈(人物)이 거록
ᄒ니 아븨 벌(罰)을 뻐 현ᄌ(賢者)를 ᄇ리리잇고?"

위 공(公)이 대쇼(大笑) 왈(디),

"현뵈 ᄌ쇼(自少)로 ᄠᅳᆺ이 낙낙(落落)¹⁵⁰⁾ᄒ야 사ᄅᆷ 사괴기를 아니

---

144) 비쥬역신(背主逆臣): 배주역신. 임금을 배신하고 반역한 신하.

145) 굴강(屈强): 굴복.

146) 곤ᄌ(鯀子): 곤자. 곤의 아들. 즉 우(禹)를 이름.

147) 장: [교] 원문과 규장각본(6:30) 모두 '진'으로 되어 있으나 맥락을 고려하여 이와 같이 수정함.

148) 초(楚) 장왕(莊王)이~샤(赦)ᄒ니: 초 장왕이 후궁 통간한 자를 사하니. 초나라 장왕이 후궁과
간통한 자를 용서하였으니. 중국 춘추시대 초(楚)나라 장왕(莊王)이 신하들과 잔치를 벌일 적
에 등불이 갑자기 꺼졌는데 한 신하가 왕의 총희 옷을 잡아당기자 미인이 그 사람의 관끈을
끊고서 그 사실을 왕에게 고하고 불을 밝혀 관끈이 끊어진 사람을 색출하도록 요청하였으나
왕은 신하들에게 모두 관끈을 끊게 한 후 불을 켜고서 실컷 즐기다가 술자리를 파함. 3년 후
에 초나라가 진(晉)나라와 싸우는데 한 초나라 장수가 진나라 군대를 격퇴하는 데 앞장서니
왕이 그에게 묻고서 비로소 그 자가 전에 미인의 옷을 잡아당겨 관끈이 끊겼던 자임을 알게
됨. 이 고사는 후에 관용을 베풀어 사람을 후대하는 경우에 쓰임. 유향(劉向), 『설원(說苑)』,
<복은(復恩)>.

149) 경인졔셰(驚人濟世): 경인제세. 사람을 놀라게 하고 세상을 구제할 만함.

150) 낙낙(落落): 낙락. 작은 일에 얽매이지 않고 대범함.

ᄒ더니 뎌 흔 역신(逆臣)의게 ᄆᆞᆷ을 기우려 ᄋᆡ듕(愛重)ᄒ니 아디 못ᄒᆞᆯ 일이오, 뉴현명이 타일(他日) 왕(王)이 된들 현딜(賢姪)의 문미(門楣)와 가셰(家勢)를 가디고 뎌의게 추신(推身)[151]ᄒᆞᆯ 일이 므슨 일이 이시리오?"

안뮈(按撫ㅣ) 손을 곳고 피셕(避席) 왈(曰),

"쇼딜(小姪)이 엇디 뎌 뉴현명을 댱ᄂᆡ(將來) 귀(貴)히 되리라 ᄒᆞ고 사괴리오? 그 인믈(人物)이 금셰샹(今世上)의 쉽디 아니ᄒᆞ니 흔번(一番) 보매 졍(情)이 기울고 의ᄉᆞ(意思ㅣ) 도라뎌 ᄎᆞ마 졀교(絕交)ᄒᆞ디 못ᄒᆞᆸᄂᆞᆫ이다 대인(大人)은 일편되이 폄박(貶薄)[152]디 마ᄅᆞ쇼셔. 타일(他日) 혹(或) 비ᄅᆞᆯ실 일이 이

· • •

43면

실가 ᄒᆞᄂᆞ이다."

위 공(公)이 보체 뎌 박댱대쇼(拍掌大笑) 왈(曰),

"현뵈 아니 망녕(妄靈)되엿ᄂᆞ냐? 내 엇디 뎌 무리의게 빌 일이 이시리오?"

안뮈(按撫ㅣ) 다만 미쇼(微笑)ᄒᆞ고 믈너나 댱듕(帳中)의 드러와 즉시(卽時) 뉴 공(公)을 집으로 도라보ᄂᆡ고, 딕신(代身) 노ᄌᆞ(奴子)를 뎜고(點考)의 참예(參預)케 ᄒᆞ며 경문을 딕신(代身)ᄒᆞ야 군듕(軍中) 문셔(文書)를 ᄀᆞ음알게 ᄒᆞ니,

문이 소원(所願)의 마자 무ᄉᆞ댱(武士場) 좌(座)의 와 ᄇᆡ샤(拜謝)ᄒᆞᆯ

---

151) 추신(推身): 몸을 겸손히 함.
152) 폄박(貶薄): 남을 헐뜯고 얕잡음.

시 안뮈(按撫ㅣ) 블쾌(不快)ᄒ야 그 국궁(鞠躬) 직비(再拜)ᄒᄂ 냥
(樣)을 션ᄌ(扇子)로 ᄂᆺ출 ᄀ리오고 교위(交椅)예 ᄂ려 도라안ᄌ니
경문이 비록 감격(感激)ᄒ나 니가(李家)로 원(怨)이 미쳐시니 붕우
(朋友)의 도(道)ᄅᆯ 일우미 블가(不可)ᄒ야 ᄆ춤ᄂᆡ 아ᄅᆫ 톄 아니ᄒ고
참모(參謀)의 소임(所任)을 ᄒ매 그 총명신긔(聰明神奇)ᄒᆫ 결단(決斷)
이 일취월쟝(日就月將)ᄒ니 안

44면

뮈(按撫ㅣ) 크게 이경(愛傾)[153]ᄒ고 더옥 ᄉ랑ᄒ야 ᄆ음이 일시(一
時) 노히디 아니ᄒ야,

일일(一日)은 알픽 와 문셔(文書)ᄅᆯ 취품(就稟)[154]ᄒᄂ 쩌 참디 못
ᄒ야 방듕(房中)으로 드러오라 ᄒ니 경문이 ᄯᆯᄒᆡ셔 졀ᄒ고 굴오ᄃᆡ,

"쇼인(小人)은 쇼졸(小卒)이라 엇디 안무ᄉ(按撫使) 노야(老爺)긔
ᄃᆡ좌(對坐)ᄒ리오?"

ᄒ고 즉시(卽時) ᄆᆯ너가니 안뮈(按撫ㅣ) 블열(不悅)ᄒ야 즉시(卽
時) 쇼디(小紙)의 뎍여 왈(曰),

'참모(參謀) 뉴영걸을 즉일(卽日) ᄂᆡ(內)로 댱젼(帳前)의 ᄃᆡ령(待令)
ᄒ라.'

ᄒ니 경문이 ᄆ음의 놀나 즉시(卽時) 댱젼(帳前)의 가 품(稟)ᄒ되,

"가뷔(家父ㅣ) 샹ᄉ(上司)의 결댱(決杖)ᄒᆫ 후(後) 병(病)이 ᄌ못 듕
(重)ᄒ니 쇼인(小人)이 셜ᄉ(設使) 브ᄌ둔질(不才鈍質)[155]이나 늙은

---

153) 이경(愛傾): 애경. 사랑이 깊음.
154) 취품(就稟): 취품. 웃어른께 나아가 여쭘.

아비를 딕(代)ᄒ거늘 노애(老爺ㅣ) 엇디 노쇠(老衰)ᄒᆫ 아비를 ᄎᄌ시
ᄂ뇨?"

안뮈(按撫ㅣ) 정식(正色) 왈(曰),

"샹ᄉ(上司)의셔 뉴 공(公)은 참모(參謀)를 ᄒ이믄 닙

• •

45면

공(立功) 쇽죄(贖罪)케 ᄒ미어늘 군(君)이 비록 그 아들이나 딕신
(代身)ᄒ미 오라미 ᄌ못 범법(犯法)ᄒ엿도다."

셜파(說罷)의 정식(正色)고 방듕(房中)으로 드러가니 문이 홀일업
셔 믈너나고 듕군대쟝(中軍大將)이 즉시(卽時) 뉴 공(公)을 블너 참
모(參謀) 소임(所任)을 맛디니 뉴 공(公)이 감히(敢-) 거스디 못ᄒ야
소임(所任)을 다ᄉ리매, 본딕(本-) 쥬식(酒色)의 샹(傷)ᄒ연 디 오란
고(故)로 정신(精神)이 쇼모(消耗)ᄒ야 미처 히몽(解蒙)티 못ᄒ야 그
릇ᄒ 일이 무궁(無窮)ᄒ딕 안딕(按臺) 모ᄅᄂ 듯ᄒ고 딕졉(待接)ᄒᆯ
극진(極盡)이 ᄒ니 경문이 더옥 감격(感激)히 너기더니,

두어 달 후(後) 뉴적(流賊)[156]이 군(軍)을 닉야 싸홈을 청(請)ᄒ니
문정공(--公)이 대군(大軍)을 움즉이디 아니ᄒ고 유격(遊擊) 참모(參
謀) 수십여(數十餘) 인(人)으로뻐 군ᄉ(軍士) 오천(五千)식 주어 막으
라 ᄒ니 모다

---

155) 브직둔질(不才鈍質): 부재둔질. 재주 없고 자질이 둔함.

156) 뉴적(流賊): 유적. 떠돌아다니며 사람을 해치고 재물을 빼앗는 도둑.

녕(令)을 드러 나아가 적(敵)으로 졉젼(接戰)ᄒ매 다 각각(各各) 공(功)은 못 일우나 군ᄉ(軍士)와 ᄃᆡ갑(帶甲)157)을 온젼(穩全)ᄒ야 도라오ᄃᆡ,

뉴 공(公)이 동면(東面)으로 나아가 적(敵)으로 교봉(交鋒)ᄒ다가 적(敵)의 셰(勢) 크믈 보고 미리 겁(怯)ᄂᆡ여 패주(敗走)ᄒ니 적(敵)이 크게 ᄶᅩᆯ와 티니 ᄃᆡ패(大敗)ᄒ야 군ᄉ(軍士)를 다 죽이고 필마(匹馬)로 도라오니 경문이 이 쇼식(消息)을 듯고 황황(遑遑)158)ᄒ야 아모리 ᄒᆯ 줄 몰나 급(急)히 쟝159)젼(帳前)의 나아가 통곡(慟哭)ᄒ고 ᄃᆡ신(代身)으로 죽으믈 비니 안무(按撫ㅣ) 놀나며 어히업셔 굴오ᄃᆡ,

"승패(勝敗)는 병가(兵家)의 샹ᄉᆡ(常事ㅣ)니 일편도이 쳑망(責望)ᄒ리오? 연(然)이나 독뷔(督府ㅣ) 셩(性)이 너모 국박(刻薄)160)ᄒ니 녕존(令尊)의 목숨이 위ᄐᆡ(危殆)ᄒ나 엇디 힘뼈 구(救)티 아니ᄒ리오?"

즉시(卽時) 군듕(軍中)의 드러가니 늎(律)이 불셔 니

ᄅᆞ러 죄(罪)를 쳥(請)ᄒ매 문졍공(--公)은 희미(稀微)히 쇼지(笑之)ᄒ고 말을 아니ᄃᆡ, 위 공(公)이 대로(大怒)ᄒ야 무ᄉ(武士)를 ᄶᅮ지

---

157) ᄃᆡ갑(帶甲): 대갑. 갑옷을 입은 장졸.

158) 황황(遑遑): 갈팡질팡 어쩔 줄 모르게 급함.

159) 쟝: [교] 원문에는 '샹'으로 되어 있으나 문맥을 고려하여 이와 같이 수정함.

160) 국박(刻薄): 각박. 인정이 없고 삭막함.

져 미러 닉여 가 버히라 ᄒᆞ니 문정공(--公)이 임의 군듕(軍中)의 원
슈(元帥)로 데 임의 패군(敗軍)ᄒᆞᆫ 죄(罪) 죽여 족(足)ᄒᆞᆫ 고(故)로 ᄆᆞ
ᄎᆞ니 말디 아니ᄒᆞ나 일단(一端) 뉴싱(-生)을 앗기는 ᄆᆞᄋᆞᆷ이 밍동
(萌動)161)ᄒᆞ야 눈으로 안무(按撫)를 보니 안뮈(按撫ㅣ) ᄲᆞ니 나아
가 간(諫)ᄒᆞ야 ᄀᆞᆯ오디,

"ᄌᆞ고(自古)로 승패(勝敗)ᄂᆞᆫ 병가(兵家)의 샹시(常事ㅣ)오, ᄒᆞ믈며
뉴영걸이 ᄒᆞᆫ 문시(文士ㅣ)어ᄂᆞᆯ 적(敵)의 계교(計巧)를 엇디 알니오?
ᄯᅩ 군ᄉᆞ(軍士)를 처엄으로 닉며 장슈(將帥)를 죽이믄 더옥 가(可)티
아니ᄒᆞ니 샹ᄉᆞ(上司)ᄂᆞᆫ 용샤(容赦)ᄒᆞ쇼셔."

독뷔(督府ㅣ) 고셩(高聲) 대매(大罵) 왈(曰),

"군(君)이 박고통금(博古通今)162)ᄒᆞᄂᆞᆫ 현시(賢士ㅣ)오, 텬ᄌᆞ(天子)
특명(特命) 흠취안무시(欽差按撫使ㅣ)

되여 이러툿 의논(議論)이 녹녹(碌碌)ᄒᆞ뇨? 뉴영걸의 당년(當年)
죄샹(罪狀)이 대역브도(大逆不道)163)ᄒᆞ야 하ᄂᆞᆯ과 귀신(鬼神)이 ᄒᆞᆫ
ᄀᆞ디로 노(怒)ᄒᆞ고 국법(國法)이 ᄉᆞ디(死地)를 용샤(容赦)키 어렵
거ᄂᆞᆯ 승샹(丞相) 대인(大人)의 믈(物)을 앗기시고 싱(生)을 호(好)
ᄒᆞ시ᄂᆞᆫ ᄆᆞᄋᆞᆷ의 프러 죽이기를 아니시고 뉴가(-家) 져근 아히(兒孩)
망녕(妄靈)도이 텬위(天威)를 범(犯)ᄒᆞ야 헷거슬 ᄭᅮ미미 니언(利言)

---

161) 밍동(萌動): 맹동. 어떤 생각이나 일이 일어나기 시작함.

162) 박고통금(博古通今): 고금에 널리 통함.

163) 대역브도(大逆不道): 대역부도. 임금이나 나라에 큰 죄를 지어 도리에 크게 어긋나 있음. 또는
그런 짓.

ᄒᆞ매 ᄆᆞᄎᆞᆷ 셩텬ᄌᆡ(聖天子ㅣ) 츄연(惆然)ᄒᆞ샤 ᄒᆞᆫ 목숨을 샤(赦)ᄒᆞ야 절역(絶域)의 ᄂᆡ티미 텬디호ᄉᆡᆼ지덕(天地好生之德)[164]이니 역ᄌᆞ(逆子ㅣ) 져그나 오장(五臟)과 념통이 삼겨실딘대 셩은(聖恩)을 감복(感服)ᄒᆞ야 회심슈과(回心修過)[165]ᄒᆞ미 못 미출 ᄃᆞ시 ᄒᆞᆯ야 죽ᄒᆞ거늘 ᄀᆞ디록 흉독(凶毒)ᄒᆞᆫ 뉵뷔(六腑ㅣ)[166] 주러디디 아니ᄒᆞ고 패악(悖惡)[167]ᄒᆞᆫ ᄒᆡᆼᄉᆞ(行事)를 고틸 줄 아디 못

· • •

49면

ᄒᆞ야 제 뎍거(謫居) 죄인(罪人)이오, 위[168]리안치(圍籬安置)[169] 쇼졸(小卒)노 ᄋᆡ쳡(愛妾)을 ᄭᅵ고 음쥬(飮酒) 음악(淫樂)ᄒᆞᆯ글 그친 날이 업시ᄒᆞ고 아문(衙門)의 법(法)을 문허ᄇᆞ리며 저의 져근 아ᄃᆞᆯ이 텬ᄌᆞ(天子) 흠ᄎᆡᄃᆡ신(欽差大臣)을 면욕(面辱)[170]ᄒᆞᆯ글 태심(太甚)이 ᄒᆞ니 ᄂᆡ 듕심(中心)의 분ᄒᆡ(憤駭)ᄒᆞ미 극(極)ᄒᆞ야 죽이고져 ᄒᆞ거늘 ᄃᆡ원쉬(大元帥ㅣ) ᄀᆞᆫ절(懇切)이 ᄀᆡ유(開諭)ᄒᆞ실ᄉᆡ 분(憤)을 ᄎᆞᆷ아 죄(罪)를 샤(赦)ᄒᆞ야 참모(參謀) 큰 소임(所任)을 맛뎟거늘 역ᄌᆞ(逆子ㅣ) 죠곰도 조심(操心)ᄒᆞ미 업셔 오쳔여(五千餘) 명(名) 군ᄉᆞ(軍

---

164) 텬디호ᄉᆡᆼ지덕(天地好生之德): 천지호생지덕. 하늘과 땅만큼 큰, 사형에 처할 죄인을 특사하여 살려 주는 제왕의 덕.

165) 회심슈과(回心修過): 회심수과. 마음을 돌이키고 잘못을 뉘우쳐 몸을 닦음.

166) 뉵뷔(六腑ㅣ): 육부. 배 속에 있는 여섯 가지 기관. 위, 큰창자, 작은창자, 쓸개, 방광, 삼초를 이름.

167) 패악(悖惡): 사람으로서 마땅히 하여야 할 도리에 어그러지고 흉악함.

168) 위: [교] 원문에는 '우'로 되어 있으나 오기로 보임.

169) 위리안치(圍籬安置): 유배된 죄인이 거처하는 집 둘레에 가시로 울타리를 치고 그 안에 가두어 두던 일.

170) 면욕(面辱): 면전에서 모욕함.

士)로 댱평(長平)의 환(患)[171]을 기티고 대국(大國) 위엄(威嚴)을 손(損)ᄒ며 도적(盜賊)의 예긔(銳氣)[172]를 승(勝)ᄒ게 ᄒ니 이 죄(罪) 가히(可-) 스족(四足)을 이(離)ᄒ야 훗사름(後ㅅ--)을 경계(警戒)ᄒ리니 현딜(賢姪)이 므슴 ᄆᆞᆷ으로 군법(軍法)을 믄허ᄇ리려[173] ᄒᆞᄂᆞ뇨? 셩텬즈(聖天子) 티

• • •

50면

화(治化)의 현샹(賢相) 명ᄉᆡ(名士ㅣ) 무수(無數)ᄒ며 식니(識理) 대신(大臣)이 거지두량(車載斗量)[174]이라도 블가승쉬(不可勝數ㅣ)니 뉴현명이 잠간(暫間) 인ᄌᆡ(人材) 츌범(出凡)ᄒ나 쓸 곳이 업거늘 역즈(逆子)를 살와 므어시 쓰리오? 군(君)이 비록 인의(仁義)예 ᄆᆞ음이 듕(重)ᄒ나 이ᄂᆞᆫ 결연(決然)이 샤(赦)티 못ᄒ리라.”

셜파(說罷)의 줌미(蠶眉)[175] 관(冠)을 ᄀᆞᄅ치고 봉안(鳳眼)이 두렷ᄒᆞ야 이 진짓 뇽(龍)이 슈듕(水中)의셔 놉쁘ᄂᆞᆫ 둧ᄒ니 좌우(左右) 구쟝(驅將)[176]이 경황(驚惶)ᄒ야 숨을 ᄆᆡ이 쉬디 못ᄒ고 무ᄉᆡ(武士ㅣ) 뉴 공(公)을 미러ᄂᆡ여 가거늘, 안뮈(按撫ㅣ) 졍ᄉᆡᆨ(正色)고 무ᄉᆞ(武士)를 블너 머믈으라 ᄒ니 위 공(公)이 더옥 분노(忿怒)ᄒ나 니(李) 안

---

171) 댱평(長平)의 환(患): 장평의 환. 장평에서의 환난. 중국 전국시대 조(趙)나라 조괄(趙括)이 진(秦)나라 대장군 백기(白起)와 장평에서 전투할 때 자신을 포함해 40만 명이 포로로 잡혀 생매장당한 일. 사마천, 『사기(史記)』, <백기왕전열전(白起王翦列傳)>.

172) 예긔(銳氣): 예기. 날카롭고 굳세며 적극적인 기세.

173) 려: [교] 원문에는 ‘며’로 되어 있으나 오기로 보이므로 규장각본(6:36)을 따름.

174) 거지두량(車載斗量): 거재두량. 수레에 싣고 말로 셈한다는 뜻으로, 물건이나 인재 따위가 많아서 그다지 귀하지 않음을 이르는 말.

175) 줌미(蠶眉): 잠미. 잠자는 누에 같다는 뜻으로, 길고 굽은 눈썹을 이르는 말. 와잠미(臥蠶眉).

176) 구쟝(驅將): 구장. 대오를 이끄는 장수.

뮈(按撫ㅣ) 금슈(錦繡) 융복(戎服)으로 듕계(中階)의 공슈(拱手)ᄒ고 셔서 눈을 ᄂᆞ초고 정ᄉᆡᆨ(正色)ᄒᆞ매 긔샹(氣像)이 엄정뻑뻑(嚴正--)ᄒᆞ야 츄텬(秋天)의 놉흐믈 ᄂᆞᆽ게 너기

• • •

51면

니 ᄆᆞ음의 긔탄(忌憚)ᄒᆞ야 잠간(暫間) 팀음(沈吟)[177]ᄒᆞ매 안뮈(按撫ㅣ) 이의 소리ᄅᆞᆯ 안졍(安靜)히 ᄒᆞ야 ᄃᆡ(對)ᄒᆞ야 ᄀᆞᆯ오ᄃᆡ,

"샹ᄉᆞ(上司)의 ᄂᆞ리오시ᄂᆞᆫ 말ᄉᆞᆷ이 다 ᄉᆞ리(事理)의 당연(當然)ᄒᆞ시니 쇼ᄉᆡᆼ(小生)이 감히(敢-) 혀ᄅᆞᆯ 놀녀 쵹훼(觸毀)[178]ᄒᆞ야 놉흔 노(怒)ᄅᆞᆯ 도도리오마ᄂᆞᆫ 이제 뉴영걸의 ᄒᆞᆫ 목숨을 듕(重)히 너기미 아니로ᄃᆡ 도라보건ᄃᆡ 금일(今日)이 쟝ᄎᆞᆺ(將次ㅅ) 엇더케 듕(重)ᄒᆞᆫ 날이뇨? 적셰(敵勢) 셩(盛)ᄒᆞ야 능히(能-) 파(破)ᄒᆞ믈 밋디 못ᄒᆞ거ᄂᆞᆯ 처엄으로 군[179](軍)을 ᄂᆡᆫ 날 대쟝(大將)을 죽이실ᄃᆡᆫ디 군심(軍心)이 변(變)ᄒᆞ미 반ᄃᆞᆺᄒᆞᆯ 거시오, 만일(萬一) 군심(軍心)이 변(變)ᄒᆞᆯᄃᆡᆫ디 독부(督府)와 다못 군듕(軍中) 대쇼(大小) 쟝졸(將卒)이 목숨을 보젼(保全)티 못ᄒᆞᆯ 거시니 쇼ᄉᆡᆼ(小生)이 비록 블민(不敏)ᄒᆞ나 관셰(觀勢)[180] 지듕(至重)ᄒᆞ믈 당(當)ᄒᆞ야 샹ᄉᆞ(上司) 아문(衙門)

---

177) 팀음(沈吟): 침음. 속으로 깊이 생각함.

178) 쵹훼(觸毀): 촉훼. 다른 사람을 함부로 대하여 그 권위를 훼손시킴.

179) 군: [교] 원문에는 이 부분이 쓰다 만 흔적이 있어 규장각본(6:37)을 참조해 수정함.

180) 관셰(觀勢): 관세. 형세를 살펴봄.

의 그릇 술와 죄(罪)를 어드리오? 션시(先時)의 제갈(諸葛) 승샹(丞相)[181]이 칠종칠금(七縱七擒)[182]ᄒ야 모진 오랑키를 항복(降服)바드딕 후셰(後世) 의논(議論)이 약(弱)ᄒ다 아니ᄒ여시니 금일(今日) 샹ᄉ(上司)의 일시(一時) 격분(激憤)ᄒ시미 그윽이 니(利)티 아닌가 ᄒᄂ니 샹싀(上司ㅣ) 맛당이 뉴노(-奴)로 군ᄉ(軍士) 오쳔(五千)을 주어 금야(今夜)의 적(敵)의 머리 오쳔(五千)을 엇지 못ᄒ거든 쇼싱(小生)이 당당(堂堂)이 머리를 드리리이다."

위 공(公)이 듯기를 ᄆᄎ매 듕심(中心)이 블쾌(不快)ᄒ나 제 쟉위(爵位) 존듕(尊重)ᄒ고 위인(爲人)인 배 취듕(取重)[183]홀 군진(君子)ㄴ) 고(故)로 잠간(暫間) 노(怒)를 도로혀 답왈(答曰),

"군(君)이 뎌 뉴 죄인(罪人)의 일명(一命)을 이러틋 도모(圖謀)ᄒ니 내 엇디 듯디 아니ᄒ리오? 군(君)의 말대로 금야(今夜)의 뉴 죄인(罪人)이 적군(敵軍)의 슈급(首級) 오쳔(五千)을 어들딘대 방셕(放釋)ᄒ

---

181) 제갈(諸葛) 승샹(丞相): 제갈 승상. 중국 삼국시대 촉한 유비의 책사인 제갈량(諸葛亮, 181~234)을 이름. 와룡은 별호이고 자(字)는 공명(孔明). 그가 승상 벼슬을 했으므로 이와 같이 부름. 유비를 도와 오(吳)나라와 연합하여 조조(曹操)의 위(魏)나라 군사를 대파하고 파촉(巴蜀)을 얻어 촉한을 세웠음. 유비가 죽은 후에 무향후(武鄕侯)로서 남방의 만족(蠻族)을 정벌하고, 위나라 사마의와 대전 중에 오장원(五丈原)에서 병사함.

182) 칠종칠금(七縱七擒): 일곱 번 놓아 주고 일곱 번 붙잡음. 제갈량이 남만(南蠻)의 왕 맹획(孟獲)을 일곱 번이나 사로잡았다가 일곱 번 놓아 준 일을 이름. 나관중, <삼국지연의>.

183) 취듕(取重): 취중. 진중함을 취함.

야 이젼(以前) 죄(罪)를 다 속(贖)ᄒ고 귀향을 플러 경ᄉ(京師)의 도라가게 ᄒ고 만일(萬一) 엇디 못ᄒᆯ딘딕 즉시(卽時) 참(斬)ᄒ리니 군(君)이 그쩌는 두톨소냐?"

안뮈(按撫丨) 피셕(避席) 빅샤(拜謝) 왈(曰),

"쇼ᄉᆼ(小生)이 비록 디식(知識)이 우몽(愚蒙)[184]ᄒ고 위인(爲人)의 미들 거시 업ᄉ나 금일(今日) 막듕대ᄉ(莫重大事)의 다ᄃ라 샹ᄉ(上司) 아문(衙門)의 두 번(番) 죄(罪)를 어드리오?"

드듸여 믈너나니 위 공(公)이 즉시(卽時) 뉴 공(公)을 노화 참모(參謀)를 ᄒ이여 군ᄉ(軍士) 오쳔(五千)을 주어 적(敵)의 머리 오쳔(五千)을 어더 드리라 ᄒ니 뉴 공(公)이 비록 노혀나나 크게 근심ᄒ야 경문을 딕(對)ᄒ야 ᄀᆞᆯ오딕,

"안무ᄉ(按撫使) 대덕(大德)을 닙어 이번(-番) 목숨이 사라나나 ᄒᄅᆞᆷ밤 닉(內)로셔 적슈(敵首) 오쳔(五千) 엇기는 세 번(番) 죽어도 어려온 노르시니 네 가히(可-) 안

무ᄉ(按撫使) 댱젼(帳前)의 가 계교(計巧)를 므러 오라."

경문이 역시(亦是) 나히 어리고 셰졍ᄉ변(世情事變)[185]을 밋쳐 달통(達通)티 못ᄒ야 안무(按撫) 군듕(軍中)의 드러가 뵈오믈 쳥(請)ᄒ니,

---

184) 우몽(愚蒙): 어리석음.

185) 셰졍ᄉ변(世情事變): 세정사변. 세상 물정과 일의 변화.

안뮈(按撫ㅣ) 흔연(欣然)이 드러오라 ᄒ거늘 문이 드러가 두 번 (番) 졀ᄒ야 고두(叩頭) 샤례(謝禮) 왈(曰),

"늙은 아비 검하(劍下)의 급(急)ᄒᆫ 명(命)을 노얘(老爺ㅣ) 살오시니 은혜(恩惠) 난망(難忘)이로딕 금야(今夜)로셔 오쳔(五千) 슈급(首級) 엇기ᄂᆫ 냥평(良平)186)이 싱환(生還)ᄒ나 어려오니 노야(老爺)ᄂᆫ 므ᄉᆞᆷ 뜻으로 노부(老父)를 살오시고 ᄯᅩ 죽을 환(患)을 어더 주시ᄂᆞ뇨?"

안뮈(按撫ㅣ) 잠간(暫間) 웃고 ᄀᆞᆯ오딕,

"쇼뎨(小弟) 잠간(暫間) 싱각ᄂᆫ 일이 이시매 그러툿 ᄒ미니 진짓 알며 녕존(令尊)을 죽게 ᄒ리오? 다만 녕존(令尊)의 닙공(立功)ᄒ야 살미 너 손의 이시니 형(兄)이 만일(萬一) 쇼뎨(小弟)로

더브러 관포(管鮑)187)의 디긔(知己)를 여러 젼(前)텨로 고집(固執) 디 말고 형뎨(兄弟)로 ᄒᆞᆯ딘딕 쇼뎨(小弟) 쳔(賤)ᄒᆫ 소견(所見)을 여러 녕존(令尊)을 도와 독부(督府)의 셩을 플녀 ᄒ려니와 형(兄) 이 젼(前)텨로 쇼뎨(小弟)를 딕(對)ᄒ야 노야(老爺) 두 ᄌ(字)를 일 ᄏᆞᆺ고 원심(怨心)을 ᄆᆞ음속의 먹을딘대 결연(決然)이 입을 봉(封) ᄒ리라."

---

186) 냥평(良平): 양평. 중국 한(漢)나라 유방(劉邦)을 도와 그가 천하를 통일할 수 있도록 도운 장 량(張良, ?~B.C.168)과 진평(陳平, ?~B.C.178)을 이름. '양평지지(良平之智)'라는 말이 생길 정도로 둘 다 뛰어난 지혜를 지닌 인물로 여겨짐.

187) 관포(管鮑): 관중(管仲, ?~B.C.645)과 포숙아(鮑叔牙, ?~?). 관중은 중국 춘추시대 제(齊)나라 의 재상으로 이름은 이오(夷吾). 환공(桓公)이 즉위할 무렵 환공의 형인 규(糾)의 편에 섰다가 패전하여 노(魯)나라로 망명하였는데, 당시 환공을 모시고 있던 친구 포숙아의 진언(進言)으 로 환공에게 기용되어 환공을 중원(中原)의 패자(霸者)로 만드는 데 일조함. 관중과 포숙아는 잇속을 차리지 않은 사귐으로 유명하여 이로부터 관포지교(管鮑之交)라는 말이 나옴. 사마천, 『사기(史記)』, <관안열전(管晏列傳)>.

경문이 ᄎ언(此言)을 듯고 깃브고[188) 당황(唐惶)ᄒ야 복슈(伏首)[189)
샤례(謝禮) 왈(曰),

"노애(老爺ㅣ) 노부(老父)를 살오실던대 쇼인(小人)이 죽어 갑흐리
니 이만 쉬온 일을 듯디 아니ᄒ리오?"

안뮈(按撫ㅣ) 블열(不悅) 왈(曰),

"향긱(向刻)[190) 일것 니ᄅ니 ᄯ 뎌러 구니 쇼뎨(小弟) 당당(堂堂)
이 입을 봉(封)ᄒ리로다."

경문이 ᄎ언(此言)을 듯고 믄득 눈믈을 무수(無數)히 흘니고 니러
안자 굴오ᄃᆡ,

"쇼뎨(小弟) 형(兄)을

‥•●

56면

향(向)ᄒᆫ ᄆ음이 죠곰이나 헐(歇)ᄒᆫ 거시 아니로ᄃᆡ 시ᄉᆞ(時事ㅣ)
시러곰 ᄯᆺᆺ디 못ᄒᆞ믈 한(恨)ᄒ더니 금일(今日) 노부(老父)를 살온
디경(地境)의 다ᄃᆞ라 존형(尊兄)이 쇼뎨(小弟)를 유확[191)(油鑊)의
들나 ᄒ셔도 ᄉ양(辭讓)티 아니려든 ᄒ믈며 쇼뎨(小弟) 무샹(無狀)
ᄒᆫ 위인(爲人)과 미쳔(微賤)ᄒᆫ 몸으로 형(兄)의 믈 모ᄂᆞᆫ 소임(所任)
도 블가(不可)커늘 더옥 문경(刎頸)의 디교(至交)[192)로 형뎨지의

---

188) 고: [교] 원문에는 '이'로 되어 있으나 문맥을 고려하여 이와 같이 수정함.

189) 복슈(伏首): 복수. 고개를 숙임.

190) 향긱(向刻): 향각. 접때.

191) 확: [교] 원문에는 '학'으로 되어 있으나 문맥을 고려하여 규장각본(6:40)을 따름.

192) 문경(刎頸)의 디교(至交): 문경의 지교. 친구를 위해 목을 베어 줄 정도의 지극한 사귐. 문경
지교(刎頸之交). 중국 전국(戰國)시대 조(趙)나라 염파(廉頗)와 인상여(藺相如)의 고사. 인상여
가 진(秦)나라에 가 화씨벽(和氏璧) 문제를 잘 처리하고 돌아와 상경(上卿)이 되자, 장군 염파
는 자신이 인상여보다 오랫동안 큰 공을 세웠으나 인상여가 자기보다 높은 지위에 앉았다 하

(兄弟之義)를 스양(辭讓)흐리오?"

안뮈(按撫]) 희열(喜悅)흐야 손을 잡고 굴오딕,

"닉 처엄 그딕롤 보매 므음이 기울고 졍(情)이 심곡(心曲)[193]의 미텨 강잉(强仍)코져 흐나 강잉(强仍)티 못흐딕 형(兄)이 쇼뎨(小弟)룰 원개(怨家])로 지목(指目)흐야 면목블견(面目不見)[194]흐는 지경(地境)의 이시니 추싱(此生)의 관포지디긔(管鮑之知己)[195]룰 니롯디 못홀가 가탄(可嘆)흐더니 이

• • •

57면

제 형(兄)의 쾌단(快斷)[196]흐미 여추(如此)흐니 쇼졔(小姐]) 엇디흔 말을 앗겨 형(兄)을 구(救)티 아니리오?"

드딕여 귀예 다혀 두어 말을 니릭니, 경문이 대희(大喜)흐야 두 번(番) 절흐고 샤례(謝禮) 왈(曰),

"형(兄)의 은혜(恩惠)는 쇼뎨(小弟) 열 번(番) 죽어 아홉 번(番) 사라도 이 은혜(恩惠)는 다 갑디 못흐리로다."

안뮈(按撫]) 블열(不悅) 왈(曰),

"붕우지간(朋友之間)의 녜ᄉᆞᆯ(例事])라, 형(兄)이 글을 넓어 식니

며 인상여를 욕하고 다님. 인상여가 이에 대해 대응하지 않자 제자들이 그 까닭을 물으니, 두 사람이 다투면 국가가 위태로워지고 진(秦)나라에만 유리하게 되므로 대응하지 않은 것이었다 하니 염파가 그 말을 전해 듣고 가시나무로 만든 매를 지고 인상여의 집에 찾아가 사과하고 문경지교를 맺음. 사마천, 『사기(史記)』, <염파인상여열전(廉頗藺相如列傳)>.

193) 심곡(心曲): 여러 가지로 생각하는 마음의 깊은 속.

194) 면목블견(面目不見): 얼굴을 보지 않음.

195) 관포지디긔(管鮑之知己): 관포지기. 관중과 포숙아의 깊은 사귐. 지기(知己)는 자기의 속마음을 참되게 알아주는 친구를 이름.

196) 쾌단(快斷): 시원하게 결단함.

(識理)를 통(通)ᄒ며 이런 녹녹(碌碌)ᄒᆫ 말을 ᄒ뇨?"

경문이 빅만(百萬) 번(番) 감격(感激)ᄒ나 다시 샤례(謝禮)를 못 ᄒ고 믈너와,

뉴 공(公)으로 더브러 군ᄉ(軍士)를 뎜고(點考)ᄒ야 ᄎ야(此夜)의 ᄀ마니 적영(敵營)의 니르니 적(敵)이 ᄇ야흐로 딘듕(陣中)의셔 줌을 니기 드러 ᄉ면(四面)이 고요ᄒ거늘 경문이 군ᄉ(軍士)를 직쵹ᄒ

...

58면

야 젼후(前後)로 겁살(劫殺)[197]ᄒ니 적(敵)이 꿈속의 이 변(變)을 만나 창황(倉黃)[198]이 갑듀(甲冑)[199]를 ᄀ초디 못ᄒ고 패주(敗走)ᄒ매 디오(隊伍)를 일허 ᄉ산분쥬(四散奔走ㅣ)[200]어늘 경문이 용녁(勇力)을 비양(飛揚)[201]ᄒ야 댱창(長槍)을 드러 빗발티ᄃᆺ 버히니 적(敵)이 태반(太半)이나 죽고 여당(餘黨)은 먼니 ᄃ라나니,

경문이 오십(五十) 니(里)를 좃고 적슈(敵首) 만여(萬餘) 급(級)과 군냥(軍糧) 마필(馬匹)을 무수(無數)히 어더 샹ᄉ(上司) 아문(衙門)의 바티니 위 공(公)이 놀나고 의심(疑心)ᄒ야 말을 아니ᄒ니 문졍공(--公)이 쇼왈(笑曰),

"녜브터 승패(勝敗)ᄂᆫ 병가(兵家)의 샹ᄉᆞ(常事ㅣ)오, 닙공쇽죄(立功贖罪)ᄂᆫ 더옥 드믄 일이니 뉴뇌(-奴ㅣ) 젼일(前日) 패(敗)ᄒ여시나

---

197) 겁살(劫殺): 힘으로 내리누르고 협박하여 죽임.

198) 창황(倉黃): 허둥지둥 당황하는 모양.

199) 갑듀(甲冑): 갑주. 갑옷과 투구.

200) ᄉ산분쥬(四散奔走ㅣ): 사산분주. 사방으로 흩어져 달아남.

201) 비양(飛揚): 떨쳐 일으킴.

오늘 셩공(成功)ᄒᆞ믄 희한(稀罕)ᄒᆞ니 당당(堂堂)이 듕샹(重賞)ᄒᆞ미 가(可)ᄒᆞ다."

위 공(公)이 ᄆᆞᄎᆞᆷ내 쾌(快)티 아냐 줌줌(潛潛)ᄒᆞ거

59면

ᄂᆞᆯ 문공(-公)이 금빅ᄎᆡ단(金帛綵緞)[202]을 내여 군ᄉᆞ(軍士)ᄅᆞᆯ 샹(賞)ᄒᆞ고 뉴 공(公)을 봉쟉(封爵)을 더ᄒᆞ야 유격쟝군(遊擊將軍)을 삼고 경문으로 좌면호위쟝군(左面護衛將軍)을 ᄒᆞ이고 잔치ᄒᆞ야 딕졉(待接)ᄒᆞ니 쟝ᄉᆡ(將士ㅣ) 그 덕퇴(德澤)을 아니 감격(感激)ᄒᆞ야 ᄒᆞ리 업셔 일시[203](一時)의 쳔셰(千歲)ᄅᆞᆯ 브ᄅᆞ고 믈너나니,

독뷔(督府ㅣ) ᄀᆞ쟝 블열(不悅)ᄒᆞ야 댱듕(帳中)의 드러가 안무(按撫)ᄅᆞᆯ 블너 손을 잡고 닐오ᄃᆡ,

"군(君)이 엇디 만싱(晚生)을 너모 소기ᄂᆞ뇨?"

안뮈(按撫ㅣ) 피셕(避席) 공슈(拱手) 왈(曰),

"쇼싱(小生)이 므스 일을 대인(大人)을 속이는 일이 잇ᄂᆞ니잇고?"

독뷔(督府ㅣ) 미쇼(微笑) 왈(曰),

"뉴노(-奴) 역직(逆子ㅣ) 제 므슴 슐(術)노 일야(一夜) ᄉᆞ이 젹슈(敵首)ᄅᆞᆯ 뎡(定)ᄒᆞᆫ 수(數)의셔 더ᄒᆞ야 만(萬) 슈(首)ᄅᆞᆯ 밧티리오? 이거시 현딜(賢姪)의 ᄀᆞᄅᆞ친 일이 아닌가?"

안

---

202) 금빅ᄎᆡ단(金帛綵緞): 금백채단. 금과 비단.

203) 시: [교] 원문에는 '셰'로 되어 있으나 문맥을 고려하여 규장각본(6:42)을 따름.

뮈(按撫ㅣ) 역시(亦是) 잠간(暫間) 웃고 손을 쏘자 글오딕,

"쇼딜(小姪)이 본딕(本-) 디식(知識)이 암미(暗昧)ᄒ고 군녀지ᄉ(軍旅之事)204)ᄅᆞᆯ 아디 못ᄒᆞ거늘 더옥 ᄂᆞᆷ을 어이 ᄀᆞᄅᆞ치리오? 이ᄂᆞᆫ 지극(至極) 원울(怨鬱)ᄒ니 대인(大人)이 즈레 짐쟉(斟酌)ᄒ시민가 ᄒᆞᄂᆞ이다."

독뷔(督府ㅣ) 믄득 블205)연(勃然) 노왈(怒曰),

"현딜(賢姪)이 벼슬을 밋고 이리 방ᄌᆞ(放恣)ᄒᄂᆈ? 내 비록 용널(庸劣)ᄒ나 빅달 형(兄)의게 수년(數年) 우히오, 형(兄)이 지교(至交)로 딕졉(待接)ᄒ시거늘 네 엇디 황구쇼ᄋᆞ(黃口小兒)206)로 날을 긔망(欺罔)207)ᄋᆞ야 죠롱(操弄)ᄒᄂᆈ?"

셜파(說罷)의 긔식(氣色)이 심(甚)히 블연(勃然)ᄒ야 ᄉ매로 ᄂᆞᆺ출 ᄲᆞᆺ고 문졍공(--公)의 겨ᄐᆡ 쓰러디니 안뮈(按撫ㅣ) 급(急)히 면관ᄒᆡ의딕(免冠解衣帶)208)ᄒ고 좌말(座末)의 ᄭᅮ러 쳥죄(請罪)ᄒᆯ시 문졍공(--公)이 웃고 위 공(公)을 잇그러 니ᄅᆞ혀 글오딕,

"셤야209)야,

---

204) 군녀지ᄉ(軍旅之事): 군려지사. 군대의 일.

205) 블: [교] 원문에는 '불'로 되어 있으나 오기로 보임.

206) 황구쇼ᄋᆞ(黃口小兒): 황구소아. 부리가 누런 새 새끼처럼 어린아이.

207) 긔망(欺罔): 기망. 남을 속여 넘김.

208) 면관ᄒᆡ의딕(免冠解衣帶): 면관해의대. 관을 벗고 의대를 품.

209) 셤야: 셤야. 위공부의 자(字).

너의 나히 이모지년(二毛之年)[210]의 니르러 이런 요망(妖妄)흔 거동(擧動)을 흐는다?"

위 공(公)이 니러 안자 정쇠(正色) 왈(曰),

"형(兄)이 미스(每事)의 용녈(庸劣)흐기로 현보 등(等)이 쇼뎨(小弟)를 업슈이 너겨 뉴노(-奴) 역신(逆臣)만치도 못 너기니 아니 통히(痛駭)흐냐?"

문졍공(--公)이 대쇼(大笑) 왈(曰),

"형(兄)이 일즉 눈으로 보디 아닌 일노 ᄋᆞᄌᆞ(兒子)를 져조다가 무복(誣服)[211]디 아니흐니 스스로 대로(大怒)흐야 셔들며 쇼뎨(小弟)를 ᄭᅮ짓ᄂᆞ냐?"

위 공(公)이 변쇠(變色) 왈(曰),

"쇼뎨(小弟) 비록 용녈(庸劣)흐나 현보의 농슐(弄術)[212]흐믈 ᄌᆞ못 알거늘 힝혀(幸-) 뉴노(-奴)를 죄(罪)홀가 너겨 긔이미 심(甚)흐니 엇디 흔(恨)홉디 아니리오?"

안무(按撫ㅣ) 돈슈(頓首) 쳥죄(請罪) 왈(曰),

"쇼딜(小姪)이 엇디 슉부(叔父)를 긔망(欺罔)흐미 이시리오? 인ᄉᆞ(人事ㅣ) 블쵸(不肖)흐야 미처 슉

---

210) 이모지년(二毛之年): 흰 머리털이 나기 시작하는 나이라는 뜻으로, 30여 세를 이르는 말.

211) 무복(誣服): 강요에 의하여 하지 않은 것을 했다고 거짓으로 자백함.

212) 농슐(弄術): 농술. 술수를 부림.

부(叔父) 셩덕(盛德)을 스못디 못흔 죄(罪) 깁도소이다. 뉴현명의 일은 쇼딜(小姪)이 두어 말노 싸홈을 도으미 이시나 믈읏 일이 운(運)이 됴화야 통(通)ᄒᄂ니 뉴현명이 달인(達人)이 아니면 쇼딜(小姪)의 소견(所見)이 냥평(良平)213)의게 넘은들 빗치 이시리오? 이 도시(都是)214) 뉴현명의 디용(智勇)이니 대인(大人)은 달니 아디 마르쇼셔. 당초(當初) 브르실 쌔 고(告)티 못ᄒᆞ믄 쇼딜(小姪)이 구ᄐᆞ여 뎌 뉴노(-奴)를 두돈(斗頓)215)ᄒᆞ미 아니로딕 ᄂᆞᆷ의 싸홈의 흔 말, 흔 공(功)을 도도미 가(可)티 아니ᄒᆞ올식 잠간(暫間) 듀뎌(躊躇)ᄒᆞ미 잇ᄉᆞᆸ더니 딕인(大人)이 이대도록 ᄒᆞ시니 쇼딜(小姪)의 죄(罪) 깁도소이다."

위 공(公)이 니(李) 안무(按撫)의 화슌(和順)216)흔 ᄉᆞ식(辭色)과 졀당(切當)217)흔 언어(言語)를 듯고 노긔(怒氣) 프러져 믁연(默然)

이어늘 문졍공(--公)이 쇼왈(笑曰),

"형(兄)이 앗가 그러ᄐᆞᆺ 장(壯)흔 노긔(怒氣) 어딕로 가고 뎌러ᄐᆞᆺ

---

213) 냥평(良平): 양평. 중국 한(漢)나라 유방(劉邦)을 도와 그가 천하를 통일할 수 있도록 도운 장량(張良, ?~B.C.168)과 진평(陳平, ?~B.C.178)을 이름. '양평지지(良平之智)'라는 말이 생길 정도로 둘 다 뛰어난 지혜를 지닌 인물로 여겨짐.

214) 도시(都是): 모두.

215) 두돈(斗頓): '두둔'의 본딧말.

216) 화슌(和順): 화순. 온화하고 양순함.

217) 졀당(切當): 절당. 사리에 꼭 들어맞음.

온화(穩和)ᄒ뇨?"

위 공(公)이 브야흐로 대쇼(大笑) 왈(曰),

"부ᄌ(父子)의 뉴슈언변(流水言辯)으로 쇼뎨(小弟)를 하 관속(管束)[218]디 말나. 현보의 븕은 말의 블통(不通)ᄒ 노긔(怒氣) 프러디과라."

공(公)이 웃고 안무(按撫)ᄂ 미쇼(微笑)ᄒ고 샤례(謝禮)홀 ᄲ분이러라.

문졍공(--公)이 수일(數日) 후(後) 대군(大軍)을 니ᄅ혀 적(敵)으로 교봉(交鋒)ᄒ매 니ᄅᆫ바 공(公)의 디혜(智慧) 신츌귀몰(神出鬼沒)ᄒ고 병갑(兵甲)이 늘니니 적(敵)이 능히(能-) 딕뎍(對敵)디 못ᄒ야 졀강(浙江) 오초(吳楚)로 ᄃ라나니 문졍공(--公)이 미리 슈군도독(水軍都督) 댱옥지로 ᄒ늬닌 빅 쳔여(千餘) 쳑(隻)을 거ᄂ려 바다히 결딘(結陣)ᄒ야 계교(計巧)를 ᄀᄅ쳣ᄂ디라, 댱 도독(都督)이 그 계교(計巧)대로 적(敵)의

••

64면

여당(餘黨)을 낫낫치 잡아 도라오니 수월지ᄂᆡ(數月之內)예 강쥐를 평뎡(平定)ᄒ디라.

공(公)이 이에 크게 잔치를 여러 대쇼(大小) 쟝ᄉ(將士)를 먹이고 군졍ᄉ(軍政事)[219]를 보매 뉴 공(公)의 공(功)이 뎨일(第一)이라. 이곳 경문의 용녁(勇力)과 디혜(智慧) 젼필승(戰必勝) 공필ᄎ(功必取)[220]ᄒ야 대공(大功)을 일워 뉴 공(公)의 일홈으로 티부(置簿)ᄒ여

---

218) 관속(管束): 행동을 잘 제어함.
219) 군졍ᄉ(軍政事): 군정사. 군대 내의 일을 기록한 사목(事目).

시니 공(公)이 임의 짐쟉(斟酌)고 크게 아롬다이 너겨 드듸여 모든 쟝亽(將士)의 공젹(功績) 티부(置簿)와 텹음(捷音)²²¹⁾을 셩야(星夜)²²²⁾로 뇽뎐(龍殿)의 주(奏)ᄒ니,

텬ᄌ(天子ㅣ) 대열(大悅)ᄒ시고 승샹(丞相) 니(李) 공(公)이 비록 공(公)의 텬일지샹(天日之像)과 긔모비계(奇謀祕計)²²³⁾를 아나 그러나 션시(先時)의 댱챵을 틔고 도라올 적 낙슈(落水)ᄒ야 심녀(心慮)를 허비(虛費)ᄒ엿ᄂ 고(故)로 념녜(念慮ㅣ) 일일(日日) 층가(層加)ᄒ더니 이 쇼식(消息)을

· ● ●

65면

듯고 깃브미 망외(望外)오, 합문(閤門) 노쇼(老少)의 즐겨ᄒ미 니ᄅ 긔록(記錄)디 못ᄒᆯ너라.

샹(上)이 이에 샹방(尙房)²²⁴⁾ 어쥬(御酒)를 보니샤 승샹(丞相) 부부(夫婦)를 위로(慰勞)ᄒ시고 됴셔(詔書)ᄒ야 뉴영걸을 노화 복직(復職)ᄒ라 ᄒ시고 대쇼(大小) 쟝亽(將士)를 ᄎ례(次例)로 봉(封)ᄒ시고 문졍공(--公)으로 연왕(-王)을 봉(封)ᄒ샤 홍뇽포(紅龍袍),²²⁵⁾ 옥ᄶ(玉-), 옥규(玉圭)²²⁶⁾와 통텬관(通天冠),²²⁷⁾ 면뉴(冕旒),²²⁸⁾ 옥패(玉佩)²²⁹⁾를

---

220) 젼필승(戰必勝) 공필ᄎ(功必取): 젼필승 공필취. 싸우면 반드시 이기고, 공을 반드시 취함.

221) 텹음(捷音): 첩음. 전쟁에 이겼다는 소식.

222) 셩야(星夜): 성야. 밤을 이음. 급하고 빠르게 감을 이름.

223) 긔모비계(奇謀祕計): 기모비계. 기이한 꾀와 신비한 계책.

224) 샹방(尙房): 상방. 임금의 의복과 궁내의 일용품, 보물 따위의 관리를 맡아보던 관아.

225) 홍뇽포(紅龍袍): 홍룡포. 붉은 용이 그려진 도포.

226) 옥규(玉圭): 제후가 드는 홀.

227) 통텬관(通天冠): 통천관. 원래 황제가 정무(政務)를 보거나 조칙을 내릴 때 쓰던 관으로, 검은 깁으로 만들었는데 앞뒤에 각각 열두 솔기가 있고 옥잠(玉簪)과 옥영(玉纓)을 갖추었음. 여기

느리오시고 녜부샹셔(禮部尙書) 니흥문으로 면복(冕服)을 가져 강줘
니르러 됴셔(詔書)를 뎐(傳)ᄒ고 공(公)이 왕위(王位)로 샹경(上京)ᄒ
라 ᄒ시니,

승샹(丞相)이 크게 놀나 즉시(卽時) 궐하(闕下)의 디죄(待罪)ᄒ야
표(表)를 올녀 ᄉ양(辭讓)ᄒ니 샹(上)이 닉시(內侍)로 인견(引見)ᄒ샤
칭하(稱賀) 왈(曰),

"션싱(先生)이 일즉 국가(國家)의 희한(稀罕)ᄒ 공(功)은 능히(能-)
다 니르디 못ᄒ려니와 더

· ·

66면

옥 연왕(-王)의 쇼년(少年) 시(時)로브터 공젹(功績)이 ᄌᄌᄆ 니르
도 말고 엄동(嚴冬)을 당(當)ᄒ야 쳔(千) 니(里) 험노(險路)의 딤
(朕)을 므름과 슈군도독(水軍都督)이 되여실 적 고금(古今)의 무빵
(無雙)ᄒᆫ 디혜(智慧)로 쥬빈 ᄀ튼 용젹(勇敵)을 미구(未久)[230]의 파
(破)ᄒ믈 습개(拾芥)[231] ᄀ티 ᄒ니 그쌔 연왕(-王)을 봉(封)ᄒ매 경
(卿)이 닐오디 후(後)의 공(功)이 잇거든 봉(封)ᄒ믈 쳥(請)ᄒ고 구
디 ᄉ양(辭讓)ᄒ매 딤(朕)이 그쳣더니 이제 ᄯ 강줘를 평뎡(平定)
ᄒ매 ᄒ 왕쟉(王爵)을 못 주리오? ᄯ 당금(當今)의 군뮈(軍務ㅣ) 찬
란(燦爛)ᄒ야 바로 연을 향(向)ᄒ여시니 이거시 연왕(-王)의 쇽(屬)

<hr>

에서는 이몽창이 제후에 제수되었으므로 이와 같이 표현한 것임.

228) 면뉴(冕旒): 면류. 면류관의 앞뒤에 드리우는 주옥을 꿴 술.

229) 옥패(玉佩): 문무백관의 조복(朝服)과 제복의 좌우에 늘어어 차던 옥. 패옥(佩玉).

230) 미구(未久): 오래지 않음.

231) 습개(拾芥): 티끌을 줍듯 일이 매우 쉬움을 이르는 말.

흔 샹셰(祥瑞)ㅣ) 아닌²³²⁾가? 션싱(先生)이 쏘흔 텬시(天時)를 알니니 브졀업시 슌셜(脣舌)을 허비(虛費)ᄒ야 텬명(天命)을 어그릇디 말나."

승샹(丞相)이 샹(上)의 졀당(切當)²³³⁾ᄒ신 말ᄉᆞᆷ을

• •

67면

듯ᄌᆞ오매 쏘흔 문졍공(--公)의 신치(神彩)와 근일(近日)의 텬문(天文)을 보매 왕셩(王星)이 당당(堂堂)ᄒ니 능히(能-) 가(可)흔 줄 아로딕 문호(門戶)의 셩만(盛滿)홈과 영툥(榮寵)²³⁴⁾이 극(極)ᄒᆞᆯ 두려ᄒᆞ매 눈믈이 흐ᄅᆞᆯ 씨듯디 못ᄒ야 머리 조아 샤은(謝恩) 왈(曰),

"져근 아히(兒孩) 미(微)흔 공(功)으로뼈 금일(今日) 샹괴(上敎ㅣ) 이러툿 과(過)ᄒ시고 더옥 왕쟉(王爵)을 주샤 손(損)ᄒᆞᆯ 더으시ᄂᆞ니잇고? 이거시 노신(老臣)의 골돌(鶻突)²³⁵⁾ᄒᄂᆞᆫ 배로소이다."

샹(上)이 쇼왈(笑曰),

"션싱(先生)의 통일텬하(統一天下)흔 뜻으로 이런 녹녹(碌碌)흔 말을 ᄒᆞᄂᆞ뇨? 연왕(-王)의 늉준일각(隆準日角)²³⁶⁾과 뇽안봉형(龍顏鳳形)²³⁷⁾이 엇디 졔왕(帝王)의 샹(相)의 블가(不可)ᄒᆞ미 이시리오?"

---

232) 닌: [교] 원문에는 '니'로 되어 있으나 오기로 보임.

233) 졀당(切當): 절당. 사리에 꼭 들어맞음.

234) 영툥(榮寵): 영총. 임금의 은총.

235) 골돌(鶻突): 의혹이 풀리지 않음.

236) 늉준일각(隆準日角): 융준일각. 우뚝 솟은 왼쪽 이마. 융준은 오똑한 콧날을 의미함. 일각(日角)은 이마 왼쪽의 두둑한 뼈 또는 이마뼈가 불쑥 나온 모양으로 왕자(王者)나 귀인의 상(相)이라고 함. 이에 비해 월각(月角)은 오른쪽 이마의 불쑥 나온 모양을 의미함. 크게 귀하게 될 골상.

237) 뇽안봉형(龍顏鳳形): 용안봉형. 용의 얼굴과 봉황의 모습.

드듸여 옥비(玉杯)예 어[238]온(御醞)[239]을 부어 스숑(賜送)ᄒ시니 승샹(丞相)이 셩은(聖恩)의 이 ᄀᄐ시믈 망극(罔極)ᄒ고 ᄯ

• •

68면

연왕(-王)이 만일(萬一) 텬명(天命)을 밧디 아냐시면 죽기를 두톨 거시로ᄃᆡ 임의 텬쉬(天數ㅣ) 뎡(定)ᄒ미 구든 고(故)로 어온(御醞)을 쌍슈(雙手)로 밧ᄌ와 마시기를 ᄆᆞᄎᆞ매 다시 돈슈(頓首)[240] 빅샤(拜謝) 왈(曰),

"노신(老臣)이 셩샹(聖上)을 보익(輔翼)[241]ᄒᆞᆫ 공(功)이 업ᄉᆞᆸ고 ᄉᆞ됴(四朝)[242] 슈은(受恩) 홈만 두텁ᄉᆞ오니 후셰(後世) 사름의 의논(議論)이 븟그럽ᄉᆞ온디라. 평ᄉᆡᆼ(平生)을 도라보건대 황연(惶然)[243]ᄒᆞ미 엇디 업ᄉᆞ리잇고?"

샹(上)이 잠쇼(暫笑) 왈(曰),

"션ᄉᆡᆼ(先生)이 이 엇던 말이뇨? 션ᄉᆡᆼ(先生)의 공덕(功德)을 혜아리건대 일홈을 듁빅(竹帛)[244]의 드리워 뉴뎐만셰(流傳萬歲)[245]ᄒᆞ리니 이ᄂᆞᆫ 너모 과도(過度)ᄒᆞᆫ 말이로다."

---

238) 어: [교] 원문에는 '언'으로 되어 있으나 오기로 보임.

239) 어온(御醞): 궁중 사온서(司醞署)에서 빚은 어용(御用)의 술.

240) 돈슈(頓首): 돈수. 고개를 조아림.

241) 보익(輔翼): 도와서 올바른 데로 이끌어 감.

242) ᄉᆞ됴(四朝): 사조. 네 조정. 이관성이 제3대 황제인 성조(成祖) 영락제(永樂帝, 1402~1424)부터 제6대 현 황제인 영종(英宗) 정통제(正統帝, 1435~1449)까지 벼슬한 것을 이름.

243) 황연(惶然): 두려워하는 모양.

244) 듁빅(竹帛): 죽백. 서적(書籍) 특히, 역사를 기록한 책을 이르는 말. 종이가 발명되기 전에 대쪽이나 헝겊에 글을 써서 기록한 데서 생긴 말.

245) 뉴뎐만셰(流傳萬歲): 유전만세. 이름이 만 세대 뒤에까지 흘러 전함.

승샹(丞相)이 고두(叩頭) 빈무(拜舞)246)ᄒ고 믈너 집의 도라오니 하긱(賀客)이 문(門)의 메여 문졍공(--公)의 봉왕(封王)ᄒᆞ믈 티하(致賀)ᄒ니

* ● ●

69면

승샹(丞相)이 블열(不悅)ᄒ야 굴오ᄃᆡ,

"셩은(聖恩)이 돈ᄋ(豚兒)의 블쵸(不肖)ᄒ믈 아디 못ᄒᆞ샤 져근 공(功)으로뻐 오늘날 큰 일이 이시니 문호(門戶)ᄅᆞᆯ 보젼(保全)티 못ᄒᆞ미 반둣ᄒᆞᆫ디라, 엇디 큰 블ᄒᆡᆼ(不幸)이 아니리오?"

소 샹셔(尙書), 댱 샹셔(尙書), 최 샹셔(尙書) 등(等) 졔공(諸公)이 티하(致賀) 왈(曰),

"연군(-君)의 쳔승지샹(千乘之相)247)은 ᄋ시(兒時)로브터 아라시나 쇼년(少年)으로브터 국가(國家)의 대공(大功)을 ᄌᆞ로 일우고 ᄯᅩ 이제 강쥐ᄅᆞᆯ 평뎡(平定)ᄒᆞ며 몸이 군왕(君王)이 되니 다복(多福)ᄒᆞᆷ믄 타인(他人)의 미출 배 아니로다."

승샹(丞相)이 잠쇼(暫笑) 왈(曰),

"졔형(諸兄)이 년노(年老) 대신(大臣)으로 이런 부언(浮言)248)을 ᄒᆞ며 더옥 소 형(兄)의 티하(致賀)ᄂᆞᆫ 더옥 현부(賢婦)의 ᄯᆮ이 아니라. 현부(賢婦)ᄂᆞᆫ ᄒᆞᆫ 번(番) 이 쇼식(消息)을 드ᄅᆞ며브터 식음(食飮)을 폐(廢)

---

246) 빈무(拜舞): 배무. 엎드려 절하고 춤을 추는 행위로 조정에서 절을 하는 예식.

247) 쳔승지샹(千乘之相): 천승지상. 제후가 될 관상. 천승은 천 대의 병거를 낼 만한 땅을 소유한 사람으로, 제후를 가리킴.

248) 부언(浮言): 아무 근거 없이 널리 퍼진 소문.

ᄒᆞ고 우려(憂慮)하니 쇼뎨(小弟) 뼈 ᄒᆞ건디 형(兄)의게셔 ᄂᆞ린 념
결(恬潔)[249]ᄒᆞᆫ가 ᄒᆞ더니 ᄎᆞ언(此言)을 드르니 부녀(父女)의 우인
(爲人)이 다ᄅᆞ미 쇼양(霄壤)[250]이 현격(懸隔)ᄒᆞ도다."

소 공(公)이 ᄃᆡ쇼(大笑) 왈(曰),

"쇼뎨(小弟)ᄂᆞᆫ 본ᄃᆡ(本-) 위인(爲人)이 쳥한(淸閑)티 못ᄒᆞ야 녀셔
(女壻)의 영화(榮華)를 두굿기디, 녀ᄋᆞ(女兒)와 형(兄)은 깃거 아니ᄒᆞ
니 내 혜아리디 녀ᄋᆡ(女兒ㅣ) 형(兄)의 덕(德)을 쏠와 효측(效則)ᄒᆞᆫ가
몬져 발셜(發說)코져 ᄒᆞ더니 형(兄)이 ᄎᆞ언(此言)을 ᄒᆞᄂᆞ냐?"

댱 샹셰(尙書ㅣ) ᄯᅩᄒᆞᆫ 웃고 왈(曰),

"딜ᄋᆞ(姪兒)ᄂᆞᆫ 범인(凡人)이 아니라 얼골은 의논(議論)ᄒᆞ미 녹녹
(碌碌)거니와 그 덕힝(德行)이 십(十) 년(年)을 옷 닛디 아니ᄒᆞ고 십
(十) 일(日)을 밥 아니 짓던 일을 쏠오리니 이 엇디 인군(人君)의 관
관(關關)[251]ᄒᆞᆫ 짝이 아니리오? 이러므로 군ᄌᆞ(君子)와 슉녜(淑女ㅣ)
금슬(琴瑟)이 합(合)

ᄒᆞ매 여러 ᄌᆞ녜(子女ㅣ) 개개(箇箇)히 곤산(崑山)의 미옥(美玉)이

---

249) 념결(恬潔): 염결. 욕심이 없고 마음이 깨끗함.

250) 쇼양(霄壤): 소양. 하늘과 땅.

251) 관관(關關): 물수리가 우는 소리. 부부 사이가 좋음을 이름. 『시경(詩經)』, <관저(關雎)>에서
유래함.

오, 더옥 현보의 긔이(奇異)ᄒᆞᆷ믄 공안(孔顔)[252)의 도덕(道德)이 ᄀᆞ죽ᄒᆞ니 ᄒᆞᆫ 왕작(王爵)은 쇼ᄉᆞ(小事ㅣ)로다."

승샹(丞相)이 미쇼(微笑) 왈(曰),

"현부(賢婦)의 셩덕(盛德)은 형(兄)의 말 ᄀᆞᆺ거니와 ᄋᆞᄌᆞ(兒子)는 위쟈(僞滋)[253)ᄒᆞ미 심(甚)토다. 오직(吾子ㅣ) 쇼년(少年) 시(時)로브터 위인(爲人)이 광망(狂妄)[254)ᄒᆞ야 취(取)ᄒᆞᆯ 거시 업ᄉᆞᄃᆡ 텬우신조(天佑神助)ᄒᆞ야 이제 요힝(僥倖) 사ᄅᆞᆷ의 도(道)의 들고 미(微)ᄒᆞᆫ 공(功)을 일워 크게 봉(封)ᄒᆞ시믈 어드니 블힝(不幸)티 아니리오?"

소 공(公)이 쇼왈(笑曰),

"연군(-君)의 관홍(寬弘)ᄒᆞᆫ 도량(度量)과 안방뎡국(安邦定國)[255)ᄒᆞᆯ 직죄(才操ㅣ)며 운쥬유악(運籌帷幄)[256)ᄒᆞᆯ 긔샹(氣像)이 엇디 ᄒᆞᆫ 왕(王) 되미 블ᄉᆞ(不似)ᄒᆞ리오?"

셜파(說罷)의 제공(諸公)이 웃고 왈(曰),

"연군(-君)의 긔이(奇異)ᄒᆞᆷ믈 그 악댱(岳丈)이 다 니ᄅᆞ

· ● ●

72면

시니 우리드리 ᄒᆞᆯ 말이 업도다."

---

252) 공안(孔顔): 공구(孔丘)와 안회(顔回)를 합쳐 부른 말. 공구(B.C.551~B.C.479)는 중국 춘추시대 노나라의 사상가 · 학자로 자는 중니(仲尼)임. 인(仁)을 정치와 윤리의 이상으로 하는 도덕주의를 설파하여 덕치 정치를 강조하여 유학의 시조로 추앙받음. 안회(B.C.521~B.C.490)는 공자의 수제자로서, 자는 자연(子淵). 학덕이 뛰어났다고 전해짐.

253) 위쟈(僞滋): 위자. 거짓으로 보탬.

254) 광망(狂妄): 미친 사람처럼 아주 망령됨.

255) 안방뎡국(安邦定國): 안방정국. 어지럽던 나라를 평안하게 다스림.

256) 운쥬유악(運籌帷幄): 운주유악. 운주(運籌)는 주판을 놓듯 이리저리 궁리하고 계획함을 의미하며, 유악(帷幄)은 슬기와 꾀를 내어 일을 처리하는 데 능함을 의미함. 중국 한(漢)나라 고조(高祖)의 모사(謀士)였던 장량(張良)이 장막 안에서 이리저리 꾀를 내었다는 데에서 연유한 말.

소 공(公)이 대쇼(大笑)ᄒ고 댱 샹셔(尙書)로 더브러 슉현당(--堂)
의 드러가 소 부인(夫人)을 볼식 부인(夫人)이 ᄌ녀(子女)ᄅ 거ᄂ려
부친(父親)과 슉부(叔父)ᄅᆯ 마자 녜필(禮畢)ᄒ매, 댱 샹셰(尙書ㅣ) 몬
져 문졍공(--公)이 봉왕(封王)ᄒᄆᆯ 티하(致賀)ᄒ니 부인(夫人)이 미우
(眉宇)ᄅᆯ ᄣᅵᆼ긔고 ᄃᆡ왈(對曰),

"쇼딜(小姪)이 블민(不敏)ᄒᆫ 위인(爲人)으로 영툥(榮寵) 부귀(富貴)
분(分) 밧기니 듀야(晝夜) 여림박빙(如臨薄氷)[257]ᄒ야 슉야우구(夙夜
憂懼)[258]ᄒ더니 이번(-番)은 더옥 미(微)ᄒᆫ 공(功)으로 크게 봉(封)ᄒ
시ᄂᆫ 거죄(擧措ㅣ) 여ᄎᆞ(如此)ᄒ니 쇼딜(小姪)의 열은 복(福)이 엇디
쳔승(千乘)[259] 국모(國母)의 외람(猥濫)[260]ᄒᄆᆯ 당(當)ᄒ리잇고? ᄂ
ᄌᆫ 분(分)을 딕희미 원(願)이로소이다."

소 공(公)이 ᄯᅩᄒᆫ 문공(-公)의 당당(堂堂)ᄒᆫ 긔샹(氣像)이 군왕(君
王)의 샹뫼(相貌ㅣ)ᆯ 줄 닐너 녀

ᄋ(女兒)의 과도(過度)ᄒᄆᆯ 기유(開諭)ᄒ고 졔손(諸孫)을 가챠ᄒ야
죠용이 한담(閑談)ᄒ다가 도라가니라.

이적의 니(李) 녜뷔(禮部ㅣ) 면복(冕服)을 가져 듀야(晝夜)로 강줘
니ᄅ니 문졍공(--公)이 대쇼(大小) 쟝ᄉ(將士)ᄅ 거ᄂ리고 십(十) 니

---

257) 여림박빙(如臨薄氷): 마치 얇은 얼음을 디디는 듯함.
258) 슉야우구(夙夜憂懼): 숙야우구. 밤낮으로 근심하고 두려워함.
259) 쳔승(千乘): 천승. 천 대의 병거라는 뜻으로, 제후를 이르는 말. 제후는 천 대의 병거를 낼 만
한 나라를 소유하였음.
260) 외람(猥濫): 하는 행동이나 생각이 분수에 지나침.

(里)의 나와 황스(皇使)를 마자 흔드디로 아(衙)의 니르러는 공(公)이 향안(香案)을 빅셜(排設)²⁶¹)ᄒ고 뎐지(傳旨)를 드를식 녜부(禮部ㅣ) 누른 보(袱)를 열고 틱셔(勅書)²⁶²)를 내야 닑으니 골와시딕,

'녜로브터 공(功)을 샹(賞)ᄒ고 죄(罪)를 벌(罰)ᄒ믄 뎟뎟흔다라. 그러므로 션시(先時)의 한(漢) 고뎨(高帝) 한신(韓信)²⁶³)을 초왕(楚王)을 봉(封)ᄒ고 아국(我國) 태죄(太祖ㅣ) 뉴긔(劉基)²⁶⁴)로 셩의빅(誠意伯)을 봉(封)ᄒ시니, 도라 싱각건딕 경(卿)은 쇼년(少年) 시(時)로브터 국가(國家)의 공젹(功績)이 한신(韓信), 뉴긔(劉基)로

░●●

74면

빅승(倍勝)ᄒ딕 경(卿)의 념결(恬潔)²⁶⁵)ᄒ미 져근 벼슬을 스양(辭讓)ᄒ미 과도(過度)ᄒ매 미처시니 딤(朕)이 비록 경(卿)의 군뷔(君父ㅣ)나 그 쯧을 앗디 못ᄒ엿더니 또 이제 뉴젹(流賊)²⁶⁶)을 쇼멸(掃滅)ᄒ고 강쥐를 평뎡(平定)ᄒ니 젼후(前後) 다숫 번(番) 대공(大功)이 잇ᄂ디라, 경(卿)의 쯧이 비록 숑빅(松柏) ᄀᆺᄐ나 후셰(後世)

---

261) 빅셜(排設): 배설. 연회나 의식(儀式)에 쓰는 물건을 차려 놓음.

262) 틱셔(勅書): 칙서. 임금이 특정인에게 훈계하거나 알릴 내용을 적은 글이나 문서.

263) 한신(韓信): 중국 전한의 무장(武將, ?~B.C.196). 회음(淮陰)의 평민 집안에서 태어나 진(秦)나라 말에, 초나라를 세운 항우(項羽) 밑에 들어갔으나 항우가 자신을 미관말직으로 두자, 유방의 휘하에 들어감. 한신은 자신의 재능을 눈여겨본 유방의 부하 소하(蕭何)에게 발탁되어 유방을 도와 조(趙)·위(魏)·연(燕)·제(齊) 나라를 차례로 멸망시키고 항우를 공격하여 큰 공을 세움. 한신은 통일이 된 후 초왕(楚王)에 봉해졌으나 한 고조는 그를 경계하여 회음후(淮陰侯)로 강등시키고, 한신은 결국 후에 여태후에게 살해됨.

264) 뉴긔(劉基): 유기. 중국 명(明)나라의 개국공신. 자(字)는 백온(伯溫). 태조를 섬긴 공으로 성의백(誠意伯)에 책봉되었음.

265) 념결(恬潔): 염결. 욕심이 없고 마음이 깨끗함.

266) 뉴젹(流賊): 유적. 떠돌아다니며 사람을 해치고 재물을 빼앗는 도둑.

시비(是非) 딤(朕)을 그릇 너길디라. 특별(特別)이 연왕(-王)을 봉(封)ᄒᆞ야 왕쟉(王爵)을 ᄂᆞ리오ᄂᆞ니 경(卿)은 ᄉᆞ양(辭讓)티 말고 딤(朕)의 ᄯᅳᆺ을 져ᄇᆞ리디 말나.'

ᄒᆞ엿더라.

공(公)이 ᄭᅮ러 듯기를 ᄆᆞᆺ고 대경대히[267](大驚大駭)ᄒᆞ야 븍향(北向) 샤은(謝恩)ᄒᆞ고 ᄇᆡ야흐로 평신(平身)[268]ᄒᆞ야 녜부(禮部)를 ᄃᆡ(對)ᄒᆞ야 부모(父母) 존당(尊堂) 존후(尊候)를 뭇ᄌᆞ온 후(後) ᄀᆞᆯ오ᄃᆡ,

"ᄂᆡ 본ᄃᆡ(本-) 나라흘 위ᄒᆞᆫ ᄆᆞ음이 죽엄[269]을 말

75면

가족의 ᄡᆞ고져[270] ᄒᆞ므로 여러 번(番) 져근 도적(盜賊)을 티미 이시나 이 도시(都是) 국가(國家) 홍복(洪福)으로 말미아므미어늘 오놀날 봉왕(封王)ᄒᆞᄂᆞᆫ 거조(擧措)ᄂᆞᆫ 네 아자비 몸을 보젼(保全)티 못ᄒᆞᆯ디라. ᄂᆡ ᄎᆞ마 님년(稔年)[271] 부모(父母)긔 블효(不孝)를 기티리오? 연(然)이나 야애(爺爺ㅣ) ᄆᆞ어시라 ᄒᆞ시더뇨?"

녜뷔(禮部ㅣ) ᄃᆡ왈(對曰),

"조뷔(祖父ㅣ) ᄯᅩᄒᆞᆫ 궐하(闕下)의 ᄃᆡ죄(待罪)ᄒᆞ샤 샹소(上疏)를 올니시니 인견(引見)ᄒᆞ야 이러ᄐᆞᆺ 니ᄅᆞ시고 위유(慰諭)ᄒᆞ믈 두터이 ᄒᆞ

---

267) 히: [교] 원문에는 '희'로 되어 있으나 문맥을 고려하여 규장각본(6:53)을 따름.

268) 평신(平身): 엎드려 절한 뒤에 몸을 그 전대로 펴는 것.

269) 엄: [교] 원문에는 '염'으로 되어 있으나 오기로 보임.

270) 죽엄을 말가족의 ᄡᆞ고져: 주검을 말가죽에 싸고자. 말가죽으로 자기 시체를 싼다는 말로 싸움터에 나가 살아 돌아오지 않겠다는 결의를 비유적으로 이르는 말. 마혁과시(馬革裹屍). 중국 후한(後漢) 때 장군 마원(馬援)이 한 말. 『후한서(後漢書)』, <마원열전(馬援列傳)>.

271) 님년(稔年): 임년. 나이가 많음.

시니 조뷔(祖父ㅣ) 쏘흔 ᄉ양(辭讓)티 아니시고 믈너나샤 다만 문호 (門戶)의 셩만(盛滿)ᄒ믈 근심ᄒ시더이다.”

공(公)이 믁연(默然)ᄒ다가 홀연(忽然) 션ᄌ(扇子)로 무릅흘 텨 차탄(嗟歎)ᄒ고 독부(督府) 위 공(公)을 향(向)ᄒ야 군듕(軍中) 대ᄉ(大事)ᄅᆞᆯ 일일히(一一-) 맛디고 녜부(禮部)ᄅᆞᆯ 딕(對)ᄒ야 ᄀᆞᆯ오ᄃᆡ,

“군부(君父)의 명(命)이

∙●●

76면

비록 여ᄎ(如此)ᄒ시나 늬 쟝ᄎᆞ(將次ㅅ) 므슴 몸이라 칭왕(稱王)ᄒ리오? 금쥐(錦州) 고향(故鄕)으로 가ᄂᆞ니 딜ᄋ(姪兒)ᄂᆞᆫ 부모(父母)긔 이 ᄯᅳᆺ을 고(告)ᄒ라.”

쏘 됴셔(詔書) 가온ᄃᆡ 안무ᄉ(按撫使) 니셩문은 수삼(數三) 삭(朔) 머므러 딘무(鎭撫)ᄒ고 샹경(上京)ᄒ라 ᄒ신디라 공(公)이 안무(按撫)ᄅᆞᆯ 블너 경계(警戒) 왈(曰),

“늬 비록 고향(故鄕)으로 가나 몸이 무ᄉ(無事)ᄒ리니 네 조곰도 아비ᄅᆞᆯ 념녀(念慮) 말고 국ᄉ(國事)ᄅᆞᆯ 힘뼈 다ᄉ려 국은(國恩)을 갑ᄉ오라.”

드듸여 소(疏)ᄅᆞᆯ 지어 녜부(禮部)ᄅᆞᆯ 맛디고 쳔리마(千里馬)ᄅᆞᆯ 잇그러 금쥐(錦州)로 갈ᄉᆡ 녜뷔(禮部ㅣ) 졀ᄒ야 하딕(下直)고 죠곰도 간(諫)ᄒᄂᆞᆫ 일이 업ᄉ니 그 ᄆᆞᄋᆷ의 조흐미 ᄒᆞᄀᆞᆮ디라.

삼군(三軍) 대쇼(大小) 쟝ᄉ(將士ㅣ) 문졍공(--公)의 봉왕(封王)ᄒᆞᆷ을 아니 깃거ᄒ리 업다가 이 거동(擧動)을 보고 아니 놀나리 업ᄉ나 홀

로 호위쟝군(護衛將軍) 뉴현명이 그 놉흔 뜻을 칭복(稱服)ㅎ고 흐
틀며 군듕(軍中)의 오래 뫼셔 공(公)의 무익(撫愛)[272]ㅎ미 ᄌ못 둣
겁고 딕졉(待接)ㅎ믈 샹빈(上賓)으로 ᄒ여 그 놉흔 의긔(義氣)와
은혜(恩惠)ᄅᆞᆯ 심곡(心曲)[273]의 믜텨 감격(感激)ㅎ여ᄒ던 고(故)로
ᄆᆞᆯ을 ᄶᆞ와 딘문(陣門) 밧긔 나와 마하(馬下)의셔 졀ᄒ야 하딕(下
直) 왈(曰),

"대인(大人)이 이제 쇼싱(小生)으로뻐 텬일(天日)을 보게 ᄒ시고
홀노 봉쟉(封爵)을 ᄉ양(辭讓)ᄒ샤 표연(飄然)이 자최ᄅᆞᆯ 산간(山間)
의 곰초시니 뵈올 날이 기리 업ᄉ온디라 하졍(下情)[274]이 울울(鬱鬱)
ᄒ믈 이긔디 못ᄒᆞᆯ소이다."

공(公)이 흔연(欣然)이 손을 잡고 닐오딕,

"수월(數月)을 군(君)으로 더브러 좌셕(座席)을 굴와 졍(情)이 부ᄌ
(父子)의 감(減)티 아니ᄒ더니 내 이제 잠간(暫間) 고향(故鄉)으로

도라가나 부모(父母) 시하(侍下)의 이 죵시(終始) 뜻을 딕희기ᄅᆞᆯ
밋디 못ᄒ고 녕친(令親)을 복딕(復職)ᄒ여시니 경ᄉ(京師)로 갈디
라 엇디 만나미 업ᄉ리오? 그ᄉ이 보듕(保重)ᄒᆞᆯ디어다."

---

272) 무익(撫愛): 무애. 어루만지며 사랑함.

273) 심곡(心曲): 여러 가지로 생각하는 마음의 깊은 속.

274) 하졍(下情): 하정. 어른에게 대하여, 자기 심정이나 뜻을 겸손하게 이르는 말.

경문이 지비(再拜) 샤례(謝禮)ᄒᆞ고 공(公)이 ᄆᆞᆯ머리ᄅᆞᆯ 두로혀매 문의 ᄆᆞᄋᆞᆷ이 홀연(忽然) 쳐창(悽愴)ᄒᆞ야 감뉘(感淚ㅣ) 여우(如雨)ᄒᆞ믈 ᄭᆡ돗디 못ᄒᆞ더니 반향(半晌) 후(後) 홀연(忽然) ᄭᆡᄃᆞ라 닐오ᄃᆡ,

"ᄂᆡ 본ᄃᆡ(本-) 비환(悲患)을 ᄀᆞ쵸 겻거시니 그러ᄒᆞᆫ가? ᄆᆞᄋᆞᆷ이 엇디 이ᄃᆡ도록 약(弱)ᄒᆞ엿ᄂᆞ뇨? 뎨 비록 벗의 가친(家親)이오 평일(平日) 날 ᄉᆞ랑ᄒᆞ믈 지극(至極)히 ᄒᆞ나 나의 눈믈을 이ᄃᆡ도록 허비(虛費)ᄒᆞᆷ은 가(可)티 아니ᄒᆞ니 ᄂᆞᆷ이 볼딘대 엇디 웃디 아니리오?"

즉시(卽時) 눈믈을 거두나 ᄆᆞᄋᆞᆷ이 쳐창[275](悽愴)ᄒᆞ

●●●

79면

야 춤디 못ᄒᆞ니 ᄀᆞ장 고이(怪異)히 너겨 쳔ᄉᆞ만샹(千思萬想)ᄒᆞ고 아모리 춤으려 ᄒᆞ여도 닛티이디 아니ᄒᆞ니 스ᄉᆞ로 고이(怪異)히 너기더라.

이ᄯᅢ 안무(按撫)ᄂᆞᆫ 셩지(聖旨)ᄅᆞᆯ 밧ᄌᆞ와 이에 머믈고 독부(督府) 위 공(公)이 대쇼(大小) 군ᄉᆞ(軍士)ᄅᆞᆯ 거ᄂᆞ려 회군(回軍)홀ᄉᆡ 크게 잔치ᄅᆞᆯ 베퍼 황ᄉᆞ(皇使)ᄅᆞᆯ ᄃᆡ졉(待接)ᄒᆞ더니 녜부(禮部) 홍문이 ᄀᆞᆯ오ᄃᆡ,

"내 작일(昨日) 뉴현명을 보니 ᄀᆞ장 비범(非凡)ᄒᆞᆫ 아ᄒᆡ(兒孩)라 블너 보미 엇더뇨?"

위 공(公)이 쇼왈(笑曰),

"연왕(-王)과 안무ᄉᆞ(按撫使) 현뵈 뉴가(-家) 쇼ᄋᆞ(小兒)ᄅᆞᆯ 대혹(大惑)ᄒᆞ엿더니 현딜(賢姪)이 ᄯᅩ 혹(惑)ᄒᆞ엿ᄂᆞ냐? ᄎᆞ마 사ᄅᆞᆷ이 뉴영걸의 ᄌᆞ식(子息)으로 ᄃᆡ좌(對坐)ᄒᆞ리오?"

---

275) 창: [교] 원문에는 '참'으로 되어 있으나 오기로 보임.

샹셰(尙書ㅣ) 쇼왈(笑曰),

"명공(明公)은 그리 니르디 마르쇼셔. 현쇼(賢士)는 뒤(代)마다 쉽디 아니ᄒᆞ고 셩

인(聖人)이 운(云)ᄒᆞ샤딕, '허믈이 이시나 고티미 귀(貴)타.' ᄒᆞ시니 뉴영걸이 죄(罪) 이시나 고틴 후(後)는 젼(前) 죄(罪)를 일ᄏᆞᆯ미 가(可)티 아니ᄒᆞ고 ᄒᆞ믈며 그 아ᄃᆞᆯ의게 니르러는 무해(無害)ᄒᆞᆫ디라 대인(大人)은 브졀업슨 말을 ᄒᆞ샤 ᄂᆞᆷ을 의이디 마르쇼셔."

독뷔(督府ㅣ) 크게 웃고 글오딕,

"군(君)이 비록 연왕(-王)의 족해오 현보의 ᄉᆞ촌(四寸)인들 의논(議論)이 뎌딕도록 ᄀᆞᆺ튀리오? 명공(明公)닌 하 혹(惑)ᄒᆞ여시니 오ᄂᆞᆯ은 뉴ᄌᆞ(-子)를 쳥(請)ᄒᆞ야 보고 어딕 비러 보고져 ᄒᆞ노라."

셜파(說罷)의 경문을 브르라 ᄒᆞ니 안뮈(按撫ㅣ) ᄇᆞ야흐로 미쇼(微笑) 왈(曰),

"샹싀(上司ㅣ) 뉴현명으로 결원(結怨)[276]이 계시니 이제 블너도 아니 올 거시오, ᄯᅩ 금일(今日) 돗글 연 날이라 뉴노(-奴)를 두고

홀로 그 아ᄃᆞᆯ을 브르리오?"

---

276) 결원(結怨): 원한을 맺음.

네뷔(禮部ㅣ) 올타 ᄒ고 다 쳥(請)ᄒ니 시쟤(侍者ㅣ) 뉴 공(公)의 하쳐(下處)의 가 독부(督府)와 니(李) 샹셔(尚書) 명(命)을 젼(傳)ᄒ니, 뉴 공(公)이 이ᄺᅴᄂᆞᆫ 복딕(復職)ᄒ야 몸이 달낫ᄂᆞᆫ 고(故)로 구구(區區)ᄒᆫ 연괴(緣故ㅣ) 업서 가고져 ᄒ니 경문이 졍ᄉᆡᆨ(正色)고 간(諫)ᄒ야 ᄀᆞᆯ오ᄃᆡ,

"뎌 위 독뷔(督府ㅣ) 사ᄅᆞᆷ이 론ᄃᆡ 강한(強悍)277)ᄒ고 무식(無識)ᄒ미 간웅(奸雄)으로 일뉴(一類ㅣ)라. 현ᄉᆞ(賢士) ᄃᆡ졉(待接)ᄒᆞᆯ 녜도(禮道)를 모ᄅᆞ고 ᄒᆞ믈며 젼일(前日) 대인(大人)과 쇼ᄌᆞ(小子)를 죽이려 ᄒ던 원(怨)을 잇고 ᄎᆞ마 졀노 더브러 ᄃᆡ좌(對坐)ᄒ리오? 이ᄂᆞᆫ ᄎᆞ마 가디 못ᄒ리이다."

뉴 공(公)이 올히 너겨 가기를 긋치니 문이 시쟤(侍者)를 ᄃᆡ(對)ᄒ야 유병(有病)ᄒ야 명(命)을 봉승(奉承)티 못ᄒᆞᆷᄋᆞᆯ 닐너 보ᄂᆡ니 기인(其人)이 난하(欄下)의셔 뎌 부ᄌᆞ(父子)

의 말을 듯고 도라가 독부(督府)의게 고(告)ᄒ니 독뷔(督府ㅣ) 대로(大怒) 왈(曰),

"제 엇디 죄(罪)를 모ᄅᆞ고 날을 원(怨)ᄒ리오? 통히(痛駭)ᄒ니 잡아다가 결곤(決棍)278)ᄒ리라."

니(李) 녜뷔(禮部ㅣ) 독부(督府)의 거동(擧動)을 보고 뉴ᄉᆡᆼ(-生)의 ᄃᆡ답(對答)ᄒᄂᆞᆫ 언어(言語)를 듯고져 ᄒ야 쇼왈(笑曰),

---

277) 강한(強悍): 마음이나 성질이 굳세고 강함.
278) 결곤(決棍): 곤장으로 죄인을 치는 형벌을 집행하던 일.

"결곤(決棍)은 가(可)티 아니ᄒᆞ거니와 그 말이 방ᄌᆞ(放恣)ᄒᆞ니 블너 ᄌᆞ시 므러 보미 가(可)토소이다."

독뷔(督府ㅣ) 노긔(怒氣) 긋치 누르디 못ᄒᆞ야 녜부(禮部)의 쇠예 속아 알픠 노흔 상(牀)을 박츠고 좌우(左右) 슈(手)를 쏩ᄂᆡ며 무ᄉᆞ(武士)를 명(命)ᄒᆞ야 경문을 잡아 오라 ᄒᆞ니 모든 군쟝(軍將)이 녕(令)을 드러 뉴 공(公)의 햐쳐(下處)의 니르러 명(命)을 뎐(傳)ᄒᆞ니 뉴 공(公)이 크게 두려ᄒᆞ거ᄂᆞᆯ 경문이 웃고 ᄀᆞᆯ오ᄃᆡ,

"텬ᄌᆡ(天子ㅣ) 우리 부ᄌᆞ(父子)의 죄(罪)를 샤(赦)ᄒᆞ시고 대원쉬(大元帥ㅣ)

· · ·

83면

죽이디 아녀시니 제 엇디 쇼ᄌᆞ(小子)를 죽이리오? 가셔 그 거동(擧動)을 볼 거시로소이다."

ᄒᆞ고, 즉시(卽時) 의관(衣冠)을 곳티고 아문(衙門)의 니르니 위 공(公)이 소리 딜너 잡아드리라 ᄒᆞ니 무ᄉᆡ(武士ㅣ) 몸을 밀고져 ᄒᆞ거ᄂᆞᆯ 문이 노왈(怒曰),

"닉 이제ᄂᆞᆫ 독부(督府) 아문(衙門)의 쇽(屬)ᄒᆞ디 아냐시니 여등(汝等)이 이러틋 못ᄒᆞ리라."

즉시(卽時) 드러가 난간(欄干)의 셔셔 절 아니코 일오ᄃᆡ,

"독뷔(督府ㅣ) 쇼싱(小生)을 므ᄉᆞᆷ 연고(緣故)로 브르시ᄂᆞ뇨?"

독뷔(督府ㅣ) 뎌 거동(擧動)을 보고 더옥 노(怒)ᄒᆞ야 좌우(左右)를 ᄭᅮ지져 잡아 ᄂᆞ리오라 ᄒᆞ니 문이 쇼왈(笑曰),

"쇼싱(小生)이 미말쇼졸(微末小卒)279)이나 대원슈(大元帥) 호위쟝군(護衛將軍)이니 쳐분(處分)과 치쳑(治責)²⁸⁰⁾이 대원슈(大元帥)긔 이시니 샹식(上司ㅣ) 금일(今日) 므슴 연고(緣故)로 쇼싱(小生)을 새로이 핍박(逼迫)ᄒ시ᄂᆞ뇨? 쇼싱(小生)이 일

* ● ●

84면

즉 샹ᄉ(上司)로 더브러 원쉬(怨讐ㅣ) 업ᄉᆞᆯ 당초(當初)브터 합해(閣下ㅣ) 쇼싱(小生) 부ᄌᆞ(父子)를 죄(罪) 업시 죽이고져 ᄒ미 여러 슌(巡)이니 아디 못게라, 우리 부지(父子ㅣ) 샹ᄉ(上司)긔 므슴 원쉬(怨讐ㅣ) 잇ᄂᆞ뇨?"

독뷔(督府ㅣ) ᄎᆞ언(此言)을 듯고 분연(憤然) 즐왈(叱曰),

"너의 부지(父子ㅣ) 죄(罪) 산고희심(山高海深)²⁸¹⁾ᄒᆞ므로도 밋디 못ᄒ려든 네 날을 면욕(面辱)²⁸²⁾ᄒᆞᆯ 태심(太甚)이 ᄒ고 ᄯᅩ 네 아비 패군(敗軍)ᄒᆞᆫ 죄(罪) 죡(足)히 죽으리니 내 텬ᄌᆞ(天子) 됴셔(詔書)를 밧ᄌᆞ와 도적(盜賊)을 티매 패군장(敗軍將)을 못 죽이리오?"

문이 닝쇼(冷笑) 왈(曰),

"패군(敗軍)ᄒᆞᆫ 죄(罪) 이시나 닙공쇽죄(立功贖罪)²⁸³⁾ᄒᆞ여시니 독뷔(督府ㅣ) 일ᄏᆞᄅᆞ미 브졀업고 이젼(以前) 회심(回心)ᄒᆞ므로도 밋디 못ᄒᆞᆯ 죄(罪)를 독부(督府)긔 지으미 어ᄂᆞ 제니잇고? ᄌᆞ시 니ᄅᆞ시미 올코 금일(今日)은 므슴 죄(罪)로 쇼싱(小生)

---

279) 미말쇼졸(微末小卒): 미말소졸. 미미한 관직에 있는 힘없고 하찮은 졸병.

280) 치쳑(治責): 치책. 다스려 꾸짖음.

281) 산고희심(山高海深): 산고해심. 산처럼 높고 바다처럼 깊음.

282) 면욕(面辱): 면전에서 모욕함.

283) 닙공쇽죄(立功贖罪): 입공속죄. 공을 세워 죄를 갚음.

을 술위 모는 쇼졸(小卒) 꾸짓듯 ᄒ시ᄂ뇨?"

독뷔(督府ㅣ) 즐왈(叱曰),

"산고히심(山高海深)키 지은 죄(罪) 나의게는 업스나 네 아비 국가(國家)의 지은 죄(罪)와 남챵(南昌)의 가 녀민작폐(厲民作弊)284) ᄒ미 쟝ᄎ(將次ㅅ) 머리를 보젼(保全)티 못ᄒ리니 네 흔갓 담(膽) 큰 톄ᄒ고 흔갓 언변(言辯) 죠흐믈 쟈랑ᄒ야 네 아븨 허믈을 ᄭ리ᄂ냐? 금일(今日)은 뉘 너의 대죄(大罪)를 샤(赦)ᄒ고 잔치의 참예(參預)키 쳥(請)ᄒ니 네 여ᄎ여ᄎ(如此如此) 나를 욕(辱)ᄒ고 오디 아니니 뉘 엇디ᄒ야 간웅(奸雄)이오, 네 아비를 녑흐로 보고 모흐로 본들 어ᄂ 곳이 현ᄉ(賢士ㅣ)뇨? 나의 쳥(請)ᄒ믈 드를딘딕 맛당이 감복(感服)ᄒ야 나아오믈 못 미츨 ᄃ시 ᄒ미 올커늘 이러ᄐ 범남(氾濫)흔 말을 ᄒ고 아니 오니 잡아다가 뭇고져

ᄒ미라. 네 진실노(眞實-) 죄(罪) 업ᄂ냐?"

경문이 미쇼(微笑) 브답(不答)이어늘 니(李) 샹셰(尙書ㅣ) 숫텨 므르딕,

"금일(今日) 독부(督府) 노긔(怒氣) 과도(過度)ᄒ시나 소실(所實)은 그딕 그릇ᄒ엿도다. 븡비(朋輩)만 ᄒ여도 쳥(請)ᄒ면 지완(遲緩)285)

---

284) 녀민작폐(厲民作弊): 여민작폐. 백성을 가혹하게 부리고 폐단을 지음.
285) 지완(遲緩): 더디고 느즈러짐.

티 못ᄒ려든 ᄒ믈며 흠치(欽差) 독부(督府)ᄯ녀."

경문이 샹셔(尚書)를 향(向)ᄒ야 절ᄒ고 부야흐로 말셕(末席)의 안자 녜부(禮部)를 ᄃᆡ(對)ᄒ야 슈용(收容)286) ᄒ고 글오ᄃᆡ,

"독부(督府) 위 공(公)은 무소지(無所知)287)ᄒ시ᄂᆞᆫ ᄌᆡ샹(宰相)이시니 쇼ᄉᆡᆼ(小生)이 말을 열리미 우후(牛後ㅣ)288) 되미라. 연ᄎᆞ(緣此)로289) 입을 ᄌᆞ므더니 황ᄉᆡ(皇使ㅣ) 하문(下問)ᄒ미 계시고 쇼ᄉᆡᆼ(小生)이 ᄯᅩᄒᆞᆫ 황ᄉᆞ(皇使)를 ᄒᆞᆫ 번(番) 보오매 미위(眉宇ㅣ) 쳥강(清剛)290)ᄒ시니 고셔(古書)를 슬피샤 식니(識理)를 통(通)ᄒ실디라. 평ᄉᆡᆼ(平生) 졀통(切痛)291)ᄒᆫ 회포(懷抱)를 잠간(暫間) 열고져 ᄒᆞ매 당

・●●

87면

돌(唐突)ᄒ미 만흔디라 죄(罪)를 쳥(請)ᄒᄂ이다. 가친(家親)이 ᄋᆞ시(兒時)로브터 초토(草土)292)를 디ᄂᆡ시고 병(病)을 디ᄂᆡ시미 여러 번(番)이라 졍신(精神)이 만히 쇠모(衰耗)ᄒ샤 혼암(昏闇) 두 ᄌᆞ(字)를 면(免)티 못ᄒ시더니, 듕간(中間)의 국가(國家) 대ᄉᆞ(大事)를 당(當)ᄒ시니 심간(心肝)이 ᄉᆞ회를 만히 ᄒᆞ샤 드듸여 그릇ᄒᆞ신 일이 이시나 이 도시(都是) 탐남(貪濫)293)ᄒᆫ 관원(官員)이 다리여 브

---

286) 슈용(收容): 수용. 용모를 가다듬음.

287) 무소지(無所知): 아는 바가 없음.

288) 우후(牛後ㅣ): '소의 꼬리'라는 뜻으로 보이나 미상임.

289) 연ᄎᆞ(緣此)로: 연차로. 이 때문에.

290) 쳥강(清剛): 청강. 맑고 강직함.

291) 졀통(切痛): 절통. 뼈에 사무치도록 원통함.

292) 초토(草土): 거적자리와 흙 베개라는 뜻으로, 상중에 있음을 이르는 말.

293) 탐남(貪濫): 탐람. 탐욕이 넘침.

도(不道)의 드르시미 여러 슌(巡)의 스스로 씩드르샤 고향(故鄕)의
도라가시매 경태(景泰) 황뎨(皇帝)²⁹⁴⁾ 남챵빅(南昌伯)을 봉(封)ᄒ
시니 노뷔(老父ㅣ) 스스로 외람(猥濫)ᄒ믈 아디 못ᄒ야 민간(民間)
녀ᄌᆞ(女子)를 ᄲᅢ 시비(侍婢)의 수(數)를 치오미 큰 남ᄉᆡ(濫事ㅣ) 아
니어늘 남챵(南昌) 인심(人心)이 무샹(無狀)ᄒ야 노뷔(老父ㅣ) 나
옥²⁹⁵⁾(拿獄)²⁹⁶⁾ 시(時)의 얽어 주(奏)ᄒ미 크게 보태미 만흐니 드

⋯••

88면

딕여 니(李) 샹셰(尙書ㅣ) 형벌(刑罰)을 준ᄎᆞ(準次)²⁹⁷⁾ᄒ고 지어(至
於) ᄉᆞ죄(死罪)로뼈 계ᄉᆞ(啓辭)²⁹⁸⁾ᄒ니 하늘과 귀신(鬼神)이 슬핀
밧 뉘 능히(能-) 노부(老父)의 본졍(本情)을 알니오? 쇼싱(小生)이
ᄎᆞ마 안자셔 노부(老父)의 참ᄉᆞ(慘死)ᄒ믈 보디 못ᄒ야 더러온 글
이 ᄒᆞᆫ 번(番) 뇽뎡(龍廷)의 오르매 셩텬직(聖天子ㅣ) 미신(微臣)의
참통(慘痛)ᄒᆞᆫ 졍ᄉᆞ(情事)를 슬피시고 승샹(丞相) 합해(閤下ㅣ) 프
러 주(奏)ᄒ샤 혈혈잔명(孑孑殘命)²⁹⁹⁾이 댱하(杖下) 여싱(餘生)으
로 강줘 위³⁰⁰⁾리안티(圍籬安置)³⁰¹⁾ᄒᆞᆫ 죄인(罪人)이 되니 힝뇌(行路

---

294) 경태(景泰) 황뎨(皇帝): 경태 황제. 중국 명나라 제7대 황제인 대종(代宗)의 연호(1449~
　　1457). 이름은 주기옥(朱祁鈺). 제5대 황제인 선종(宣宗) 선덕제(宣德帝, 1425~1435)의 아들
　　이며 제6대 황제인 영종(英宗) 정통제(正統帝, 1435~1449)의 이복아우임. 1449년에 오이라
　　트족의 침략으로 정통제가 직접 친정을 나가 포로로 잡힌, 이른바 토목(土木)의 변(變)으로,
　　황제로 추대됨. 정통제가 풀려나 돌아온 뒤에도 황위를 물려주지 않다가 정통제를 옹립하려
　　는 세력이 일으킨 정변으로 폐위되고 폐위된 지 한 달 후에 급사함.

295) 옥: [교] 원문에는 '유'로 되어 있으나 문맥을 고려하여 규장각본(6:62)을 따름.

296) 나옥(拿獄): 붙잡아 감옥에 넣음.

297) 준ᄎᆞ(準次): 준차. 매를 몇 차례에 걸쳐 때림.

298) 계ᄉᆞ(啓辭): 계사. 논죄(論罪)에 관하여 임금에게 올리던 글.

299) 혈혈잔명(孑孑殘命): 외롭고 쇠잔한 목숨.

|) 눈물을 흘릴디라. 밋 강쥐 니릭미 노뷔(老父 |)) 뉵십지년(六十之年)의 도로(道路) 풍샹(風霜)과 슈토(水土)를 이긔디 못ᄒᆞ야 일병(一病)이 고황(膏肓)을 침노(侵擄)ᄒᆞ니 죽으미 됴셕302)(朝夕)의 잇ᄂᆞᆫ 고(故)로 미처 정신(精神)을 출히디 못ᄒᆞ야 군병(軍兵) 뎜고(點考)ᄒᆞᄂᆞ 디 디령(待令)티 못ᄒᆞ여시나 이 ᄀᆞᆺ

툰 ᄉᆞ족(士族)이어늘 후례(厚禮)로 위로(慰勞)ᄒᆞᆷ 멀고 잡아다가 듕(重)히 텨 닝옥(冷獄)의 가도니 그 사오나오미 가히(可-) 비(比)홀 곳이 업ᄉᆞ니라. 쇼싱(小生)이 혈긔지분(血氣之憤)을 참디 못ᄒᆞ야 두어 말을 ᄒᆞ매 믄득 노부(老父)와 쇼싱(小生)을 듕(重)히 텨 옥듕(獄中)의 가도고 ᄎᆡ관(差官)을 시겨 죽이믈 경ᄉᆞ(京師)의 보품(報稟)303)ᄒᆞ니 만일(萬一) 대원쉬(大元帥))) ᄎᆡ관(差官)을 도로 드려오디 아니시더면 우리 부지(父子))) 엇디 사라 안자시리오? 더옥 오쳔(五千) 군(軍)을 패(敗)ᄒᆞᄆᆞᆯ 노뷔(老父))) 검하(劍下)의 믓게 되엿던 목숨을 싱각ᄒᆞ니 셜ᄉᆞ(設使) 노부(老父)의 죄(罪) 듕(重)ᄒᆞ나 그 ᄌᆞ식(子息) 되엿ᄂᆞᆫ 재(者))) ᄎᆞ마 그 아비 죽이려 ᄒᆞ던 쟈(者)를 딕(對)ᄒᆞ리오? ᄎᆞ고(此故)로 향셕(向昔)304)의 브릭시믈 듯고 노뷔(老父))) 텬셩(天性)이 활연(豁然)305)ᄒᆞ고 구한(舊恨)을 싱

---

300) 위: [교] 원문에는 '우'로 되어 있으나 오기로 보임.

301) 위리안치(圍籬安置): 유배된 죄인이 거처하는 집 둘레에 가시로 울타리를 치고 그 안에 가두어 두던 일.

302) 셕: [교] 원문에는 '적'으로 되어 있으나 문맥을 고려하여 규장각본(6:63)을 따름.

303) 보품(報稟): 윗사람에게 아룀.

304) 향셕(向昔): 향석. 접때.

각디 아냐 이에 니르려 흐거늘 과연(果然) 쇼싱(小生)이 막아 오디
못흐게 흔디라. 황시306)(皇使ㅣ) 쏘흔 경셔(經書)를 넓어 계시리니
부즈(父子)의 대의(大義)로 아비 비록 그르나 즈식(子息)이 되여
아비 해(害)흔 원슈(怨讐)를 니즈며 더옥 가친(家親)이 죄(罪) 업스
미 빅옥(白玉)의 틔 업스미니잇가? 쇼싱(小生)이 비록 블민(不敏)
흐나 대원슈(大元帥ㅣ) 호위쟝군(護衛將軍) 인(印)을 주시고 텬지
(天子ㅣ) 노부(老父)를 복직(復職)흐시니 이제는 강쥐 죄인(罪人)
이 되디 아녓느디라. 독뷔(督府ㅣ) 엇딘 고(故)로 호령(號令)흐시
믈 텰업시 흐고 잡아 쑬니고져 흐니 젼일(前日)은 독부(督府) 군하
(軍下) 쇼졸(小卒)이나 이제는 군문(軍門)의 몸이 미이디 아냐시니
계하(階下)의 국궁(鞠躬)307)흐야 댱쳑(長責)308)을 드르리오? 이러
므로 그 명(命)을 밧드디 못흐미라 황

스(皇使)는 쇼싱(小生)의 당돌(唐突)흐믈 용샤(容赦)흐쇼셔."
　셜파(說罷)의 긔샹(氣像)이 엄졍븩븩(嚴正--)309)흐미 츄샹(秋霜) 又
튼디라, 좌310)위(左右ㅣ) 칭복(稱服)흐고 위 공(公)이 졍쉭(正色) 노

---

305) 활연(豁然): 환하게 터져 시원한 모양.
306) 시: [교] 원문에는 '지'로 되어 있으나 오기로 보이므로 규장각본(6:64)을 따름.
307) 국궁(鞠躬): 윗사람이나 위패(位牌) 앞에서 존경하는 뜻으로 몸을 굽힘.
308) 댱쳑(長責): 장책. 긴 꾸지람.
309) 엄졍븩븩(嚴正--): 엄정쩍쩍. 엄격하고 바르며 엄숙함.

왈(怒曰),

"족하(足下)의 말이 비록 니언(利言)ᄒ나 그 실(實)이 젹도다. 녕친(令親)의 수다(數多) 허믈을 족하(足下)의 뉴슈언변(流水言辯)곳 아니면 엇디 능(能)히 두로 쓰리리오? 족하(足下)ᄂᆞᆫ 스스로 싱각ᄒ고 노부(老夫)를 너모 곤욕(困辱)디 말나. 노부(老夫)ᄂᆞᆫ 사오납거니와 녕친(令親)의 힝싀(行事ㅣ) 가(可)히 공문(孔門)의 칠십즈(七十子) ᄀᆞ트냐? 승상(丞相)을 ᄒ매 외방(外方)의 회뢰(賄賂) 바든 거시 블가승쉬(不可勝數ㅣ)오, 뎐야(田野)의 믈너가매 ᄉᆞ족(士族) 부녀(婦女)를 청텬빅일지하(靑天白日之下)의 겁틱(劫勅)ᄒ고 놉히 듸(臺)를 무어 ᄉᆞ듁관현(絲竹管絃)311)이 그틸 ᄶᆡ 업고 형부샹셰(刑部尙書ㅣ) 되매 고금(古今)의 드믄 슉

• • •

92면

녀(淑女)를 ᄉᆞ디(死地)의 너코 뎍거(謫居)ᄒ매 몸이 죄인(罪人)이 되여 풍악(風樂)과 미쳡(美妾)을 껴 음쥬(飮酒)ᄒ니 가(可)히 어느 곳이 아름다온 곳이 잇ᄂᆞ뇨? 요힝(僥倖) 연왕(-王)의 놉흔 덕(德)을 힘닙어 져근 공(功)을 일우매 쯧이 크고 몸이 놉하 말이 여츳(如此) 쾌(快)ᄒ나 네 아븨 소힝(所行)은 아ᄂᆞ니로 ᄒ여금 쓸을 먹음어 의논(議論)홀 배로다."

셜파(說罷)의 일댱(一場)을 박쇼(拍笑)ᄒ니, 이씨 니(李) 녜뷔(禮部ㅣ) 경문의 말을 듯고 그 아비 기리믈 보매ᄂᆞᆫ 일변(一邊) 우음이 나

---

310) 좌: [교] 원문에는 없으나 문맥을 고려하여 규장각본(6:65)을 따름.

311) ᄉᆞ듁관현(絲竹管絃): 사죽관현. 실과 대나무, 피리, 줄이라는 뜻으로 모두 음악의 소리를 내는 도구이므로 '음악'을 비유하는 말로 쓰임.

고 그 우인(爲人)을 흠복(欽服)ᄒ야 미미(微微)히 웃고 독부(督府)의 말이 긋치매 급(急)히 말녀 굴오ᄃᆡ,

"ᄃᆡ인(大人)이 ᄌᆞ시(自時)로브터 셩(性)이 너모 쵸강(楚剛)[312]ᄒ시기로 금일(今日)도 참디 못ᄒ시나 뉴 공ᄌᆞ(公子) 말ᄉᆞᆷ이 극(極)히 올흐

• •

93면

니 블안(不安)ᄒᆫ 말ᄉᆞᆷ을 긋치쇼셔."

드ᄃᆡ여 경문의 손을 잡고 칭상(稱賞)ᄒ야 굴오ᄃᆡ,

"군(君)의 개셰영ᄌᆡ(蓋世英才)[313]와 영풍쥰골(英風俊骨)[314]을 드런 디 오라나 금일(今日) ᄂᆞᆺ출 셔로 보매 이대도록 특이(特異)ᄒ야 쇽인(俗人)이 아닌 줄 아라시리오? 군(君)의 말이 ᄌᆞ못 유리(有理)ᄒ니 아등(我等)이 우러러 칭복(稱服)ᄒᆞᆷ믈 참디 못ᄒᆞᄂᆞ니 엇디 감히(敢-) 하ᄌᆞ(瑕疵)ᄒ리오? 독뷔(督府ㅣ) 원릭(元來) 텬셩(天性)이 쵸독(楚毒)[315] 밍녈(猛烈)ᄒ샤 피ᄎᆞ(彼此ㅣ) ᄉᆞ문(斯文) 일ᄆᆡᆨ(一脈)이오, 흔 나라 신ᄌᆞ(臣子)로 더옥 군즁(軍中)의 샹슈(相隨)ᄒ야 ᄃᆡ공(大功)을 일워시니 군(君)은 져근 한(恨)을 밋디 말고 됴히 화긔(和氣)로 일움만 갓디 못ᄒ도다."

문이 샤례(謝禮) 왈(曰),

"명공(明公)의 위쟈(慰藉)[316]ᄒ시믄 승당(承當)[317]티 못ᄒ거니와

---

312) 쵸강(楚剛): 초강. 매섭고 강직함.
313) 개셰영ᄌᆡ(蓋世英才): 개세영재. 세상을 뒤덮을 만한 탁월한 재주.
314) 영풍쥰골(英風俊骨): 영풍준골. 헌걸찬 풍채와 빼어난 골격.
315) 쵸독(楚毒): 초독. 매섭고 독함.

지어(至於) 위

공(公)을 감화(感化)ㅎ믄 쇼싱(小生)이 비록 슉믹블변(菽麥不辨)318)이나 힝(行)티 아니리니 부모(父母)룰 해(害)흔 원슈(怨讎ㅣ) 하늘을 셔릭 엿디 못홀 거시니 더옥 일셕(一席)의 딕(對)ㅎ야 환쇼(歡笑)ㅎ리오?"

셜파(說罷)의 기리 졀ㅎ고 표연(飄然)이 나가니 샹셰(尙書ㅣ) 크게 흠복(欽服)ㅎ야 도라 독부(督府)ᄃ려 왈(曰),

"대인(大人)이 엇딘 고(故)로 뎌 ᄀᆞ튼 군ᄌᆞ(君子)로 더브러 결원(結怨)319)ㅎ믈 태심(太甚)이 ㅎ시니잇고? ᄎᆞ(此)는 금셰샹(今世上)의 잇디 아닌 군ᄌᆞ(君子ㅣ)로소이다."

독뷔(督府ㅣ) 웃고 왈(曰),

"졀로 더브러 결원(結怨)ㅎ나 뉘 제게 아쳠(阿諂)홀 일이 업ᄉᆞ니 숨 ᄀᆞᆺ도다."

샹셰(尙書ㅣ) 왈(曰),

"뎌 말ᄉᆞᆷ 더리 마ᄅᆞ쇼셔. 댱닉(將來) 혹 비ᄅᆞ실 일이 이실 동 어이 아ᄅᆞ시ᄂᆞ뇨?"

독뷔(督府ㅣ) 대쇼(大笑) 왈(曰),

---

316) 위자(慰藉): 위자. 위로하고 도와줌.

317) 승당(承當): 받아들여 감당함.

318) 슉믹블변(菽麥不辨): 숙맥불변. 콩인지 보리인지를 구별하지 못한다는 뜻으로, 사리 분별을 못 하고 세상 물정을 잘 모름을 이르는 말.

319) 결원(結怨): 원한을 맺음.

"셩보는 쳔(千) 리(里)

의셔 현보의 말을 즈셔이도 빗화도다. 현보의 말이 이젼(以前) 여
ᄎ(如此)ᄒ고 ᄯ 현딜(賢姪)의 말이 여ᄎ(如此)ᄒ나 내게 구틱여
녀ᄋ](女兒ㅣ) 업고 쟉위(爵位) 툥ᄌ](冢宰)의 니ᄅ러시니 뉴ᄌ](-子
ㅣ) 봉왕(封王)ᄒ여도 빌 일이 업도다."

샹셰(尙書ㅣ) 역시(亦是) 대쇼(大笑)ᄒ더라.

ᄎ야(此夜)의 샹셰(尙書ㅣ) 안무(按撫)로 더브러 침소(寢所)롤 ᄒᄆ
디로 ᄒ야 니졍(離情)을 니ᄅ며 안무(按撫)는 모친(母親) 평문(平問)
을 탐탐(耽耽)320)이 뭇더니 말단(末端)의 샹셰(尙書ㅣ) 쇼왈(笑曰),

"현데(賢弟) 엇디 쳐ᄌ(妻子)의 존문(存問)은 뭇디 아니ᄒᄂ다?"

안뮈(按撫ㅣ) 쇼왈(笑曰),

"형(兄)은 잇다감 이러틋 고이(怪異)ᄒ 말숨을 ᄒ시ᄂ뇨? 임 시(氏)
의 병문(病聞)321)이 업스니 평안(平安)ᄋ믈 알디라 괴로이 므러 므어
시 쾌(快)ᄒ리오?"

샹셰(尙書ㅣ) 대쇼(大笑)ᄒ고 인(因)ᄒ야 뉴싱(-生)을 쳥(請)ᄒ

야 ᄒᄆ디로 통음(痛飮)홀식 안무(按撫)는 문경(刎頸)의 디긔(知

---

320) 탐탐(耽耽): 깊고 그윽한 모양.
321) 병문(病聞): 병이 들었다는 소식.

긔)322) 되연 디 오래나 샹셰(尙書ㅣ) 쏘흔 亽랑흐믈 지극(至極)히 흐고 굴오딕,

"혹싱(學生)이 비록 우인(爲人)이 노하(駑下)323)흐여 취(取)홀 거시 업亽나 그러나 흔 조각 군亽(君子) 亽랑흐는 모음은 망실(忘室)흐매 밋쳣는 고(故)로 금일(今日) 군(君)을 보매 만고(萬古) 흐나히시믈 만히 익모(愛慕)흐느니 족하(足下)는 더럽다 마르시고 타일(他日) 경亽(京師)의 니르러 서로 관포(管鮑)324)의 디긔(知己)를 니르미 엇더뇨?"

경문이 공슈(拱手) 샤례(謝禮) 왈(曰),

"명공(明公)이 됴뎡(朝廷) 듕신(重臣)으로 쇼싱(小生) 굿튼 쳔인(賤人)을 보시고 권권(睠睠)325)흐시미 여츳(如此)흐시니 비록 토목326)(土木) 심댱(心腸)인들 감격(感激)흔 줄을 모르리오? 당당(堂堂)이 놉흔 의긔(義氣)를 씩의 셔겨 잇디 아니흐리이다."

샹셰(尙書ㅣ)

---

322) 문경(刎頸)의 디긔(知己): 문경의 지기. 친구를 위해 목을 베어 줄 정도의 친한 사귐. 문경지교(刎頸之交). 중국 전국(戰國)시대 조(趙)나라 염파(廉頗)와 인상여(藺相如)의 고사. 인상여가 진(秦)나라에 가 화씨벽(和氏璧) 문제를 잘 처리하고 돌아와 상경(上卿)이 되자, 장군 염파는 자신이 인상여보다 오랫동안 큰 공을 세웠으나 인상여가 자기보다 높은 지위에 앉았다 하며 인상여를 욕하고 다님. 인상여가 이에 대해 대응하지 않자 제자들이 그 까닭을 물으니, 두 사람이 다투면 국가가 위태로워지고 진(秦)나라에만 유리하게 되므로 대응하지 않은 것이었다 하니 염파가 그 말을 전해 듣고 가시나무로 만든 매를 지고 인상여의 집에 찾아가 사과하고 문경지교를 맺음. 사마천, 『사기(史記)』, <염파인상여열전(廉頗藺相如列傳)>.

323) 노하(駑下): 둔한 말 아래라는 뜻으로, 남에게 자기를 낮추어 이르는 말.

324) 관포(管鮑): 관중(管仲, ?~B.C.645)과 포숙아(鮑叔牙, ?~?). 관중은 중국 춘추시대 제(齊)나라의 재상으로 이름은 이오(夷吾). 환공(桓公)이 즉위할 무렵 환공의 형인 규(糾)의 편에 섰다가 패전하여 노(魯)나라로 망명하였는데, 당시 환공을 모시고 있던 친구 포숙아의 진언(進言)으로 환공에게 기용되어 환공을 중원(中原)의 패자(霸者)로 만드는 데 일조함. 관중과 포숙아는 잇속을 차리지 않은 사귐으로 유명하여 이로부터 관포지교(管鮑之交)라는 말이 나옴. 사마천, 『사기(史記)』, <관안열전(管晏列傳)>.

325) 권권(睠睠): 마음과 힘을 다하여 두텁게 하는 모양.

326) 목: [교] 원문에는 '묵'으로 되어 있으나 오기로 보임.

크게 깃거 친친(親親)이 ᄉᆞ랑ᄒᆞ미 지셩쇼ᄌᆡ(至誠所在)327)로 지극
(至極)ᄒᆞ니 경문이 뎌의 의긔(義氣)를 그윽이 감은(感恩)ᄒᆞᆷ믈 이긔
디 못ᄒᆞ더라.

이튿날 대군(大軍)이 휘동(麾動)328)ᄒᆞ매 안무(按撫ㅣ) 십(十) 니
(里) 댱뎡(長亭)329)의 가 ᄇᆡ별(拜別)ᄒᆞ고 아(衙)로 도라오고 경문은
부친(父親)으로 더브러 남챵(南昌)으로 오다.

위 독뷔(督府ㅣ) 듀야(晝夜)로 힝(行)ᄒᆞ야 경ᄉᆞ(京師)의 니르니 텬
ᄌᆡ(天子ㅣ) 문졍공(--公)이 니르ᄂᆞᆫ가 너기샤 남교(南郊)의 나와 마ᄌ
시니 임의 허다(許多) 구름 ᄀᆞᆺᄐᆞᆫ 어막(御幕)330)을 ᄇᆡ셜(排設)331)ᄒᆞ고
황뇽봉긔(黃龍鳳旗) 어ᄌᆞ러이 나붓기니 독뷔(督府ㅣ) 황망(慌忙)이
하마(下馬)ᄒᆞ야 어뎐(御前)의 니르러 고두ᄇᆡ무(叩頭拜舞)332)ᄒᆞ고 산
호만셰(山呼萬歲)333)를 브르니 샹(上)이 급(急)히 므르샤ᄃᆡ,

"연왕(-王)이 쟝ᄎᆞ(將次ㅅ) 어디 잇ᄂᆞ뇨?"

위 공(公)이 밋처 답(答)디 못ᄒᆞ여셔 니(李) 샹셰(尙書ㅣ) 문졍공(--公)

---

327) 지셩쇼ᄌᆡ(至誠所在): 지성소재. 지극한 정성에서 우러나온 바.

328) 휘동(麾動): 지휘하여 움직이게 함.

329) 댱뎡(長亭): 장정. 먼 길을 떠나는 사람을 전송하던 곳.

330) 어막(御幕): 임금이 쓰는 장막.

331) ᄇᆡ셜(排設): 배설. 연회나 의식(儀式)에 쓰는 물건을 차려 놓음.

332) 고두ᄇᆡ무(叩頭拜舞): 고두배무. 머리를 땅에 조아리고 배무함. 배무는 엎드려 절하고 춤을 추
는 행위로 조정에서 절을 하는 예식.

333) 산호만셰(山呼萬歲): 산호만세. 나라의 중요 의식에서 신하들이 임금의 만수무강을 축원하여
두 손을 치켜들고 만세를 부르던 일. 중국 한나라 무제가 숭산(嵩山)에서 제사 지낼 때 신민
(臣民)들이 만세를 삼창한 데서 유래함.

의 소댱(疏狀)을 밧드러 나아와 ᄉ비(四拜)ᄒ고 샹뎐(上前)의 헌(獻)ᄒ니 샹(上)이 크게 놀나샤 ᄶᅥ혀 보시니 굴와시딕,

'미신(微臣) 졍남대원슈(征南大元帥) 문졍공(--公) 니몽챵은 셩황셩공(誠惶誠恐)334)ᄒ고 돈슈빅비(頓首百拜)ᄒ야 황뎨(皇帝) 폐하(陛下)긔 샹표(上表)ᄒ니다. 신(臣)이 황명(皇命)을 밧ᄌᆞ와 군쟝(軍將)을 거ᄂᆞ려 강셔(江西)의 니ᄅᆞ매 진실로(眞實-) 국가(國家) 홍복(洪福)과 제쟝(諸將)의 힘뻐 ᄡᅡ호믈 인(因)ᄒ야 져근 도적(盜賊)을 멸(滅)ᄒᆞ미 도시(都是) 폐하(陛下) 위복(威福)335)이어늘 폐해(陛下ㅣ) 이제 블ᄉᆞ(不似)336)ᄒᆞᆫ 미신(微臣)으로 연국(-國)의 봉(封)ᄒ시니 신(臣)이 ᄒᆞᆫ 번(番) 듯ᄌᆞ오매 심담(心膽)이 ᄶᅥ러디믈 면(免)티 못ᄒᆞ야 졍신(精神)과 혼빅(魂魄)이 난득(難得)ᄒᆞ오니 북망통곡(北望慟哭)ᄒᆞ야 감히(敢-) 탑젼(榻前)을 더러

이니이다.

신(臣)이 본딕(本-) 브직(不才)로 션뎨(先帝)의 간발(簡拔)ᄒ시믈 입ᄉᆞ와 쇼년(少年)의 영통(榮寵) 부귀(富貴) 분(分) 밧기오, 약년(弱

---

334) 셩황셩공(誠惶誠恐): 성황성공. 진실로 황공하다는 뜻으로, 임금에게 올리는 글의 첫머리에 쓰는 표현.

335) 위복(威福): 벌과 복을 주는 임금의 권력.

336) 블ᄉᆞ(不似): 불사. 어떤 일을 하기에 적합하지 않음.

年)의 봉후(封侯)³³⁷⁾ᄒ며 삼슌(三旬)의 봉공(封公)³³⁸⁾ᄒ야 금ᄌ옥ᄃᆡ
(金紫玉帶)³³⁹⁾와 봉읍(封邑) 소산(所産)이 진실로(眞實-) 손복(損
福)³⁴⁰⁾ᄒ미 갓가오ᄃᆡ 셩은(聖恩)이 망극(罔極)ᄒ고 신(臣)이 용녈무
상(庸劣無狀)³⁴¹⁾ᄒ와 분(分)의 넘은 줄을 아디 못ᄒ고 즐기미 죡(足)
ᄒ거늘 이제 연왕(-王)이 되야 큰 나라희 도읍(都邑)ᄒᄆ 신(臣)이 비
록 무샹(無狀)ᄒ오나 분의(分義)³⁴²⁾ 업스믈 춤남(僭濫)이 당(當)ᄒ야
이모지년(二毛之年)³⁴³⁾이 반(半)이오, 남은 나흘 못 사라 노년(老年)
어버의게 셔하지탄(西河之歎)³⁴⁴⁾을 기티고 문호(門戶)를 보젼(保全)
티 못ᄒ게 ᄒ리잇고?

오회(嗚呼ㅣ)라! 군뷔(君父ㅣ) 일월(日月)ᄀᆺ티 ᄌ샹(仔詳)ᄒ샤 미신
(微臣)의

· · ·

100면

졍ᄉ(情事)를 관념(觀念)티 아니시미 이 ᄀᆺ시니잇고? 신(臣)이

---

337) 봉후(封侯): 후(侯)에 봉해짐. 이몽창이 문정후에 봉해진 것을 이름.

338) 봉공(封公): 공(公)에 봉해짐. 이몽창이 문정공에 봉해진 것을 이름.

339) 금ᄌ옥ᄃᆡ(金紫玉帶): 금자옥대. 금자(金紫)는 금인(金印)과 자수(紫綬)로, 금인은 관직의 표시
로 차고 다니던 금으로 된 조각물이고 자수는 고위 관료가 차던 호패(號牌)의 자줏빛 술임.
옥대는 임금이나 관리의 공복(公服)에 두르던, 옥으로 장식한 띠임.

340) 손복(損福): 복을 일부 또는 전부 잃음.

341) 용녈무샹(庸劣無狀): 용렬무상. 어리석고 사리에 밝지 못함.

342) 분의(分義): 분수와 의리.

343) 이모지년(二毛之年): 흰 머리털이 나기 시작하는 나이라는 뜻으로, 32세를 이르는 말.

344) 셔하지탄(西河之歎): 서하지탄. 서하(西河)에서의 탄식이라는 뜻으로 부모가 자식을 잃고 하
는 탄식을 이름. 서하(西河)는 지금의 섬서성(陝西省) 한성현(韓城縣)에서 화음현(華陰縣) 일
대. 중국 춘추시대 공자의 제자 자하(子夏, B.C.508?~B.C.425?)가 공자가 죽은 후 서하(西河)
에 은거하고 있었는데 그 자식이 죽자 슬피 울어 눈이 멀었다는 데서 유래함. 『예기(禮記)』,
「단궁(檀弓)」.

촌공(寸功)도 업시 성됴(聖朝)의 슈은(受恩)을 망극(罔極)히 ᄒ여시ᄃᆡ 터럭긋도 갑ᄉ오미 업ᄉ오니 평ᄉᆡᆼ(平生)을 보건대 븟그럽ᄉ오미 ᄂᆞᆺ 둘 ᄯᅡ히 업거늘 이제 대쇼(大小) 쟝ᄉᆡ(將士ㅣ) 진튱갈녁(盡忠竭力)³⁴⁵⁾ᄒ야 져근 도적(盜賊)을 소평(掃平)³⁴⁶⁾ᄒ미 믄득 신(臣)의 공(公)이 되여 참남(僭濫)이 군왕(君王)이 되오믄 신(臣)이 하ᄂᆞᆯ을 두리워 일(一) 필(匹) 나귀를 잇그려 ᄇᆡᆨ구(白鷗)로 벗이 되고져 ᄒᆞᄂᆞᆫ이다.

반년(半年)을 녀딘(旅塵)³⁴⁷⁾의 구치(驅馳)³⁴⁸⁾ᄒ야 겨유 도적(盜賊)을 멸(滅)ᄒ고 도라갈 ᄆᆞ음이 살 ᄀᆞᆺᄐᆡ여 밧비 군친(君親)의 알ᄑᆡ 니ᄅᆞ올가 ᄒ여ᄉ옵더니 시ᄉᆞ(時事ㅣ) 시러곰 ᄠᅳᆺᄀᆞᆺ디 못ᄒ야 믈과 뫼 가온ᄃᆡ 몸을

101면

ᄇ리오니 진실로(眞實-) 길 가온ᄃᆡ 업더디기를 긔필(期必)티 못ᄒ오니 머리를 두로혀 뎨향(帝鄕)을 챵망(悵望)³⁴⁹⁾ᄒ오니 농안(龍顔)이 이목(耳目)을 놀내ᄂᆞᆫ이다 쟝ᄎᆞᆺ(將次ㅅ) 촌심(寸心)이 어히ᄂᆞᆫ³⁵⁰⁾ ᄃᆞᆺᄒ도소이다. 신(臣)의 아비 나히 늙으매 ᄆᆞ음이 굿디 못ᄒ야 셩지(聖旨)를 ᄃᆞ토³⁵¹⁾디³⁵²⁾ 아니ᄒ니 신(臣)이 이제 군명(君命)을 어

---

345) 진튱갈력(盡忠竭力): 진충갈력. 온 힘을 다해 충성을 다함.

346) 소평(掃平): 휩쓸어 없애 평정함.

347) 녀딘(旅塵): 여진. 돌아다니며 뒤집어쓴 먼지라는 뜻으로 전쟁터를 이름.

348) 구티(驅馳): 구치. 말이나 수레를 타고 달림.

349) 챵망(悵望): 창망. 시름없이 바라봄.

350) 어히ᄂᆞᆫ: 에는.

351) 토: [교] 원문에는 '튼'로 되어 있으니 문맥을 고려하여 규장각본(6:72)을 따름.

그릇춘 죄(罪) 만스유경(萬死猶輕)[353]이나 쏘 근본(根本)을 싱각ᄒ
니 일편도이 군부(君父)의 명(命)만 슌(順)ᄒ야 문호(門戸)ᄅᆞᆯ 싱각
디 아니ᄒ리잇가? 신(臣)이 이제 죽기ᄅᆞᆯ 므릅뻐 일(一) 편(篇) 샹쇼
(上疏)ᄅᆞᆯ 올니고 몸을 초목(草木)으로 더브러 깃드리매 텬명(天命)
을 거역(拒逆)ᄒᆞᆫ 죄(罪) 만스유경(萬死猶輕)이라 황공ᄃᆡ죄(惶恐待
罪)ᄒᆞᄂᆞ이다.’

ᄒᆞ엿더라.

- • •

102면

샹(上)이 보시기ᄅᆞᆯ ᄆᆞᆺ고 크게 탄(嘆)ᄒᆞ야 ᄀᆞᆯ오샤ᄃᆡ,

“연왕(-王)의 숑ᄇᆡᆨ(松柏) ᄀᆞᆺᄐᆞᆫ 졀개(節槪)ᄂᆞᆫ 아란 디 오래거니와
엇디 이ᄃᆡ도록 ᄒᆞᆫ 줄을 아라시리오?”

즉시(卽時) 승샹(丞相)을 갓가이 브르샤 탄식(歎息)ᄒᆞ야 ᄀᆞᆯᄋᆞ샤ᄃᆡ,

“연왕(-王)의 놉흔 ᄯᅳᆺ이 이러틋 ᄒᆞ니 쟝ᄎᆞᆺ(將次ㅅ) 엇디ᄒ리오?”

승샹(丞相)이 돈슈(頓首) 왈(曰),

“몽챵의 도리(道理) 여ᄎᆞ(如此) 유리(有理)ᄒᆞ니 신(臣)이 아비 되여
시미 븟그럽ᄉᆞ온디라 가히(可-) 입이 이시나 ᄒᆞᆯ 말ᄉᆞᆷ이 업서이다.”

샹(上)이 팀음(沈吟)[354]ᄒᆞ시다가 ᄀᆞᆯᄋᆞ샤ᄃᆡ,

“연경(-卿)의 ᄆᆞᄋᆞᆷ 도로혀기 경(卿)곳 아니면 못 ᄒ리니 여ᄎᆞ여ᄎᆞ
(如此如此) ᄒᆞ미 엇더ᄒᆞ뇨?”

---

352) 디: [교] 원문에는 ‘니’로 되어 있으나 오기로 보임.

353) 만스유경(萬死猶輕): 만사유경. 만 번 죽어도 오히려 가벼움.

354) 팀음(沈吟): 침음. 속으로 깊이 생각함.

승샹(丞相)이 딕왈(對曰),

"몽챵의 졍심(貞心)이 구드니 직명(職名)을 환슈(還收)ᄒ시고 브릭 실딘대 망듀야(忘晝夜)ᄒ야 오리니 셩

···

103면

명(聖明)은 슬피쇼셔."

샹(上)이 노왈(怒曰),

"연왕(-王)의 군명(君命) 거역(拒逆)ᄒ믈 경(卿)이 ᄒ유(解諭)티 아니ᄒ고 이러틋 도도고져 ᄒ니 딤(朕)을 업슈이 너기미 심(甚)티 아니리오?"

셜파(說罷)의 어식(御色)이 심(甚)히 불연(勃然)[355]ᄒ시니 승샹(丞相)이 밧비 좌(座)를 써나 쳥죄(請罪) 왈(曰),

"몸이 신직(臣子ㅣ) 되여 ᄉ디(死地)라도 거역(拒逆)디 못ᄒ오려든 더옥 영화(榮華)의 길흘 ᄉ양(辭讓)ᄒ리잇고? 던교(傳敎)대로 ᄒ리이다."

샹(上)이 크게 깃그샤 위 공(公)을 승샹(丞相)을 빙(拜)ᄒ시고 대쇼(大小) 쟝ᄉ(將士)를 ᄎ례(次例)로 봉쟉(封爵)을 더으시고 환궁(還宮)ᄒ시니,

승샹(丞相)이 ᄯ흔 본부(本府)의 도라오매 일개(一家ㅣ) 문졍공(--公)의 아니 오믈 낙심(落心)ᄒ야ᄒ며 뉴 부인(夫人)이 골오딕,

"챵ᄋ(-兒ㅣ) 만일(萬一) 봉왕(封王)ᄒ미 텬명(天命)곳 아니면 관ᄋ(-兒ㅣ) 죽기로 ᄉ양(辭讓)홀 거

---

355) 불연(勃然): 발연. 왈칵 성을 내는 태도나 일어나는 모양이 세차고 갑작스러움.

시어늘 제 엇디 아디 못ᄒ고 고이(怪異)ᄒᆫ 거조(擧措)ᄅᆞᆯ ᄒᄂ뇨?"

승샹(丞相)이 ᄃᆡ왈(對曰),

"몽ᄋᆡ(-兒ㅣ) ᄯᅩᄒᆫ 모로든 아니ᄒ오ᄃᆡ 스ᄉᆞ로 영통(榮寵)이 과분(過分)ᄒᄆᆞᆯ 두리미니 맛당이 사ᄅᆞᆷ을 보ᄂᆡ야 블너오사이다."

드ᄃᆡ여 셔간(書簡)을 닥가 시노(侍奴) 쇼연을 명(命)ᄒ야 금쥐(錦州)로 보ᄂᆡ니 승샹(丞相)이 비록 공(公)의 쳐ᄉᆞ(處事ㅣ) 올흐믈 아나 도로(道路) 풍샹(風霜)의 샹(傷)ᄒᆞ미 만흘가 근심ᄒ야 ᄉᆞ연(辭緣)[356]을 ᄀᆞ장 엄절(嚴切)이 ᄒ야 보ᄂᆡ니라.

이ᄭᅴ 공(公)이 노새ᄅᆞᆯ 모라 금쥐(錦州) 니ᄅᆞ러 션영(先塋)의 ᄇᆡ알(拜謁)ᄒ고 본ᄐᆡᆨ(本宅)의 머므러 시ᄉᆞ(時事ㅣ) 시러곰 ᄯᅳᆺᄀᆞᆺ디 못ᄒ야 ᄌᆞ개(自家ㅣ) 군왕(君王)이 되믈 탄식(歎息)ᄒ여 산샹(山上)을 우러러 고봉만학(高峰萬壑)[357]과 송ᄇᆡᆨ(松柏)이 총울(蔥鬱)ᄒᄆᆞᆯ 보고 감회(感懷)ᄒ야 글오ᄃᆡ,

"ᄒᆞᆫ 몸이 뎌 솔과

ᄀᆞᆺ디 못ᄒ고 ᄆᆞ음이 뎌 고봉(高峯)만 못ᄒ야 헌신 ᄀᆞᄐᆞᆫ 공명(功名)을 이ᄃᆡ도록 뉴렴(留念)ᄒ야 디게(志槪)ᄅᆞᆯ 펴디 못ᄒᄂ뇨?"

기리 슬허 븍(北)을 ᄇᆞ라보와 군친(君親)을 ᄉᆞ렴(思念)ᄒᄂᆞᆫ ᄆᆞ음이

---

356) ᄉᆞ연(辭緣): 사연. 편지나 말의 내용.

357) 고봉만학(高峰萬壑): 높은 산봉우리와 겹겹의 골짜기.

일일여삼츄(一日如三秋ㅣ)358)러니,

두어 날 후(後) 시노(侍奴) 쇼연이 븍경(北京)으로조차 니르러 승상(丞相) 봉셔(封書)를 올니니 공(公)이 크게 반겨 공경(恭敬)ᄒ야 ᄶᅥ혀 보니 굴와시되,

'내 본딩(本-) 블쵸(不肖)ᄒ야 ᄌ식(子息)을 ᄀᄅ치디 아냐시나 네 오(五) 셰(歲)브터 경셔(經書)를 닑어 ᄌ못 군신지의(君臣之義)를 알니니 이제 성샹(聖上)이 너를 봉왕(封王)ᄒ시미 은틱(恩澤)이 과도(過度)ᄒ나 텬쉬(天數ㅣ) 뎡(定)ᄒ미 이시니 무익(無益)ᄒᆫ ᄉ양(辭讓)이 브졀업고 ᄶᅩᄒᆫ ᄉ양(辭讓)ᄒ야도 궐하(闕下)의 업딩여 소(疏)를 올릴 거시어놀 국가(國家)

•••

106면

듕임(重任)을 몸의 시러 ᄀᄃ디고 힝젹(行蹟)이 표흘(飄忽)359)ᄒ야 가븨야이 쳑소360)(尺疏)361)를 농뎡(龍廷)의 더뎌 님군을 만모(慢侮)362)ᄒ니 닉 ᄀ장 너를 위(爲)ᄒ야 븟그려ᄒᄂ니 뎡심(貞心)이 구들딘딩 ᄒᆫ 말을 ᄒ야 금쥐(錦州) 묘하(墓下)의셔 늙어 죽어 다시 텬뎡(天廷)을 더러이디 말고 아비 이시믈 아디 말나.'

하엿더라.

공(公)이 보기를 ᄆᆞ고 크게 놀나며 황공(惶恐)ᄒ야 쇼연ᄃ려 연고

---

358) 일일여삼츄(一日如三秋ㅣ): 일일여삼추. 하루가 삼 년과 같음.

359) 표흘(飄忽): 표홀. 홀연히 나타났다 사라지는 모양이 빠름.

360) 쳑소: [교] 원문에는 '쳔노'로 되어 있으나 문맥을 고려하여 규장각본(6:75)을 따름.

361) 쳑소(尺疏): 척소. 상소.

362) 만모(慢侮): 거만한 태도로 남을 업신여김.

(緣故)롤 무릭니 딕왈(對曰),

"다룬 일은 아디 못호딕 텬직(天子ㅣ) 남교(南郊)의 가샤 노야(老爺)롤 마즈시니 아니 와 계신디라 크게 낙막(落寞)363) 호시고 승샹(丞相) 노얘(老爺ㅣ) 노야(老爺)의 군명(君命) 져변리시믈 노(怒)호샤 쇼복(小僕)을 박속(迫屬)364) 호야 보닉시며 닐으시딕, '만일(萬一) 아니 오거든 셔간(書簡)을

맛디 말고 셜니 도라오라.' 호시더이다."

공(公)이 할연(割然)365) 댱탄(長歎) 왈(曰),

"군부(君父)의 엄명(嚴命)이 여츳(如此)호시니 내 죽을 일인들 엇디 〈양(辭讓)호리오?"

드딕여 쳔니마(千里馬)롤 잇그러 알픽 니르믹 표연(飄然)이 샹마(上馬)호야 쇼연을 미조차 오라 호고 듀야(晝夜) 경셩(京城)의 니르러는 공(公)이 부친(父親)의 엄졍(嚴正)호믈 아는 고(故)로 감히(敢-) 바로 드러가디 못호야 문밧(門-)긔 대죄(大罪)호야 와시믈 보(報)호니,

일개(一家ㅣ) 크게 놀나며 반겨호고 빅문 등(等) 졔이(諸兒ㅣ) 뛰놀며 밧비 나가 공(公)을 보니 승샹(丞相)이 쏘흔 그 효슌(孝順)호믈 두굿겨 즉시(卽時) 브르니 공(公)이 희힝(喜幸)호믈 먹음고 드러가 계하(階下)의셔 죄(罪)를 쳥(請)호니 승샹(丞相)이 골오딕,

---

363) 낙막(落寞): 마음이 쓸쓸함.

364) 박속(迫屬): 박촉. 단단히 명함.

365) 할연(割然): 마음이 아픈 모양.

"네 군명(君命)을 역(逆)혼 죄(罪) 듕(重)호

나 만(萬) 리(里) 젼딘(戰塵)의 구티(驅馳)366)호미 오릭니 부즈지졍
(父子之情)이 약(弱)호믈 면(免)티 못호고 태태(太太) 블안(不安)호
야호시니 쏠리 당(堂)의 오릭라."

공(公)이 직비(再拜) 샤례(謝禮)호고 당(堂)의 올나 녜(禮)롤 뭇고
좌(座)의 나아가매 제(諸) 형뎨(兄弟) 일시(一時)의 별회(別懷)롤 니
릭고 공(公)이 쏘혼 유유(愉愉)367)혼 화긔(和氣) 만안(滿顔)호야 찬조
(贊助)호더니 쇼뷔(少傅ㅣ) 웃고 골오딕,

"너의 긔샹(氣像)의 비범(非凡)호믄 아란 디 오래나 이러툿 쳥춘
(靑春)의 군왕(君王)이 될 줄 아라시리오?"

공(公)이 미우(眉宇)롤 징긔고 골오딕,

"쇼딜(小姪)이 블힝(不幸)호야 금일(今日) 위란(危亂)혼 시졀(時節)
을 만나니 졍(正)히 울울(鬱鬱)혼 심싱(心思ㅣ) 오녀즈(兒女子)의 우
룸을 면(免)티 못홀 거시어늘 슉부(叔父) 말슴을 듯즈오니 심홰(心火
ㅣ) 요동(搖動)호느이다."

승

---

366) 구티(驅馳): 구치. 말이나 수레를 타고 달림.

367) 유유(愉愉): 마음이 흐뭇하고 즐거움.

상(丞相)이 믄득 경계(警戒) 왈(曰),

"고어(古語)의 왈(曰), '텬여블취(天與不取)면 반슈기앙(反受其殃)이라.'368) ᄒᆞᄂᆞ니 너의 브지둔딜(不才鈍質)369)이 군왕(君王)이 되미 텬명(天命)곳 아닐 거시로ᄃᆡ 텬쉬(天數ㅣ) 뎡(定)ᄒᆞ여시니 ᄒᆞᆫ갓 인력(人力)으로 엇디ᄒᆞ리오? 내 아희(兒孩) ᄯᅩᄒᆞᆫ 인ᄉᆞ(人事)ᄅᆞᆯ 알리니 브졀업슨 근심을 말나."

공(公)이 계슈(稽首)370) 빅샤(拜謝) 왈(曰),

"명괴(明敎ㅣ) 지극(至極) 맛당ᄒᆞ시나 ᄯᅩᄒᆞᆫ 싱각건ᄃᆡ 쇼ᄌᆡ(小子ㅣ) 므슴 몸이라 칭왕(稱王)ᄒᆞ리잇고? 싱각ᄒᆞ매 골돌(鶻突)371)ᄒᆞᄆᆞᆯ 이긔디 못ᄒᆞᆯ소이다."

하람공(--公)이 탄왈(歎曰),

"내 일즉 오(五) 셰(歲)로브터 쳥심(淸心)이 소부(巢父),372) 허유(許由)373)ᄅᆞᆯ 흠모(欽慕)ᄒᆞᄃᆡ 시러곰 시ᄉᆡ(時事ㅣ) ᄆᆞ음과 ᄀᆞᆺ디 못ᄒᆞ

---

368) 텬여블취(天與不取)면 반슈기앙(反受其殃)이라: 천여불취면 반수기앙이라. 하늘이 주는 것을 취하지 않으면 도리어 그 재앙을 받는다. 사마천의 『사기(史記)』, <회음후열전(淮陰侯列傳)>에 나오는 말로, 괴철(蒯徹)이 한 고조 유방에 의해 제나라 제후로 봉해졌던 한신(韓信)에게, 제나라가 한나라·초나라와 삼분할 것을 권유하며 한 말. 원문은 "하늘이 주는 것을 취하지 않으면 도리어 그 허물을 받고, 때가 이르렀는데도 행하지 않으면 도리어 그 재앙을 받는다. 天與不取, 反受其咎, 時至不行, 反受其殃."임.

369) 브지둔딜(不才鈍質): 부재둔질. 재주가 없고 자질이 노둔함.

370) 계슈(稽首): 계수. 고개를 조아림.

371) 골돌(鶻突): 의혹이 풀리지 않음.

372) 소부(巢父): 중국 요(堯)임금 때의 은사(隱士). 요 임금이 천하를 주려 했으나 거절하고 요성(聊城)에서 은거하며 방목(放牧)하면서 일생을 마침. 산속에 숨어 세상의 이익을 돌아보지 않고 나무 위에 집을 지어 그곳에서 잤다고 하여 소부(巢父)라 불림.

373) 허유(許由): 중국 요(堯)임금 때의 현인. 자는 무중(武仲). 요임금이 천하를 그에게 물려 주려 했으나 거절하고 기산(箕山)에 들어가 은거함. 요임금이 또 그에게 관직을 주려 하자 그 말이 자기의 귀를 더럽혔다며 곧 영수(潁水) 가에서 귀를 씻음.

야 큰 궁궐(宮闕)의 거(居)ᄒ야 몸이 왕(王)이 되고 헌면(軒冕)[374]과
농푀(龍袍ㅣ) 괴

로오미 심두(心頭)[375]의 밍얼(萌孽)[376]ᄒ야 스스로 쳐(處)ᄒ믈 공
(公)으로 ᄒ고 타인(他人)이 칭(稱)ᄒ믈 공(公)으로 ᄒ라 ᄒᄃᆡ 주연
(自然) 그러티 아니ᄒ니 듀야(晝夜) 괴로옴과 염고(厭苦)[377]ᄒ미
지극(至極)ᄒ나 ᄯᅩ 싱각건대 텬명(天命)곳 아니면 이러티 못ᄒᆯ다
라 혹(或) 관심(寬心)[378]ᄒᆯ 적이 잇ᄂ니 현뎨(賢弟)는 너모 조급(躁
急)히 구지 말나."

승샹(丞相)이 ᄀᆞᆯ오ᄃᆡ,

"몽현의 말이 올흐니 창ᄋᆡ(-兒ㅣ) 모ᄅᆞ미 명심(銘心)ᄒ고 몸이 비
록 왕(王)이 되나 ᄠᅳ즐 ᄀᆞ디록 ᄂᆞᆺ초미 올흔가 ᄒ노라."

공(公)이 슈명(受命)ᄒ나 심(甚)히 즐기디 아냐 광미(廣眉)[379]를 ᄢ
긔고 손을 ᄭᅩ자 단좌(端坐)ᄒ여시니 츄텬(秋天) ᄀᆞᆺ튼 긔샹(氣像)이 ᄇ
라보매 송연(悚然)ᄒ니 좌우(左右ㅣ) 블승칭복(不勝稱服)[380]ᄒ더라.

명일(明日) 공(公)이 궐하(闕下)의 나아가 ᄃᆡ

---

374) 헌면(軒冕): 고관이 타던 초헌과 머리에 쓰던 관.

375) 심두(心頭): 생각하고 있는 마음. 또는 순간적인 생각이나 마음.

376) 밍얼(萌孽): 맹얼. 싹틈. 생겨남.

377) 염고(厭苦): 싫어하고 괴롭게 여김.

378) 관심(寬心): 마음을 놓음.

379) 광미(廣眉): 넓은 눈썹.

380) 블승칭복(不勝稱服): 불승칭복. 칭찬하며 복종함을 이기지 못함.

죄(待罪)ᄒ고 샹표(上表)ᄒ야 ᄉ양(辭讓)ᄒ니 샹(上)이 공(公)의 샹
경(上京)ᄒ여시믈 크게 깃그샤 밧비 닉시(內侍)로 명툐(命招)381)ᄒ
시니 공(公)이 됴복(朝服)을 ᄀ초고 ᄉ쟈(使者)를 ᄯ와 태극뎐(太
極殿)의 니ᄅ러 ᄉ빅(謝拜)382)를 뭇ᄎ니 샹(上)이 흔연(欣然)이 젼
딘(戰塵)383)의 구티(驅馳)384)ᄒ믈 위로(慰勞)ᄒ시고 왕쟉(王爵)을
ᄉ양(辭讓)ᄒᄂ 쯧을 므ᄅ시니 공(公)이 돈슈(頓首) 빈왈(拜曰),

"신(臣)의 우인(爲人)이 용녈(庸劣)ᄒ믄 폐해(陛下ㅣ) 붉히 아ᄅ실
거시오, 이번(-番) 강셔(江西) 평뎡(平定)ᄒ믄 국가(國家) 홍복(洪福)
과 군쟝(軍將)의 진녁(盡力)ᄒ미어ᄂᆯ 폐해(陛下ㅣ) 엇딘 고(故)로 연
국(-國)의 봉(封)ᄒ시믈 쉽게 ᄒ시ᄂ니잇고? 신(臣)이 흔 번(番) 뎐교
(傳敎)를 듯ᄌᆞ오매 놀납기 극(極)ᄒ야 몸을 승니(僧尼)의 더뎌 인셰
(人世)를 샤졀(謝絕)코져 ᄒ엿더니 아비 셩은(聖恩)을 일ᄏ

라 브ᄅ미 잇ᄉᆞ는 고(故)로 이에 니ᄅ러시나 신(臣)이 ᄎ마 연왕(-
王) 두 ᄌᆞ(字) 은명(恩命)을 승슌(承順)티 못홀소이다."

샹(上)이 믁연(默然)ᄒ시다가 글오샤ᄃᆡ,

---

381) 명툐(命招): 명초. 임금의 명으로 신하를 부름.
382) ᄉ빅(謝拜): 사배. 사은숙배(謝恩肅拜). 임금의 은혜에 감사하며 공손하고 경건하게 절을 올리
　　던 일.
383) 젼딘(戰塵): 전진. 전쟁터.
384) 구티(驅馳): 구치. 말이나 수레를 타고 달림.

"고인(古人)은 님군 주는 거슬 견매(犬馬ㅣ)라도 수양(辭讓)티 아니ᄒ거늘 경(卿)이 ᄯ 식니(識理)를 통(通)ᄒ며 딤(朕)을 만모(慢侮)385)ᄒ미 이러틋 ᄒ뇨? ᄒ믈며 텬ᄌ(天子)는 무희언(無戲言)386)이라 딤(朕)이 비록 블명(不明)ᄒ나 텬하(天下) 님재 되여 됴뎡(朝廷)을 대(對)ᄒ야 두 번(番) 말을 곳티리오?"

공(公)이 황공(惶恐)ᄒ야 밧비 쳥죄(請罪)ᄒ며 옥387)계(玉階)의 머리를 두드려 고두(叩頭) 혈읍(血泣)ᄒ야 수양(辭讓)ᄒ미 수번(數番)의 미ᄎ니 샹(上)이 닉시(內侍)로 공(公)을 븟드러 나가라 ᄒ시고 녜부(禮部)로 퇵일(擇日)ᄒ야 왕(王)을 봉(封)ᄒ라 ᄒ시고 셩남(城南) 수리(數里)의 큰 궁(宮)을

● ● ●

113면

일워 주라 ᄒ시며 궁비(宮婢) 슈빅(數百)을 ᄲ라 ᄒ시니 공(公)이 더옥 초조(焦燥)ᄒ야 궐하(闕下)의 업듸여 소쟝(疏狀)을 올니니 샹(上)이 듕셔싱(中書省)388)을 명(命)ᄒ야 밧디 아니시니 공(公)이 홀일업서 다시 표(表)를 올녀 ᄀᆞ오ᄃᆡ,

'미신(微臣)의 부뫼(父母ㅣ) 나히 만코 알피 져ᄅ오니 신(臣) 등(等)이 일야(日夜) 쵸젼(焦煎)389)ᄒ야 노래ᄌ(老萊子)390)의 반의(斑

---

385) 만모(慢侮): 거만한 태도로 남을 업신여김.

386) 무희언(無戲言): 희롱하는 말이 없음.

387) 옥: [교] 원문에는 '유'로 되어 있으나 오기로 보임.

388) 듕셔싱(中書省): 중서성. 중국 수나라·당나라·송나라·원나라 때에, 일반 행정을 심의하던 중앙 관아. 삼국 시대에 위(魏)나라에서 처음 두었으며, 원나라 때에 상서성으로 고쳤다가 명나라 초기에 없앰.

389) 쵸젼(焦煎): 초전. 마음을 졸이고 애를 태움.

衣)391)를 효측(效則)고져 ᄒᆞ거늘 ᄎᆞ마 집을 닷ᄒᆞ야 슬하(膝下)를 ᄰᅥ 나리잇고? 복망(伏望) 폐하(陛下)ᄂᆞᆫ 신(臣)의 ᄀᆞᆫ절(懇切)ᄒᆞᆫ 졍ᄉᆞ(情事)를 ᄉᆞᆯ피샤 ᄒᆞᆺ 명호(名號)를 빌니실디언뎡 어버의 여년(餘年)을 티게 ᄒᆞ시고 더옥 궁비(宮婢) 일관(一關)392)은 즉금(卽今) 신(臣)의게 잇ᄂᆞᆫ 비ᄌᆞ(婢子ㅣ) 죡(足)ᄒᆞ거늘 진수(盡數)히 ᄰᅢ 춤람(僭濫)ᄒᆞᆫ 거슬 개393)의(介意)티 아니ᄒᆞ리잇가? 복원(伏願) 셩샹(聖上)은 ᄉᆞᆯ

∙●●

114면

피쇼셔.'

샹(上)이 그 지원(至願)을 막디 못ᄒᆞ샤 허락(許諾)ᄒᆞ시니 공(公)이 샤은(謝恩)ᄒᆞ고 믈너나나 듕심(中心)이 블열(不悅)ᄒᆞᆷ믈 이긔디 못ᄒᆞ더라.

흠텬관(欽天官)이 ᄐᆡᆨ일(擇日)ᄒᆞ고 녜뷔(禮部ㅣ) 위의(威儀)를 ᄀᆞᆺ초와 명일(定日)의 샹(上)이 교방(敎坊) 어악(御樂)으로 뉴 부인(夫人)긔 헌슈(獻壽)394)ᄒᆞ시고 소 부인(夫人)으로 연국(-國) 졍비(正妃)를 봉(封)ᄒᆞ샤 뎍의(翟衣)395)와 관(冠)을 ᄉᆞ송(賜送)ᄒᆞ시니,

녜부샹셔(禮部尙書) 니흥396)문이 셩지(聖旨)를 밧드러 일일히(一

---

390) 노래ᄌᆞ(老萊子): 노래자. 중국 춘추시대 초(楚)나라의 인물. 노래자는 칠십이 되었어도 모친을 위해 오색 무늬의 색동옷을 입기도 하고 물을 받들고 당에 올라가다가 일부러 미끄러져 어린 아이의 울음소리를 내기도 하며 모친을 즐겁게 했다고 함.

391) 반의(斑衣): 색동옷.

392) 일관(一關): 한 가지 일.

393) 개: [교] 원문에는 '가'로 되어 있으나 오기로 보임.

394) 헌슈(獻壽): 헌수. 환갑잔치 따위에서, 주인공에게 장수를 비는 뜻으로 술잔을 올림.

395) 뎍의(翟衣): 적의. 나라의 중요한 의식 때 왕비가 입던 예복. 붉은 비단에 청색의 꿩을 수놓아 만들었음.

一-) 절ᄎ(節次)를 출혀 시각(時刻)이 다드ᄅ니, 니부(李府) 외헌(外軒)의 구름 ᄀ튼 챠일(遮日)과 비단돗기 눈을 ᄀ리오ᄂ 가온듸 만됴빅관(滿朝百官)이 뉘 아니 모드리오. 슌비(巡杯)를 늘녀 반감(半酣)397)의 니ᄅ매 녜부샹셔(禮部尙書) 니흥문이 금포옥듸(錦袍玉帶)398)로 면복(冕服)을 드러 좌듕(座中)의 나아가 문졍공(--公)긔 취품(就稟)399)

···

115면

ᄒ매 황실(皇室) 졔왕(諸王)이 일시(一時)의 몸을 니러 풀을 미니 문졍공(--公)이 미우(眉宇)를 싱긔고 날호여 니러셔 구쟝면복(九章冕服)400)을 ᄀ초매 븍궐(北闕)을 향(向)ᄒ야 고두(叩頭) ᄉ비(四拜)를 믓고 승샹(丞相) 면젼(面前)의 직비(再拜)ᄒ매,

승샹(丞相)이 왕(王)을 드리고 닉당(內堂)의 드러가 뉴 부인(夫人)긔 뵈올시 소휘(-后ㅣ) ᄯ흔 복식(服色)을 ᄀ초와 부뷔(夫婦ㅣ) ᄡᅡᆼ(雙)으로 뉴 부인(夫人)긔 비례(拜禮)ᄒ매 공(公)의 동탕(動蕩)401)ᄒᆫ 긔샹(氣像)과 부인(夫人)의 벅벅ᄒᆫ 틱되(態度ㅣ) 진실노(眞實-) 군왕(君王)과 왕후(王后)의 거동(擧動)이 이럿ᄂ디라. 좌위(左右ㅣ) 눈을

---

396) 흥: [교] 원문에는 '홍'으로 되어 있으나 앞의 예를 따라 이와 같이 수정함.

397) 반감(半酣): 술에 반쯤 취함. 술에 웬만큼 취한 것을 이름.

398) 금포옥듸(錦袍玉帶): 금포옥대. 비단 도포와 옥으로 만든 띠.

399) 취품(就稟): 취품. 웃어른께 나아가 여쭘.

400) 구쟝면복(九章冕服): 구장면복. 구장은 임금의 면복(冕服)에다 놓은 아홉 가지의 수(繡). 의(衣)에는 산(山), 용(龍), 화(火), 화충(華蟲), 종이(宗彝)를 수놓고 상(裳)에는 마름(藻), 분미(粉米), 보(黼), 불(黻)을 수놓았음. 면복은 면류관과 곤룡포를 아울러 이르던 말.

401) 동탕(動蕩): 활달하고 호탕함.

쏘와 긔이(奇異)히 너기고 뉴 부인(夫人)이 비록 두굿기믈 이긔디 못
ᄒ나 가문(家門)의 과(過)ᄒ믈 두리고 셕ᄉ(昔事)ᄅᆞᆯ 툑감(觸感)402)ᄒᆞ
매 슬픈 눈믈이 ᄬᅡᆼᄬᅡᆼ(雙雙)ᄒᆞ야 닐오딕,

"노인(老人)의 산쳔(山川)이 구

• •

116면

더 금일(今日) 이 ᄀᆞᆺᄐᆞᆫ 경ᄉ(慶事)ᄅᆞᆯ 보딕 도라 싱각건딕 구고(舅
姑)의 자최 묘망(渺茫)403)ᄒᆞ시믄 니ᄅᆞ도 말고 션군(先君)이 볼셔
쳔하인(泉下人)404)이 되셔 그림재 묘연(杳然)ᄒᆞ니 노뫼(老母 ㅣ) ᄆᆞ
음이 목셕(木石)이 아니라 엇디 춤으리오?"

셜파(說罷)의 무슈(無數)ᄒᆞᆫ 눈믈이 슈건(手巾)을 적시니 왕(王)이
역시(亦是) 조부(祖父) 은틱(恩澤)을 싱각ᄒᆞ매 츄연(惆然)이 감샹(感
傷)ᄒᆞᄂᆞᆫ 쯧이 뉴동(流動)ᄒᆞ야 샹연(爽然)405)이 두어 줄 눈믈이 농포
(龍袍)의 ᄲᅥ러지믈 씻둣디 못ᄒᆞ고 승샹(丞相) 형뎨(兄弟) 오열(嗚咽)
ᄒᆞ야 혈뉘(血淚 ㅣ) 빅포(白袍) ᄉ매의 어룽지믈 마디못ᄒᆞ야 다만 왕
(王)의 부부(夫婦)ᄅᆞᆯ ᄃᆞ리고 가묘(家廟)의 올나 다과(茶果)ᄅᆞᆯ 버리고
향(香)을 꼬즈며 튝(祝)406)을 술오매 쇽졀업슨 향닉(香-) 묘당(廟堂)
의 잔잔뇨뇨(潺潺裊裊)407)ᄒᆞᆯ ᄯᅡᆫ이오, 거믄 녕쥐(靈主 ㅣ)408) 쳐

---

402) 튝감(觸感): 촉감. 직접적으로 느낌.

403) 묘망(渺茫): 아득함.

404) 쳔하인(泉下人): 천하인. 저승 사람. 천하(泉下)는 황천(黃泉)의 아래라는 뜻으로, 죽어서 가는
저승을 이르는 말.

405) 샹연(爽然): 상연. 아득한 모양.

406) 튝(祝): 축. 제사 때에 읽어 신명(神明)께 고하는 글. 축문(祝文).

407) 잔잔뇨뇨(潺潺裊裊): 잔잔요요. 가늘게 피어오름.

량(凄涼)ᄒ니 가히(可-) 심ᄉᆞ(心思ㅣ) 늣거오믈 알디라. 하람공(--公)과 연왕(-王) 등(等) 제인(諸人)이 츄연(惆然) 슈루(垂淚)ᄒᆞ믈 마디아니ᄒ고 승상(丞相)이 눈믈이 무수(無數)ᄒᆞ매 긔운이 거스려 올나 피를 토(吐)ᄒ고 것구러디니 졔ᄉᆡᆼ(諸生)이 년망(連忙)이 구(救)ᄒᆞ매 반향(半晌) 후(後) 겨유 인ᄉᆞ(人事)를 출히니 셔뎨(庶弟) 문셩이 급(急)히 도라와 보(報)ᄒᆞᄃᆡ,

"태부인(太夫人)이 대노야(大老爺)의 혼졀(昏絕)ᄒ시믈 드ᄅᆞ시고 이에 향(向)ᄒ려 ᄒ시ᄂᆞ이다."

승상(丞相)이 추언(此言)을 듯고 놀나 년망(連忙)이 가묘(家廟)의 ᄂᆞ려 듁셜각(--閣)의 니ᄅᆞ니 부인(夫人)이 승상(丞相)의 혼졀(昏絕)ᄒᆞ믈 듯고 심신(心身)이 경황(驚惶)ᄒ야 옥교(玉轎)로 노화 ᄇᆞ야흐로 묘당(廟堂)으로 향(向)ᄒ려 ᄒ다가 승상(丞相)의 오믈 보고 경희(驚喜)ᄒ야 ᄀᆞᆯ오ᄃᆡ,

"오ᄋᆞ(吾兒ㅣ) 앗가

혼미(昏迷)ᄒ엿더라 ᄒ더니 어느 ᄉᆞ이 ᄊᆡ미 쉬오뇨?"

승상(丞相)이 ᄃᆡ왈(對曰),

"졔ᄋᆞ(諸兒ㅣ) 그릇 와뎐(訛傳)409)ᄒᆞ미라 쇼ᄌᆞ(小子ㅣ) 엇디 긔졀

___
408) 녕ᄌᆔ(靈主ㅣ): 영주. 죽은 사람의 위패. 신주(神主).
409) 와뎐(訛傳): 와전. 사실과 다르게 전함.

(氣絕)홀 묘단(妙端)이 이시리잇고?"

뉴 부인(夫人)이 승샹(丞相)의 말슴이 온화(穩和)ᄒ나 혈흔(血痕)이 이목(耳目)을 ᄀ리오디 못ᄒ고 안ᄉᆡᆨ(顔色)이 쳐황(悽惶)410) 오열(嗚咽)ᄒᄆᆯ 보니 도로혀 념녀(念慮)ᄒ미 깁허 슬픈 안ᄉᆡᆨ(顔色)을 곳티고 위로(慰勞) 왈(曰),

"금일(今日)을 당(當)ᄒ야 비록 심담(心膽)이 것거디ᄂᆞ 듯ᄒ나 너의 부친(父親)이 인세(人世) 흠(欠)홀 거시 업시 오복(五福)을 누리고 년긔(年紀) 칠슌(七旬)의 기세(棄世)411)ᄒ여시니 남은 흔(恨)이 업ᄉᆞ디 인ᄌᆡ(人子ㅣ) 늣거올 분이라 속졀업시 슬허ᄒ야 노모(老母)를 ᄇ리랴 ᄒᄂᆞ냐?"

승샹(丞相)이 계슈(稽首)412) 비왈(拜曰),

"ᄒᆡ이(孩兒ㅣ) 엇디 이러틋 ᄒ미 이시리잇고? 즈

• • •

119면

연(自然)이 심ᄉᆡ(心思ㅣ) 붕졀(崩絶)413)ᄒ미나 강잉(强仍)ᄒ미 이시리이다."

하람공(--公) 등(等)이 ᄯ흔 대의(大義)로 간(諫)ᄒ니 승샹(丞相)이 슬픈 안ᄉᆡᆨ(顔色)을 거두고 뱌야흐로 뉴 부인(夫人)긔 헌슈(獻壽)ᄒ고 하람공(--公) 등(等)이 ᄎ례(次例)로 슈비(壽杯)414)를 믓ᄎ매 밧그로

---

410) 쳐황(悽惶): 처황. 슬프고 경황이 없음.
411) 기세(棄世): 기세. 세상을 떠남.
412) 계슈(稽首): 계수. 고개를 조아림.
413) 붕졀(崩絶): 붕절. 무너지고 끊어짐.
414) 슈비(壽杯): 수배. 장수를 비는 잔.

나가 좌(座)를 뎡(定)ㅎ고 상(牀)을 드러 빈쥬(賓主ㅣ) 햐져(下箸)홀
시 이날 일긔(日氣) 쳥명(淸明)ㅎ고 쳥풍(淸風)이 쥬렴(珠簾)을 건득
이니 이 진짓 태평(太平) 군왕(君王)의 즉위(卽位)ㅎᄂᆞᆫ 날이라. 졔긱
(諸客)이 각각(各各) 말을 펴 승상(丞相)긔 티하(致賀)ㅎ니 승상(丞
相)이 탄식(歎息) 왈(曰),

"금일(今日) 경ᄉᆞ(慶事ㅣ) 셩문(聖門)의 호텬망극(昊天罔極)⁴¹⁵⁾ㅎ
시므로 비릇셧ᄂᆞ니라 가히(可-) 깃브다 홀 거시로ᄃᆡ 흑싱(學生)의 심
ᄉᆞ(心思ㅣ) 붕졀(崩絕)ㅎ믄 니ᄅᆞ디 말고 디하(地下) 망뎨(亡弟)⁴¹⁶⁾를
ᄉᆡᆼ각ㅎ니 슬프미 일가일

••

120면

층(日加一層)⁴¹⁷⁾ㅎ니 엇디 깃브믈 알리오?"
졔(諸) 빅관(百官)이 위로(慰勞)ㅎ고 좌간(座間)의 초왕(-王)이 웃
고 닐오ᄃᆡ,

"금일(今日) 연왕(-王)의 복식(服色)과 거동(擧動)을 보니 가히(可-)
가(嘉)혼다라 엇디 텬의(天意) 아니리오? 더옥 뎍ᄌᆞ녀(適子-女) 오ᄌᆞ
이녀(五子二女)와 셔ᄌᆞ(庶子) 이(二) 인(人)과 셔녀(庶女) 이(二) 인
(人)이 개개(箇箇)히 곤강(崑岡)⁴¹⁸⁾ 미옥(美玉) ᄀᆞ트니 복녹(福祿)이
구젼(俱全)⁴¹⁹⁾ㅎ믈 티하(致賀)ㅎ노라."

---

415) 호텬망극(昊天罔極): 호천망극. 은혜가 넓고 큰 하늘과 같이 다함이 없음을 이르는 말.
416) 망뎨(亡弟): 망제. 죽은 아우. 북흉노와의 전투에서 죽은 이한성을 이름. <쌍천기봉>(17:24~
    67)에 이 이야기가 등장함.
417) 일가일층(日加一層): 날마다 더 심해짐.
418) 곤강(崑岡): 곤강, 즉 곤산은 중국의 전설상의 산으로 황하의 원류이며 옥의 산지로 유명함.
419) 구젼(俱全): 구전. 다 갖춤.

왕(王)이 미우(眉宇)룰 펑긔고 손샤(遜謝)420) 왈(曰),

"금일(今日) 시(事ㅣ) 셩샹(聖上)의 권권(眷眷)421)ᄒ신 쯧으로써 마디못ᄒ나 쇼딜(小姪)의 ᄆ음은 블힝(不幸)ᄒ미 만심(滿心)ᄒ엿ᄂ니 슉부(叔父)의 치해(致賀ㅣ) 귀 밧기로소이다."

좌위(左右ㅣ) 크게 웃고 그 념딕(廉直)422)ᄒ믈 칭복(稱服)ᄒ더니 임 승샹(丞相) 즈명이 쇼왈(笑曰),

"금일(今日) 연궁(-宮)의 즉위(卽位)ᄒᄂ 날을 당(當)ᄒ야 현뵈 잇디 아니미 흠시(欠事ㅣ)

121면

로다. 연(然)이나 현보의 졔뎨(諸弟)룰 블너 딕힝(代行)ᄒ미 엇더ᄒ뇨?"

왕(王)이 공슈(拱手) 딕왈(對曰),

"용녈(庸劣)ᄒ 졔ᄋ(諸兒ㅣ) 고안(高眼)을 더러일 ᄯᄅᆷ이라, 보암 즉홀 일이 이시리잇가?"

임 공(公)이 쇼왈(笑曰),

"원닉(元來) 군(君)의 집 이풍(異風)이 아들노써 가췌(嫁娶) 젼(前)은 ᄂᆷ 뵈기룰 아니ᄒ니 긔 어인 일이뇨?"

좌위(左右ㅣ) 일시(一時)의 닐오딕,

"우리 등(等)이 비록 혹식(學識)이 더러오나 금일(今日) 대왕(大王)

---

420) 손샤(遜謝): 손사. 겸손히 사양함.
421) 권권(眷眷): 가엾게 여겨 늘 돌보아 주는 모양.
422) 념딕(廉直): 염직. 청렴하고 정직함.

의 승회(勝會)[423]예 니르미 쏘흔 그 덕(德)이 관인(寬仁)ᄒ시믈 알디
라. 원(願)컨딕 제공(諸公)닉 녕낭(令郎)을 다 닉야 뵈샤 무된 눈을
쾌(快)케 ᄒ쇼셔."

왕(王)이 샤례(謝禮) 왈(曰),

"제공(諸公)이 다 팅뎡(台鼎)[424] 듕신(重臣)으로 이 엇딘 말슴이
니잇고? 어린 아히(兒孩)들을 존전(尊前)의 뵈오믈 어려이 너기미니
이다."

• • •

122면

셜파(說罷)의 흑셔당(學書堂)의 가 모든 공ᄌ(公子)를 블너오라 ᄒ
니, 슈유(須臾)의 제(諸) 공ᄌ(公子ㅣ) 쳥사당건(靑紗唐巾)[425]으로 일
졔(一齊)히 나아와 좌듕(座中)의 졀ᄒ고 말셕(末席)의 시립(侍立)ᄒ
니, 이쩌 하람공(--公) 뉵ᄌ(六子ㅣ) 다 강보(襁褓)를 면(免)ᄒ엿ᄂᆞᆫ 듕
(中) 뎨오ᄌ(第五子) 딘문의 년(年)이 십이(十二) 셰(歲)오, 육[426]ᄌ
(六子) 유문이 십(十) 셰(歲)니 다 헌헌(軒軒)[427] 댱부(丈夫)로 힝동
거지(行動擧止) 어룬의 모양(模樣)이 이럿고 기여(其餘) 층층(層層)
흔 제익(諸兒ㅣ) 개개(箇箇) 곤산(崑山) 미옥(美玉)과 히뎌(海底) 명
쥐(明珠ㅣ)오, 연왕(-王)의 삼ᄌ(三子) 빅문이 십(十) 셰(歲)오 ᄉᄌ

---

423) 승회(勝會): 성대한 모임.

424) 팅뎡(台鼎): 태정. 삼공(三公)을 이름. 태정(台鼎)의 명칭은 별에 삼태(三台)가 있고 솥[鼎]에
    세 발이 있는 것 같다는 데서 유래함. 통상 재상을 가리킴.

425) 청사당건(靑紗唐巾): 청사당건. 푸른 색의 도포와 당건. 당건은 중국에서 쓰던 관(冠)의 하나.
    당나라 때에는 임금이 많이 썼으나, 뒤에는 사대부들이 사용함.

426) 육: [교] 원문과 규장각본(6:86) 모두 '칠'로 되어 있으나 문맥을 고려하여 이와 같이 수정함.

427) 헌헌(軒軒): 풍채가 당당하고 빼어남.

(四子) 챵문이 칠(七) 셰(歲)니 엄위(嚴威)흔 영칙(映彩)⁴²⁸⁾ 발월(發
越)ᄒ야 쥬옥(珠玉) ᄀ투나 더옥 빅문의 긔이(奇異)흔 거동(擧動)이
슈려발월(秀麗發越)⁴²⁹⁾ᄒ야 니른바 옥당(玉堂)의 아릿다온 흑ᄉᆞ(學
士ㅣ) 아니오 쳔(千) 니(里)의 봉후(封侯)

123면

홀 샹(相)이라. 비록 나히 어리나 두 눈의 안치(眼彩) 명명(明明)ᄒ
야 두우(斗牛)를 쎼칠 듯 봉안줌미(鳳眼蠶眉)⁴³⁰⁾ 녕형신이(瑩炯神
異)⁴³¹⁾ᄒ야 범이(凡兒ㅣ) 아니오 기여(其餘) 기국공(--公) 삼ᄌᆞ(三
子)와 안두후(--侯) ᄉᆞᄌᆞ(四子)와 강음후(--侯) 오직(五子ㅣ) 각각
(各各) 우마(牛馬) 가온딕 긔린(麒麟)이오, 오쟉(烏鵲) 듕(中) 봉황
(鳳凰)이라. 강음후(--侯) 삼ᄌᆞ(三子)ᄂᆞ 아딕 강보(襁褓) 유이(乳兒
ㅣ)러라. 스믈 두 아히(兒孩) 혹(或) 젹으며 커 좌말(座末)의 국궁
(鞠躬)⁴³²⁾ᄒ엿고 니(李) 녜뷔(禮部ㅣ) 금포옥딕(錦袍玉帶)⁴³³⁾로 상
좌(上座)의 안자시니 그 셩만(盛滿)홈과 거룩ᄒ미 쳔고(千古)의 드
믄다. 졔긱(諸客)이 일시(一時)의 티하(致賀) 왈(曰),

"대왕(大王) 등(等) 곤계(昆季) ᄌᆞ손(子孫)이 셩(盛)ᄒᄆᆞᆯ 닉이 드러
시나 이딕도록 ᄒᄆᆞᆯ 아디 못ᄒ더니 금일(今日) 졔(諸) 공ᄌᆞ(公子)의

---

428) 영칙(映彩): 영채. 환하게 빛나는 고운 빛깔.

429) 슈려발월(秀麗發越): 수려발월. 용모가 빼어나고 훤칠함.

430) 봉안줌미(鳳眼蠶眉): 봉안잠미. 봉황의 눈에 누워 있는 누에눈썹이라는 뜻으로 잘생긴 남자의
얼굴을 비유한 말.

431) 녕형신이(瑩炯神異): 영형신이. 밝게 빛나며 기이함.

432) 국궁(鞠躬): 윗사람이나 위패(位牌) 앞에서 존경하는 뜻으로 몸을 굽힘.

433) 금포옥딕(錦袍玉帶): 금포옥대. 비단 도포와 옥으로 만든 띠.

긔이(奇異)호믈 보매 대왕(大王) 등(等)의 복(福)이 듕(重)호

• • •

124면

시믄 니락도 말고 승샹(丞相) 노대인(老大人) 홍복(洪福)은 가히
(可-) 곽분양(郭汾陽)[434]과 만석군(萬石君)[435]의 우히 잇닌디라 아
등비(我等輩) 하례(賀禮)홀 바롤 아디 못홀소이다.”

제공(諸公)이 일시(一時)의 수양(辭讓) 왈(曰),

“어린 돈ᄋ(豚兒) 등(等)이 좀표티(-標致)[436] 이시나 제공(諸公)의
이디도록 과댱(過獎)[437]호시믈 당(當)호리오?”

좌간(座間)의 니부시랑(侍郞) 화진이 잔(盞)을 잡고 연왕(-王)의 알
픽 나아가 닐오딕,

“혹싱(學生)이 당돌(唐突)이 뎐하(殿下)긔 청(請)홀 말솜이 잇ᄂ니
텽납(聽納)[438]호시믈 어드리잇가?”

연왕(-王)이 흔연(欣然) 딕왈(對曰),

“괴(孤ㅣ)[439] 블민(不敏)훈 위인(爲人)으로 녈위(列位) 군형(群兄)

---

434) 곽분양(郭汾陽): 중국 당(唐)나라 현종(玄宗), 숙종(肅宗) 때의 명장(名將) 곽자의(郭子儀, 697
~781)를 이름. 분양이라는 이름은 그가 안록산(安祿山)의 난을 평정하고 분양(汾陽王)에 봉
해진 데서 유래함. 당나라 최대의 공신으로 평가받으며, 장수하고 부귀하며 자손들을 많이
두었음.

435) 만석군(萬石君): 만석군. 유방(劉邦)을 도와 한나라 건국에 이바지한 석분(石奮)을 이름. 석분
의 장자 건(建), 차자 갑(甲), 삼자 을(乙), 사자 경(慶)이 모두 효성스럽고 행실을 삼갔는데 녹
봉이 이천 석에 이름. 이에 경제(景帝)가 석군(石君)과 네 아들의 녹봉이 모두 이천 석씩 있
으니 석분을 만석군이라 부르겠다 한 데서 유래함.

436) 좀표티(-標致): 좀표치. 약간 아름다운 얼굴.

437) 과댱(過獎): 과장. 지나치게 칭찬함.

438) 텽납(聽納): 청납. 의견이나 권고 따위를 잘 들어서 받아들임.

439) 괴(孤ㅣ): 왕이나 제후가 자기를 낮추어 이르던 말.

의 디우(知遇)⁴⁴⁰)를 입어 관포(管鮑)⁴⁴¹)의 디긔(知己)를 허(許)ᄒ연 디 오래니 셔로 소회(所懷)를 긔이디 아니미 올흐니 듀뎌(躊躇)ᄒ시리오?"

화 공(公)이 칭

．．．

125면

샤(稱謝)ᄒ고 글오ᄃ,

"대왕(大王)의 쾌단(快斷)ᄒ시미 여ᄎ(如此)ᄒ시니 흑싱(學生)이 엇디 구구(區區)ᄒ 소회(所懷)를 긔이리오? 흑싱(學生)이 늣게야 일 (一) 녀(女)를 어드니 이제야 십(十) 세(歲)라. 용모(容貌)와 힝지(行止) 비록 녯날 슉녀(淑女)로 병구(竝驅)⁴⁴²)티 못ᄒ나 그러나 군ᄌ(君子)의 뷔키를 소임(所任)ᄒ염 즉ᄒ디 흑싱(學生)이 그윽이 싱각ᄒ니 군ᄌ(君子) 슉녀(淑女) 냥필(良匹)은 ᄃ(代)마다 나기 쉽디 아니ᄒ니 스스로 일(一) 녀(女)의 평싱(平生)을 근심ᄒ더니 이제 녕낭(슈郞)을 보매 가히(可-) 흑싱(學生)의 쾌셔(快婿)라 홀디라 틱의(台意)⁴⁴³) 엇더ᄒ시니잇고?"

연왕(-王)이 텽필(聽畢)의 슈용(收容)⁴⁴⁴)ᄒ고 샤례(謝禮)ᄒ야 글오ᄃ,

---

440) 디우(知遇): 지우. 남이 자신의 인격이나 재능을 알고 잘 대우함.

441) 관포(管鮑): 관중(管仲, ?~B.C.645)과 포숙아(鮑叔牙, ?~?). 관중은 중국 춘추시대 제(齊)나라의 재상으로 이름은 이오(夷吾). 환공桓公)이 즉위할 무렵 환공의 형인 규(糾)의 편에 섰다가 패전하여 노(魯)나라로 망명하였는데, 당시 환공을 모시고 있던 친구 포숙아의 진언(進言)으로 환공에게 기용되어 환공을 중원(中原)의 패자(霸者)로 만드는 데 일조함. 관중과 포숙아는 잇속을 차리지 않은 사귐으로 유명하여 이로부터 관포지교(管鮑之交)라는 말이 나옴. 사마천, 『사기(史記)』, <관안열전(管晏列傳)>.

442) 병구(竝驅): 나란히 함.

443) 틱의(台意): 태의. 상대방의 의견을 높여 이르는 말.

444) 슈용(收容): 수용. 용모를 가다듬음.

"괴(孤ㅣ) 블민(不敏)혼 우인(爲人)으로 여러 히으(孩兒)를 두매 다 용녈(庸劣)ᄒ미 니쳥년(李靑蓮)445)의 일

* * *

126면

두446)시빅편(一斗詩百篇)447)ᄒᄂ 직죄(才操ㅣ) 업고 이릭로 주라 혹식(學識)이 고루(固陋)ᄒ거늘 현형(賢兄)이 향규(香閨) 옥녀(玉女)로써 허(許)코져 ᄒ시니 평싱(平生) 엇디 못홀 영홰(榮華ㅣ)로 딕 가친(家親)이 직샹(在上)ᄒ시니 고(孤)의 주젼(自專)448)홀 배 아니로소이다."

화 공(公)이 밋처 말을 못 ᄒ여셔 승샹(丞相)이 칭사(稱謝) 왈(曰),

"명공(明公)의 쳥덕명힝(淸德明行)449)을 ᄂ지 구버 블쵸(不肖)혼 손으(孫兒)를 구(求)ᄒ시니 노뷔(老夫ㅣ) 엇디 ᄉ양(辭讓)ᄒ며 견집(堅執)ᄒ리오? 밍약(盟約)을 두터이 ᄒ엿다가 수삼(數三) 년(年) 후(後) 셩친(成親)ᄒ미 가(可)티 아니미 이시리오?"

화 공(公)이 크게 깃거 급(急)히 몸을 굽혀 샤례(謝禮) 왈(曰),

"쇼싱(小生)이 금일(今日) 연국(-國) 뎐하(殿下) 옥낭(玉郞)을 보매 스스로 문호(門戶)의 한쳔(寒賤)450)홈과 녀으(女兒)의 브지둔질(不才

---

445) 니쳥년(李靑蓮): 이쳥련. 이백(李白, 701~762)을 말함. 청련은 이백의 호이고 본명은 이태백(李太白)임. 시성(詩聖) 두보(杜甫)에 대하여 시선(詩仙)으로 칭하여짐.

446) 두: [교] 원문에는 '도'로 되어 있으나 오기로 보임.

447) 일두시빅편(一斗詩百篇): 일두시백편. 한 말의 술을 마시고 시 백 편을 지음. 두보(杜甫, 712~770)가 <음중팔선가(飮中八仙歌)>에서 이백을 두고 한 말임. "한 말 술에 시 백 편을 짓는 이백, 장안의 저자 주막에서 잠을 자는구나. 李白一斗詩百篇, 長安市上酒家眠."

448) 주젼(自專): 자전. 자기 마음대로 결정하여 처리함.

449) 쳥덕명힝(淸德明行): 청덕명행. 맑은 덕과 빛나는 행실.

450) 한쳔(寒賤): 한천. 한미하고 천함.

鈍質)451)을 슬피디 아니ᄒ고 놉히 우러러 구친(求親)ᄒ

미 잇더니 노대인(老大人)의 허락(許諾)ᄒ시미 이러틋 쾌디(快
大)452)ᄒ시니 쇼싱(小生)이 감은(感恩)ᄒ미 쟝ᄎᆺ(將次ㅅ) 실조453)
(失措)454)ᄒ매 니ᄅᆯ소이다."

승샹(丞相)이 블감(不堪)455)ᄒ믈 ᄉ양(辭讓)ᄒ고 왕(王)이 ᄀᆯ오딘,

"가친(家親)이 허락(許諾)ᄒ시미 계시니 빅(百) 년(年)이라도 언약
(言約)을 빅반(背叛)티 못ᄒ리니 존형(尊兄)이 ᄯᅩᄒᆫ 군ᄌ(君子) 일언
(一言)은 쳔년블개(千年不改)를 싱각ᄒ라."

화 공(公)이 더옥 깃거 웃고 닐오딘,

"쇼뎨456)(小弟) 비록 무샹(無狀)ᄒ나 ᄒᆫ 번(番) 말을 내매 비록 빅
(百) 년(年)인들 고티리오? 금일(今日)로브터 아녀(我女)는 대왕(大王)
의 며ᄂ리라 엇디 듕도(中途)의 실약(失約)ᄒ미 이시리잇고?"

드딘여 빅문을 나오혀 손을 잡고 쾌셰(快婿ㅣ)라 칭(稱)ᄒ니 연왕
(-王)이 그윽이 웃고 모다 쏠 두니는 크게 잉둘와 화 공(公)의게 수
이 아이믈 애

---

451) 브지둔질(不才鈍質): 부재둔질. 재주가 없고 자질이 노둔함.
452) 쾌디(快大): 쾌대. 시원하고 큼.
453) 조: [교] 원문에는 '도'로 되어 있으나 오기로 보임.
454) 실조(失措): 처리를 잘못함.
455) 블감(不堪): 불감. 감당하지 못함.
456) 뎨: [교] 원문에는 '녜'로 되어 있으나 문맥을 고려하여 이와 같이 수정함.

둘와ᄒ더니 좌간(座間)의 감찰어ᄉ(監察御史) 김운이 승샹(丞相)긔
고왈(告曰),

"쇼싱(小生)이 당돌(唐突)ᄒ나 ᄉ녜(四女 ㅣ) 이셔 다 셩취(成娶)ᄒ
고 필녜(畢女 ㅣ) 이셔 이제 나히 십이(十二) 셰(歲)라. 얼골이 비록
보암 죽디 아니나 셩질(性質)이 유슌(柔順)457)ᄒ니 가히(可-) 기국공
(--公)의 옥낭(玉郞)을 구(求)ᄒᄂ이다."

승샹(丞相)이 김 공(公)의 벼슬이 ᄂᄌ나 위인(爲人)이 강명(剛明)
ᄒ야 금옥(金玉) ᄀᄐ 군ᄌ(君子 ㅣ) 줄 흠모(欽慕)ᄒ던 고(故)로 흔연
(欣然)히 쾌허(快許)ᄒ니 김 공(公)이 대희(大喜)ᄒ야 기국공(--公)을
향(向)ᄒ야 웃고 ᄀᆯ오ᄃᆡ,

"쇼싱(小生)이 녕낭(令郞)을 보매 문득 당돌(唐突)ᄒᄆᆯ 닛고 승샹
(丞相) 대인(大人)긔 번거로이 쳥(請)ᄒ야 혼ᄉ(婚事)를 허(許)ᄒ시믈
어드니 합해(閤下 ㅣ) 블쾌(不快)히 너길소이다."

기국공(--公)이 김 공(公)의 군ᄌ(君子)다옴과 그 형뎨(兄弟) 여러
히 영명(榮名)과 문식(文詞 ㅣ)

독보(獨步)ᄒᄆᆯ 닉이 드럿고 부친(父親)이 허(許)ᄒ시니 엇디 다른
말이 이시리오. 칭샤(稱謝) 왈(曰),

---

457) 유슌(柔順): 유순. 성질이나 태도, 표정 따위가 부드럽고 순함.

"명공(明公)이 더러온 돈익(豚兒)를 보시고 규리(閨裏) 옥슈(玉樹)
룰 허(許)ᄒ시고 가친(家親)이 허(許)ᄒ시미 계시니 쇼뎨(小弟) 엇디
ᄉ양(辭讓)ᄒ미 이시리오? 다만 돈익(豚兒ㅣ) 비록 블민(不敏)ᄒ나
쇼뎨(小弟)의게ᄂ 즈못 듕(重)ᄒᆫ 아히(兒孩)니 명공(明公)이 슬피미
이시리라."

김 공(公)이 웃고 왈(曰),

"아녜(阿女ㅣ) 얼골은 진실로(眞實-) 보왐 죽디 아니나 셩덕(性德)
이 유슌(柔順)ᄒ야 희노(喜怒)를 동(動)티 아니ᄒ니 가히(可-) 합하
(閤下) 종ᄉ(宗嗣)를 그르게 아니ᄒ리이다."

승샹(丞相)이 쇼왈(笑曰),

"녀ᄌ(女子)ᄂ 덕(德)이 귀(貴)ᄒ고 식(色)이 블관(不關)458)ᄒ니 만
일(萬一) 명공(明公) 말ᄉᆷ ᄀᆞᆺ틸딘딕 문호(門戶)의 대힝(大幸)이라 녹
녹(碌碌)ᄒᆫ 얼골을 의논(議論)ᄒ리오?"

김 공(公)이 샤

●●

130면

례(謝禮)ᄒ고 믈너나매 좌간(座間)의 태혹ᄉ(太學士) 조 공(公)과
직금오(執金吾) 오 공(公)이 일시(一時)의 하람공(--公)을 딕(對)ᄒ
야 진·유 냥(兩) 공ᄌ(公子)를 구(求)ᄒ니 하람공(--公)이 깃거 아
냐 답왈(答曰),

"더러온 아히(兒孩) 치발(齒髮)이 ᄆᆞᆯ디 아냐시니 혼ᄉ(婚事)를
의논(議論)ᄒᆯ 배 아니라. 냥익(兩兒ㅣ) 타일(他日) 나히 ᄎ기ᄅᆞᆯ 기두

---

458) 블관(不關): 불관. 중요하지 않음.

리고 금일(今日) 번459)요(煩擾)ᄒᆞ믈 인(因)ᄒᆞ여 어즈러이 굴니오?"

셜파(說罷)의 냥인(兩人)이 공(公)의 닝엄(冷嚴)ᄒᆞ믈 무류(無聊)ᄒᆞ야 다시 말을 못 ᄒᆞ고 믈너나니 승샹(丞相)이 갈오ᄃᆡ,

"흑ᄉᆞ(學士)와 금외(金吾ㅣ) 옥녀(玉女)로 ᄂᆞ지 구(求)ᄒᆞ시니 엇디 못홀 영홰(榮華ㅣ)어늘 엇디 그러톳 미몰히 구ᄂᆞ뇨?"

드ᄃᆡ여 이(二) 공(公)을 향(向)ᄒᆞ여 은근(慇懃)이 샤례(謝禮)ᄒᆞ고 후회(後會)를 긔약(期約)ᄒᆞ니 모다 그 관인(寬仁)ᄒᆞᆫ 도량(度量)을 탄복(歎服)ᄒᆞ고 조·오

· · ·

131면

냥(兩) 공(公)이 칭샤(稱謝)ᄒᆞ고 믈너나다.

죵일(終日) 진환(盡歡)ᄒᆞ고 셕양(夕陽)의 파연(罷宴)ᄒᆞ니 제긱(諸客)이 훗터지고 제공(諸公)이 ᄎᆔ(醉)ᄒᆞ믈 인(因)ᄒᆞ야 각각(各各) 침소(寢所)로 도라가고 연왕(-王)이 ᄰᅩᄒᆞᆫ 몸이 곤(困)ᄒᆞᆫ 고(故)로 슉현당(--堂)의 니ᄅᆞ니,

소휘(-后ㅣ) 이쩌 평싱(平生) 낙낙(落落)460)ᄒᆞᆫ 졍심(貞心)의 의외(意外)예 왕휘(王后ㅣ) 되여 위ᄎᆞ(位次ㅣ) 번요(煩擾)461)흠과 의복(衣服)의 황홀(恍惚)ᄒᆞ믈 만분(萬分)이나 깃거 아냐 침소(寢所)의 도라와 의복(衣服)을 벗고 쉬더니 홀연(忽然) ᄆᆞ음이 쳐챵(悽愴)ᄒᆞ야 닐오ᄃᆡ,

---

459) 번: [교] 원문에는 '변'으로 되어 있으나 오기로 보임.

460) 낙낙(落落): 낙락. 작은 일에 얽매이지 않고 대범함.

461) 번요(煩擾): 번거롭고 요란스러움.

"원(願)티 아니흔 일은 이러툿 능히(能-) 되고 나의 ᄋᆞᄌᆞ(兒子) 경문은 어느 쩍 ᄎᆞ자 모지(母子 ㅣ) 합(合)ᄒᆞ리오?"

인(因)ᄒᆞ야 옥뉘(玉涙 ㅣ) 진진(津津)⁴⁶²⁾ᄒᆞ믈 마디아니ᄒᆞ더니 왕(王)의 드러오믈 보고 놀나 급(急)히 눈믈을 거두고 샹(牀)의 ᄂᆞ려 마ᄌᆞ니 왕(王)이 광

••

132면

슈(廣袖)를 드러 좌(座)를 밀고 눈을 드러 후(后)를 보매 옥면(玉面)의 누흔(涙痕)이 이시니 이 진짓 벽공⁴⁶³⁾(碧空) 소월(素月)이 광풍(光風)⁴⁶⁴⁾을 만낫는 듯ᄒᆞ다라. 왕(王)이 그 심ᄉᆞ(心思)를 디긔(知機)⁴⁶⁵⁾ᄒᆞ고 역시(亦是) ᄆᆞᄋᆞᆷ이 감챵(感愴)ᄒᆞ고 새로이 의ᄉᆞ(意思 ㅣ) 흔연(欣然)ᄒᆞ야 날호여 닐오디,

"셩은(聖恩)이 망극(罔極)ᄒᆞ샤 오늘날 이 거죄(擧措 ㅣ) 이시니 두리오미 심연박빙(深淵薄氷)⁴⁶⁶⁾ ᄀᆞᆺᄐᆞ나 이제는 벌셔 근심ᄒᆞ야 홀일업ᄉᆞ니 후(后)는 다만 ᄆᆞᄋᆞᆷ을 졀차(節遮)⁴⁶⁷⁾ᄒᆞ야 이비(二妃)⁴⁶⁸⁾의 후(後)를 ᄯᆞ오쇼셔."

휘(后 ㅣ) 날호여 강잉(强仍) 잠쇼(暫笑) 왈(曰),

---

462) 진진(津津): 매우 많은 모양.

463) 공: [교] 원문에는 '궁'으로 되어 있으나 오기로 보임.

464) 광풍(光風): 비가 갠 뒤에 맑은 햇살과 함께 부는 상쾌하고 시원한 바람.

465) 디긔(知機): 지기. 기미를 앎.

466) 심연박빙(深淵薄氷): 깊은 못과 얇은 얼음을 대한다는 뜻으로, 매우 조심함을 이르는 말.

467) 졀차(節遮): 절차. 절제하고 차단함.

468) 이비(二妃): 두 왕비. 중국 고대 요(堯)임금의 두 딸이자, 순(舜)임금의 두 왕비인 아황(娥皇)과 여영(女英)을 이름. 우애가 있었던 여성들로 유명함.

"군주(君子)의 위자(慰藉)[469] 호시는 말솜은 이제도식디 아녓도다. 첩(妾)이 비록 블스(不似) 혼 몸으로 왕후(王后)의 존(尊) 호믈 어드나 일반지덕(一半之德)[470]과 일반지션(一半之善)이 업스니 이비(二妃)의 덕(德)을

• •

133면

우러러나 보리오?"

왕(王)이 흔연(欣然)이 웃고 옥슈(玉手)를 쥐여 상상(牀上)의 나아가니 그 근근밀밀(侃侃密密)[471] 혼 정(情)이 날노 더으니 쇼년(少年)으로 더호미 잇는디라 부인(夫人)이 블쾌(不快) 혼 뜻이 밍동(萌動)[472] 호더라.

평명(平明)의 연왕(-王)이 궐하(闕下)의 샤은(謝恩) 호매 샹(上)이 밧비 인견(引見) 호샤 흔흔(欣欣)이 우어 굴으샤디,

"왕(王)의 긔샹(氣像)이 더러툿 동탕(動蕩)[473] 호야 화긔(和氣) 브야호로 영발(英發)[474] 호여시니 군왕(君王)이 되미 죠곰도 블스(不似) 호미 업는디라 스양(辭讓) 호미 엇디 허식(虛辭ㅣ) 아니리오?"

왕(王)이 계슈(稽首) 비샤(拜謝) 왈(曰),

"셩은(聖恩)이 호텬망극(昊天罔極)[475] 호샤 미신(微臣)이 블스(不

---

469) 위자(慰藉): 위자. 위로하고 도와줌.
470) 일반지덕(一半之德): 절반밖에 안 되는 덕.
471) 근근밀밀(侃侃密密): 간간밀밀. 정성스럽고 그윽함.
472) 밍동(萌動): 맹동. 어떤 생각이나 일이 일어나기 시작함.
473) 동탕(動蕩): 활달하고 호탕함.
474) 영발(英發): 재기(才氣)가 두드러지게 드러남.
475) 호텬망극(昊天罔極): 호천망극. 은혜가 넓고 큰 하늘과 같이 다함이 없음을 이르는 말.

似)흔 몸으로 왕위(王位)예 참남(僭濫)이 거(居)ᄒ오니 진실노(眞實-)
조믈(造物)의 싀긔(猜忌)를 두리고 손복(損福)홀가 저허ᄒᄂ이다."

샹(上)이 흔연(欣然)이 우으

．•●

134면

시고 옥비(玉杯)예 어온(御醞)476)을 은ᄉ(恩賜)ᄒ시니 왕(王)이 빅
빅(百拜) 샤은(謝恩)ᄒ고 믈너나 스스로 텬은(天恩)을 감츅(感祝)
ᄒ야 다시 왕쟉(王爵)을 염고(厭苦)477)흔 빗츨 나타ᄂ디 못ᄒ나 딕
인(對人)ᄒ야 겸공(謙恭)ᄒᄆᆫ 포의한ᄉ(布衣寒士)478)ᄀᆞ티 ᄒ고 의
복(衣服)의 츄호(秋毫)479)도 금슈능나(錦繡綾羅)를 더으는 일이 업
서 션빅 의복(衣服)과 ᄀᆞ티 ᄒ딕 다만 어ᄉ(御賜)ᄒ신 농푀(龍袍
ㅣ) 녕농(玲瓏)홀 ᄯᆞ름이라. 모든 형뎨(兄弟) 희롱(戲弄)ᄒ야 농포
(龍袍) 닙은 쳐ᄉ(處士ㅣ)라 ᄒ더라.

이적의 녀 쇼ᄉ(少師ㅣ) 하람(河南)의 이셔 국ᄉ(國事)를 힘뻐 다
스리나 부뷔(夫婦ㅣ) 듀야(晝夜) 녀ᄋ(女兒)를 블너 호통(號慟)ᄒ믈
마디아니ᄒ더니, 오래디 아냐 니뷔(吏部ㅣ) 녀 공(公)의 인직(人材)
츌범(出凡)ᄒᄆᆞ로 오래 변방(邊方)의 딘슈(鎭守)480)ᄒ미 유해(有害)
라 ᄒ야 쵸쳔(招薦)481)ᄒ야 츄밀ᄉ(樞密使)를 도도

---

476) 어온(御醞): 궁중 사온서(司醞署)에서 빚은 어용(御用)의 술.
477) 염고(厭苦): 싫어하고 괴롭게 여김.
478) 포의한ᄉ(布衣寒士): 포의한사. 베옷을 입은 가난한 선비.
479) 츄호(秋毫): 추호. 가을철에 털갈이하여 새로 돋아난 짐승의 가는 털이라는 뜻으로 매우 적거
　나 조금인 것을 비유적으로 이르는 말.
480) 딘슈(鎭守): 진수. 군대를 주둔시켜 중요한 곳을 지킴.
481) 쵸쳔(招薦): 초천. 벼슬을 주어 부름.

와 브르니 쇼시(少師ㅣ) 셩은(聖恩)을 씌여 부인(夫人)과 제주(諸
子)롤 거느려 길히 오르매 녀 공(公)이 녀ᄋ(女兒)롤 싱각고 새로
이 통샹(痛傷)482)ᄒ믈 마디아냐 부인(夫人)을 향(向)ᄒ야 글오듸,

"이러툿 수이 환경(還京)ᄒᆯ 거슬 브절업시 녀ᄋ(女兒)롤 드려와 오
늘날 형젹(形迹)이 묘연(杳然)ᄒ니 경ᄉ(京師)의 가 므슨 ᄂᆞᆺᄎ로 연
왕(-王)을 보리오?"

부인(夫人)이 크게 울고 뉘웃ᄎᆞᆷ믈 마디아니ᄒ더라.

녀 공(公) 일힝(一行)이 듀야(晝夜)로 경ᄉ(京師)의 니르러 궐하(闕
下)의 샤은(謝恩)ᄒ고 본부(本府)로 도라오매 믈식(物色)과 문졍(門
庭)483)이 의구(依舊)ᄒ듸 그ᄉ이 인시(人事ㅣ) 변역(變易)ᄒ미 이 ᄀᆞᆺᄐᆞᆫ
다라 부인(夫人)은 피를 토(吐)ᄒ고 혼졀(昏絶)ᄒ고 공(公)이 역시(亦
是) 슬프믈 이긔디 못ᄒ야 난간(欄干)을 두드리고 통곡(慟哭)ᄒ믈 긋

치디 못ᄒ더니,

이윽고 연왕(-王)이 니르러 공(公)을 붓들고 일댱(一場)을 통곡(慟
哭)ᄒ니 하늘이 위(爲)ᄒ야 빗츨 변(變)ᄒ고 근쳐(近處) 초목(草木)이
다 슬허ᄒᆞᄂᆞᆫ 둣ᄒ더라. 반향(半晌) 후(後) 피ᄎᆞ(彼此ㅣ) 우름을 긋치
매 연왕(-王)의 흐르ᄂᆞᆫ 눈믈이 뇽포(龍袍)의 ᄉᆞ못고 봉미(鳳眉) 쳐창

---

482) 통샹(痛傷): 통상. 몹시 슬퍼하고 아프게 여김.

483) 문졍(門庭): 문정. 대문이나 중문 안에 있는 뜰. 여기에서는 집을 이름.

(悽愴) 오열(嗚咽)ᄒ야 말을 아니ᄒ니 녀 공(公)이 이쩌 참괴(慙愧)484)ᄒ미 욕ᄉ무디(欲死無地)485)ᄒ야 ᄯᅩᄒᆫ 톄루(涕淚) 반향(半晌)의 계유 닐오ᄃᆡ,

"쇼뎨(小弟)의 용녈(庸劣)ᄒ미 졔가(齊家)486)의 블엄(不嚴)ᄒ야 무ᄎᆞᆷᄂᆡ 서하(西河)의 참쳑(慘慽)487)을 보니 금일(今日) 대왕(大王)을 ᄃᆡ(對)ᄒ매 입이 이시나 ᄒᆞᆯ 말이 업ᄂᆞᆫ디라. 쇼뎨(小弟) 대댱부(大丈夫) ㅣ나 죽고져 ᄠᅳᆺ이 반(半)이오 살고져 ᄠᅳᆺ이 업ᄂᆞᆫ디라. 뎐하(殿下)ᄂᆞᆫ 쇼뎨(小弟)의 죄(罪)를 샤(赦)ᄒᆞ쇼셔. 연(然)

137면

이나 녀익(女兒 ㅣ) 복덕(福德)이 겸비(兼備)ᄒᆫ 아히(兒孩)니 셜ᄉ(設使) 쇼뎨(小弟) 그릇 뎌즈나 ᄎᆞ마 이팔쳥츈(二八靑春)의 요ᄉ(夭死)ᄒ야 몸이 강어(江魚)의 복듕(腹中)을 치와 ᄒᆡ골(骸骨)도 ᄎᆞᆺ디 못ᄒ리오? 이거시 골돌(鶻突)488)ᄒᄂᆞᆫ 배오, 뎐의(天意)를 아디 못ᄒᆞᆯ디라. 이 도시(都是)489) 쇼뎨(小弟) 시운(時運)이 긔박(奇薄)490)ᄒ고 명되(命途 ㅣ)491) 다쳔(多舛)492)ᄒ미라 눌을 한(恨)ᄒ리오?"

---

484) 참괴(慙愧): 매우 부끄러워함.
485) 욕ᄉ무디(欲死無地): 욕사무지. 죽으려 해도 죽을 곳이 없음.
486) 졔가(齊家): 제가. 집안을 가지런히 함.
487) 서하(西河)의 참쳑(慘慽): 서하의 참척. 서하에서의 슬픔이라는 뜻으로 부모가 자식을 잃은 슬픔을 이름. 서하(西河)는 지금의 섬서성(陝西省) 한성현(韓城縣)에서 화음현(華陰縣) 일대. 중국 춘추시대 공자의 제자 자하(子夏, B.C.508?~B.C.425?)가 공자가 죽은 후 서하(西河)에 은거하고 있었는데 그 자식이 죽자 슬피 울어 눈이 멀었다는 데서 유래함. 『예기(禮記)』, 「단궁(檀弓)」.
488) 골돌(鶻突): 의혹이 풀리지 않음.
489) 도시(都是): 모두.
490) 긔박(奇薄): 기박. 팔자, 운수 따위가 사납고 복이 없음.

셜파(說罷)의 왕(王)이 오열(嗚咽) 댱탄(長歎) 왈(曰),

"인형(仁兄)493)이 엇디 이런 말을 ᄒᆞᄂᆞ뇨? ᄋᆞ부(阿婦)의 비범(非凡)ᄒᆞᆫ 긔딜(氣質)과 어딘 덕(德)으로 오늘날이 이시미 쇼뎨(小弟)의 명운(命運)이 박(薄)ᄒᆞ미라 형(兄)의 타슬 삼으리오?"

녀 공(公)이 기리 한숨뎌 왈(曰),

"뎐해(殿下ㅣ) ᄯᅩ 이리 니르디 말라. 쇼뎨(小弟) 만일(萬一) 녀ᄋᆞ(女兒)를 존부(尊府)의 두고 갓더면 므스 일 이에 니르리오? 쇼뎨(小弟) 스스로 저즈러 일(一) 녀(女)를 참

138면

혹(慘酷)히 죽이니 사ᄅᆞᆷ을 딕(對)ᄒᆞ미 븟그럽디 아니리오?"

왕(王)이 역탄(亦嘆) 왈(曰),

"진실로(眞實-) 형(兄)의 니른 말 ᄀᆞᆺᄐᆞ며 쇼부(小婦ㅣ) 긔골(氣骨)이 비샹(非常)ᄒᆞ미 십분(十分) 타뉴(他類)와 ᄀᆞᆺ디 아냐 그 죽으미 진뎍(眞的)494)ᄒᆞᆫ 줄 씨둧디 못ᄒᆞ고 혹(或) 만(萬)의 ᄒᆞ나흘 ᄇᆞ라나 금셰샹(今世上)의 엇디 쉬오리오?"

녀 공(公)이 눈믈이 금포(錦袍)의 니음차 미즐 스이 업스니 능히(能-) 말을 일우디 못ᄒᆞᆫ디라, 왕(王)이 ᄯᅩᄒᆞᆫ 위로(慰勞)ᄒᆞᆯ 말이 막혀 즉시(卽時) 도라가다.

녀 공(公)이 경ᄉᆞ(京師)의 오매 슬픈 심ᄉᆞ(心思ㅣ) 날로 더ᄒᆞ고 인

---

491) 명되(命途ㅣ): 운명과 재수를 아울러 이르는 말.
492) 다쳔(多舛): 다천. 어그러짐이 많음.
493) 인형(仁兄): 친구 사이에, 상대편을 높여 이르는 이인칭 대명사.
494) 진뎍(眞的): 진적. 참되고 틀림없음.

인(人人)이 녀 공(公)이 너모 대의(大義)를 몰나 츌가(出嫁)혼 쫄을 쳔(千) 리(里) 변방(邊方)의 드려가다가 죽이다 ᄒ야 의논(議論)이 블일(不一)ᄒ니 스스로 붓그러 샹소(上疏)ᄒ야 벼슬을 굴고 칭병(稱病)

· ·

139면

두문(杜門)ᄒ니 아ᄂᆞᆫ 재(者 |) 서ᄅᆞ 뎐(傳)ᄒ야 웃디 아니ᄒ리 업ᄉᆞ니 가히(可-) 익돏다, 녀 공(公)이 혼 낫 옥(玉) ᄀᆞᆺᄐᆞᆫ 군진(君子 |)로ᄃᆡ 부인(夫人)의게 쥐이여 듕의(衆議) 시비(是非)를 니ᄅᆞ혀니 녀진(女子 |) 엇디 두립디 아니리오.

각셜(却說). 녀 쇼졔(小姐 |) 혼 번(番) 슈신(水神)의게 잇글리여 믈 가온ᄃᆡ 드러가니 믄득 믈은 업고 큰 궁뎐(宮殿)이 이셔 장(壯)ᄒ미 눈의 ᄇᆡ이더라. 그 녀진(女子 |) 쇼져(小姐)를 드려다가 문(門)의 셰우고 드러가 의복(衣服)을 고티고 나오니 홍쵸샹(紅綃裳)⁴⁹⁵⁾의 금슈강쵸의(錦繡絳綃衣)⁴⁹⁶⁾를 닙고 금봉관(金鳳冠)을 쓰고 쇼져(小姐)를 마자 당(堂)의 올리고 절ᄒ야 샤례(謝禮)ᄒ믈 극(極)히 공슌(恭順)이 ᄒ거늘 쇼졔(小姐 |) 고히(怪異)히 너겨 닐오ᄃᆡ,

"나ᄂᆞᆫ 디나가ᄂᆞᆫ 긱(客)이어늘 그ᄃᆡᄂᆞᆫ 엇던 사ᄅᆞᆷ이완ᄃᆡ 쇽인(俗人)으로

---

495) 홍쵸샹(紅綃裳): 홍초상. 붉은 생사(生絲) 치마.
496) 금슈강쵸의(錦繡絳綃衣): 금수강초의. 수놓은 붉은 생사(生絲) 옷.

뻐 슈듕(水中)의 드러와 이러틋 과(過)흔 녜(禮)를 흐느뇨?"

그 녀지(女子ㅣ) 다시 절흐고 샤례(謝禮) 왈(曰),

"나는 젼싱(前生)의 동히(東海) 뇽왕(龍王)의 쓸이러니 뎐(殿) 우히 그릇 뇽쥬(龍珠)를 틱오고 왕뫼(王母ㅣ)[497] 노(怒)흐샤 죽이려 흐시더니 부인(夫人)이 그쩍 왕모(王母) 요디연(瑤池宴)[498]의 와 계시다가 힘뻐 구(救)흐야 이 짜 슈신(水神)을 삼으시니 은혜(恩惠)를 기리 무음속의 먹음어 갑흘 날을 브라더니 오늘날 쳔(賤)흔 곳을 디나시니 엇디 그저 디닉여 보닉리오? 하졍(下情)[499]의 울울(鬱鬱)흐믈 이긔디 못흐야 당돌(唐突)이 뫼셔 니르럿느니 부인(夫人)은 용샤(容赦)흐쇼셔."

쇼졔(小姐ㅣ) 굴오딕,

"쇽인(俗人)이 비록 젼싱(前生) 일을 모르나 인간(人間)과 텬샹(天上)이 다르거늘 그딕 엇딘 고(故)로 사름을 유인(誘引)흐야 믈

가온딕 드러왓느뇨? 원(願)컨딕 닉여보닉여 부모(父母)의 힝츠(行

---

497) 왕뫼(王母ㅣ): 서왕모(西王母)를 이름. 서왕모는 『산해경(山海經)』에서는 곤륜산에 사는 인면(人面)·호치(虎齒)·표미(豹尾)의 신인(神人)이라고 하나, 일반적으로는 불사(不死)의 약을 가지고 있는 아름다운 선녀로 전해짐.

498) 요디연(瑤池宴): 요지연. 요지에서의 잔치. 요지는 중국 곤륜산(崑崙山)에 있다는 연못으로 서왕모(西王母)가 사는 곳으로 전해짐.

499) 하졍(下情): 하정. 어른에게 대하여, 자기 심정이나 뜻을 겸손하게 이르는 말.

次)를 쓸오게 ㅎ라.”

그 녀직(女子ㅣ) 왈(曰),

“비록 그러나 이곳의 와 계시니 그저 디니여 보니디 못홀 거시오, 믈 우희셔 이에 오기 일쳔(一千) 니(里)나 ㅎ니 볼셔 쇼스(少師)의 힝ᄎ(行次ㅣ) 하람(河南)으로 가 계실 거시오 부인(夫人)이 근간(近間) 잠간(暫間) 둔비(屯否)⁵⁰⁰⁾흔 운(運)이 계시니 져근덧 굿기시믈 면(免)티 못ᄒᆞ실소이다.”

드듸여 모든 시녀(侍女)를 명(命)ᄒᆞ야 팔진경찬(八珍瓊饌)⁵⁰¹⁾으로 딕졉(待接)ᄒᆞ니 쇼졔(小姐ㅣ) 즐겨 아냐 직삼(再三) 나가기를 쳥(請)ᄒᆞ니 그 녀직(女子ㅣ) 마디못ᄒᆞ야 모든 슈족(水族)을 명(命)ᄒᆞ야 쇼져(小姐)를 교주(轎子) 태와 압셰우고 저는 뒤희셔 입으로 두어 진언(眞言)⁵⁰²⁾을 념(念)ᄒᆞ니 믄득 대풍(大風)이 니러나 일광(日光)을 ᄀᆞ리오고 텬

· · ·

142면

디(天地) 아득ᄒᆞ야 쇼졔(小姐ㅣ) 졍신(精神)을 출히디 못ᄒᆞ야 혼미(昏迷)ᄒᆞ미 이윽ᄒᆞ더니,

홀연(忽然) 심신(心身)이 긔랑(開朗)⁵⁰³⁾ᄒᆞ야 눈을 ᄠᅥ 보니 주개(自家ㅣ) 흔 비 우희 잇ᄂᆞᆫ딕 여라믄 승니(僧尼) 숑경(誦經)ᄒᆞ다가 쇼져

---

500) 둔비(屯否): 고난을 만남. 둔(屯)과 비(否) 모두 『주역(周易)』 64괘 중에 해당하는 것으로, 둔(屯)은 험난함이 비로소 생김을 뜻하고, 비(否)는 막혀서 통하지 않음을 뜻함.

501) 팔진경찬(八珍瓊饌): 팔진경찬. 맛있는 음식. 팔진, 즉 팔진미는 중국에서 성대한 음식상에 갖춘다고 하는 진귀한 여덟 가지 음식. 경찬은 맛있는 음식의 미칭.

502) 진언(眞言): 진실하여 거짓이 없는 말이라는 뜻으로, 비밀스러운 어구를 이르는 말.

503) 긔랑(開朗): 개랑. 탁 트여 환함.

(小姐)의 몸을 움즉이고 눈을 쓰믈 보고 크게 놀나 샐리 일시(一時)의 합장(合葬)ᄒ고 골오ᄃᆡ,

"어진 션ᄌ(仙子)는 원(願)컨딕 쇼리(小尼) 등(等)의 도덕(道德)을 슬피쇼셔."

일시(一時)의 고두(叩頭)ᄒ믈 마디아니ᄒ거늘 쇼졔(小姐ㅣ) 고이(怪異)히 너겨 니러 안자 골오ᄃᆡ,

"그딕 등(等)이 어딕 잇다가 닉 몸을 이에 건디미 잇ᄂᆞ뇨?"

졔승(諸僧)이 일시(一時)의 꾸러 딕왈(對曰),

"쇼리(小尼) 등(等)은 본토(本土) ᄌ악산(--山)의 잇는 도식(道士ㅣ)라. 오늘이 듕하(仲夏) 졀일(節日)이라 비를 타 이에 와 슈신(水神)의게 제(祭)ᄒ더니 녕응(靈應)504)이

· ·

143면

긔특(奇特)ᄒ야 션직(仙子ㅣ) 당초(當初)는 믈 우흐로조차 이에 담기시고 후(後)의 말ᄉᆞᆷ을 명명(明明)히 ᄒ시니 이 엇디 도덕(道德)이 놉흐미 아니리오? 쇼승(小僧) 등(等)이 일즉 공(功)을 닷간 디 오래딕 이런 녕험(靈驗)은 금일(今日) 처엄이라. 원(願)ᄒᄂ니 션ᄌ(仙子)는 대ᄌ대비(大慈大悲)ᄒ샤 뎨ᄌ(弟子)들노 ᄒ여곰 낙극셰계(樂極世界)로 가게 ᄒ쇼셔."

쇼졔(小姐ㅣ) ᄎ경(此景)을 보고 비황(悲惶)505) 듕(中)이나 우음이 나ᄂᆞᆫ디라 줌줌(潛潛)코 말을 아니ᄒ니 기듕(其中) 늙은 니괴(尼姑ㅣ)

504) 녕응(靈應): 영응. 신령의 응함.
505) 비황(悲惶): 슬프고 두려움.

글오딕,

"전일(前日) 혜졍 니괴(尼姑ㅣ) 탐심(貪心)이 만터니 션ᄌᆡ(仙子ㅣ)
용샤(容赦)티 아니샤 말ᄉᆞᆷ을 아니시니 가히(可-) 빅의 느리미 올토다."

혜졍이 ᄂᆞᆺ출 븕히고 말을 아니커ᄂᆞᆯ 쇼졔(小姐ㅣ) 날호여 닐오딕,

"나ᄂᆞᆫ 귀신(鬼神)이 아

∙∙

144면

니라. 모일(某日)의 빅ᄅᆞᆯ 타 하람(河南)으로 가다가 슈신(水神)의
게 몸을 잡혀 믈 가온딕 드러갓다가 겨유 깅ᄉᆡᆼ(更生)ᄒᆞ야 이에 니
ᄅᆞ럿거ᄂᆞᆯ 션ᄉᆞ(禪師)506)를 이 그릇 아랏도다. 연(然)이나 오ᄂᆞᆯ이
듕하(仲夏) 초일일(初一日)이어ᄂᆞᆯ 어ᄂᆞ ᄉᆞ이 듕하(仲夏) 졀일(節日)
이라 ᄒᆞᄂᆞ뇨?"

모든 니괴(尼姑ㅣ) 일시(一時)의 손벽 텨 딕쇼(大笑) 왈(曰),

"낭ᄌᆞ(娘子ㅣ) 아니 밋쳣ᄂᆞ냐? 오ᄂᆞᆯ이 졀일(節日)일시 분명(分明)
ᄒᆞ거ᄂᆞᆯ 쵸일일(初一日)이라 ᄒᆞ믄 엇디뇨? 연(然)이나 어ᄂᆞ 곳 엇던
ᄉᆞ족(士族)으로 낙슈(落水)ᄒᆞ미 잇더뇨?"

쇼졔(小姐ㅣ) 글오딕,

"경ᄉᆞ(京師) 사ᄅᆞᆷ으로 부뫼(父母ㅣ) 무ᄎᆞᆷ 하람(河南) 고향(故鄉)으
로 가시다가 초일일(初一日) 믈의 ᄲᅢ뎌 믈 가온딕 가 밤을 디닉디
아냐시니 싱각디 못ᄒᆞ리로다."

니괴(尼姑ㅣ) 왈(曰),

"그리면 낭ᄌᆞ(娘子ㅣ) 슈신(水神)의 도술(道術)의 소

---

506) 션ᄉᆞ(禪師): 선사. 승려의 높임말.

갓도소이다. 고어(古語)의 왈(曰), '녜수(例事) 인간(人間) 흔 둘이 텬샹(天上) 흘리라.' 흐더이다. 이제 거취(去就)를 쟝춧(將次人) 엇디라 흐시느니잇가?"

쇼졔(小姐ㅣ) 글오듸,

"믈의 싸뎌 정신(精神)과 혼빅(魂魄)이 몸의 업스니 싱각디 못흐거니와 요수이 드르니 쇼수(少師) 녀 공(公)이 하람(河南) 졀도수(節度使)를 흐여 간다 흐더니 볼셔 이곳을 써나신가?"

니괴(尼姑ㅣ) 왈(曰),

"녀 쇼수(少師) 노얘(老爺ㅣ) 볼셔 하람(河南)으로 가샤 노직(奴子ㅣ) 경수(京師)로 가노라 흐고 어제 빅를 이리로 디나더이다."

쇼졔(小姐ㅣ) 텽파(聽罷)의 낙담(落膽)흐야 말을 아니흐거늘 졔니(諸尼) 문왈(問曰),

"녀 쇼수(少師) 노얘(老爺ㅣ) 낭즉(娘子)의게 엇던 사룸이뇨?"

쇼졔(小姐ㅣ) 실(實)노뻐 니른듸 니괴(尼姑ㅣ) 듯고 공경(恭敬)흐고 글오듸,

"요수이 하람(河南)으로 느리는 풍셰(風勢) 됴티 아니흐니 져근 폐암(弊庵)의 가

샤 풍잔(風殘)[507]흐기를 기두려 우리 빅를 슈습(收拾)흐야 하남(河

南)으로 뫼셔 가리이다."

쇼졔(小姐ㅣ) 칭샤(稱謝)ᄒᆞ믈 마디아냐 ᄀᆞᆯ오ᄃᆡ,

"고고잔쳔(孤孤殘喘)508)이 모든 ᄉᆞ부(師父)의 권익(眷愛)509)ᄒᆞ믈 닙으니 ᄑᆞᆯ을 먹음어 갑흐미 이시리라."

니괴(尼姑ㅣ) 왈(曰),

"쇼져(小姐)ᄂᆞᆫ 졀도ᄉᆞ(節度使) 귀(貴)ᄒᆞᆫ 녀ᄌᆡ(女子ㅣ)시니 쇼리(小尼) 등(等)이 엇디 공경(恭敬)티 아니리오?"

드듸여 쇼져(小姐)ᄅᆞᆯ ᄃᆞ리고 비ᄅᆞᆯ 저어 ᄌᆞ악산(--山) 아래 다히고 모다 뎔의 니ᄅᆞ니 승니(僧尼) 빅여(百餘) 인(人)이 잇다가 쇼져(小姐)ᄅᆞᆯ 보고 놀나 연고(緣故)ᄅᆞᆯ 무ᄅᆞ니 졔니(諸尼) ᄉᆞ연(事緣)을 듯고 그 듕(-中) 읏듬 니고(尼姑) 졍심이 쇼져(小姐)ᄅᆞᆯ 극(極)히 ᄉᆞ랑ᄒᆞ야 ᄒᆞᆫ 곳의셔 날마다 ᄇᆞ람 슌(順)키ᄅᆞᆯ 기ᄃᆞ리ᄃᆡ 쇼져(小姐)의 익운(厄運)이 듕(重)ᄒᆞ므로써 년(連)ᄒᆞ야 미위(黴雨ㅣ)510) 밤으로써 나지 긋디

· • •

147면

아니ᄒᆞ니 히음업시 계ᄒᆞ(季夏)511)ᄅᆞᆯ 디니고 초츄(初秋)512)의 니ᄅᆞ도록 비 개디 아니ᄒᆞ니 쇼졔(小姐ㅣ) 하로 디니기ᄅᆞᆯ 삼츄(三秋)ᄀᆞᆺ티 너기ᄃᆡ ᄒᆞᆯ 일이 업고 이곳이 안졍(安靜)ᄒᆞ디라 시름 니져 머므

---

507) 풍잔(風殘): 바람이 잔잔함.

508) 고고잔쳔(孤孤殘喘): 고고잔천. 외로운 쇠잔한 목숨.

509) 권익(眷愛): 권애. 돌보거나 보살펴 사랑함.

510) 미위(黴雨ㅣ): 매실이 익을 무렵에 내리는 비라는 뜻으로, 해마다 초여름인 유월 상순부터 칠월 상순에 걸쳐 계속되는 장마를 이르는 말.

511) 계ᄒᆞ(季夏): 계하. 늦여름. 음력 6월.

512) 초츄(初秋): 초추. 초가을. 음력 7월.

더니,

초츄(初秋) 념간(念間)513)의 부야흐로 비 개나 밋친 부람이 니러나며 히쉬(海水ㅣ) 요란(擾亂)ᄒ야 비를 노티 못ᄒ니 정심이 념녀(念慮)ᄒ나 쇼졔(小姐ㅣ) 오래 이시믈 ᄀ장 깃거 공경(恭敬)ᄒ믈 극진(極盡)이 ᄒ니,

혜졍 니괴(尼姑ㅣ) 그 스승의 의긔(義氣)룰 믜이 너기고 당초(當初) 비 우히셔 쇼져(小姐)로 인(因)ᄒ야 제 취졸(取拙)514) 이룩믈 아쳐515)ᄒ고 쇼져(小姐)의 고은 식(色)이 저히 뉴(類)룰 탈식(奪色)516)ᄒ믈 분(憤)ᄒ야 쇠룰 싱각ᄒᆞᆯ신,

본부(本府) 디현(知縣)의 아들 호 공지(公子ㅣ)라 ᄒ리 본디(本-) 무뢰(無賴)517) 협킥(俠客)518)으로

⋅⋅

148면

유협(遊俠)ᄒ기룰 즐기고 녀식(女色)을 죠히 너겨 만일(萬一) 민간(民間)의 아룸다온 녀직(女子ㅣ) 이실던디 천금(千金)을 앗기디 아냐 탈취(奪取)ᄒ고 고(告)ᄒᄂ니로 듕상(重賞)519)ᄒ니, 이날 혜졍이 스부(師父)룰 긔이고 ᄀ마니 뎔의 ᄂ려가 호 공ᄌ(公子)룰 ᄎᆞ자

---

513) 념간(念間): 염간. 스무날의 전후.

514) 취졸(取拙): 취졸. 졸렬함.

515) 아쳐: 싫어함.

516) 탈식(奪色): 탈색. 빛을 빼앗는다는 뜻으로, 같은 종류 가운데에서 어느 하나가 특별히 뛰어나 다른 것들을 압도함을 이르는 말.

517) 무뢰(無賴): 성품이 막되어 예의와 염치를 모르며 함부로 행동하는 사람.

518) 협킥(俠客): 협객. 원래 '호방하고 의협심이 있는 사람'이라는 뜻이나, 여기에서는 호탕하며 호색한다는 뜻으로 쓰임.

519) 듕상(重賞): 중상. 상을 후하게 줌. 또는 그 상.

보니, 공직(公子ㅣ) 졍(正)히 초요520)월안(楚腰越顔)521)을 ㄱ초와 가무(歌舞)와 풍악(風樂)을 낭쟈(狼藉)히 베프고 즐기거늘 혜졍이 알플 향(向)ᄒ야 합장(合掌) 고두(叩頭)ᄒ니 공직(公子ㅣ) 이젼(以前) 뎔의 둔녀 안면(顔面)이 닉은디라, 흔연(欣然)이 안부(安否)를 뭇고 니른 연고(緣故)를 므르니 혜졍이 고두(叩頭) 왈(曰),

"공직(公子ㅣ) 미인(美人)을 구(求)ᄒ샤 고(告)ᄒᄂ 사름을 듕샹(重賞)ᄒ신다 훌식 이에 니르럿ᄂ이다."

공직(公子ㅣ) 츠언(此言)을 듯고 깃거 므른디 혜졍 왈(曰),

"쇼리(小尼)의 뎔의 일(一) 개(個)

∙••

149면

뉴리(流離)522)ᄒ 녀직(女子ㅣ) 이시디 곱기 고금(古今)의 무빵(無雙)ᄒ니이다."

공직(公子ㅣ) 믄득 좌듕(座中) 미인(美人)을 ㄱ르쳐 왈(曰),

"츠등(此等)과 엇더ᄒ뇨?"

혜졍이 쇼왈(笑曰),

"이ᄂ 딘토(塵土) ᄀ도소이다."

공직(公子ㅣ) 크게 깃거 흔번(-番) 보믈 구(求)ᄒ거늘 혜졍이 ᄀ만이 계교(計巧)를 니르니 공직(公子ㅣ) 대희(大喜)ᄒ야 듕샹(重賞)ᄒ고,

---

520) 요: [교] 원문에는 '조'로 되어 있으나 오기로 보임.

521) 초요월안(楚腰越顔): 초요와 월안 모두 미녀를 가리킴. 초요는 초나라 여자의 허리라는 뜻으로 초(楚)나라 영왕(靈王)이 허리가 가는 미인을 좋아했다는 고사에서 나온 말이고, 월안(越顔)은 월나라 여자의 얼굴이라는 뜻으로 월나라의 서시(西施)를 가리킴.

522) 뉴리(流離): 유리. 일정한 집과 직업이 없이 이곳저곳으로 떠돌아다님.

이튿날 구경 펴계호고 떨의 니르니 제승(諸僧)이 창황(倉黃)523)이 마자 딕졉(待接)호더니 공직(公子 1) 떨을 둘너보기를 위(爲)호야 각 방(房)마다 귀경호니 졍심이 민망(憫惘)호야 쇼져(小姐) 잇는 방(房)을 줌으고 여디524) 아니호니 호 공직(公子 1) 열나 보채니 졍심이 홀일이 업서 닐오딕,

"냥가(良家) 녀직(女子 1) 피우(避雨)525)호야 와시니 공직(公子 1) 보실 곳이 아니로소이다."

공직(公子 1) 믄득 굼글 쑤러

• • •

150면

여어보고 크게 놀나 졍심을 잡고 근본(根本)을 므르니 졍심 왈(曰),

"이는 하람(河南) 졀도亽(節度使) 녀이(女兒 1)시고 니(李) 샹셔(尚書) 부인(夫人)이시니 풍낭(風浪)의 늘녀 여츳여츳(如此如此) 하여 이리 와 계시나 조만(早晚)의 쇼리(小尼) 등(等)이 뫼셔 하람(河南)으로 갈소이다."

공직(公子 1) 텽파(聽罷)의 이 니셩문의 쳐직(妻子 1)오 녀현긔 녀이(女兒 1)를 알매 핍박(逼迫)526)홀 의식(意思 1) 업소매 쇼져(小姐) 용모(容貌)를 보매 亽디(四肢) 다 므르녹아 의식(意思 1) 어린 듯호니 다시 말을 아니호고 도라가거늘,

졍심이 심(甚)히 근심호야 이튿날 즉시(卽時) 빅를 쑤며 쇼져(小

---

523) 창황(倉黃): 허둥지둥 당황하는 모양.
524) 디: [교] 원문에는 '긔'로 되어 있으나 오기로 보이므로 규장각본(6:105)을 따름.
525) 피우(避雨): 비를 피함.
526) 핍박(逼迫): 바싹 죄어서 몹시 괴롭게 굶.

姐)를 드리고 하람(河南)으로 향(向)ᄒᆞ더니 이날 ᄆᆞᄎᆞᆷ ᄇᆞ람이 고요ᄒᆞ고 물결이 슌(順)ᄒᆞ니 졍심이 깃거 슌뉴(順流)527)ᄒᆞ야 ᄂᆞ려가더니, 이ᄯᅥ 호 공ᄌᆡ(公子ㅣ) 졍심이 녀 쇼뎌(小姐)를 드려 하남(河南)

으로 가믈 크게 깃거 즉시(即時) 눌닌 비 ᄒᆞᆫ 쳑(隻)의 갑ᄉᆞ(甲士)528) 수쳔(數千)을 금초와 졍심의 ᄇᆡ를 ᄶᅩᆯ와가니 졍심이 날이 어두오믈 인(因)ᄒᆞ야 강구(江口)529)의 ᄇᆡ를 미고 쇼져(小姐)로 더브러 한담(閑談)ᄒᆞ야 밤이 깁ᄂᆞᆫ 줄을 ᄭᆡᆺ듯디 못ᄒᆞ더니 홀연(忽然) 함셩(喊聲)이 니러나며 무수(無數)ᄒᆞᆫ 갑ᄉᆡ(甲士ㅣ) 손의 창검(槍劍)을 들고 ᄇᆡ예 오르며 골오ᄃᆡ,

"녀녜(-女ㅣ) 어ᄃᆡ 잇ᄂᆞ뇨?"

ᄒᆞ니, 쇼졔(小姐ㅣ) 이 광경(光景)을 보매 비룩 졔갈(諸葛)530)의 묘계(妙計)531)와 듕달(仲達)532)의 슬기와 한핑(韓彭)533)의 용녁(勇力)534)이 이신들 미쳐 버서날 ᄯᆞᆺ이 이시리오. ᄒᆞ믈며 쇼졔(小姐ㅣ)

---

527) 슌뉴(順流): 순류. 물의 흐름을 따름.

528) 갑ᄉᆞ(甲士): 갑사. 갑옷을 입은 병사. 갑병(甲兵)

529) 강구(江口): 나루.

530) 졔갈(諸葛): 제갈. 중국 삼국시대 촉한 유비의 책사인 제갈량(諸葛亮, 181~234)의 성(姓). 별호는 와룡이고 자(字)는 공명(孔明). 유비를 도와 오(吳)나라와 연합하여 조조(曹操)의 위(魏)나라 군사를 대파하고 파촉(巴蜀)을 얻어 촉한을 세웠음. 유비가 죽은 후에 무향후(武鄕侯)로서 남방의 만족(蠻族)을 정벌하고, 위나라 사마의와 대전 중에 오장원(五丈原)에서 병사함.

531) 묘계(妙計): 묘한 계책.

532) 듕달(仲達): 중달. 중국 삼국시대 위(魏)나라의 명장 사마의(司馬懿, 179~251)의 자(字). 촉한(蜀漢) 제갈공명의 도전에 잘 대처하는 등 큰 공을 세워, 그의 손자 사마염이 위(魏)에 이어 진(晉)을 세우는 데에 기초를 세움.

533) 한핑(韓彭): 한팽. 중국 한(漢)나라 때의 명장인 한신(韓信, ?~B.C.196)과 팽월(彭越, ?~B.C.196)로, 이들은 모두 유방(劉邦)이 한나라를 세우는 데 큰 공을 세웠음.

텬셩(天性)이 곤옥(崑玉)535) ᄀᆞᆺᄐᆞ야 그 거거(哥哥) 여러히 이시나 갓가이 안자 말ᄒᆞ디 아냣고 가뷔(家夫ㅣ) 비록 듕(重)ᄒᆞ나 집슈(執手)ᄒᆞᆷᄋᆞᆯ 큰 두리오ᄆᆞᆯ 삼

앗고 ᄒᆞᆷᄋᆞ며 관뎌지낙(關雎之樂)536)을 모ᄅᆞᆫ지라. 금일(今日) 목젼(目前)537)의 급(急)ᄒᆞᆫ 화(禍)ᄅᆞᆯ 당(當)ᄒᆞ야 죽어도 ᄆᆞᆰ은 넉시 되ᄆᆞᆯ 싱각ᄒᆞ고 급(急)히 강심(江心)538)을 향(向)ᄒᆞ야 ᄲᅱ여드니, 차희(嗟噫)539)라! 옥인(玉人)의 자최 강심(江心)의 ᄌᆞᆷ기고 옥(玉)이 ᄇᆞ아디니 엇디 앗갑디 아니리오.

호 공ᄌᆞ(公子ㅣ) 져근 계교(計巧)로 더ᄅᆞᆯ 구(求)ᄒᆞ다가 속졀업시 그림재도 업스ᄆᆞᆯ 보고 홀일업셔 도라가다.

---

534) 용녁(勇力): 용력. 씩씩한 힘. 또는 뛰어난 역량.

535) 곤옥(崑玉): 곤산(崑山)의 옥.

536) 관뎌지낙(關雎之樂): 관저지락. '관저'의 즐거움이라는 뜻으로 부부가 함께 성관계를 하며 누리는 즐거움을 이름. '관저(關雎)'는 『시경(詩經)』의 작품 명이기도 함.

537) 목젼(目前): 목전. 눈앞.

538) 강심(江心): 강 가운데.

539) 차희(嗟噫): 탄식하는 소리.

역자 해제

1. 머리말

<이씨세대록>은 18세기에 창작된 것으로 추정되는 작가 미상의 국문 대하소설로, <쌍천기봉>[1]의 후편에 해당하는 연작형 소설이다. '이씨세대록(李氏世代錄)'이라는 제목은 '이씨 가문 사람들의 세대별 기록'이라는 뜻인데, 실제로는 이관성의 손자 세대, 즉 이씨 집안의 4대째 인물들인 이흥문·이성문·이경문·이백문 등과 그 배우자의 이야기에 서사가 집중되어 있다. 이는 전편인 <쌍천기봉>에서 이현[2](이관성의 아버지), 이관성, 이관성의 자식들인 이몽현과 이몽창 등 1대에서 3대에 걸쳐 서사가 고루 분포된 것과 대비되는 모습이다. 또한 <쌍천기봉>에서는 중국 명나라 초기의 역사적 사건, 예컨대 정난지변(靖難之變)[3] 등이 비중 있게 서술되고 <삼국지연의>의 영향을 받은 군담이 흥미롭게 묘사되는 가운데 가문 내적으로 혼인담, 부부 갈등, 처첩 갈등 등이 배치되어 있다면, <이씨세대록>에서는 역사적 사건과 군담이 대폭 축소되고 가문 내적인 갈등 위주로

---

1) 필자가 18권 18책의 장서각본을 대상으로 번역 출간한 바 있다. 장시광 옮김, 『팔찌의 인연, 쌍천기봉』 1-9, 이담북스, 2017-2020.

2) <쌍천기봉>에서 이현의 아버지로 이명이 설정되어 있으나 실체적 인물이 등장하지 않고 서술자의 요약 서술로 짧게 언급되어 있으므로 필자는 이현을 1대로 설정하였다.

3) 중국 명나라의 연왕 주체가 제위를 건문제(재위 1399-1402)로부터 탈취해 영락제(재위 1402-1424)에 오른 사건을 이른다. 1399년부터 1402년까지 지속되었다.

서사가 전개된다는 점에서 큰 차이가 있다.

2. 창작 시기 및 작가, 이본

<이씨세대록>의 정확한 창작 연도는 알 수 없고, 다만 18세기의 초중반에 창작되었을 것으로 추정된다. 온양 정씨가 정조 10년 (1786)부터 정조 14년(1790) 사이에 필사한 것으로 추정되는 규장각 소장 <옥원재합기연>의 권14 표지 안쪽에 온양 정씨와 그 시가인 전주 이씨 집안에서 읽었을 것으로 보이는 소설의 목록이 적혀 있다. 그중에 <이씨세대록>의 제명이 보인다.4) 이 기록을 토대로 보면 <이씨세대록>은 적어도 1786년 이전에 창작된 것으로 추측할 수 있다. 또, 대하소설 가운데 초기본인 <소현성록> 연작(15권 15책, 이화여대 소장본)이 17세기 말 이전에 창작된바,5) 그보다 분량과 등장인물의 수가 훨씬 많은 <이씨세대록>은 <소현성록> 연작보다는 후대의 작품일 가능성이 높다. 요컨대 <이씨세대록>은 18세기 초중반에 창작된 작품으로, 대하소설 중에서는 비교적 이른 시기의 창작물이다.

<이씨세대록>의 작가는 알려져 있지 않다. 다만 작품의 문체와 서술시각을 고려하면 전편인 <쌍천기봉>과 마찬가지로 경서와 역사서, 소설을 두루 섭렵한 지식인이며, 신분의식이 강한 사대부가의 일원으로 추정할 수 있다. <이씨세대록>은 여느 대하소설과 마찬가지로 국문으로 표기되어 있으나 문장이 조사나 어미를 제외하면 대개 한자어로 구성되어 있고, 전고(典故)의 인용이 빈번하다. 비록 대하소

---

4) 심경호, 「樂善齋本 小說의 先行本에 관한 一考察 -온양정씨 필사본 <옥원재합기연>과 낙선재본 <옥원중회연>의 관계를 중심으로-」, 『정신문화연구』 38, 한국정신문화연구원, 1990.

5) 박영희, 「소현성록 연작 연구」, 이화여대 박사논문, 1994 참조.

설 <완월회맹연>(180권 180책)의 수준에는 미치지 못하지만, 다른 유형의 고전소설에 비하면 작가의 지식 수준이 매우 높은 편이다. <이씨세대록>에는 또한 강한 신분의식이 드러나 있다. 집안에서 주인과 종의 차이가 부각되어 있고 사대부와 비사대부의 구별짓기가 매우 강하다. 이처럼 <이씨세대록>의 작가는 학문적 소양을 갖추고 강한 신분의식을 지닌 사대부가의 남성 혹은 여성으로 추정되며, 온양 정씨의 필사본 기록을 통해 유추할 수 있듯이 사대부가에서 주로 향유된 것으로 보인다.

　<이씨세대록>의 이본은 현재 2종이 알려져 있다. 한국학중앙연구원의 장서각에 소장된 26권 26책본과 서울대학교 규장각에 소장된 26권 26책본이 그것이다. 장서각본과 규장각본 모두 표제는 '李氏世代錄', 내제는 '니시셰딕록'으로 되어 있고 분량도 대동소이하다. 두 이본은 문장이나 어휘 단위에서 매우 흡사하고 오탈자(誤脫字)도 두 이본에 고루 있어 어느 이본이 선본(善本) 혹은 선본(先本)이라 단언할 수 없다.

3. 서사의 특징

　<이씨세대록>에는 가문의 마지막 세대로 등장하는 4대째의 여러 인물이 병렬적으로 구성되어 있다는 서사적 특징이 있다. 인물과 그 사건이 대개 순차적으로 등장하지만 여러 인물의 사건이 교직되어 설정되기도 하여 서사에 다채로움을 더하고 있다. 이에 비해 <쌍천기봉>에서는 1대부터 3대까지 1명, 3명, 5명으로 남성주동인물의 수가 점차 확대되어 가고 서사의 양도 그에 비례해 세대가 내려갈수록 확장되어 있다. 곧, <쌍천기봉>에서는 1대인 이현, 2대인 이관성·

이한성·이연성, 3대인 이몽현·이몽창·이몽원·이몽상·이몽필 서사가 고루 등장한다는 점에서 <이씨세대록>과 차이가 난다. <이씨세대록>에도 물론 2대와 3대의 인물이 등장하기는 하나 그들은 집안의 어른 역할을 수행할 뿐이고 서사는 4대의 인물 중심으로 전개된다. 이를 보면, '세대록'은 인물의 서사적 비중과는 무관하게 2대에서 4대까지의 인물을 등장시켰다는 점에서 붙인 제목으로 이해할 필요가 있다.

이처럼 <이씨세대록>에 가문의 마지막 세대 인물이 주로 활약한다는 설정은 초기 대하소설로 분류되는 삼대록계 소설 연작6)과 유사한 면이다. <소씨삼대록>에서는 소씨 집안의 3대째7) 인물인 소운성 형제 위주로, <임씨삼대록>에서는 임씨 집안의 3대째 인물인 임창흥 형제 위주로, <유씨삼대록>에서는 유씨 집안의 4대째 인물인 유세형 형제 위주로 서사가 전개된다.8) <이씨세대록>이 18세기 초중반에 창작된 초기 대하소설임을 감안하면 인물 배치가 이처럼 삼대록계 소설과 유사한 것은 이상하지 않다.

한편, <쌍천기봉>에서는 군담, 토목(土木)의 변(變)과 같은 역사적 사건, 인물 갈등 등이 고루 배치되어 있다. 구체적으로, 작품의 앞과 뒤에 역사적 사건을 배치하고 중간에 부부 갈등, 부자 갈등, 처첩(처처) 갈등 등 가문에서 벌어질 수 있는 다양한 갈등을 배치하였다. 이에 반해 <이씨세대록>에는 군담 장면과 역사적 사건이 거의 보이지

---

6) 후편의 제목이 '삼대록'으로 끝나는 일군의 소설을 지칭한다. <소현성록>·<소씨삼대록> 연작, <현몽쌍룡기>·<조씨삼대록> 연작, <성현공숙렬기>·<임씨삼대록> 연작, <유효공선행록>·<유씨삼대록> 연작이 이에 해당한다.

7) 소운성의 할아버지인 소광이 전편 <소현성록>의 권1에서 바로 죽는 것으로 설정되어 있어 1대로 보기 어려운 면이 있으나 제명을 존중해 1대로 보았다.

8) 다만 <조씨삼대록>에서는 3대와 4대의 인물인 조기현, 조명윤 등이 활약한다는 점에서 차이가 난다.

않는다. 군담은 전편 <쌍천기봉>에 이미 등장했던 장면을 요약 서술하는 데 그쳤고, 역사적 사건도 <쌍천기봉>에 설정된 사건을 환기하는 정도이고 새로운 사건은 보이지 않는다. <쌍천기봉>이 역사적 사실에 허구를 가미한 전형적인 연의류 작품인 반면, <이씨세대록>은 가문에서 발생할 수 있는 다양한 갈등, 예컨대 처처(처첩) 갈등, 부부 갈등, 부자 갈등 위주로 서사를 구성한 작품으로, <이씨세대록>은 <쌍천기봉>과는 다른 측면에서 대중에게 흥미를 유발할 만한 요소로 구성되어 있음을 알 수 있다.

여느 대하소설과 마찬가지로 <이씨세대록>에도 혼사장애 모티프, 요약 모티프 등 다양한 모티프가 등장해 서사 구성의 한 축을 이루고 있다. 이 가운데 가장 눈에 띄는 것은 기아(棄兒) 모티프이다. 대표적으로는 이경문의 경우를 들 수 있는데 기아 모티프가 매우 길게 서술되어 있다. <쌍천기봉>의 서사를 이은 것으로 <쌍천기봉>에서 간간이 등장했던 이경문의 기아 모티프를 본격적으로 다루고 있다. 즉, <쌍천기봉>에서 유영걸의 아내 김 씨가 어린 이경문을 사서 자기 아들인 것처럼 꾸미는 장면, 이관성과 이몽현, 이몽창이 우연히 이경문을 만나는 장면, 이경문이 등문고를 쳐 양부 유영걸을 구하는 장면이 나오는데, <이씨세대록>에서는 그 장면들을 모두 보여주면서 여기에 덧붙여 이경문이 유영걸과 그 첩 각정에게 박대당하지만 유영걸을 효성으로써 섬기는 모습이 강렬하게 나타나 있다. 이경문이 등문고를 쳐 유영걸을 구하는 장면은 효성의 정점에 해당한다. 이경문은 후에 친형인 이성문에 의해 발견돼 이씨 가문에 편입된다. 이때 이경문과 가족들과의 만남 장면은 매우 감동적으로 그려져 있다. 이처럼 이경문이 가족과 헤어졌다가 만나는 과정은 연작의 전후편에 걸쳐 등장하며 연작의 핵심적인 모티프 중의 하나로 기능하고 있고, 특히 <이씨세대록>에서는 결합에 초점이 맞춰져 있어 그 감동이 배가되어 있다.

4. 인물의 갈등

<이씨세대록>에는 다양한 갈등이 등장하는데 이 가운데 핵심은 부부 갈등이다. 대표적으로 이몽창의 장자인 이성문과 임옥형, 차자인 이경문과 위홍소, 삼자인 이백문과 화채옥의 갈등을 들 수 있다. 이성문과 이경문 부부의 경우는 반동인물이 개입되지 않은, 주동인물 사이의 갈등이라는 공통점이 있다. 이성문의 아내 임옥형은 투기 때문에 이성문의 옷을 불지르기까지 하는 인물이다. 이성문이 때로는 온화하게 때로는 엄격하게 대하나 임옥형의 투기가 가시지 않자, 그 시어머니 소월혜가 나서서 임옥형을 타이르니 비로소 그 투기가 사라진다. 이경문과 위홍소는 모두 효를 중시하는 인물인데 바로 그러한 이념 때문에 혹독한 부부 갈등을 벌인다. 이경문은 어려서 부모와 헤어져 양부(養父) 유영걸에게 길러지는데 이 유영걸은 벼슬은 높으나 품행이 바르지 못해 쫓겨나 수자리를 사는데 위홍소의 아버지인 위공부가 상관일 때 유영걸을 매우 치는 일이 발생한다. 이 때문에 이경문은 위공부를 원수로 치부하는데 아내로 맞은 위홍소가 위공부의 딸인 줄을 알고는 위홍소를 박대한다. 위홍소 역시 이경문이 자신의 아버지를 욕하자 이경문과 심각한 갈등을 벌인다. 효라는 이념이 두 사람의 갈등을 촉발시킨 원인이 된 것이다. 두 사람은 비록 주동인물로 설정되어 있지만, 이들을 통해 경직된 이념이 주는 부작용이 만만치 않음을 보여준다.

이백문 부부의 경우에는 변신한 노몽화(이홍문의 아내였던 여자)

가 반동인물의 역할을 해 갈등을 벌인다는 특징이 있다. 이백문은 반동인물의 계략으로 정실인 화채옥을 박대하고 죽이려 한다. 애초에 이백문은 화채옥을 마음에 들어하지 않았는데 이유는 화채옥이 자신을 단명하게 할 상(相)이라는 것 때문이었다. 화채옥에게는 잘못이 없는데 남편으로부터 박대를 받는다는 설정은 가부장제의 질곡을 드러내 보이는 장면이다. 여기에 이흥문의 아내였다가 쫓겨난 노몽화가 화채옥의 시녀가 되어 이백문에게 화채옥을 모함하고 이백문이 곧이들어 화채옥을 끝내 죽이려고까지 하는 데 이른다. 이러한 이백문의 모습은 이몽현의 장자 이흥문과 대비된다. 이흥문은 양난화와 혼인하는데 재실인 반동인물 노몽화가 양난화를 모함한다. 이런 경우 대개 이백문처럼 남성이 반동인물의 계략에 속아 부부 갈등이 벌어지지만 이흥문은 노몽화의 계교에 속지 않고 오히려 노몽화의 술수를 발각함으로써 정실을 보호한다. <이씨세대록>에는 이처럼 상반되는 사례를 설정함으로써 흥미를 배가하는 동시에 가부장제의 문제점을 드러내고 있다.

5. 서술자의 의식

<이씨세대록>의 신분의식은 이중적이다. 사대부와 비사대부 사이의 구별짓기는 여느 대하소설과 마찬가지지만 사대부 내에서 장자와 차자의 구분은 표면적으로는 존재하나 서술의 실상은 그렇지 않다. 사대부로서 그렇지 않은 신분의 사람을 차별하는 모습은 경직된 효의 구현자인 이경문의 일화에서 두드러진다. 예컨대, 이경문은 자기 친구 왕기가 적적하게 있자 아내 위홍소의 시비인 난섬을 주어 정을 맺도록 하는데(권11) 천한 신분의 여성에게는 정절을 전혀 배

려하지 않는 것을 엿볼 수 있다. 또한 이경문이 양부 유영걸의 첩 각정의 조카 각 씨와 혼인하게 되자 천한 집안과 혼인한 것을 분하게 여겨 각 씨에게 매정하게 구는 것(권8)도 그러한 신분의식이 여실히 드러나는 장면이다. 기실 이는 <이씨세대록>이 창작되던 당시의 사회적 모습이 반영된 것이라 추측할 수 있는 장면들이다.

　사대부와 비사대부 사이의 구별짓기는 이처럼 엄격하나 사대부 내에서의 구분은 꼭 그렇지만은 않다. 서사적으로 등장인물들은 장자와 비장자의 구분을 하고 있고, 서술의 순서도 그러한 구분을 따르려 하고 있다. 서술의 순서를 예로 들면, <이씨세대록>은 이관성의 장손녀, 즉 이몽현 장녀 이미주의 서사부터 시작된다. 이미주가 서사적 비중이 그리 크지 않음에도 이미주부터 이야기가 시작되는 것은 그만큼 자식들 사이의 차례를 중시한다는 점을 의미한다. 다만, 특기할 만한 것은 남자부터 먼저 시작하지 않았다는 점이다. 여자든 남자든 순서대로 서술했다는 점이 중요하다. 이미주의 뒤로는 이몽현의 장자 이흥문, 이몽창의 장자인 이성문, 이몽창의 차자 이경문, 이몽창의 장녀 이일주, 이몽원의 장자 이원문, 이몽창의 삼자 이백문, 이몽현의 삼녀 이효주 등의 서사가 이어진다. 자식들의 순서대로 서술하려 하는 강박증이 있다고 생각될 정도로 서술자는 순서에 집착한다. 이원문이나 이효주 같은 인물은 서사적 비중이 매우 미미하지만 혼인했다는 사실을 서술하고 있는 것이다. 그런데 이러한 순서 집착에도 불구하고 서사 내에서의 비중을 보면 장자 위주로 서술되어 있지 않음을 알 수 있다. 전편 <쌍천기봉>의 주인공이 이관성의 차자 이몽창이었던 것과 마찬가지로 후편에서도 주인공은 이성문, 이경문, 이백문 등 이몽창의 자식들로 설정되어 있다. 이몽현의 자식들인 이미주와 이흥문의 서사는 그들에 비하면 미미한 편이다.

이처럼 가문의 인물에 대한 서술 순서와 서사적 비중의 괴리는 <이씨세대록>을 특징짓는 한 단면이다.

<이씨세대록>에는 꿈이나 도사 등 초월계가 빈번하게 등장해 사건을 진행시키고 해결한다. 특히 사건이나 갈등의 해소 단계에 초월계가 유독 많이 보인다. 예를 들어 이경문이 부모와 만나기 전에 그 죽은 양모 김 씨가 꿈에 나타나 이경문의 정체를 말하고 그 직후에 이경문이 부모를 찾게 되는 장면(권9), 형부상서 장옥지의 꿈에 현아(이경문의 서제)에게 죽은 자객들이 나타나 현아의 죄를 말하고 이성문과 이경문의 누명을 벗겨 주는 장면(권9-10), 화채옥이 강물에 빠졌을 때 화채옥을 호위해 가던 이몽평의 꿈에 법사가 나타나 화채옥의 운명에 대해 말해 주는 장면(권17) 등이 있다. 이러한 초월계의 빈번한 등장은 이 세계의 질서가 현실적 국면으로는 해결할 수 없을 정도로 질곡에 빠져 있음을 의미한다. 현실계의 인물들은 얽히고설킨 사건들을 해결할 능력이 되지 않고 이는 오로지 초월계가 개입되어야만 해소될 수 있는 성질의 것임을 보여주고 있는 것이다.

6. 맺음말

<이씨세대록>은 조선 후기의 역동적인 사회에서 산생된 소설이다. 양반을 돈으로 살 수 있을 정도로 양반에 대한 권위가 땅에 떨어지고 양반과 중인 이하의 신분 이동이 이루어지던 때에 생겨났다. 설화 등 민중이 향유하던 문학에 그러한 면이 잘 드러나 있다. 그러나 이 작품에는 그러한 시대적 변동에 맞서 기득권을 유지하려는 사대부 계층의 의식이 강하게 드러나 있다. 사대부와 사대부 이하의 계층을 구별짓는 강고한 신분의식은 그 한 단면이다.

그렇지만 한편으로는 가부장제의 질곡에 신음하는 여성들의 목소리가 드러나 있기도 하다. 까닭 없이 남편에게 박대당하는 여성, 효라는 이데올로기 때문에 남편과 갈등하는 여성 들을 통해 유교적 가부장제가 여성에게 가하는 억압적 모습이 서술의 이면에 흐르고 있다. <이씨세대록>이 주는 흥미와 그 서사적 의미는 바로 이러한 데에서 찾을 수 있지 않을까 한다.

장시광

서울대 강사, 아주대 강의교수 등을 거쳐 현재 경상국립대학교 국어국문학과 교수로 재직 중이다. 논문으로 「대하소설의 여성반동인물 연구」(박사학위논문), 「여성영웅소설에 나타난 여화위남의 의미」, 「대하소설 갈등담의 구조 시론」, 「운명과 초월의 서사」 등이 있고, 저서로『한국 고전소설과 여성인물』이 있으며, 번역서로『조선시대 동성혼 이야기 방한림전』,『여성영웅소설 홍계월전』,『심청전: 눈먼 아비 홀로 두고 어딜 간단 말이냐』,『팔찌의 인연: 쌍천기봉 1-9』 등이 있다.

(이씨 집안 이야기) 이씨세대록 3

초판인쇄 2021년 12월 13일
초판발행 2021년 12월 13일

지은이 장시광
펴낸이 채종준
펴낸곳 한국학술정보㈜
주   소 경기도 파주시 회동길 230(문발동)
전   화 031) 908-3181(대표)
팩   스 031) 908-3189
홈페이지 http://ebook.kstudy.com
E-mail 출판사업부 publish@kstudy.com
출판신고 2003년 9월 25일 제406-2003-000012호

ISBN 979-11-6801-300-1 04810
      979-11-6801-227-1 (전 13권)